MEMORY HOUSE

记忆坊文化

启明 上

BEFORE
THE
SUNRISE

（全两册）

竹宴小生 著

 长江出版社
CHANGJIANGPRESS

目录

第一卷 无名骑士

楔子

半夜十二点整。没有光，没有灯，只有漫漫长夜。

他关上实验室所有的灯，锁上门窗，手里握着剩下的唯一一把钥匙。这里是最高层，再往上就是楼顶，没有多余的路可以走。

半夜十二点的空气静得可怕，听得见呼吸声、键盘敲击音，还有来自门外狭长走廊里急促的脚步声。

"出不去了！"脑海中第一意识滑过后，他直接躲在角落里。

手里抱着电脑，手机没了信号，电脑更是联不上内网。

黑暗中只剩下屏幕前微弱的光。

这个时间，除了宿舍楼哪里都没人，没有谁能救他。现在只有两个选择——开门放人，以一敌十干翻准备冲进来的那群人；或者冲上楼顶，运气好能找个地方躲起来。

门外的脚步声越来越近，和他拼命跳动的心脏频率接近。伴随着实验室的门被砸开，他闭了闭眼睛，咬牙在最后的几秒钟毫不犹豫地输入删除的指令。

然后握紧手中的匕首，没有犹豫，疯狂地奔向楼顶。

向前跑的时候他一直在问自己，明天和死亡，哪个会先来临？他花费了很多时间去构建一个与自己类似的独立灵魂，却不曾想象过自己被替换掉的这天。

　　他闭上眼，刀刃向前，等待太阳的升起。

　　风从远处而来，漫过山川河流，迎来黑夜星月。

　　最后穿过他的肋骨与血肉，掩盖罪恶落地的声响。

第一章

蝉蛹，绿叶，掉落的栀子花。

它们和街道上的灰尘一同被丢进了垃圾桶里。

老李是负责花南路街道的环卫工人，每天下午准时准点拖辆手动垃圾车，把附近街道清扫一遍。这一片因为拆迁规划，最近两年都没什么人居住，没有生活垃圾，清理起来很轻松。

老李几天前不小心摔了一跤，跛着脚走上一个斜坡。原本放在路边的垃圾桶不知被谁推到了一边，紧靠着斜坡旁的台阶，里面装满了香樟树树叶。走近后他探着身子往垃圾桶里看了看，意外地发现里面有一双四十四码的男士皮鞋。

他捂着鼻子，心里有点奇怪，伸出手拿起绿叶中的鞋，直接看到垃圾桶里一双男人的脚。惊恐几秒后他才反应过来发生了什么，手一滑鞋子掉在地上。

砰——

手机落在水泥地面上，屏幕一角瞬间炸裂。

顾云风站在教室门口，有点心疼地捡起摔到自动关机的手机。他和讲台上的年轻老师对视了一下，低下头没敢直面人群，心虚地往后门走去，路过教学楼前醒目的海报。

南浦大学人工智能学院，《智能识别在现代刑侦中的应用》，主讲人：许乘月。

讲座开始十五分钟后顾云风才赶到111号阶梯教室，一小时前他接到金平公安分局赵局的电话，让他也去旁听许乘月教授的课，把许乘月请到他们刑侦队熟悉环境，尽快开展接下来与公安三所的合作项目。

顾云风不了解这个合作项目，对讲座的内容也完全没兴趣，只是单纯地服从上级命令，接手这个即将成为他们新同事的大学教授。

能容纳数百人的阶梯教室座无虚席，墙角还站着不少人。南浦大学是著名的以理工科为主的学校，不过此刻，这间教室里的学生百分之八十都是女生，比例失衡得毫无天理。顾云风特意穿了件连帽衫，拉上拉链戴着帽子，想让自己看起来更像个普通学生，但一米八几的身高还是让他在一群女生之间非常显眼。众目之下他搜索了好一阵，才在第三排正中央发现冲他眨着眼的舒潘和文昕。

"老大，您可算来了。"两人一副终于获救了的表情。"在等你来的时间里总共有三十六位美女询问我这里是否有人。"舒潘痛心疾首地小声说道，"您再晚来一步，我就真的无法拒绝她们了。"

舒潘和文昕都是他的属下，舒潘毕业两年，一个毕业时就油腔滑调的小伙子，在历经刑侦队两年磨炼后依然是个油腔滑调的老伙计。文昕是今年刚毕业的新人，来队里才一个月，短发女生，平常挺活泼，此刻却一言不发，只满脸崇拜地望着讲台上的男子。

"行了，好好听课。"他挥挥手，"不然去墙角站着，把位置让给人民群众。"

说完他抬头去看前方的投影仪，刚好对上许乘月的目光，对方皱了下眉，似乎对他的迟到挺不满意。

许乘月去年年底刚评上副教授，今年二十九岁。两年间在SCI以第一署名刊登了五篇文章后被破格提升，是南浦大学近三十年来最年轻的副教授。评级期间他就成了学校里的焦点，还上了两次新闻和微博热搜。讲台前的他很严肃，五官清秀，拿着书的手骨节分明。因为清瘦，本人看起来有些弱不禁风。

"这几年随着智能识别准确性的大幅提高，人工智能已经大范围运用在案件侦破中。20××年，人工智能在复杂图像的识别中有了一次突如其来但巨大的质的飞跃，而现在，这一领域在理论上已经达到了99.9%的准确率，在自然语言处理领域中对情感倾向的识别也达到了这一准确率。我们现在可以通过分析人类的微表情、言语措辞，精准判断出他的情绪和喜好，为刑侦时的走访及后期审讯提供精准的判断。"

复杂图像识别、自然语言处理、情感识别……窗外湖面被微风掀起涟漪，身后学生在小声说话，可惜他们并没有讨论课程内容。顾云风盯着讲台前醒目的银色保温杯，低头点亮碎了一角的手机屏幕，发现时间才过去半个小时。

"而在去年，南浦市全面整合了监控信息，只需一张可识别的嫌疑人面部照片，就能在短时间内获取他在监控中的所有镜头，摒弃人工判断，直接进行智能识别。"

文昕坐得笔直，眼中有星星，大脑依然一片空白。她用胳膊碰了下昏昏欲睡的舒潘，一只手挡住脸："你说市局干吗非要把这许教授塞到我们队啊？"

"为什么？因为只有我们队有副队没队长啊。"舒潘稍稍打起了精神，偷瞄了眼顾云风，小声说着，"为公安三所说的什么刑侦全面智能化提供一线试点，这项目要是发扬光大了，以后我们也得失业。"

"其他队里谁愿意干这种抢自己饭碗的事啊。"他摇晃着脑袋，望着正假装听课的顾队一声长叹。顾队这人吧，业务能力一流，身体素质一流，可惜太年轻了，提不了正职。

"说什么呢你俩。"顾云风像是猜到他所想，瞥了他一眼，而后轻敲着桌子说，"这是顺应科技发展和人类进步，给你们肤浅的人生上一堂课。"

窗外空调的机箱嗡嗡作响，和不绝于耳的蝉鸣混成一团。南浦市的夏天总是万里无云，阳光普照。因为天太热，没有飞鸟，只有飞机。

今年年初南浦大学的人工智能实验室和公安部第三所达成了一项战略合作——城市智能刑侦系统，他们内部通常称为AI侦探。许乘月是人工智能实验室派出的科学家之一，挂名这个城市智能刑侦系统的负责人。公安三所那边为了深入了解刑侦过程的程序及细节，非要让他进到一线队伍里，直面现场积累经验。

顾云风所在的金平区刑侦队就成了市局点名要与许教授合作的一线支队，说是无论大大小小的案件都要带着他，必须知无不言言无不尽。

这种事他当然是不介意的，人家是学识丰富的教授，脑子肯定没问题。他们这段时间刚好人手不够，队里多个随意驱使的劳动力也挺好。

昨天晚上顾云风加班到挺晚，没睡好觉，趁着中途休息赶紧在桌子上趴了一会儿。他把帽子套头上，脑袋枕在胳膊间，刚摆好姿势手机和衣服就振动起来。

他从兜里摸出手机，才看了眼来电显示，手机屏幕就暗了下去。

还是摔坏了。

秦维是队里的老警员，平时很少给他打电话，这会儿找他，肯定是有大事。他犹豫了一下，从旁边桌子里扒出舒潘的背包，然后翻出他新买的还没设置密码的手机，迅速拨了老秦的号码。

"喂，小舒啊？顾云风呢，怎么没接我电话？"那边是一个沧桑的声音，没说几句话就咳个不停，一听就是烟又抽多了。

"是我，手机坏了。"顾云风把背包拉链拉好，放回到抽屉里，周围很嘈杂，他用手捂住另一只耳朵，才勉强听得清对方说什么。

那头的人抱怨了几句，然后说他们刚接到报案，在花南路一个垃圾桶里发现了一个人。

"垃圾桶？"他有点蒙，"真人还是假人？"

不怪他这样问，前段时间他们也接到过类似的报案，报案人说下水道里有个人，不知道是死是活。他带着人火速赶过去，结果发现是个充气娃娃。最可气的是，那下水道异常狭窄，只要脑子正常就看得出来塞不下真人。

"废话，当然是真人，男的，四五十岁，已经没气了，一个环卫工人报的案。"老秦说，"挺大的垃圾桶，能把我们俩都塞进去，装满水还能游个泳。我已经到现场了，一会儿你们都过来吧。"

"嗯，我先让他们俩过去，我还有事。"

顾云风刚挂断电话就看到舒潘睁着无辜的双眼盯着自己，他吓了一跳，下意识地转身望向讲台，许教授正被一群学生围着，戴着眼镜的样子斯文儒雅。

"顾队，一会儿这讲座结束了我们是不是要去会会这许教授？"舒潘趁着中途休息去接了杯水，回来后积极提着意见。不过没多久，他就发现顾云风正在用的手机异常眼熟。

他立刻意识到那是自己凌晨三点爬起来排了几个小时的队，刚买到的最新款手机。他就拆了包装以及装了个电话卡，都没有开过机！

无视舒潘怨念的眼神，顾云风直接把手机揣进自己兜里："手机先借我，后面这节课你们不用听了，你和文昕去花南路，又要干活了。"

"现在？"

"就现在。"出了不少汗，顾云风卷起袖子，"花南路派出所，一桩命案。"

他瞥了眼欲言又止的舒潘，把车钥匙抛给对方："一会儿只能我自己去见许教授了。"

他抬头看了眼讲台，讲台上戴着副黑框眼镜的许乘月手里拿一个银色保温杯，将泡了枸杞的开水小心翼翼地倒进敞口瓶盖中，小心喝着或许很烫的开水，耐心地向围了三层的学生解答问题。

这个场景有一种难以言喻的违和感。

讲座结束时已是下午五点，顾云风坐在第一排，心不在焉地翻着书，终于等到教室的人群渐渐散去。他觉着自己在学校里晃悠有点显眼，毕竟是在社会上摸爬滚打了几年的刑警，尽力掩饰依然和旁边这些稚气未脱的大学生在气质上有所不同，就连比他大两岁的许教授，因为常年待在学校实验室，看起来也比自己年轻点。

说白了还是自己长得太成熟，他这么想着。

整理下衣帽，他起身，径直走到许乘月面前，伸出左手自我介绍道："许教授您好，我是……"

"您是顾队吗？"

他发现许教授正盯着自己自然垂下的右手，目光如炬。他右手的掌心有一道不深不浅的疤痕，拦腰折断他的掌纹。

"我是。"顾云风笑着点点头，摊开右手掌，那道疤痕看着有点触目惊心，"小时候不听话，被我爸打的。"

事实上他小时候并没有不听话，他爸从没打过他，也没管过他。大事小事，全靠他一人决定。

顾云风放下停在半空中没有被理睬的左手，稍稍有点尴尬。他发现一个很有趣的事，许乘月上课几乎没有详细课件，也不看书，对着简洁得一塌糊涂的PPT能讲整整两个小时，还准确简练，用词与课本上毫无差异。

他这是把书都背下来了吧？记忆力极好但课讲得非常无聊，顾云风坐在前排分分钟要被催眠。这群学生都是冲着颜值才来听课的吧？

许乘月把拷贝好文件的U盘递给最后离开的学生，收起带来的电脑对他说："昨天三所的领导跟我们实验室开会，说今天刑侦队会来。"

"我看您也不太像学生，又故意留到最后，应该就是顾队了吧。"他黑色衬衣上别了枚银色的学校LOGO，衣袖都熨烫过没什么褶皱，左手手腕上戴着VCA皮埃尔系列的玫瑰金手表，右手依然握着他那个银色保温杯。

画风瞬间从学术精英变成了养生老干部。

许乘月虽然戴着眼镜，但镜片一看就没有度数。顾云风有点奇怪也没多问什么，他递给许乘月一张工牌说："这是我们队的临时警员证，有效期一年，你先用着。"

"具体的情况市局和三所应该已经有过介绍，后面你需要和我们支队一同出外勤，你要是有空，就尽量过来。"

对方接过证件，仔细地看了下自己的照片，点头说没问题。许乘月证件上的那张照片是三年前拍的，一双凤眼清亮有神，嘴角上扬，居然比活生生的本人看着更有神采。

"那就走吧。"说着顾云风大步往前走，"刚刚接到一起报案，案子归我们队管。"

"现在？我还有课。"许乘月很正经地想要拒绝，但下一秒就被打断了。

"别上课了，请假吧。"顾云风看了他一眼，不好意思地说。

听到这些夸张的消息许乘月并没有什么特别的举动，他抬手看了眼时间，五点整。他似乎有种与生俱来的冷淡，一张面无表情的脸能把周围温度生生降个三四度。

顾云风一直注意观察他的表情，从最开始无聊机械的讲课到现在突如其来的外勤任务，许乘月脸上的表情绝不超过三个。

看来是个面瘫。

车钥匙给了舒潘他们，他只好坐许教授的车去案发地点花南路，车里一直循环放着几首歌，特别甜美的女声，听声音，演唱者应该是同一个人。

"这歌挺好听的，谁唱的？"堵在中环时顾云风百无聊赖地找着话题，想跟新同事尽快熟悉起来。他坐在副驾驶位上，盯着后视镜中遥遥无尽头的车队。南浦大学距离花南路大约二十公里，他们的车才开了十分钟，紧接着就遇上了下班高峰，在中环高架桥堵了半个小时。

"一个女团组合，AIR，最近热度挺高，这是她们上月刚出的专辑。"

他看着导航上的预计花费时间从三十分钟变成四十分钟，再到现在的五十分钟，然后转头问他："那现在这首叫什么？"

"这首是主打歌，《爱要无限大》。"

这几年音乐市场一直不景气，顾云风很少关注娱乐八卦，这个叫AIR的女团他根本没听说过，于是拿着舒潘的手机搜索了一下，才知道是几个十八九岁的小姑娘，去年年底开始出现在大众视野中，长相可爱声音甜美，不知怎么就蹿红了。

前几天女团里有个女孩参加了今年的高考，网友们津津乐道地讨论着这姑娘能考上什么学校，整整两天，关于女团的消息霸占着娱乐版头条。

到达花南路时已经接近傍晚，那片荒无人烟的民宅前停了五六辆警车，有几个看热闹的围观群众，站在警戒线前左顾右盼，没过多久就被直接请走了。

这么热的天，他们也是挺闲。

"许教授以前去过命案现场吗？"顾云风戴上白手套跨过警戒线，回头招手让他一起过来。

许乘月摇了摇头，这是他第一次接触刑侦治安方向的课题，也是第一次见到真实的命案现场。

他跟在顾云风身后，跨过警戒线。跨过去的那一刻天上落了几滴雨，一团乌云飘在上方，很快又被风吹散。不知道为什么，接过警员证的许乘月，第一次直面死亡现场的新晋警员，那一刻恍惚觉得，自己走向的是未来需要被重新定义的死亡。

"没去过啊，那你可以离远点。"顾云风下意识地说，但很快他就改了口，示意对方到自己前面，"也可以离近一点，多刺激刺激你的心脏，好迅速适应环境。"

许乘月摆摆手："没关系，我对这类场景，天生免疫。"

他是真的天生免疫，高温下被塞进垃圾桶的尸体散发着恶臭，表面已经开始有蛆出现，他倒是面不改色，戴上手套蹲下身仔细观察起伤口。这些天他已经背了几本刑侦方面的书，他没经验，只能先看看书，避免自己彻底变成人形拖油瓶。

"顾队您终于来了啊。"舒潘看到他们过来后激动地要跳起来，伸出手要讨回他被顺走的手机。

顾云风无视他，戴上手套，仔细辨认着死者已被损坏的脸。死者为男性，年龄40至45岁。尸长171厘米，估计实际身高接近175厘米。他检查了下四肢，双手手背手心都有明显伤口，伤口为利器所致，腹部和肩胛处共有两处刀伤，腹部伤口深四五厘米。

"现场什么情况？"顾云风观察着尸体上的伤口问。

"嗨，整个人被塞进了垃圾桶里，头朝下脚朝上，技侦处理好后已经把尸体拖出来了。"

"老秦呢？"给自己打了电话却没见着人。

"回去了，说要接孩子。"

"这不是许教授嘛！"舒潘一眼认出在尸体旁蹲下身仔细观察的许乘月，"刚刚我也在教室里听您的课呢，不过内容太高深我们直接被吓跑了。您看看这是个什么情况啊？"

听到有人叫自己，许乘月愣了一下，实在对这冒冒失失的小伙没什么印象。他随即不好意思地摇头："我就是一教书的，刑侦方面是外行，不然怎么来支队学习呢。"

"不过……我看他手上挺多伤的，死者和凶手发生过激烈的搏斗吧？"

受害者现在平躺在铺了隔热层的地面上，他检查了下尸表情况，明显伤口共八处，其中六处都分布在双手上。

"而且，这刀伤并不深，出血量也不致死。"

"我说得正确吗，顾队？"许乘月抬起头问。

"嗯，没错。"顾云风蹲下身翻了翻，"死者双手除了刀伤外还存在表皮脱落，他用受伤的双手抓取过外物。"说着他解开死者的衣领，"他的颈部有多条垂直于勒沟的抓痕，显然死因并不是失血过多。面部淤血，肿胀，存在水平环状绕颈勒沟，死因初步可判定为机械性窒息。"

"死者身体健壮，身上只有两处非致命伤，看来凶手身手不行啊。"顾云风起身走向装过受害者的垃圾桶，里面除了几层厚厚的树叶，也没其他特别的东西。

看起来搏斗中行凶者对自己所携带的凶器一度失去了控制权，从而采取了另一种方法杀死受害者。

"凶器呢？"

"这个等具体的尸检结果吧，从这伤口看，可能就是普通的水果刀，使用的勒索工具……应该是麻绳？"

都是很普通方便拿到的工具，能直接用水果刀去伤人还被对方空手夺刀，凶手很大概率是激情杀人，事前并没有做好充足的准备。

一阵热风吹过来，垃圾的味道混着尸体腐败的气味，把旁边一只瞎转悠的流浪猫熏得拔腿就跑。

南浦市最近几天昼夜温度都在30℃以上，味道也比平常更大一些。这处民宅过一年就会被拆除，到处都是红色的"拆"字。现在这里基本没有人居住，路过的人也很少，找到目击证人希望渺茫。

"从现场尸斑情况看，死亡时间应该在24小时以上。这里发生过激烈的搏斗，但尸体附近又没有搏斗痕迹，一定是抛尸咯。"顾云风检查了尸斑的痕迹——激情杀人，毁坏尸体面部特征，转移尸体掩盖真实案发现场可能存在的证据。

"文昕，这附近有几个监控？"他转身问不远处穿着浅色制服的短发女孩。

"一公里内两处。"文昕跑过来，手里拿着个十年前流行的硬壳笔记本，"以尸体所在地为中心，向南二百米处有一个监控，向北三百米有一处。"

"这里一直没怎么开发，后来又面临拆迁，监控覆盖面不太够。"她解释说。

"那就扩大面积。"

这片地区待拆迁的房屋有二十多栋，都是两三层高的私宅，藤蔓沿着屋檐爬满墙面。这里离市中心二十公里，旁边还有大片农田。

私宅没有小区的概念，周边配套设施也欠缺，街道两边零零散散地分布着几个一米多高的垃圾桶和形单影只的路灯。

死者就是被头朝下地塞进了中间某个垃圾桶，下午环卫工人清理垃圾桶时，他的尸首才被人发现。

而报案人是花南路街道的环卫工人，据他说，他每天会在下午两点左右按既定路线清扫附近街道，并且清理这一片区的垃圾桶，昨天下午这边一切正常，而他的证词已经查明属实，所以肯定是在三点他离开后，凶手才把尸体转移到了这里。

"还有，直接去比对有犯罪记录人员的DNA，死者身上有多处旧伤，可能有前科。"

顾云风抬头看了眼夕阳下沉的天空，层次分明地变着颜色，电线弯弯曲曲地胡乱缠绕着，停了不少麻雀。这类案件在凶杀案中算是比较常见的，只要确定死者身份，就解决了一大半。凶手多半与死者有纠纷，调查死者人际关系，再找到第一现场，就能获得完整的证据链。

他脱下手套按了按颈椎，抬头的时候突然发现远处三三两两的人群里，有个女人一直在注视着自己，也注视着一旁同技侦人员交谈的许教授。

她戴了一顶黑色宽檐的沙滩帽，遮住了半张脸，身穿红色丝绒上衣加黑色长裙，站在夕阳里的树影下。

八点左右现场勘察基本结束。这片儿没有人烟，公共设施也没怎么维护，街边一排路灯就亮了两三个，光线还忽明忽暗，太阳一下去就只能靠手电筒照明了。顾云风看了眼黯淡的弯月，提议一会儿回支队继续加班，说晚上鉴定结果基本都能出来，也好早日结束这案子。

"每天加班五小时，提前退休二十年。"顾云风摇头晃脑地说着。他喜欢有什么事就赶紧做完，特别是不难的事情。

"不是，我们习惯了当然没意见，但人家许教授……"舒潘望着许乘月。

"您抽根烟不？"说着他还递给许乘月一支烟，对方微微摇头拒绝了。

"呀？您跟顾队一样不抽烟啊？"他们这一行，压力大又常常昼夜颠倒，酒不一定人人都会喝，但烟基本是标配。所以顾云风是个异类，他不仅自己不抽，还不允许周围人在他面前抽烟。过去他可没少为这事发脾气，搞得很长一段时间队里人人自危，抽根烟都得躲厕所，还要避开顾云风敏锐的嗅觉。

"许教授现在不能喝酒，当然也不能抽烟。"

"而且，依照医嘱，他需要在十点前休息，所以很抱歉，他不能和你们一起熬夜了。"冷冽的女声在身后响起，她取下帽子，乌黑的长发滑过耳后落在肩上。

这是一个多小时前就在此处注视他们的女人，瞳孔清亮，皮肤白皙，在顾云风眼里算是十足的大美女。她踩着一双红色细高跟，轻轻用手抹去划过脸颊的汗。

她在接近40℃的高温下等了将近两个小时。

"西子？"许乘月露出个有点惊讶的表情，跟她打了招呼，"你怎么来了？"

她没有回答，而是转身望着旁边的人群："你们可能不太了解乘月的情况，他现在身体还比较虚弱，这几天天气挺热，我不得不跟来了。"说完露出一个标准的微笑。

天边一颗明亮的长庚星，脚下是互相交叠的影子。

清冷的月光下她和许乘月一同站在树影中，停顿了下说："我是应西子，乘月的家庭医生。"

挂钟的指针指向十点，办公室里仍然有键盘的敲击混合着纸张翻阅声，空气中弥漫着咖啡普洱和泡面的味道，但没有烟味。

"许教授是哪家的少爷啊？怎么还有家庭医生这种生物的存在？"

顾云风坐在椅子上，翻着案卷，还泡了杯茶。在他的认知中，家庭医生是万恶的资本阶级中才出现的职业，他活了二十几年，这是第一次见到。

"文昕，我之前让你整理过许乘月的资料，他有过什么重大疾病吗？"顾云风对那位家庭医生的话念念不忘：不能喝酒，不能抽烟，晚上十点前必须睡觉。规律精准的生物钟，健康乏味的生活习惯，活脱脱一佛系中老年男子。

上天赐给他好看的皮囊，为什么会有一个如此无聊的灵魂？

"也不能说是重大疾病……"她想了几秒说，"一年前许教授遇到一起意外事故，受了重伤。"

"什么意外？"他吃着刚送来的加班餐，一荤两素加个汤，米饭有点硬，要不是没时间做菜，他肯定选择自己带饭。

"那时候许教授刚留校任职，还是普通讲师。在去年3月16号的晚上，他们师门聚餐，吃完饭后他回了实验室，因为想看星星就去了实验室的屋顶，结果风太大，不小心失足坠楼了。"

"看星星？风太大？"顾云风没忍住，笑了出来，"这是谣言还是真事？听着也太傻了。"

"真事。"文昕肯定地说，"许教授自己说的，还能找到采访视频呢。"

"他文艺青年啊？"顾云风摇了摇头，"这就是单身狗一个人追求浪漫主义的惩罚，上天都看不下去了，派来一阵台风把他刮下去。"

文昕拼命点头，然后睁大闪闪发亮的双眼："顾队，你怎么知道许教授单身？"

"因为我单身，所以希望别人也这么惨。"他开玩笑说。实际上他是觉得选了个这么年轻的女孩做自己的私人医生，如果有女朋友，一定会闹得鸡犬不宁吧。

"坠楼之后受伤严重吗？"顾云风问。

"挺严重的，他从实验室屋顶摔下去，实验室有三层。"

"三层楼的屋顶，相当于四楼了。"

"对，而且运气也不怎么好，颅内出血，昏迷不醒，送到医院没多久基本停止呼吸，直接被医生宣布脑死亡。"

听到"停止呼吸""脑死亡"几个词顾云风挺惊愕，这已经严重超出他预想的受伤范围了，他扯了扯嘴角，难以置信地放下筷子。

"脑死亡不就是真死亡了吗？有心跳无呼吸。"他对自己刚刚开的玩笑感到尴尬，"许教授现在能活蹦乱跳地待在我们这儿，是手术后出现了奇迹？"

"主治医师没有放弃抢救，后来经过二十几个小时的手术，他恢复了呼吸功能，过了一个星期就醒了。"过去因为脑死亡在黄金二十四小时内抢救成功的人，很大一部分长久地陷入沉睡成了植物人，在确认脑死亡后被抢救过来，又在短时间内清醒的许乘月，可以算是奇迹中的奇迹了。

"不过有一件事很奇怪。"文昕侧过身小声在他耳边说，"这是听我鉴定科的师姐说的，许教授不是醒来后向警方描述了他坠楼的经过吗，说自己当天聚餐喝多了酒，迷迷糊糊地跑到屋顶看星星一脚踏空，才发生了意外。"

"但是，鉴定血液的酒精浓度后，师姐她发现，许教授根本没有喝酒。"

"所以，他肯定是隐瞒了什么事，不过碍于当事人证词，师姐的鉴定结果没写进去，其他人都不知道。"说着文昕还点开微信，把师姐发给她的消息拿给他看。

"是有点奇怪。"顾云风翻着聊天记录，不小心就瞟到些奇奇怪怪的八卦，甚至还有关于他的。他装作什么都没看见，点点头默认她的猜想，心里吐槽着哪里是其他人都不知道，你还是知道了啊，指不定你的师姐还跟很多人说了这故事。

"然后的事情大家就都知道啦，许教授评上了副教授，现在就来我们一线锻炼了，说的是待一年，实际上……可能几个月就是极限了吧？"

"啊哈——"文昕张开手臂伸了个懒腰，"生病也有生病的好，这不，人家现在都回去睡觉了。"

这丫头……顾云风随手卷起几张白纸敲了下她的脑袋，"行了行了，一会儿死者的DNA结果出来后，就放你们回去，明天可以晚点来。"

"哦哦，顾队万岁——"她开心地在原地转了个圈。

突然，舒潘急匆匆地走过来，冲顾队招着手。他嘴里叼着根刚点燃的烟，看到顾云风皱起眉，火速取出那根烟塞进裤兜里。

"哎呀大意了！"他出了身冷汗脱口而出，下一秒就被他的队长拽着领子拖到办公室外的走廊上，接受室外36℃高温的炙烤。

那根未熄灭的烟迅速将舒潘的裤子烧了个洞，他忍着灼热带来的剧痛直接把烟头在裤兜里摁灭，满脸扭曲的表情还装作若无其事："老大，我刚碰到法医室的徐老师，他说死者的DNA鉴定结果出来了，邮件发给你了。"

"知道了，我马上去看。"说完他盯着舒潘裤子上烧出来的窟窿，脸色一沉，那里刚好露出红色的内裤一角。

"你本命年啊？"顾云风看了他一眼，指着那破洞说，"赶紧自己缝上吧。"

舒潘赶紧点头，脸发烫，末了还伸出自己被烫伤的手指开始鬼话连篇，说这大热天站外面实在是太受折磨了，皮肤都能被烫伤。

顾云风摇了摇头也没再追究，他打开邮件，听着舒潘在耳边解释着："真像您说的，这人前科不要太多，总共进去了六次，盗窃诱拐伤人抢劫，坏事都快做尽了。"

经过DNA比对，发现死者名叫关建华，外省人，四十二岁，二十多年前来到南浦市打工，第一年就因消极怠工被开除，此后走上了偷鸡摸狗专门破坏社会稳定的道路。

"关建华最近一次入狱是四年前，罪名是电信诈骗，四十五天前刚刑满释放。"顾云风仔细浏览着此人所有的犯案记录，第一次入狱是二十一年前，因打架斗殴造成他人重伤，判了两年，后面还有抢劫和诱拐案，诱拐案判了十二年，最近的电信诈骗判了四年。

诱拐案。他皱起眉头，点进去仔细阅读了案情，果然是十九年前的那起。

可以说，关建华这二十几年就是在监狱中度过的，每次刑满释放，不到三个月就立即被捕，真心是把监狱当作家，不用工作，就在混吃等死。

"能调取到关建华的通话记录吗？"顾云风问。

"这家伙断断续续被关了二十多年了，和社会严重脱节……调不到。"

"他就没用过手机？"

"唉，就是这么回事。"这人当真是把日子活在了二十年前，此后的时光一切停止，有的只是罪恶的痕迹。

"那我得跟赵局说一下，申请调取关建华出狱后的所有监控录像。"他见过什么人、去过哪里、做了什么事情，都得查清楚。

南浦市做了监控联网后他们的工作方便了很多，一张清晰的面部照片，就能调取此人一个月内被监控摄像头拍到的所有影像。通过监控影像，就能迅速获得对象近期的社会关系及行为轨迹，大大缩短走访所需时间。

不过这个存放历史影像的数据库涉及太多敏感数据，目前的访问权限仅属于公安部三所。

顾云风拨通了赵局的电话，也许是太晚了，五分钟过去也一直没人接。

权限审批需要经过一系列复杂的手续，第一层上报金平公安分局的赵川局长，第二层上报到市局，再经由市局领导审批后报到省厅，过个五六层最终才能联系三所领导层。

一套流程下来，短则三五天，长则可能需要一个月以上。这不算什么复杂的案件，花费这么久的时间去申请可能并不需要的东西，太麻烦了。他起身，把晚饭的包装盒扔进垃圾桶，倒掉没喝完的咖啡，准备回家睡觉。

走出支队大门时却突然想到，作为公安部信息科技项目孵化中心的公安三所，大部分课题都是和高校实验室共同研发产出的，而南浦大学的人工智能实验室，就是与它合作最紧密的高校方。或许，许乘月也拥有这个权限吧？

百花街2306号，南岛嘉园十九楼。

南岛嘉园是许乘月居住的小区，内环内的中高档小区，距离南浦大学老校区只有二十分钟的步程。十五年前，他和父母搬来这里，这么多年过去了，这两居室的房子里如今已经只剩下他自己。

他的双亲几年前在一场案件中双双遇难，那时候他还没毕业，听到噩耗后整整一个星期手脚都自我禁锢到无法动弹，在冰冷的太平间和父母见了最后一面。他好像刻意忘记了当时的痛苦，回想起来，只剩下一片无边无际的空白。

"西子，以后遇到这种情况你不用来的。"

黑夜中新月和星辰藏进云里，天空变得幽深又清澈。许乘月关上门窗，泡了两杯柠檬水。到处转悠着打扫卫生的扫地机器人转着圈回到角落，空调自动调节到人体适宜的温度。

"以后我会和支队的警官们长期相处，你这样……"他停顿了一下，"我会很尴尬。"

虽然是智能识别领域的专家，但他在刑侦方向可是彻彻底底的新人。他来一线是为了实验室的项目取材，为了把自己从思维到语言武装成一个懂得刑侦的科研人员。

"尴尬？"应西子有些疑惑地皱眉，在客厅的黑色真皮沙发上坐下，随即轻声叹息，"也是，我只是你的医生，没有权利管太多事。"

电视中放着法制节目，气氛营造得有些吓人，她伸手去拿书架上的遥控器，却看到里面满满一排的刑侦类书籍，从封面复古的旧书到包装精美的新书。

"科学家，你怎么也开始看实体书了，还是放着做摆设？"她踮着脚，右手拂过凹凸不平的书脊。

"遥控器是摆设，书不是。"他帮她调到最新的热剧，"这些书是我爸妈的，前几天刚从箱子里翻出来。"

他其实不太习惯和这个女孩子同处一室，倒不是性别的问题，只是单纯觉得她看自己的眼神怪怪的，有时候陌生，有时候又饱含深情。

他不习惯那种陌生的眼神，就好像自己是个陌生人，住在不属于他的地方，做着不该做的事情。

"看什么呢？"她伸出手在他眼前晃了晃，"伸一只手臂，我需要给你抽血，上次抽血还是一个月前，这几天有点忙，差点忘记了。"

"晚上抽血？"

"不测血糖和肝功能，早晚都一样。"说着她从带来的箱子里取出试管针头和其他必备医疗用品。

"你是最近有什么事吧？"许乘月把左臂的衬衣袖子弄上去，握紧拳头平放在桌面上。实木桌上摆了个透明花瓶，里面插满了白色康乃馨、紫色洋桔梗以及几朵深红色冒充玫瑰的月季。这是应西子订的，每周会送一次鲜花，他猜这大概是女孩子才喜欢的东西，反正他本人是一点兴趣都没有。

"还真让你猜着了。"她严肃的脸上突然露出了笑容，音色也变得柔和，"我爸妈后天出差，一家生物科技公司，邀请他们去讲课，我也会跟着去。"

"今天如果不把你拉回来做个全身检查，后面的大半个月我可没办法安心。"说话间她完成了静脉抽血，开始接下来的各种身体检测。许乘月配合着她的工作，心里却不明白这么频繁地体检有什么必要。

明亮的灯光下女孩子专注地记录着各项数据，她脸上精致的妆容因为下午室外的高温曝晒逐渐褪去。应西子是一年前陆教授介绍给他的家庭医生，说是介绍，其实是强迫。他不觉得自己的身体有什么问题，但在陆教授的坚持之下，只好勉强答应。

毕竟，她的父亲应邦是自己当年出事后的主治医师，是他的救命恩人。在二十四小时内将他从死亡的边缘拉回，他的女儿想做什么，自己都应该摇旗呐喊，坚决支持。

"好了，明天验血结果就能出来，我会发一份给你，我不在南浦的这几天……"

"按时吃饭，准点吃药，晚上十点就要睡觉。"许乘月背书一般念出这段话。应西子给他开的药，多是些刺激神经的非处方药，以保健功能为主。

"行，那一会儿我就先走了，有什么事情call我。"她满意地点点头，收拾好带来的医药箱，背着深蓝色的怪兽小包跟他说了再见。

但在离开前她忽然看到玄关处挂着一张相片，那是父亲应邦和许乘月的合照，照片上的许乘月刚从昏迷中苏醒，目光凝滞，她的父亲笑得也有些苦涩。

"乘月，这张相片你是什么时候挂上去的？"她伸出左手，指尖拂过相片上两人的眉眼。许乘月那时候刚从死神手里逃离，短暂性地失去了五感，像个被掏走灵魂的躯壳。而当时的父亲，经过二十四小时不眠不休的手术，累得满脸沧桑。

他们在这样的情况下拍了这张照片。

"前天，收拾房间的时候突然看到，就买了相框装裱起来。"

许乘月走到玄关，也看着这张生死之际的合影。那时候的他就像一个刚刚苏醒的婴儿，在地府走了一遭，喝了半碗孟婆汤，却幸运地被拦在了鬼门关外。

"去年那件事故，你真的是失足坠楼的吗？"转过身，应西子凝视着他的眼眸，仿佛在期待对方有什么不一样的回答。

"你真的会喝酒吗？

"真的，会跑到屋顶上看星星吗？"

但她又一次失望了，他只是诧异地看着女孩，重复着在警方和所有人面前说过无数次的话："是的，我是失足坠楼的。"

"我不会骗人，永远不会。"

高跟鞋的声响在楼道中渐渐远去，空气中还隐隐弥漫着蜜桃的香水味。

应西子每次并不会在他家逗留太久，毕竟他一个人住，孤男寡女容易说不清楚。他喝掉泡好的柠檬水，重复回想着她刚刚的神情。

许乘月将近三十年的人生中绝大多数时间都埋头于科研，他有着极强的学习能力，却从来没有成功揣测过他人的心思。而刚才，他隐隐约约感受到了应西子的失望，却给不了任何她想要的说辞和行动。

毕竟在他的脑海里，事实就是那样，那天发生的事情他记得异常清晰，不可能去说谎。

只是，她为什么希望自己不是意外坠楼呢？

顾云风买了十人份的早餐，加了肉末豌豆的咸豆花、冒着热气的半月形虾饺、鸡汤加蟹黄的双拼汤包，晶莹剔透皮薄多汁，还有十份皮蛋瘦肉粥。

"加班奖励，总共十份，晚了没有。"昨天让大家加了班，早上被允许晚来，他就寻思着，早来的同事必须得有点奖励。

"我我我，我刚好没吃早饭！"舒潘一溜烟跑了过来，打开袋子把早餐整整齐齐地摆放在桌面上。他还穿着昨天那条裤子，烧穿的窟窿被一块黑色的布补上，缝得歪歪扭扭的，一看就来自他本人的心灵手巧。

"老大，你肯定是知道我最爱这一家的豆花了吧，专门给我点的？你看这都九点了，就来了这么几个人，我数了数，不到十个。"他嬉皮笑脸地挑了一堆，抱回到自己位置上。

昨天晚上已经查到死者的身份，他心里有了底，也就没那么着急了。

"各位早。"有点熟悉的声音响起，顾云风抬起头，首先看到的是摇摇晃晃的保温杯。许乘月把杯子放在他桌上堆成山的文件旁，茫然地望着空荡荡的办公室。

"昨天大家加了班，有些人会晚点来。"顾云风指了指桌上的早餐，"早餐都在这儿，许教授你坐后面那办公桌，那儿不是固定办公位。"

"谢了，我今天没课，所以想来看看。"他神情淡漠地拿走一碗皮蛋瘦肉粥，看室内没开空调，就打开了紧闭的窗户，外面阳光挺好，知了叫得不算太响，天都比之前蓝些。

"昨天的案子，有什么新的进展吗？"

"确定死者身份了。"顾云风咬着虾饺对他说，"关建华，一个有多次前科的无业人员。"

"今天早上解剖结果也出来了，死因确定是机械性窒息，死亡时间在昨天下午一点至三点之间。凶手一开始用水果刀刺向关建华，但刀被死者用手打掉了，只刺伤了腹部和肩胛，伤口不深。"顾云风演示了下当时的情景。

"随后，他又用麻绳勒住死者颈部，导致死者窒息而亡。绳子可能是凶手自带的，也不排除碰巧在路边捡到。"

"那监控呢？"

"离现场最近的两个监控已经调取了，有拍到嫌疑人，不过嫌犯捂得很严实，大晚上的跑来抛尸，面部特征做了刻意遮挡，目前没办法从视频中提取出凶手的任何信息。"

他放出凶手抛尸时的视频，举手投足都被监控拍得清清楚楚。

视频中凶手使用街道旁一辆无人使用的手推垃圾车来运送尸体，而那片民宅入口处有一个高约一米五的斜坡，按照顾云风的推断，他将巨大的垃圾桶放置于斜坡的下方，推着装了尸体的垃圾车跑上坡顶，然后利用自身重力让尸体跌落进垃圾桶中。

所以才是头朝下脚朝上，大概想表达垃圾人就该待在垃圾桶里的意思。

顾云风抽了张纸巾蹭了蹭嘴角，找了个椅子坐着。

"我们现在的调查有两条线，一条是走访关建华的社会关系，第二条就是追踪凶手运送尸体用的交通工具。"

"他应该是开着车到了一处无法被监控拍到的地方，然后将垃圾车推至此处，将尸体转运。"

"凶手对监控的布置很熟悉？"许乘月问。

"对。"顾云风点头，"凶手看起来很熟悉抛尸地点的环境。"

"所以现在，主要还是追查他最初运送尸体使用的车辆。"

许乘月仔细看着视频中凶手的身影，身高一米七左右，看走路方式和体态应该为男性。体型正常，比死者瘦弱些，也难怪他用刀没能对关建华造成致命伤害。他在监控中共出现四次，中间两次推车进出，确实符合顾云风说的场景。

他关上视频，舀了一勺瘦肉粥送进嘴里，咸淡适宜温度正好，如果满分是十分，他会给这粥打七分。

顾云风站一旁反复看着视频，余光审视拘谨地吃着早饭的许乘月。相处时间还很短，可他总觉得自己和许乘月之间有一种难以描述的距离感，不，应该是普通人和许教授之间，都有这种古怪的距离感。作为经验丰富的刑侦人员，他第一眼完全没办法猜到他的表情和想法，好像只能在远处看一个不食人间烟火的神仙。

"许教授，你们实验室，是不是和三所的合作挺多？"他想起昨天没给赵局打通的电话，决定还是迂回地拜托下许乘月。

"每年都有一两个吧。"

"那……你有他们数据库的权限吗？"他指了指许乘月。

"有。"

顾云风松了口气，笑着说："帮个忙吧许教授。"

"哦？你说。"他看顾云风欲言又止的表情，感觉应该是个挺重要又不好办的事。

还没等顾云风张口，文昕就顶着没睡醒的黑眼圈，踏着整点的钟声走进办公室，边走边急吼吼地冲他走过来："顾队，顾队，刚刚有人来报案了。"

"刚刚在门口遇到的，现在在接待室里。"她弯下腰喘了会儿，神秘兮兮地靠过来，小声说，"两个人，有个女孩子脸遮得严严实实的，我感觉啊，是个明星。"

"一定是个明星。"

她打了个哈欠揉了揉乱糟糟的短发，眨着眼努力打起精神："早上醒来还以为迟到了，跑过来才想起今天能晚来的。"

说完她扫视一圈，看到许乘月后兴奋地跳起来："许教授也来了！"

许乘月冲她点点头，没有言语。

"早饭给你，犒劳你们的。"顾云风把桌上的袋子递给她，他往接待室的方向看了看，隐约有两个模糊的身影。

"许教授，还有舒潘，你们俩先跟我去接待室。"他一巴掌拍在舒潘的后背，听到自己的名字又受到重击的舒潘慌乱地抬起头，揉了揉眼睛。之前他趴在桌子上看案件资料，迷迷糊糊就睡着了。

接待室里，一位女子双手交叉抱胸，在仅有二十平方米的室内不停地来回踱步。她大约三十五岁，化了艳丽的妆容，穿一件黑色真丝连衣裙，一脸的焦躁不安。她旁边一个年轻女孩，坐在棕色靠背躺椅上，戴着黑色鸭舌帽，口罩遮住了大半张脸，只露出一双亮闪闪的眼睛，拿着手机在刷微博。

看到有人推门而入，女子先是警惕地握紧拳头打量着三人，然后试探性地望向顾云风。

"你们……是这里的警察吗？"

"我是金平区刑侦支队的副队长顾云风。"他笑笑，拿出警官证，"您放心，刑侦队里，外人进不来的。"

"我们先做笔录吧。"舒潘登上内部系统的账号，建了个新的笔录档案，然后打印了几张需要报案人填写的签名材料放到她面前。

她没有接过证件，坐在旁边的椅子上，长叹一声，伸出手把一旁玩手机的女孩子拉到他们跟前。

"我姓陈，陈钰，她是我妹妹。"她低下头，开门见山地说，"最近这两个星期，我们频繁地收到恐吓信。刚开始是三天一封，后来变成了一天一封。"

"一开始我以为只是有人恶作剧，可后来恐吓信越来越多，把小满吓坏了，我就想着带她来报案吧。"

"信里说什么？"

"一些奇奇怪怪的话，什么知道我们的秘密，说我们坏事做尽罪孽深重，会遭到报应的。"她从藏青色的羊皮挎包中取出几封信，"信在这里，都是打印出来的。"

"信寄到了哪里？"

"就放在了我妹妹休息室的门口。"

"休息室？"顾云风有点听不明白，"我能请问一下，收到恐吓信的，究竟是您，还是您妹妹？"

女子的身体微微抖动，下意识地攥紧包带。

"是我。"戴口罩的女孩子替她回答了。她跳到顾云风面前，仰起头看着他的眼睛毫无胆怯。

"小满……"

"不好意思，陈女士，我们需要先登记一下您妹妹的身份信息。"

"可以只登记我的吗？"

"那不行，必须要当事人的，您可没被恐吓啊。"舒潘伸出手摊开掌心，示意她出示有效证件。

气氛突然变得微妙起来，陈钰为难地站在原地，她示意女孩不要说话，内心在拼命地编排该如何应对，她不想任何人知道袁满的身份，可要想摆脱恐吓的威胁，又只能带着她一起报案。

许乘月盯着两人看了挺久，本该司空见惯的场景中弥漫着剑拔弩张的气氛。这个女孩他觉得挺眼熟，想试试单凭眼睛、脸型、骨相，能不能在见过的人脸中找出她是谁。

幸运的是，他成功了，这张脸，他还真见过。

"我见过她。"许乘月拉开椅子正面而对，他盯着年轻女孩唯一露出来的双眼，声音清冷而笃定，"你是AIR女团的主唱，叫袁满对吧？"

"我在广告上见过一次。"昨天开车和顾云风堵在中环时，车里还放着她们的歌。不过看顾云风此刻的表情，他大概已经忘记这个女团了。

听到这番话，女孩子一把扯下黑色爱心图案的口罩，露出一张圆圆的小脸。

"陈姐，我就说吧，打扮成这个样子太可疑了。"她轻柔的卷发随脑袋摇晃着，取下鸭舌帽，一副终于解放了的表情。

"警察哥哥，你眼力真不错，广告上看我一眼就能认出来。"袁满黑色的眼眸像一对发着光的宝石，声音清亮，满脸的胶原蛋白如同刚成熟的蜜桃，笑起来脸颊左侧有一个浅浅的酒窝。

AIR，去年年底爆红的少女偶像，粉丝们称为空气团，主唱就是这位叫袁满的女孩。

看着舒潘满脸抑制不住的激动，顾云风脑袋里打了个大大的问号，这是谁啊？

顾云风登记了女孩的身份信息，袁满，本地人，职业是歌手。前几天刚结束高考，按她的话说，去高考就是去体验一下人生，毕竟她从一满十八岁就进入演艺公司当练习生，时间都用来排练了，做一个普通学生的时间其实很少。

"袁满是吧，你父母知道这事吗？"他递给袁满一杯茶水，示意她坐下。陈钰作为当事人家属，被许教授他们带去另一间办公室等待。

"我没父母。"她咬了下嘴唇，过了几秒才缓缓抬头，眼神中尽是胆怯和慌张。

"我是个孤儿，从小在孤儿院长大。"

顾云风愣了下，他有些尴尬地挠了挠脑袋，然后释然地笑了："对不起，提到你的伤心事了。"

"没什么伤心的。"她摇头说，"我习惯了。"

"说起来，我母亲……在我很小的时候就走了。"看着袁满小心翼翼地装作满不在乎的模样，他犹豫了会儿，还是说起了自己的故事。

"她不要你了吗？"

"不是，她生了病，治不好。"那时候他父亲花了很多钱很多时间，想留住母亲的生命减轻她的痛苦，却只能眼睁睁地看着她一天一天地虚弱下去，最后形销骨立呼吸停滞。那几年的事情他还历历在目，每一天都像是没尽头的黑夜，所有人都陷在绝望里见不到天明。

说着顾云风递给她一支笔，温柔地揉了揉她的头发："我们也算是同病相怜了。"

袁满眨了眨眼睛，最后还是低下头，悄悄露出两个酒窝笑了。

"好了，接下来我有些问题想单独问你，如果觉得不想回答，可以跟我说。"见女孩没有异议，他继续问下去，"第一次收到恐吓信是哪一天？"

"我想想……好像是9号。"她和顾云风面对面坐着，右手托着脸颊，开口说话就像一只风中的摇铃。

"6月9号？"

"嗯。"她点头，"那天我在休息室换衣服的时候，突然看见门下面塞了一封信。我当时吓了一跳，虽然平时常常会收到粉丝的礼物啦，但一般粉丝没办法进到公司大楼，更不可能知道我个人的休息室了。"

他记录下——可能是内部人员作案。

"周围有发现可疑人员吗？"

"我看到后没敢开门……"袁满低下头，摆弄着被染成深蓝色的指甲。

"监控呢？"

"监控？"女孩一脸疑惑地看着他，好久才回答他，"听陈姐说，她去调过监控，但我们28楼的监控当天刚好坏了。"

"顾警官，为什么不是刚刚那个戴眼镜的警官给我做笔录啊？"

"嗯？哦，你说许教授啊，他还没转正。"顾云风第一次遇到这种问题，随意编了个理由，又越想越好笑。

"怎么，因为我没认出你就对我这么大敌意？"

"你是根本不认识我。"袁满嘟哝着，"不过他看起来有点高冷，肯定是个无趣的人。"

"这么说我是有趣的人？"

"我不知道……但至少，我还是愿意跟你讲话的，而且只有你记得给我倒杯水。"她很放松地靠在椅子上，将手上的手机放进包里，"也不知道陈姐今天怎么回事，失魂落魄的，什么都没带，路上遇到堵车，我都快渴死了。"

"那是她不对，一会儿我说说她去。"他没想到倒水这种小事都能让袁满在意这么久，这女孩子，比他想象的更加心思敏感。说起来，这陈钰确实很奇怪，与袁满的态度相比，她太紧张了。

"看到恐吓信不害怕吗？"

"第一次收到时挺害怕的，后来嘛……我就习惯了。"

"那信上说什么秘密什么报应的，我很无辜啊，我都不知道自己有什么秘密，又没做亏心事，哪来的报应啊？"她满不在乎地说，"我就有一种预感，这是恶作剧，没人真的想害我。"她把卷曲的头发撩到耳后，认真地看着对面的人，"顾警官，你彻底让我明白了一件事，我们团一点都不红。我每次登微博去搜AIR的消息，自己加上个粉丝滤镜，还以为我们火出宇宙了。"

"抱歉……对娱乐新闻关注比较少。但是我听过你的歌，有一首《爱会无限大》，你们最近那张专辑的歌曲我都听了。"他连忙挖空想象来弥补自己的过失，"我不是粉丝，是歌迷。"

"我的歌现在都烂大街了，特别是这首，谁都听过。"

"好好好，明天开始，不对，从今天晚上开始，我用心关注AIR。"他哭笑不得地承诺，赶忙挡住女孩子想杀死他的眼神。

"也就是说第一次收到信件时你没看到可疑人员。那之后总共收到……"

"顾警官，那你知道我们团有几个人吗？"

"袁满小姐，请好好配合警方，这件事威胁的是你的生命安全，不仅我要对你的案件负责，你本人也要对自己负责。"

"好吧，后来又收到了五封，分别在6月12号、15号、17号、19号和20号。"她沮丧地配合着回答问题，一双眼睛乌溜溜地转。

"20号那封信有什么特殊之处吗？"在这之后她们就选择了报案，他很好奇，究竟是什么推动着陈钰选择了这一步。

"没有，我一直没当回事，是陈姐紧张得不得了。"

"陈钰是你的经纪人？她最近有什么奇怪的地方吗？"

"嗯，她今年刚接手我们团的经纪工作。"她若有所思地回忆着之前的几个月，"陈姐从一个月前就开始有点奇怪……对我过分关心。"

过分关心？敲击键盘的指尖停下，顾云风中断正录入的文字，他的第一反应是这个在孤儿院长大的姑娘也许难以习惯他人的关爱。可她又是集万千宠爱于一身的人气明星，真是矛盾的人格。

"她开始频繁地问我有没有遇到什么奇怪的人。"她将两手交叉放在脑后，"我当然是经常遇到奇怪的人啦……"

"然后就是半个月前，我开始收到恐吓信，她都快成我的贴身保镖了……"她快速眨着眼，揉了揉鼻尖。

"她就应该早点带着你来报案，警方自然会保护你的安全。"顾云风遗憾地摇摇头，他没漏掉她的小动作，只当作没看见，私下里给舒潘发了消息。

——你和许教授问问陈钰，她知道袁满的什么秘密？小姑娘这边几乎什么都不知道。

不到一分钟就收到了回复。

——嗨，我们什么都没问，陈钰就直接说了。

看来，她只想登记自己的身份信息并没有什么错，因为她才是真正的当事人。

"陈钰怎么说的？"顾云风借口去卫生间打断了非要自己陪着打游戏的袁满，赶紧拨通了许乘月的电话。

"她说公司从一个月前开始收到勒索电话，对方开口要五十万，不然就向媒体公布袁满的身世秘密。"

显然袁满并不知道这个关于自己的秘密，经过慎重考虑，这份压力还是由公司和经纪人共同担了下来。

"后来跟对方沟通后，陈钰在公司的同意下将三十万打入对方账户，但是过了十天，对方又反悔了，要求他们再打入七十万。"

"陈钰照做了？"

"嗯，随后就开始陆续收到恐吓信。"许乘月低沉的嗓音中听不出情绪的波动，"是不是很奇怪？"先是敲诈五十万，尝到甜头后继续敲诈，最终得到一笔不低的金额却开始直接恐吓袁满本人。

"袁满的身世秘密是什么，搞得这么兴师动众？"顾云风漫不经心地问。能让利益至上的经纪公司毫不犹豫地掏出一百万去打水漂，怕是摊上了什么大案要案，被媒体爆出势必会引起AIR的分崩离析。

"她的亲生母亲是十九年前一起拐卖大案的主犯，两个月前刚刑满释放。"许乘月站在接待室外的走廊上，他找了个隔音效果不错的拐角，压低声线。

"我还发现一件很巧合的事——前几天死在垃圾桶里的关建华，是这起少女拐卖案件的犯人之一。"说完他又掐了掐眉心，自言自语道，"我觉得，这可不是巧合。"

十九年前。

拐卖案。

听到这几句话的顾云风大脑一片空白，许乘月的声音在他耳边仿佛慢慢消失，钻进过去的缝隙中。

"喂？顾队？顾云风？你在听吗？"电话那头的许乘月见顾云风突然没了反应，只好挂了电话，回到接待室，听情绪激动的陈钰讲述她这一个月来的遭遇。

而顾云风依然保持着接听电话的姿势站在原地，过了十五分钟，他才转过身，透过玻璃窗看着正专心打游戏的袁满。

袁满也是十八九岁啊。

十八九岁，真是花一样的年龄。

在他眼里，这个年龄的女生就该做温室的花朵，用心保护，直到能抵抗风雨。他看着袁满元气满满的身影，伸出右手，掌心的刀疤暴露在阳光下，看着触目惊心。

他用这只手，握过一把锋利的刀。

这里的伤口好像从没愈合过，他端详着渐渐变淡的疤痕，似乎又看见那些十八九岁的女孩。

一样的6月，她们穿着花裙子，笑如摇铃，眉飞色舞，不知危机四伏。

她们和袁满的身影渐渐重叠，叠成带着苦涩的笑颜。

他闭上眼，心里是抑制不住的罪恶感。这样的罪恶感，让他一瞬间有掐死自己的冲动。一直以来他都表现得温和淡然，可只要想起十几年前浸入土壤的血，看见刀尖折射的光，他都是满脑子的求而不得、恨而不尽。

顾云风靠在透明的玻璃窗前，视野中看见的都是凝重过往。兴许是看到他回来了，袁满蹦蹦跳跳地跑过来，她隔着玻璃有节奏地敲着，对站在那边的顾云风说："顾警官，你眼睛怎么红了？你哭了吗？你为什么难过啊？"

他揉揉眼，一瞬间又恢复如初。

"我送你们回去吧。"他说。

第二章

　　"许警官，舒警官，这件事你们可千万不能跟其他任何人说。"陈钰苦着脸恳求。

　　"AIR是我们公司近几年唯一爆红的艺人团体，这几个月签了十来个广告和综艺。袁满又是核心成员，这件事要是被媒体报道了，光违约金我们就得赔好几千万，更别说后续的吸金能力会大大降低了。"

　　"我跟公司领导讨论了，都决定不让小满知道这事，她现在正是上升期，绝不能受任何影响。"陈钰不停地喝着水，唉声叹气。

　　"十九年前那个案子，那些女孩子就是因为曹燕那个毒妇怀孕了才轻易受骗的。"她咬牙切齿地说，"那时候闹得满城风雨，她肚里的孩子，也就是小满，还没出生就被媒体宣传为原罪，你们说这旧账要是被翻出来，AIR可不得解散，到时候谁都没法好过。"

　　"陈姐，你淡定点淡定点。"看着越讲越激动的陈钰，舒潘无奈地冲许乘月摇摇头。许乘月朝他们走来，手里拿着一叠打印好的资料，是他刚查到的一些情况。

这件事他猜测陈钰并不知情，她提起这件旧案会这么冲动，肯定是因为十九年前的陈钰还是个十八九岁的学生，她的同学里，大概就有不幸的受害者。

　　"那你知道十九年前"6·24案"主犯的现状吗？"许乘月拿出一张照片递给陈钰，"见过这个人吗？"

　　照片里的人是关建华。

　　"没有。"她仔细地看了看，一脸疑惑，"这是谁？

　　"他是那件人口拐卖案件的犯人之一，叫关建华。前几天，他被人杀害了。我听说那个案件最后的判决争议很大，十二名罪犯，只有一人被判了死刑。"

　　"被判死刑的是曹燕的丈夫，曹燕那个人渣只判了二十五年。"她愤愤不平地敲着桌子，"你刚刚说的那个什么……建华的，他死了也是活该。"

　　是啊，他死了，对于曾经案件的亲历者而言，就是大快人心。

　　"那你知不知道，曹燕减刑了？"

　　"什么？"陈钰猛地抬头，指甲嵌进手掌，满脸的难以置信。

　　"两个月前刚出狱，这是文件。"许乘月递给她那沓资料，上面是最近一批出狱人员的名单。

　　十九年前6·24人口贩卖大案的主犯曹燕，出现在了名单上。

　　啪——

　　桌上的一杯水被陈钰不小心打翻。她呆呆地望着白底黑字的名单，茫然，震惊，愤怒……各种情绪浸入骨髓。

　　"咳，我们警方是希望，后面袁满小姐有再收到敲诈电话之类的，你们公司能迅速和我们联系。"舒潘整理好笔录，给她留了自己的工作电话。

　　许乘月当然不相信这千丝万缕的联系只是巧合——关建华，十九年前诱拐大案的罪犯无声无息地死在荒无人烟的垃圾桶中；当年被视为原罪的当红偶像又在这个时候被敲诈勒索；而当红偶像的亲生母亲，诱拐大案的主犯，在同一时期减刑出狱。

　　所有的一切都绕不开过去这件旧案，一颗随时会被点燃引线的巨大炸弹，等待着因果轮回让恶人陷入无间地狱。

　　"您刚刚给顾队说了这边的情况吗？他还在给那大明星做笔录吧？"舒潘问。

　　"我还没说完他就挂了电话。"

"咦?"舒潘有点奇怪，这不像是顾队的做派。他会在大半夜叫人起来办案子，也会无视身份把在他面前吸烟的人轰走，但一定不会挂掉重要的工作电话——按他的话那叫不负责任。

"是挺奇怪，我去看看他吧。"许乘月犹豫了几秒，握紧手里的材料和水杯，往另一个方向走去。

顾云风正背靠在休息室的墙壁上，低头站在一处阴影中。

"顾队?"

没有反应。

"顾云风?"许乘月又叫了一声。

顾云风猛地转身，这才从失魂落魄中清醒过来，扬起手指着走道尽头的卫生间："袁满在里面补妆，我一会儿送她和陈钰回去。"

"你怎么了?"

顾云风平时情绪很少外露，总是保持温和稳重的面孔，但现在他手指上沾了墙灰，声音低沉，面色也暗淡了不少，看着就是满腹心事。

"没什么。"他勉强笑了下，无奈地侧过脸不愿对视。夏日傍晚的阳光耀眼，穿过狭长的走廊，在黑暗中照出一个影子。但很快他就从阴影里快步走出来，恢复到正常表情，扬了扬手中的笔记本。

"确定关建华是那件案子的犯人之一吗?"他问。

"嗯，也确定主犯曹燕在两个月前出狱，目前暂住于上南区的朋友家。"许乘月抬手扶了下微微滑落的眼镜，"还有，根据陈钰的要求，这件事的细节，暂时别跟队里其他人讲。"

"好，我一会儿把袁满的笔录发给你们，让舒潘去整理。"他轻拍一下对方的肩膀，"敲诈电话的录音拿到了吗?"

"陈钰提供给我们了，还有所谓的恐吓信。"说着许乘月拿出几个白色信封，这些是袁满收到的恐吓信，普通A4纸打印出来的。

接过信封抽出里面的恐吓信，按顺序一张张翻过，每一封信的内容都大同小异，敷衍至极，犯罪都犯得毫不走心。

顾云风把所有信件握在手里，叠在一起翻阅着。看了几页后他戴上耳机，播放勒索电话的所有录音。这些录音加起来总共也就五六分钟的通话，声音经过处理，短时间内无法辨别。

但对比录音内容和袁满收到的恐吓信，很容易发现寄信和敲诈的不是同一个人。遣词造句、语言风格千差万别，根本不是同一个人的说话方式。

从这个角度来看，他们的目的也不一样，一个明显为财，另一个倒是让人猜不透。顾云风把物证收好，在他看来，报复性作案的可能性极大，接下来他会派人寸步不离地盯紧曹燕，以免再次发生类似案件。

"许教授。"他叫住走在前面的许乘月，"需要你做一件事，调查当年人口贩卖案件涉案人员的现状。"

正说着，袁满化好妆步履轻盈地走出来，她笑盈盈地冲他们招招手，柔和光线下皮肤白得发亮，整个人都散发着青春活力。他看着她的脸有些神情恍惚，下意识地接过她的手包，推门出去。

"顾队，你之前说想让我帮个忙？"许乘月突然叫住他。

"对，你看我差点忘记了。"他敲了下自己的脑壳，"你们实验室可以调取三所的历史监控录像吗？"

"有，我们做实验会用到这些数据，但不包括私人的。"

"能调取关建华一个月内在南浦市所有行动的监控录像吗？"

"这不符合程序。"许乘月一口拒绝。通过画像搜索得到的居民历史监控录像，即使在公共场所，也属于个人隐私，查看需要一定权限以及本人的同意。关建华已经遇害，无须经过本人同意，但审批流程必不可少。

"我明白，但时间紧迫，关建华刚遇害，曹燕也出狱了，假如是报复性作案，很快就会有下一起了。"看着许乘月为难地不说话，他帮他想了个主意。

"许教授，告诉我结论就可以，关建华见过的可疑人群、去过的可疑地点。监控录像只有用于证据链时，才必须走审批路线，我后续会向上级申请的。"

顾云风送袁满和她的经纪人回去后，许乘月独自回到了刑侦支队，他还在想着顾云风拜托他的事情，去实验室使用监控系统中人脸搜索的权限，找出关建华近一个月在南浦市的生活轨迹。实现起来其实也没什么风险。

他拿过放在桌上的保温杯，走到旁边的茶水间泡了杯红茶，这里的红茶味道不太好，但提神效果挺强，听顾云风说有一次吃完晚饭他泡了两杯，结果一晚上没睡着，只好爬起来看案卷。

勉强喝下去后，许乘月拿出自己的工牌，刷开办公室的门。所有人都在等他。

"十九年前，南浦市破获过一桩人口贩卖案，而袁满和陈钰，也正是因为这个案子才遭遇了敲诈勒索。"许乘月问他们二人，"记得这个案子吗？"

"记得，震惊全国的大案了。"文昕歪头看他，"那时候我还小，之后好几年这事都被我爸妈念在嘴里，千叮咛万嘱咐要我注意安全。"

许乘月在办公室中央的白板上画了简单的关系图。中间是关建华，一条直线指向十九年前的人口贩卖案，一条直线指向袁满和她的经纪人陈钰。

"根据陈钰的笔录，关建华的案子可能跟这件旧案有关，你们有什么想法？"

"那时候我还很小，印象很淡了。"文昕回答他，"我只记得被诱拐的女孩有四五十个，被诱骗至特殊场所或偏远山区，作案时间一直持续了三年。"

"这案子当时挺轰动，不过时间这么久了，具体细节我也不记得。"

"那案卷呢？"

"这么大的案子，案卷看不到，毕竟不在我们这种小支队里。"舒潘撇撇嘴，"许教授，我发现你短短几天内，已经逐渐脱去无聊的教授书呆风，化身为拯救世界的正义警察。"

"谢谢。"他听出这话很酸，但还是道了谢。

"你们在讨论什么呢？"一个长得五大三粗穿了个白大褂的男人从旁边走过，看着三四十岁，走到他们办公室门口停下来，伸着脑袋左顾右盼。

"老徐早啊。"

"不早了，都中午了。"

"这位是……新来的许教授吧。"白大褂男子意味深长地看了他一眼，自我介绍道，"我是法医室的徐远桥。"

许乘月停下手中的笔，点头问好。

"老徐，你又闲着了啊。"

"可不是，自从尸检搞什么自动化后，我们法医室可清闲太多了。"说着他从口袋里抽出几根烟，递给舒潘时不忘问他一句："你们顾队不在吧，那家伙，闻到点烟味就要赶人。"

"不在，放心抽。"舒潘说着掏出打火机，点燃烟深吸一口，悠然地念叨着，"顾队也是的，烟酒不沾，男人嘛，应该有点爱好才对。"

"这你们就不知道了，顾云风可是千杯不倒。上次赵局请吃饭，他就喝了足足一斤白的，脸不红心不跳，滴酒不沾那是骗你们的。"说着徐远桥借了个火，烟味不大，慢悠悠地飘出窗外。

"你们顾队也是个奇葩，见不得别人抽烟这事本来就全系统闻名了，上次赵局去他家吃饭，你们猜怎么着？"这徐远桥是个话多又自来熟的人，还没等其他人说话就继续讲着顾云风的奇闻趣事，"他做菜居然从来不用菜刀，直接手撕。"

"可笑不可笑，奇葩不奇葩？"徐法医心痛地摇着头，"厨艺倒是挺好，一看就知道从小家务全包，爹妈都是摆设。"

其余三人听得面面相觑，也不知几分真几分假。

视线一转，徐远桥看见了白板上的人物关系图，立刻认出是前几天那个在垃圾桶里发现受害者的案件。

"许教授，这是花南路那个案子吧，尸检是我经手的。我们法医室现在不比以前了，以前天天忙得像只狗，现在好多了，还能来你们这儿喝个茶聊聊天。这啊，多亏你们学校那个人工智能实验室。"

"哦？"他感受到了一点酸酸的味道。

"许教授应该也在那个实验室吧，陆永，陆教授，你们实验室的负责人，南浦大学的老教授了，就是他设计的尸检自动化系统。"

"那是我导师。"徐法医所说的自动化系统确实是陆教授主持设计研发的，只要将尸体摆放在仪器上，仪器会自动进行解剖及一系列检验最终生成完整的尸检报告，精确度不亚于人工尸检。

南浦市大约从前年开始推行这项技术，过去了一年多，看起来覆盖范围不错。

"老徐，你可别酸了，明明是减轻了你的工作负担，说得跟抢你饭碗似的。"

"呸呸呸，我哪这么说了。"他白了眼舒潘，惹得文昕在一旁咯咯地笑。

"徐法医，你记得十九年前南浦市的人口贩卖案吗？"徐远桥看起来三四十岁，算起来十九年前也是一热血小伙，许乘月估摸着他记得的事情或许更多。

"记得啊！要不是那年有个被拐的姑娘在联系好卖家前死了，这案子还得拖个几年。怎么，许教授你忘记了？那时候南浦市区小得很，发生这种大案，人心惶惶，谁人不知啊。你那时候也不小了吧？"

"嗯，不过完全没印象。"许乘月一脸茫然。按理说当年他也十岁了，可是对整个事件的记忆完全为零。其实他常常去回想自己过去人生中发生的事，但记得清的事情很少，就好像记忆断断续续，只选择重要的大事，自动忽略了与自己无关的小事，不知是不是去年事故的后遗症。

他打开笔记本电脑，顾云风给他发来了袁满的笔录。

6月9日第一次收到恐吓信，监控损坏，内部作案可能。

许乘月用马克笔在白板上袁满的照片旁写下"内部作案"四个字，又在旁边严谨地加上"90%可能"。

内部作案，极大可能是报复性杀人。

"那年有个被拐的姑娘在联系好卖家前死了。"他回想徐法医说的话，圈出袁满的经纪公司天宜，"应该……在天宜公司大楼的员工中寻找与十九年前6·24案有关的人，重点排查是否有当年的受害者及其家属。"

她从颠簸中惊醒过来，发现自己还在车上。

她已经一天一夜没吃东西了，虚弱得没有一丝力气。双手双脚被绳索绑住，能活动的幅度很小。她看见前排小腹隆起的女人正在打瞌睡，而那个男人正听着歌开车。

闭上眼是噩梦，睁开眼是恶魔。

她止住自己的愤怒，努力保留点体力，环顾四周。车已经开到山路的尽头，再往前就是县城了，她不知道这是到了哪里，但民宅里亮起的灯火告诉她，这里有人，她还有逃跑的机会。

我要逃跑，不顾一切地逃跑。

他们不得好死。

这是她现在不清醒的头脑中仅有的两个念头，也是她在人世间最后的念头。

她用尽所有力气去撞行驶中的车门，但她太虚弱了，全身上下遍布伤痕。她遍体鳞伤的身体在半分钟后终于撞开了车门，她从急速行驶的面包车上坠落下去。与此同时熟睡的女人也醒了，开车的男人骂骂咧咧地急刹车，从车里拿出笨拙的砍刀。

她气若游丝地向前爬行着，顶着月光星辰，向着前面的万家灯火爬去。

"还想跑，让你跑，砍断你的腿，看你还跑哪儿去。"

听见骂声她全身都动弹不了了，她惊恐地回过头，看着恶魔举起手中的砍刀，刀刃向下朝自己的双腿砍来。

回到家已是晚上八点，许乘月在楼下餐厅吃了蛋包饭，还没踏进房门就收到了应西子的信息。

——乘月你吃饭了吗？

——晚上一定要早点睡觉，我给你打电话为什么没接。

他看了看未接来电，果然在下午两点左右有一个陌生号码。

他本想回过去，思考再三还是当作无事发生。这位平时高贵冷艳的姑娘明明只是他的家庭医生，和自己认识也不算太久，不知怎么总像在拿他当男朋友。

他打开电脑，连上VPN，用三所的权限在搜索栏里查询当年的案件。电视上放着一栏法制节目，当背景音听听也挺有意思。

十九年前的6·24特大人口贩卖案。

作案时间从二十二年前8月一直持续到十九年前6月。被诱拐的少女有的被卖到偏远地区，有的被逼签下高利贷合约。而整个犯罪团伙以一个高利贷公司为包装，年利率高达本金的三倍，被诱拐的女孩在陌生的地方被迫签下合同，付不起利息只能被逼接客。

犯罪团伙的首领叫曹燕，一边干着人口贩卖的工作一边在邻市的郊区开了家夜总会。关建华是她手下的司机，他的实质工作是进行人口运输。

三年间遭遇不幸的女孩总共有五十七人，她们或是被囚禁在深山里，或是被困在灯红酒绿的欢乐场里以泪洗面。警方解救她们时，有些被卖进深山的女孩已经生了孩子，满目哀愁，和那些被迫接客的女孩一样，对整个世界充满了恐惧与防备。有几个受害者受尽折磨疯疯癫癫，也有一场大病匆匆逝去的。

曹燕的丈夫叫沈世生，高利贷公司就是他名下的，属于典型的夫妻店，女方诱拐涉世未深的女孩，男方强迫她们借钱，再用天价利息逼迫她们去夜总会卖身。两人配合得天衣无缝，犯罪行为持续了三年，直到十九年前6月。许乘月调出的资料显示，一个化名为春秋的女孩的意外逝去结束了这场掩人耳目的罪恶。

资料中有一篇关于春秋的跟踪报道，标题和文章都写得很煽情——破碎的青春，瓦解的家庭。

春秋怎么都不会想到，她以为刚刚开始的美好青春，却是生命最后的回光返照。

那天高考分数刚出来，春秋考得很不错，她觉得自己能上个梦寐以求的学校，选个喜欢的专业，可以脱离苦海，开始无所畏惧的真正青春。所以她兴高采烈地拉着父亲出去散步，一路上憧憬着美好的大学生活。

这个十八岁的女孩拥有着最美好的一切，青春活力、充满希望的未来，还有幸福的家庭。不过她的父亲嗜烟如命，一天至少两包，被她劝诫多次但怎么也戒不掉。和往常一样，没走几步父亲的烟瘾又犯了，忘记带烟的他决定去附近那条街的小卖部买包烟。春秋讨厌烟味，所以选择一个人在原地等着。

可惜没过多久，她却等来了恶魔。

……

这个恶魔看来就是曹燕了。许乘月翻阅着这篇报道，里面提到，过去几年间曹燕都是伙同几个手下采用街道问路、酒吧下药、夜店喝酒等方式对受害者进行诱拐。但曹燕遇到春秋的时候已经怀孕六个月，她挺着肚子步履蹒跚，大汗淋漓地询问春秋能否送她回家。她说她家很近，几分钟就能到。春秋爽快地答应了，却再也没能回来。

这么说来，曹燕肚子里的孩子就是袁满了。他好像有点理解为什么陈钰会那么紧张袁满的身世被暴露出去，不仅仅因为她是引诱善良少女上钩的饵，更因为她的存在，让面临死刑立即执行的曹燕逃过一劫，只判了二十五年。

春秋的家庭也因此破碎了。她的母亲始终无法原谅她父亲的过失，最终两人以离婚收场。

说袁满是原罪，好像并没有什么问题。但归根结底她也只是被利用的工具，没有自我灵魂的孩童。

也许是剂量没有控制好，被迷昏的春秋在关建华开车送她去邻市的时候突然醒了，她挣扎着大声呼救，曹燕和沈世生把女孩子带到偏僻的荒郊一顿毒打，她就再也没醒来。

慌乱中两人将她抛尸野外，三天后尸体被当地人发现，整个案件才终于被发现。

那一天是6月24日。

许乘月看了看日历，后天就是这女孩的忌日了。

后天，整整十九年就要过去了。

许乘月在墙上重现白天在刑侦队画的关系图，加上曹燕和春秋。他有些犹豫，究竟是该把袁满放在关系图的中心，还是这个名为春秋的女孩。

案件的核心，到底是袁满，还是春秋？

"春秋，挺好听的名字。"他叹了口气，可惜是个化名，目前无法获知她的真实信息。如果能得到所有受害者的真实姓名就好了，但这属于个人隐私，他无权知晓。更何况，隐私泄露对于饱受伤害的被害人而言，也是雪上加霜。

许乘月关上电脑，突然发现陆教授一个小时前给他发了信息，邀他明天晚上一起吃个便饭。他这几年和以前的同学渐渐失去联系，关系最密切的就是自己硕博期间的导师陆永。

"然然好久没见你了，一直跟我念叨呢。"陆永跟他说。

然然是陆教授的女儿陆亦然，十五岁。陆教授快四十才有了这宝贝女儿，娇惯得不得了，在家是小公主，在学校里快成了皇太后，无法无天谁也不敢管。

好在她很听许乘月的话，再加上渐渐长大兴趣改变，这两年也算收敛了许多，从离家出走的小太妹变成了爱追星的脑残粉。

其实……也没好太多。

第二天下班会合后，陆教授在超市买了些排骨和蔬菜，说拿回家让他师母做个汤。陆教授家离公安三所不远，他们直接步行过去。这一片大多是南浦市百年前的老房子，沿街都是遮天的梧桐，街道很窄，只够两辆车并行通过，路边老店卖着本地才有的小吃，几个孩子抓着气球在人行道上跑来跑去。

他不是第一次走这条路，但凝望着旁边杂乱无章的店面招牌，莫名觉得这些画面沾了些老旧的味道，像是来自遥远的过去。

"一会儿陪老师喝酒不？"

"不了。"许乘月摆摆手，"您知道的，我现在完全不喝酒。"

"也是，去年就是喝酒闹的。"陆永一声叹息，接着说，"我心里一直挺有歉意，去年的聚会不该让你们喝那么多酒。"

"那时候你进了重症监护室，应医生说脑死亡的时候，我吓得腿都软了。"

"不要笑话老师，本来就年纪大了，受不起惊吓。那时候我就在想啊，你要是有个三长两短，我可真是对不起你的家人，该怎么才能向他们谢罪啊。"陆永捏了捏眉心，他嘴上说着自己年纪大，但本人看起来还比较年轻，气质儒雅，一双眼睛神采奕奕。

"老师言重了，现在我也挺好的。"他是真的没在意了，人生难免有灾有祸，既然已经平安度过，就忘记过去那些事吧。

言语间到了陆教授家，门外还挂着去年的风铃，推开门会响好一阵子。

"乘月来了啊。"师母看到他，眼中是难掩的惊喜。她接过装排骨的袋子，走进厨房开始忙碌。许乘月扯下领带，把西装上衣脱下，挂在玄关的衣帽架上，解开领口的一枚扣子。空调已经调到适宜温度，但他穿着长袖衬衫，依然很热。他后悔怎么就没穿个凉快的T恤出来呢。

"老陆啊，你这学生里面，就乘月我是越看越欢喜，长得好，又有才华。"她把排骨放进锅里加热清洗，系上围裙，把乘月叫过去替她切菜。

"乘月啊，谈朋友了没？"

"还没。"

"你啊，可别读书读傻掉了啦，天天就知道做实验做实验，和你老师一个模样。"

"……和陆老师一样也挺好。"

"好什么哟。"她叹了口气，"看你陆老师，年纪大了才有个闺女，宠得不成样子。赶紧考虑考虑自己的终身大事，你年纪也不小了。"

他只好点头答应。

"你觉得西子怎么样啊？"

"应西子？"

"对啊，应医生的女儿，人家姑娘可是个大美女，在我们学校的校医院，追求者多着呢，你呀，得赶紧行动。我看她对你也挺上心的，老跟我家老陆打听你的事。"

他其实就是对感情的事没什么想法，有心也无力，天生情商低，在男女感情上束手无策。他不清楚应西子对他有没有什么特殊的感情，有他也不懂，就当没有罢了。

师母把排骨清洗干净，准备好葱姜蒜，下锅先炸一遍。见他一直没说话，她突然放下锅铲，转身看着他："难道你喜欢我闺女然然？"

"她才十五岁啊，你是想等她长大吗？其实也可以，再过五年她就能结婚了，你也年纪不大，三十出头，风华正茂。"说完她有所期待地望着许乘月。

"师母……您别开玩笑了。"

师母正拉着他唠嗑，一个蓝色头发的小姑娘揉着眼睛探头探脑："妈，我怎么听到乘月哥哥的声音了？"话刚说完，她就看到了许乘月，双眼瞬间闪闪发亮。

"乘月哥哥？！"女孩子扑上来抱住他，"你来了怎么不提前告诉我啊？看我就穿一身睡衣，也没化妆。"

他带陆亦然离开了拥挤的厨房，按陆教授之前交代的，引导她看书写作业，还有让她把头发颜色给染回来。

"亦然啊，你有没有觉得……蓝头发不好看，黑色才适合你？"

"可我喜欢蓝色。"

"学校同意你染蓝色头发了？"

"没有，所以我这几天没上学。"

许乘月无言，真的不知道该如何应对这熊孩子。

她递给许乘月一个耳机，里面放着青春洋溢的歌。墙上贴着不同明星的海报，还有一些悬挂的电子相册，听师母说前几年她喜欢哥特洛丽塔风，买了一大堆衣服和鞋子，墙上挂满了阴森森的画，半夜起来自己把自己吓个够呛，就突然转换风格变成各路明星的疯狂粉丝了。

"我最近特别喜欢这个女团，空气团，乘月哥哥你知道吗？"

"前几天刚好见到了她们的主唱，叫袁满吧？"

少女的眼睛里立刻充满了星星般闪耀的光芒，她兴奋地拉住他的胳膊，怀揣着滔滔江水的崇拜之情："这么厉害啊！能替我要张签名吗？能合影吗？我能见她本人吗？"

许乘月非常后悔刚刚说了那句话。

陆永喜欢喝酒，这是他们院人人都知道的事情，平时小酌，聚餐一定要喝个痛快。去年把自己学生喝进了重症监护室，他常常开玩笑说下一个可能就是自己了。

"你在刑侦支队怎么样？环境还适应不？你那个队长叫什么来着？"陆教授和许乘月一起收拾好餐桌，摆上一碟花生、一盘酒糟毛豆、一盘时蔬、一碗蒸菜，就等师母的玉米排骨炖好了。

"挺适应的。我们队长……您是说顾队吗？顾云风？"

"对对对，就是那小伙子。我听老赵，你们赵局说啊，这小伙子小时候母亲就去世了，癌症。他爹也是不容易，原先是安防公司的工程师，后来把钱都花去治病了也没救过来。没过几年他就改行了，也不知道做什么去了。倒是他这儿子挺不错，毕业后先是在市局，第二年调到支队一线，分析能力很强，身手也好，虽然年轻，但去年还是给他提了副队。刑侦方面，你可以跟他好好学学。你们最近在忙什么案子呢？"

看见他欲言又止的模样，陆永赶忙摆摆手："哈哈哈，我知道了，这些是机密，机密，不能泄露。"

"这些是不好透露。不过我有个问题想请教您。"

"你说。"

"最近的一起案件牵扯到十九年前的一件旧案，我想知道受害人的信息，特别是有一位已死亡的女性，她可能是这起案件的突破口。但这几年出台了些新规定，这些都是公民个人隐私。除了查看案卷，没办法直接知道这些信息。"

陆永皱眉思考着："你们在刑侦队应该知道得更多吧，我也不怎么关注这些。你可以试着查找一下，虽然那时信息比不上现在，很多数据可能也没留存。但总会有办法找到的，比如……你可以试试从死亡记录上去查，或者医院出具的死亡鉴定书，限定时间、地点、年龄、死亡原因，总能缩小范围进一步判断，这些是你的专长，对吧？"

从陆教授家离开后，许乘月直接去了三所的实验室。他有两个目的，第一是用三所的权限通过画像搜索得到的6·19案中死者关建华的历史监控录像，他需要通过查看监控找到关建华在此前一个月内所有可疑的社会关系和行动轨迹。第二是尝试寻找春秋的真实姓名，找到她可能的亲属关系。其实，到目前为止并没有任何明确的证据证明关建华的死和十九年前的人口贩卖案有直接联系，寻找她的名字，更多的是自己的好奇心作祟。

他将关建华生前三十张不同角度的面部照片输入画像搜索系统中，时间在5月19日至6月19日，全天二十四小时，地点全南浦市。

大约过了一个小时，总共查询出一万一千六百张监控系统拍下的包含关建华的影像。

一万一千六百张。许乘月可以在一秒内记住十二张图片，一万一千六百就是九百多秒。十五分钟，工作量并不算大。

关建华出狱后租住在一个小旅馆，平时经常外出，中午喜欢在小旅馆旁边的中餐厅吃饭，晚饭很少出去吃，鉴于他不用手机，应该是自己做饭。

一个月内，跟他见面频繁的有两个人，一个中年男子姓名未知，还有一名中年女性，许乘月认出来她是十九年前6·24案的主犯曹燕。

除了这两人，还有一个人和关建华有过十次以上不同地方的同框。

这个人就是袁满。

但从监控录像上看，关建华和袁满每次同框的距离都在三米以上，袁满在前，关在后，无一例外。

关建华在跟踪袁满。

现在看来，无论如何，关建华案都和过去这件案子脱不了干系。他揉了揉双眼，感觉有些口渴，准备接杯水却发现自己忘了拿保温杯，应该是忘在陆教授家了。他只好勉为其难地在实验室里找了一个一次性纸杯接了杯开水，忍受着纸杯的气味。

脑海中又回放了几遍二人同框的录像，许乘月突然发现袁满有明显向后张望的动作。她频繁地左顾右盼，再猛然回头，有时快速向前走路，甚至一路小跑。

很显然，她意识到自己正在被跟踪，但那天报案时她却绝口不提，还表现得若无其事。

陈钰不说肯定是她并不知晓，但袁满的隐瞒……她想做什么呢？

他给顾云风打了电话，对方一直没接。舒潘和文昕说顾队今天下午请了假，脸色不太好，可能是身体不舒服。他只好将监控录像的文字总结写成邮件，发到顾云风的邮箱里。

然后，就是寻找女孩春秋背后的故事了。看完这一万多条监控录像，许乘月意识到无论是袁满，还是春秋，都是案件的中心，是暴风眼。

那年6月去世的女孩，年龄17至19岁，死亡原因是虐待致死。

他将符合条件的死亡记录一一筛选出来，总共不到十个。

那这几个人中……

回来时已经是深夜了，开车时差点追了尾，被对方指着骂了一顿。小区里的人工湖中养了一堆青蛙，树上满是知了，晚上很嘈杂，声音比鸣笛的汽车还具有穿透力。

他躺在客厅的沙发上闭目养神，半响，听见电视节目变得喧闹起来。

睁开眼，发现电视里在放八卦综艺节目。一条娱乐新闻一晃而过：昨日，神秘男子深夜护送AIR女团主唱回家，高考失利爱情得意。

他用遥控器暂停，仔细看新闻中拍到的照片，这神秘男子身上的休闲衬衫好像是顾云风昨天穿的那件……敢情这神秘男子指的就是顾云风啊。

电视屏幕上飘过网友的弹幕。

——这群娱记什么鬼？小满还是个小姑娘啊！

——深夜护送，下午七点天都没黑能叫深夜？

他关上电视继续闭眼歇息，是啊，不就送个人吗，怎么还上八卦新闻了，但脑海里却一直徘徊着白天他通过死亡记录和法医鉴定书查询到的那个名字。

十九年前的6月，因为心地善良而护送恶魔回家的女孩，在第二天夏日的雨夜中消逝在荒芜的杂草丛中。他没敢查询那个名字背后的亲属关系，但他心里已经有了模糊的答案。

女孩的名字叫顾椿秋。

明天，就是她的忌日了。

南浦市被自西向东的长江一分为二，顾云风工作的金平区刑侦支队在西边，而他现在开着车，打算去江东的父亲家。

他初中时母亲就病逝了，这之后一直和父亲顾涛一起生活，直到念完大学。工作后他在单位附近贷款买了房子，让父亲搬过去一起住但被拒绝了。

顾涛居住的老小区门前是条单行道，只能出不能进，绕个大圈进去要开五六公里的路，因为交通不便又年代久远，住这儿的居民越来越少，大部分房子都出租给附近工作的外地人，居住人群鱼龙混杂。

这里没多少人卖掉房子，都幻想着哪天这片区域重新规划，成功动迁一夜暴富。不过这些年拆迁成本过高，他估摸着十几年内这种好事轮不到自己头上了。

顾云风把车停在了一公里外的停车场，拎着买好的水果走在了长了青苔的石板路上。

昨天夜里下了雨，地面潮湿路有些滑，说是单行道，但基本没有机动车从这里过。这个小区已经存在了快四十年，十年前修葺了一次，把灰溜溜的墙壁涂成了明黄色。这些年过去，明黄色变成了土黄色，丑得不忍直视。

街边卖小吃的大叔跟他打招呼："云风啊，来看你爸了？"

"是啊，于叔。"他笑着点点头。一阵风来，路边香樟树上的黑色果实噼里啪啦地落在地上，砸到他身上留下几个黑色印子。

再一抬头，到家了。

拿出钥匙，熟练地开了门，一股辛辣的酒精味蹿入鼻腔。

他换上拖鞋，穿过潮湿阴暗的走廊，木地板旧得开始咯吱咯吱响，墙上挂着十几年前流行的复古装饰。客厅中央头发花白的老人坐在地上，旁边是几只打翻的酒杯。

两支香烛、一杯清酒，他举着酒杯对着烟雾中的黑白照片发呆，半晌把杯里的酒一饮而尽，左眼流下一行清泪。

电视机里放着顾云风欣赏不来的戏剧，门框上的风铃随风而响。

他抬头，注视着柜子上摆放整齐的相框。相框里的女孩子笑靥如花，却在一个盛夏的雨夜永远睡去。

顾云风有时候觉得自己害怕走进这间屋子，这里一切的一切，都和十九年前一模一样，时间仿佛停在了那个时刻，唯一变化的只有墙上那只天蓝色的钟，和父亲逐渐花白的头发。

"爸，你怎么又喝酒了？"地上躺了两三只酒瓶，两瓶啤的一瓶白的。他弯腰把酒瓶和酒杯都捡起来，放桌上。

混着喝对身体不好也更容易醉倒，他说过好几次但老头就是不听。

"明天，又是你姐姐的忌日了。"顾涛转身望向他。他的头发好像更白了些，脸发红眼白布满血丝，皱纹比他上次来时更深。

顾涛有点醉，他艰难地站起身，嘴里念念有词："前几天我梦见你姐了，她说马上就有人替她报仇了，她就安心了。"

"你说，椿秋是不是在暗示我什么？"

"你想多了。"顾云风把他扶到沙发上坐好，给他披件灰色睡衣，打开那扇用了很多年的风扇，听它吱吱呀呀地转着。

"法院宣判的时候我们都在，该杀的杀，该判的判，对吧？"

"那如果该杀的没被杀呢？"他抓住顾云风的手，眼神忽然凶狠，然后又茫然地望向窗外。他像在看着远方下落的太阳，又或许只是盯着若隐若现的月亮的阴影。

良久，他伸手拍了拍自己的脑壳，一声长叹："唉，是我对不起她，对不起她们啊。"

"说什么呢，爸，你就是执念太深，日子总要继续过的。"他被顾涛的眼神吓了一跳。

顾涛只是摇摇头，收回目光，从柜子里拿出一只打火机空壳："如果不是我要出去散什么步，她根本不会去那个公园。如果不是我犯了烟瘾跑去买烟丢下她一个人，她就不会遇见那些事了。"

"她还能好好活着，去上大学，找个离家近的工作，结婚生子。"说到这儿他低下头，眼泪淌过干枯发皲的脸颊，他眼神空洞地盯着什么都没有的地板，良久又伸手去拿女儿的照片。

"如果她还在，可能孩子都好几岁了，会有个小男孩小女孩，喊我外公。"

姐姐去世的时候他才八岁，三年级。他那时候还小，但那一年的所有事他都记得清清楚楚。

在这之后每年的今天，顾涛都会像个酒鬼般喝个烂醉，说一堆胡话，好像不这么做，就活不下去。

"你妈妈怨我恨我，还气得生了病。我也恨自己，恨得要死。之前你说让我也搬去你那新房住，我不敢啊，我每天晚上睡觉都梦见你姐姐和你妈，她们打扮得特好看，踏着月光和星辰来看我。我怕她们回来了进不了门，我还要给她们开门你说是不是。"

"她们只认得这一条路，认不得去你那儿的路。"说着顾涛笑起来，给自己儿子也满上一杯酒，推到他面前。

"好了，爸，别想那么多了。"顾云风接过酒杯一饮而尽，"明天我请了假，去看看姐姐，你想想要给她准备什么，她以前喜欢漫画对不对，你还记得她那时候最爱哪个漫画吗？"

"你好好想一下，一会儿我陪你去书店找找，明天给她，她会开心的。"说完他将顾涛扶到沙发上坐着，没过多久，顾涛就昏昏睡去。

顾云风请了一天假，每年这一天都是如此，赵局也没多说，爽快干脆地批了假条。明天一早他还要去给姐姐烧炷香，买她以前最喜欢的水果零食。

他对姐姐的印象已经逐渐模糊了，就记得他和父母去医院看姐姐时，她原本温柔的脸上充满了惊恐与痛苦，带着屈辱毫无尊严地陨落在荒郊野岭。顾云风不愿去想象她生命最后时光的遭遇，只是从那时开始，他会幻想着去做个盖世英雄，铲恶锄奸，为柔弱的生命阻挡些人间的锋利。

好不容易让自己老爹安静下来，他打开手机，突然跳出来袁满的微信头像，她发了一大堆可爱、兴奋、求抱抱的表情包刷屏，看得他一脸尴尬。他现在不知道该如何面对这个莫名其妙地跟他自来熟的偶像明星了，送她们回去的时候互加了微信，纯粹是为了工作联系。他纠结了快一分钟，还是没回任何消息。

——顾警官，你看电视没，快看西瓜台，就这会儿，我正在录节目呢。

——直播吗？

他回了句。

——当然是直播，快打开电视准备好，小仙女们就要上场了！

——这么晚了还录节目啊。

——这已经算早了好吗，平时经常凌晨录呢！

顾云风躺在床上打开电视，画面中五个少女穿着天蓝色的女子高中生制服跳舞，除了袁满，其他几个女孩他都不认识，类似的衣服一致的动作，除了发型不同简直就是孪生姐妹。他们拍的应该是一档竞技类综艺节目，AIR作为嘉宾受邀表演，为节目热场。

空气女团几个月前一夜爆红，但毕竟根基不稳，走的是流量路线，粉丝虽多，在业界受认可程度却不高。对于缺乏娱乐精神的他而言，人美歌甜，却不抓耳，他看了不到半个小时就开始哈欠连天，迷迷糊糊就睡着了。

半梦半醒间他仿佛看到顾椿秋朝他走来，她依然是十八岁的面庞，清新的短发，穿白色连衣裙，裙摆上沾了鲜血。她微微蹲下身，伸出手用指尖刮了刮他的鼻梁，笑得可爱又酸涩。

"云风，是你帮我报仇了吗？"她睁大的双眼满是哀愁，用一种绝望到变形的语调哭泣着，"我走的时候你在吗？姐姐觉得好痛啊，他们玷污我，用脚踹我，打我，最后拿着刀一步步朝我走来，将刀尖对着我的身体，你看到我的时候，我还是完整的吗？"

他有些恐惧地摇摇头，不想作答。顾椿秋一声叹息，站起来望着远处月光下的湖泊："这么说不完整了。"说完她抓住他的手，端详着他手心的疤，"云风，你怎么流血了，你的掌心一直在流血，好多好多的血。"

"没事的，我包扎下，一会儿就止住了。"他无所谓地冲她眨着眼，顾椿秋却像听不见他的话，只是自顾自地喃喃自语："看来替我报仇的不是你啊。可不管是谁，血债血偿，我也无憾了。"然后她转身离开，身后的衣裙随风而起，他伸手去抓，但什么也没碰到。

醒来的时候已经是第二天了，他猛地从床上坐起来，姐姐已经连续出现在了他和父亲的梦里说着复仇，回想一遍简直不寒而栗。

当年案件的罪犯都得到审判，但争议还是有的。

最大的争议在曹燕的判决上——究竟谁才是杀死她的真正凶手。当时的尸检结果显示顾椿秋是在遭遇长达两个小时的毒打后被一把瑞士军刀刺中颈动脉失血过多而亡的。这刀的主人是被判处死刑立即执行的沈世生，他当庭承认自己的罪行，承认自己强暴了顾椿秋并使用凶器杀害了她，原因是她在被运输途中突然醒来，挣扎着跑下车并大声呼救。

她下车的地方并非荒郊野外，担心事情败露的他们便下狠手并抛尸荒野。但造成顾椿秋死亡的颈动脉伤口共有两处，从受力情况及伤口切入的角度可以判断，这不是同一人造成的。

顾云风起身洗漱，父亲已经在厨房里切菜，见顾云风醒来，他催促着顾云风赶紧收拾好去看他姐姐。

"我昨晚梦到姐姐了。"顾云风洗把脸，望着镜中掺杂血丝的双眼说。其实他昨天睡得不算晚，可梦到故人心神不宁，所以还是一副没休息好的模样。

"她说血债血偿了无遗憾了。我不明白什么意思。"

顾涛没有回应，切菜的节奏戛然而止，过了半分钟，顾云风才听见他悠悠的声音："我听说，害死椿秋的那个女人出狱了？"

空气忽然凝固，噤若寒蝉，马路上的鸣笛声都消失不见。

他手里拿了个包子，一口咬下去，推开门看见顾涛平静地站在橱柜前，拿着刀的手悬在半空中，久久才低下头，继续切菜。

"你怎么知道的？"顾云风靠在门边。

"几个星期前我去报销医保，看见她了。"

"这么多年了您还认得出来啊？"

"变成骨头都认得出来。"顾涛冷笑一声，哗啦一下把青菜扔进锅里翻炒着，"你赶紧把包子吞进去，吃完和我去陵园看你妈跟你姐。"

"好了好了。"他直接吞掉半个肉包，换上件黑色衬衣，左手拎着水果，右手去拿自己手机。屏幕亮起他才发现昨天晚上他睡着后许乘月打了四五个电话，见他没接又发了邮件。

邮件里说他已经查阅过关建华近一个月的行动轨迹，与关建华见面次数较多的几个人的面部照片已附在邮件中。

——关建华跟踪过袁满，袁满很有可能意识到被跟踪一事，可以考虑并案。

邮件里标红加粗了这句话。

袁满的案子，就这样和他有了扯不清道不明的关系。他面不改色地盯着手机屏幕，就像在看一条普通新闻，五脏六腑却开始蠢蠢欲动左右翻滚。

这种往事没人知道，顾云风对自己说。

他收好东西，和老爸一起下了楼，在街边买了两束百合花，开车前想了想还是编辑了条很可能石沉大海的信息发给袁满，问她如果明天有空能否见个面。

意外的是，两分钟后他就收到了回复：

——好的。到了之后跟我说一下，我让保安大叔放你进来！哈哈，没有我的PASS卡你进不来呢。

他忍不住笑了下，转过头看到神情悲凉的顾涛，赶紧收起表情开车去往陵园。

顾云风回来上班时已经快中午，所有人热火朝天地提前订了午饭开吃，看到他阴沉的脸面面相觑。事实上，他脸色难看只是因为晚上没休息好，又一大早起来去郊区的墓园，感觉有点累。

许乘月早上没有课，一直在刑侦队里翻着他们以前的资料，他坐在靠窗边的工位上，阳光落在他金属制的眼镜框上，恰好反射了一道光，晃到了顾云风的眼睛。

"许教授，邮件我看过了，我联系了袁小姐，找个时间去她经纪公司。"他卷起黑色衬衫的袖子，自觉地拿了一盒盒饭，坐在许乘月旁边吃起来。

"顾队……"文昕小声叫了他。

"什么事？"

"我听说你今天请了大半天的假，还以为你下午才会来，所以……"

他夹着鸡腿的筷子停在半空中，尴尬地等待着下一句话。

"所以就没订你的午饭，你正在吃的这份，是给许教授的。"文昕一脸正经地看着他，眼角又瞥向许乘月那边。

"啊……"他侧身看向正聚精会神地学习的许乘月，下意识地把剩下的菜和米饭拼命往嘴里塞。

"没事，再点一份，给许教授来个最贵的。"他顶着巨大压力把手机递给文昕，无视嘲笑的眼神让她再重新点个外卖。

"感谢你，许教授，无私奉献自己的盒饭给我。"他伸出手挡住强烈的阳光大言不惭。许乘月合上手中的书，看着本属于自己的午饭只剩下残羹剩菜无话可说。

"好了好了，大家一会儿吃完饭，我们针对关建华的案子开个会。"

迅速解决掉午饭后，顾云风径直走到办公室里的展示板前，他注意到上面已经被人用马克笔画上了案件的关系图，袁满的相片被挂在正中央，一条直线指向关建华，一条直线指向春秋这个名字。他皱了皱眉，把春秋的名字擦掉，换成当年人口贩卖案的主犯曹燕，用一根双箭头直线连上关建华与曹燕。他们三个人之间形成了一个稳固的三角形。

"现在我们可以将关建华的6·19案与天宜公司的敲诈勒索案关联起来。"他卷起的袖口上沾了点灰尘，一身黑色看着挺严肃。

"出狱后的曹燕与社会严重脱节，失去经济来源以及自我生存能力，4月15日到4月20日之间，曹燕联系到了当年拐卖案中协助她进行人口运输的司机关建华。"他把曹燕最新的照片挂上，长发扎起，脸色发黄，一个普通中年妇女的形象。而他清楚地记得，当年庭审前新闻报道她时都是"蛇蝎美女""心狠手辣""荒淫无度"。但当她挺着怀胎八月的肚子走出来时，即便是素颜看起来也楚楚动人，让太多人动了恻隐之心。

"她目前居住在上南区的一个出租屋内，侧面调查后确定是她一位朋友帮忙租的。警方目前并未直接联系过曹燕。她联系关建华的目的暂且未知，但一定不光明磊落，极大可能是谋划新的犯罪。"

"为什么？"他重复其他人的提问并回答道，"关建华是有着多次犯罪前科的人，这样的人已经被严重标签化。曹燕出狱后，时过境迁，六亲不认，完全是负面的社会环境反馈。她主动与他联系，无异于给自己打上同样的社会标签。"他在关系图里曹燕与关建华之间标注上"意图再次作案"，低头刚好看到许乘月端着不知哪儿来的日式料理，心想文昕还真给他点了最贵的啊。

"6月19日，关建华被害。"他用一条直线标注时间节点，在6月19日上画一颗歪歪扭扭的星突出重点。

"4月15日，曹燕出狱，并在20日之前第一次与关建华取得联系。根据陈钰的描述，他们首次接到敲诈电话是在5月24日，对方向她提出五十万的封口费，否则将袁满的隐私透露给媒体。经过讨价还价后，6月1日，天宜公司同意将三十万打入指定账户。而6月2日甚至在这之前，关建华开始间断性地跟踪袁满，6月10日，陈钰再次接到敲诈电话，这次对方要求追加七十万，也就是总共一百万，6月17日，这七十万被打入之前同一账号中。"

他标注出一条时间轴，在打入三十万与再次接到敲诈电话间涂了个圆点，接着说："而6月9日，也就是第二次敲诈的前一天，袁满在休息室的门缝中收到直接递给她的恐吓信件，绕过经纪人及公司，直接针对本人。6月21日，陈钰报案。"

他很难理解寄送恐吓信件这一事的动机，如果是敲诈袁满的罪犯所为，意义在哪里？这件事完全是多此一举。

"打给陈钰的号码是通过伪基站发过去的，显示的是10086，声音用的是机器音。收到这一百万的银行账户户主已在两年前过世，其家人声称他确实在三年前丢失过钱包，但忘记注销银行卡。账户内的资金在两小时内被转入一个IP定位在墨西哥的虚拟账户，后面的资金流向无法获取。"

"不过关建华跟踪袁满这一行为，可以让我们做出一个假设。"

"关建华就是敲诈袁满的人？"有人问。

"嗯，但也仅限于假设。银行账户和敲诈电话的线索都断了，并不能肯定他跟踪袁满的目的是勒索。"

"舒潘，"顾云风点名说，"我这儿有一份名单，是6·24特大人口贩卖案涉案人员的信息，从今天开始，你带人去查这些人的银行账户，看6月1号后，哪些人的账户中有大额来路不明的转账。"

"通过与陈钰的沟通，她说选择在6月21日报案是因为前一天晚上，她又一次收到了诈骗电话。但与之前不同，对方并没有直接提出追加封口费，而是说出了几个袁满最近常去的地方，让陈钰做好心理准备拿钱消灾。"

贪婪，狠毒，不计后果又很有经验。没有留下太多的痕迹让警方查到踪迹，不使用个人电话却参与过电信诈骗的关建华，是有能力做到的。

"所以，关建华、曹燕，以及其他目前暂未确定的可能的涉案人员，通过恐吓敲诈的方式向天宜公司共索要了一百万元。"

如果确定关建华是敲诈案的罪犯之一，在关建华死亡后陈钰再次接到敲诈电话，可以看出是团伙作案，那这首当其冲的团伙成员，只能是曹燕了。出狱后的曹燕缺乏生存能力又怀揣对自由和过去生活的渴望，在发现自己的女儿成为偶像明星后，就动了敲诈的心思。这样推想合情合理也不难论证，但这案子到目前为止还没找到有效证据，再合情理也只是单方面的推断。

"袁满的案子先到这里，接下来汇报6·19关建华遇害案。"他用投影仪播放出案发现场的部分照片以及法医尸检结果。

"许教授，你怎么看？"

许乘月刚吃完仅有的几片三文鱼，正抱着他的保温杯喝水，发现自己被点名，他没头没脑地来了句："投胎……很重要。"

他觉得袁满挺倒霉，遇到个这样的亲妈，还未出生就被打上原罪的烙印，长大了还要被亲妈跟踪敲诈勒索，说不定下一步就是绑架了。

亲妈绑架明星闺女向经纪公司索要巨额钱财，又能弄出个大新闻。

"我是问你对关建华被害一案怎么看。"

"我的看法嘛……凶手的作案手法清楚明了，重要的是作案动机。"许乘月迅速地头脑风暴了下，"杀害关建华的凶手，作案动机可能有三种。第一种：黑吃黑。团伙诈骗，分赃不均，有人痛下杀手。第二种：真爱粉丝。有人发现他敲诈袁满，替这位偶像大明星做了他。这种一定是真爱。第三种：当年拐卖案的受害者报复，毕竟关建华也是当时的案犯之一。"

说完他看了眼顾云风："无论是哪种原因，曹燕都很危险，只要她不是凶手也没有黑吃黑，下一个受害者很可能就是她，她现在应该是我们的重点保护对象。"

顾云风接着他的话说下去："关建华被害后，我们就派两名警员日夜轮班观察曹燕，她的人身安全都在掌控之中。"

他感叹许教授是他这些年来遇见的第一个刑侦经验几乎为零，却依然能在陌生场合毫不怯场的人。他跟普通人不一样，没有胆怯、恐惧或者过于激动的情绪外露，工作时冷静的话语永远只在进行错与对的博弈。

"命案发生后我们做了两条线索的跟踪，一条是探究关建华的社会关系，就是刚刚讨论的；还有一条，是案发现场扩大监控范围后的调查。调查的范围扩大到三公里内的所有监控录像，开往花南路这处民宅区域的路共有六条。"顾云风调出三维地图，标红六处路口。

"这六个路口是命案现场的必经之地，这地方比较偏僻，走访后发现三公里内没有废弃车辆以及可疑人员，所以我们将目标锁定在六个路口中出现过两次以上的车辆。昨天上午物证科的同事拿来了一份文件。他们调查了监控录像中拍到的可疑车辆，最终将目标锁定在一辆红色轿车上，凶手就是开着这辆车，将关建华的尸体从第一现场运送到花南路的。"

"小张，你来介绍一下情况。"戴眼镜的张泽是技侦的内勤，全程跟进关建华遇害一案的相关物证搜集分析。

"顾队说的红色轿车，就是这辆。"他从录像中调出一帧画面，"车牌被刻意遮挡，外表很普通。全市相同的车辆……估计得有上万辆。"

"案发当天晚上，凶手开着它从西南方向的都市路经过，途经广场以及湖山花园小区，然后进入花南路。离开时基本是原路返回，但到都市路后开往了更远的郊区，曹湾镇方向，监控没有捕捉到行踪。"

"我们后来在全市范围内寻找这辆运送过关建华尸体的车，最后在一家共享汽车公司找到了登记在案的车牌号为浦C97682的车辆。这家共享汽车公司的经营模式依然是设立停车位随时使用，没有给车辆标上统一的标志或颜色，用户每次使用时都需要登录自己的个人信息，否则无法启动，所以我们调取了6月18日到6月21日之间这辆车的所有用户的驾驶信息，发现在6月18日到6月19日之间，只有一个人使用过它，而且整整使用了两天。"

"是谁？"

"登记的姓名是曹燕，女性，四十七岁。"

第三章

　　红色轿车登记的使用人员是曹燕，但监控中的凶手无论走路姿势还是体形仪态，都更像一个男人。如果凶手真的不是曹燕而是个男人，那他肯定和曹燕认识。

　　顾云风去了更衣室，换下祭拜姐姐时穿的黑色衬衫，在衣柜里翻来翻去，终于选了件灰色V领T恤。上次他送陈钰和袁满回去，居然被娱记拍下说什么深夜幽会，吓得他再也不敢穿上次那件衣服了。

　　他把脱下的衬衣放进洗衣机里，露出整齐的腹肌，衣服上面有香火的味道和陵园里腐朽的气息。他正要穿T恤，突然更衣室的门被使劲推开。

　　许乘月站在门口一副"终于找到你了"的表情。

　　"许教授……您下次推门可不可以先敲下门啊？"顾云风捡起掉到地上的衣服，抖了三下哭笑不得。他庆幸还好自己只是换了个上衣，要是换裤子的时候被看到就尴尬了。

　　不过许教授是男人，也没啥尴尬的。

　　"找我有什么事吗？"他重新套上T恤，打开更衣室的窗户，这几天不怎么热，晚上下过一场雨，白天的温度就很适宜。

"顾队，刚才开会的时候，为什么把那个名字擦掉了？"目光相撞，没有谁咄咄逼人，空气中却弥漫出紧张的味道。

"什么名字？"顾云风一头雾水。但他很快就意识到，白板上姐姐的名字是许乘月写上去的。

"十九年前的诱拐案中，最后一个受害者。"许乘月轻轻关上门，"在过去的新闻资料中，化名为春秋的女孩。"

顾云风一愣，下意识地后退一步，差点被一把椅子绊倒。短短几秒里，他浑身的血液仿佛都凝固了，但长期的精神体力训练让他马上冷静下来。

"你想说受害者家属有作案动机？那案子有很多受害者，跟第几个没有关系。"他若无其事地说，"她们都有很多亲属，每一个都对关建华恨之入骨，恨不得立刻将曹燕挫骨扬灰。你不如把每个受害者的名字都写上去，那才公平。"

"都写上去位置不够。"许乘月双眉下压，揉了揉肩膀，"当然，我不是这个意思。"

"我通过死亡记录查到了最后一个受害者的真实姓名。"他坦然地走到顾云风身后，靠近他耳边说，"你有个姐姐叫顾椿秋，对吗？"

姐姐。

窗户突然被风吹开。

明明只是一个熟悉得不能再熟悉的名字，可从别人口中说出时，却像听见惊涛骇浪，看见巨轮沉没。

隐藏多年的秘密，就这样被轻描淡写地说出来。

一切温和的表面被撕开，露出自我保护的獠牙。

他下意识地抓住许乘月的胳膊，肾上腺素骤升，毛细血管突起，左手握住对方手腕，右手抓住下肱二头肌，直接一个过肩摔将许乘月摔到旁边的沙发上。

伴随骨骼清脆的弹响声，顾云风突然回过神来，他松开对方的手腕，上面深红色的痕印让他的血液几乎倒流回心脏。

他刚刚在干什么呢？

"你！顾云风你……你至于嘛！"许乘月挣扎了一下意外地发现自己不是躺在地上，怪不得没觉得太痛。他沉下脸坐起来，抬头看向扶着沙发慢慢蹲下去的顾云风。

"你至于吗？"许乘月皱着眉头问。

至于吗？

顾云风把脸埋进胳膊里，低声说了句抱歉。

这是他保守多年的秘密，整个金平分局，还有他一路相处的同学朋友，没有一个人知道。

他一直以为这段过去只会存在于他和父亲的世界里，最终会被带进泥土，成为至死无人知晓的故事。

顾椿秋只是几十名受害者中的一个，她会和其他受害者一样，被这个世界慢慢遗忘，变成案卷里不起眼的一个化名，一段没有感情的文字。

可对于他和父亲而言，姐姐的案子给他们带来了毁灭性的打击，让他们失去信任，失去家庭，更一度失去对生活所有的期望。

"对不起。"他把许乘月拉起来，情绪正常了一点，尴尬地想要缓和气氛，"还好没把你摔地上。"

他的手很温暖，但掌心有道疤，摸起来挺粗糙。

"以后可别站我背后了。"顾云风挤出个笑容说。

许乘月坐在沙发上，一只胳膊搭着扶手，勉强点点头算是接受了他的歉意。突如其来的腾空让他的心脏差点跳到失控，他一脸困惑地揉了揉自己的手腕，毫不顾忌地继续问顾云风："你这么反感别人在你面前抽烟，也是因为这件事吧？"

顾云风无奈地点头。他这才发现许教授真是丝毫不顾及别人的感受，挨打后还能继续戳人痛处。当年姐姐会落单遇害就是因为他父亲顾涛跑去买了包烟，他是个自制力很差的烟民，甚至在姐姐出事后的很长一段时间里，在各路威胁恐吓下也没戒掉。从此他就对烟产生了生理性厌恶。

"你这受的刺激不小……"许乘月若有所思，"去看过医生吗？"

医生？顾云风摇了摇头。他找了把椅子坐下，直视对方说："我知道你的顾虑，但她和现在的案件没有关系，那已经是盖棺定论的过去了。"

过去早已宣判，恶棍得到惩戒，他没必要再耿耿于怀。

"顾椿秋没有，但是你有。"许乘月说，"不排除当年受害者及家属的报复性谋杀，这是我们达成的共识。"

"你和你的家人都有作案动机，现在曹燕出狱了，我甚至可以怀疑……"许乘风顿了顿，"你可能公报私仇，人为干扰案件走向。"

"不是，我怎么干扰啊？"

"假如凶手的下一个目标是曹燕呢？你可能消极办案，故意假借他人之手造成一些不可挽回的后果。假如凶手是你的家人呢？你会不会故意销毁证据帮助完成犯罪？"

那一瞬间顾云风火冒三丈，但他一句辩解的话也说不出来。在这个突然变复杂的案件中，他和里面任何一个人都没有直接关系，可他们的人生却不可避免地交织在一起，交织成他一直没能逃离的梦魇。

而在他梦见姐姐的时候，在他得知袁满身世的那一刻，他是那么迫不及待地，想要亲手给这个梦魇，画上一个彻底的句号。

"你打算怎么办？"许乘月满脸都写着坦白从宽抗拒从严。

"我想了想……"顾云风事出反常地搭着许乘月的肩膀，坐在旁边非常诚恳地建议说，"许教授，哦不，兄弟，哥们，这事就你知道，你要替我保密。"

不然他很可能因此停职下岗，变成待业青年一枚。

"保密？"许乘月微微蹙眉，眨了下眼，随即重重地拍了下桌子，"你的正义感呢？"

其实许乘月根本没打算把自己的发现告诉别人，袁满的案子和关建华的案子，这才是强因果关系。诱拐案已经过去快整整十九年了，所有罪犯都依照法律得到了惩治，那些曾经的受害者，试图遗忘这段过去的人们，早已不屑于举刀砍向一只作恶多端的蝼蚁。

而且他是个被特殊关照的新人，很多事情的界限分得不是那么清楚，也没预测到一个看似不经意的选择，会给未来造成怎样的影响。

"正义感？我要的是迅速破案，曹燕现在很危险，希望在她出事前能抓到凶手。"顾云风挺无奈地叹气，"袁满很无辜，关建华当年也只是一个跑腿的从犯，我会为他们讨回公道，就当了结自己的一桩心事。"

他在有些事情上会很偏执，比如这个案子。

"那你写个保证书。"许乘月说。

顾云风一脸迷茫："跟谁保证？需要盖公章吗？"

"跟我。保证你不会徇私枉法。"

他难以置信地看着许乘月，确定对方是认真在提议后，他迅速写好了所谓的保证书，松了口气。看着许乘月满意地收好，他心想这种在象牙塔里待久了的天才们就是不一样，脑回路都如此清奇，他难道不知道这么一张纸，除了心理安慰没有任何实际作用吗？

不过现实是，保证书再怎么无效，他的把柄都已经被许乘月握住了，可能从此就受制于人，权力翻转，领导地位直接化为乌有。

"你接下来有什么安排？"许教授打开门，和顾云风一起走出刑侦队，他晚上要回实验室，如果没什么特别的事，就不留在队里了。

"哦，明天我要去一趟天宜公司，找袁满和她的经纪人陈钰。"

"那我跟你一块去。"许乘月修长的手指握着那张保证书说，"既然我答应了保守你的秘密，就要对你的行为负责。"

顾云风："？？？"

"我想好了，但凡是与案件相关人员接触，我都会在旁边盯着你，寸步不离，约束你的行为。"

"哥们，你要是上课呢？"

"你比较重要。"

真让人感动。

顾云风觉得自己都快哭了。

天宜公司的大楼在江东最繁华的CBD，滨江大道，公司门前就是滔天江水。

"我们不能直接进去吧？"许乘月系好领带问他，藏青色上衣让身形瘦削的他显得精神挺拔，站在CBD来来往往的商务人士中毫不违和。倒是顾云风压低帽檐穿一休闲T恤，怎么看都像是跑来经纪公司伺机而动的狗仔。

"嗯，有门禁，她说我到了联系她就行，她会派人下来接我们。"他不想闹出什么意料之外的动静，能以普通人的身份进去就尽量别说自己是警察。

说着他从口袋里拿出手机拨通电话，电话才响了几声突然黑屏。

"不好意思。"他涨红脸羞愧万分，"之前手机摔了一次，现在似乎是坏了。"

许乘月："……我可没她的联系方式。"

他只好朝前台方向走去，一个年过不惑但气宇非凡的安保大哥职业性地冲他点头。

"您好，金平区刑侦队。"顾云风亮出警官证，"我下午三点约了袁满小姐在天宜公司会面，烦请通知一下。"

负责安保工作的大哥大概快五十了，举手投足都风度翩翩，发际线也没高入天际，在同龄人中绝对颜值拔尖。

他盯住顾云风证件上的照片，再抬头看看他本人，盯得顾云风毛骨悚然。

"您怎么保证证件的真实性？"他将证件与本人摆在一起，上下打量，"前几天有两个狗仔就假扮警察混进来了，刚好也说找袁满小姐，你们是同事吧？"

"假扮警察？这可是违法的。"顾云风哭笑不得，"有这两人的监控录像吗？可以报案的，我们依法处理。"

"当然，这种案子不归我们管。"他摊手，转身对许乘月说。

"这……就不必了，也怪麻烦的。"

他刻意看了下保安的工牌，唐志海，工号开头是27，这意味着他去年才入职这家公司。他的桌上放了十几本杂志，每本封面都是AIR女团，要么就是袁满的单人大片。她们在封面中笑容明媚，戴着夏花，举着彩色气球，拖着天边彩虹，踩在白云之上。

最单纯美好的模样。

每一张封面上都有袁满，这唐志海一定是她的忠实粉丝，去年年底袁满她们才开始出现在大众视野中，而他也刚好在去年来到这公司做安保工作。挺巧的，顾云风心想。

"我已经帮二位通知陈钰女士了。"放下前台电话，唐志海举止绅士地指向前方，"大厅右侧有休息的茶位，旁边就是茶水间，请自便。"

"谢了。"

他们前脚刚到休息区，后脚前台就又来了几个学生模样的男孩女孩，红着脸恳求大叔放他们进去，结局当然是被严词拒绝。

顾云风不了解这些娱乐八卦，也理解不来粉圈追星，安静地坐在茶位上泡了杯茶，随手拿过一本宣传册，上面是天宜公司的介绍。

这家公司以艺人经纪为主，签了挺多不温不火的艺人，AIR算是近期大爆的团，趁着人红死命给她们签广告和节目。除了艺人经纪，公司每年也会做几部电影和电视剧，都是小成本制作，没什么水花。最近说是在为AIR量身定做一部偶像剧，声称要为冷却已久的偶像剧市场填补空白。

大厅的电视屏上循环播放着AIR的演唱会和已播出的广告，许乘月看了一会儿觉得实在是无聊，伸手拿走顾云风手里的宣传杂志。

顾云风一只手撑着脑袋，手里的东西突然被收走，"欸"几声表示抗议，又从身后的书架上重新抽出一本。

一楼和外界空气流通，冷气开得不够，室内依然有点热。许乘月脱下外套放在手上，身子向前倾，靠近他问："我挺奇怪……你会怎么面对袁满？"

"就像之前那样啊。"

"会恨她们吗？曹燕，还有所有间接害死你姐姐的人。"

恨吗？曾经是恨的。在很长一段时间里，仇恨充斥着他的家庭，他们互相埋怨，互相伤害，把仇恨用在最亲密的人身上。

他想了想说："他们已经得到法律的审判了。"

"那袁满呢？她是有责任的。"

顾云风侧过头去，似乎戳中了他心里的痛处。所有人都得到了审判，但袁满没有。她救下恶魔，带来灾祸，她是原罪却又无罪。

"我能做的，只是把她当成一个与我无关的普通人。"他风轻云淡地说着。

顾云风突然发现，把心底的秘密告诉别人并不会有什么坏处，他只是没有勇气去揭开这个自己贴上的创可贴，不断压抑着本该自然复原的伤疤。

"也不知道袁满为什么明知自己被跟踪却不告诉警方。"顾云风嘴角向上，心里轻松了许多，"曹燕肯定还指望着从自己女儿身上榨出更多的东西，他们短时间内不会直接和袁满接触，不过以后就说不准了。"

他往后一仰，整个人躺在沙发里："监控中清楚地显示袁满已经发现有人跟踪自己，可她却撒谎了，告诉我们有人跟踪她有什么坏处？"顾云风感叹着女人心海底针，少女的心思更是难猜。

像这种童年经历独特的女孩，性格上更是琢磨不透。

袁满为了维系单纯美少女的人设，表面上阳光开朗，其实非常早熟敏感，心思细腻。她和曹燕完全不像，性格上南辕北辙，长相也千差万别。曹燕的五官很一般，骨子里有种吸引人的妖媚，但袁满大眼睛高鼻梁看起来非常可爱。单看照片，他是没办法把这两人当作母女的。

"我昨天倒是有个发现……"许乘月问，"你知道袁满原来待的孤儿院在哪儿吗？"

"这件事我让他们调查过，没什么收获。"顾云风愣住，耸耸肩，"我们试着去寻找她曾经待过的孤儿院，南浦市的儿童福利机构就那些，我翻过他们登记的孤儿姓名，但没在任何一家的名册中见到过她的名字。她可能改过姓名，但照片和档案应该保留才对。"

说着顾云风看了眼时间，又往电梯口看了看。他们已经等了半个小时，还是没见到陈钰或者袁满的身影。

许乘月说："昨天我调查了近五年内和这些福利机构相关的新闻，最后发现在20××年11月，一家名为星雨的儿童福利院曾经有过一次内部线路老化引起的火灾，大部分资料和内部设施都在火灾中付之一炬。20××年10月，袁满刚好进入天宜公司。"

"你的意思是，火灾是人为的？"

许乘月点头："袁满的伯乐叫杜渝生，天宜公司的高管，原本是公司舆情监测室的负责人，他在一次校园讲座中发现的袁满，大概是觉得这女孩有发展潜力，就介绍到天宜组了个女团，让她当队长。可惜，这个人去年病逝了。然后公司人员大调整，袁满他们的经纪人就换成了陈钰，在陈钰的运作下AIR才一夜成名。"

"我想，陈钰可能并没有那么了解袁满……"许乘月停顿了下，缓缓说，"也许，袁满并非对自己的身世一无所知。"

或许她早就知道自己有怎样的父母了。

"啧……许教授。"顾云风托着下巴认真地对他讲，"我觉得你以后可以当我们队的人肉搜索引擎，我们分局之前从智因科技公司买了个信息查询服务平台，真没有你好用。"

许乘月扬起眉毛，嘴角向上形成个微笑的弧度："你们买的那个东西还是我读研时在实验室设计的，当然比不上我。"

大厅里的大屏幕上终于换了组明星，内容也从之前的演唱会广告变成了电影预告片。许乘月看着来来往往的人群，闭上眼睛试图在脑海里搭建出一个关系网，找到些新的可能。

以袁满独特身世为由敲诈天宜公司的罪犯，极大可能是曹燕与关建华组建的犯罪团伙。而在他们多次绕过袁满向天宜公司敲诈勒索后，袁满本人却收到了无任何实质内容的恐吓信。完全看不出寄信者想获得怎样的利益。

许乘月还是没能找到一个成熟的想法，所有猜测与肯定都像一条弯曲的线，越来越近却还是没连成一个圆。

他放弃了，抬头去看循环播放的电影预告片。预告片里的女主是个混世魔王小太妹，染一头红头发，小小年纪不愿读书只爱唱歌，却在遇见木讷善良的男主后洗心革面，一边读书一边写歌，最终考上音乐学院，走向人生巅峰。俗套得令他想起陆亦然那个无法无天的小公主。

"我的老师有个女儿，挺喜欢袁满她们那个女团，你说……我是不是应该帮她要个签名？"

"要一个哪够啊，趁着她还没讨厌我们，赶紧要个几十上百张。"重新拿了本宣传杂志的顾云风看了几页后终于放弃了，闭上双眼已经做好被女孩子讨厌的准备了，不过要迅速推动案件进展，就该在条件允许的范围内想尽一切办法，得罪人也值得。

"你去要？"

"许教授你自己有手有嘴，还有一张迷倒少女英俊的脸。"顾云风手一挥，拍大腿拒绝。

"我看她挺喜欢你的，你肯定能要个十几张。"

"别别别，千万别说这种话。"顾云风受刺激地摆摆手，一肚子的委屈似乎在回忆多么可怕的事情，"上次送她和经纪人回去，居然还被跟拍上了热搜进了电视，那天我电话都快被打爆了。"

"那你还敢来找她。"

"办案需要。"顾云风摊手，无可奈何。

"顾警官！"袁满声音清亮，戴着口罩穿过大厅，欢快地小跑着过来。她穿了件白色的阔摆连衣裙朝他们挥着手，因为骨架小又瘦，整个人看起来就像一只可爱的精灵。

"他是谁啊？有点眼熟。"袁满指着站在一旁的许乘月失落地问。

"许警官啊，上次你来报案时他也在。"

"我想想……哦，就是那天第一个认出我来的警官！"她拍了下手恍然大悟，瞳孔清澈明亮，笑起来的酒窝带着稚气，非常平易近人。她一步半寸地挪到顾云风身边，不经意地打量着许乘月，拉着他们说去五楼的咖啡厅坐坐。

"她为什么只记得你？"走在后面的许乘月小声问顾云风。

"可能是……你没我帅？"顾云风安慰许乘月，说青春期的小女孩审美都不太稳定。

三人在清冷的咖啡店靠窗坐下，袁满化了精致的少女妆，眼神俏皮地向服务生要了三杯咖啡。

"这两天我刚好都在公司，又是签合同又是录访谈的，太无趣了。"她撇嘴抱怨着，指尖有节奏地敲击着桌面。咖啡厅中央摆了架钢琴，上面放了个插满红玫瑰的水晶花瓶，放着悠扬的法语歌，弥漫着浓郁的香气。

"你喜欢出去演出？"

"对啊，总待在一个地方多难受，我自由的灵魂都被禁锢了。"袁满漫不经心地说，"所以这会儿我才在百忙之中偷偷跑出来见你们，如果被陈姐发现了，你们可得替我想好说辞。"她往咖啡里加了几颗糖块，轻轻搅拌后摘下口罩小口抿着。刚手工研磨好的咖啡挺烫，还没喝多少，她手一抖，差点洒到桌上。

"你慢点，烫到了吧。"顾云风抽出一张纸巾递给她手里，顺手擦掉滴在桌面上的水。"你最近的行程安排，一直在南浦市吧？"

"是啊。"她眨着眼，"你是关注了我的行程表吗？"

"他是关注了有你的监控录像。"许乘月替他回答，帅气地喝了口咖啡。

顾云风瞬间呆滞了。

好在相处了几天他已经习惯了，许教授就是这样简单直接，卖队友都卖得清新脱俗。

"我就知道……两个人一起来肯定不是什么好事。"袁满瞬间没了活力，沮丧地趴在桌子上，"又要把我当犯人审了。"

"哪敢把您当犯人……"顾云风对她说，"我和许警官专程跑一趟而不是请你去警队，这可是特殊待遇，要珍惜。"

他递给袁满几张照片，除了关建华和曹燕外，还有人口贩卖案中的其他几位罪犯。照片中除了正面照外，还有几张从监控录像中提取的不同角度的影像。

"切——你请我我才不去呢。"她坐在对面瞪着二人，拉长尾音以示不满，但右手还是接过照片端详着。

"这些人里，有没有你见过的？"

她翻来覆去看了好几遍，最后摇头矢口否认："都没印象。"

"最近两个月有被陌生人跟踪吗？"

"我？被人跟踪？"她木然地看着二人，半天说不出话来，良久才将两只胳膊交叉放在胸前的桌子上。

"没有，没被跟踪过。"

听到她直截了当的否认，许乘月挑了挑眉，一双丹凤眼中写满质疑："'私生饭'不算吗？"

"我……"

"我知道袁小姐有几位著名的私生饭，还上过新闻。"许乘月细数自己了解的娱乐八卦，"有一位是一家上市公司的大少爷，年纪不小了，姓江。还有几位是学生，倒是没什么关注度。"

"私生饭？那是什么？"顾云风打断他的话，一只胳膊撑着脑袋，歪头看着他。

许乘月轻咳一声："跟踪偷窥明星日常的一些极端粉丝。"

"哦……"似懂非懂。顾云风实在是无法理解这种空虚、疯狂的过激行为，一定是严重缺失自我才会把生活重心绑定到一个遥远的人身上。

"这种就不算了吧，都跟了好几年了。"她将手放在眉骨附近，声音越来越低沉。

顾云风看她情绪低落，也就不想强求，收走其他照片，只留下关建华的面部影像推到袁满面前。

"你回忆一下，最近两个月，有没有见过这个人？"

她低下头，手足无措。前几分钟她还能轻松地和他们开着玩笑，此时却忽然变得谨慎寡言，每一个微小古怪的动作在他们眼里都能被无限放大。

"没有吧。"袁满吞吞吐吐地说。

"那她呢？"许乘月把曹燕的照片单独挑出来，放在她面前。

"也没有。"她把脑袋摇得像个拨浪鼓，深呼吸平复了心情，然后抬头故作镇定地说，"这些跟我收到恐吓信有什么联系吗？"

"有啊。"顾云风点头，"帮你抓坏人啊。"

"你们来找我就不能是简简单单地喝杯咖啡聊聊天吗？"

"这不就是在简简单单地喝咖啡嘛，边喝边聊，还聊的你的事。"

"明明聊的你们的工作。我可是受害人，被威胁的受害人，警方也要安抚受害人情绪的。"她噘着嘴，一脸不情不愿。

"不过呢，我一直觉得我收到的恐吓信只是个玩笑，你们，还有陈姐，都没必要大惊小怪……"她认真地看着他们两人，双手还在微微颤抖。

只是个玩笑。

袁满终究还是个年轻的小女孩，或许她不够单纯，但撒谎的能力不够，每个表情每个动作，都在赤裸裸地宣告着：我很心虚。

顾云风和许乘月对视一眼，正要说话，许乘月的手机铃声响了。

"你们继续，我出去接个电话。"他披上自己的西装外套，冲顾云风挥了挥手机，上面显示是舒潘的号码。顾云风捏了把汗，今天出门前他看了日历，壬午月，戊戌日，说是忌出行。

他看了眼自己坏掉的手机，心中有种不祥的预感，怕不是又出什么事了吧。

袁满沉默地看着许乘月出去，额间渗出汗珠，那张白得发亮的脸更没了血色。

"三个星期前，这个人，"顾云风指着关建华的照片对袁满说，"在我们调取的部分监控里，你和他多次同框出现。他在跟踪你，不过很可惜，他隐蔽得并不好，你回头看了很多次。"

"你可能觉得不重要，因为他没伤害到你。"在袁满开口想辩解前他继续说，"但就在一周前，这个人被杀害了，死在一个待拆迁民宅的废弃垃圾桶里。"

他站起来，身体向前倾，深邃的双眼紧紧盯住她："小满，你有没有想过一种可能？他是因为你才被杀的。"

"当然，这并不是猜测，而是事实。"顾云风看着她，他的眼神温柔却直入人心，袁满小心翼翼地抬起头，没有了偶像的光芒万丈，只像一个平凡的小女孩，表情惶恐。

"寄给你恐吓信的人究竟是谁？"

"如果就是这个凶手呢？"

"他给你寄去恐吓信，又杀害跟踪你的人。"

平时在队里，他不擅长审讯，不是在言语上占上风的人，而和这种经历特殊的孩子打交道又尤为困难，他们总是下意识地躲在自己布置的安全界限中，小心谨慎步步为营。

所以现在，他得让袁满相信，关建华是因为她才被杀害的，她不是置身事外的局外人，恐吓信不是玩笑，被跟踪也确有其事，只有配合警方，她才能逃离危险。

"按你说的，他没跟踪你，你们素昧平生。那他和你的关系，仅仅只是超出平常频率的距离过近。你想想，还有那么多真正在打扰你生活的疯狂粉丝，他们会不会有一天和这个人一样，悄无声息地消失在某个角落的垃圾桶里？"

"谁给他们收尸？你吗？"他接着说，"凶手在公司里递给你恐吓信，这令你恐惧。而杀害跟踪你的人，是为了让你更加恐惧。他对你执念很深，这种执念，总有一天会施加到你身上，变成不可避免的伤害。"

"你才是他的目标。"他坐回到卡座上，盯住袁满苍白的脸。先前的温柔荡然无存，只剩无处不在的压迫感。

少女元气的脸上完全没了血色，耷拉着脑袋整个身体都在颤抖。她不擅长撒谎，又缺乏勇气。圆一个谎言要付出太多精力和代价，可摊开真相可能令她身陷囹圄。

顾云风起身想去趟洗手间，却看到许乘月挥了下手，在门外比画了几下，示意他出来。

"小满，你再好好回想下，虽然罪犯的最终目标很可能是你，但我在这儿，不会让你有危险的。"他替她在咖啡里放了糖，特意把帽子取下放在桌上。

袁满看着他离开的背影，蹲下身躲到桌子底下，把脑袋埋进交叉的手臂间。吧台的服务生看着突然空无一人的咖啡厅，还以为自己花了眼。

"你有没有想过一种可能？他是因为你才被杀的。"

"她是因为你才死的。"

"你就是个祸害。"

"你害死了那么多人，怎么还不下地狱？"

她低下头，拼命捂着嘴还是哭了出来。这些声音像匕首一样一刀刀刺向她的心脏，让她经脉收缩，血管破裂。

她确实撒了谎，但那应该只是一个小小的谎言吧，这个谎话肯定不会造成什么后果，顾警官不会责怪自己的。从报案那天顾云风站在她面前的那一刻起，从他笑着对自己说同病相怜的那一刻起，她忽然褪去了偶像明星光芒万丈的外壳，变回童年孤儿院里那个弱小无助到把什么温暖都当救命稻草的小女孩。

那才是真正的自己啊。

她甚至怀念孤儿院的生活了，虽然小时候总被欺负，但不用撒谎，不用在夹缝中求生，也不会遇见那些因为利益而面目全非的面孔。

如果自己是个真正的孤儿就好了。她闭上眼，幻想着。

站在未封闭的窗边，顶端是玻璃造的楼顶，蒙了浅色的涂层，白天能看见晴空层云，夜晚是散漫星空。许乘月靠在栏杆上，背影有点单薄，低头朝大厅的旋转门望去。

"刚刚舒潘给你打电话是有什么事？"他走到许乘月身边，和他并肩站着。

那一瞬间，他发现站在前台旁边的男人不停地看向他们这里，目光相碰后，那人又慌乱地转身继续巡查。

那是之前拦下他们的保安，身穿黑色制服，微笑着和其他工作人员打招呼，脸上有一种发自内心的敬畏。看起来他非常热爱自己的工作，但刚刚那一刹那的对视，让顾云风莫名觉得很不舒服。

许乘月左手理了理衣领，凝视着大厅中来往的人群，微微皱眉："赵局让你赶紧回队里。"

"出什么事了？"顾云风突然神经紧绷。果然今天忌出行，他就该在队里待着，时刻等候领导调遣。

"跟你有关，上南区公安局今天早上接到报案，曹燕死了。"

曹燕死了。

许乘月说得风轻云淡，但这四个字对顾云风而言却是重重敲落的鼓点，极具震撼力。

他睁大双眼，难以置信："不可能吧，我可是派了五六个人昼夜不歇地守在她住的地方，她什么时候遇害的？"

"两天前，凌晨两点左右。"

前天，刚好是他梦见姐姐的那天。那场梦里顾椿秋朝他走来，对他说着血债血偿，人间已经没有遗憾。曹燕的死亡时间在凌晨两点左右，和姐姐告别的时间相差不多。

一定是她在天有灵，怨恨清偿。

那一刻顾云风站在窗前，心里是说不出的滋味。风从门厅的缝隙间钻进来，吹乱他的头发。将近十九年的痛恨就这样尘埃落定，所有情绪都在这个突发事件中戛然而止。

他释怀地笑了笑，转身背靠窗边的栏杆："这么说，在警方去曹燕的住处前，她就已经遇害了。"

"怪不得他们跟我报告的是一直没见到曹燕。"之前他为这事还骂了舒潘一顿，借题发挥说他粗心大意办事不力。"她怎么死的？"

"在河边发现的尸体，具体细节要你去上南区那边问清楚，他们已经在解剖尸体了。"许乘月说，"要不要让袁满和我们一块去？"

"别。"顾云风摆手道，"这事不用她知道，她啊，能当个无父无母的孤儿最好。"

他微微弯腰，十指交叉，胳膊支撑身体靠在围栏上，抬头看到隔了层玻璃的蓝天。曹燕在姐姐十九周年忌日的当天消失在一条河流中，他相信姐姐会重新擦掉身上的血，洗掉灵魂中的怨，踏上一条无憾的轮回路。

"现在回去吗，顾队？"许乘月看了下左手手腕上的表，接近四点。

顾云风点头，下意识地往咖啡厅的方向看了看，这才发现店里冷冷清清空无一人，自己的帽子还在桌子上，形单影只无人认领。

他心里咯噔一声。袁满去了哪里？

"你先回去吧，我还有点事。"顾云风迟疑了下，指着不远处的咖啡厅，"我觉得，我可以再努力下，或许能在袁满那问出些什么。"

"可以，我看她对你挺有好感的。"许乘月说，"这就是因果轮回，她父母作恶多端，她也难逃其中，你多关心下她，她可能就什么都招了。"说完他不满地抱怨着："但我感觉她不太喜欢我。"

"有吗？"顾云风一脸茫然。

大厅右侧的大屏幕上刚好切换到 AIR 女团最新的公益宣传片，片子里几个女孩去了偏远地区的儿童福利院，和一群小孩子们玩得很开心。袁满穿了件卫衣 T 恤坐在中央，目光流转笑如夏花，弹着吉他教孩子们唱些简单的歌。

那一刻生活以最简单的方式呈现，袁满回到她曾经最熟悉的地方，和福利院里无父无母身世飘零的孩子们一起笑着，忘记委屈凌辱和他们永远渴望却不可得的情感。

返回到咖啡馆时店里一个顾客都没有，顾云风的帽子安静地放在原位，好像从未有人来过。他环顾四周，又弯下身瞄了眼桌子底下，胡桃夹子玩偶背后，什么人都没有。

"刚刚和我一起来的女孩去哪儿了？"他戴上帽子，神色焦虑地问正清洗咖啡豆的咖啡师，对方茫然地摇摇头，说自己一直专心工作没注意到顾客的举动。

"您在找袁小姐吗？"端着一盘糕点饮品的服务生叫住他。

"她走了吗？"

"嗯，大概五分钟前，她从侧门匆忙离开了。"

"离开了？离开前她有接到电话一类的吗？"说着他从钱包里拿出几张钞票想要付现，服务生小哥摆摆手："好像没有吧……对了袁小姐已经付过钱了。"

顾云风尴尬地站在原地，在对面小哥一副"怕不是为了逃单才中途出去"的眼神中生生咽下所有想问的话，强行付了 10% 的服务费后推门而出。

五分钟前袁满从侧门离开，如果不是被人叫走……也许是他之前话说得太重把她吓跑了。

顾云风站在咖啡店外，靠着墙壁想着她究竟会跑到哪儿去。假如真是自己吓到她了，她会不会找个地方躲着痛哭流涕？

要找个没人看见又让她有足够安全感的地方……他记起袁满第一次报案时提到的休息室。她说自己第一次收到恐吓信时正在休息室休息。

她口中的休息室在28楼，和大多数公司大楼一样，天宜大厦楼层越高人越少，顶层30楼是总裁办公室，每一层都需刷卡进入。袁满来的时候给了他一张不知从哪儿弄来的访客卡，他尝试着去刷28楼，居然真的能用。

踏出电梯时他就开始心虚地探头探脑，偶尔路过的人看着都挺面熟，不过他不了解娱乐圈，明星都不怎么认识，更别说他们的经纪人和各路助理工作人员了。

"喂，你找谁啊？"他正蹑手蹑脚地看着各个办公室的门牌号时，一个声音粗犷长相清秀的男人叫住了他。

"我是番茄台的记者，今天约了袁满小姐采访，她的休息室在哪儿？"顾云风礼貌性地一笑，心虚地晃了晃被自己遮住关键标志的警官证。离得远，应该看不清证件细节。

"2808室，这会儿她不一定在那儿，要不我帮你打个电话……"男人指着另一个方向说。

"谢谢谢谢。"没等他说完，顾云风就大步流星地往2808所在的方向走去，只听见男人在身后小声嘀咕着："小满今天又有访谈吗？怎么没跟我们说一声？"

等离开那人的视线顾云风才松了口气，他基本可以确定给袁满寄去恐吓信的人是天宜内部的工作人员了。能混进28层还刚好遇上监控坏掉，普通人真不会这么大费周章就为了从门缝里塞个纸条。

可惜没有确凿证据时，他是不能调用警局人力对天宜公司的员工进行集中问讯的。

在28楼转了大半圈，他终于找到了袁满的个人休息室，旋转把手，轻轻推开虚掩的门。休息室里看着空无一人，但能听见细小的抽泣声从角落的衣柜里传出。休息室的墙壁上挂满了各型各款的裙子，中间摆了几张欧式沙发和椅子，上面沾了灰，一看就不常用。

整个休息室就是袁满的个人衣帽间，摆满了衣服和鞋子，还有遍布一排梳妆台的彩妆。

顾云风随手把帽子挂在进门的衣帽架上，走到紧闭的巨大衣柜前，轻轻打开柜门。空荡荡的大衣柜里，瘦小的女孩坐在角落里，把脑袋埋进胳膊间，也许是发现黑暗的周身充满了阳光，她抬起头望着他，眼眶还是红的。

他身体向前倾，轻轻弯腰，轻声细语地说："大明星，终于找到你了。"

就在女孩子伸出白皙的双臂想搂住他的脖子时，顾云风下意识地后退一步，袁满差点从柜子里跌倒到地上。

"不好意思，没接住你。"他抱歉地笑笑，把她从衣柜里拉出来，"怎么躲在这儿？"

他弯腰指着阴暗潮湿的衣柜："心情不好就该待在有光的地方，这里幽闭阴暗，没病也能憋出病来。"说完，他还揉了揉袁满的脑袋。

顾云风脑袋里一直充斥着许乘月的话："你多关心下她，她可能就什么都说了。"

道理是这样没错，袁满一直生活在缺爱的环境中，她需要关爱，需要鼓励，需要被肯定。但现实是他和袁满之间的关系非常微妙，把她当成普通人已经是他最大的尊重了，他又能去哪儿找关爱给她？

袁满站起来，用指尖弄平了白裙上的褶皱，坐在沙发上，打开一罐桌子上的可乐。

"不高兴的时候我就想躲进这个柜子里，然后就会忘记时间，忘记不开心。"

"陈姐不让我喝这些，也不许我吃零食。所以呢，我就在我的休息室里藏了好多好多东西。"她擦掉眼泪，伸直双手双腿抬头望着窗外的云，"小时候我生活在孤儿院，总是被别人欺负。"

"他们没长眼睛，可爱的女孩子应该受欢迎才对。"顾云风安慰她。

她沉默了几秒钟，摇摇头："他们总说我是带来灾祸的人，说我从胚胎开始，就命里克人，谁离我近就活不长久。"

从顾椿秋和那些受害的女孩子开始，施害者、罪犯、刑满释放的亲人，无一例外。就像一场循环的比赛，这些人和她身后的死神赛跑，最后谁也没赢她。

"其实现在我拥有很多很多东西了，但这些东西来得太快太多……"

"所以，我挺害怕现在的生活有什么改变。"她说着说着就低下头，摆弄着印刻着粉色小熊的指甲，"做个偶像明星，我可以得到很多东西，可如果有一天我没有资本价值了，被所有人抛弃，那和几年前的我，又有什么区别呢。"

"顾警官，我确实隐瞒了些事情。"她猛地抬头，眼神坚定，"有人在跟踪我，而且跟踪者不止一个。"

"如果真的又有人因为我而死的话……"她倒吸一口气，"我会内疚的。"

顾云风坐在她身边，把之前准备的那些照片重新拿出来，放在她面前的桌子上，按重要程度依次摆放。

"为什么是'又'？"他问，"以前有人因你而死吗？"

"可能有吧。"她答得含糊不清。见她不想多说，顾云风也没继续问下去。

"你看这些人里，哪些曾经跟踪过你？"

"这个。"她指着关建华的照片说，"他跟踪我的频率最高。我第一次发现被跟踪是一个月前，就是这个人。"

"具体情形呢？"

"那天我偷偷跑出去买吃的，明明穿得很严实，但他认出我来了。"她心有余悸地说，"后来好长一段时间我都不敢偷跑出去了。"

"你是怎么发现的？"

"有天傍晚，他拍照忘记关闪光灯了。那时候我还以为是遇见了偷窥狂，吓得站那儿走不动了。"她边说边拆开一袋薯片，"结果，我还没动，他就先跑了，估计也没想伤害我。"

她把薯片递到顾云风面前，继续说："后来，就没有那么频繁地见到这个人了，我看他的样子也不像是粉丝，喜欢我的还是年轻人比较多。"

"然后就换其他人继续跟你了？"

"对啊。"她点头。

"这个姓关的人后来再没出现过了，我没想到他会被人杀死……"她叹息一声，靠在沙发背上，出神地凝望着天花板上悬挂的水晶灯。

"说说除了他以外的跟踪者。"顾云风轻轻敲了下桌子的照片，"在这些照片里面吗？"

她的视线扫过桌上的一排照片，在曹燕那张上停留了一两秒，又装作不经意地去看其他人。

"不在里面吧。继续跟我的人，还是个男人，我就叫他B吧，和之前这个姓关的年龄差不多，都是大叔了。不过，我没看到那人的长相，他穿得比我还多，这么热的天，我都嫌热啊，他是怎么受得住的？"

她继续说："有几次晚上，我一个人溜出去买雪糕，这个B一直远远地跟着我，我走他也走，我停他就原地抽烟。"

"他这跟你一趟能抽掉好几包烟吧。"顾云风说。

"是啊，我都觉得自己在逗他玩了。"她突然笑了一下，"很奇怪的是，我没感受到任何危险，反而……很安心。"

"很安心？他跟着你是为了保护你？"

她愣住了，像被电流击中，久久说不出话来。

过了好久，她才低下头小声回答着："我不确定。"

离开天宜公司的时候袁满送了顾云风一张演唱会的门票，她说下周六AIR女团在四平体育馆有一场演唱会，让他一定要去看。

"这是我们出道以来的第一场演唱会，以前都是小型歌友会。"提到这件事她的眼睛里瞬间装满星星，终于露出了笑容。体育馆不是很大，也就能容纳个两三千人。虽说作为偶像明星的她一夜爆红，可她清楚地知道自己的位置，也珍惜每一次演出。

两年前的她是个懦弱谨慎的问题少女，两年后的今天，把她推到这个位置的那些人，也随时有将她推下去的资本。

所谓的宅男女神、偶像明星，也不过是拿美貌和青春获得的短暂变现。

她有点心酸地刷着微博，说真不知道公司给自己的定位，究竟是想长远地培养，还是只拿她们当个赚快钱的工具。

说这话的她看起来迷茫又世故，一点不像个小姑娘。

顾云风看见她的桌子上放了本练习册，下面压着一张白纸。那是一份纸质的高考志愿填报单，一片空白，什么都没填。

他想起来前几天高考分数出来了，不过如她所说，高考不过是她人生中的小体验，对袁满来讲，再多的选择，也不会让她的生活真正变得圆满。

"小满，你会写歌吗？"他突然问她。

"没试过呢。"

"可以尝试一下，你声音好听，要是唱自己写的歌，肯定更打动人。"他随口一说。

"好啊，一言为定！"出乎意料地，袁满兴奋地搓了搓手，很认真地点头，"等我写了第一首歌，无论好不好听，都要送给最爱我的人。"

说出这句话的时候，她仿佛真的找到了那个最爱自己的人，她想象着自己一袭白裙站在舞台中央唱歌，台下五颜六色的荧光棒和满天繁星连成一片，像漫山遍野飞舞的萤火虫。

至于那个人会是谁，她也不知道。

从天宜大厦开车回刑侦队已经是晚上七点了，刚好赶上下班高峰期，他堵在高架上望着近到快挤成一团的车轱辘们，后悔为啥不挤个地铁，轻轻松松半小时回去。等堵到他们队里，非得被赵局骂个狗血淋头。

等他回去时整个警队的灯都还亮着，顾云风战战兢兢地敲了赵局办公室的门，还没推开门就听见赵川的大嗓门在嚷嚷。

"顾云风你今天死哪儿去了？！"赵川顶着个地中海发型使劲一拍桌子，震得玻璃都差点颤抖，"下午给你打电话你关机，之前有次也关机，搞什么搞，你这样转不了正的晓得吗？"

顾云风是去年才升的副队，还在试用期，转正得看第一年的考核情况，要是不过关，他又得回去做普通警员了。

听他这么一说，顾云风赶紧低头认错，连忙说自己出外勤去了，下午联系了关建华被害案的重要证人，信誓旦旦地强调以后一定随时保持电话通畅。

"重要证人？"赵川一挑眉，"不是去撩小姑娘了？"

顾云风："……真没有。"

顾云风心想我饭都没吃，哪有空撩人啊。赵局五十岁的人了，风格还是那么出人意料，开玩笑的时候特正经，训人的时候无比八卦。

"您急着找我回来是为了上南区那个案子吧。"顾云风连忙扯到工作上，这方面他很有经验，领导讲八卦的时候，赶紧提工作，不信堵不上他的嘴。

"亏你还记得。"赵川坐在办公桌前的椅子上，一只腿跷起，冷冷地说，"今天上午市局开会，上南区分局汇报这起案件时我一看，哎哟这死者和我们之前案子那受害者认识啊，两人还一起上过法庭蹲过大牢呢，我就赶紧把你叫回来了，你明天去他们那儿看看，如果有关联就并案处理。"

"那如果并案了……归哪边啊？"

"废话！真有关系就归你，你这副队还在试用期，多干活多表现，早日转正。"赵局回答得干脆利落，看顾云风愣在那儿没反应，他一拍桌子，"发什么呆，赶紧干活去！"

顾云风连声答应着，赶紧出了办公室，抹了把汗感觉这空调的风吹得凉飕飕的。他快步往刑侦队走去，路过门外的小树林旁的吸烟区，碰巧见到正抽烟的徐远桥。

"哟，顾队，早啊。"见他过来，徐法医赶忙把快见尾的烟头往地下一扔，踩灭后按在脚底假装看月亮。

"赶紧下班回家吧，老徐。"顾云风看了眼表，都快十点了，还早什么啊。

去年他因为徐远桥在办公室抽烟不小心点着了他刚拿到的一份资料，和徐法医大动干戈，以至于徐远桥再也不敢在他面前释放出半点烟味。顾云风平常是个比较温和的人，但遇到真能惹怒他的事，能直接让对方趴在地上连个声音都发不出来。

进办公室时舒潘正趴在桌子上睡觉，还打着呼噜。顾云风费了挺大劲才把他摇醒，看他半睁半闭着眼，顾云风用食指刚劲有力地弹了他的脑门，只听哎哟一声，舒潘才彻底清醒过来，揉着脑袋委屈地看他："顾队，你以后下手轻一点哟。"

顾云风也没跟舒潘废话，往自己的椅子里一坐，整个人终于在连轴转的一天后放松下来。

"许教授几点回来的？"他问。

"我给你打电话后没过多久他就回来了，待了十几分钟又走了。"

"走了？太不热爱工作了，我得批评他。"他从冰箱里拿了瓶苏打水，抽了条湿纸巾擦掉额头上的汗。

"当然是回家啊，您还真当人家许教授和我们一样啊，天天为这些案子累死累活，谈恋爱的时间都没有。"他不满地抗议着，"人家是名校教授，科技精英，是要做拯救世界拯救苍生的大人物的。"

"怎么拯救我们这些苍生啊？"顾云风忍俊不禁。

"我那天路过赵局门口，听到他说许教授他们实验室那个项目，是做什么AI侦探的。"他神秘兮兮地瞅着顾云风，"我现在巴不得他们赶紧弄出来，解放人类的双手和大脑。"

"之前谁说的砸自己饭碗。"

"那时的我错了，此刻的我只想混吃等死每天躺着睡大觉，把工作机会让给AI们吧，它们会做得更好。"舒潘摆出一副痛心疾首的模样，双手捂着自己的心脏处，夸张地瞪大眼睛。

"瞧你那点出息。"顾云风嫌弃地看他一眼。

他此前并没有刻意了解过许乘月正在做的事情，隔行如隔山，他不懂这些。他只知道许教授来刑侦队就是为了这个名为"AI侦探"的项目，说是要收集罪犯样本用来训练AI。

"银行那边查到什么没？"他问舒潘。之前没能查到天宜公司汇出款项的去处，只能兜个圈子，改成调查曹燕他们是否有收到大量来路不明的钱财。

"必须有啊，我等到现在就是为了汇报情况。"

"转账记录有了？"

"可不是嘛。"舒潘神采奕奕地打开电脑，潇洒地捋了把头发。

"交通银行，6月3日，三十万打到曹燕名下的银行账户，6月20日，也就是关建华死亡第二天，七十万被打入到招商银行的一个个人账户，这个账户属于刘焉，6·24少女诱拐案的罪犯之一，他当时也是个跑腿的，被判了十二年。"

"此人在五年前出狱，出狱后开始赌博，开始赢了点钱，跑去放高利贷，后来输钱了，变成欠债的，整天东躲西藏。"

"把刘焉的照片调出来。"顾云风说。

"在这儿，刘焉，四十三岁，本地人。"照片上的男人剃了个光头，缩头缩脑，眼神猥琐，完全谈不上凶狠，他的右边脸颊上有一道明显的疤痕，左臂有一处凤凰文身。这副模样放在人群中是极其显眼的存在，但他既然能规避债主的追杀，估计在相貌上没少下功夫。

顾云风找出许教授几天前发给他的那封邮件，附件里面是一个月内与关建华频繁接触者的影像。从眉眼间距和脸型来看，有一个和这个刘焉还真挺像，只是光头变成了平头，脸上的疤变淡了，鼻子好像做了整形。

但依然有七分相像。

顾云风问："有刘焉的行踪吗？"

"暂时没有。"舒潘摊手，遗憾地说，"这人隐居好几年了，谁都不知道他在哪儿，欠了一屁股债，根本不敢出现在熟人面前。"

"哎顾队，你觉着这刘焉……和关建华还有曹燕的死有关吗？"

"暂时不能确定，目前还不知道杀害曹燕的凶手和杀害关建华的是不是同一个人。"顾云风皱眉道，"明天我要去趟上南区公安分局，先看看尸检情况。"

"但能确定这是个三人小团伙了，刘焉、曹燕，还有关建华，一同参与了对天宜公司的敲诈。"

舒潘想了想说："他们会是黑吃黑吗？刘焉为了还赌债，想侵吞所有的钱财。"

这个想法确实有很大的可操作性，关建华死亡第二天，七十万被打入到刘焉名下的招商银行账户，而现在曹燕也死亡了，她账户中的三十万，也许不用过多久，就会被一个不知姓名的人悄然取走。

"找到刘焉本人，一切就都好说了。"要么他真的黑吃黑，为了钱财杀死自己的两位同伙，要么在得知两位同伙被害后，躲在某个不知名的地下角落吓得瑟瑟发抖，生怕走出门后，下一个死掉的就是自己。

"小满也真是蛮可怜的，有个时刻想利用自己的亲妈。"舒潘起身靠在窗台上，窗边的花盆里种了几棵仙人掌，满身是刺。

"换作我啊，宁愿自己是个孤儿。"

几分钟后空荡荡的刑侦队只剩下顾云风一人，他站在窗前仰望着天上的满月和远处的灯火。良久，他给许乘月发了条微信：

——忘记帮你要签名了，一张都没有。

过了好几分钟一直没有回音，他才想起许乘月每天雷打不动地在十点之前睡觉，严格遵守健康养生的规定。

他收拾了下舒潘拿来的资料，正准备回家，却突然看见微信上有一条陌生人的好友申请。

——我是应西子，加个好友吧顾警官。

应西子？

他想起来了，是许乘月那位家庭医生。

第二天，顾云风在早上九点赶到上南区刑侦队的时候，发现许乘月给他发微信说签名忘记就算了，反正以后有的是机会。他今天一天都有课，让顾队不用惦挂自己。

曹燕的尸检结果已经出来，法医室让他等分析报告好了之后来拿。他接过上南区刑侦大队队长黄琛手中的案卷资料，包括报案人的信息、笔录，以及现场勘查记录。

死者曹燕，女性，四十七岁。两个月前刚刑满释放，之前在蓝桥监狱服刑十九年，罪名是拐卖妇女儿童罪。

曹燕的尸体是昨天早上七点半被当地一个老人发现的。老太太在浦淀河边种了些青菜，收菜时突然看见河水中有漂浮的衣物，走近一瞧，才发现是个人。报案人是她的儿子，八点多钟打了报警电话，赶到派出所做了笔录。

曹燕本人出狱后基本生活在上南区中心地带，距离尸体被发现的位置大约有二十公里。浦淀河是一条东西走向的河流，贯穿南浦市，西起淀山湖东至东海湾。

"确定死亡时间了吗？"顾云风问。

"初步判定在凌晨一点到三点之间，具体要等尸检报告出来。"

"死亡原因呢？"

"颈部存在水平环状勒沟，面部肿胀，怀疑是机械性窒息。"黄琛递给他现场拍摄的数张照片，照片中清晰地拍下了曹燕绕颈勒沟的形状，和关建华一案中呈现的形状极为相似。机械性窒息，相似的颈部勒沟，同样的隐藏第一案发现场。

"和我们队前些天的案子在手法上确实挺多相似的，师兄，不然你一起……"

"别。"黄琛赶紧摆摆手，"赵局特地交代我了，这案子交给你，让你来。"

他坐在办公室里，端着杯水等尸检报告。不出意外的话，报告出来后他就可以申请并案然后将曹燕这起案子合并到6·19关建华案中。

来之前他交代舒潘和文昕联系下经侦的同事，去调查刘焉银行信用卡及第三方支付的消费场所，和那两位在大牢里待了许久的死者不同，刘焉五年前出狱后就没再犯过能被关进去的事，虽然上了法院公示多次的失信名单，但也有着稳定的消费记录。

通过这些消费记录能获取刘焉的主要活动范围，实施抓捕就容易许多。

他打开微信，刚好看到许乘月在朋友圈里发了个报告链接，他点进去，发现讲的是如何通过城市监控构建区域人群画像。

他认真看了一遍并不是很理解，随手点了个转发，打赏十块钱然后给许乘月发了条消息。

后面就再也没有回复了，连正在输入都没有。他郁闷地盯了好久，直到过了一个小时，

尸检报告终于递到他手里。

顾云风迫不及待地翻开封面，第一眼就看见了报告中的死亡原因。

溺亡。

存在水平环状绕颈勒沟，机械性窒息，但解剖尸体后在其肺肝等器官内检测出和现场水样、种类、形态一致的硅藻及其他浮游生物，死因确定是溺亡。

手中无水草等浮游类生物，无挣扎动作，溺水时处于昏迷状态。

他还以为是伪装成溺亡的机械性窒息，结果却是先勒晕了再丢入水中。

不过死因是溺亡的话，确定死亡时间后就能知道尸体在河水中浸泡的时长，再根据水流速度便能推断出死者被抛入水中的地理位置。

尸检报告给出的死亡时间是凌晨两点到两点半之间，假设两点半昏迷的曹燕被抛进浦淀河中，距离发现尸体的七点半过去五个小时。

浦淀河的断面流速之前他们曾实地勘测过，回去通过水工模型试验量测，再按模型换算就能得到个大概速度。知道大致的第一案发地点就好说了，运气好能发现凶手不小心留下的证据，再不济，也可以获取部分监控录像，然后通过图像处理，在视线不佳的夜晚找出些线索。

他检查了物证科交付的材料：一双女士皮鞋，散落在距离尸体被发现地点两百米处。一个女士钱包，里面装有死者的身份证及银行卡。

还有一个不起眼的物证引起了他的注意，那是两团分别在死者头发和衣服口袋里被发现的棉花。死者身着的都是夏季衣物，理应不会出现大团棉花，难道是水里原有的杂物恰好漂进去了？

收到顾云风微信的时候许乘月刚结束两节连续的大课，他身体不太舒服就没回消息。这个时间食堂已经开始供应午餐，他走在人流剧增的校园里，逆行朝校外走去。

下午只有一节课，许乘月决定中午回家自己做饭，最近教师食堂的饭菜越来越一般了，也不知道炒菜师傅是不是感冒了，菜要么太咸要么太油，肠胃都变得越来越脆弱。

他在附近的超市买了蔬菜和牛肉，回到家丢进自动蒸柜里。这是他自己改良过的一体化蒸柜，食材丢进去，经过自动清洗和切块处理，对不同菜品设定程序后焖煮半个小时就能正常食用。味道肯定比不过高档餐厅，但是方便啊，对于他这种做饭无能星人真是天赐福音。

许乘月坐在沙发上，手里捧着kindle阅读着。书架上刑侦方向的书籍又多了一排，是他前几天整理父母遗物时新发现的，他把这些书摆在显眼的位置，但实际上还是习惯看电子版。

他在那些遗物里还发现了一个相册，里面都是父母成功破获案件后的拍照纪念，照片背面写着时间地点和案件名称。翻完一整本册子后，在最后一页有个空白的格子。说是空白也不准确，因为格子里面夹着张底片，许乘月对着灯光照了很久，也没看出拍了什么。那个时候数码相机还没普及，有时也会用到胶卷，然后拿去专门的地方冲洗。

他把这一小块胶片放回相册里，打算有时间去找找还有没有冲洗胶片的地方。许乘月其实是个感情很淡漠的人，他对亲人朋友的记忆都很模糊，对于父母的离世，也就不存在什么刻骨的伤痛，有的仅是一点点为自己追根溯源的执念。

厨房里的蒸柜有节奏地冒着蒸汽，许乘月右手撑着额头打了个哈欠，下一秒刚要站起来，眼前却突然发黑。

瞬间天旋地转，他整个人跪在了地上。

他几乎趴在了地板上，呼吸急促浑身无力，整个人都在发抖。

那一瞬间他没有任何多余的念头，只想着拼命地喘气来缓解下这种类似低血糖的症状。他随手抓了一把桌子上的糖果塞进嘴里，过了几分钟依然没有任何好转，反而更加头疼欲裂，心慌烦躁，意识也一点点开始模糊。

他用颤抖的手指解锁了手机，用尽力气点击最上面一个人的对话框，他甚至没看清这是谁，就按下了通话键，用微弱的声音说着"救救我"。

意识开始变得混乱无序，而在这片混乱中，记忆里突然出现了一个从未见过的画面。

画面里他像现在一样整个人躺在了地面上，巨大的冲击力下他的身体无法动弹，意识逐渐模糊。他的头部和躯干都受到严重撞击，手骨脚骨粉碎性骨折，地上一块玻璃碎片，像把利刃，直接扎进他的肌肉中。

这个夜晚没有月亮，只有一颗孤零零的星悬在西方。

也不知道过了多久，他才听到离自己越来越近的脚步，那个人蹲在他面前，套了一件白大褂，长发拂着脸颊，外套里的裙摆随风飘起。她迅速拨打了急救电话，然后熟练地开始进行心肺复苏。

他听到的是一个无比熟悉的声音，她一边不停地抽泣着一边继续抢救，在他耳边不停低语着："你一定要坚持住，你不要死，不要死。"

她的面容在他眼中模糊又清晰起来，她轻轻抓住他的手，直到他最后失去意识。这段记忆就像一个断了片的噩梦，戛然而止。

记忆里的女孩是应西子，他的家庭医生。这个片段里应西子似乎早就认识他，而并非经过陆教授的介绍才和他相识。

她紧紧握住自己的双手，还有痛哭时无助的样子，好像在害怕失去重要的家人。那个时候的他也像现在一样，张开嘴却说不出话，只能在心里一遍遍默念着，等那个近在咫尺的人救助他。

第四章

日月轮转，山河颠倒。

睁开眼望着窗外摇摇欲坠的太阳，整个世界都在拼命旋转。

耳边传来尖锐的蝉鸣声，许乘月只好闭上眼，尝试着去深呼吸，感觉自己飘移到了外太空，进入真空地带，重力消失，听力失效。

这种症状持续了一个小时，他才挣扎着想从地上坐起来，但没有成功。

天旋地转间被自己甩到两米开外的手机开始不停地响铃，铃声仿佛晴天惊雷，他瞬间恢复了部分听觉，过了几秒隐约听到门外有好几个人的声音。

门铃响了。

"顺丰快递，有人在吗？"这声音来自顾云风，许乘月微微张开嘴想应答，却根本发不出声。他的手勉强抓住餐桌的桌脚，捏紧快坠下的桌布。

"老大，这是许教授家吗？"

"顾队，确定他在家吗？"

"手机定位的就这小区，他家地址填的也是这里。"顾云风站在门口研究着他家的门。

门框旁有个电子显示屏，显示的什么指纹验证、虹膜识别。他把手一放上去就不停地闪着红色的"ERROR，ERROR"。

"靠，这门真结实。"他捶了两下门，然后揉了揉自己的手背。

见屋内一直没反应，手机也无法接通，顾云风蹲下身，企图从一根头发都塞不进去的门缝中看到点什么。

"看样子许教授也没遇到强盗小偷。你们先敲门，我再想办法。"说着就传来强劲有力的连续敲门声和踢门响。

许乘月完全记不起来自己联系过他们，只记得意识模糊时碰到了手机的什么地方。他右臂关节支撑着地面，探出左手去够墙边持续响铃的手机，汗如雨下，皮肤下的毛细血管充血扩张，身体沉重只能微微挪动。

顾云风的声音和暴力让他心里安稳了许多，神经极度紧张引起的肾上腺素激增和呼吸困难渐渐开始好转，意识也清晰起来。

"没人啊。"

"把门撬开。"顾云风冷静沉稳地说。

伴随着一阵窸窸窣窣的响声，几分钟后一个人委屈地回答他："这门我撬不开，有钥匙都不一定能开。"说着指了指依然闪着警示灯的电子屏。

"舒潘，你对着这防盗门的把手那集中用力，试试能不能踹开。"

紧接着又是一阵叮叮咣当，他家的门发出沉闷的撞击声，听得他心脏隐隐作痛甚至血脉偾张起来。

"还是不行啊……"

"等我一下，我下去拿破门器，你们先继续踹它。"

破门器？许乘月虽然动不了但意识已经逐渐清醒，他怀疑再这么下去他家可能就要被毁掉了。他艰难地咽了口水，外边嘈杂的声响在耳边逐渐放大，他用尽力气爬到沙发边上，墙上镜子里照出异常苍白的脸。

"你们离远点。"重新听到顾云风沉重的步伐和声音，许乘月双膝跪地，终于耗费全部气力靠到沙发上，他细长的手指握住沙发扶手，攒足力气对着玄关方向大喊一声：

"不要踹！"

声音落下，大门在一阵巨大响声中彻底报废。顾云风带着一众人全副武装地出现在他面前，手里还握着配枪。

完了，要露宿街头了。

这一喊许乘月几乎再次虚脱。他整个人无力地靠在沙发旁，一行汗从额角滑到下巴，眼眶发紫，一张脸惨白到能看见皮肤下的细小血管。

顾云风赶紧走上前，蹲下身，伸手试了试他的体温，看到桌子旁散落一地的高热量糖果："低血糖？"

"我马上叫救护车。"说着他输入号码直接拨过去。

接通前许乘月艰难举起胳膊拽了下他的衣角："救护车就不用了……过一会儿应该能恢复。"

"许教授，低血糖可不是小毛病，搞不好真的会丢掉性命的。"文昕倒了杯热水放在他身边，"不要怕救护车太贵，这会儿是工作时间，能报工伤，给你报销掉。"

"……不是低血糖。"他长吁一口气，脸上稍微有了些血色，"这是美尼尔氏综合征，内耳性眩晕，可能是去年做手术后引起的自主神经功能紊乱。"

"别说这么学术。"顾云风蹲下身，把水杯端到他嘴边，"你以前也发作过？"

"没，第一次这样。"他摆摆手，"不能喝水。"

"那你挺厉害，自己给自己诊断。我小时候流鼻血，还给自己诊断出了血液病。"顾云风忍不住嘲讽他一句，喝掉那杯水。过了一会儿见许乘月的状况稍稍好了些，顾云风冲他伸出双手。

"站得起来吗？我背你？"

"去哪儿？"

"去医院啊！"顾云风没好气地看着他，"让医生检查，到底多不当回事。"

许乘月抬起头，看着同事们担心的样子，突然有点开心。这么多人围在他身边，不分青红皂白，扯着他的胳膊腿就要把他送到医院来个全身大检查。

"真的过会儿就好了。"他勉强笑了笑，实则内心开心地说着。这间常年只有自己的冷清屋子，在许多人的喧嚣中突然有了人间烟火。

他揉了揉双眼问："你们怎么会过来？"

"你给顾队发微信说救命。"舒潘眼角瞟了眼顾云风，一本正经地说，"他听了还以为你被犯罪分子打击报复了，定位后就把我们叫过来了。"

"许教授你不去医院真的没问题？"文昕歪着脑袋看他。

许乘月尴尬地摇头，他是真不用去医院，莫名其妙把这么多人招来心里也挺过意不去。这个毛病发作时仿佛濒临死亡，但结束后会重新恢复平静。血液的奔涌心脏的跳动，回到原来频率，不留下任何痕迹。

"大家别围在一起了。"顾云风见他这么坚持，站起身对其他人挥了挥手，"许教授需要休息，你们都散了吧，回去干活。"

"那顾队你呢？"

"你能待会儿再走吗？"在顾云风回答前，许乘月恳求道，勉强露出一个笑容，"下午我还有堂课，我得请个假……"

"我帮你请吧。"顾云风扶着他坐到沙发上休息，要了陆永的电话打过去。

他打电话时走到玄关处，看到那里挂着的合影。许乘月坐在一个医生旁边，穿着纯色棉质衣服，大病初愈。照片中的他眼神和现在不太一样，冷淡，空洞，仿佛在看一个完全陌生的世界。

"你那家庭医生呢？她怎么关键时刻不见了？"

"她出差了，过段时间才回来。"其他人陆陆续续离开了他家，只剩顾云风一个人。打完电话顾云风坐到他旁边，看到他额角间有汗落下。视线从他苍白无血色的脸上移到一旁的边桌，专注地打量着放桌上的药。

一盒是应西子给他开的营养神经的非处方药，主要成分是银杏果，他一直当保健品在吃。

还有一盒西比林，手术后他就经常头痛，长期服用扩血管药物。

"你真的不要紧吗？"顾云风伸手里拿过那几盒药，仔细研读了药物说明书，看到药物副作用的描述后不由望着他。

"没事。"他摇了摇头，双手按揉太阳穴，感觉终于有了点力气。

这个时候先前的眩晕感已经完全消失，身体机能逐渐恢复正常，他活动了下手指关节，把身边的抱枕丢到了沙发另一边。

他让顾云风留下来是有原因的，在他们破门而入的瞬间，他就知道自己必须面临一个亟待解决的状况。

"顾队，我家的门……还能用吗？"

如果大门报废，他也不知道今天晚上是该待家里看门还是出去找个酒店睡觉。待在家里看门吧，他究竟是一觉睡到白天，还是睁眼到天明？出去找个酒店住一晚，屋里造成财产损失，应该由谁负责？

"你那门……挺结实的，构造也和普通的不一样。"顾云风尴尬地笑着，"所以我们直接把门卸了。"

"锁用不了，门暂时也装不上。"

"你这是破坏公民财产安全。"许乘月面不改色地说。

"……还不是为了救你。"顾云风清了清嗓子，抬眼瞟到墙上的挂钟，帮他把撒在地上的东西捡起来，放进桌子上的托盘里。起身的时候他刻意看了眼书架，背部笔直地走上前去，指了指那排犯罪心理的书。

"可以看看吗？"

许乘月点头，那些书有些年代了，都是很久以前父母留下的，自己最近没事会翻一翻。书的内容显然已经过时了，都是些过去的经验方法，对当前工作起不了太大作用。

顾云风手指摩挲着泛黄的封面，翻开其中一本时，一张照片从里面掉了出来。许乘月还没看清楚那是哪张照片，就见顾云风火速放了回去，然后把那本书塞进了满满当当的书架中。

"这都是你父母的？"

"是。"

"他们也是警察？"

许乘月不置可否。他发现顾云风的脸色有点奇怪，眼神中透露着难以置信的神色，但很快又恢复正常，温和地望着自己。

许乘月没有多想，他尝试着站起来，四肢依然没什么力气，但镜子中自己脸上逐渐有了血色。他伸出手在一脸迷茫的顾云风眼前挥了挥："要不，我家门修好前，晚上你替我守一下？"

"什么？"顾云风瞪大眼睛看着他，"你一个大男人应该还不至于有危险……吧？"

"那谁知道。"许乘月像平常一样换了一件定制的西装外套，白色衬衫的领口处松开一颗纽扣，露出修长的脖颈，从衣架上取下一条黑色领带系上。

"我今天有事，要加班。"顾云风小心翼翼地说。

"那我和你一起。"说着转身拍了拍他的肩膀，"你破坏的东西，你得负责。"

顾云风坐在副驾驶上，内心爆炸心态一言难尽。

他收到求救消息，不顾一切去救人，动用人力财力，最后获救者一句谢谢没说，还让他负点责任？

有没有天理了？

他侧过身，更加一言难尽地打量着许乘月，对方说为了防止顾云风跑掉，身体不适也要跟着他。现在许教授正开着车载视频，左手拿着手机，右手在调整视频的声音，认真地听他们实验室的项目汇报。

"许教授，你是不喜欢自己开车吗？"他终于忍不住问。

"有自动驾驶为什么要开车呢？"解放双手双脚，想干什么干什么。

"不安全。"顾云风面色平静地说，但内心已经波涛汹涌后背直窜冷汗。

他一直觉得自动驾驶就是行走在刀刃上，搞不好就提前投胎亲人泪两行。此刻许乘月开着导航，放心大胆地让这款去年才上市带有自动驾驶功能的大奔自己跑在高架上，他分分钟觉得下一秒就要撞上前后左右的车辆和栏杆，车毁人亡烧成一捧灰。

想到自己变成一把骨头一捧灰，顾云风就毛骨悚然。

"前几年是不行，现在挺安全的。"许乘月头也不抬地回答，"虽然出了几起交通事故，但比人工驾驶出事的概率还小点。"

"毕竟人会疲劳，而机器和程序，只要保证性能足够，肯定不觉得累。"他放下手机，看了眼车窗外急速翻滚的乌云，放起AIR之前的专辑，对顾云风说，"你要是觉得害怕，做点别的事转移注意力。"

"要不我来开车？"他觉得自己这反应有点丢人，握紧拳头打算听到不对劲的声音就立刻抢下方向盘，怎么也不能接受生死被写定的程序掌控。

"别那么虚伪，顾队。"许教授毫不理会他的抗议，"你只是不习惯，多尝试几次就好了，要学会接受新生事物。"

好不容易熬到目的地，顾云风擦了下额头上的汗，开门下车，恍惚觉得腿有点软。他深呼吸几次，大步走进刑侦队里。

关建华被害一案与曹燕溺亡案正式并案处理，曹燕的案件从上南区移交到金平区刑侦队，二人以及长年债务缠身的老赖刘焉有极大嫌疑参与敲诈袁满及其经纪公司，目前曹关二人已死亡，刘焉具有重大作案嫌疑。

"徐老师，介绍一下你这边的尸检结果。"顾云风坐在屏幕正对面，许乘月坐他右侧，目光转向斜对面的徐远桥。

徐远桥点点头，激光笔移动到屏幕上的照片上："这两起案件中，死者颈部都有同一类型凶器留下的痕迹，我把这照片放大下，你们看，根据纹路能看出就是市面上最常见的麻绳。"他抿了下嘴，"不同的就是，关建华一案中死亡原因是机械性窒息，曹燕虽然也有窒息痕迹，但她的死因是溺亡。"

"两个案件中罪犯都在极力掩盖第一现场。"顾云风补充说，"第一个案子里他用曹燕租的车来转移尸体，而那个时候曹燕还活着，这说明凶手和她是认识的。"

"舒潘，刘焉的消费记录查到什么信息了吗？"左手敲了几下桌面，转头望向刚换了个发型发油涂得光亮的舒潘。

"根据经侦同事那边的反馈，刘焉最近一个月的消费地点主要集中在三个区域，一处是在金平区红旗街道的红旗小区附近，这家伙最近十几天在这个小区附近的便利店使用过信用卡。第二处是虹湾区的汇金百货，刘焉曾经一个星期内去过三次，并且在这附近的一个菜市场买过菜。这片区域以高端住宅为主，只有一个叫天潼一村的小区是老公房，人员复杂，刘焉在此处居住过的嫌疑较大。"

"第三处呢？"

"第三处，在袁满的公司附近。那边多是写字楼，他经常在附近一家拉面店消费，基本都是晚上。"

"那附近我记得没什么民宅，重点放在前面两个小区。"

"你和文昕晚上部署一下警力，现在就蹲点去抓人。"他对舒潘说，"你们去天潼一村，我带人去红旗小区守着。"

"还有老秦，你立刻去天宜公司那边，盯一下袁满和她的经纪人陈钰。"十指交叉托着下颌，顾云风说，"这个女孩子所知道的事情，可能比我们想象的要多得多。"

"行啊。"被他点名的男人叫秦维，穿着身警服，说话比较慢，喜欢拖个尾音。他年龄比顾云风大了一圈还多，前几年本该提到金平区刑侦队队长一职的，但在一次联合抓捕涉黑罪犯的行动中，因为指挥失误导致了整个行动的失败，不仅让罪犯逃了两年才最终落网，还间接连累了几个和他一起抓人的警察弟兄，最终造成两死五伤。他本人在行动中也受了重伤，腿部中弹，伤到神经，到现在走路都不太利索。前几年他几乎来不了刑侦队，一直在医院接受康复训练，去年才基本痊愈。几年下来秦维俨然成了个中年发福的临退休大叔，刑侦队队长一职也就一直空缺到现在。

窗外风声四起，乌云压城。前一秒的阳光瞬间消失，只留下个灰色的旋涡，像暴风雨来临的前奏。

连夜调取红旗小区附近的监控后，刑侦队走访了附近居民，判断出刘焉一般在周五白天来这边，周一早上再去另一个常驻点。不过为了不出差错，顾云风还是选择即刻出发，赶到红旗小区附近。

小区里面有个棋牌室，刘焉在这里有个相好的女人，所以一到周末就跑来打牌。

"这个人危险吗？"

"不知道。"顾云风摇头，"刘焉刚出来那几年在放高利贷，因为暴力催收被拘留了很多次。他对欠钱不还的人挺狠的，有一次把别人打得浑身是血倒地上起不来，最后司法鉴定连个轻伤都算不上，拘了十五天就放出来了。"

后来他赌博把放高利贷赚的钱全输了进去血本无归，还欠了一屁股债上了法庭的失信公告，换脸整容后整天东躲西藏躲避债主。

"今天就到这吧，一个小时后，各小组到相应的地点待命。"顾云风合上电脑，起身准备离开。

开完会，顾云风打印了几份文件，大步流星地往办公室走，把新到的资料通通锁进办公室自己的抽屉里。抬头看见墙上挂着警钟长鸣的醒目标语，而许乘月坐在他对面，摇着椅子转来转去。

"许教授你还不回去吗？"他开口，下一秒就觉得自己这颗被案件全部占满的脑袋好像忘了什么重要的事。

"门都被拆了回哪儿呢。"许乘月停下动作，那张清秀但常年面无表情的脸上似乎多了些生动的表情。

"这……看我这记性。"顾云风一拍自己脑袋，他是不愿意让许教授跟着一起去追捕刘焉的，只能让他回家或者待在队里加班。回家的话门坏了也不方便，还不如让他待在队里，早日解决这桩案件。

他笑了笑，真诚地看着许乘月说："我马上要带一队人去红旗小区。"

许乘月茫然地听着，有种不好的预感——因为顾云风的眼神是那样真诚，似乎下一秒就要提出一个他无法拒绝的请求。

"为了打发漫漫长夜，许教授不如加个班，帮个忙吧。"

"什么忙？"他叹了口气，果然没什么好事。

"找出曹燕被害的第一案发现场。"

顾云风领着他走到会议室，推门进去，左边墙上挂着南浦市地图，上面布满红色的圆圈；右边墙上钉着各种人的相片，用细细的麻绳缠绕，层层叠叠。

6·19案所有涉案人员的照片都被挂在了中央，关建华、曹燕、刘焉、袁满……还有顾云风自己的。

"为什么挂了我的照片？"许乘月指着墙角湮没在各种照片和文字中自己的证件照。天知道他是怎么在密密麻麻的一堆东西中发现了自己那一寸小照片的。

顾云风如鲠在喉，他总不能说是觉得许乘月那坠楼事件有古怪，想挂着照片以后再慢慢研究吧。求生欲极强地思考了三秒钟后，他开口说："因为你一身正气啊，我拿来做装饰，工作劳累后，抬头看见你正义的脸庞，一天的辛劳都消散了。"

"是吗？"

"顺便镇压下旁边这些歪风邪气。"他咬咬牙，走上前拍了拍自己的照片。

窗外暴风终于停了，一道凌厉的闪电刺穿天际，雷声呼啸而来，瞬间落下滂沱大雨。顾云风坐在会议桌旁，打开电脑，又从档案袋里抽出下午拿来的资料。

他们现在面临一个很大的问题，找不到真实的案发现场，也就很难发现给凶手定罪的证据。凶手刻意掩盖了第一现场，即便找到了嫌疑人，因为缺乏证据，也只能拘留二十四小时。

不过曹燕案有一个突破口。两年前在市局的时候顾云风遇到过一个类似案件，受害者溺亡后顺着河流一直漂了十几公里。后来市局技侦那边通过技术手段换算得到了个大概速度，推断出了第一案发地点。这个方法放在曹燕身上也是适用的。

顾云风从抽屉里找出常用投影仪，插上电源连上电脑："早上我去了上南区刑侦支队，曹燕的死因和现场下午开会时你也看到了。"他在投影上回放了当时的画面，给房间开了一盏暗灯。

"这里，是曹燕尸体被发现的地方，浦淀河位于上南区郊区的河段。"顾云风微微侧身，停顿一会儿，指着投影地图中的河流说，"我们现在知道曹燕死亡的时间，再去模拟当天河流的流速，就能知道她在这条河里漂了多少公里，预测到她被推入河流的地点。"

"那就是我们要寻找的第一现场。"

坐在一旁的许乘月接他手里关于浦淀河的资料，抬头看着投影画面，昏暗灯光下他的侧脸棱角没那么分明，显得柔和又温润。

"浦淀河的断面流速去年市局那边实地勘测过，给了我最近三个月的每日数据。"顾云风登上分局的局域网，下载了数据包。这个时间没什么人，网速出奇地快。

"我回支队后问了下信息技术中心的同事，结果他们给了我一些资料，然后残忍地拒绝了我。说是需要研究研究，短时间内不保证能给我结果，说白了就是能力不够。"

"我想了想，这种事没有人比你更擅长的了。"终于说到了正题，他看了眼时间，站起来开了灯，把投影关掉，满眼期待地瞅着许乘月。他知道许乘月一定会答应的，然后和他一样，整个晚上任劳任怨地工作，这样第二天自己回来时，刚好就能得到想要的结果。

雨忽然小了许多，朝窗外望去，街道上的路灯忽明忽灭，偶尔几个行人打着伞匆匆路过。

顾云风离开后，许乘月点开下好的数据包，找了张浦淀河在南浦市全市范围内的地形图，记录下所有河道断面的长宽。拿着红色马克笔，在南浦市的地图上圈出发现曹燕尸体的地点，以及浦淀河位于上南区的几处河段。

他将这几个地方的经纬度坐标固定好，经过五个小时的模拟计算后确定了一片区域。

地图上的这片区域是上南区人口最密集的居民区，总共覆盖了十三个小区，常住人口接近六万人。他要在这十三个小区中找出嫌疑人最可能经过的路径，调取监控，找出嫌犯的身影。

很快他就把目标集中在河岸两边的小区上，有一个年代比较远的老小区引起了他的注意：门前是条单行道，只能出不能进，交通不便又年代久远，大部分房子都出租给附近工作的外地人，居住人群鱼龙混杂。

这是最容易掩人耳目的路径了。

许乘月拉开窗帘，抬头发现天已经亮了。他推开会议室的门，刑侦队里只有几个人在值班，这个时间世界空荡荡的，安静得让他心慌。他躺在办公室的沙发里，没一会儿就昏昏睡去。

醒来时已经是中午，许乘月看了眼手机，两个小时前顾云风给他打了几个电话，可惜自己睡得太沉没接到。他揉了揉眼睛，迷迷糊糊地走在走廊上，看见秦维匆匆忙忙地走进审讯室，明白这是已经抓到刘焉了。

许乘月坐在监控室里，目不转睛地盯着审讯室监控中嫌疑人的一举一动。

"名字。"秦维手里夹着根未点燃的烟，跷着一只脚坐在椅子上。

"刘焉。"

"知道为什么抓你吗？"

"不，不知道啊。"刘焉面部的伤口进行了包扎消毒，一张嘴说话就牵动伤口，疼得他直叫唤。他捂着尚还红肿的双眼，"因为我打牌？打牌不犯法吧警官。"

"唉，提醒你一下，6月21日，你的银行账户里多了一笔来自海外的七十万转账，来来来，说说来源。"

"我的银行账户里多了七十万？"脸上缠满绷带还能看到他故作惊讶的表情，"天降横财啦？嗨要不是您说，我都不知道。"

"你这心可真大。"

许乘月从他的保温杯里倒了杯水，记录下时间和对话。舒潘双手揣兜从他旁边路过，停下来和他一起看了会儿实时监控。

"他脸怎么回事？"许乘月指着刘焉的脸问。

"像是被谁打了？"

"我也觉得。"

"被谁打了？"

"顾队抓的他。"舒潘眼球转了一圈，自顾自地说，"看来顾队又动手了。"

"有点惨，嫌犯会有心理阴影吧。"许乘月忍不住笑了下，向前走了几步，几乎贴着监控。他的注意力突然转移到秦维身上，自他来刑侦队起，就只见过这位大哥两三次，每次对方都行色匆匆，话不多说，总一副随心所欲的神态。

他转身，指着屏幕对舒潘说："这位秦警官，好像不是经常来啊。"

"对……我听顾队说啊，他以前受了伤，还被队里记过降级，颓废过很长一段时间。后来伤好了，但留下了后遗症，时不时就要请个假。"

刘焉脸上堆满笑："我没开短信提醒，真不知道，可能是有人盗用我的账户洗钱？"他信誓旦旦地表明自己什么都不知情，一定是被别人植入木马盗用了身份，还建议警方立案调查。

"那你认识关建华和曹燕吗？"

"认识啊。"刘焉点头，两只手搓来搓去坐立不安，"以前我这人吧，挺浑的，和他俩干过不少缺德事。"

"可我现在改邪归正了，不跟他们来往，出淤泥而不染。"他还飙了几句诗词，有模有样地辩解着。

"那你真厉害。"秦维漫不经心地敷衍着，翻看着手里的案卷资料。

刘焉谄媚地点头，眼巴巴地瞅着秦维手里的烟："秦警官，您这烟还抽吗？不抽的话给我呗，我从被那个小伙子打昏后已经快一天没抽过了，难受啊。"

"您说，现在的年轻人下手怎么那么重呢，我这脸上都是伤，还专打脸。"

"审讯室现在禁烟了，你不能抽。"秦维见他在埋怨顾云风，没绷住笑得很浮夸，"你哪被打昏了，好好的可别碰瓷啊，小心再给你加个诽谤罪名。"

"禁烟？那您……"

"我拿着它，又没抽它。"秦维头也没抬，"照你的意思是，那七十万跟你没关系？"

"对啊，没关系，我都不知道这么多钱跑我账户里来了。"

"曹燕出狱是你去接的她吗？"

"不是，当然不是。"他摇了摇头。

"那谁接的？"

刘焉眼珠转了几圈，摸了下自己渗血的伤口，可怜地说："我哪知道。"

"那你怎么知道她出狱的？关建华告诉你的？"

"啊？"他愣了下，眼神飘忽，"不，不知道。"

"那奇葩不用手机，我不和他联系。"他耸了下鼻子，扯到伤口眼睛眯成一条缝。那双眯成缝的眼睛一直飘忽不定，最后低下头，盯着地面上一块明显的污渍。

秦维轻微皱了下眉，一拍桌子，盯着他那刚割过双眼皮的眼睛："放屁！6月18号，你还跟他一起在汇金百货吃过饭。"

"你也是倒霉，和他吃完饭他走出来，刚好被商场监控拍到了。"

"后面的事情你应该也很清楚了，他怎么死的，被谁杀死的，怎么处理的尸体……"

"不是，那……那，跟我有什么关系啊。"刘焉打断他，支支吾吾地问。

"废什么话，他跟你吃了个饭他就死了，你还撒谎说没见过他，跟你没关系跟谁有关系？"

"我跟他吃饭又不是要害他……"

"那找他干吗？"

"我……"刘焉突然意识到自己被摆了一道，闭上嘴指着自己脸上的伤，"哎哟，疼死我了，我头晕，头疼，什么都不记得了。"

"那你三天前见曹燕是有什么事？"

刘焉没有理他，依然捂着自己的脑袋叫唤着头晕需要休息。秦维叹了口气，惋惜地摇头："老刘啊，你得配合我们，我这是为你好。"

刘焉翻了个白眼没理他，他则继续说下去："你怎么就这么倒霉呢，见谁谁死。"他停顿了一下说："你还不知道吧，昨天，曹燕死在了一条河里。"

刚刚还低头捂脸嚷嚷着头晕的刘焉猛地抬起头，整张脸吓得惨白，和脸上的绷带逐渐融合。他惊恐地站起来："燕姐，曹、曹燕她死了？"

"这事你不知道吧。"秦维换了只脚跷着，"就昨天的事，你说怎么这么巧呢，他俩死之前都见过你。"

秦维突然站起来，一张脸凑到刘焉面前，脸上的胡茬也没刮干净，两只眼死死地盯着刘焉："你说下一个去死的，会是谁啊？"

下一个会是谁啊？

下一个……

这句话在刘焉脑袋里徘徊了几十遍，他哆嗦着用手臂撑着桌面，努力让自己站着。但过了几秒，他还是两腿一软，整个人瘫在了审讯室的地上。

"怎么会，燕姐怎么也死了……"

"不可能，你们骗人的！"刘焉的眼神有一瞬间的凶狠，但转瞬即逝。刘焉颤颤巍巍地爬起来坐到椅子上："你们想诈我？"

"诈个屁啊诈。"秦维换了只脚跷着，一脸嫌弃地递给刘焉一份案情通报，包含案发现场的部分影像。

人的心理防线往往会在一瞬间分崩离析，刘焉看着影像中曹燕浸泡在河水里的尸体，突然整个人就崩溃了。他不由自主地滑到了冰冷的地面上，背靠在桌脚旁，整个人都失了魂。

"秦警官，你们救救我吧，下一个就是我了，我知道，我知道下一个是我。"

秦维不动声色地坐回到椅子上，他从口袋里掏出个塑料打火机，点燃指尖夹着的那根香烟，然后递给颤颤巍巍的刘焉。燃烧的火苗瞬间变成了零星的火点，在压抑的审讯室里拼命燃烧。

"不是禁烟吗？"许乘月问。

"哦，我们禁烟，他们——"舒潘指着审讯室里跪着痛哭流涕的刘焉，"不禁。"

天色已暗，昨天夜里电闪雷鸣，还刮了台风，气温突然就降了下来。他合上手里的笔记本电脑，抬头推开紧闭的窗，有风，有月，有星光。

"帮你联系好了，修门锁的人还有一个小时就到。"他收到一条来自AI实验室的短信。

抓捕刘焉后顾云风就请了个假回家睡觉。熬了一晚上，他顶着个黑眼圈躺到床上就睡过去了，再醒来已经到了第二天晚上。

审讯刘焉的工作交给了老秦，现在已经这个时间点了，该问的应该都问出来了。

到刑侦队的时候许乘月已经离开了，顾云风估计他是修好自家的锁了，不然也不会这么早就走。秦维刚从审讯室出来，跟几个年轻人说自己年纪大了脑袋不灵光，都快审不动了，一转身刚好看见顾云风披着件外套赶来。

"怎么样，刘焉都交代了吗？"顾云风手里拿了个煎饼，晚饭没时间做，就在路边随便买点吃的。

"交代了。"秦维摆摆手，"敲诈那小姑娘的案子，就是他们三个人合伙干的。"

曹燕减刑出狱后，脱离现代社会已久的她发现自己无依无靠又没钱傍身，容颜衰老魅力全无，就打起了各种歪主意。

她先是找到了以前少女诱拐案时的同伙刘焉，然后刘焉又找来了她当年的司机关建华，三个人一拍即合就开始寻找目标。

顾云风："后来她认出袁满了？"

"对，曹燕发现了娱乐圈的当红偶像是自己女儿，就动了敲诈勒索的心思。"说完他话锋一转，"原来敲诈的是这事啊，亲妈组团敲诈亲女儿，闻所未闻，禽兽不如。"

他们三人制订了详细的犯罪计划，把目标确定在袁满的经纪人陈钰身上，从5月份开始，派关建华对袁满进行了日常的跟踪，主要是想掌握一下她的生活作息，毕竟偶像明星的行踪非常不稳定，飞来飞去是常有的事。

然后刘焉拨通了陈钰的工作电话，以袁满的特殊身世来进行敲诈勒索。他们决定全程都不和袁满直接见面，毕竟曹燕还做着挥霍完金钱日后母女相认感天动地重享富贵的春秋大梦。

顾云风找了个凳子坐着，听老秦把审讯结果大致说了一遍。

"刘焉在听到我说曹燕死了的时候，整个人都吓瘫了。"老秦坐在他旁边，"他倒是早就知道关建华被杀的事，那七十万会转进他的账户也是因为关建华的死，曹燕当时挺害怕的，总说是有人在报复她，就是不肯直接把钱转回到自己账户，怕被人查。"

"现在知道关建华和曹燕都被杀了，刘焉这家伙就想着赶紧进监狱保命呢。"

想着进监狱保命？看来刘焉很肯定凶手的杀人动机。

"跟踪过袁满的人有几个？"

"几个？"秦维愣了一下，"就关建华一个啊。"

就一个？在之前和袁满的谈话中，她明显提到了至少有两个人跟踪过自己。假如在这件事上袁满没有撒谎，那这消失的跟踪者是谁？

关建华和曹燕的接连死亡让刘焉确信自己就是凶手的下一个目标，他认定凶手的杀人动机是解决掉阻碍袁满的人。

凶手和袁满是什么关系？和天宜公司有怎样的联系？

如果许教授获取的信息可靠，那袁满很可能早就知道了自己的身世秘密，她装作一无所知，她就想做个没有黑暗历史的孤儿，保持阳光励志的青春偶像人设。

那这三个人的存在对她而言就是绝对的威胁。

是必须铲除的异己。

长廊里的灯忽明忽暗，和天上时不时被云挡住的月亮遥相呼应。

他靠在墙上，反反复复回想着之前的案情，总觉得有什么问题被忽略了。

秦维念叨着要回家陪老婆孩子，顾云风站起身打算送他，走到门口时突然想起来一个极简单却被所有人忽略的问题。

他赶忙叫住半只脚踏出门外的秦维。

"曹燕是怎么确定袁满是自己女儿的？"

袁满的信息在一场大火中消失殆尽，有人替她换了全新的身份和生活。为了和过去切割干净，天宜公司用尽办法，怎么可能被一个刚出狱和社会完全脱节的人轻易找到？

曹燕是怎么确定袁满是自己女儿的？

"啊？这个我还真没多问……"头发早已稀疏的中年大叔眉头紧锁，"血脉相连心有灵犀？"

"不对。"顾云风摇头，一只手撑着脑袋，"你要是十几年不见你儿子，看着再像也不敢随便认吧。"

"这倒也是，曹燕出狱前见过的袁满，还是个婴儿呢。"

更何况，袁满并没有遗传曹燕的相貌和个性。把她们的照片放一起，一眼看去根本不会联想到这是母女二人。

　　刑侦队审讯室内。

　　这是刘焉今天第二次被提审了。

　　看见顾云风走进来，他猛地往后退了几步，感觉脸上火辣辣地疼，似乎又回想到早上自己被一拳打晕在地上的事。

　　"坐啊，怎么看见我像见了鬼。"顾云风径直走过去，坐在刘焉对面的椅子上，单手拿着电脑，抓着件灰色外套，顺手搭在椅子靠背上。

　　"你是刘焉吧？"

　　"是。"刘焉惶恐地点头，下一秒又把脑袋向前伸，期待地问他，"警官，你们抓到凶手了吗？"

　　"凶手？"

　　"就是杀了燕姐和老关的……"

　　"还没呢，你这么害怕啊？"顾云风眉眼向上，又好气又好笑，"只要你好好配合，出去之前肯定能让凶手进来，你就不会有事了。"

　　"下午有个同事跟你交流过了，我来是有几个问题要再问问你。"顾云风打开电脑，一低头看见刘焉桌子下两只僵硬的胳膊不停哆嗦，只好将桌子上一杯水推到他面前，"紧张什么啊，喝点水。"

　　"现在也挺晚了，咱们早点沟通完，你也可以尽早休息。"

　　"是是是。"刘焉小心翼翼地接过杯子，握在手里不敢动。

　　"你和曹燕、关建华一同策划了敲诈勒索袁满的犯罪行为，是吗？"

　　"是……不对不对，燕姐是主谋，我是从犯，从犯。"刘焉赶忙辩解道，"是燕姐说去敲诈明星的。"

　　"你知道袁满和曹燕的关系吗？"

　　"知道啊，她闺女嘛。燕姐跟我们讲的。"

　　"那……曹燕是怎么确定袁满是自己女儿的？"他胳膊靠在桌上，手撑着额角，轻咳一声盯住对面的嫌犯。

　　"怎么确定的？"刘焉第一次被问到这个问题，有点蒙圈地挠挠后脑，"血缘关系，心灵感应吧？"

　　顾云风无言以对。

　　"你看那些牲畜不就是嘛，闻个味道就知道哪个是自己的崽。"

　　这比喻用在这里居然异常恰当？

“我说错什么了吗？”刘焉下意识地摸了下自己伤痕累累的脸，垂下眼睑战战兢兢。

“她第一次怀疑袁满是自己女儿，是在什么时候？”顾云风只好换了种问法。

“这得让我好好想想……好像是有一天路过上南区一个商场。”刘焉一拍脑袋，刚好拍到自己伤口上，疼得嗷嗷直叫，“就云耀地铁站那儿，很高档一商场，上面有个播放广告的显示屏，刚好播到那个什么女团……”

“AIR女团。”

“对对对，就是那个名字。”刘焉点点头，“然后燕姐就愣在那儿了，在那显示屏下站了好久，然后问我们里面有个小姑娘好不好看，跟她有没有哪里像。”

“然后呢？”

“大概就是从那时开始，燕姐就挺留意这个小姑娘了。”

“那她是什么时候确认袁满是自己女儿的？这时候只是怀疑吧。”

“就留意了一段时间，大概半个月，还是一个多星期，记不太清了，反正后来就逐渐确认了。”

听着刘焉这模糊不清的回答，顾云风眉头紧锁：“中间发生了什么特别的事情？”

“特别的事？”

“见过什么人，去过什么地方，或是看了某场电影听了某首歌。”他目光如炬，身体向后靠在椅背上，背后的外套轻轻压出褶皱。

“这个嘛，我们都不搞你说的这些文艺玩意。”刘焉喜欢赌，赌到负债累累也不罢休，曹燕他们平时也就打打牌打打麻将，在监狱里待久了，娱乐方式和外面的世界是脱离的。

“不过……我记得她那段时间去了很多儿童福利院。”刘焉突然两眼放光，“有一天，去完一家福利院后，她就说确定这是她女儿了。”

“还记得那家福利院的名字吗？”

刘焉摇头。

“星雨儿童福利院？”顾云风指尖轻敲了桌面三下，试探着提了下。

“哎哟，这我真不知道，她又不跟我们讲这些。”刘焉赶紧解释，“我们搭伙捞钱，又不是搭伙过日子，见面也是讨论怎么骗钱，不关心私生活。”

还挺有自知之明。

顾云风看了他一眼，他那总歪向一边的猥琐眼神难得真诚了一回，满脸诉说着我没撒谎我真不知道我们就是搭伙诈骗而已。

"小兄弟，我就知道这么多了，可以结束了不？"见顾云风突然沉默了，刘焉赶忙提醒他，"我这白天受了伤，需要休息，休息啊。"

"您也知道我这伤是怎么造成的，疼啊，真疼。"

顾云风已经不记得这是他今晚第几次喊这疼那疼的了，他抬手看了眼手表，起身拿过椅背上的外套，从容不迫地穿上。

昨天夜里的滂沱大雨给整个夏天都浇了盆冷水，他拉上外套拉链，无视刘焉的鬼哭狼嚎，双手撑着桌子，身体向前倾斜，淡定地直视对方："你刚刚说曹燕第一次怀疑袁满是自己女儿，是看到了AIR女团的广告宣传片？"

刘焉转了下眼珠，想起来自己确实是这么说的。

"然后她问你们什么？"

"问我们袁满和她像不像……"刘焉正奇怪这年轻人怎么纠结起这件事，就见对方从档案袋里抽出两张打印出来的照片，一张是袁满，还有一张是曹燕年轻时的影像。

"那你告诉我，像吗？"

照片中的袁满元气十足，手里拿着一把吉他，一双眼睛明净清澈，圆形小脸单纯可爱。而年轻时的曹燕有一双夺人魂魄的丹凤眼，颧骨高嘴唇薄，一颦一笑尽是妩媚。

"不像。"脸型五官都不一样，更别说气质了。

"那她是怎么意识到这可能是自己女儿的？"顾云风反问他。

"这……为什么啊？"

"因为袁满和她父亲长得很像。"说出来的一瞬间他突然意识到有些更加隐秘的事情在逐渐被揭开。

沈世生，曹燕当时的丈夫，和她一起诱拐少女的主犯。

顾云风在电脑上翻出沈世生执行死刑前刊登在报纸上的新闻影像，作为少女诱拐案唯一被判处死刑的人，系统里留存了不少他临行刑前的影像。

"奇怪啊，她和沈世生长得也不像。"单手托着电脑，三人的五官在他脑海中怎么也重合不上。曹燕和沈世生都是细长的丹凤眼，袁满眼睛那么大还是双眼皮，基因变异？还是她去割了个欧式大双？

"您的意思是……"刘焉茫然地坐在那儿。

"沈世生是袁满的父亲吗？"他放慢速度，一字一字地念出来。

这个问题似乎并没有出乎刘焉的意料，他眉头都没皱一下，轻描淡写地摇着头："这我哪知道……燕姐当年在我们圈子里玩得挺开，在外面都说自己单身。"

顾云风重新坐回椅子上，明明是最躁动的盛夏，却忽然感受到彻骨的凉意。它们争先恐后地钻进骨缝中，侵袭血液，连指尖头皮的神经末梢都未能幸免。

蝉鸣如万箭齐发，声势浩大无孔不入。顾云风推开会议室的门，地图上画满了标记，桌上留了一段视频和数据模拟程序。

程序他看不懂，好在视频中许教授已经把大概的监控调取范围和原理解释得一清二楚，理解起来没有任何问题。

红线圈起的区域在中内环之间，这里的发展一般，没有高楼林立也缺乏CBD写字楼，放眼望去周围只有几个存了二十年以上的老小区。

"这个小区离浦淀河最近，由于交通规划有问题，车辆很少，被看到的可能性最小。"视频中许乘月指着地图上的一处小区说。

顾云风走到地图前，目光顺着他视频中指的地方，心里一怵。这个小区，正是他爹顾涛一直居住的地方。

推测出来曹燕的第一案发现场居然在他爸居住的小区附近？被许乘月知道这件事，他怕是跳进黄河也洗不清了吧？

顾云风神情恍惚地站在会议室门口，案件的突破性进展让队里很热闹，他本以为自己会感到一种说不出的轻松，抓住了刘焉，又得到袁满可能另有亲生父亲的猜测。

他走到窗边，整个世界仿佛越来越远，越来越冷清。红线圈起的案发现场困住了他和父亲的过去，把他曾经埋掉的过去一点点挖出来。

顾云风转个弯停在了二楼赵局办公室的门口。见办公室的灯还亮着，他轻轻敲门。赵川正处理着邮件，见来的人是顾云风，他头也没抬，劈头盖脸就是一顿骂。

"案子破了吗？"

"还没……"

"多久了？"赵川放下鼠标横眉怒目，"一个星期了？有进展吗？是不是等着再死个人给你提供线索啊？"

"我会尽快调查清楚。"顾云风抹了把额头上的汗，"曹燕被害的第一案发现场，许教授给了一个初步的判断。"

"在哪里？"

听他说了个地名后，赵川脸上的怒气才消退了一些，他在地图上搜索了老半天，才指着一个小区问："这地方，不是离你家挺近？"

"嗯，是我家，不过我现在不住那边，我爸还在那儿。"

"你爸啊……他最近怎么样啊？"赵川欲言又止，扬手指着一旁的沙发让他坐下。

"还那样，不省心。"顾云风如实回答着，"去年才办了内退，退休后没什么事做，平常就买菜做饭遛弯喝酒。"

"他现在戒烟了吗？"

"戒了，改酗酒了。"

赵川知道顾云风过去遇到过些事情，但具体是什么事情他没细究，只听说他有个不省心的爹，把母亲气到一病不起。

"没再拿着菜刀剁自己手吧？"

"他不敢了。"顾云风冷笑一下，他低头看了眼自己的双手。他的掌心有一条极深的疤痕，十年前他抱着好玩的心态去找过一次算命先生，那大叔握着他这刚好折断掌纹的手掌大惊失色，说他的事业线生命线感情线通通会在三十岁之前遇到一个巨大转折，而这转折是好是坏天注定，要么靠他自己在未来把握，要么给大师点钱财帮他提前渡过劫难。他嘛，当然是选择转身就走未来再把握呗。

"那明天你去现场走访下，叫上许乘月，看能查到什么。"赵川挥了挥手示意他可以出去了。

这些天来，顾云风其实无数次地设想过这种可能，会不会在姐姐忌日的那天，发现曹燕减刑出狱重获自由，顾涛一时冲动精密布局送她下了地狱？

可如果父亲有问题，自己一定会知道的。从他掌心生出这道刀痕开始，从往事随风一切和解开始，他和父亲就成了无坚不摧的家人。记忆中那些血肉模糊钻心剜骨的瞬间，就像一根永远跳动的针，刺痛他们看向明天的眼睛。

他已经把这件事藏进心底藏进身体里，他摊开自己的双手，盯着那道第一眼看去会触目惊心的掌心伤疤，这是在他那段家庭破碎生离死别中，痛苦少年唯一的生活见证。

顾椿秋生前是一个温暖明媚的女孩，在少年顾云风模糊不清的记忆中，清楚地记得姐姐出事那天高考成绩刚出来，后来她去世了，母亲帮她填写了高考志愿，几个月后还收到了那所学校的录取通知书。

那封通知书一直放在家里柜子的抽屉中，直到前几天，他做了那一连串的梦，才把通知书拿到墓碑前，一把火烧给了顾椿秋。

在最开始的五年里，所有大人仿佛都在相互折磨，母亲怨恨父亲，这种怨恨越来越深越来越浓烈，直到后来他们办了离婚手续。他清楚地记得办完手续那天，母亲抱着他哭得很伤心，而父亲就远远地站着，然后牵过他的手，低头走远。

他转过头远远地看着母亲，那是他最后一次在医院以外的地方见到她了。此后就是医院里不见天日的化疗与手术，他和父亲继续去医院照顾她，直到她和姐姐一样离开了这个世界。

顾涛从顾椿秋出事的时候就开始戒烟了。他的戒烟行动持续了五年，断断续续一直没真正成功。直到前妻因病去世，在替她守灵的那天晚上，顾涛忍不住又点燃了一支烟，看着小小的一间屋子渐渐被烟雾充满，他突然发疯似的把刚抽完一半的烟头扔到地上，拼命地踩灭。

然后毫不顾忌地当着顾云风的面从抽屉里翻出一把刀，狠狠地朝自己的手腕砍去。

那整个夜晚都是顾涛无声的哽咽，他看着十三岁的儿子冲上去，一只手紧紧捏住他拿刀的手腕，另一只手迎着刀刃而上，伤口撕裂鲜血涌出。

只是个少年的顾云风咬紧牙关，眉眼淡漠地问他苍老又绝望的父亲："你这样折磨自己有什么用呢？"

姐姐不可能死而复生，妈妈也没办法战胜病魔重新活过来。而他手上包着厚厚的纱布，愈合的伤口每到深夜就让人难以忍受。

哪怕是现在，顾云风也会经常想起心底最黑暗的那段时间，想起母亲去世后，当年办案的刑警站在他面前，蹲下身握住他的双手，那一刻他眼中的藏蓝色警服，崇高得仿佛在对天宣誓。宣誓多年后，他也会穿上这衣服，放下生与死。

顾云风推开刑侦队的门，他知道对自己而言，再也不会有比那更艰难的时刻了，而顾涛看到重获自由的曹燕，也不过是一句"变成骨头都认得出"。

百花街，南岛嘉园。

许乘月在客厅里等了一个小时，他家楼道的电子门禁终于响起音乐。一个身穿运动T恤脚踩人字拖的小伙子探头探脑地往他家里张望。他手里拎了一个无比笨重的箱子，气喘吁吁地放在门口，大刺刺地靠在门框上喊他。

"许师兄？"

"谢屿安？"听到声音后他从客厅走来，点亮玄关处的吊灯。

谢屿安笑得一脸阳光，拖着人字拖踩上他家扫地机刚吸完灰的地毯上。吓得机器人围着他不停地转来转去。

"这个家伙好像不太欢迎我呢。"谢屿安蹲下身，换好拖鞋，把扫地机关上，拎着它放到墙角里面。谢屿安是低他三届的同门师弟，个子不高，刚过一米七，长了张娃娃脸，看起来就像个未成年的高中生。两人在陆永的介绍下，去同一家公司实习过，不同的是谢屿安实习结束就留在了那家公司，硕士毕业后就没继续读博。

"陆老师说你家的门锁坏了，让我来修一修。"他坐在客厅里灌下满满一缸水，"外面真是太热了，电梯又在十楼坏掉了，我拎着那箱子走了九层啊。"

电梯坏了？这还是今年头一次电梯出故障。小区物业越来越敷衍了，交的物业费到底养了些什么人。他摇了摇头，顺手报了个电梯故障。

"师兄，我看了下你家的门，何止是门锁坏了，整个门都快报废了。"谢屿安大惊失色地问，"怎么搞的？进强盗了？"

"是啊，还是合法强盗。"他笑了下，打开电脑联网登入家庭住宅的生物验证系统重新开通权限，输入自己的右手食指指纹和左眼虹膜。

"昨天我突然在家晕倒了，报警之后警察为了救我，就把门拆了。"

"啧啧，我说谁能有这么大能耐。"谢屿安撇了下嘴，打开手里的箱子，把一整套安装器材拿出来。

"怎么突然晕倒了？有去医院看看吗？"

"还没，最近有点忙。等过段时间，我再去应医生那儿检查下吧。"

"应医生？是说应西子吗？"谢屿安一双眼睛睁得很大，眼里突然闪出星光。

"不，是她爸。"看着师弟听到这话后黯淡的眼神，他走到次卧把放在里面刚送来的新门拖出来，"以前的门用不了了，我买了扇新的，和之前智能锁的型号是匹配的。"

在他意外坠楼事件发生后的当月，谢屿安在一次探视他时恰好碰见了在场的应西子，四目相望，用谢屿安的话来说这就是一见钟情啊，聊了几句发现两人也算是校友，他就兴高采烈地加了微信想象出一段浪漫的因缘际会，没想到女方至今也没通过他的好友验证。

"你要是喜欢她，就多来我们学校走动，她在校医院工作，你还能常看看陆老师。"他看着谢屿安弯下腰，找了把高度刚好的凳子坐下，对着门锁一阵叮叮咣当。

"我们现在很忙啊，晚上十点叫正常下班，超过十二点才算加班。今天我还是打着给公司客户提供服务的招牌才提前外出的。"

"压榨员工。"

"师兄你不是也在智因科技实习过吗。"谢屿安神情轻松地拿出电钻，"现在比你那时候还过分，特别是去年，智因科技开始大力发展生物医学部门，说要做和人类无限接近的AI机器人。"

"哎，师兄，你说我们搞搜索引擎起家的互联网公司，发展这种与行业不沾边的业务是想干什么。"他转身望着许乘月，小声嘀咕着，"今年还拆分出来想上市，我们公司也不需要圈钱啊。"

"这得问你们老板，我怎么知道。"他站在一旁看着智能识别锁芯严丝合缝地嵌入坚实的门里，连上埋好的线路。

"师兄你出去试试看，不行的话我再调整下。"说完许乘月被关了门外，他站在黑暗的过道里，伸出右手食指，登入内网权限通过，然后虹膜验证，自动解锁。

门开了。

谢屿安站在屋里，开心地跳起来转了个圈。他这位师弟是个精力旺盛阳光活泼的人，一件成功的小事都能让他高兴很久。

"师兄，我发现那件事故以后，你变了挺多。"明亮的灯光下，谢屿安收拾着自己带来的箱子，先前沉重的器械不复存在，整个箱子看起来无比轻便。

"这叫前额皮质损伤，有变化很正常。"这是许乘月性情变化后应医生给出的医学解释。他当时做的可是风险极高的开颅手术，恢复成现在这样已经十分幸运了。

"那你现在怎么跟陆永关系这么和谐？"

许乘月一脸茫然地看着他。

"你们有段时间不是关系很紧张嘛。"谢屿安漫不经心地说着，"你这是选择性损伤啊，不好的都选择性遗忘，精准定位，忘掉陆永坑你的那些事。"

他看似无心地说着，每个字却都重重地敲在许乘月心上。

早上七点。刑侦队在推测出来的第一案发现场，浦淀河上南小区河段的两侧拉了警戒线。

清晨的雾还未消散，太阳也没出来，天色阴沉。河段两侧是高约三十公分的低矮灌木，杂草丛生无人问津。

前天下了一场暴雨，把可能存在的痕迹冲刷得一干二净。河岸上都是淤泥，上面偶尔印着几串脚印，但一看就是小孩子的脚，估计是贪玩跑到了这里。

现场的人员分成三组，一组在案发区域内继续寻找可能留下的痕迹，一组走访小区常住人口调查是否存在目击证人，还有一部分人去调取方圆两公里的监控。

顾云风留在现场和技侦人员一同搜寻物证和痕迹，许乘月说自己还有十分钟才能到，抱怨早高峰的公路堵得令人绝望，而更恐怖的是，过于遵守交通规则的自动驾驶程序居然连续三次在绿灯还有三秒结束的时候果断选择停下等待红灯。

——它就不能尝试着冲一下吗？三秒钟足够通过这几个红绿灯了。

——这不是为了您的安全吗。

顾云风捧着手机，傻笑着回复许教授，肩膀突然被人重重地拍了一下。

"谁？"顾云风猛地转身，却看见顾涛挎着个菜篮子站在面前，还眯着眼睛去瞧他手机里的对话，假笑着问道，"哟，跟姑娘聊天啊？笑得这么开心。"

他关了屏幕，把顾涛拉到警戒线外面。

"您来这儿干什么？"他指着黄黑色的条纹线说，"你不能进去。"

"我住这儿，跑过来不是很正常吗？"顾涛不以为意地找了个小板凳坐着，"我刚刚在那边买菜，有个老头说这边死人了，杀人案，四肢丢得到处都是，我就跑过来看看。"

"……都传的些什么鬼？"顾云风无奈地瞪了他爹一眼，"没事少打听。"

顾涛恍然大悟："所以真的是死人了，不然你怎么跑来了？"

十分钟后，许乘月一路跑着赶过来，站在百米之外时他就看到了顾云风，他穿过人群，走到顾云风面前，弯腰歇了好一会儿才缓过来。

一抬头看到顾涛这个干瘦又精神十足的小老头，许乘月先是觉得有点眼熟，对比了下二人的相貌，估计这就是父子俩了。

"顾叔叔早。"他礼貌性地问候一声，转过头就问，"你爸怎么会在这儿？"

"这说来就很巧了。"顾云风一脸尴尬地解释着，"他就住在这个小区，刚好是第一现场，巧吧？"

许乘月顿时无言。

"我已经让舒潘去调监控了。"他咔嚓咔嚓拍了几张现场照片，紧接着就收到短消息，文昕让他迅速去看一眼监控。

于是他眼眸一转对许乘月说："要不，你也去走访下群众？"

"走访群众？"

"就是走访我爸，刚好他在这儿。"顾涛作为七拐八弯的案件相关人员之一，遇到这种巧合也确实该配合调查。说着他冲顾涛勾了勾手指，他爹就不情不愿地走了过来。

"我这会儿去看下监控，许教授给你介绍下。这是我爹，顾涛，有什么要问的尽管问，他不配合调查你就叫我，我来使用点手段。"

"问？问什么？"顾涛手里还提着一篮子菜，满脸莫名其妙，"我还要回去做饭。"

"6月24日凌晨有人在这里遇害，老爸你配合一下许警官啊，问什么都据实回答。"

"我买的这菜……"

"现在还早，耽误不了你做饭。"随后他把笔记本和圆珠笔塞给许乘月就匆匆离开了，留下毫不熟悉的二人面面相觑，大眼瞪小眼。

顾云风想让我问什么？他机械地打开本子，翻到空白的一页，茫然地伫立在原地。

应该问他有没有目击到什么，还是问他是否在案发时间有不在场证明？

早晨阴霾的天空终于被阳光穿透，灰色的薄雾渐渐散去，万里无云，晴日当空。顾涛见状把手里拎着的菜篮子找了个地方放着，未等许乘月开口就问了起来。

"小伙子，你是顾云风的新同事？"

"是。"

"哎哟，你怎么就想不开跑去刑侦队啊。"顾涛痛心疾首地摇头，"你多大了？哪年的？哪里人？家住哪儿？刚毕业？有女朋友吗？"

许乘月张口结舌。

"去刑侦队多久了？"

"一个多星期……"

"那还好，这个工作危险，又辛苦，你看顾云风，未老先衰，还没谈个女朋友。小伙子好好想想，你看你长这么帅，文质彬彬温文儒雅，做什么不好啊。"

未老先衰？平心而论，顾云风虽然看起来比他的实际年纪成熟稳重，但绝对不是未老先衰啊。

"谈朋友了吗？"

"没、没有。"他战战兢兢地回答着。

"要抓紧时间啊，别等到年龄大了，想找女朋友也没有了。"

许乘月一头雾水。

顾涛叹了口气，揉了揉太阳穴："你要问我什么问题？"

绕了半天终于回到正题上，许乘月一度感觉自己才是那个被走访的群众，年龄家庭婚否兴趣爱好都要被问得清清楚楚。

"6月23日晚上八点到次日早上六点，您在哪里，做什么？"

"我那天喝多了，很早就睡了。"

"有谁可以为您做证吗？"

"顾云风啊。"顾涛脱口而出，一本正经地说，"不过他可能也喝多了，说的话不算数。"

第五章

浦淀河以东的方向种了一排柳树，树枝上挂了一串串叶子，跟帘子似的遮挡了不少视线。根据南浦市几个主要码头的反馈，当天凌晨时段并没有船只经过这个水浅面窄的河段。

"这片河段方圆两公里的监控不是很多，主要都集中在周边小区附近。"文昕指着河边小区围栏上方的摄像头说。

"上南小区东南西北四个方向各有两个监控，可以完整地拍下23至24号小区内所有人员的进出情况，小区围栏较高且装有高压电网，翻墙出去的可能性很低。"

"河段向东方向两公里处有一个临河建立的酒店，酒店附近装有摄像头，刚好可以拍摄到浦淀河河面上的情况。"

"那河段上游方向呢？"

"一公里处有一个摄像头用于拍摄违章车辆，靠近马路，又刚好是个有红绿灯的路口，但这个监控摄像头受角度影响，不能完整地拍到河面。"

"监控录像都看了吗？"

"还没看……"她支支吾吾地说，"顾队，这些录像加起来有一百多个小时呢。"

"那你跟我再跑一趟，一起过遍录像，先从最上游的开始。"他伸手遮住刺眼的阳光，将外套搭在肩上，"老秦呢？"

"秦叔说孩子生病了……"

"那把许教授叫过来吧，他和我们一起看。"他的手机上收到了一堆消息，说是走访群众没得到什么有效信息，小区居民都反映一切正常没看到过可疑人员。一小时前技侦室恢复了曹燕的手机通信录和最近一周的通信记录，也没有发现什么可疑号码。

凶手一定是通过什么方式联系了曹燕并将她约出来，他不留痕迹地使用过曹燕租借的共享汽车，还能通过隐秘的方式和她取得联系，最终让曹燕没有任何防备地溺死在这条河里，怎么看他们二人之间都不是毫无纠葛的陌生人。

顾云风坐在小区物业管理处的监控中心里，物业提供了出入口关键的摄像头记录，从23日早上十点至24日早上十点的视频。

他面色平静地打开八个小屏幕，看到许乘月终于走过场一般走访了他老爹。

不过让不善言辞的许教授去面对他爹这种人，也不知道究竟是谁走访谁。

"这里现在就我们几个人。"他对赶来监控中心的许乘月说，"剩下的人一部分还在走访群众，一部分去调另外两处监控了。我们分工盯一下？实在来不及就先拿着视频回队里。"

这么多视频，看是一定要看完的，可多久能看完，他也确定不了。

"多长时间的监控？"

"二十四个小时，总共八个摄像头。"

"那我一个人应该就够了。"许乘月站在顾云风身后，两臂交叉靠着他的椅子，盯着面前的八块小屏幕，"最好再加上前一天的视频做比对，总共十六个屏幕，全部调成三十二倍速，二十四小时的视频，四十五分钟，我可以全部记下来。"

他望着顾云风转过身错愕的脸，轻描淡写地讲着："包括所有细节。"

窗外青鸟飞过，风吹垂柳。天空被一只不知从何而来的风筝一分为二，一半晴空，一半多云。

顾云风和文昕退到监控室的角落里，目瞪口呆地看着许乘月，他面对飞速向前的视频时淡定得像在看电影，还是快进看的。

四十五分钟过后，视频准时地变成黑屏，许乘月坐在椅子上，取下眼镜揉了揉眼睛，拿过自己的水杯泡了一杯茶。

"怎么样？"

"从这两天的视频对比看，没有可疑人员进出过小区内部。"他喝口水说，"进出小区的都是小区居民，从这些视频上也可以看到小区附近街道和河面上的情况，没什么异常。"

看着二人难以置信的目光，他无奈地指了指屏幕："人员流动不大，所以能记住细节。"

"那23号下午四点左右，监控录像中都出现了什么？"顾云风难以置信地重新放了会儿视频，感觉自己见到了活神仙。

"好吧我说错了，还是有可疑人员的。"许乘月连忙纠正自己刚说的话，"在23号下午三点五十分，有一个非该小区居民的男子从小区东门进入，他拎了一袋水果，灰色衬衣，身高目测一米八，年龄在二十五到三十之间，但工作时间没去上班，鬼鬼祟祟的。"

谁鬼鬼祟祟了啊。顾云风很想翻个白眼。

"那这个人，需要我现在去找他……吗？"文昕听到两人奇怪的对话感到莫名其妙，她指着电子显示屏上的小屏幕，"我调到23号下午三点五十分？"

"噗——不用了。"顾云风伸出手揉了揉文昕的头发，"那个人是来探亲的。"

顾云风拷贝了一份视频录像送回队里，根据走访群众的情况和周围监控来看，这片河段附近并没有出现过嫌犯的身影，就连曹燕本人也没活着来过这附近。

她就这样溺死在这条河的这个地方，仿佛从天而降，没人能解释她如何出现。

"会不会漏掉了什么可能性？或者这里根本不是第一现场？"

"不会的，曹燕一定是在这片河段溺亡的，即使有误差也不可能超过一公里。"许乘月斩钉截铁地说。

"我们在东西方向两公里的河边都搜索过了，也调取了监控录像走访了此处居民，事发当天夜里没有人来过这片区域。"顾云风走到河边，弯腰拉起警戒线，沿着河岸走了几圈。

他站在低矮的草丛间，弯下腰望着平静的河面："或者，曹燕确实在这里溺亡，但凶手并没有来到这片河段附近。"

"水路？船只？橡皮艇？"许乘月问。如果凶手划船来到这里，将勒晕的受害人抛入水中，确实可以达到这种效果。

"水路不可能，一是目标太大很容易被发现，二是向东两公里处有一个摄像头，按照这个自西向东的线路，凶手到达此处后只能继续往东走，监控的覆盖范围内是水运船只的必经之地，但这个摄像头在当天夜晚并没有拍摄到任何可疑船只。"

他是怎么利用监控盲区做到的呢？

顾云风蹲在草丛中，河面被三十公分的杂草和低垂的柳叶挡住了视线。他两只胳膊交叉搭在膝盖上缓缓站起来，突然看见摇晃的柳叶下有只若隐若现的白色塑料袋，在水中轻轻旋转着。

"上南区交给我的证物中，有一件很奇怪的东西。"对岸下垂的柳枝随风飘摇，顾云风找出登记在案的物证记录。

"两团在死者衣服中发现的脱脂棉。"

"这两团棉花可能是她溺亡后，河水中混杂的物品恰好漂了过来。"他托着下巴沉思着，总觉得这是不该出现的东西。

"不对。脱脂棉花在水中浸泡后不会上浮，所有间隙都吸收水后，它的密度是比较大的。"许乘月走到河边，捞起了那个漂到岸边的塑料袋，准备一会儿扔进垃圾桶里，"曹燕是和那些棉花一同沉下去的。"

"和棉花一同沉下去……"顾云风的脑海里一直盘旋着这句话。

昏迷中的曹燕和棉花一同沉入水中，然后溺死在这片河段。凶手没有来过这附近，死者也只出现在河里。

如果死者是和几公斤重的棉花一同落入水中，这些遇水的脱脂棉花完全可以将一个漂浮在水上的木箱或是纸箱拖入水底。

那一瞬间，一个精心设计的计划突然浮现在顾云风眼前。

"乘月，你看有没有这种可能。"他指着许乘月手里那个废弃的白色塑料袋。

"假如我在这个袋子里装满棉花，然后留了一个缺口，再把这个袋子放进水里。随着时间的流逝，棉花通过缺口开始吸水，那最后，这个袋子是不是就会沉入水中？"

"确实会这样。"许乘月点头。

"那如果凶手把死者勒晕后放在这样一个装置上，可能是一个纸箱或是一个木箱，她会一直在河里漂，随着时间的流逝，脱脂棉吸入水分后密度变大，箱子沉入水里，晕过去的曹燕也一同沉入水里溺亡。"

"她只是刚好在这个地方溺亡而已，所以在河边，在小区里，都找不到任何痕迹。"

"只要设计好棉花的质量和装载它的空间，完全可以做到。"许乘月从脚下捡起一块石头，侧弯下腰，沿着河面扔出去，溅起一团团水花，"可他为什么要这样大费周章？"

这不是一个万无一失的方法，假如当天晚上刚好有船只经过呢？假如曹燕运气好，没漂多远就漂到了河边自己醒过来呢？

那凶手所有的设计就彻底报废。

"因为他不想亲手杀死这个女人。"顾云风笑了笑，"这是凶手唯一能想到的，既不亲手杀死曹燕，又能隐藏第一现场的方法。"

顾云风拨通了舒潘的电话，让他去走访金平区、东安区和上南区的快递点，调查一周内是否有人购买过数量较多的脱脂棉。

"还有，把人都撤了吧，派人在河岸沿途寻找下是否有较大的木箱或纸盒。"虽然找到的可能性微乎其微，但他还是愿意一试。

他停下脚步，站在原地。转身看见许乘月还慢悠悠地紧随其后，正双眼望着平静却深不见底的河面。

凶手跟曹燕之间的关系是特殊的。特殊到凶手对她抱着如此巨大的恨意，最终也没能下定决心去亲手结束她的性命。

而是让昏迷的曹燕漂在深不见底的河流中，听天由命。

他喊了许乘月一声，用手机发给他一个地址："许教授，下午你如果没课，和我去这个地方。"

"星雨儿童福利院？"许乘月看了眼他发来的地址。

"对。曹燕是在去了福利院之后才确认袁满是自己女儿的。"夏日的阳光刺目，照得他睁不开眼，他眯起眼睛笑得轻松又坦荡，"我有了一个推论，需要去福利院验证一次。"

假如袁满的亲生父亲尚在人间，假如他认出了这个和自己长得非常相似的女儿，那他会不会和曹燕做出完全相反的选择？

拼尽全力去保护女儿，做一个黑暗中的无名骑士？

顾云风开着车带上舒潘和许乘月，刚关上车门，突然接到了袁满的电话。

"顾警官，你在哪儿呢？"一按下接听键，袁满银铃般的清脆声音就传了过来，听背景音是在喧嚣热闹的商场。

也许是背景太吵闹，袁满的声音比正常情况大了好几个分贝。顾云风只好把听筒拿得远一点，对她说："工作呢。"

"那你什么时候下班啊，现在刚好是中午啊，我买了一大堆东西实在是拎不动了。"

"你一个人？"

"对啊，我想逛街就一个人跑出来了。"她轻声笑着，"没想到买太多了。"

顾云风沉默了好一会儿，左手捂住听筒，内心开始进行激烈斗争。现在是工作时间，他又刚好要去个重要地方，理应拒绝掉小女孩的无礼请求才对。

但听着她轻轻的笑声，一闭眼仿佛看见了她那颗孤独又细腻胆怯的心脏，最终他还是放下手机对许乘月说："看来需要你一个人去福利院了。"说着他指了指自己耳朵里的听筒，"我们远程语音联系。"

"老大，这大明星找你什么事啊？"挂了电话，舒潘眨着眼睛八卦地问。

"陪她逛街。"

"哎哟，这不是挺好的吗，你怨念什么。"

"我有怨念吗？"

"有啊，不信你问许教授，满脸哀怨。"舒潘拍了拍许教授的肩膀，许乘月只好跟着他点了点头。

"她一个人在外面乱逛，其实挺不安全的。"顾云风无奈地摇了摇头，"也不知道她为什么会想到找我。"

"她喜欢你啊，一有事情，第一时间打你电话。"舒潘摩拳擦掌地对他讲，"老大，如果我是你，就不当警察了，心甘情愿被她包养，从此吃喝玩乐轻松一生。"

"有点出息好吗……"顾云风打开音乐，开启导航。

"不过她还不到二十，老大你确实不好下手，不然再等几年？"

"……闭嘴。"他只想给这小子脑壳重重一拳，让他神志清醒一点。

"赶紧给我下去。"

两人走后，顾云风发了很久的呆，透过车窗注视着密密麻麻的电线。从一开始，他就能感觉到这个小姑娘对自己有种特殊的感情，他不想回应，也不可能回应。

几分钟后，他卷起袖子踩下油门，导航显示到东安区的K11大约有十二公里，他过去要二十分钟。

许乘月到达星雨儿童福利院时已经是下午三点，福利院在南浦市最西边，和上南区隔了足足三十公里。来的时候孩子们都在上课，这里远离闹市区，院子里很安静，只断断续续听到读书的声音。

儿童福利院的院长是一位四十出头姓吴的中年女性，一头烫卷的长发，戴着眼镜，气质非常端庄。

说明来意后，她很热情地接待了许乘月，解释说自己是一年前才调到这里的，之前出现过一次福利院管理层的渎职，造成了一场火灾。好在当天福利院的孩子们都出去郊游了，没造成任何人员伤亡。但当时的管理层还是进行了大换血，基本全都被撤职，整个换了一批人。

"渎职？具体什么原因？"许乘月问。

"电路老化的问题，其实很早就有人提过了，但他们不想花钱，一直没改造过。后来也不知是有人故意的还是怎么回事，反正档案室的一个电路短路了，直接引起了火灾。"

许乘月的衬衣领口处别了一个小型麦克风，左耳塞着耳麦，实时和顾云风保持着联络。

"你问问她，是谁故意造成电路短路的。"正陪着逛街的顾云风把耳麦往里塞了下，两手拎了十几个袋子，站在一个卖复古留声机的店里。

袁满戴了个大口罩，选了两个造型华丽分别被命名为太阳星座与月亮宝盒的小型机器。

"什么短路？"袁满听到他的对话，清澈的眼睛望着他。

他腾出一只手接过两个并不轻的物件，放下手机对她说："我家电路出了问题，差点着火，还好我爸在家。"

"那你要回去吗？"她轻轻拉下口罩的一角，有点胆怯又像在期待什么。

"他能搞定，我陪你逛街就行。"

看着女孩闪耀的双眸，他漫不经心地问："最近还有人给你寄恐吓信吗？"

"没有。"她挽过他负重累累的胳膊，"我都说了，是恶作剧啦。"

"还在被人跟踪吗？"

"好像没有吧，没感觉到。"袁满撇了撇嘴，重新戴好口罩，环顾四周一眼看到斜对面橱窗里一件白色的婚纱礼服，兴奋地蹦起来，"那件裙子太美了！"

深蓝色背景的橱窗里挂了好几串星形灯，比黑夜中的启明星还要闪耀。

那一刻白色的礼服仿佛有了生命，在溢满星光的夜空下独自起舞，裙摆上装饰的宝石流光溢彩，像黑夜中飞行的萤火虫。

"我想穿着它，在周末的演唱会上给最爱自己的人唱一首安静的歌。"

"爱你的人很多。"穿着白色的婚纱在演唱会上为最爱自己的人唱一首慢歌，他想象这画面一定是首浪漫的情诗。可惜无论经历多少，袁满也就是个天真单纯的小女孩，她不知道有多少期待就会生出多少失望，她那么想要唱的歌，最后真的能被听到吗？

"可我还是希望会有那一个特别的人。"她眼神坚定地望着顾云风，看着他茫然的脸扑哧一下笑了出来，"如果真没有，就是送给所有粉丝的歌啦。"

许乘月见电话那头一时没什么声音，便继续问福利院院长："故意造成电路短路的人您知道吗？"

"不清楚，也不确定是不是有人刻意而为……"吴女士拉长尾音低声说，"不过这里的职工都觉得是故意的，实在是太巧了。"

档案室的电路选择在一个没有人的白天短路，又恰好烧到了其他教室，最后连成一片火海，把过去全变成灰烬。

他仿佛看见满身伤痕的袁满从这片火海中走出来，站在灰色天空下，拨开云端朝阳，毫不犹豫地朝外面的世界走去。她伸出手，和空气中的火光、尘埃、灰烬挥了挥手，画出一条明晰的界限。

"大部分东西都烧掉了吧？"

"是啊，到处都是浓烟，火光蔓延到其他教室，全烧光了。"吴女士遗憾地摇摇头，随后领他参观了翻修后的福利院。

翻修后的福利院建筑以白色为主，共有六间教室、一个活动室、两间教师办公室，还有专门的音乐教室和美术室，全部集中在一栋三层小楼里。一楼是活动休息的地方，二楼上课，顶楼是办公室和档案室图书馆。

这个三层小楼旁是孩子们的宿舍，一楼有孩子们参加各种活动的照片，照片里碧海蓝天下，每个人都笑得很开心。

"只有最近一年的照片？"

吴女士点头，递给他几本相册："这两栋楼还是好心人捐赠的，没露面没留名，到现在我们也不知道是谁捐的。"

"应该是杜渝生捐的，当年发掘袁满的那个男人。"顾云风的声音忽然从他耳麦里传来，"烧了人家的楼，怎么也该重新盖几栋。"

听起来顾云风找了个安静的地方一个人待着，他有条不紊语言清晰地说："许教授，你把曹燕的照片找出来，问问她见过没。"

许乘月走过漫长的草坪，几个五六岁的孩子从活动室跑出来，直奔向旁边的长秋千。听着他们的欢声笑语，一年前那吞噬一切的火灾似乎更像天赐的礼物，为每个人烧掉灾难带来新生。

许乘月从手机相册里翻出曹燕的相片，选了一张最近的拿给吴院长："您回忆一下，最近两个月内，这位女士有没有来过？"

这是曹燕刚出狱时登记的照片，灰黑色的长发梳得整齐，脸色发黄，高颧骨，干枯瘦削。她那双眼睛里充满了对世界的厌倦，脸上都是戾气。

吴院长接过手机，盯着照片看了好一会儿，平视前方若有所思，然后冲他点头："我还真有印象，一个多月前，这个女人来过。"

"她做了什么？"

"打听一个叫袁满的小姑娘。说有这么个人在星雨生活过十几年，我后来听别人说那是个小明星。"她把一缕头发拨到耳后，接着说，"我看她底气不是很足，估计她自己也不肯定，就推辞说这是个人隐私，无法透露。而且，我一年前才来这儿，来之前离开的那些孩子我不了解，他们的资料又在一场大火中付之一炬，踪迹自然是无从查起了。"

"那后来呢？她应该不甘心吧。"

"后来我让她登记一下姓名，我们现在的访客都是必须使用有效身份证件登记的。她登记的信息我这儿有记录，不过都是纸质的，找起来麻烦。"她抱歉地笑笑，"许警官你需要吗？我放档案室了。"

"行，我们去找一下。"跟随吴女士向三楼档案室走去时，他敲了敲衣领上的麦克风，见顾云风又没了反应，他只好自己问下去，"这个女人登记后有什么反常举动吗？"

"她把登记簿上所有的人都看了一遍，看到其中一个访客时，向我们详细打听了对方的情况。"

"那是一个登记姓名为白骑士的人。"她抬起头，慢慢地说，"唯独这件事我记得特别清楚，她看见名字的神情，就像见到了初恋情人。"

拿出钥匙推开门，阴暗潮湿中特有的霉味扑面而来。档案室是一个朝北的房间，长年晒不到太阳，也很少有人进出。里面有几个两米多高的书架，吴院长拖出一个专用小梯子，从最上面的一层书架上拿出好几本册子。

"白骑士。这是假名吧？"

"嗯。那个人来得早了，当时登记还不需要有效证件。具体时间我还得给找找，这访客记录啊，有好几本，都是最近一年的，有时候慈善机构搞活动，来的人能登记几十页。"

"那真是麻烦您了。"他接过其中一本，一页页翻过去，一起寻找着这个中二到令人过目不忘的名字。

透过这间档案室的窗户能看到马路，车水马龙人来人往。旁边有宽近十米的绿化带，不知道谁在上面种了十几株向日葵，在夹缝间仰望天空寻找阳光，长势不好但也在努力活着。

许乘月将登记簿从头翻到尾。终于在2027年12月，"白骑士"这个名字出现了。

"在这里，姓名白骑士，这是联系方式，还有来访单位。"吴院长指着来访单位上几个苍劲有力的汉字说道。

来访单位上写着浦钢集团。

"浦钢集团？月浦区那家国有钢铁企业？"他轻轻弯腰，找了把椅子坐下，胳膊靠在窗前的桌子上。

"对对对，就是那个。"她立即打了电话给当天上班的老师，问了几个问题后告诉许乘月，"白骑士是一个中年男子，年纪大约四五十岁。"

"相貌特征有印象吗？"

"这个就完全不记得了。"她摇摇头，"但是那天接待他的老师说，这位先生，也是来询问袁满的。"

"他和曹燕女士一样，都是来问袁满的出身的，问她怎么来到这个福利院，问她是不是真的孤儿。"她笑着说，"可这不是废话吗，来这的孩子，都是真的孤儿。哪怕他们还有父母在世，也改变不了被抛弃的事实。"

白裙少女的油画、留声机、音乐盒、婚纱礼服、宝石手链、水晶吊坠，还有一大堆小裙子，这都是袁满的战利品。实在拎不动了，顾云风只好买了个大大的行李箱，把这些精致的少女最爱通通放进去。

他发誓以后再也不做这种事情了，在刚刚陪女孩子逛街的几个小时里，他身无分文，只有一张额度两万的信用卡，看着隐藏在角落里的标价吓得只好远远站着，两眼一闭问啥都说好看好看美若天仙。

结果就是结账时袁满潇洒地刷着卡，他拎着一大堆袋子，低头接受着四面八方惨无人道的目光凝视。

那一瞬间他真感觉自己被包养了，明明这些袋子里没有一样是他的，除了那个装东西用的行李箱。

走出商场，他终于松了口气，头一次发现南浦市街道上的空气如此清新，连汽车尾气都是香甜的。在袁满这来之不易的自由时间里，她选择放肆地买买买，她的生活，要么自由到爆炸，要么任人摆布到做一个提线木偶。

"顾警官，你知道我为什么让你来陪我逛街吗？"

"我会放任你啊。"顾云风不假思索地脱口而出，"你想做什么，就做什么，我呢，只要帮女士把她的愿望拖回家就行了。"

她扑哧一声笑出来，转身轻轻一跳坐到有点高度的宽围栏上，细长的双腿摆来摆去："我也觉得奇怪，跟你在一起我就很开心，很轻松，好像我们很久以前就认识，冥冥之中又重逢了。"

"小时候在孤儿院我总是被人欺负。"她闪耀的双眼突然黯淡下去，"以前和我走得近的人命运都不太好，包括杜叔叔，去年他去世了，他走的时候我没有送他，在家里哭了一整天。"

"他带你看到了更大的世界。"他安慰她，"他们只是运气不好，不会所有人都运气不好的。"

"十二三岁的时候，有一次我被孤儿院五六个女生欺负，我想她们是嫉妒吧，把我拖到角落里打了一顿，还好我趁她们不注意逃跑了。"她心有余悸地说，"不然我可能就被打死了。"

"我知道我有着不堪的出身，给很多人带去了灾难。"她望着街道上熙熙攘攘的人群，口罩遮住了半张脸，天上的云渐渐掩盖住刺眼的阳光，风从江边吹来，吹起地上散落的花叶，吹散角落里细小的尘埃。

"我其实是有点害怕这个世界的，习惯了做一个弱小的废物，突然有一天站在舞台上变成万人瞩目的新星，这种感觉刺激到不真实。"她的生活中有太多人缺席，她伸出双手，云间阳光透过指缝照进眼底，她仿佛在陌生的面孔中、接踵的人群间，看见了自己千疮百孔的童年、忍辱负重的花季，和近在咫尺的，即将变成提线木偶的十九岁生日。

她转过头，目光婉转，看着顾云风阳光下俊朗的侧脸："你会永远保护我吗，顾警官？"

她是多么渴望听到自己想要的答案，但实际上顾云风迟疑了下，握紧手中拉杆箱的杆子，点头说："当然，只要你还常住在金平区，我管辖的地方。"

说完他轻轻一笑。

接到许乘月的电话时他刚把袁满送回去，离开前他又去了天宜公司大楼的咖啡馆，点了杯榛果拿铁，翻看着艺人宣传册。

袁满从上周开始巡回演唱会，这周刚好回到南浦市，为后天在四平体育馆的演唱会做准备。她现在每天都要在公司的排练室训练，朝六晚十，生活比天天打卡的白领还要规律。

她嘱咐顾云风一定要去现场，要是票不够她还能再帮忙弄几张，只是没有内场前排的了。

从这个角度刚好可以看到旋转门附近的保安唐志海。今天进门的时候他莫名觉得这人的眉眼非常眼熟，就偷拍了张照片，这大哥气质非凡还优哉游哉地做着保安，怎么看都觉得有点可惜。

对方没注意到自己被偷拍，瞪了顾云风一眼就直接去检查其他来访人员了，看来是记住他了。

"许大教授，您那边什么情况？让我猜猜，肯定没在福利院找到袁满的信息吧。"顾云风坐在咖啡馆里，借了电脑把偷拍的唐志海的那张照片打印出来。他手里拿着这照片，轻轻闭上眼，一笔一笔描绘出对方的眉眼耳鼻。

脑海里瞬间闪过袁满的脸。

"曹燕来过星雨儿童福利院，就在一个多月前。"许乘月对他说，"还有个消息，她可不是第一个来的。半年多前，有个四十多岁的中年男人也来这儿打探过袁满。"

半年多前？刚好是袁满她们正式出道的时间。

顾云风向四周望了望，握紧手机压低声音："曹燕知道这男的来过吗？"

"她知道。听吴院长的意思，曹燕认识这个人。"许乘月补充道，"应该关系特殊。"

这人大概就是袁满的亲生父亲了吧，半年多前AIR还没红的时候就费尽心思地找到这个地方，绝对不是媒体和粉丝。

"能获取这个中年男子的画像吗？"

"都半年多了，他们也不记得长相。不过那人来访时登记了自己的工作单位、姓名和联系方式。我试着打了电话，是个空号，姓名是随便填的，不像正常人姓名。"

"姓名填的什么？"

"白骑士。"

嗯……还真不是正常人的名字。听起来像个心智未成熟幻想做英雄的中学少年。顾云风低下头，好像看到了十年前中学时候的自己。

"他工作单位填的哪里？"顾云风继续问。

"月浦区的钢铁厂，浦钢集团。"

浦钢集团。

顾云风很熟悉这个地方，小时候他爹有段时间在那边工作，半个厂的监控都是他装的。早些年浦钢的效益很好，后来实业渐渐没落，招的新人越来越少，十五年前厂里发生了一起很大的生产事故，造成十多人死亡，还有百来个受伤的。

之后这个厂子沉沉浮浮，效益不好不坏，基本上还是那么些老人，人员流动缓慢，薪资基本没有涨幅。但相比之下规模还是巨大的，月浦区那边一个镇上都是这家单位的人，在这么大个地方找一个无名无姓还极有可能离职已久的人无异于大海捞针。

不过，为什么会写这家钢铁厂呢？按照他的想法，这人应该是天宜公司的员工啊。

"还记得当初陈钰带着袁满来报案吗？"

"嗯。"

"袁满说自己连续多天收到恐吓信，我一直不明白当时给她递恐吓信的人，究竟想干什么。"这个人能通过层层检查混入高层的二十八楼，一定是天宜公司内部员工，他莫名其妙地递了恐吓信，也没勒索也没伤害，就好像只是单纯的恶作剧。

"咱们换个思路去看，想知道一个人的目的，就应该去看最终结果。自从袁满报案后，这个人就再没寄过恐吓信。那他的目的，应该已经达到了。"

"他希望袁满去报案？"

"嗯，他成功了。"

给袁满寄去恐吓信的人和半年前去儿童福利院打听她的是同一个人，是她血脉相通的父亲。半年前的时候他还在浦钢集团工作，确认自己的亲生女儿后，他转身就去了天宜公司工作。

"十九年前那个案子中被判死刑的男人，曹燕的丈夫沈世生。"顾云风坐在软绵绵的椅子上，吹着冷风，桌子上的手机中有张沈世生当年的照片，旁边放着翻到有袁满那一页的宣传册，"我去申请调过当年的案卷，他和曹燕做事丧尽天良，配合完美，就像是单纯的生意伙伴。"

"但是当时的曹燕是个标致的美女，仰慕者很多，作风又比较开放。"他把二人的相片渐渐交叠在一起，然后交错分开，"所以我找了沈世生的照片和袁满比对，怎么看都不像。"

袁满有一双大大的桃花眼，可爱中带着俏皮。可他和曹燕都是小眼睛，曹燕是狭长的丹凤眼，沈世生单眼皮，还是倒三角，这遗传基因应该生不出这种女儿。

"你的意思是……"

"曹燕能在人群中一眼发现袁满和自己的关系，一定是因为袁满和她父亲样貌相似。沈世生和袁满没有任何血缘关系。"顾云风一字一顿地说着，"她的亲生父亲还在人世，或许就在她身边，想像个英雄一样保护女儿。"

发现袁满被勒索，希望她去报案；意识到她被跟踪，就去跟踪企图跟踪她的人。袁满跟他说过，关建华之后依然有个人时常跟着她。但曹燕遇害后，那人就停止了这一行动。

他笨拙地想做个英雄，却踩在钢丝线上，最后杀了人。

顾云风向后靠在椅背上，双手交叉放在脑后，戴上耳机连着麦："她出名后，被亲生父亲发现了，他躲在暗处，想尽一切办法保护自己的女儿。"

他把最后半杯拿铁喝掉，叫来服务生结了账。走出大厦时他抬头看了眼头上的天，阳光穿过云层，透过玻璃顶，照亮整个大厅。

如果他的推测无误，所有的猜想都千真万确，那么白骑士在第一次遇见袁满的时候，是抱着怎样的心情？

对他而言，她不再是沾满血泪的原罪，而是清晨的太阳，点亮黑夜。

月浦钢铁厂。

雨淅淅沥沥地下着，沿着满树的绿叶滴落到地上，沿着缝隙流进土壤和下水道中。这里仿佛是一个世外桃源，空气不算太好但街道上有着难得的清冷。

和拥挤的市区不同，每个人都没那么着急，路边的猫猫狗狗也悠闲自得，随便找个地方躲着雨，打个哈欠继续睡觉。厂区大部分地方绿化程度很高，路边种着绿柳红花，雨水打落花瓣，全都飘落在土里。

他和许乘月一人打了把伞，联系了厂区的人事主管，在紧闭的接待室门外等着。

这天是周六，又下着雨，除了倒班的工人，其他员工都在休息。

"昨天我让舒潘去查了天宜公司去年12月之后入职的人，年龄在四十岁以上的男性有十二个，名单早上他刚传给我。"

　　许乘月接过名单，大致扫了一遍："也就是说，这名单当中，在浦钢工作过的人，就是我们要找的人了？"

　　他点点头。

　　大约过了十分钟，人事主管李薇，一个三十多岁的女人，带着个年龄比较大的中年男子，步履匆匆地赶过来。她开了门，给两位警官倒了杯茶，表示无论需要什么帮助，她都会尽力配合。

　　"我两年前才来这边，有些事不一定知道得清楚，所以就把老刘带过来了，他在厂里待的时间久，知道的事多。"

　　她露出一个标准的职业性微笑，快速打开电脑登入人事系统。旁边的中年男子身型微胖，身上一股烟味，头发稀疏，几根白发清晰可见，银色的工作服袖口发黑，看起来有段时间没洗过了。

　　"是这样的，我这儿有一份名单，需要李主任查一下有没有浦钢的员工。"

　　泛黄的墙面上还挂着前年优秀员工的照片，排成直线大约有十来个。许乘月目光扫过这些曾经的优秀员工，当中有个浓眉大眼五官端正的中年男性，看着似曾相识。

　　李薇拿过那张名单，正准备从第一个人开始输入姓名，坐在一旁的老刘突然指着中间的一个名字大声说："嘿，这不是老唐吗？"

　　"谁？"

　　"这儿，唐志海。"他左手食指在名字上重重点了三下，"老相识了，我记得他前几年还评了优秀员工呢。"说着他往墙上一看，指着正对他们的一张照片，"就他，照片还挂在这儿呢。去年不知道怎么就走了，还没到退休年龄。"

　　顾云风顺着他指的照片看去，这不正是天宜公司那个保安嘛。他们都打过好几次照面了。

　　"他去年什么时候走的？"

　　"这我哪记得，可以让李主任查查。"

　　"去年11月28日。"老刘刚说完李薇就给出了个准确时间，"离职理由是……身体原因，想辞职专心休息。"

　　"离职原因是身体不好，他生什么病了？"

"这……我不太清楚。"李薇摇了摇头，望着对着天花板发呆的微胖男人说："老刘，你知道吗？"

"哎哟这事，这个……这个说出来不太好啊。"他尴尬地搓着手，茫然四顾，勉为其难地动了下嘴，"我们厂十几年前发生过一起重大生产事故，当时老唐也在现场，受了重伤。不过活下来就已经是幸运了，受伤以后他拿了笔赔偿金，厂里给转到保安队去了。我估计啊，他离职跟这事有关。"

"唐志海是哪里受了伤？"顾云风追问道。

"这个啊，这个嘛……"老刘老脸一红，向下看了看地面，慢悠悠地说着，"唉，我也不是很清楚……我就知道啊，他受伤之后，那方面就有问题了。"

"哪方面？"许乘月一脸茫然。

"就是……没生育能力了。"说着老刘叹了口气，"所以他也一直没结婚，一个人过，表面上看着还挺潇洒，但心里面肯定挺难受，毕竟他蛮喜欢小孩的。"

室外一直在下雨，雨水飘进窗里，沿着墙壁落在地上。李薇安静地坐在桌子前没有说话，老刘一把拿起许乘月面前的水杯，喝了一大口水，也没注意到这水不是给他准备的。

"你和唐志海关系好吗？"顾云风拿过电脑浏览着唐志海留存的人事档案，从入职到离职，经过了二十多年。他所有档案都清清白白一干二净，没有什么多余的东西，更像个完美的好人。

"还行，年轻的时候经常和他打球，后来他出了那事调离了原有岗位，消沉了段时间，就没怎么联系了。"

"我看他现在身材保持得挺不错。"

"这……可能他后来有自己练练吧。"老刘跷着脚坐在椅子上，手指弹了下自己的肚皮。

"他女朋友你见过吗？"许乘月问了一句。

"你说现在？这我哪知道，十来年没联系了。"

"以前。"

"哦，年轻的时候啊？那可多了。他年轻时长得帅，个子又高，很招女孩子喜欢，女朋友换了一个又一个。"说起年轻时候，这个即将步入五十的男人神采奕奕，"其实我当年也挺帅，但是不像他会哄女孩。"说完他摇摇头，居然替自己惋惜起来。

顾云风有点奇怪："当时他也不小了，没有结婚的打算？"

"没，他没玩够，厂里出事的时候他也不到三十，哪想着结婚。"说着老刘一声叹息。他盯着顾云风看了几眼，换了另一只脚跷着，突然来了句："小伙子，我看你也不小了，结婚没？"

"噗，没人跟他结。"他还没说话，许乘月就在旁边强忍着笑意回了句。

下一秒顾云风闭上嘴发誓以后绝不再提这种话。他从相册里调出曹燕的旧照，照片上丹凤眼的女人皮肤白皙容颜柔媚，头发梳在脑后，随意地搭在肩上。

"那他以前的女朋友里，有过这个人吗？"

"我瞅瞅，看着有点眼熟……"他眯着眼睛看了半天，从口袋里掏出个眼镜戴上。

"我天，这女的挺好看啊。"说着他挠了挠后脑，"警察同志，实不相瞒啊，老唐他有过哪些女朋友，我也不知道。他那时候隔几个月就换个姑娘，有时候拉我们去酒吧浪，浪着浪着就和别人一块了。"

李薇坐一旁翻了个白眼，小声说："真是报应。"

"啊哈哈哈哈，所以嘛，他的女朋友我认不全，不对，应该是大部分都不认得。那时候都是小年轻，气血旺盛嘛，也就那两三年，两三年。"说着老刘喝掉剩下的水。

听他说话顾云风有点头疼，他把面前的水杯递到许乘月面前，见对方摇了摇头才自己喝了几口。

"唐志海喜欢小孩子？"

"那必须的，以前他老跟我们说，自己要三十岁结婚，三十五岁前生两个，最好一男一女。所以说，这人啊，还是看命。老唐拿了挺大一笔赔偿金，但他心里苦啊，人生无常，这就是人生无常啊年轻人们。"

"后来他调到了保安队，去年又离开了待了二十几年的单位。他在厂里是什么职位？保安大队的队长？"

"对，是这样。老唐他是犯啥事了吗？"问了这么久老刘终于察觉出点问题。他看二人打算离开，神情放松了些，坐在椅子上探身望着电脑屏幕，眉毛挤在一起一脸疑惑。

"没什么，就是找你们了解下情况。"顾云风没有明说，伸出左手起身道谢，说了一通略带官腔的话感谢二人配合警方调查。

下雨天开着空调室内还是很干燥，角落里的吊兰叶子发黄，无精打采地耷拉到地上。许乘月合上做好记录的本子，顺手拿过桌子上唯一的一瓶水倒进花盆里。

金平分局里充斥着泡面和咖啡的味道，因为下着大雨，阴暗的走廊里更加潮湿，屋顶角落里还有个地方漏了水，不知谁放了个塑料盆在地上，伴随着嘀嗒声一直在接水。

窗外狂风四起，他们一群人围在会议室里，电话此起彼伏，连番轰炸。

舒潘把案件最新进展整理后，加上唐志海的信息临时做了汇报。

"唐志海是通过单位固定电话和曹燕联系的，曹燕使用的是公用电话。两人的谈话内容无法获取。"舒潘接着说，"我们现在正在调取这个公用电话附近的监控。"

"根据网警的协助调查，两小时前获取了唐志海的社交账号，包括但不限于网购账号、QQ号、微信号。他在6月22日曾经买过重达两公斤的脱脂棉，根据快递员的辨认，确实是送到了他家的地址并由他本人签收，地址是江浦大道玉龙小区，小区在上南区和金平区的交界处，距离两起案件发现尸体的地方都不超过十公里，距离第一个案件的案发现场仅有三公里。"

"第一案是临时作案，规划不够完整，下意识地会选择自己熟悉的区域。"顾云风在地图上标记好位置，办公室展示板上那张错综复杂的关系图还留着，现在终于可以补充出一个完整的人物关系图了。他把唐志海的照片放在左下角，中间依然是袁满，再加上几条新的直线。

"唐志海去年11份从浦钢集团离职，12月底进入天宜公司，岗位是保安队长。根据他同事反应，唐志海是袁满的忠实粉丝，但并不了解他们之间是否有其他联系。"

他在发现袁满是自己女儿后就开始筹划去天宜公司工作的事宜。确定岗位后他从浦钢集团辞职，告别了这家自己工作二十多年的地方。

"你们去过天宜公司了吧？唐志海人呢？"想到这顾云风忽然警觉起来。

"人事说他昨天请了假，今天没去上班。"

请假？这么巧？

忽然间脊背发冷，他眼睑微抬，不动声色地拿出一支笔，往桌上一按："他家地址告诉我，现在就过去。"

暴雨来临，暮色将至。

灯火接二连三地亮起，雨水落在江中卷起风浪，不停地冲击着桥墩。

从刑侦队到江浦大道要跨越长江大桥，关建华的案件中凶手就是开着用曹燕的名字租来的车闯过这座桥，抛尸到花南路的那处民宅区域。

唐志海居住的地方在玉龙小区，距离江边只有不到一公里，过了桥没开多久车就到了终点。小区门前是一块洼地，积了不少水。车停在了小区外的一个公用停车场，他们只好让鞋子泡在水里徒步走过去。

87栋301号。

三人穿着鞋套站在唐志海家门口，轻轻敲了门。

意料之中的没有反应。站在楼下时就看到门窗紧闭和屋内漆黑一片，人应该是不在的。

"有人吗？"顾云风又重重地拍了几下。无人应答。

还好这是个老房子，装的是一扇单薄的铁门，闯进去也不是什么难事。顾云风找了根铁丝，差遣舒潘弄来了锡纸，像之前那样对着锁芯一顿操作，门就悄然开了。

房子里空无一人。客厅的电水壶里还有开水，摸了一下还有热度，他走了不算太久。

卧室里衣柜凌乱，有几件衣服明显刚被取走，衣架的痕迹还清晰可见，鞋柜也空了一半。许乘月推开卫生间的门，指着毛巾牙刷都不翼而飞的洗脸台："看样子他是收拾细软跑路了。"

"万一人家是去旅游了呢？"舒潘半蹲在地板上，戴着手套翻箱倒柜也没找到重要身份证件。

"计划好的旅游怎么会把房间弄这么乱，看起来唐志海还挺爱干净的，不至于把袜子丢内裤里。"说着顾云风指尖轻轻拈起对方的衣物放进物证袋里，"拿回去验下DNA，看看和袁满有没有亲子关系。"

雨水汹涌地打在窗户上，似乎下一秒就要破窗而入。这几天总在下雨，也不知道谁坏了上天的心情。他们三人进到不同房间里，翻箱倒柜。

突然电闪雷鸣，整个屋子都黑了下来。

"这老房子线路也太差了吧，打个雷都能跳闸？"突如其来的黑暗把舒潘吓了一跳，他跳起来时胳膊肘刚好撞到桌角，一阵声响后紧接着就是他持续不断的哀号声。

黑暗中顾云风朝舒潘的方向看了眼，但并没有理他。他打开手电筒，边走边在整个房子里扫了一圈，进到卧室时，突然发现卧室的书架上，有个闪着淡淡红光的盒子。

"你看那是什么。"盒子摆放的地方非常隐蔽，刚好被层层叠叠的书籍掩盖住，如果不是涂的这层荧光粉，他们很难发现。

昏暗的光线下许乘月已经走上前去，抱着那个红色的铁皮盒子皱着眉。

"看上去它对这主人挺有意义的。"许乘月指着铁盒子说，"造型挺复古，还涂了红色荧光粉，上个世纪90年代流行的东西了。"

里面会是什么呢？

按下按钮，轻轻打开盒子。

放在最上层的是一份亲子鉴定报告书。白底黑字，标题刺眼。委托人为唐志海，被检验人代号Y。鉴定单位是荣华生物科技公司，受理时间是去年9月。

那时唐志海已经入职天宜公司，取到袁满的生物检材并非难事，一根头发就够了。

鉴定书上的各种术语数字和图标他不懂，只看得明白最后的结论：唐志海是Y女士生物学父亲的概率大于99.99%；根据DNA遗传标记分型结果，支持唐志海是Y女士的生物学父亲。

他将这份鉴定书也放入了物证袋。鉴定报告下放着十几本相册，翻开这些相册，每一本都是袁满的照片，从她十五岁到现在，杂志拍的硬照、路人发的街拍、微博上的自拍，还有普通生活照。

照片里的袁满双眸清澈，笑容纯粹，也有低头哭泣的眉眼和温柔睡颜。每一张照片背后都清楚地写着拍摄人和时间地点，记录着她15岁之后的无数个瞬间。

他们翻过这些相片，直到最后拿出一本空白的相册，封面是个画出来的小孩。

在袁满前十五年的人生中，明明双亲健在，却生活在孤儿院。

在她拼命挣扎着离开孤儿院后，父母接二连三地找到她，最终又静悄悄地离开。

许乘月合上最后这本空相册，看着顾云风将铁盒子放回原位："唐志海现在会去哪儿？"

机场？火车站？还是已经逃到了一个陌生的城市甚至陌生的国家？

"谁知道呢。"顾云风慢悠悠地说，"不过明天……他肯定会在这儿。"

昏暗的灯光下，他拿出前些天袁满送给他的那张演唱会门票，四平体育馆，时间是7月3日，明天晚上八点。

"他一定会来的。"

夜晚的暴雨突然停了，路灯忽明忽灭，多余的雨水沿着屋檐落到土壤中。谁也没注意到夜空中一架客机飞过，离地面越来越远，冲向明月。

唐志海拖着一个银色行李箱坐在机场的VIP休息室里。那趟南浦飞往首都的航班已经播报了半个小时。

"请唐志海先生速到63号登机口，飞往首都国际机场的MU5123航班即将起飞。"而他坐在原位听着广播一直发呆，直到飞机真的起飞也无动于衷。

他完全不想去一个陌生的城市，更不想离开才刚找回的女儿，虽然女儿根本不知道自己这个父亲的存在，他们甚至没有过三句以上的交谈。

年轻的时候他是个玩世不恭的风流浪子，长得英俊潇洒喜欢混迹在酒吧夜场，和不少他连名字都不知道的女性有过露水之情。三十岁的时候他突然觉得玩够了，想要安定下来组建家庭，生一双儿女，却被一场事故永远夺取了生育能力。

认识他的人都知道他喜欢孩子，更想有自己的孩子。所以在他这一梦想被宣判死刑的时刻，他整个生活都崩塌了，当时打算结婚的女朋友远走他乡，而他在此后十几年间，一直带着事故中留下的各种后遗症怨气横生。

他走到吸烟区点燃一根烟，目光注视着缥缈的烟圈，看着它升起又消散。他从背包内侧的口袋里掏出那张内场倒数第二排的演唱会门票，他倒是想买一张前排的，但一直没成功。他玩不来那些小年轻的交易方式，只会在放票网站上等着到时间就抢票。

他眯着眼望着夜空中不停飞过的飞机，雨已经停了，星辰闪烁，灯光夺目。机场里人来人往，他一个人孤独地坐着，坐到天明。

那两个警察第一次来公司的时候他就多留意了下，前几天和人事聊天时听说警方在收集公司内部最近几年入职人员的名单，他一下子就慌了，赶紧买了去外地的机票打算跑路。

他是怎么被发现的？因为自己一时冲动带去的恐吓信？

摁灭烟头，他躺在休息室的椅子上，抬头看着外面的星空。昨天那个姓顾的警察来公司时，他就预感到自己快败露了。如果不是一个多月前，他外出时刚好发现关建华在跟踪小满，他可能到现在都意识不到曹燕正在做的事情，也不会有后来一步步的犯罪。

闭上双眼，他仿佛回到了自己第一次看见小满的时刻，电视节目里她唱着一首安静的歌，满眼的笑意，她那双又大又圆的眼睛和自己很像，看久了就移不开目光。

他太想有个孩子了，那一刻，她的声音、她的容颜、她的微笑，都让他欣喜若狂，就像清晨的阳光，照亮心中每一处荒芜的阴暗之地。

那是他生命的延续，是失而复得的瑰宝，是重新燃起的热情与希望。

四平体育馆。演唱会的舞台已经搭建完成了，刑侦队在体育馆各个出入口都布控了人手。大约晚上七点，顾云风接到了报告，唐志海戴了个帽子，穿着一身灰色T恤进了场。

他终究还是没有逃走，冒险来看女儿的演唱会。

"要行动吗，顾队？"

"再等等吧。"顾云风站在看台上面向主舞台，身形笔挺面容沉静。

望着场内越来越多的观众，他突然改变了想法。唐志海一定很想看着自己的孩子长大吧，可惜这永远不可能实现了，他缺席了袁满十几年的人生，怎么弥补也无济于事。

就像姐姐离开后他破碎掉的家庭，失去了就只能接受现实。

他脑海中浮现出那本空白的相册，它不仅属于那个童年缺失的女孩，也属于他掌心难以磨灭的瘢痕。

他决定了，让唐志海最后再看她一眼。

顾云风沿着看台的阶梯缓缓向内场走去，穿过人山与人海，看着霓虹灯伴随他的脚步一盏盏点亮。

他很快就看见了唐志海的背影，这个年近五十的中年男子坐在内场倒数第二排，身体向前倾，目不转睛地盯着空荡荡的舞台。和周围年轻的男孩女孩相比，他显得格格不入甚至有些滑稽。

他脸上涂着AIR的应援图案，手里拿着自己的帽子和荧光棒，头上戴着粉丝集体定制的小灯牌。他安静地坐在那里，满脸期待，就像一个等着看女儿学校文艺表演的普通家长。

顾云风站在他身后，弯下腰轻轻拍了拍他的肩膀："唐志海是吗？"

这个风度翩翩又满脸沧桑的男人侧身望着他，愣在那儿没有动。他眼中的惊恐很快被坦荡替代，他弯腰捡起刚刚掉落在地的荧光棒，拿出一张纸巾擦了擦。

"金平分局的顾云风，我们见过。"晃了晃自己的证件，顾云风坐在他身旁，波澜不惊地开始一场并不普通的交谈，"你在关建华和曹燕被害的案件中有重大嫌疑，请跟我们走一趟。"

随后顾云风小声说："我怕引起骚乱，就一个人来见你了。"

"每个出口都有警察守着，你想想，你要是跑了，明天各大媒体的娱乐头条会是什么？"

不能逃跑，更不能声张。

这是他唯一的软肋。无论如何，他都不能再让人知道小满的过去，不能让她因为父母的错误登上头条而万劫不复。

唐志海深呼吸，低下头笑了笑。从他被怀疑的那一刻起，他就毫无退路满盘皆输了。

他安静地伸出双手，看着冰凉的手铐铐住自己的手腕。

环顾四周，并没有多少人注意到这个小小的异常。他这才松了口气，庆幸还好没有多心的记者媒体在旁边。

他怎样都无所谓，只要小满的演唱会不受影响，只要她未来的人生幸福圆满就好。

他转过身，看见舞台中央出现的巨大倒计时，小型烟火飞向夜空，四个跳着舞的女孩子从东西南北坐着南瓜马车出现，倒计时变成零的时刻，舞台的最中间一架天梯从天而降，袁满像个白色的小精灵，背着翅膀穿着一件纯白的纱裙。

所有人都开始欢呼，唐志海也跟着欢呼起来。他望着那触不可及的烟火，双手铐在冰冷的镣铐间，热泪盈眶。

三辆警车在高架桥上飞驰。顾云风和唐志海一同坐在中间一辆车的后座上，四平体育馆离他们越来越远，欢呼声和音乐声渐渐淡去。

唐志海靠在车窗上向后看，整个体育馆倒映在他眼眸中，愈来愈小，最后变成一个点。他把脸贴在窗玻璃上，望着向前的路灯。

"你们是怎么发现我的？"

"你去过星雨儿童福利院，还留下了过去的单位名称。"顾云风犹豫了下，如实告诉他。

"啊……是有这么回事，半年前的事情了。"他苦笑着低下头，一只手遮住脸，另一只手铐在隔离网上。

"唐先生。"顾云风叫了他，"我有几个问题还不太明白，你是怎么和曹燕取得联系的？"

"说起来也挺讽刺。"他坐在警铃长鸣的车上，向后靠着，"她用公共电话联系我，问小满是不是我们的女儿。"

"我没想到她会打那样的主意，就说是。"他揉了揉太阳穴，"年轻的时候不懂事，做了很多错事，曹燕犯的那些事后来审判时我才知道。"他自嘲地笑笑，"那时候我才知道她是已婚，感觉倒像是我被骗了。"

"那天晚上，我把她掐晕后放到河里，我也不确定她会不会死……"说着他停顿了下，望着车窗上蓝红交错的光，"所以她真的死了？"

"是的。"顾云风点头。

"那就是天意吧。"他做的每一件事，好像都大错特错，又似乎可以理解。连他自己都不知道，如果有重来的机会，怎样做才是正确的选择。

他想他唯一的遗憾就是以后很难见到小满了，他或许会在监狱里度过余生，没办法再保护她。他闭上眼脑袋靠在车窗上，听着风声呼啸而过，想象着女儿有一天会恋爱，结婚，站上更大的舞台。

他回想自己这半年的生活，至少每一天都充满希望，最期待的事是小满能来公司，最糟心的也不过是她工作不顺自己又无能为力。但未来总是好的，只要他帮她解决了这些恶人，踢开这些攀爬中的乱石子，阻拦那些天天盯着她的媒体狗仔……

吱——

一阵刺耳的急刹车声。

唐志海突然惊醒，睁大眼睛身体战栗。

警车继续正常向前开去，他却想起重要的事情，抓住顾云风的手腕急切地问他："顾警官，我跟你们回了警局，等待我的是什么？"

"关押后移送至检察院，再由法院审判。"他突如其来的动作让顾云风吓了一跳。

"那审判的时候，我必须站在法庭上，叙述所有事情吗？会有记者旁听吗？"还没等他回答，唐志海就苦笑着摇摇头，幽幽地说，"那小满的事情还是会传出去。"

"不会公开审判，况且，你也可以选择沉默。"顾云风意识到他的担忧，语气沉静，"但是，你的辩护律师、公诉人，还有……"还有所有接触这件事的人，谁也不能保证他们会替他保守这个沉重又苦涩的秘密。秘密的当事人不是芸芸众生，而是扶摇直上的一颗新星。它包含了太多的爆炸性新闻和夺人眼球的伦理关系。

"我知道了。"他沉重地叹息,"我一直想有个孩子,我想成为一个好父亲。"

"可我不是一个好父亲。"说这句话时他感到钻心剜骨的疼,眼眶开始发红,声音低沉断断续续,"我没能看着她长大,没能保护好她,还给她带来了这些麻烦。"

她的童年很辛苦,没有家人,备受欺凌。出生时被视为原罪,费尽心机地摆脱掉过去,却被亲生母亲找上门来。

"我不是一个好父亲。"唐志海双手捂住脸,下一秒已是满脸的泪水。眼泪无声地从他粗糙的手指间落下,落进痛苦又柔软的心脏。

"我希望她可以摆脱过去的阴影,有一个干干净净的背景,有自己的美好生活……"

他猛地抬头,通红的双眼布满血丝,每一个表情都在挣扎忍耐,"拜托你了,顾警官,就让这段过去,和我一同下地狱吧。"

"她永远都不会知道,不知道自己有这样不堪的父母。"

话音未落,他咬紧牙关掰断自己的拇指关节,伴随着清脆的断裂声,手掌从手铐中挣脱出去。强烈的疼痛下他挣扎着推开车门,从疾速行驶的警车上翻滚着坠下。

下一秒,一辆超速开来的大货车呼啸而过,沉闷的撞击声后,高速公路上留下蜿蜒的血迹。唐志海躺在高架桥的中央,望着夜空中镰刀一样的月亮,渐渐没了呼吸。

十公里外的四平体育馆里,袁满一袭白裙站在舞台中央,台下五颜六色的荧光棒和满天繁星连成一片,像漫山遍野飞舞的萤火虫。

"我要唱一首歌送给最爱我的人。"她穿着那件在星空下闪着光的婚纱礼裙,左眼流下一滴泪,像待嫁的少女,如前世情人,踮起脚尖轻声问:谁是最爱我的人呢?

第六章

应西子一下飞机就感受到了令她永生难忘的热度，这种湿热带着黏稠和厚重，好像穿了件棉袄在热水里游泳，每动一下她都觉得自己快虚脱地沉下去。

还是北方的夏天舒服啊，干燥清爽绝不黏人。她感叹着，走出工作日空荡荡的机场，在路边打了辆车，踩着黑色细高跟赶紧钻进车里。

"师傅，去南浦大学。"

昨天晚上她给许乘月发消息说自己今天回来，他不说来接自己也没什么，但不至于到现在连半句回复都没有吧？她本想再发个消息说自己已经到了，想想还是算了，干吗理一个老对自己爱答不理的人呢。

在首都待的这大半个月她一直心绪不宁，她爸妈还在那边参加会议，她自己先开溜跑了回来。反正那种会议讲座她也听不懂，还不如一个人回来自由自在。她坐在出租车后座上，翻着微信通信录，之前乘月给她发了在刑侦队里直系领导的名片，那个人叫什么来着……姓郭还是顾？

想了半天也没记起来，她回到和许乘月的聊天记录里，往前翻了一页就看到了那张名片。顾云风，就是这个人。她发了几条信息，对着镜子化了一路的妆。

对她而言，这是一个极其重要，又隐秘的事情。

自从唐志海跳车自杀后，分局已经开了十来次会，一天到晚给他们上如何防范嫌疑人过激举动的课程。不出意外，每次开这个会顾云风都会被骂得狗血淋头，毕竟人是在他眼皮子底下跳的车，不骂他还能骂谁，没给他处分他就已经感激涕零谢天谢地了。

顾云风在又一次被骂得快失去人生意义后，郁闷极了想下个游戏排忧解闷，一开机就看见应西子发来的消息。

——晚上七点，隐溪茶社见，地点就在你们分局出门左拐两百米处，有要事相求。

要事？他在办公室角落里吃着盒饭，想不出这个和自己没有任何交集的姑娘找他能干吗。自从他跟许乘月说这段时间天天接受思想教育后，这家伙就借口说自己课程多还要兼顾项目进展，完全不见踪影。

他回想了一下关于这个姑娘的事情，突然记起她好像前段时间出差了，现在恐怕才刚回来吧。于是他立马编辑了一条消息——你才回南浦吧？需要人接你吗？

——哎呀，我已经在出租车上了。

那就算了。他迅速解决掉晚饭，心想一定要在赵局开完会之前走人，免得他看见自己又是一顿教育。

在茶社老板的指引下绕过一条蜿蜒的室内溪流和人造假山，他才找到应西子订的包间。她穿了一件墨绿色的连衣裙，系黑色腰带，手里拿着个羊皮褶皱包，脚上的细高跟轻轻敲着铺在地上的竹编地毯。

顾云风环顾四周，没见其他人才确定这就是应小姐，毕竟上次见她的时候她戴着遮阳帽，他没看清脸。

"吃过饭了吗？"他问，拿过石桌上的单子，要了壶花茶。两人喝个茶还专门定在私密性极强的包间，这得是多大的事啊。

她摇了摇头："我晚上不吃饭，吃点水果就可以。"

"哦，怪不得你那么瘦。"他漫不经心地说着，眼也没抬，真去点了个水果拼盘。坐在对面的女孩听着倒是挺开心，在点的单上全后嘱咐服务生后续不用再提供其他服务。

昏暗的灯光下看不清表情，顾云风坐在窗边，开窗就是一大片空旷的绿地。

"乘月他……在你们那儿还适应吗？"应西子咬下一口杧果，小心翼翼地问。

"还挺适应吧，其实这问题，你亲自问他更好啊。"

"嗯……也对。"她不好意思地点头，"他前段时间参与的那个案件破了吗？"

"破了，他出力不小。"

"那之后，他会经常待在你们那儿吗？"

"这得看他。"这样一问一答的兜圈子搞得顾云风实在是很尴尬，他端起茶壶，替她续上一杯，"应小姐，你找我有什么要事，关于许教授的吧？"他靠在椅子上看着女孩子闪烁的双眼，轻而易举地就看见了她高跟鞋之上的少女心思。

"嗯。"她回答得支支吾吾，"可能也……也不算重要的事，就是希望您能帮我一个忙。"

"你说。"他把石桌上那瓶插满栀子花的花瓶移到窗边，背靠藤椅，看着她犹豫不决地喝着茶。应西子许久都没说话，捧着茶杯喝了好几口，最终还是抬起头，一只手撑着左脸，西瓜红的双唇微微张开。

"您知道一年前他在学校实验室坠楼的事情吗？"她把有些杂乱的发梢捋到耳后，自然地搭在肩上。

"听说过，都说他当时聚餐喝得有点多，意外坠楼。"清风吹进他深灰色的长袖中，划过皮肤。他向前靠在桌边，疑惑地问她："你觉得不是吗？"

她摇了摇头，手臂放在桌上，十指交叉，白皙的手腕处戴着一串绿色手链。

"我联系您，就是为了这件事。"她咬住下唇开口说，"我想拜托您，重新调查乘月坠楼的真相。"

真相？

啪——

手中的茶杯重重地搁到桌子上，顾云风瞬间觉得手脚发麻，一种莫名的恐慌充斥着身体每根神经。

他在害怕什么？

"他本人已经承认是饮酒过量导致的意外坠楼了。"顾云风调整了呼吸冷静地说。他看过相关录像，对方不像是说谎。这件事当时报了警所以有一些资料，许乘月醒来后警方就去了医院，得到的本人回答却是意外坠楼。

"他是那么说的，但这不可能。"她一只手放在心脏处，另一只手握紧拳头，眉眼焦虑地看着他，"顾警官，我可以保证，我是他坠楼后的报案人。我打的报警电话和急救电话，我就在现场，我是有一定发言权的。"

"你觉得是自杀？还是谋杀？"

"谋杀。"

"你看见他被人推下去了？"

"没有。"她低下头，"我见到他的时候他已经躺在地上了，头部受到撞击，流了很多血。"

"那你的证词没有意义。"他无奈地笑了笑，深邃的眼眸望着窗外闪耀的星光，"高处坠楼这种情况，意外、自杀、谋杀，本身就很难界定，你又什么都没目击到。"

"因为我确定他没有喝酒。"她斩钉截铁地回答，"我到达现场时没有酒精的味道，他不可能喝多了跑到楼顶摔下去。"

"可他本人都说是意外了。"顾云风轻声反问，"你想说明什么呢？他把脑袋摔坏了？还是受到巨大压力为你幻想的罪犯开脱而说谎？"

"他不是会向压力妥协的人。"他很肯定地说，"脑袋也没摔坏，看着挺正常。"

"是，我知道大家都这么想。"她叹了口气，双手放在腿上无所适从，"可我确信自己的判断，因为我了解他，我知道他以前不是这样……。"

"你和他认识很久了？"他打断应西子的话，眉头皱满阴云。

这句话立刻引起他的注意，虽然相处时间不长，但他还是很有兴趣去了解这位年轻教授的过往经历——他的家庭背景、他的生活环境，通过认识他的人，而不是那一行行冰冷文字中的记录。

在他接收到的档案里，许乘月的父母都是公安系统的内部员工，五年前二人在一次合作任务中牺牲，当时许乘月还在读书，接到消息后连夜赶到事发地的医院，见到的只有已经永远沉睡的父母。

他那时一定很痛苦吧，顾云风常常这么想。

"他以前什么样子？"

"其实和现在也差不太多，看起来对人冷淡，其实挺呆萌的。但他是个天才，至少我觉得他是个天才，可以大有作为的那种……"

"你这么说就不对了，他现在也是啊。"顾云风打断她，"在我眼里，他的智商绝对异于常人，让人望尘莫及。"

但前面应西子说得没错，许教授平时看着很冷淡，但说话直接，显得非常呆萌。他一开始觉得和许教授之间有着无法逾越的鸿沟，实际上多虑了，他们可以相处得很好，工作时也非常合拍。

他虽然好奇，但一点都不在乎许乘月曾经什么样。

应西子只是摇了摇头说："他刊登在SCI的文章全部都是在之前的两年间发表的，在他坠楼获救后，没有再发过一篇，也没有做出过任何创造性的学术研究。"

"如果人类没有了创造力，和机器有什么区别？"她肯定地说，"我知道他刚出事时确实需要一些时间去调养身体，但他……"她不知道该怎么表达自己的感觉，昏暗的灯光下长睫毛耷拉下去。

"你很有创造力吗？"那一瞬间他突然觉得很不舒服，啼笑皆非地反问她。在他看来经历过巨大变故性情改变再正常不过了，而她用一个病人暂时的脆弱去质疑整个人的能力，不太公平。

"你们怎么认识的？"他算了下，许乘月二十四岁毕业，做了一年的博士后才留校教书。算起来他们俩应该没什么交集。

"我和他是校友……不过他是学霸，我是学渣啦。"她解释说，"那时候我在医学部读本科，他在信息学院读博，他的导师陆永和我爸认识，他们偶尔带着我一起吃个饭。后来见过几次我也就注意到他了。"

"他也刚好注意到你了？"他倒了杯茶，从抽屉里找出把折扇，展开扇子扇着风。

"没，是我去勾搭他了。他那时候科研成果就很出众了，研究的又是现在最受追捧的技术方向，再加上他本来就长得不错，在学校里很受关注。"

"你喜欢他？"顾云风迅速捕捉到了关键信息。

"嗯，但是他不喜欢我。"她低下头，咬了下嘴唇，好像回忆起什么不太开心的事情。

他看得清清楚楚，应西子说起过去的许乘月，眼神明显是不同的。那眼神中有憧憬，有胆怯，像捧着一盆金鱼的少女，小心翼翼地向前走着。

但此时此刻，她居然会说"他以前不是这样"。

甚至说——如果人类没有了创造力，和机器有什么区别？

这通通都是对许乘月的否定和质疑。

"所以其实是——他不再是你喜欢的那个样子，你不能接受对吗？"

她摇了摇头，没有直面回答。

"我不能接受的不仅是他变了……"她仰起头，望着黑夜中黯淡的月亮，

"我最不能接受的是，他手术醒来后，居然忘记了我。我的存在，在他的记忆中被全部抹去。"

"忘了你？"顾云风一愣。怎么突然变成狗血失忆单恋言情故事？

她小心翼翼地抹了把眼泪，小声说："我还给他写过情诗呢，结果被他当众拒绝了。后来我们就成了朋友，我一直在想，因为他我都在那么多人面前丢脸了，他多多少少会觉得，我是一个不一样的人吧。"

她用哽咽的声音问："你知道被人忘记的无助感吗？我需要和这个人重新去建立一种新的关系，我把他当朋友，可他只把我当陌生人，我为他付出了感情，可是……"

"等等等等。"顾云风赶紧打断她声泪俱下的大段抒情，他发现这姑娘很有表演天赋，天生的表演型人格，说到许乘月忘了她，就哭得稀里哗啦，旁边经过的服务员频频侧目，看他的眼神都跟着复杂起来。

上天欠她个男朋友，但这跟他顾云风没关系啊！

"他是失忆了，还是只对你失忆了？"

"只针对我。"她抽了十几张纸出来擦着眼泪，"他记得陆永，记得陆永的女儿，记得他的学生们，记得那些学校里抬头都不一定见得到的同事们。我不明白，为什么是我？为什么唯独不记得我？"

在她一连串的质疑后两个人都沉默了很久，茶社里的音乐一直轮换，从古典音乐到流行歌曲。

顾云风小心翼翼地向前探了探，想了会儿还是没把心里的想法说出来，免得打击到这继续声泪俱下的姑娘。

许乘月谁都记得，就忘了她，多半是故意的吧？

可能许教授早就烦她了，所以手术醒来后当机立断，装作不认识她。她这情绪波动，有点吓人。再或者，这是许乘月的一种自我保护机制，这女孩子给他带来了心理阴影，所以他选择性遗忘了她。

见对面的男人没什么反应，应西子叹息一声，鼓起勇气，又重述一遍："我今天见您的目的就是这样，拜托您重新调查许乘月坠楼事件。"

"拜托了！"她轻轻站起来，半鞠躬。

之前在他的授意下，文昕打听过许乘月的一些传闻，跟应西子的叙述不谋而合，他心里其实是有那么些相信的。只是目前案件已经撤销，他就无法调动资源与权限，也就没办法查到应西子想要的真相。

"顾警官，你是离他最近的人了，他没什么家人，朋友也很少，除了你，不会再有人知道这些事了。"

除了你，不会再有人知道了。

应西子的这句话一直在顾云风耳边萦绕，连带着他的五脏六腑都跟着热起来。

顾云风叫来茶社老板，正在刷卡结账，手机屏幕忽然一闪一闪起来，来电显示是许乘月的号码。他连忙输了密码，发票也没开就走到一旁按下接通键。昏暗的灯光下修长的身形挺拔稳重，他"喂"了几声后皱眉看了眼重新亮起的屏幕，又回拨过去。

第一次回拨接通了，但没人说话。

大概又回拨了五六次，许乘月的电话一直处于无人接听状态。

他怎么了？

出什么事了？

不知哪里来的预感，顾云风瞬间想起上一次他带一群人砸开许教授家门的事情。

唯一的不同是，那次许乘月好歹还跟他说了句"救命"。

还没等应西子反应过来，他就头也不回地冲出店外，走了几步又想起这姑娘也是个医生，把她带去应该更好。

他停下脚步回头望，看见应西子踩着细高跟茫然无措地跑过来，肩上的小挎包随着步伐摆来摆去，她跑到他面前，微微弯腰喘口气："顾警官，你走这么快干什么啊？"

"刚刚许教授给我打了电话，但没人接听。"

"我估计……他那个什么病又犯了。"他从口袋里找出车钥匙，握在手心里，焦急地向前走着，"应小姐，我把车开到路边，你和我一起过去。"

"又？"应西子立刻迅速地抓住了这个关键字眼，"他有什么病？"

两人上了车后，挂挡打转向，他迅速掉了个头朝许乘月的家开去。

"他给自己诊断的那个叫什么来着……哦，美尼尔氏综合征。之前他在家里晕倒过一次，当时也是我上门把他家门砸了。"顾云风踩着油门加速向前，"我后来查了一下，这种病会间歇性地眩晕。"

说完他强调一句："他自己诊断的。"

应西子坐在副驾上，系好安全带，朝后视镜瞟了眼，难以置信地问他："他有这毛病？"

"你是他的私人医生，怎么什么都不知道？"这家伙年纪轻轻，身体倒是一堆问题。他觉得自己虽然只是一个毫无威严的直系领导，但还是很有必要监督提醒许教授，一定要继续健康养生啊。自从他来刑侦队之后，拿保温杯的画面都变少了。是不是工作太忙了，还是说他们这些人的生活习惯把他带偏了？

应西子低下头不说话，心里也没多少底气。许乘月每周都会进行一次例行体检，平时她也会时常关注他的身体情况。体检地点是她父亲所在的瑞和医院，这是南浦市最著名的私人医院，她父亲应邝是这家医院神经外科的主任医师，从医二十多年，起死回生的案例无数，许乘月那次坠楼事故的手术就是由他主刀的。

她的没底气也来自这层关系，如果医院想修改许乘月的体检报告，那真是太容易了。

顾云风开车走高架，二十分钟就到了许乘月家的小区。他从后备厢拿出救生索和固定装置等设备，进电梯后直接按了二十层。

"顾警官，你准备……怎么进去？"应西子指着电梯上的二十层，一脸迷惑，"乘月不是在十九楼吗？"

"从他家楼上的窗户跳下去。"

"要不要找物业……"她睁大眼睛，搂紧手里的包望着他。

"太慢了。而且，他设了电子锁，物业也打不开。"他盯着一直增加的数字，叮的一声，抬头看刚好到了二十楼。

说起这事，他是完全无法理解的，许乘月这不是自己给自己挖坑吗，要是哪天出了意外，除了他本人，谁能开门？

出电梯后，他将救生索套在自己身上，扣紧锁扣，完成救生索的装备，拉扯了几下确定是否牢固。

顾云风："希望他没把窗子反锁。"

应西子："不砸门了？"

他点点头说："破门器没带，砸不动。"

上次来的时候他发现这栋楼有个特点，每户人家客厅窗边都正对着上一层楼消防通道的窗户，形成一个九十度的直角。如果从消防通道的窗户出去，只需要轻轻一跃，就能落在下层住户客厅的露台上。

这个距离对他而言，不系绳子也能跳过去，但万一力度有误脚底踏空，就成跳楼了。

顾云风把救生索的一端固定在镂空的护栏上，跳上窗台，单手扶着消防通道的窗户，而后借助后脚的力量身体前倾，纵身一跃。

垂直三米距离，凌空而跃，不偏不倚刚好落到许乘月家客厅的窗台上。

应西子走到窗前向下看，六十米高的距离，中间空荡荡的，只有几处突出来的线路。两腿一软，她默默地退回去，看着顾云风半跪在窗台上，试图打开客厅的窗户。

他试着推了下窗户，没有任何反应。窗帘被拉上，完全看不到里面的情况。

"还真反锁了。"忍不住骂了一句，他回头冲应西子招了招手。

"打不开窗户吗？"

"嗯。"顾云风点头，耳朵贴近玻璃窗手指轻轻敲了敲，庆幸还好只是普通玻璃窗户，没有用什么特殊技术。

"我放了个箱子在那儿，里面有一把破窗器。"他指着消防通道说，"小心一点，就是里面和钥匙差不多大小的那个黑色东西，你丢过来给我。"

顾云风心里是有点不好意思的，上次破门而入，这次破窗进来，每次来许乘月家都会损坏财物，看来这是个是非之地啊。

他接过应西子抛来的破窗器，轻轻放在窗子上向下按，窗户上立刻出现了数道裂纹。

交叉手臂护住脸部，再用身体的重量撞向破碎的窗户，在一地碎玻璃碴中，顾云风跳进了客厅。

许乘月侧卧在客厅的地毯上，微微睁开一只眼，看到顾云风来了，他想伸手拉住顾云风，但怎么都动不了。他手中还握着手机，全身上下都在不由自主地颤抖。

顾云风赶忙把他移到沙发上，手覆上他的额头，才发现自己手背上被碎玻璃划了道口子，鲜血滴落到胳膊上，流下蜿蜒的血迹。

许乘月的额头倒也温度正常，只是嘴唇发白，脸色苍白到透明，手腕上的手表一停一动。

顾云风没顾得上自己流血的手，捡起许乘月落在地上的眼镜挂在领口，给门外的应西子开了门。

她面色焦急地小跑进来，慌慌张张从抽屉里翻出医药箱，打开箱子跑到许乘月旁边，如临大敌般念叨着："他这是什么情况啊？"

顾云风摇了摇头，和上次的情况相比，现在好像更糟糕一些。之前许乘月过了几个小时就恢复了，现在这样子，看起来可不是小问题。他坐在地毯上，在医药箱里翻出个创可贴给自己的伤口贴上，再用绷带缠了一圈。

"那我……打120了？"他说着拿出手机。

"直接开车送到医院吧，120过来还要点时间。"她做了几个最基本的检查，确定没有外伤。除了心动过速，血压升高，心率倒是挺正常。

夜色清冷。

他把许乘月拖到后座躺着，终于松了口气，然后替应西子开了车门，倒车后退驶出小区。手背上的伤口因为刚刚的受力不均一直在流血，鲜血染红了包扎的绷带，他皱了下眉，也没太在意。

"你看看最近的三甲医院是哪家？"他在导航里搜了医院，结果出现一大堆密密麻麻的推荐，看得他眼花缭乱。

应西子不假思索地回答："去瑞和医院吧，之前乘月在那儿做的手术。"

夜晚的城市灯火通明，夏天的风吹得路边的花枝摇摇晃晃，透过车窗的缝隙挤进来。车里很安静，听得见许乘月急促不匀的呼吸声。

能听见呼吸声他就没那么焦虑了，应该不会有太大问题的，之前不就没什么问题吗，顾云风替他祈祷着。

吱——

是刺耳的刹车声和周围突然响起的鸣笛。

前方红灯，紧急刹车。

车慢慢停在直行车道上，顾云风回头看见许乘月一直痛苦地蜷缩在后座上，他看了眼旁边的女孩，她正睁大眼睛盯着后视镜，镜中可以清楚地看到，一辆可疑车辆离他们越来越近。

那是辆黑色SUV，从他驶上高架前就开始跟着他，到现在也没成功甩掉。

他们等在这个岔路口的红绿灯前，等人行横道上的行人陆陆续续走过。

"后面有辆车一直跟着我们。"顾云风低声说。天色太暗他看不清车牌和型号，只能勉强辨认出品牌标志。

"小心一点。"

"嗯？"应西子下意识地回头。

出乎意料地，下一秒，那辆车就径直撞了上来，在监控无数的红绿灯路口，无视违章拍照，无视法律法规，直接把他们撞到了人行横道上。

这是他怎么也没想到的事情。

突如其来的撞击后，顾云风的脑袋撞在方向盘上一阵眩晕，他抬手摸了下额头，发现手上沾了鲜血。他有点分不清是额头受了伤还是手上的伤，只觉得好几个地方都隐隐约约地疼。

他侧过头，看见应西子惊恐地回头看着后方，抓住他的胳膊语无伦次："我……我我我看见那个司机……"

话未说完又是一次猛烈的撞击。轮胎在地面上摩擦，发出刺耳的声音，后车玻璃出现巨大裂缝。听到声响的周围车辆纷纷停下，顾云风只听见后座沉闷的一声，昏迷中的许乘月因惯性从座椅落到了车底板上，手腕上玫瑰金的手表正常走着，时间正一分一秒过去。

"这不是追尾……这是要谋杀啊……"他忍不住暴躁起来，艰难地用力踩下油门，左转刚好变成了绿灯通行。顾不上那么多，他将车辆驶入左侧车道，抬头看自己额角一侧满是鲜血，后方那辆SUV倒像是不准备再追来，慢慢悠悠没跟那么紧了。

他这才感觉到伤口的疼痛，惊魂未定地看了眼后面的许乘月，许乘月无意识地动了动手指，看起来还好。

无数车辆从车窗旁飞驰而过，应西子僵硬地坐在副驾上，目瞪口呆，差点喘不上气来。

"你还好吗？"

过了好久她才反应过来顾云风是在问自己，连忙点头道："我没受伤，倒是你的额头……"

"一点小伤。"他龇了一下牙，接过应西子递来的消毒棉球擦了擦。

"明天再去调监控看看那辆车怎么回事，现在先去医院。"他继续向前开着，才发现已经偏离了最初的路线，只能绕个圈去医院了。

前方道路有点堵，他侧身看见应西子脸色苍白瞳孔失焦，全身都在微微颤抖。

"你吓坏了吧，我们这一行，有时候是挺危险的。"他勉强笑了笑，让自己的表情看起来不要太扭曲，"还好你没事，乘月看样子一时半会儿也撑得住。"

"我……我刚刚看到那辆车里的人了。"她轻轻抬起手，活动了下手腕，转过头满脸都写着惊恐与无助。她那张美丽精致的脸在这一刻只剩下恐惧与不安，到处都充斥着危险的气息，她紧紧抓着系在身上的安全带，拼命深呼吸。

他熄了火，三个人都等在漫长拥堵的公路上："车里的人什么样子？"

"一个脸色惨白的圆脸小女孩。"她因极度紧张而捂住脸，另一只手放在脖颈间想要呕吐又吐不出来。

"金黄色的头发，凹陷的眼珠，她一直在笑，一直是同一个笑容，恶心又诡异。"她干呕了几下抬起头,双眼发红地看着顾云风的脸。

"顾警官,我肯定,那不是一个人,是个娃娃。"

刺骨的凉意从头上直冲下心脏,迅速传递到四肢每个角落。他感受到一阵阵细小的电流刺激着每个神经细胞,让他不得不屏息凝神缓解焦虑和紧张。

"你是说,撞我们的那辆车里没有人?"

马路上那辆空荡荡的SUV里没有人,只有一个坐在驾驶座上笑容诡异的洋娃娃。

顾云风闭上眼,满脑袋都是那丑娃娃诡异的笑容。

"撞我们的那辆车开启了自动驾驶?"他接过应西子递来的酒精棉球,轻轻擦着额头上的伤口。交通拥堵情况终于有了好转,他继续往瑞和医院的方向开去,回头看了眼许乘月,他脸上露出痛苦的表情,汗水湿透了T恤。

他突然意识到这个袭击可能并不是针对自己,跟他有仇并且实施过报复的大都是些进去过的地痞流氓,他们只会白刀子进红刀子出,压根想不到通过自动驾驶这种方法去谋杀。

"去年已经出台了交通法规,明令禁止在无人看管的时候开启自动驾驶。"他按住一直流血的额头,冷笑一声,"等找到这车了,肯定又说是系统故障。"

"那你……你觉得呢……"旁边的女孩语无伦次地握紧双手,指甲快陷进肉里。

"许教授惹到谁了吧,故意制造交通事故。"他倒吸口凉气,"还放个娃娃,在路口监控下直接撞过来。"

"还有这安全气囊怎么回事,就是个摆设吗?"说着他轻轻踹了一脚车身。

"你换辆更好的车吧。"应西子真诚地给予他意见。

顾云风在急诊室门外已经等了两个钟头,现在是凌晨一点,医院里依然各种鸡飞狗跳。想不到在这种管理严格的私人医院也会遇到这么多不讲道理的病人,他还以为一大半会被保安直接轰出去呢。

这家私人医院以严格保护客户隐私而闻名,重金请了一大批名医,包括应西子她那老爸,曾经连续五次被评为南浦市十佳神经外科主治医师的应邦。

应西子正在走廊里和她爸打电话,她跟顾云风说自己暂时不回去,一定要亲眼看许乘月醒来才能安心。

两个小时前急诊科的一个小护士帮他消毒后包扎了额头以及手上的伤口,然后又继续忙别的去了,他只好坐在外面的椅子上刷着新闻。

他时不时看着来来往往的人群，许乘月被推进去后，急诊科医生临时打电话从家里喊来了神经外科的一位医师，据应西子说是去年为乘月动手术的助手医生，王坤。

这是个比较年轻的医生，二十七八岁，皮肤很白，看上去特别腼腆。他是应邢带的徒弟，经验不算丰富，但手术技法相当不错，是一个技术好于理论的医生。

顾云风紧张得要命又帮不上忙，只好刷着新闻转移注意力，突然一条推送新闻引起了他的注意。

荣华生物涉嫌非法制售药物，已有两名高管被带走接受审查，目前案件尚在调查中。

从看到这条新闻的时候，他的眼皮就不停地跳。他印象中前几年荣华生物还一直活跃在公众领域，好几次放出要上市的消息，现在不仅没上市成功，还跑去非法制售药物了？

他看了下新闻后面的评论，一片骂声，骂的都是董事长江荣华和他落后的家族企业。几个城市论坛中江家的子女亲属的私人信息全部被当作娱乐八卦被扒出，但谁也没说清楚荣华生物究竟非法研制了什么药物。

顾云风活动下关节，走出急诊室，起身在医院室外的空地上跑了几圈，他受了伤理应好好休息，可坐在急诊室外什么也不做实在太煎熬。

他与荣华生物这家公司其实是有过接触的。那是在两年前，他还是个普通警员，有天去金平区的一个街道派出所拿材料，刚好碰见一个气质极佳但面容憔悴的女人来报案。

印象中那个女人举止温柔端庄，戴了个很大的黑色帽子，帽檐遮住大半张脸。她眼圈发青，脸上的白色口罩没有取下来过，手臂上还缠着绷带。

她走路的姿势有点奇怪，似乎腿部受了伤。顾云风当时注意看了下她的小腿，果然发现小腿上有一条极深的伤口，几乎能透过鲜血看到雪白的胫骨。

当时陪她来的是个挺年轻的男人，戴着个口罩一直站门外不进来，一看就不是她老公。那男人经过时还刻意看了顾云风一眼，像是看透了他脑补出来的乱七八糟的狗血剧情。

民警帮她的腿进行了简单包扎还替她叫了救护车。整个报案过程里没有流泪，情绪也不激动，遍体鳞伤的她看起来根本感觉不到疼痛，只是平平淡淡地叙述了被打的整个过程，就像在讲一个跟自己完全无关的故事。

临走的时候他听几个民警说这女人是荣华生物江家的儿媳，来报案是因为无法忍受丈夫的家庭暴力，这已经是她一年内的第三次报案了。最后结果怎样顾云风也不太清楚，新闻上没有说到过这件事，大概率是不了了之了吧。

但他清楚地记得那个女人当时的眼神，凌厉间充满憎恨，好像随时能杀死一个伤害她的人。

顾云风在室外慢跑了几圈后回到急诊室，刚好看见王医生穿着白大褂运动鞋匆匆忙忙地走出来，许乘月躺在推车上，脸色苍白毫无血色。他终于醒过来，微微睁开眼睛，见到顾云风时眼中有了点神采，小声问他："有水吗……"

"水？"王医生听到，连忙从办公室拿来一杯热水递到许乘月嘴边，然后对等在门口的两人说："许教授现在已经没有生命危险了，意识也基本清醒，就是很虚弱需要休息。他需要先在医院住一阵子观察一下。"

"真是谢谢您了王医生。"应西子朝他微微鞠躬，"乘月出现这种情况是怎么回事？"

"应该是排异反应引起的。"王坤拿出病历本，上面密密麻麻地写着诊断结果和用药剂量。他的字迹很清秀，和他本人的气质挺相符。

"我问了下应医生，去年的手术中，我们在他大脑内放入了一个人工神经假体，他的免疫系统对这个假体产生了暂时性的排异反应。"

"暂时性？"

"对。"王坤点了点头，让他们不要太担心，"只是偶尔会出现，用些抗排异的药就可以了。"他把处方递给应西子，"半个月内，早晚各吃一次，饭后吃。"说着他大步向前走，在手推床上挂了一个牌子，住院部8楼828号。

顾云风总算松了口气，他和这个年轻医生一起把许乘月推到了住院部，一个单人病房。

瑞和医院的单人病房设备都很完善，中央空调保证室内永远24度，58寸智能电视，连接wifi，通过手机可以随意换台。两米八的三人座加贵妃椅沙发，专为陪同的家属提供。独立卫生间享有全自动马桶和自动调节水温的浴缸。

小护士拿了一大瓶葡萄糖和一小瓶抗排异的药物给许乘月挂上，嘱咐说点滴不要调得太快，大约三小时后才能打完。

按这个节奏，必须有人留下来陪着了，毕竟许教授需要休息，总不能让他不睡觉盯着吊瓶看什么时候打完。

顾云风搬了把椅子坐病床边，心想这病房条件比自己家好一点，在这沙发上躺几晚上不亏，一点都不亏。时间已将近凌晨三点，还好是周末，第二天不用上班，熬一通宵也不至于太辛苦。他用力想打开一个水果罐头，使劲掰着瓶盖才好不容易打开。

这一晚上的经历太离奇惊险，顾云风回忆着那辆横冲直撞意图制造交通事故的SUV，市面上的车辆应该都没有这种选定目标撞上去的功能……除非车主自己对自动驾驶功能做了改造。

能做出这种改造的人有几个？估计寥寥无几吧。更有可能是一个团队的成果。

许乘月闭着眼在病床上干咳了几下，过了好久才睁开眼，缓缓地问他："你们两个怎么都来了？"

顾云风："你给我打电话了。"

应西子："顾队就让我一起来了。"

他们一前一后说得非常默契。应西子靠在墙上，身上披了一件深蓝色衬衣，这还是顾云风在自己车里找到的，说是晚上有点冷她可以暂时穿着。

许乘月一脸茫然地望着他们，良久还是闭上了眼没有说话。他觉得太累了，几个小时前，他正坐在沙发上看书，什么都没做，什么也没想，就毫无征兆地倒了下去。

给顾云风打电话时自己说了什么？他完全想不起来了。但他清楚地记得，晕倒前他做了一个梦，也许不是梦，而是自己曾经有过的某段记忆。

这种经历和上次晕倒时如出一辙，除了突如其来的失去意识，还有一段莫名生出的记忆。

他微微皱起眉头，轻叹一声。

"你们不回去吗？"他问。

"现在都凌晨三点了，还是直接陪你到天明吧。"顾云风伸了下胳膊笑笑，"应小姐要不要先回去？我送你。"

"这个……也不用了啦。"她应景地打着哈欠，指着旁边说，"我可以到我爸的休息室去睡一觉，反正他在外面出差，我去躺一下。乘月你呀，就好好休息吧。"

说着她冲顾云风使了个眼色，朝门外努努嘴，意思让他借一步说话。

病房里只剩下许乘月一人。空气中弥漫着夏天汗水的气味，他一点不觉得那味道难闻，反而让人安心踏实。

过了不到半分钟，空调的作用下所有气味通通散去，他闭上眼，不停地回想起晕倒前最后看到的画面。

他的面前放着一个红丝绒礼盒，包装精美，还系了个完美的蝴蝶结。

"这是什么？"他问。这么花里胡哨的盒子，他是不喜欢的，华而不实，惺惺作态。反正都是盒子，能装东西就行，能安全地装下重要东西，才是他们应该追求的。

"这就是你的研究成果啊，我包装了一下，是不是挺好看？"一个不太清晰的声音在耳边响起，"许教授不愧是我看上的人，不负众望。打开这个盒子，看看它最原始的模样。"

"我们可以用它，一起改变世界。"

伴随着回忆里的笑声，他猛地睁开眼，这才发现刚刚睡着了。

窗外已经有了亮光，他听见浴室里传来淅淅沥沥的水声，过了一会儿顾云风拎着条毛巾走出来，竖起来的头发上还沾着水，水沿着发梢滴到衬衣上，浸湿了一大片。

他身上有一股沐浴露的味道，清香，甜蜜。天色微亮，一束阳光从阳台窗帘的缝隙中照进来，刚好照在他的左脸上。顾云风看了眼还有一半的吊瓶，坐在床边的椅子上，微微低下头剥着一个橙子。

也许是太困了，手里的橙子还没剥完，他就趴在床沿睡着了。手一松，黄橙子滚到地上。他衬衣的扣子只系了下面几颗，趴在那里，隐隐约约能透过被水浸湿的衬衣看到结实的胸肌。

只能自己盯着了。许乘月无奈地叹息一声，睁大双眼望着头顶悬挂的吊瓶，窗外逐渐升起的朝阳，和旁边这个人熟睡的面容。

"啊——我是什么时候睡着的？"顾云风醒来的时候刚好看到许乘月手腕上的表，指针指向早上九点半，太阳大得连窗帘都遮不住了。

"针拔了吗？没过敏吧？人还好吧？还活着吧？"还没睡醒顾云风就蹦起来，左手按了按姿势不佳导致酸痛的脖子和肩膀，抬眼看见两个空瓶子还挂在那儿，低头发现许乘月半睁着眼一动不动，脸色苍白，嘴唇发乌，整个人没有一点血色。

那一瞬间他整个身体里的血液都冰冷地向下落，他颤颤悠悠地伸出手，指尖轻轻放在他的鼻尖处，也没有感受到空气的流通。

这不可能，不可能的，就算自己不小心睡着了，还有值班的护士会进来查房。哪怕真的吊瓶空了，也不可能把空气打进血管里本人还毫无察觉。

他倒吸口凉气，后退几步，然后冲上前惊慌失措地掀开盖在许乘月胳膊上的被子一角，发现许教授手背上还贴着胶带，针倒是已经拔掉了。

然后就看见许乘月黑漆漆的眼眸转了一圈，贴着胶带的手抬起，紧紧抓住他的胳膊笑起来。

许乘月笑得半坐起来，差点喘不上气，拍着床铺干咳了数下。

顾云风还是第一次看见许教授笑成这样，之前他大多数时候都是冷冷淡淡面无表情，连笑都很少，更别提恶作剧后捶床大笑了。

"你快吓死我了。"顾云风皱起眉头，气得翻了个白眼，伸出手戳了下他鼻尖。

"我看你睡着了，就自己拔掉了。"过了好一会儿他终于平静下来，从床边的抽纸盒里抽了一张湿纸巾，擦掉脸上的颜色，脸色又恢复正常，嘴唇也不再是乌青发紫。

"你这……下了番功夫啊。"顾云风目瞪口呆地看着他这流畅的动作，万万没想到他居然能为了捉弄自己费如此心机。

装死还装得挺像。

"这是找早上查房的小护士借的彩妆。"他解释说，"做戏就应该做全套，看你吓成那样，我特别高兴。"说完他还眨了眨眼，又靠在床头随手拿起一本书，假装看书，遮住清秀的脸。

顾云风一脸问号。

心想原来你这么对待自己的救命恩人还是知道害臊遮脸的啊?

顾云风哼哼了几下走到阳台拉开窗帘，病房瞬间明亮。室内有些闷就开了窗，不过这窗户设计得只能开个缝，怕的就是有人想不开跳下去。楼下有个不大不小的人工湖，有病人和家属在湖边散心，再往前就是门诊，门外排着长队和车队。

顾云风去接了壶热水，把药递给他然后洗脸刷牙剃了刚冒出的胡茬。他正拿毛巾擦着脸，刚好碰到小护士来查房，护士把前一天抽血化验的结果递给他，又重新给许乘月抽了三四管血。

"这化验结果……什么意思?"顾云风一脸迷茫地看着手里拿着几试管血液的小姑娘，对方本来冷着张脸，和他四目相对后又莫名地态度柔和起来："心律不齐，低血压，血液检测没什么大问题，还在做细胞切片。"

"脑部CT呢?"他问，"你们不是做了核磁共振吗?"

小护士的脸色突然一沉："您是家属吗?"

"这……"过了好半天他才憋出一句，"我是他领导。"

"不好意思，结果还没出来，出来后也必须交给病人家属，这属于病人的

144

个人隐私，您无权过问。"

话刚落下许乘月就斜眼看了他一眼，然后放下手里的书，轻声对小护士说："我没有直系亲属，所有需要家属做的事，都让顾警官代劳吧。"

这些天顾云风大部分时间都陪在瑞和医院，做着给人端茶送水赔笑聊天的事情，不过他很喜欢这种慢节奏的生活，这些天没什么案子，没有明面上的危机四伏，也刚好找了借口逃过赵局强行给他开的安全讲座。

那天凌晨被应西子叫出去后，他最终还是朝她伸出一只手，仿佛达成某种合作一般："你拜托我的事，我会尽力调查的。我相信你，乘月的坠楼不是意外。"

那一刻的住院部相当安静，没有急诊室的喧嚣吵嚷大哭大闹，只有隐隐约约的抽泣和叹息。外面路灯亮着，没有月亮只有闪烁的星光。

师门聚会，觥筹交错，在一群醉醺醺的同门之间，传闻滴酒不沾又性格不合群的许乘月更有可能默默地转身离开，回到他的实验室，回到他的家里，备课，写论文，做实验。

而不是喝得不省人事爬到顶楼假装浪漫，却一脚踏空失足坠楼。

经过之前车祸的事情，顾云风显得尤为紧张，跟应西子约好了轮流待在医院，千万不能让许教授一个人落单。舒潘找交警大队查了那个车祸路口当天的监控，那辆故意追尾撞向他们的雷克萨斯SUV是辆套牌车，撞了两三下后就沿着宜山路一直往前开去，最后消失在某个不知名的郊区小路上。

看样子一时半会儿是查不到这辆车的踪迹了。

顾云风详对许乘风细叙述了他晕倒那天遭遇的车祸——笑容诡异的娃娃、监控下孤注一掷的冲撞，以及最后突如其来的放弃。对方的中途放弃才让他们逃过一劫。那时候许乘月在昏迷中，毫无知觉，根本不知道发生了什么，只是醒来的时候感觉浑身酸痛关节处有部分擦伤，青一块紫一块，还以为自己被谁打了一顿。

"你想想，有和谁结仇吗？"顾云风坐在沙发上点了份炭烤牛蛙外卖，按照医嘱许教授最近只能吃清淡的食物，在熬了几天的白粥稀饭青菜后顾云风终于崩溃了，自己点外卖，拒绝做饭，许乘月该吃什么，还是让他的专属私人医生去操心吧。

"没有。"许乘月摇头，他怎么会和人结仇呢，他每天就流转在三个地方：学校、刑侦队和自己家。

刑侦队里他是被特别关照的新人，就参与过一个案子，里面涉及的嫌犯有仇也是跟顾云风结仇，跟他无关。家附近他没几个认识的邻居，自己过自己的，和周围人基本零交流。

这样看只有学校了，可他在学校也就是安安稳稳教书勤勤恳恳做项目而已，不至于评了个副教授就被人眼红嫉妒到杀人灭口吧？还是用这么特殊的方法。

"这几年研发自动驾驶车辆成功的公司就那么几个。"他掰着指头想了想说，"可他们犯不着跟我过不去啊。"

"说不准，指不定你做的什么研究动了人家的蛋糕呢。"顾云风解决完他买的那几只炭烤牛蛙，空气中弥漫着一股香辣味，还没吃饭的许乘月硬生生地吞了几下口水，看着顾云风开门从别人手里拿来一盒小米白粥加青菜，拎到他面前晃了晃："应小姐真是体恤你，每天都是这几个菜。"

"哦对了，你家的窗户我找人修好了。"顾云风拉上一半窗帘，开着电视坐在床边，双眼盯着吊瓶里慢慢减少的药水，从口袋里掏出一把钥匙，"那天翻窗去你家，后来在玄关处拿了你一把钥匙。"

钥匙？许乘月一惊，拿他家钥匙没多大用啊，那门锁必须通过他本人的虹膜识别和指纹设备才可以打开。他皱着眉舀了一大勺粥就着寡淡的青菜送进嘴里，没有任何味道。

顾云风得意地把钥匙放回他手里："还好走之前我灵机一动，把你家的电闸给拉了。装窗户时直接用这把钥匙开的门，你那些识别设备全成了摆设……"

说完他嘴角上扬，语调轻松："放心，修好之后就给你恢复了。"

恢复了？一口粥喷到自己身上，许乘月端着饭盒目瞪口呆，差点手一松全洒地上。

这是什么BUG？大脑瞬间宕机，他一言难尽地望着顾云风笑嘻嘻的嘴脸，嘴角抽搐了下，心想之后得再装个临时供电设备，一定要保证他家的门，永不断电。

许乘月低下头，拿着手机刷起电商网站，突然手机一震，一条新闻推送过来。他抬头看见顾云风也在手机一阵振动后浏览起了新闻，大概率看到的是同一条推送。

荣华生物涉嫌非法制售药物已被正式立案调查，相关涉案企业停止正常运营，江荣华本人尚未到案。

"江荣华。"许乘月念了一遍这个名字。

"不过现在也只是调查阶段……说不准是有人陷害。"顾云风头向后仰，靠在叠起的被子上，抬眼看见吊瓶里的药水已经基本没了，就按了床头柜上方的呼叫铃。

新来的小护士小跑着进来，她扎着马尾，心情似乎很不错，看见病房里的二人更是笑盈盈的，手脚麻利地换了瓶药。

她正忙着收拾刚替换下来的医疗废料，医生王坤敲门走了进来，他身形修长，相貌白净又腼腆，从白色外衣的口袋里拿出病历和笔，弯腰看了眼病床上的标签。

"王医生你怎么来了？"小护士看见他，脸红地点下头，问应主任出差回来了没。

"后天就回来，我来查房。"王坤温和地笑了笑，转头看向坐在床上刷新闻的许教授："许乘月是吧？这两天有哪里不舒服吗？"

"还好。"

"有头晕恶心的感觉吗？"

他放下手机，侧身看着不知何时靠在窗台看风景的顾云风，然后冲医生摇了摇头。这些天他都被照顾得很好，虽然吃得过于清淡，但偶尔顾队还是会给他带点自己做的鸡汤开个荤。

"那就好。"王坤走上前去，调整了输液瓶的位置和速度，让小护士收拾好之后先关门离开。许乘月仔细观察着正认真记录病况的医生，他明明很年轻，但头发有点稀疏，估计是家族遗传。嘴唇发白，面色也比一般人苍白些，身体状态似乎并不好，也许是工作太累了。

王医生嘱咐了他一些注意事项，说这几次检查他的身体没什么大问题了，再留院观察一个星期就可以出院。他比许乘月小一岁，说自己小时候身体不太好，长大后就选择了学医，想着医者仁心悬壶济世。

顾云风站在窗台边上听着他们的对话，突然手中的手机开始振动。他漫不经心地准备接电话，一看到来电显示又立刻紧张起来。

"赵局？我在医院……嗯，在许教授这儿。"大概因为最近真的没什么大案，顾云风已经习惯了平淡摸鱼的日子了，接到赵川的电话很有些不自在。这半个月他以照看许教授为借口，已经逃掉了将近一半的批斗会，接到了几个没啥大事的故意伤害和自杀未遂的案子，也就忙了几天去安抚家属和受害者。

出乎他的意料，赵局给他打电话，却问起江荣华的情况。顾云风喝了口茶，说刚刚还看到关于这老头子的新闻，下一秒就听到赵川用高亢又急迫的声线对他说："你马上去千源路，那边有个别墅区，江荣华住那儿。"

"抓到他了？"他拽了拽衣领，一只胳膊搭在窗户边缘，眺望远方的山峦。

"找到他了。"赵川的声音突然沉下去，过了几秒才沉重地对他说，"昨天晚上，他们一家在自家别墅里被杀了。一个活口都没留……"

"灭门案？"顾云风下意识地脱口而出。

虽然他压低了声音，却还是招来了许乘月和王坤两人齐刷刷的目光。他轻咳了几下，连忙应允着："知道了，我马上就去。"

"什么灭门案？"看见顾云风放下手机，许乘月微微起身换了一个姿势。

"新闻刚刚推送的那个江荣华，他们江家，全部在自己家中遇害。"顾云风苦笑一下，"刚立案调查就发生这种事。"

全部遇害？伴随一阵猛烈的咳嗽，许乘月掀开身上的毯子，觉得有些透不过气："我起来走走。"他这些天不是坐着就是躺着，保持同样的姿势总觉得浑身不自在。他起身，抬起胳膊拎着输液瓶，赤脚走到窗边打开窗户，看着楼下的人工湖在微风中掀起阵阵涟漪。

"刚刚那个医生呢？"顾云风问。

"听到你说灭门案，就吓得赶紧跑了。"

听到这种描述，他掐了掐额头不知说什么，低下头见许教授光着脚也没穿袜子，还走在病房冰凉的地板上，赶紧从柜子里翻出了双一次性拖鞋，放在他脚边。

"许乘月你赶紧把鞋子穿上。"

说完，他又给文昕打了电话，让她来帮忙照顾一下许教授，和自己换个班。

许乘月面无表情地穿上拖鞋，胸口像压了无数块石头。他盯着缓缓流动的药水，不确定这心慌是身体所致还是因为情绪不佳，按道理，这出事的人家跟他毫无瓜葛素昧平生，就算灭门让他过于震惊，也不至于过度影响他的情绪啊。

"你怎么了？脸色突然很差。"

"没什么，听到这个案子不舒服。"许乘月摇摇头说自己没什么事，"江家遇害的人……包括哪些？"

"江荣华本人，还有他老婆、儿子和女儿。"顾云风说，"他的小儿子今天刚从国外放假回来，一开门就吓晕过去，醒来后报的案。"

第二卷 附骨之血

第七章

　　瘦弱的少年趴在窗台上，穿着白蓝条纹病号服，清澈的眼眸出神地望着病房内安静熟睡的女孩。她可真好看啊，白皙的皮肤，鲜红饱满的双唇，锁骨若隐若现，闭着眼却嘴角向上，似在轻笑，看着明媚又温暖。

　　4月的阳光从他光洁的脑袋周围照进病房里，用那万分之一的概率照亮他脆弱的生命。

　　他看见病房里摆了几个花瓶，插着各种颜色的花，朱砂红象牙白，鲜艳欲滴，晃得他双眼失神。能住进这样子的病房，她一定是个生活优渥的大小姐吧，这样的姐姐还能来这里看他陪他，她可真是世界上最好的人，从天而降的仙女。

　　"你在看什么呢？"一个小护士悄悄地走到他身后，轻轻拍了下他的肩膀。少年站在一把破旧的木椅上，踮起脚尖，往病房里探头探脑，看了整整一个小时。

　　"我……"他红了脸，指了指里面的女孩，"她可真好看啊。"

　　"你这孩子，小小年纪不学好，专盯着人家小姐姐看。"护士无奈地摇摇头，也站在草坪上踮起脚，和他看向同一个地方。

"她会醒来吗？"少年问。

"当然会，她又没有生病，她是为了救你才来医院的。"

听到这句话，少年双眸里仿佛升起了太阳，他轻轻笑了笑，抬头看了看深邃无尽头的天空，灵魂都跟着飞到了远方。

原来她就是救我命的人啊。他张开嘴想呼唤女孩的名字，但他不知道她叫什么，只能这样趴在窗台上望着她，告诉自己坚持活下去真好。

他感受到自己的心脏在疯狂地跳动，像沉闷乐章中突然出现的鼓点，让他在死亡前夕惊愕转身。

"如果以后你们还能见面，一定要记得她啊。"小护士在一旁打趣说，"你抓住了这万分之一的概率，或许就是为了与她相见呢，不过这姐姐比你大了六七岁，没办法做情侣啦。"

他没有说话，只微微笑着。

他已经好几年没有过笑容了，原以为自己的生命会在十四岁黯然消亡，没承想却遇见了这个人。

"我一定会报答你的。"他用不够成熟的声音轻轻说。

一阵春风刮过，少年周围的十几株晚樱被吹散花瓣。成千上万飞向空中的花瓣悠悠落下，挡住刺眼的阳光，听见他许下的誓言，浩浩荡荡。

"我愿为你付出一切，时间、金钱、尊严，乃至生命和灵魂。"

誓言越过时间，穿过山川与河流，又回到同样的晚樱树下。年轻的男人躺在无影灯下，握紧手中的刀，听着所有声音渐渐远去。

如果有一天你需要，我愿与魔鬼为伍，出卖灵魂。

千源路江家的别墅外已经被警戒线层层围起。这个独栋别墅临河而建，三层高，仿欧式建筑，别墅外还带了个大花园。

因为是高档小区，外人无法进入，只有两三个小区业主站在旁边小声讨论，唏嘘人生苦短。一个少年跪在警戒线外，手里紧紧攥着棒球帽，一身名牌，旁边放着个巨大的行李箱，号啕大哭。

"这孩子谁啊？"顾云风越过警戒线走到别墅前的花园里，隐约能嗅到一股血腥味。

"江荣华的小儿子，叫江泉。"秦维怜惜地看着泣不成声的少年，无奈地摇头，"这孩子也真是可怜。"

"现场情况怎样？"顾云风扬了扬手，大步朝别墅走去。走到江泉旁边时他停了下，那孩子也刚好抬头看见他，眼中都是悲剧突来时的惊愕与悲伤。

"受害者共四人。"一个小警员战战兢兢地回答道，"分别是江荣华的现任夫人尹少星，二儿子江洋，小女儿江水珊，还有江荣华。"

江洋、江泉、江水珊……这江家是有多缺水啊？连住址都选在河边，也没给他们避灾辟邪。

顾云风套上鞋套和手套，推开大门就径直走了进去。左脚刚迈进一楼的挑空客厅，他就愣住了。整个客厅里都是蜿蜒的血迹，客厅中央是一张正方形餐桌，桌上有一束花和两个烛灯，其中一个还燃烧着，烧了整整一晚上。

而餐桌东西南北四个方向，各摆了张椅子，每张椅子上都坐着一名死者。他们坐在桌边，身体靠在椅背上，被尖锐的刺刀贯穿心脏，一刀毙命。

坐在正北方的男性死者和其他人是不一样的——他的胸口处没有任何伤口，但四肢主动脉皆有损伤，大概率死于失血过多。他的脸上是惊愕和恐惧交织出的面目扭曲，面前还摆着精致的餐碟，刀叉筷子齐全，餐碟上是未动筷的晚餐。

顾云风从别墅里撤了出来，秦维悠悠地点了根烟，轻轻弹了下烟灰，使劲地抽上一口。跪在别墅外的男孩子渐渐停止了哭声，茫然无措地待在原地，不知归处。

"先等尸检结果出来吧。"老秦看着那巨大悲恸后茫然无措的孩子，这孩子和他闺女差不多大，原本放假回家是想念家人，结果一开门竟然看到了这样残忍的画面。

"年纪轻轻就这样没了爹妈，顾队啊，记得一会儿叫我们的人也把他带走问问。"

顾云风点头，低头拿出手机看到许乘月发来的微信。

——案件现在什么情况？

——凶手还挺注重仪式感，选在人家晚餐时动手……具体回医院后再跟你说吧。

8月中旬基本是一年里最热的时候，尸体腐烂得也快，血的气味中渐渐蔓延开腐败气息。顾云风盯着慢慢黑掉的屏幕晃了神，口干舌燥，顺手就拿起旁边警队提供的矿泉水，全部灌进喉咙里。少量水顺着下颌划过喉结，再沿着锁骨浸湿衣领。

"老秦，年轻的男性死者是江荣华的二儿子？"他拧上瓶盖，将空瓶子中的空气挤出，扔进可回收垃圾箱里。

"对，江洋，32岁。"老秦慢条斯理地滑着手机，"呵呵，我看网络上很多人给他起的外号就叫大盗，说是他到处欺骗女人感情，这小子挺招人恨啊。"

江洋大盗，还真是一语成谶。

"这人结婚了吧？他们还在一起吗？"他印象中那个因为家暴而多次报警的可怜女人年龄在三十岁左右，算起来和江洋差不多，说不定就是他爱人。

"五年前结的婚，他老婆叫……嘿，有了，他爱人叫林想容，比他大两岁，两人目前还是夫妻关系，应该算是在一起吧。"秦维浏览着本地论坛上的帖子，摇着头痛心疾首地说着，"我们警方这才刚到，就有人把这案子传到网上了，连带着把江家列祖列宗都挖出来了。"

"……一会儿回去让他们把敏感信息删了。"顾云风捏了捏自己的肩颈和关节，这种发生在小区内的恶性案件，极易快速传播，无论平时再怎么疏离，也是一个小区的邻居，出了事不知名字但也眼熟，问上一句再一传十十传百，最后不知传成什么样。所以他也只能尽最大努力，不让案件的细节泄露出去，免得引起过度恐慌和别人的恶意效仿。

"那林想容人呢？她怎么不在江家？"

"我刚刚跟江家那小儿子聊了聊。"他往江泉那边瞅了瞅，"小朋友说他二嫂去北欧旅游了，定的下周回来。不过出了这档子事，估计咱们明后天就能见着她了。"

"他们这夫妻俩也是奇怪，都结婚五年了，也没个孩子，他老婆也不工作，全职太太。"秦维点着烟，嘴里嘀咕着，"她这富太太当得还挺轻松啊。"

"老秦你是羡慕吗？"他揶揄道。要知道，这江洋品行不怎么样，脾气暴躁能把自己老婆打成那样，完全就是个仗着有钱为非作歹的社会败类。

"羡慕啥，她这一家子要么进去要么被杀，也是挺惨的。"秦维满不在乎地蹲在警戒线旁，掐灭刚丢下的烟头，"她也算是运气好，刚好出去旅游了，不然死者就又多一个了。"

"是吗？"他下意识地反问一句。

这江家二少爷，江洋，据说从小在南浦市的名媛圈也算挺有名气。大大小小的模特网红们他都挺熟，为美人一掷千金的事没少干，前段时间还幼稚地跑去追星，天天跟在一群少女偶像背后。

这家伙一副没玩够的样子，五年前他才二十多岁，怎么就心甘情愿地结了婚？

环顾四周，这里的别墅区管理相当严格，进出必须刷专用的门禁卡。小区出入口和部分路口都设立了监控，而他刚刚观察了下江家别墅的内部设施，大大小小的家用监控摄像头也有五六个。

"老秦，这江洋是江家的老二，他们家老大人呢？"顾云风突然意识到少了个什么人。另外一名年轻死者是年仅十二岁的小女孩，再加上江洋那个名叫江泉的弟弟……"还有个家庭成员呢？"

"我哪晓得，他们家那么多乌七八糟的事。"秦维不耐烦地瞅了他一眼，"你不知道的事，我也不知道。待会儿回队里，把他那隐藏的哥哥姐姐找出来，还有几几年谈过几个女朋友，都给你查个一清二楚。"

一个技侦人员匆匆从他们身边走过，恰好听到他俩的对话。他停下脚步，手中还拿着几个物证袋："顾队，你们问江家的老大？"

他赶紧点头。

"他就在附近的金平医院。"

"医院？"

"嗯。"技侦人员左顾右盼了一阵子，然后小声说，"他叫江海，江荣华和第一任夫人的独子，比江洋大五岁。七年前出了交通事故，躺在医院一直没醒过来。"

"你不去上班躲在医院里，这样好吗？"因为看不到对方的表情，伴随键盘声，许教授的声音听起来更是冷冷的。

"我需要躲医院里冷静下。说来这个江家……真是好大一部狗血剧。"顾云风面色凝重地扯了扯嘴角，瘫在贵妃椅上，戴了个眼罩。

"怎么狗血了？"

"这位荣华生物科技有限公司董事长，江荣华，总共结了四次婚，每次婚姻都有个孩子，过不了多久就因为种种原因分开了，这江洋，还真是遗传了他爹，绝对亲生的。"黑暗中他听着许乘月噼里啪啦敲击键盘的声音，老是幻想出凶手一刀刺入心脏的场景。

"这个名叫尹少星的，是他的第四任夫人？"许乘月没有继续敲打键盘，转身看着他，"三十六岁，两个人相差将近三十岁。"

"好像是的。尹少星以前是个十八线小演员，二十四岁那年认识了江荣华，还给他生了个女儿。女儿江水珊出生后，江荣华就跟当时的夫人离了婚，娶了她。"顾云风无奈地摇摇头，"他前几次婚姻都是这样的，情人给他生了孩子后，就把现任妻子抛弃。"顿了顿，又道，"也就第一次婚姻稍稍有点不同。"

江荣华的第一次婚姻也只有五年，但不同的是，婚姻终结是因为发妻的自杀身亡。那时候他已婚内出轨，女方怀了他的骨肉，也就是二儿子江洋。

海洋泉水，凝聚成江河。江荣华一定不会想到，几十年后他的家族，会在一夜之间，千金散尽，血流成河。

"这个江洋的妻子……林想容，她和江海是什么关系？"许乘月正在搜索科学类期刊，突然看到几个有点眼熟的姓名。

"江海？江家的大儿子啊，七年前因为交通事故变成了植物人，现在在金平医院住着呢。"顾云风一把摘下眼罩，睁大双眼看着许乘月，对方正开着编辑器写一段代码，手背上还扎着针。

"可惜了，他没我幸运。"许乘月停下敲击键盘的指尖，缓缓说。

"人各有命。"顾云风将眼罩放进抽屉里，抬手遮了下光，挡住刺眼的阳光，"明天我要去趟金平医院，去看看这个江海，希望不会打扰到他。"

许乘月抬头看着他，缓缓地合上电脑，放到一边的柜子上。他轻轻扯下手背上的针，按住胶带望着见底的输液瓶："这是最后一瓶药水了，下午就去办出院手续，明天，我和你一起去吧。"

"你不是还有几天才能出院吗？"

"这里太无聊了。"许乘月从病床上下来，穿着宽松灰白格的长衣长裤，戴上眼镜眼眸清亮，"工作有意思多了。"

"真感人。"顾云风感激地看着他，"我最崇拜热爱工作的人。"

许乘月抱着笔记本电脑走到顾云风旁边，蜷缩在沙发上。屏幕上的编辑器已经关掉，取而代之的是一篇全英文的文章，看起来像是刊登在杂志上的论文。

"你看这篇刊登在NATURE上的论文，作者是三个人，第一位是普林斯顿生物医学系的教授Tim Sil，第二位和第三位一看姓名就是华人，读起来刚好是江海和林想容。"他圈出三个署名，"这篇文章的发表时间是十二年前的9月，题目是……通过神经假体实现的人工神经机器人？"

顾云风刚把脸凑过去用自己快忘光的英语努力理解文章的内容，就听到他说到"神经假体"这个词，他的手猛地一抖，扭头就撞上了许教授的眼镜。

155

这和王医生所说的，许乘月脑内引起排异反应的神经假体是一回事吗？他揉了揉自己的鼻子，犹豫了几秒，还是开口问："神经假体在医学上用得多吗？"

"当然多。"许乘月捡起掉地上的眼镜重新戴好，"比如人工耳蜗，就是听觉神经假体，用途非常广泛，这文章上面介绍了挺多，你可以了解一下。"

刚刚顾云风莫名捏了把汗，听他这么一说又稍稍放下心来。

许乘月见他看不懂，只好耐心地跟他解释起文章内容："这篇论文里说的人工神经机器人，也只是作者的一种设想，作者将自己的设想分成三个层次，第一层是连接单个人造神经元和实际神经元，实现信息传递功能；第二层是通过神经元的适应性机制，实现集群功能；最后将人工设备直接连接部分神经组织，就能达成组织器官的复杂功能。"

顾云风似懂非懂地点头，然后指着一堆他完全看不懂的专业术语问："那这个设想中的机器人，十几年后的现在实现了吗？"

"有实验室在研究，但目前还没听说有成功的。"许乘月把电脑放到他手里，自己起身去倒了杯水。他师弟谢屿安所在的智因科技，几年前就开始这个课题的研究了。研究的重心在神经组织连接的人工设备上，这个人工设备需要极高的智能化，从而逐步代替大脑的作用。不过这属于极为机密的项目，进展怎样他也不太清楚。

"那这林想容也是个才女啊，她怎么就甘心嫁给江洋还做了全职太太？"顾云风的声音在他身后响起，"这么说，她和江海也算是师兄妹了。"

"应该不甘心吧，但有什么办法呢。"

有的学科就是这样，要么一条路走到底一直深造，要么，只能改行。他握着保温杯接了这次住院的最后一次水，"在国内生物这一行，本来就是用爱发电，通过讲理想讲情怀去推动学科发展了。"

很少有人会日复一日地去追寻回报极低的理想，江海和林想容能在自己喜欢的领域深造，在顶级期刊上发表文章，不过是因为他们有着坚实的经济基础，能无惧更多人所要面对的生存现状。

金平区刑侦队又迎来了新一轮的忙碌。

灭门惨案，金融犯罪，最后的晚餐，不伦之恋。不到半天时间，媒体就引爆了相关话题。顾云风还没走进刑侦队的大门，老远就看见门口围了一堆媒体记者。

这案子居然这么吸引眼球……他悄悄从后门溜了进去，想起来死者之一的江洋可是南浦市赫赫有名的花花公子，和娱乐圈的花花草草们还有着说不清的关系。也难怪记者们一窝蜂地跑来，前几天刚巧荣华生物被立案调查，人还没抓进去全家就被虐杀惨死。确实挺吸引眼球。

"文昕，联系到林想容了吗？她什么时候回国？"顾云风大步向前走去，穿过来来往往的人流，径直走进办公室里。

"顾队！"她应了一声，"已经联系到了，明天就回来。"

"尸检报告呢？"

"呃……徐法医说，明天才能出来。"

"那江家别墅的监控调出来没？"顾云风糟心地皱着眉头，"不会也没调好吧？"

"调是调了……"她小声地说，"但是没有任何东西。"

"怎么回事？"他停下来，"监控坏了？"

"从8月8号开始，供电公司就停止给江家供电了。"发际线一路向上的秦维转身回答他，嘴里叼着根点燃的烟，烟味充斥了办公室。

不只是秦维，其他人也都渐渐发现，顾云风最近已经不再介意他们当着自己的面抽烟了，也不知道他这多年的心病怎么就突然被治愈了。

"这不是江荣华被调查了嘛。"老秦不好意思地打开窗，挠了挠后脑，"而且前段时间他们一家就上了法院的失信名单，这供电公司一接到通知，就把他家电给断了。"

"他们这执行力……"他咬牙切齿地瞪了眼对方，吞下本来想说的话，"真是雷厉风行。"

"这……其实也不能怪人家供电公司。"文昕战战兢兢地站在一旁解释着。她今天还专门找了下供电公司，对方趾高气扬地说着是按法院判决办事，要讨说法就找法院去。她也很无奈啊，人家毕竟也没错。

"算了，说说那个林想容。"顾云风懒得再纠结这个事情，他倒是对这个有过一面之缘的女人很感兴趣，来之前还去南浦市的几个相关派出所打听了下情况。

"她曾经因为家暴而多次报案，但最后都没立案。"顾云风拿过一沓有点厚度的资料和笔录，重重地拍在办公桌上，"这些是她最近五年来的报案记录，你们看看，总共二十次，其中有十三次是在最近两年发生的。"

他摊开最上面的一份笔录，时间是7月6日，就在一个月前。笔录中详细记录了林想容此次被家暴的细节，左臂疑似粉碎性骨折，全身多处软组织挫伤。她也因此在医院住了大半个月。

"7月28日，她在伤没完全好的情况下办理了出院手续，第二天就飞到了欧洲旅行。"顾云风指着笔录上的时间停顿了下，"刚好避开了江家的灭门案。"

这个时间点掐得太完美了。即便林想容不知情，那凶手也一定是为了避开她，才选择了这么个时间。

刚踏进家门，顾云风就接到了应西子的电话。

"顾警官！！！乘月怎么提前出院了？！"

她第一次用近乎咆哮的声音跟他打电话，顾云风赶紧调小音量，喝一口水，好声好气地安慰她："许教授想提前出院我也拦不了啊，况且他病好了，待在医院也难受，对不对，大小姐？"

"你是急着让他帮你干活吧。"

"喂喂，不能冤枉人啊。"顾云风对天发誓，自己真没这意思。况且要出院的是许乘月，他又不是许教授的监护人更不是家属，莫名其妙被兴师问罪有点过分啊。

"不过也没几天了。"应西子叹了口气，"如果乘月有什么闪失，找你算账。"

"行行行……出了问题我负责。"顾云风满头黑线地答应着，他这会儿很疲惫只想休息，嘴上答应着然后赶紧挂了电话。

他不记得自己是第几次说类似的话了，很神奇的是，为什么每次许乘月一有点什么事都要自己来负责？关键是最近许乘月的事还特别多，私人医生不够，还应该请个私人保镖吧？

也不知道他被牵涉进了什么惊天大秘密中，每天都带给人惊吓和刺激。

他闭上眼躺在床上，什么都没想，脑海一片空白。过了十几分钟才重新坐起来，久违地拿起一本书，也没看，就那么拿着发呆。从开始工作后，他需要想的东西越来越多，要承担的责任也越来越大。精神上的坚定和冷静，就成了他生活中的制胜法宝。

顾云风打开灯，拉开窗帘推开窗户，低头看到许乘月发了个视频通话。

按下接通键，许教授那张清秀干净、轮廓分明的脸突然出现在屏幕上。

那一瞬间他吓了一大跳，注视着对方的眼眸，拿着手机下意识地后退一步，这才发现接听的是视频通话。

他惶恐紧张地看着许乘月："怎、怎么突然跟我视频？"

有事电话就可以，发视频过来是什么情况？而且他是不太喜欢视频的，总要被迫看到前置摄像头那糟糕的成像。

"提前出院了身体还好吧？"他清了清嗓子问。

还没等他说完，许乘月就回头看了一眼身后的窗户，然后压低声音对他说："顾队，你看得到我身后的东西吗？"

顾云风揉了揉眼睛，许教授身后是窗户，室内明亮窗外漆黑，所以他只能隐约看见窗外有棵树，树上还挂着一个又破又旧的风筝，再往上就是夜色中的月亮和星辰，没什么特别的东西。

"你能看清窗外的东西吗？"许乘月又问了句。

"能，一棵树啊。有什么特别的吗？"

许乘月皱起眉头，深呼吸，然后拿起遥控，把室内所有的灯都关了。

屏幕上一片漆黑。

"怎么了？"突如其来的黑屏把顾云风吓了一跳，还好下一秒他就听见了许乘月的声音，许乘月似乎换了个房间，然后小声说："我刚刚发现窗外有个无人机停留了将近五分钟，它藏得很隐蔽，但是……机翼有个地方反光被我发现了。"

"有人在监视你？"

"我感觉是的。"

透过室外漫射的光线，顾云风隐约看见许乘月躲在了一面墙后，大约又过了五分钟，许乘月才缓缓地走出去，拉上所有窗帘，重新开了灯。

"它离开了。"许乘月总算松了口气。这是他第一次发现有可疑的无人机徘徊在自家周围。上次顾队开车送他去医院，他们被一辆处于自动驾驶状态的汽车直接攻击，对方还肆无忌惮地在监控下逃逸。

这次换成了隐蔽的手段，没有暴力和压迫，只是躲在暗处监视着他的一举一动。

所以打从一开始，目标就是他。

他走进卧室，整个人躺进床里，侧卧对着屏幕。巨大的恐惧笼罩在心头，连窗外的月亮也消失不见，躲进密不透风的云层中。

"你那儿安全吗？"顾云风问他。

"有点危险。"许乘月想了想，如实回答。

"这么下去不是办法啊。"顾云风在屏幕那头愣了下，脸远离屏幕，"要不我收留你几天避避风头？"

荣华生物科技有限公司。在这次被立案调查前，荣华生物可是遵纪守法的老牌企业，多年前也一直踌躇满志准备上市。后来从国内辗转到了纽交所，也没成功。他们是最早参与基因测序的公司，也是早些年DNA检测的领头军。最辉煌的时间是十年前，那一年在江海的带领下，研究团队成功研制出来了用于义肢的人工神经，可以让做过截肢手术的病人重新做出正常的肢体动作。那时候江海应该刚回国，年轻有为，直到他车祸昏迷前，荣华生物的发展势头都相当不错。

许乘月浏览着这家公司的新闻，从它成立初期的突飞猛进到如今的举步维艰，他注意到荣华生物的拐点，就发生在四年前。那一年科技公司巨头智因科技突然成立了生物医学部门，迅速异军突起，抢占市场，挤掉了荣华原本的市场份额。

而在三年前，荣华生物将他们告上法庭，怀疑智因科技运用商业间谍窃取了他们关于神经假体的相关保密技术，并将窃取的技术用于产品生产和研究，最终导致荣华生物在市场上失去强势地位，岌岌可危。

他漫不经心地看着这家没落公司过去的新闻报道和视频采访，目光突然就停在了一篇新闻报道上。

这则新闻没什么特别的，就是发布新产品的通稿，吸引他注意的是新闻稿的配图，看起来是在荣华生物某个办公室里拍摄的。

那张配图几乎被一张桌子占满，江洋穿了身西装坐在桌前，笑容油腻，看着很不舒服。他左手边的角落里有一个红丝绒礼盒，礼盒上系着一个红色蝴蝶结。

这张图片让他的肾上腺素瞬间升高，连带着荣华生物几个字都变得让人不寒而栗起来。

其他人大概不会注意到这个礼盒，但许乘月记得。他清楚地记得自己上次晕倒时脑海中最后看到的那个画面。

画面中的红丝绒礼盒和这张配图上的一模一样，大红色，颜色非常妖艳，他一点都不喜欢。

他还记得那个记忆中模糊的人影，语气轻快但压迫感十足："这里面就是你的心血啊。"

"我们可以用它，一起改变世界。"

许乘月的双手不自主地颤抖起来，啪的一声，手机掉在了地毯上。

一大早顾云风就去了金平医院。和以良好服务著称的私立医院不同，这家著名公立三甲总是吵吵闹闹鸡飞狗跳。他穿过排满长队的门诊大厅，在住院部的护士站出示了相关证件，然后美女护士声音轻柔地告诉他，江海先生在15楼的神经外科，1512号房，单人病房，主治医师叫闫殊，刚好今天他上班，大约还需要等十分钟。

他坐在住院部大楼前的庭院长椅上，登入医院官网翻着这位闫医生的个人履历。

闫殊，十年前毕业后就来到了金平医院，师从著名的神经外科专家应邡，主攻方向是重型颅脑外伤。他记得应邡这个人，应西子的父亲，一把手术刀将许乘月从死亡线上拉回来，医中圣手，起死回生。

事实上江海的病况比许教授当时要好得多，他虽然陷入昏迷毫无意识，但脑干中的网状结构机能完整，有自主呼吸，对听觉刺激也有细微反应，还是有希望醒来的。

只是过了这么多年，他醒来的概率越来越低。

顾云风闭上眼仰头靠在椅子上，心想车祸后江海的主治医师如果是应邡，会不会他醒来的概率会更大些，生存的希望也更加明朗？毕竟，许乘月当时可是被诊断为已无自主呼吸功能的脑死亡，只有心跳没有呼吸，脑电图就是一根毫无波折的直线。他能像现在这样出现在自己面前，除了逆天的运气，肯定少不了主治医师的功劳。

周围来来往往的人越来越多，病人、家属，还有上班的护士医生。闫殊有一张极富特色的面孔，大眼，薄唇，鼻翼宽厚。最让人印象深刻的，是他有个光洁的脑袋，一根头发都不剩，通通剃掉，免去发际线和洗头发的困扰。

所以顾云风在熙熙攘攘的人群中，一眼就看见了穿着黑色T恤匆匆走向住院部的闫殊。

"闫医生您好。"他叫住擦肩而过的光头男子，出示手里的证件，"我是金平刑侦支队的顾云风，需要您配合介绍一位病人的情况。"

"你说江海啊？"到15楼后闫殊换上白大褂和运动鞋，拿上病历准备查房。

他挠了挠自己光洁的脑袋，双目忽然黯淡下去："他七年前就来我们院了，那天急诊刚好我也在，听说是开车时和一辆闯红灯的重型卡车相撞，颅内严重损伤，右头盖骨碎裂，直接送ICU了。"

"当时谁做的手术？"顾云风尴尬地跟在他旁边，外科医生永远忙得飞起，哪怕是为了重案，他也只能见缝插针地问几句。

"我老师做的手术。"

"应邘？"二十分钟前他还在假设如果给江海做手术的是应邘会怎样，结果现在就得到了答案，做手术的是应邘，却也没有挽救江海一睡不醒的命运。

"对，是应老师，这其实不怪他……"闫殊整理好要查房的病历，又弯腰系紧鞋带，犹豫了一下，"这江海啊，也真是运气不好。手术没什么问题，但就是一直处于昏迷状态，没能醒来。因为这事，应老师办了提前内退，后来又去了瑞和医院，没多久就治愈了一名被宣布为脑死亡的患者。"他拿着病历大步流星地推开一间病房，转身对顾云风说，"很多事情，真的不好说，也许只是运气不好，或者又是运气太好。"

"车祸后送他来的人是谁？"那辆重型卡车司机下来看了眼就吓得弃车逃逸了，车祸又发生在荒郊野外的夜晚，根本没有路人经过，按照江海当时的伤势，如果耽搁一晚上才送医院，早就没命了。

"一个挺漂亮的女人，长发，人很温柔。"

"来的时候女人浑身是血，我还以为两人都在车祸受中伤了，结果她身上沾的血都是江海的，是事故发生后她才去的现场。"闫殊摇头笑了笑，"我不关心病人的家庭关系，只知道那个女人和他算是亲戚，现在还经常来呢。"

看来这个女人就是江海的师妹兼弟媳林想容了，她是怎么第一个发现江海的事故的？还准确无误地找到了对方并报警送医？她和江海的关系，似乎也不仅仅是简单的师兄妹，更不是所谓的亲戚。

顾云风接过医生递来的病患资料轻轻翻阅着，他还要了江海住院期间的所有病历，大约下午能复印出来。

他靠在门边，抬头看了眼走廊上的时间，已经八点五十了，许乘月一丁点到医院的迹象都没有。

查完房后闫医生还有几台手术，再有空就得等到晚上十点以后了。他匆匆道了谢，转身朝江海所在的1512号病房走去。

走到病房前他又看了眼时间，已经九点了。许教授跟他说的是八点半到医院，一同去探望昏迷多年的江海。现在迟到半个小时却没有任何说明，再联系到昨天晚上他怀疑自己被监视……该不会出了什么事吧？

顾云风来回踱步地等在那儿，心神不宁，过了十分钟，终于忍不住给对方拨了个电话。

出乎意料地，刚拨通对方就秒接了，顾云风悬着的心刚落下点，就听见电话那边许乘月异常慌乱的声音，他的气息极其不稳，语速也飞快。

他说："顾队，我被跟踪了。一辆雷克萨斯SUV，甩不掉。"

又是那辆车。

"它跟你多久了？"顾云风焦急地问。如此短暂的时间内发生了两起类似的事情，简直猖狂到无法无天。

"从我出门到现在，四十五分钟。"伴随着一阵刺耳的刹车声，他听见许教授深呼吸然后叹了口气，"刚刚侥幸过了一个红绿灯，把它甩在后面了。现在我被它挤到别的车道，需要找机会掉个头，才能到医院。"

"你现在在哪儿？"

"离你那儿十几公里。"许乘月透过后视镜又看到了雷克萨斯的身影，猛地踩了油门，转弯开到了另一条主干线上。

"我现在朝医院开过来了，感觉我的车快没电了。"他紧盯着不停闪烁的导航说，"我想了想，你去五公里外花南路和东川路的交叉口接应我，那里有一个充电站。"

"好。"说着顾云风急忙下了楼，撒腿跑向公路等车位，招手拦了个的士。

"我没开车，碰面之后你有什么计划吗？"总不能两个人碰了头，只能奔跑着亡命天涯吧，他们一人两条腿，追杀他们的可是四个轮子。

"没有计划。"许乘月停顿了下，语气上没有任何波动，直截了当硬生生地告诉他，"我不知道怎么甩掉它，就想把你也拉下水。你和我一样身处困境时，肯定会想到办法的。"

顾云风："你……"

如果不是已经拦了车而且真的关心许乘月的生命安全，他肯定挂了电话掉头就走。

真是难兄难弟。到了充电站后他悲哀地等在路边，心想许乘月就是想和他死一块是吧？

飞驰的车轮停在他面前，许乘月推开门，指了指后面尾随的车辆。

开门的瞬间顾云风迅速上了车。那辆SUV距离他们大概只有一百米，一路横冲直撞，如果不是因为在车少人少的郊区，后面估计还能跟一屁股警车。

"你的电动汽车不去充个电吗？"他指着面前的充电站。

"好像来不及。"许乘月递给他一瓶矿泉水，自己也拿了一瓶拧开盖子喝了几大口。因为极度的焦虑和紧张，他感到非常口渴。

"后面这辆车，我刚刚观察了一下，跟你上次说的一样，确实没有司机。"许乘月喘了口气紧踩着油门，"驾驶位上放了一个hello kitty，跟我的距离就没有超出过五百米。"

"我现在需要集中注意去开车，不能使用自动驾驶。机器和机器之间的工作原理是类似的，如果不使用人工，它会轻易预测到我的行动轨迹，连现在这一两百米的距离都无法保持了。"

顾云风坐在副驾上，回头看了眼离他们越来越近的那辆车，驾驶座上果然摆了个大脸的hello kitty，没上次的娃娃那么可怕。

风撞击着车窗急速向后，透过缝隙传来嘶嘶的声音。

"你的胳膊怎么了？受伤了？"顾云风注意到许乘风右臂上有一块面积较大的擦伤，一片青紫，软组织挫伤，还蹭破皮肤流了些血。他在车里翻了好一会儿找到了医药箱，将酒精棉球递给许乘月擦拭伤口。

"走一半的时候被它撞了。"许乘月扭头看了下自己胳膊上的擦伤，说碰撞的时候用右臂挡了下脸，刚好撞到方向盘上。

"你看上次这家伙尾随我的车，这次是你的。"顾云风低下头，用手遮住窗外投射进来的刺眼阳光，"所以是冲你来的啊，你这是得罪谁了？"

"我也挺想知道。"许乘月郁闷地答道。他望向窗外荒凉的公路，几滴汗沿着额角落下。风声呼啸而过，公路两侧没有树，只有大片的草地和田野。

他们一直在跟那辆自带死亡威胁的SUV绕圈子，没想到什么甩掉它的办法，故而只能一直加速。

顾云风关上车窗分析说："这车在无人驾驶的情况下还能一直跟着咱们，是接了什么定位系统吧？"

说着他抬头看了眼天空，右手指天："卫星应该也没这么准。"

许乘月神经紧绷，他扶了下镜框，几行汗水从额角落下，沿着脖颈浸透深蓝色的亚麻衬衣："除非我身上有定位。"

直接在人身上定位？听到这话，顾云风猛地转过身，从头到尾扫视着他："那就是了，你身上被装了GPS，不然怎么能一直跟着你？"

"我身上？"

"对。我帮你看看。"他侧身坐着，一只胳膊撑着脑袋，从上到下认真地打量着许乘月。

会装在哪儿呢。耳钉？许乘月从来不戴。衣服？衣服天天都会换洗。衬衣纽扣？皮带五金？

他的眼神从对方发红的耳垂移动到系着的领带上，他伸手翻了翻对方的衬衣纽扣，眼神扫过对方露出的锁骨，最终定格在扣子上。

许乘月被看得浑身不自在。

"你在看什么……"许乘月分了神，轻声咳了几下小声问。之前被别人盯着看他倒没什么感觉，可这会儿在顾云风看嫌犯的眼神下，他心虚到无比慌张。

"别说话，好好开车。"顾云风皱着眉拍了他胳膊一下，左手搭在驾驶座椅靠背上，身体向左倾斜。他右手抓住许乘月的衬衣，全神贯注地观察着每个口袋甚至衬衣上的线头，最后把目光移到对方下身的皮带金属扣上。

许乘月开着车，下意识地放慢了车速。

速度瞬间掉了五十码。

"喂……"话音未落，后方跟踪他们的SUV就硬生生地撞了上来。

伴随着急刹车的声音，身体向前倾的同时许乘风使劲踩了脚油门。

顾云风手背青筋暴起，掌心贴着车窗玻璃，支撑住所有力量，伸出手臂死死护住旁边的人。

"你减速干吗？"顾云风扯着嗓子在他耳边喊道。

"你离我太近了。"

"我去，我俩都是男的有什么关系啊，又没占你便宜。"他差点没被气死，生死攸关，矫情什么。

下一秒，许乘月这辆用了还不到一年的车就失控地朝高架桥边的围栏撞去。这段高架的围栏不足两米，桥下是草地，悬空了十几米。

这意味着几秒钟之后，根本来不及做出应急措施的他们就会连人带车地坠落到十几米下的草地上，不说粉身碎骨，命肯定是保不住的。

伴随着"砰"的一声，顾云风忽然按下自动驾驶开关，红灯不停地闪烁着发出警告，导航上蹦出一连串的应急措施，车向左倾斜了大约十度，擦着高架桥的围栏重新回到正常路线轨道上。

人来不及反应，机器还是来得及的。

许乘月死死踩着油门，脑袋一片空白，过了半分钟才渐渐回过神。行车恢复了正常，终于脱离了极端危险的状况。那一刻是什么感觉？劫后余生的喜悦？还是谢天谢地的冲动？

"顾云风你没事吧？"许乘月终于从惊魂未定中清醒过来，他红着眼看着对方，发现对方在刚刚的撞击中并没有受伤。

从后视镜上看到后方的车辆离他们只有几米远，几乎是紧挨着，一旦速度降下来，危险就会发生。许乘月没再说话，他的心脏跳得很厉害。

顾云风从刚刚的激动情绪里恢复过来。他的目光停留在许乘月的手腕上，指着他那块玫瑰金手表问："这块表，你每天都戴吗？"

"是。"许乘月心里咯噔一下。

这是比较平价的一款镶钻手表，他父母去世时留下的遗物，也是他们当年的定情信物。他之前意外坠楼时也戴着这块表，摔下去的同时机芯也摔坏了，还是陆教授拿去帮他修好的。

"也不是每天都戴，洗澡就取下。"似乎预感到会发生什么，他连忙改口想阻止接下来发生的事。

但已经晚了。

顾云风顾不了那么多，他不知道这块手表的一切故事，只认定它被装入了GPS定位。

纽扣太小没地方放，皮带的金属扣是开放的，安全系数不够，更换的可能性也都很大。唯一的可能就是这块手表了。

他握住许乘月的手腕，二话不说取下这块十分有纪念价值的镶钻手表。在车开到一处岔路时，他打开车窗，微微起身用尽力气把它甩向了另一条路。玫瑰金的手表滚了几圈落入一处草丛中，在阳光下反射着耀眼的光芒，然后距离他们越来越远。

车辆匀速向金平医院行驶，尾随着企图伤害他们的车辆不见了踪迹，回头望只有望不到尽头的公路和草地。

解除的危机让二人突然放松下来。紧绷的弦终于松弛，许乘月靠在车窗上，直到车停在医院门口都完全不想动。

在刚刚的很多个瞬间，他都以为自己会被撞得惨不忍睹血肉翻开骨头碎裂。那时他觉得非常后悔，如果要死，自己去死就好了，干吗把顾云风也拉来呢。

可如果再遇到这种事，他还是会这样做。就好像只要顾云风在，一切就会化险为夷，死亡也变得没那么可怕。

"那块手表，是我爸送我妈的结婚礼物。"他望着窗外的车水马龙，侧过脸对顾云风淡淡地笑了下。

不过，丢了就丢了吧，他们早已经不在人世，让属于他们的东西和他们一同远去，也没什么不好。

他对这样东西没什么特别的感情，一直戴在手上多是因为已经习惯。他活动了下空荡荡的手腕，上面有一条很浅的痕迹，过不了多久，它就会渐渐消失。

但听到他这么说，顾云风一个激灵坐起来，一脸惊恐："那我不是罪过了？"

"对我倒是没什么。"许乘月推开车门刚准备下车，看见对方惊慌失措的模样赶紧搭着他的肩膀安慰说，"就是有点心疼钱。"

"很贵吗？"

"也还好。"许乘月一脸正经地点点头，"也就比你一年工资稍稍高一点，没关系的。"

听罢，顾云风僵硬地动了动嘴角，在车上默默地坐了半分钟，才不情不愿地下了车。

十点钟的医院和之前相比人更多了。穿过了茫茫人海才终于从门诊部挤到了住院部，又排了好几分钟的队才上到15楼。

他们刚走出电梯，就看见不远处有个女人拖着个笨重的行李箱走在前面，缓缓地推开1512号病房的门。离那么远还能感觉到她温婉端庄的气质，长发发梢烫卷，穿着剪裁合身的衬衣西裤，还有一双合脚的黑色平底鞋。

顾云风见过这个女人，在几年前金平区的街道派出所，在媒体争先恐后报道的江家的八卦故事中。

林想容，江洋的妻子。

往常江海的病房常年都有看护守着，这几天发生了太多事，除了每天来查房的医生，几乎就没其他人来过了。

他们看着林想容推开病房的门。她手里拿了一束百合花，行李箱滑过地板然后被她放到了角落里。这是个单人病房，房间里只有一张床，江海悄无声息地躺在那里，一躺就是七年。

林想容把窗前花瓶里枯萎的花扔进了垃圾桶，重新接了水放上保鲜剂，把手里的花摊在柜子上，用剪刀剪去一段根茎，最后再一支支插进花瓶中。

有一半的花都开了，还有一部分半开半闭，她坐在椅子上，微微眯着眼，迎着日光看着这盛开的花。

听见门被轻轻推开，她侧过身，看见站在不远处的两个陌生面孔。她像是仔细看了下许乘月的脸，然后低下头笑了笑。

顾云风："林女士？"

对方点头。她有着柔和的眉眼，只打了粉底涂了樱红色唇彩，嘴唇很饱满，在整体的温柔贤淑气质中，凸显出一种独特的性感。

顾云风礼貌性地笑了笑，朝她走去。这个刚刚失去家人的女人，并没有表现出特别的悲伤。她拖着行李箱，似乎刚从机场回来，连家都没来得及回。

不过，她还有家能回吗？那个充满血腥气息的别墅？她肯定不想去那儿，但林想容并不是南浦本地人，除了江家，她也无处可去。

病床旁的心电图上一直显示着有规律的图线，江海两眼闭合，毫无知觉。他的脸上没什么岁月的痕迹，和七年前相差不大，胡茬被仔细地刮去，头发最近也修理过，脸色苍白，是因为太多年没见过太阳。

林想容坐在病床旁边，拿着手机开始浏览这些天的新闻。她看了几条最近的消息，抬头茫然地看着朝自己走来的二人，最后目光定格在许乘月身上。

"请节哀。"

"嗯。"她放下手机，有些抱歉地摇了摇头，"让你们费心了。"她的目光依旧没有从许乘月身上移开，莞尔一笑露出一个酒窝。

自然光下她胳膊上的伤痕清晰可见，刚结的痂上有了新的伤口，血肉模糊看着触目惊心。

"你们是警察吧，来调查江家的案子？"她温柔地低下头，从行李箱里取出一些带回来的零食递给二人，"我看你们有点面熟。"

顾云风："你见过我们？"

她点头："可能在公安局见过吧，我这三天两头地就去派出所报个案。可惜啊，后来都不了了之了。"

这话听起来是抱怨，可她抬起头时，还是难以抑制内心的兴奋，眼眸明亮地看着远处。

许乘月有些诧异地看着这个低眉轻笑的女人，她说话时语气很冷淡，带着点高傲。她脸上没有悲伤，没有愤怒，笑容也逐渐消失。

他总觉得自己在哪儿见过这个人，但拼命搜索也想不起是何时何地。

许乘月坐在靠墙的沙发上，几分钟前顾云风被江海的主治医师叫了过去，说江海的病历资料已全部整理好，需要他过去办个手续复印一份。

林想容在他对面，手中握着一把小刀削着苹果，时不时地看他一眼，看得他心里毛骨悚然，不由自主地摸了摸自己的脸。

削好苹果，她切下一小块放在碟子里，把碟子端到距离江海最近的柜子上。然后轻轻咬下一口，没怎么咀嚼就吞了下去。

"林小姐，我脸上有什么东西吗？"

"没有。"她淡淡一笑，"我总是看你，一是因为你好看，二是因为，我认识你啊，许教授。"

"我不认识你。"许乘月心里一惊，但还是故作镇定地说。

他本以为，一个以相夫教子为主的全职太太，温柔贤淑的外表下，也真因为怀有一颗软弱的心，而在一次次的家庭暴力中忍气吞声。

但从林想容的种种举动来看，她毫不掩饰自己对江洋的憎恨，又没像个怨妇一样怨声载道。

软弱这个词根本和她没有任何关系。

"一年前，你在瑞和医院被宣布脑死亡，但经过二十四小时的抢救，运气很好地活了下来。"她一脸艳羡，起身微微拉上帘子。

"江洋的大哥，也就是江海，他出事后，他们家一直在关注有没有哪家医院能做类似的手术，让他早日醒来，你的事例给了他们曙光。"

"但最后你们还是没转院吧。"

"是啊。"她收起笑容，抬头望着窗外的远方，"他们太保守了。"

保守？

"我其实不太明白……"她站在阳光中，转过头微笑着，"江家发生了命案，你们警察不去他们家里调查，怎么想到先来医院？"

他站起来，摊手说："想见见您啊。倒是您，箱子都没来得及放回去，刚回国吧？"

她温柔地笑了下，不置可否。

"怎么刚回国第一件事就是来医院？"许乘月走近她，目光凌厉，"担心江海？担心你丈夫的大哥？"

林想容歪着脑袋看着他，对他的提问有点意外。她犹豫了片刻，最终还是指着窗外喧嚣繁华的都市景色说："有什么问题吗？他是我在这个城市里，唯一的亲人了。"

"那你爱他吗？"

"嗯？"大概是被这极具跳跃性的问话惊住了，林想容恍惚了好一会儿，伸手摆弄了下发梢的弧度，低下头轻声说，"什么？"

"我说的他……指的是江海，你爱江海吗？"他嫌站着有点累，就拉开椅子坐了下去。毕竟在医院住了半个来月，前一天还躺在医院病床上输液，身体有点虚弱。他咳嗽了几下，脸色看着比正常时候更白。

"我看了好几篇你们一起写的文章，有前瞻性，有创新，每一篇都很优秀。"看着林想容渐渐变得冷漠的脸，许乘月想了想还是继续问下去，"你是在江海昏迷后才嫁给江洋的吧？为什么一定要是他们江家？没有别的选择吗？"

江海十年前从国外毕业后回了南浦市，直接进入荣华生物从事生物医学方向的科研工作。林想容比他低两届，毕业后也回了国。从时间上算，她才刚回南浦市不到一年，江海就遭遇车祸昏迷不醒。这场意外过去两年后，她嫁给了江洋，传闻这夫妻二人一直感情不和，江洋对她更是冷暴力加拳脚相对。怎么看都是一场没有真心的交易。

林想容手臂交叉着，抱胸靠在墙上，极其勉强地调整了刚刚变得冷漠的脸色，好不容易才挤出半个笑容："你想得太多了，许教授。"

说完她从容不迫地从银色手包里拿出正在振动的手机，弹了弹衬衣沾上的灰尘指着门外："我先接个电话。"

第八章

南浦中心大厦118楼，江边旋转餐厅。这是全市最好的观景平台，眼前是隔江相望的各大公司大楼，历史与现代交融，灯火通明，高入云霄。脚下是暗流涌动的江河湖海，抬头就能看见满目灯光和忽明忽暗的星辰。

一个年约四十的中年男人坐在靠窗位置上，穿一件印着公司LOGO的白色文化衫，外面披着件定制灰色麻料西装外套，替对面精神矍铄的老人倒了杯水。

"介意我抽根烟吗？"他最近的情绪一直很紧张，昨天看新闻时手抖得厉害，唯有烟酒，可以暂时缓解下这种不适感。

"你随意啊。"老人盯着他发黄的脸看了几秒，欣然同意。

"后天我们会去港交所递交上市申请，首次公开募股，您猜能获得多少估值？"

老人笑着摇摇头："我不知道。"

"十年前智因科技在纽交所上市的时候，估值只有200亿美金，十年后它翻了十倍，我们呢，也从一个小部门变成了拆分出去的上市公司，IPO时的估值，应该也能将近600亿港币吧。"

"这不是挺好吗，你升职了。"他鼓了鼓掌，"我看到今天的新闻了，你说智因生物不是传统的生物科技公司，未来要将生物医学与AI相连接，造福人类。"

"别取笑我了戴院长。"中年男人掐灭点燃的烟，深呼吸，然后又继续抽出一根新的香烟，叼在嘴里口齿不清地说着，"别人不知道，您还是了解的，我们这一行赚钱不易，研究成果出来前，都是砸钱。做企业的，都是以赚钱为第一位，能不能造福人类……全看老天指路。"

"现在智因生物的困难就在于，我们一直在摸索新的创新点盈利点，但上面监管跟得太紧了。"

他从口袋里拿出一根金箔装饰的火柴，轻轻摩擦，看着跳动的火苗自顾自地燃烧。

"智因科技的万总怕了，怕有天查到他头上他又说不清楚，就把我们这个部门拆分出来，想让我出来替他顶雷。"他有些无奈地红了眼，"您说我也是当初和他共同创业的兄弟，怎么就非让我来蹚这浑水呢。"

"这雷不一定炸啊。"老人端着茶杯喝了口茶，"雷炸了，不过进监狱待几年；可如果雷没响……你呢，就成了为人类科技进步做出巨大贡献的英雄了。"

"这就看你能承受怎样的风险了，要么流芳百世，要么臭名昭著。当然，你也可以明天就去辞职，然后把雷抛给别人。"老人拿着筷子，夹起桌上菜品中的红烧肉，"快吃啊，不吃都凉了，这么贵的餐厅，老头子我都替你心疼。"

中年男子还是一副心事重重的样子，拿着筷子只夹菜不吃饭，喝了一杯又一杯白酒。

"我辞职了，然后被发一堆通稿新闻给他们背黑锅？"他整口吞下一块红烧肉，"还不知道会不会被'意外'遇害。"

"可不是嘛，所以你，还是继续坐这位置上，想方设法别出事吧。"

中年男子脱下披在身上的外套，服务员进来替他挂在衣柜里，然后又匆匆出去。窗外一阵悠长连绵的整点钟声，清楚地传进他们包厢里。

"这包厢隔音效果一般。"

"我们又不是谈论什么商业机密。"老人坐姿笔挺，手边放着灰色帽子，穿一套得体的正装，压低声音问他，"我看新闻说，荣华生物彻底凉了？"

"对啊，早就开始凉了。"他终于有了胃口，夹了一大筷子清蒸鲍鱼，咬下一口，满嘴的鲜嫩多汁，"我们就没把他们当作对手过，故步自封的家族企业，迟早会完。"

"你们不是安排过商业间谍盗取他们的机密技术吗？也不要把人家说得那么一无是处。"

"盗取他们的机密技术？那是江荣华说的。"他放下筷子突然冷笑几声，"我们所有产品都是自主研发的，这老家伙恶意碰瓷，结果呢，还不是没有证据败诉了，判决书上写得一清二楚，法院又不是傻子。"

"那他家那个命案，跟你没关系吧？"

"啊？"中年男子手一抖，筷子上夹着的菜又滚回了盘子里。

"嘿，不是，这跟我能有什么关系？"他一脸迷茫，重重敲了三下桌子反问着，"虽说他和他那儿子挺遭人恨的，但其他人是无辜的啊，我犯得着做这种事吗？"

老头笑了笑："你别激动，我也是听说，他们非法研发药品的事，是你们举报的。"

"谁让他们搞那种事情的，还被我发现了。"中年男子胳膊搭在椅背上，往后一仰，目光向上盯着水晶灯，这个姿势保持了快一分钟他才重新坐好，坦荡地盯着对面的老人。

"我这是在维护行业秩序，不要让荣华生物用那种非法药物祸害全人类。"他说着还使劲拍了下自己的大腿，不以为然地喝了几口酒。酒精的味道充斥口腔鼻腔，扩散到整个包厢。

他把酒杯扣在桌上，有了点醉意："我派人举报的他们，那也该他们恨我杀我，我怎么会对他们一家人下手。"

"倒是你们，戴院长，"他着重突出了"你们"二字，"智因这些年赞助了你们这么多资金，你们的试验进行得怎么样了，可别是千辛万苦花了我一大笔钱才成功一例吧？"

窗上的玻璃映射出阴沉灰暗的脸，他对着窗户理了理翘起来的几簇头发，望着夜空中飞过的客机。

"前几天出了点差错，现在已经恢复正常了。你放心，我们每时每刻，都在记录他的生命体征和身体数据，一有异常，就会收到自动通知。"

老人耸了下肩膀，抬手看了眼时间，拿出手机对着窗外夜景和菜色九连拍，最后再来了个自拍："第一次来这家餐厅，吃饭前居然忘记拍照了，我还要发朋友圈呢。"

"顾队，这是8·19案的尸检报告，徐老师半个小时前刚拿来。"顾云风刚一进门，舒潘的声音就传了过来。

顾云风左手抓着装满病历的档案袋，右手拎着林想容的行李箱，直接把她拉来先做个笔录。

"这位是……"舒潘瞅了下气质温柔的女人，眨着眼问他。

"江洋先生的爱人。"

他接过尸检报告，一页页翻阅着。

四名死者体内都检测出了安定类药物，尸体没有被移动的痕迹。遇害前凶手先给他们服用了安定类药物，再将四人移动到大厅的餐桌旁。死者的手腕脚腕处都有直径约一厘米的勒痕，初步判定凶手将受害者移动到座椅上后用麻绳捆住其手腕脚腕，然后等待他们苏醒。

江荣华夫妇以及女儿，这三位死者的死因都是心脏被刺穿，形成心包压塞后迅速死亡。使用的凶器是轻型长矛，细木柄尖铁刺，是江洋的收藏品。江洋身上存在搏斗痕迹，他受重伤后应该是苏醒过，和现场的凶手发生了搏斗，但因服用过量安定加上失血过多，很快就体力不支失去意识。除此之外，导致江洋失血过多的伤口很不规则，致命伤和其他三位死者伤口类似，都来自轻型长矛，但他腹部有三处出血较少的新鲜划伤，暂时无法分辨出造成划伤的器具，也无法判断伤口产生的时间。

"刚刚在提取的现场血迹中，发现了被害者以外的DNA。"文昕拿着一份新的文书走过来，脸上充满难以置信的表情。

"被害人以外的DNA？"顾云风诧异地看了她一眼，"那就是凶手的了，搏斗过程中凶手也受了伤。"

她点点头，指着文件上的一行字说："这人的血液和遇害的四人混合在一起，是一名女性。"

女性？

他的手莫名抖了一下，几张纸掉在地上。室内空调开得很足，蹲下身捡起后，顾云风感觉自己像是落进了冰窖。

他再次确认："凶手是女性？"

"对，具体的比对还在进行中，徐法医已经申请了全市范围内的DNA比对。"

长矛都是跟肋骨平行横向刺入，完全没有滑到肋骨的缝隙和肋软骨，而是轻轻刺入肋间肌，直接刺穿心脏，一枪毙命。

从他们三人脸上惊恐的表情大概可以看出，遇害前几人一定目睹了家人所受的折磨与死亡，现场的每一件物品都被精心擦拭过，凶器上除了血迹连灰尘都很少。

这根轻型长矛是别墅内的东西，是江洋的收藏品，一般放在他自己的卧室里。直接用别墅内现有的工具作为凶器，看来凶手对江家还是比较熟悉的。从犯案的手法来看，凶手显然是深思熟虑，精心设计过，唯一的漏洞是江洋的安定药剂剂量不够，以至于他醒来后发生摩擦打斗，并不小心留了一些血迹在现场，血液混在受害者中，难分彼此。

在他看来，凶手是一个手法老练、心理承受能力极强，还有轻微洁癖的成年男子。

怎么可能像DNA报告中说的那样，是一名女性？

"乘月你也看看尸检报告。"他一把塞给许乘月，朝文昕招手。

"调过小区监控了吗？"

千源别墅小区的监控非常密集，公共区域内的道路完全做到了无死角全覆盖。在这样的情况下，所有进出小区的人员都会被拍得一清二楚，谁经过了江家别墅，谁进出过江家大门，通通会暴露在摄像头下。

"调出来了，但是……"

他们总共七八个人盯着监控录像看了整整两个小时，从案发两天前到案发后十二个小时内，小区进出的人员除了住户、快递员、外卖员以外，并没有其他可疑人员。

监控下江家别墅的大门也是如此，除了与江家有关的几个人——他们请的阿姨、家教、送快递的小哥，还有几个自称是非法药物受害者的男人之外，根本没见到形迹诡异的陌生人。

顾云风闭上眼，双手揉了揉眼睛。几名死者遇害的时间是在晚上十一点到凌晨一点之间，而这些监控中拍下的人，大部分都在命案发生前，从正门离开了江家。

"最后一个离开江家的人，是江水珊的家教，她在晚上九点离开别墅，离开时江洋刚开车回来，还停下车跟她打了招呼。"文昕将监控跳回到18日晚上九点零五分，做家教的女孩似乎并不太愿意见到江洋，见他的车停在面前，下意识地后退了好几步。

从穿着打扮上看应该是附近大学的学生，二十岁出头，长相普通，戴着金框眼镜。

而在凶案发生后的早上五点，有一批自称是非法药物受害者的人跑来拉横幅，小区放他们进来了，五六个人在门前等了四五个小时见没动静，刚想走就遇到了回国探亲的江泉。

他们逼着江泉开了门，然而面对一屋子的血迹和腐臭味道，吓得魂飞魄散拔腿就跑。

"把这几个人，做饭阿姨、江水珊的家教、18号给江家送快递的快递员，还有19号去他们家闹事结果留下心理阴影的朋友，都请来聊一聊吧。"说完他走进自己办公室，弯腰把手里的档案袋放进柜子里，锁好后拔下钥匙紧紧握住。

"江水珊的家教，要重点问一下。"他对文昕说，然后转身关上门，抽了几张纸巾，擦掉办公桌上沾着的灰尘，废纸扔进垃圾桶。

他正要将钥匙装进口袋，抬头突然看见许乘月安静地站在窗边，手里拿着一沓报告，迎着阳光低头皱眉。

"你什么时候进来的？"顾云风笑了下，轻轻一跳坐到办公桌上，环顾着自己空荡荡的办公室，桌上摆着两面国旗，角落里是一盆好久没浇过水快枯死的琴叶榕。

"十分钟前。"许乘月转身朝他走去，把尸检报告放回到他桌上。

"早上的经历太刺激了。"顾云风呵呵了一声，"晚上才被无人机监控，早上就直接开始实施谋杀。我刚收到技侦的邮件，他们帮忙处理了下你所说的无人机画面。"许乘月跟他视频的画面被他全程录了下来，挂断后他截了几张比较清晰的画面，拿给技侦科室去处理。

"可惜处理后也不是很清晰……"顾云风拿出抽屉里的笔记本电脑，打开邮箱，里面有一张高度锐化的图像，窗外空调机箱旁边，确实有一个白色的物体。

"你看到的无人机，是什么样子的？"

"航拍专用，多轴飞行器，目前只有DJI的精灵系列中有这一款。"许乘月拉开椅子坐下，当时虽然紧张，他还是通过无人机的单臂长度和中心架直径搜索到了具体型号。

"我就不明白了，你是招惹了什么秘密组织吗？各种非常规手段都使出来了。"

176

从许乘月最初的意外坠楼开始，他奇迹般地在死亡边缘重生，经历监控下肆无忌惮的谋杀，再到现在的监视窃听。

有人时刻关注着他，他也一次次化险为夷。

顾云风把手中的钥匙抛向空中，右手一挥，那把银色钥匙就消失在两人的视线中。再摊开手掌什么都没有，只看得见那道掌心疤痕。

"无论监视、窃听还是故意伤害，所有非情绪驱使的理性犯罪中，简单高效的方法都是最优选择。"他跳下来走到许乘月身后，弯腰趴在摇摇晃晃的椅背上，靠近他说，"所以，加害你的人使用的道具，都是他轻而易举能得到的。"

"你周围，有哪些人总是接触这些？"说完他伸出握紧的拳头，再次摊开手掌，钥匙又原封不动地躺在掌心中。

"我想想……好像还挺多的。"比如他的导师陆永，还有实验室的其他同事，甚至一些在科技公司工作的同学。他们都经常接触到这些前沿的科技产品。

"我现在真的挺危险。"许乘月取下黑框眼镜，拿张纸巾轻轻擦掉镜片上面的灰，然后迅速地旋转座椅，看着沉浸在自己无聊戏法中的顾云风，迅速拿走他手里的钥匙，直接放进自己的衬衣口袋。

突然被拿走家门钥匙的顾云风一脸迷茫。

"我的安全受到威胁了，自己家是待不下去了。"许乘月一声叹气。

顾云风："嗯？"

"不如打包行李去你家躲躲？"

"啊？"顾云风一脸茫然地盯着许乘月的脸，最后一缕阳光刚好透过窗户照进来，照亮对方清冷俊秀的侧脸，他修长的手指理了理领口的领带，另一只手拿过桌上放了不知多久的瓶装水，打开瓶盖喝了一半。

"你——到我家躲躲？"顾云风右手指指自己，又难以置信地指向他。

"别人想害的是你，你来我这儿……这不是拉一个垫背的嘛。"夕阳落下初月升起，刚刚还一脸迷茫的顾云风飞速整理他那句话的含义，立刻哭笑不得地得出这种结论。

许乘月："……你还是不是警察？"

"我可以明天就辞职。"

看着许乘月一脸震惊，他赶紧改口配合他："是是是，作为一名正义的警察，我必须保护公民的生命财产安全。"他嘴上答应着，心里则是一万匹马奔腾而过。

可他还不能表现出自己的万般无奈，只好伸出手搭上对方的肩膀表现自己的欢迎之至。

下班之前顾云风接到了应西子的电话，跟他约了时间在上一次的茶社见面。自从他答应了应西子的请求之后，她就擅自成立了一个所谓的专案小组，要求两人每周至少碰面一次，专门调查许乘月的事情。目前组员就她和顾云风两人，她是组长。

其实这件事上顾云风一直不是太积极，毕竟平时要忙的案子太多，轮不到解决这种三无事件，所以这件事几乎就是应西子一个人在努力找线索。

"顾队，你们最近忙什么呢？"她开始习惯性地假装关心他们工作。

"忙案子啊。"

"哪个案子啊？"

"这不能告诉你。"顾云风一边开着电脑回邮件，一边漫不经心地跟她说话。

"是江荣华那个案件吗？"

听到她这么直接地问这种问题，顾云风停下敲击键盘的手，诧异地望着她："你发现什么了？"

"我最近调查了乘月以前实习过的一家公司。"应西子把手机里的资料和照片发送到顾云风电脑上，主要包括一份通信录、几篇学术文章，还有公司团建的活动照片。

"他之前在智因科技的AI实验中心实习过。"

"这件事，在他的档案中确实有看到。"顾云风浏览着她发来的照片，在一堆照片中突然注意到一个有点眼熟的背影。这明显是一个女性，她应该是刻意避开了镜头，无法清楚地辨认出究竟是谁。

"然后我发现一个很奇怪的事情，在这份人工整理的通信录中，智因科技的AI实验中心负责人，乘月当时的直系上司，在通信录中显示的是一个英文名，联系方式是一个移动电话。"

"哦？其他都是固定电话吧。"顾云风漫不经心地说着，他全部的注意力都集中在那张照片上，在脑海中迅速搜索这个眼熟的背影，想了很久突然意识到，这人看起来和林想容有点像啊。

"我试着打了那个电话，你猜是谁接的？"应西子双手捧着脸，明亮的双眼凝视着顾云风。

他之前听说过，智因科技AI实验中心在两年前就已经撤销了，原来的组织架构全部被打散，成立了一个全新的部门。应西子弄到的通信录一定是几年前的东西了，信息肯定缺失得厉害，打过去的电话多半已经是空号或是被完全无关的企业部门采用了。

"居然是金平区公安局，接电话的人说这个号码以前江太太曾经使用过，所以他们作为物证留存了。"

"江太太？"顾云风晃了下神，"林想容吗？"

"好像就是这个人。"

顾云风喝下的茶差点呛出来，他擦了下嘴，心想自己居然完全不知道有这么个东西存在，物证科大概也没把这号码当回事。

假如林想容真的曾经使用过这个号码，而恰好她使用的时间又在AI实验中心撤销前，那她很可能就是通信录中的那个英文名，许乘月的直系上司。

可许教授明显不认识她啊。他匪夷所思地继续看着那张疑似林想容背影的照片，对这个女人感到相当好奇。

这次的小组会议持续了一个多小时，除了讨论许乘月和林想容可能存在的联系外，就是听应西子对自己的工作大倒苦水。倒苦水的内容仅限于她的工作，觉得校医院工作过于轻松，长此以往，她的能力一步步下降，专业技能很可能就慢慢退化掉。

"你怎么不换份工作？比如去你爸在的那家医院。"听着她的抱怨，顾云风连忙提出解决方案，嫌校医院不好就离开嘛，以她的背景和能力，就算公立医院不收，在她父亲的关照下，怎么也能去私立医院吧。

"我说过，可他拒绝了。"

"为什么？"

"他说，希望我能待在单纯的地方。"

所以瑞和医院是不单纯的地方？这句话顾云风没说出口，他只是诧异地看了应西子一眼，而她低下头，沉默着没说话。

回去的时候已经是晚上九点，顾云风开着车到了小区门口，就看见许乘月拖着个二十八寸的大行李箱，往他家的方向走去。

这还真是行动迅速啊。

"你这是打算长住了？"到家后，看着许乘月从拖来的行李箱中把毛巾、牙刷、杯子、衣物和保温杯一件件拿出来，顾云风终于忍不住问他。

"应该不会超过两年吧？"许乘月头也没抬，弯腰从夹层里拿出几件几乎揉成一团的衬衣，皱眉摇了摇头，从空荡荡的衣柜里拿了几个衣架挂好，直接放了进去。

　　"有挂烫机吗？"他指着衣柜里的衣服问。

　　"啥？"顾云风刷着牙说话口齿不清，反应过来是什么东西后，连忙漱口刷杯子，接着从犄角旮旯里翻出一个小型蒸汽电熨斗，"只有这种。"

　　看着许乘月有点嫌弃的眼神，他忍不住轻轻拍了拍对方的脑袋说："供你吃供你住还被迫给你当保镖，就别挑三拣四了，凑合凑合闭嘴别挑刺。"

　　"你看看还有什么要买的生活用品，不太贵我就帮你买了。"说着顾云风拿出手机，登上电商APP开始看家具，他需要立刻买一张床放进他那贴满照片和案情分析的小卧室里，如果许教授真要常住，就把他赶到那小黑屋里去，不能让他一直霸占着自己的房间委屈自己躺沙发。

　　"许教授，你喜欢什么尺寸的床？"他滑动页面，想起还是要征求下使用者的意见。

　　"宽不小于一米八，必须实木，环保漆，框架结构，床板非拼接，红木或者黑胡桃木，再不济就橡木吧，松木太软不考虑……"

　　"好了明白了，包你满意。"他赶紧阻止对方继续说下去，他那小客卧，顶多放个一米五的床，他也没多少钱，随便买买好了。于是他按价格从低到高排序，选了个靠前的款式。许教授比较瘦，一米二宽足够了，顾云风迅速地购买付款，页面马上跳出预计一周内寄到家里上门安装的信息。

　　他需要尽快找到许教授当时意外坠楼的真相，让对方彻底脱离所有危险，才方便赶他离开自己家。顾云风隐约觉得这些事和许教授所在的实验室，和南浦大学，甚至和他进入一线所要服务的这个AI侦探系统，都有着说不清的关系。

　　说到这个AI侦探系统，到底是什么样的东西呢？

　　"其实我挺担心。"许乘月觉得胳膊举着有点酸，他停下正工作中的电熨斗，整个房子突然安静极了。他转过身望着顾云风说："要是真的拖了两年也解决不了，后续该怎么保证我们的安危？"

　　"首先，不是我们，是你。"顾云风从冰箱里拿出个冰镇西瓜，一刀劈成两半。他嘟哝着："我可没被谁盯上，除了你。"

　　"其次，要是一直找不到迫害你的人，我们可能活不过两年。"顾云风满眼悲哀地抬起头，把一半西瓜放在许乘月面前，中间还给他插个勺子。他用手比画了下尺寸，觉得这半个西瓜挺大的，许教授一个人肯定吃不完，就把剩下半个又放回了冰箱。

他盯着半个西瓜中间的那把勺子，突然想起来家里就这一把。

勺子也只能公用了。女朋友就更难找了。

顾云风无奈地摇摇头："最后，你这样会耽误我终身大事的。"

他心想自己真是倒霉透了，定时炸弹从天而降，直接扣在了他身上，挣脱不掉。

"关我什么事？认识我之前你也没找到。"许乘月没跟他客气，拿着勺子挖了最中间的一块。

"谁说的？瞎说。"

他可是公认的异性缘好，尤其对于年纪轻轻的少女，人称"少女杀手"。终身大事暂时没有谱一来是因为他太忙，二来他绝不祸害单纯少女，当然最重要的还是，他累死累活忙活一年，好像也存不下什么钱，都买不起送给对象的定情信物。

想到这里，他眼前似乎浮现出舒潘和几个小警官在草丛里弯腰寻找他所说的贵重物品的画面——被他丢到路边杂草里的许乘月的手表。他一时冲动犯的错，还是让其他人帮着分摊了。

晚上顾云风睡得很早。认认真真地检查门窗有没有锁好，窗帘拉没拉上，墙角天花板有没有被装监控后，他就抱了床薄毯子躺在了沙发上。他是真心觉得许教授是个定时炸弹，迟早有一天会炸他一身烟花。早上突如其来的袭击让他紧张了一整天，身心疲惫比加一整夜班还劳累，躺下没多久就大脑一片空白地睡着了。

半夜他迷迷糊糊地爬起来，去了趟洗手间，走出来分不清东西南北，一头撞在了卧室的门上。平常他没有起夜的习惯，这天大概是西瓜吃多了。

解决完生理问题后，他昏昏沉沉的脑袋里一直想着我在哪儿我是谁我要干什么，然后习惯性地走回了平常睡觉的房间，掀开被子就躺了下去。

下一秒他突然碰到了什么人的胳膊，整个人瞬间蹦到两米开外，立马清醒过来。

警觉地环顾四周，月光透过窗户照进来，在这仅有的光亮下他才发现自己的床上躺着许乘月，他打了个哈欠，开始回想着这一天到底在做什么。

哦，他想起来了，许教授要搬进自己家里住段时间。

他拉上窗帘，走到床边坐下，许乘月眉头紧锁，双手抓着床单。他似乎没有做个好梦，还在因为惊心动魄的一天而心神不宁。黑暗中许乘月的呼吸声急促但均匀，顾云风顺着这呼吸声伸手拍了拍对方的脸，然后立刻收回来，接着又拍了拍，然后恶作剧地偷偷笑起来。

不知过了多久，就在顾云风身体一歪差点睡着时，突然的下坠让他的脑袋瞬间清醒过来。他想起身委屈自己回去睡沙发，才发现许乘月紧紧地拽着他的胳膊，费了点力气也没掰开。

这人怎么手劲这么大，顾云风怎么也不敢动了。黑暗中他连呼吸都不敢用力，小心翼翼地靠在床沿，坐在地毯上，趴在床边打了十几个哈欠后，终于重新睡着了。

头疼，嗓子疼，眼干咽喉痛。这就是开着空调在床边趴着睡着的代价。

顾云风打了个喷嚏，睁开眼发现卧室里一片漆黑。他从床上坐起来，抽出一张纸揉了揉鼻子，穿着拖鞋走到窗边，拉开窗帘发现外面早已天亮了。

伴随着又一个响亮的喷嚏，顾云风擦了擦鼻子，拿起闹钟，刚好到了闹铃响的时间。他穿着凉拖萎靡不振地打开卧室房门，看到许教授已经穿得整整齐齐坐在沙发上泡了杯茶。

"啊……早。"顾云风洗了把脸，从冰箱里拿出牛奶和昨天剩下的几个包子，放在微波炉里加热半分钟，然后端到餐桌上。

"你感冒了？"许乘月拿起茶几上的眼镜戴好，看见了他发红的鼻子和垃圾桶里凭空多出来的纸巾。

"可不是……"话没说完就又来了个喷嚏，他在柜子里翻了半天找到点感冒药，就着保温杯里的热水咽下去。

"刚刚队里来了电话，8·19案件发生前后二十四小时的有关人员都联系上了。"许教授说着拿双筷子扒拉下盘里的包子，最终还是夹住一个，一脸嫌弃地吞了下去，瞬间满嘴韭菜味道。他印象中顾队的厨艺挺好啊，自己刚来，他却拿几天前剩下的包子出来，也太敷衍了，韭菜味道都有点变了。

"不过我今天有课，就不去了。"

舒潘翻着徐远桥拿来的尸检报告，一边做着四位被访者的调查报告。除了几位被害者，案发前后二十四小时内在江家出没的总共就五人，早上来的四个人分别是江家的做饭阿姨、送快递的快递员，还有两个自称非法药物受害者。

江水珊的家教说早上要上课，下午才能过来。

"顾队，这几个人初步看起来都没什么问题，阿姨离开的时候几个受害者都还活着，并且她不是最后一个见到江家人的，她走后那个家教还在别墅里。"

舒潘给他们放了一直为江家提供三餐的曾阿姨的录音，是一个高昂尖锐的女声，吐字清晰语速极快，她十分委屈地说自己走的时候那几个人都还好好的，谁知道江洋回来后就出了事。

她离开的时候是晚上七点半，当时一起吃晚餐的只有遇害的三位女性，因为被供电局断了电，江家又被立案调查不敢声张，所以他们临时点了蜡烛。她不习惯没有灯光就早早回去了。大约在九点时，江洋才开车回家。

说着她还报了一大堆菜名，说没想到这是自己给江家做的最后一顿晚餐。听得只吃了隔夜包子的两人直咽口水。

"把这些菜名记下，去查现场遗留的垃圾。"然后他对旁边的文昕说，"接着放快递员和两位维权者的录音。"

这三人到江家的间隔时间很短，都集中在早上九点到十点之间。九点零五分，快递员进入小区，九点十分按了江家的门铃但无人应答。随后他拨通了江洋的电话，没人接，他只好拿着包裹走人。

包裹是江洋三天前下的订单，一支录音笔。

而那两个药物受害者的运气就不那么好了，他们敲了半个小时的门也没人应，最后堵门口打算泼油漆时，刚好见到江家的小儿子江泉拖着个箱子回来，两人赶紧架着小伙子让他开门，想把装聋作哑的江荣华逼出来给个说法。

谁知一打开门，发现江洋不仅没故意躲着，还坐在正中央被剁了手脚。看到血淋淋的现场，满地的鲜血和腥臭味让他们瞬间晃了神，两眼发黑待在原地动也不敢动。过了几分钟听见江泉号啕大哭他们才意识到发生了什么，吓得魂飞魄散后就拔腿跑了。

"现在就等那家教的笔录了，顾队你说这也真是奇了怪了，凶手是怎么进的别墅，又是怎么逃走的呢？"

从监控上不难发现，最后一个见到江家人的是江水珊的家教，她是附近一所大学数学系的学生，叫邱露。她在晚上九点零五离开了别墅，并在九点十分的时候遇到了开车回家的江洋。

这之后到案发，再没有任何人进过江家别墅的大门。

而案发后直到警察赶往现场，根据小区内部的监控来看，也没人从别墅里出来。

这个神通广大的凶手就这样悄无声息地接近他们，残忍地杀害了所有人，最后不留痕迹地消失了。

"怎么进出的别墅……"顾云风两腿交叠躺在办公室的藤椅上，揉着眉心往后靠着，闭眼冥想。最后一个遇到江家的外人是小女儿江水珊的家教，她出门时刚好碰到江洋，江洋摇下车窗跟她打了招呼，然后就立刻开着车驶入地下车库。

地下车库位于别墅的负二层，电梯直接通入别墅内部。所以当天晚上江洋进入地下车库后，不用被自己家别墅附近的监控拍到，就能顺利地回到家中。

如果凶手和江洋一样，就可以避开监控进入室内了！

他迅速睁开双眼，两手撑着扶手站起来，走到桌上的电脑前，把监控重新倒回到江洋开车进入车库的时刻。整整两天内，只有江洋的这辆车，在这个时刻进入过别墅车库。

他抬头望着二人，指着画面中银色的凯迪拉克说："凶手和江洋坐在同一辆车上？"

他强调一遍："一位女性乘坐江洋的车和他一同回了别墅，然后杀害了江家所有人？"

邱露绷紧神经坐在问询室的椅子上，十指交叉，胳膊靠在桌面上，深呼吸或者喝一两口水。她一直低着头，不时用余光瞟着面前眉目俊朗英气十足的警官。

顾云风走到她旁边，手里握着装满水的保温杯，翻着她放在桌上的一本练习册。

"这是你8月18号晚上给江水珊讲的练习题？"他问。

她点点头，眼眶突然红了一片："没想到是最后一次见到他们了。"

"我和水珊的关系一直不错，虽然她是有钱人家的孩子，但没有骄奢脾气，很可爱很善良。"说着她忍不住抽泣起来，几滴眼泪啪嗒啪嗒地掉下来。

"你周几会过来给她补习数学？"顾云风递给她一包纸巾，等她没怎么流泪了才继续问下去。

"每周四和周六。"她抽出纸巾擦了擦脸，"这周末我有事情，所以改成了周二周五。"

"临时改的？"

"嗯。"她点头，"周一才通知水珊和江夫人，她们也爽快地答应了。"

"你在离开江家的时候遇到了刚回来的江洋？你们有交流吗？说了什么？"顾云风问。如果补课的时间真是临时改的，或许这是一件凶手没预料到的事情。突发情况，就很容易露出破绽。

"江先生主动跟我打了招呼，吓我一跳。"她唯唯诺诺地用指尖戳着桌腿，小声说，"我对江先生这个人没什么好感，本来就很少见到，偶尔遇见也不怎么打招呼。"

"也不知道那天是怎么了。"邱露疑惑地望着发黄的墙壁。她眼角还有点泪，也不想擦掉，睁大眼盯着问她话的两位警官。

邱露是附近一所学校大一的学生，不到二十，家庭条件很一般，给江水珊补课也是为了赚取生活费养活自己。除了做家教，她平时还会去市内的一家剑道馆上课，她是特长生，省级运动员，高中时期就得过不少奖项。

那天江洋主动跟她打招呼时，她不由遐想了一阵，刻意往车里看了看。江洋开了个小窗，她看不清车内有些什么，只是隐隐约约觉得路灯的光投进他的车里，穿过玻璃折射出来时，车内是有阴影的。

"能再现一下你们说话的场景吗？"

"他当时摇下车窗，露出半张脸，然后对我挥了挥手，问我怎么今天过来了。"她接着说下去，"我就告诉他是临时改了时间。"

"然后呢？"

"然后他嘱咐我注意安全，就走了。"

"他摇下车窗的时候，车里有其他人吗？"

她心里咯噔一下，瞬间就想到了车里似有似无的阴影。

"我不知道。"她摇摇头，"窗户开得比较小，车内有阴影，不知道是不是人影。"

她犹豫了几秒，最终还是肯定地说："没办法确认这件事，但车里……肯定是有东西的。"

许乘月上完课回到刑侦队时已经是晚上，他错过了目击者的描述，而顾云风在介绍邱露的问询后，找了个会议室开紧急会议。

"现在我们先假设，江洋是和凶手一起回到了别墅。"

"所以凶手避开了监控，和江洋一样通过直达电梯进入到别墅内部。"他在白板上歪歪扭扭地画了个别墅内部的简易图，将自己糟糕的画技和空间想象能力展示得一览无余。

"进入别墅内部后，凶手将自带的安定药物放入受害者的食物和水中，待药物生效后，将受害者绑到遇害地点杀害，遇害地点，就是别墅的挑空客厅。"

"他和江家人很熟悉，尤其是江洋。"许乘月翻着记录的资料，一字不落地记住相关人员的每句话。能摇下车窗和最后一位目击者打招呼，至少说明江洋没被挟持也没感受到过多危机，江洋又乐意开车让凶手直接进入自己被断电的家，可见关系匪浅。

"问题是，凶手又是怎么逃走的？"合上资料，许乘月取下眼镜，趴在电脑前一遍遍回放夜晚十一点到第二天早上九点时的监控录像。无论是别墅的门前、花园的围栏，还是车库入口，从始至终都空无一人。

"要不你们看看这个？"舒潘想了想找出几张街景3D图像，旋转视角后刚好能从另一面看到别墅的背面，"这江荣华可是相当注重风水，儿女名字里带水不说，连别墅都非要买建在河边的，一面临河，另外三面都是空旷的道路和草地。"

"临河的那一面有窗户吗？"

"二楼有。"顾云风指着屏幕，"距离河面大约六米，不算特别高。这条河附近刚好也是监控真空地带。"

"跳河逃走？"

"对，如果凶手从这里跳窗潜入河中游走，确实可以完美脱身。"他点头，街景图像中能看到来来往往的人群，他们从河边匆匆而过，谁也不知道河中有个和他们一样匆匆离开的刚刚杀了人的凶手。

许乘月双臂拄在桌上，弯腰盯着屏幕："凶手乘坐江洋的车进入江家别墅，行凶之后选择跳河离开，没有被任何监控拍到身影。"

"技侦那边物证检验都出来了吗？"顾云风看向一旁技侦室的小张。

"结果出来了，凶手使用的凶器都是别墅内部的原有物品。而且对方具有一定的反侦察能力，除了混合在死者血液中的凶手DNA，暂时没有发现遗留下来的指纹或者其他痕迹。"

"20日晚上江洋停在车库里的车呢？"

"一直没动过。"

顾云风松了口气，接过小张递给他的物证鉴定报告，里面没有车辆的相关信息，但在别墅三楼江洋的卧室里找到了一张收据，收据上显示江洋在案发两天前刚好去距离别墅一公里外的一家洗车店清洗了自己的爱车。

根据店老板的指认，江洋确实有去过他们那儿，车内车外，都做了全面的清理。

那车辆中的所有痕迹，都是两天内留下的新鲜痕迹。在这些新鲜痕迹中，寻找属于凶手的信息，难度会减小许多。

"行，我们现在再去一趟江家别墅，你们几个主要关注凶手跳河逃亡可能经过的地点，严谨取证。"他随手拿了个回形针，把手中的文件复印一份，夹好放进柜子里，"乘月，我们重点查看他的车。"

千源小区这些天严禁非小区住户出入，连快递和外卖都被拒之门外，只能在门口等着住户出来取。

许教授戴着手套钻进江洋的车里，后排角落有一件被揉成一团的黑色丝袜，地毯上散落了几个没拆包装的安全套，车里没有香水以外的特殊味道，大概率是香水味道太浓，通风后其他味道都被吹散了。

打开导航，显示最后一段路线是以东安区的一家酒店为起点，最终到达江家，历时四十分钟，总共二十公里。随后许乘月打开行车记录仪，没有到达别墅前两小时内的画面，大约是当时出现了故障才没有了记录。

这就很有意思了。许乘月坐在副驾驶上，左手往前调着导航历史记录。

行车记录仪中缺失了两个小时的行车记录，假如这个故障不是巧合而是凶手故意为之，那就说明，两个小时前，也就是七点前，凶手已经和江洋碰面了。

顾云风径直走到车尾，拉开后备厢，不出意外，里面还有不少江洋的私人物品，从上衣帽子到皮鞋西裤，一应俱全。最让他无语的是，里面还藏了一把逼真的玩具枪，逼真到他看到时差点以为对方真的无法无天私藏枪支。

破产富二代的生活他是真的无法理解，带一堆衣服很正常，藏个玩具枪是要干吗？怕被人绑架？还有十几把匕首，但没一把能杀人，都是假的。他仿佛透过这些假刀假枪看到了一个闲得慌的破败公子哥儿胆小的内心。

他无奈地摇了摇头，忽然看见一大盒安全用品和cosplay服装。

"荒淫无度啊这是。"他一拍脑袋忽然反应过来，后备厢这是一堆情趣用品啊。

他正清点着后备厢的物品，只听许教授叫了一声"顾队"，摇下车窗探出个脑袋，伸手比画几下，让他赶紧到前面来。

"行车记录仪缺失了最后两个小时的行车记录。"许乘月说，"也就是说七点前，凶手已经和江洋碰面了，碰面后他立刻破坏了对方的行车记录仪。"

"但是他的导航记录，从时间上看并没有被清除过，几乎完整地保留了下来。"顾云风坐在驾驶位上，戴着手套翻着每个角落。

"这就很奇怪了。"他取下车前的挂饰一个个打开检查。凶手心思缜密地筹划了一切，不露痕迹地从别墅脱身，细心地抹去所有自己可能留下的痕迹，却把导航记录完完整整地留下来给他们看。

"他是怕我们找不到他，还是故意想设计个圈套？"他停下来，扭头看着许乘月。

"七点前江洋最后离开的地方，是一家医院。"

"医院？"他顺着许乘月的手指看去，导航记录上六点三十分，车辆从瑞和医院离开，目的地是一家酒吧。

"他去瑞和医院做什么？"江洋去完医院去酒吧其实没什么不妥的，他本来就是个风流公子，长得一副好皮囊，不讲感情只谈肉体，流连夜场酒吧是他的日常生活。但获取的物证中没有任何一样侧面印证江洋去过医院的物品，他没有买药没有看病，就连尸检报告中也指出，江洋没有什么身体上的问题值得去医院就诊。他会去瑞和医院这件事，突然就显得疑点重重。

"也许是看上了医院里的哪个姑娘。"许乘月坐在副驾上，边检查座椅边回答他。

"有可能。"顾云风点头，"大胆假设一下，江洋在7月20日下午去了瑞和医院，接走了某个姑娘，结果在六点半的时候把凶手带回了自己家？"

"凶手就是他在瑞和医院看上的姑娘？"

顾云风肯定地说："能有这力气的女性应该也不是他的菜……"

"难道江洋在医院看上的不是姑娘而是个男人？"许乘月把手机摊在他面前，搜索出江洋最后去过的那家著名夜店。

顾云风："真是个重口味的败类。"

然后他闭上眼往座椅上一躺，决定下一步就去江洋死前到过的那家酒吧，走访下群众。

夜色深处，灯红酒绿。

许乘月坐在吧台的高脚凳上，盯着墙上的电视屏，上面循环播放着"拒绝黄，拒绝赌，拒绝毒"，黑底黄字，十分醒目。

他背对声色犬马的人群点了一杯加了白兰地的鸡尾酒，喝了一口酒觉得味道还能接受，就小口小口地抿着。这会儿还比较早，舞台中央有个男人在暖场，扭动着身躯跳钢管舞，边跳边温和地调戏着旁边的键盘手。

许乘月第一次来这种地方，对如此陌生的环境非常不适，低下头玩着手机，视线不动声色地转移到角落的女人身上。

"顾队，你把我叫来做什么？"应西子紧张地环顾四周，不停地撩着头发，窘迫地望着对面的顾云风。

"叫个姑娘过来，方便办事。"

她拿杯子的手抖了一下，深呼吸，又喝掉一大口饮料："办什么事？"

"跟我扮个熟人，掩饰一下，运气好的话可能还需要套个话？"顾云风跟她碰了个杯，盯着她瑟瑟发抖的手问，"你手怎么在抖？没来过吗？"

还真的是没来过。应西子不好意思地想着，赶紧摇了摇头。这里音乐声很大，节奏感极强，震得她心脏都快跳出。她只好轻轻捂住耳朵，让音乐和尖叫声不要过分刺激自己的大脑。

抬头看见顾云风在昏暗又炫目的灯光下一副习以为常的表情，她才稍微松口气，仔细盯着对面男人的脸。和许乘月的眉清目秀不同，顾云风的五官轮廓很深，整个人看起来非常有棱角，他的视线明显不在对面的自己身上，而是投射到不远处一个散座那儿。

顺着他的视线望去，应西子看到一个浓妆艳抹露出半边胸的女人，她坐在一个熟悉的身影旁边，手时不时碰下对方的胳膊。

而这个熟悉的影……那不是许乘月吗？

她迅速转过身，睁大眼睛望着顾云风："许教授怎么也在？你们还分开坐着？"

没等顾云风回答，她就身体前倾，无比惊讶地对他说："你们在钓鱼执法？"

"晚上好啊。"视线交错的瞬间许乘月摇晃着酒杯，朝他走来的女人裙子刚好遮住臀部，鲜红的指甲，头发烫成大波浪，她自我介绍说叫Lusa，走到许乘月身边轻轻一跳，直接坐到高脚凳上。

"美女你好。"他点点头，轻轻举起酒杯，喝了一口放在手边，还没继续说下去就听到耳麦里顾云风的声音在大惊小怪："你运气真好。但在此刻，你喜欢男人，还喜欢江洋那款的，千万别意乱情迷跟她走！"

啪的一声，手边的酒杯被许乘月打翻，橘色的液体沿着吧台流下去。

许乘月撇了撇嘴，微微皱起眉头，完全不想跟他说话。

两个小时前，他和顾云风站在这家名为"王朝汉子"的夜店门前，讨论了一个小时究竟该怎么行动。

站在灯光交错的店牌下，顾云风指着进出的男男女女们说："我觉得吧，江洋那天来这家店，很有可能是带了一个男性同伴，这名男性最后还和他一起回了家，并实施了犯罪行为。"

在许乘月怀疑的目光注视下，他继续说："所以……不如我们找个人假装成他的同伴。"

"同伴？你可以直接说情人的。"许乘月很直接地解释出他心里所想。

"好的，那谁来假装他的情人？"

顾云风看着从自己面前走过的两个身材强壮肌肉完美的男人，感觉背后吹来阵阵冷风。这种画风他接受不了，看到就想打个电话给附近派出所，查查他们有没有违法犯罪。

他无比期待地打量许乘月一番，过了十几秒后把对方拉到一面镜子前，指着镜中两人的脸。

"许教授你看，你长得好看，女人爱男人也爱。"

"我？"

"对啊，你生得清秀，又自带忧郁气质，和酒吧里那群胭脂俗粉一比，完全是清高人天上仙。"顾云风搭着他的肩，朝他眨了眨眼，指着镜中自己的脸："再看看我，一脸正气，纯正直男一个，肯定没人相信我。"

"滚。"许乘月忍无可忍，难得地直接打断顾云风的话，很想再给他一拳。镜中顾云风的眼睛大而有神，眉目间英气十足，鼻梁高挺，棱角分明，还真是一脸正气。

也不知道看着这么正气的人，做起事来怎么净在坑他。

店里的人渐渐多起来，音乐的音量渐渐调高，驻唱的乐队进入舞池，吵得他几乎听不见对面女人的声音。但在听见耳麦中顾云风嚷嚷着"你喜欢男人，还喜欢江洋那款"时，他不得不无奈地笑了下。

不小心碰倒的酒杯在半空中被Lusa接住，酒精沿着桌面流下来，洒到斑驳的地上。

"谢谢。"

"哎呀不用谢。"她把头发撩到耳后，"怎么一个人在喝酒？心情不好？"

190

许乘月一愣。抬头看见电视屏上已经停止播放"拒绝黄赌毒"，切换到了实时弹幕池，飘着各种即时求勾搭。

"是啊。"他下意识地回答，歪着脑袋对她说，"我在等人。"

"等我吗？"她眨了眨眼，

"等一个，我永远都见不到了的人。"说着他低下头，长长的睫毛也耷拉下去，看起来很哀伤。

"去世了？"

许乘月点头。

"我认识？"她妩媚地一笑，自问自答道，"我猜我认识。"

调酒师端来两杯鸡尾酒，她把其中一杯推到许乘月面前，邀请他喝一杯。

然后身体靠向他，贴耳说："其实我看你有点眼熟。"

眼熟？

他和顾云风的耳朵同时竖起来，顾云风迫不及待地在耳机里喊着："问她江洋的事。"

"你认识江洋吗？"

女人笑了一下，幽幽地问："你是那天，和江少爷一起来的人吧？"

"问她她怎么知道的。"

"你怎么知道？"

"我看见你们了。"

"果然和江洋一起的是个男人！试探下她你们做了什么？"

我们做了什么？说得挺顺口啊。

听着顾云风在耳机那边激动的呼唤，许乘月满脑袋的黑线。他既然这么不放心，就应该自己假装和江洋有一腿。

他突然觉得顾云风实在是太聒噪了，平时他不是挺稳重嘛，怎么今天这么吵？这种聒噪影响了他的思考，比周围吵闹的音乐更肆无忌惮。忍无可忍中他在假装喝酒的时候直接掐掉了麦克风和耳麦，深呼吸一口混浊的空气，听着震耳欲聋的音乐，觉得世界终于清静了。

他顺着顾云风所在的方向望去，突然发现顾云风旁边坐着的，居然是应西子。

所以才这么聒噪吗？

"是吗？"许乘月重新把注意力集中在面前的女人身上，很勉强地笑了下，"你看到我们什么了？"

"你们挨得挺近的。"她笑得很暧昧，"我当时看你好像受伤了，应该是鼻子，来找我们拿医药用品。"

她凑近许乘月的脸，观察了好一会儿说："奇怪了，这会儿看你鼻子也没有过什么外伤。"

"我恢复得快。"

"是吗？所以你和江少爷回他家之后，发生了什么？他怎么就死了？"

她狡黠地眨了眨眼："这几天江家的新闻漫天都是，警察找过你吗？"

没想到她这么问，许乘月沉默了一会儿，直白地告诉她："还真找过。"

"所以你知道什么吗？凶手是谁？江洋怎么死的？我可是对这件事相当好奇。"她握着酒杯小口小口抿着，语速很快，听起来有点咄咄逼人。

他下意识地拽了下耳麦想问问该怎么回答，才发现耳机已经被自己掐掉了。关键是麦克风质量也不行，直接被他掐坏了。

人群拥挤着进入舞池中，刚好挡住他和顾云风交错的视线，什么也看不到了。

他叹了口气，也不知道自己做了什么魔鬼操作，突然两人就中断联系了。他都可以想象出对面不远处见不着他的顾云风惊慌失措地调整着耳机，满脑子的难道对方被绑架了被下药了被打了的画面。

所以他现在该怎么办呢？他想了快一分钟也没想到，只好先岔开话题问："回答这个问题前，你先告诉我，你是怎么认识江洋的？"

第九章

应西子终于适应了这个糟糕的环境。她有些迷醉地左顾右盼着，望着舞池中疯狂摇摆的男女们，感觉无法理解但又心跳得厉害。她没什么需要尽情发泄的欲望，这些行为在她眼里本该有点蠢，可事实上她还是像文明人类闯入原始森林那样，伴随着鼓点和音乐，被驯服被兽化。

"如果我没理解错……"她戳了戳顾云风的胳膊，靠近他耳边说，"顾队你这是让许教授去当鱼饵啊，万一他入戏太深怎么办？"

顾云风情不自禁地翻了个白眼，然后心平气和地对她说："那你去帮他。"

这她还真不一定能做到，准确地说是根本做不到。应西子喝了口酒精浓度很低的啤酒，想想也觉得自己的内心戏有点多余。顾云风高度紧张地注视着周围的男男女女，她在旁边坐着喝酒，无聊地望向许乘月那边，这才发现视线被遮住，完全观察不到对方的情况。

心间突然涌现难以抹去的压迫感，应西子微微欠了下身，调整呼吸，沉闷的空气和爆炸的音效不停撞击着她的大脑和心脏，冲击着她的血管。

"顾队，这里太闷了，我出去下。"她拽了拽顾云风的衣角说，穿过人群朝外面走去。

"行，我陪你。"他赶紧跟上去。

应西子坐在一边的长椅上，休息了一会儿终于缓过来了，望着面前来来往往的车辆不说话。

而顾云风盯着手机上的时间，天上月光清冷，地上喧嚣嘈杂。马路上一直有车开过，几个喝得醉醺醺的家伙靠在护栏上，吐得稀里哗啦。

"乘月这会儿怎么样了？"

"刚刚在里面就没看到他了。"

他皱着眉头取下蓝牙耳机，伸长脖子看了很久后叹息一声："通信联络也断掉了。"

他们对着这个突然失声的耳机研究了很久发现它并没有坏掉，越想越觉得不对劲。

许乘月怎么一瞬间就没声音了？

信号问题？或者喝了不该喝的东西？被抢劫了？还是……被劫色了？！

他赶紧打了个电话过去，也没人接。

绕了十几圈树以后，他决定，假如过十分钟还联系不上许教授，就冲进去在这些乱七八糟的人里面把他捞出来。

突然屏幕亮起，徐法医来了个电话。

从这个时间看，应该是DNA检验的结果出来了。

通常他们会拿目标血样和全市自有的DNA库进行比对，并同时采集受害者周围人群的血样去比较。库里的血样覆盖范围不算广，远远不及整个城市十分之一的人口，如果遇到外省流窜作案的，就只能去申请全国的DNA库了。

电话那头很安静，徐远桥的语气谨慎得奇怪，仔细听还有纸张翻阅的声响。

"现场提取到的血迹，检验结果已经出来了。"不出所料，对方一张口就是这件事。

"比对出是谁了？"顾云风问。

"市里的DNA库样本比较大，我们就先比对了江家周围的人员。"

"你一定觉得难以相信。"电话那端的徐法医摊手，一脸疑惑。

"结果很奇怪吗？"

"嗯。"徐远桥犹豫很久才说，"我仔细检查了很多遍，最终确认——"

"现场受害者以外的血迹，是林想容的。"

8月19日当天身在地球那端，有着完美不在场证明的林想容，居然在案发现场留下了自己的新鲜血迹。

舞池中央换了好几个乐队，音乐迷醉，灯光缭乱，一批又一批的人群涌入。

许乘月依然尴尬地坐在吧台边，眼神从对面女人裸露的肩膀移到旁边心不在焉地瞅着他们的调酒师身上。

"我怎么认识江洋的？"Lusa撩了下头发，眼角上扬，嘴角向上，一只手撑着脸颊，"呵呵，他那么有名，又是这个店的常客，我经常碰到他，久而久之就熟悉了。"

"你很少来吧？"她自问自答，"也是，看你这样子，就和我们不是一类人。"说着她让调酒师给许乘月端来一杯樱桃甜酒，身后的音乐震耳欲聋，旁边八角烛台的蜡烛一直安静燃烧着。

"倒是你，怎么和他认识的？"

许乘月举着酒杯喝下一口，混着音乐头有点晕，好在思维还是清晰的。按照他们之前的推测，有个人在瑞和医院登上了江洋的车，车开到这家酒吧，逗留了十几分钟，然后又载着此人回了他家的别墅。

"我是个医生，给江先生看过病，就认识了。"

"我就知道。"她得意地笑了笑。

"那天你虽然离我有点远，不过我闻得到，有一股消毒水的味道。"

许乘月脸上的表情瞬间全部消失，心里一咯噔。

她上下转动了下双眸，接着说："你是哪个科室的？"

没想到会被问这样的问题，他下意识地回答说："神经外科。"

"呵？"浓妆女翻了个白眼，就那么短短一瞬间，她似乎没有兴趣再聊下去，喝掉那剩下的半杯酒，毫无兴致地起身拨弄着自己的头发。

"怎么了？"他问。

"那你知道，江洋有个哥哥吗？"Lusa脸上的笑容渐渐消失，冷哼一声，圆润的身材在昏暗的灯光下分外惹眼。

"我知道，我还见过。"

"他带你去见的？"

"对。"

"是吗，可他最讨厌他哥了。"她靠近许乘月，小声对他说，"他之前告诉我啊，他一直在想办法杀掉他哥，可他哥就一直留着一口气在。可不可惜啊？"

"为什么杀他哥？"

"还能为什么，为了争财产为了争地位呗。这种没本事的二代，就只能指望别人倒霉自己升天了。"

说完，她左手重重地拍在吧台上，震得吧台上的杯子晃晃悠悠，高跟鞋也有节奏地踢着地面。

下一秒她右手指向许乘月的鼻尖："我开个玩笑。"

"不过帅哥，你到底来干吗的啊？"

在许乘月还没反应过来时，她对旁边的调酒师打了个响指，轻轻一笑："小唐，把大金他们叫来。"

被唤作小唐的调酒师点点头，迅速打了个电话。不到一分钟，许乘月就看到几个穿着黑色制服胳膊上有文身的壮汉朝他走来。

"我仔细想了想，虽然你和那天那个男人挺像，但肯定不是同一个。"

许乘月一脸茫然。

她直勾勾地盯着他："我总觉得，你看起来更像个警察。"

为首的男人剃了个光头，身强体壮脖子粗，一只手拎着个棍子，走起路来像一只企鹅。

身高不到一米七的光头站直，满脸暴戾地抓着许乘月的胳膊，直接把他从高脚凳上拖了下来。

许乘月趁机抟过他手上的棍子，直接扫向吧台里面的酒柜。

砰——

柜子上几十个酒瓶直接掉落在地上，尖锐的玻璃声穿透音乐，向四周散开。

顾云风捂着鼻子拉着应西子重新进了这家夜店。

这个时间的音乐吵得几百米开外都能听见，他捂上耳朵，无奈地呼吸着空气中的烟味，他恨恨地看了一眼墙上的"禁止吸烟"标志，不经意间又在角落中扫到了"拒绝黄赌毒"的宣传语。

穿过舞池中央无数男人们的腰背和扭动的臀部，顾云风感觉自己终于冲出重重包围活了过来。

西南方向有个艺术气息十足的文艺女青年冲他笑了下，左侧一个比他爸年纪小点的大叔一直盯着他，他撇了撇嘴，赶紧往前走。

环顾四周也没看见许乘月。顾云风突然无比后悔只让许教授一个人钓鱼去了，事到如今，不还是要他进来捞人嘛，还不知道对方到底发生了什么。

几个只穿着黑色紧身短裤的女人在舞台上跳着舞，他心急如焚地四处张望着，突然听见前方一连串的玻璃破裂声，紧接着就是人群的骚动。

顾云风沿着声音找去，刚好看到许教授手里拿着的棍子被其他人夺走，转而对着他的后背就是一棍子。

许乘月痛苦地半跪在地上，绚丽的灯光下更显得脸色苍白。混合着音浪过强的背景音乐，瞬间让人血脉偾张满脑子热血。

应西子目瞪口呆地看着这一幕，刚准备尖叫就被顾云风捂住了嘴。

"傻瓜。"顾云风忍不住低声骂了一句。

"你待在这里，不要离开。"他对应西子说，没有任何犹豫，随即冲上去拿起吧台上的酒杯，啪嗒一声摔在台面上。

高脚杯从杯托碎成两截，他迅速地拿起尖锐的杯脚，没有任何犹豫，朝为首男人的右手扎去。

密集的鼓点分不清是音乐的节奏还是血流的跳动。迅猛暴戾中，男人的右手瞬间鲜血直流。

碎玻璃扎破对方手背上的毛细血管，刺进肉里。他刻意控制了力道，没有刺穿手背也伤不到筋骨，不会对日常生活造成永久性影响。

在几个看场子的男人反应过来前，顾云风压低帽檐，手中尖锐的杯脚直接对准了Lusa的咽喉。

"美女，别欺负人啊。"

昏暗的灯光聚集到锋利的杯脚上，折射出一道闪耀的光芒。几行汗从女人的脸上滑落，沿着尖锐的利器滴到地上。

"你可算来了。"许乘月捂着自己的背部，弯腰站起来。他现在有点迷糊，怎么自己突然就挨了打，刚刚酒柜上的那排杯子是怎么碎的？

迷迷糊糊地揉了揉脑袋，看见顾云风手上的血，他突然清醒过来。

"这位先生，你打伤了我的朋友，还拿着武器威胁我。"女人沉着脸看着他。她的眼神聚焦到颈动脉前的利器上，故作轻松地问，"这人拿着棍子跑来砸我们的场子，我低调地教训他是理所应当的事。"

她笑了笑："关你什么事？你谁啊？"

"我是……"他扭头看了眼许乘月，对方摇了摇头。

"他喝多了，这些碎了的杯子，要赔多少钱？"他握住许乘月的手腕，抓着他逆着拥挤的人群一步步慢慢后退。

然后，在老板娘说出该赔多少钱之前，他攒足力气，拉着许教授，带上应西子就往外跑。

刚刚那几秒钟内，他瞅了眼碎掉的酒杯，这赔起来他可要倾家荡产啊，不能赔不能赔，赶紧跑路。

他们穿过拥挤的人群，呼吸着炙热如火的空气，踩着斑驳的陆地，终于回到安静的街道上。

天上只剩星辰没有明月。风吹着路边的广告牌哗啦啦地响，脚下落了一地的绿叶。

街上没什么人，远处有警车在巡逻，有人在十字路口抱着吉他唱歌。

"你流血了？"许乘月揉了揉自己的后背，指着他的胳膊上一片鲜红的血迹说。

"没事。"顾云风蹭了蹭胳膊上的血，"这不是我的血。"

许乘月松了口气。他那一棍子挨得并不结实，所以也没什么事。刚刚在酒吧里呼吸着混浊的空气，迷乱音乐中甚至有点神志不清。

那里充满着贪婪、欲望、无序和暴力。

"西子怎么来了？"许乘月揉着自己的后背，诧异地看着瑟瑟发抖的女孩。

"文昕有别的任务，其他组的小张小李小林她们都放假约会去了。"

"能想到的女性就只有她了。"

应西子不满意地嘟了下嘴，怎么好像自己多不受待见一样。

"所以……今年得多招几个女孩子。"顾云风自言自语着。

"刚刚你一个人在里面发生了什么？"顾云风扭头注视着许教授，"这么多人针对你，我一开始以为你要被劫色了。"

他焦虑地围着街边的梧桐树转了十几圈，设想了几十种可能，唯独没有想到许乘月会被胖揍一顿赶出去。

许乘月叹了口气："她问我是不是警察……我就不明白怎么被看出来了。"

这发展倒是出乎意料，许教授明明长了张男女通吃的脸，结果最后无论男女都要把他赶出去。该有多不招人待见啊。

"毕竟你经验少。"应西子替他检查了下背上的伤，有点淤青，没什么大碍。

"她跟你说了些什么？"

"那天和江洋一起来的人，是一个和我体貌接近的男人，职业很有可能是医生。"他无奈地说，"这个人受了伤，他们一起拿了些医药用品。"

"这也就意味着凶手受了伤，所以现场和车内都出现了凶手的血液。"顾云风坐在车里，关上车门，摇下车窗，一阵凉风吹进来，和夜空上的星辰一样清冷。

"还有一个很出乎意料的事情。"

"什么？"

"她说，江洋很讨厌他的哥哥江海，想置他于死地。"

"那他行动了吗？"

"这就不清楚了。"

"你对凶手有什么想法吗？"许乘月最后问。

"我现在啊，一点想法都没了。"顾云风苦笑着，在手机里找出和徐法医的电话录音，开外放给他听，"DNA对比结果出来了。"

他接着说："留在现场的血液，属于林想容。"

一声惊雷落下，狂风乱作，街上的车辆报警器此起彼伏。

他望着黑夜中一闪而过的耀眼的闪电："快下雨了。"

黑云压城，长夜降临。十六岁的少年皱着眉，在自己的小公寓里来回踱步。走了大半个小时，听见窗外轰轰的雷声，紧接着大雨倾盆，雨声淹没了马路上的鸣笛。

他跪在床上，拉开窗帘，窗外的城市华灯十里，过去家里的灯却永远熄灭了。听着门外传来一阵轻轻的脚步声，他迅速地转身，连跑带跳地拉开房门，果然看见林想容正拿着钥匙开旁边公寓的门。她穿了一件黑色套装，剪裁得当的半身裙凸显出身体曲线，脚上依然是黑色平底鞋，手里拎着小号行李箱，手里握着一支燃烧着的女烟。

"阿泉？你先进来吧。"她温柔地将烟蒂摁灭丢进门口的垃圾桶，手中的钥匙旋转开门，拖着箱子走进去。

这两间公寓是江家名下的资产，原本是打算用作员工宿舍的，结果才刚装修好就出了现在的事。

"想容姐，你今天去哪儿了？"

"去了趟公安局，配合调查。"她脱下外套放在衣帽架上，穿着白色衬衣烧了壶开水。

他低着头战战兢兢地说："学校催我回去上课了，我……我不知道该不该去。"

"你再请一个星期吧，我跟学校那边说。"她在柜子里找出一盒茶叶，泡了两杯茶放在桌上。然后打开空调和电视，关上窗户却拉开窗帘。

"你爸还处于被调查状态，其他人也都尸骨未寒。"她停顿了下，"但学肯定是要继续上的，你啊，别想着退学这种事。"

"嗯啊。"他舒眉颔首，站在桌子旁边接过林想容递来的茶杯。江泉常年在国外念书，书念得不咋样，对家里的事情也一直不怎么清楚。有一年听老爹说起，他才知道二嫂这几年和二哥的关系非常紧张，他们一直没孩子，后来连见面都很少。不过他们四个都是同父异母的兄弟姐妹，感情也确实没那么好，二哥和二嫂关系再差，对他而言也没什么影响。

"我今天有跟你大哥的主治医师沟通，希望能把你大哥转院到瑞和去。"她蹲下身，打开行李箱，里面有江海的病历和一些药品。林想容今天去金平医院拿病历时，医生提到一件事，说是负责他们案件的警察也复印了一份病历走。

她有点奇怪，整个案件和江海应该没有任何关系才对，警察怎么老盯着他呢。他一直昏迷着，昏迷了几年，不能说话，也没有任何知觉，就是个彻彻底底的局外人。

"瑞和医院？"江泉惊讶地望着一箱子的病历和观察报告。

"现在江家已经这副样子了，虽然……这几年我跟他们的关系一直很不好，但江家对我而言终究有着特别的意义，我还是希望能做些什么，特别是为你大哥。"

"可是……"他欲言又止地挠了挠后脑。

"可是什么？"

"我不想让大哥去那儿。"

听到这句话，她诧异地看着稚气未退的少年。

"我听说……"江泉小心翼翼地凑上去，压低声音说，"我听说，瑞和医院在用活人做试验。"

"至于什么试验我就不知道了……"

啪——

她手边的玻璃杯不小心被打翻，开水泼到桌子上，沿着桌角流到实木地板上。江泉赶紧扶起倒在桌上的杯子，抽出一大堆面纸铺上去吸掉泼出来的茶水。

　　"谁告诉你的？"她倒吸一口凉气，警惕地环顾四周。

　　"二哥说的……"江泉战战兢兢地把纸巾扔进垃圾桶。

　　"江洋什么时候说的？"

　　"大概……一个月前吧？"他被林想容的表情吓了一跳，她永远温柔的脸上居然出现了从未有过的愤怒。江泉猛地退后几步，然后抓着桌角坐到椅子上。

　　"我跟他通电话的时候说的，那时候，我、我爸还没出事呢。"他愣了好几秒，再看林想容愤怒的脸，倒是也没那么情绪化了。

　　"你没跟别人说过吧？"她花了几秒钟调整过来，脸色重新变得温和。雨水不停地敲打着窗户，混合着忽远忽近的雷声。

　　"没有，我以前都不知道瑞和医院是哪家……"刚刚听到她说"瑞和"这个名字他才想起来，江泉在国内生活时瑞和医院还没成立，自然是从未听说。

　　"那以后也不要告诉别人。"她想了想还是拉上一半窗帘。她原本觉得江家被害肯定是因为江洋又在外面作了孽，但听着江泉说的这件事，她也开始动摇了。

　　不管怎么说……她苦笑一声："你二哥他们只是讨厌这家医院而已。"

　　"如果真是拿活人做试验，怎么会没人知道呢，现在不是几十年前，信息传播的速度超出我们的想象。"

　　"二哥说，是不会说话的活人……"他怯怯地补充了一句。

　　"没有这回事。"

　　"阿泉，你记住，没有什么拿活人做试验。"她弯腰将手搭在少年肩上，"不要跟任何人说这些道听途说的事情，江洋的话不可信。"

　　"好……"他将信将疑地点点头。

　　"他们只是单纯地讨厌瑞和医院而已。"她对江泉说，"我来跟你完整地解释一次，瑞和医院是私立医院，它的大股东是智因科技。"

　　她所知道的江家对瑞和医院的厌恶确实来源于此。而且当年给江海做手术的权威医生应邝，居然在江家人口中的"手术失败"后摇身去了瑞和医院，还成了神经外科的主任，成功治愈了一名被诊断为脑死亡的患者。

　　"智因科技占了瑞和医院百分之六十的股份，拥有直接控制权，而智因科技成立的生物医学研究部，就是这些年挤掉荣华生物大部分市场的罪魁祸首。"

她接着说："所以你爸不肯把江海送到瑞和，哪怕已经有了成功的案例。你二哥也胡言乱语说他们做人体试验，无非是因为这些。"窗外电闪雷鸣，雨水砸在窗台上，被水洗过的城市，一样的灯火万千，一样的藏污纳垢。

"他们不愿意把你大哥送到竞争对手的手里，不肯承认自己的失败，哪怕这是最大的希望。"

"是吗？"

"这就是成年人的思考方式。"她伸手揉了揉少年的脑袋，"时候不早了，回去休息吧。明天把你学校的联系方式给我，我跟他们说一下情况。"

抬头看了眼墙上的挂钟，刚好十点。雨声渐渐小了，远处还伴随着钟声，像有谁在呜咽，听得她心里很慌。

她洗完澡，闭上眼躺在床上，满眼都是读书时的天和地。

那时候的云是彩色的，天很高地很广，他们会躺在没有人的草地上，伸出手指向日落时的苍穹，看着飞鸟从指尖飞过。只是十几年过去了，这种彩色的云和指尖的鸟，也只会出现在她的梦和回忆里了。

哪怕有一天江海醒来，他们的关系也只能静止在那片天空下。

而现在的这片天空下，满城都飘着他们的风雨故事，她是跳不出去，也融不进来，只能继续走在风雨中，走在河边山崖边，赤脚走进荆棘中。

"怎么会是林想容的血？"

"她怎么会出现在案发现场？"

"她瞬移了吗？"

"超能力？"

"有人栽赃陷害？"

顾云风苦思冥想着念叨了一路。开门的时候甚至拿错了钥匙，捣鼓了半天就差找个铁丝撬自己家门了。

"你明天去局里再看吧。"许乘月听他念了一路，哭笑不得又没办法阻止他。

"问题是我现在很不爽。"他一进门就瘫在沙发上，一脸的生无可恋。

"感觉自己的想法要被推翻了。"

"不会的。"许乘月坐在他身边，他想要安慰对方一下，手举在半空中，半晌还是放下，不知道该做什么动作才对。

"不说这个了。"顾云风坐起来,腰背伸直,打开电视和灯光。窗外狂风大作,雨水疯狂地打在玻璃窗上,雨声盖过城市的喧嚣,他忽然觉得这里安静极了。

过了一会儿他不知从哪儿拿出个纸盒子放在许乘月面前:"送你个东西。"

他把盒子放在手掌中央,遮住自己掌心的疤,然后打开盒盖。

里面是许乘月那块被丢弃的手表。玫瑰金的表带在灯光下泛着光,表盘上有几颗碎钻,一次完美的借花献佛。

这叫送我东西?只是把我的东西还给我而已吧,还找了个纸盒子装着。许乘月正拿着保温杯喝水,差点被呛出眼泪。

"我让舒潘去那片草地里找了找,还好没被人捡走。"顾云风把手表拿出来,"有没有很感动?这可是重要的东西啊。"

"你这不是……又给我装回了定时炸弹?"许乘月根本不想伸手接过这块表,但顾云风还是帮他戴上了。他对这几次被无人驾驶汽车追杀的事情心有余悸,好像只要戴上这玩意,四面八方的车都会朝他冲过来,把他撞得四分五裂。

"我让技侦的同事检查了下,里面装了GPS定位和记录生命体征的智能芯片,你已经被监视很久了,我估计……是有人在那次意外坠楼事件后,趁你昏迷装上的。"

"对方根据GPS监视你的行踪,通过智能芯片记录的数据观察你的行为。"顾云风不急不忙地解释着,"本来我想拆掉之后再把表还给你,毕竟是你父母的定情信物,而且价值不菲。但要真的取下监听装置,过不了多久,你失去控制的事情就会被发现。"

黑夜被几道连续的闪电照成白昼。顾云风疲惫地坐在沙发上,拿着遥控器不知道自己在干什么。他望着晦暗不明的天空,伴随着一阵惊雷,突然一个激灵,人从沙发上跳下来,直接把遥控器扔到对面的收纳盒里。

"那样才是最危险的。"手臂交叉放在脑后,顾云风说,"依现在的情况看,他们倒不是想要你的命,只是想控制你而已。"

他盯着砸在窗上的雨水,汹涌而澎湃,无孔不入。

"所以就遂他心愿,让你继续被监视吧。"

许乘月从来不做梦。自从搬来这儿,他就无视了十点之前必须睡觉的规定,但他的睡眠质量一直很好,做事情也无比专注。睡觉就是睡觉,吃饭就是吃饭，侦查时只想着案件，在学校时也只关注学术上的事情。

可他这天晚上做了个很奇怪的梦，梦见自己抱着一台笔记本电脑，在一间间教室里向前狂奔。他穿过歪歪扭扭的门窗，跨过一排排桌椅，也不记得自己在跑什么，就那样一直向前，踏着阶梯，爬上屋顶。

他抱着自己似乎很珍视的东西站在屋顶上，抬头是满天星空，脚下是空无一人的校园。这个时间无论是学生还是老师，几乎都待在宿舍里，只有他一个人站在实验室的屋顶。屋顶上的风很大，吹起他的风衣。路边的樱花被风吹动，落在街道上。

他闭上眼，下定决心，把手里的电脑向空中抛去，看着它急速下落，重重地摔在铺满花瓣的地面上。夜晚的星光很亮，但他没来得及看。被风吹落的樱花也很美，可他最后也没看到。

然后他睁开眼，天已经亮了。

醒来后他接了个电话，陆永让他去一趟实验室，说是AI侦探系统外连的几个接口出了点问题，项目小组的几个成员都没搞定，让他回去看看。

他一拉开房间门，就看见顾云风手里拿着美工刀，正划着面前摆着的纸箱。

"顾队，这是什么？"他揉了揉眼睛，戴上眼镜，打着哈欠问。

"一张床。"顾云风转身，表情古怪地看着他，"给你买的，还没装好。"

"啊？放哪里？"

"放次卧，房间里也没其他东西。"顾云风顶着两个黑眼圈，美工刀在手里飞快地运转着，把纸箱四分五裂地割开，露出木制框架和一堆木板。

"你要自己装？"

"唉，联系好的师傅说他不干了回老家了，再联系一个又要好几天。"

"我不急。"

"我急啊。"顾云风苦着脸指着沙发说，"我都睡好几天沙发了。"

好像也是，自从他以生命安全受到威胁的理由住进来后，就一直霸占着顾云风的房间，把他赶到了狭窄的沙发上。

"怎么感觉你对我很有意见？"许乘月直截了当地说。

"这可不敢。"

"没有就好。"他径直走到冰箱前，从里面找出牛奶和昨天晚上顺路带回来的汤包，放在微波炉里转了一圈。

"今天我要去实验室，不和你去队里了。"

"去实验室干吗？"顾云风放下手中的美工刀问，然后迅速洗了手，坐到餐桌前抽了双筷子，夹起冒着热气的汤包塞进嘴里，烫得他鼓起腮帮子，过了好久才艰难地咽下去。

"实验室的项目出了点问题。"

"哦。你们实验室那个系统叫什么……AI侦探，是这个吗？它是做什么的？"他去冰箱里重新开了一袋牛奶，没有加热直接喝掉。热牛奶对于刚被汤包烫到的他而言，简直是二次伤害。

"是这个，我们实验室最近这几年都在专注于AI侦探的系统研发，我来刑侦队也是因为它。"

看着对方一脸茫然又期待的表情，许乘月只好用能想到的最简单的词语去解释一下："最通俗的解释就是，造一个人造大脑，去迅速解决一些不太复杂的案件，降低人力成本。"

"那你来刑侦队是为了什么？"当初批下许教授的文件里应该有过相应的说明，不过邮件转到他这儿的时候他也没仔细看，看也看不懂。

"通俗地说，我们搭好人工大脑，就需要训练它学习如何断案，这就是所谓的机器学习。"

顾云风点头，让他继续说下去。

"我来刑侦队，就是为了熟悉刑侦流程后，以正确的方式去训练它。"

窗外阳光很亮，但到底是到了秋天，一场暴雨结束，气温明显比之前低了一些。吃掉剩下的包子之后，许乘月在带来的衣服里找出了一件风衣，然后用那个难用的电熨斗熨齐整。接着把风衣挂在玄关的衣帽架上，走到餐桌前握着温热的牛奶杯，和顾云风一起安静地吃着早饭。

金平区公安分局。

"血痕鉴定结果已经出来了。"顾云风停顿了下，环顾四周，在展示板上写下嫌犯姓名，"大家也都知道了，根据DNA比对的结论，我们现在的嫌疑人是——林想容。"

"林想容，江家二儿子江洋的合法妻子，五年前与江洋结婚，长期忍受丈夫的家庭暴力，记录在案的报案就达二十次。二人长期分居，未育有任何子女。"

"值得注意的是，林想容与江洋的大哥江海是同门师兄妹的关系，我们找到了二人曾经的同学，在江海出车祸昏迷之前，二人一直是情侣关系。"

至于为什么江海昏迷后林想容没离开江家，而是嫁给了江洋，个中缘由他们不得而知。毕竟知道内情的人几乎都在8月19日那天，死在了同一把凶器下。为什么和江洋结为夫妻，只能问林想容本人了。

顾云风接着说："按照血痕鉴定出来前的判断，凶手极大概率是男性。女性因为生理上的差异，很难以一己之力完成这样的谋杀。"凶手将三位无辜者以极高的手法一刀毙命，在江洋醒来后和他的搏斗中也能轻松占据上风。

"其次，林想容当天根本不在国内，不具备作案时间。"他冲徐远桥使了个眼色："徐法医，确定血样来自林想容本人吗？"

"确定啊，采集到的样本来自林想容。而且林想容是独生女，没有任何兄弟姐妹。"徐远桥肯定地说，"所以，不存在同卵双胞胎的可能。"

总不会是有人暗地采集了林想容的血样，又将血液倒在现场企图嫁祸？

很快他自己就否决了这个想法，检验结果备注了这些血液是在案发前三个小时内粘上去的，即便用了特殊的处理方法保存，血样离开身体的时间，也绝对不超过十二个小时。但林想容在十天前就出国旅游去了，时间上无法做到。

"林想容的母亲怀孕时就确定不是双胞胎吗？"有个小女警问，"万一怀孕时是双胞胎，生出来被偷偷抱走一个说是夭折了呢？"

顾云风竟然觉得无法反驳。虽然看着是狗血小说的发展剧情，但现实很多时候比编出来的故事更狗血。

"你们都有些什么想法？多奇怪都可以。"

"诊所判断错误，把双胞胎看成了单胎，然后出生后又把另一个孩子抱走了。"

……有这么黑医院的吗？

他哭笑不得地撑着额角摇头："能不纠结双胞胎的设定了吗？"

"那……有没有这种可能？"文昕弱弱地举起手，"假如林想容根本没出国？"

"根本没出国？"他重复了一句，"我们申请了出入境查询，林想容确实在7月底就出去了，案发后才回来。她的机票信息和出入关记录也都是吻合的。"

"她出关后和别人对换了身份信息以及机票，其实一直待在国内？"

"那她怎么入关？"

"就拿着另一个人的机票呗……"

"现在人脸识别的准确率很高，除非长得基本一样，不然无法通过。"

"那她要是中途偷渡回来？"

中途偷渡？他使劲揉了揉太阳穴，好像也说得通。

他听着各种不着调的讨论，脑袋有点疼，感觉自己仿佛进入了一个迷宫，怎么也找不到出口。林想容有动机有嫌疑，有指证她的物证，还有完美的不在场证据。

他拍了下舒潘问："有联系林想容吗？把她叫来配合下调查。"

晕头转向的舒潘被吓了一跳，连忙点着头说："联系了联系了，今天下午她就过来。"

"智因生物今日在港交所上市，最终估值八百三十四亿港币。"顾云风手指飞快地滑过新闻推送，只在这一条推送上停留了几秒钟。

再下一条推送是关于当红偶像组合AIR，昨日参加了为白血病儿童募集慈善基金的晚会。他没细看，瞥了眼标题就默默地关上新闻，收起手机，看着对面刚坐下的女人。

林想容画了一个淡妆，优雅地坐在椅子上，双手交叉。她的眼角已经有了细纹，长发披肩，弯曲的发梢别到耳后，穿一件深蓝色连衣裙，上身披一件浅色披肩。

江家一直对外称林想容在几年前就离开了荣华生物和其所属公司，没有担任任何职务，主要日常就是打理家庭事务。但每次见到她时，她的穿着打扮都更偏向职业女性。

事实上江家没什么家务事需要她打理，再加上应西子之前怀疑林想容曾在智因科技任职的事情，所以顾云风对她的背景经历非常好奇。

"我们又见面了，顾警官。"她微微一笑，做了个"请"的手势，"虽然我不明白你们请我来是做什么……但是我一定会把知道的都告诉你们。"

"那真是谢谢您了。"

"不谢，虽然我视江洋如仇敌，还是希望能尽早破案。"

他点点头，嘴上感激地说着遇到这种愿意配合调查的证人或者家属真是太不容易了，不知为警方节省了多少时间人力。

"你出国旅游的具体时间是哪天到哪天？"

"7月28日到8月20日。7月28日下午三点五十的飞机，8月20日早上八点到的南浦市，然后我就直接去了金平医院，刚好见到了你和许教授。"

"有谁可以证明你这期间一直在国外吗？"

"没有。"她摇头，"我是一个人去的，但拍了挺多照片，照片上的时间算吗？"说着她翻出手机相册里的照片，"都是去各处景点留下的，有时间，也许有一定的参考价值。"

他拿过林想容的手机，发现案发前两天她还真拍了不少照片，有一张是冰川高原的清晨，林想容坐在玄武岩上，面对着黑色沙滩，看太阳升起。

"除了回来当天，最近去过医院吗？"他把照片发送给自己，手机还给对方。

"医院？"想了想她点头，"去过，我想帮江海转院，有去联系瑞和医院。"

"转院？"顾云风诧异地抬起头，"为什么联系这家？它可是私立医院，医疗水平不如公立三甲。"

"为什么选择瑞和？这不是有许教授这么个特例嘛。"

他刻意打量了林想容的双手和上身，看起来并没有搏斗产生的伤痕。

"以前怎么一直不转院？"

"他们都不同意。瑞和医院的股东和江家有商业上的竞争。"

"智因科技？"

"对。"她点头，"很狭隘吧？"

"也不是不能理解。"顾云风十指交叉，胳膊靠在桌沿，"我倒是奇怪，智因这类科技公司选择入股私立医院，是个什么想法？与这几天刚上市的那个生物科技公司有关吗？"他忽然问，"这可是智因过去的一个大的事业部吧。拆分出来单独上市，也挺有意思。"

"可能有关吧。"她笑了下，"我们似乎跑题了，你不多问问案件的情况？"

他愣了一下，随即说道："你不在现场，也就只能问问江家的事情了。"

"林女士，我倒是好奇……你和江海是怎么认识的？"来之前他调查了林想容的原生家庭情况，发现她来自中部省份一个小城市，父母都是普通工薪阶层。在某重点高校毕业后拿着奖学金去了国外读书。她上学很早，江海虽然比她大了三四岁，但实际上只高她一个年级。

"你也挺八卦啊顾警官。"

"听一听虐狗的故事，逼迫自己摆脱单身。"

"噗——"她忍不住捂嘴笑起来，"没有什么虐狗的故事，那时候，我们是同一个教授带的学生，研究方向也一致，一来二去就认识了。"

"你俩谁先表白的？"

"没什么表白，自然而然就在一起了。"她难得露出小女孩一般的开心表情，"有一天在一个关于血液病的医学讲座上，我们谈到以后的理想，说要努力攻克一些不治之症，哪怕只有一两个也好，也算是为人类做出巨大贡献了。"

"那时候特别理想化，我看能治愈的疾病很少，还以为是自己没出山的缘故呢。"她自嘲地笑笑，望着远处的高楼和天边，下一刻眼神突然变得凌厉又尖锐。

"结果最后，我为血液病做出的贡献，无非就是去中华骨髓库登记了个人信息。"

"后来我们把研究方向定在了神经外科，他回国一年后我也回去了，然后就发现啊，离曾经的理想越来越远了。"她望着远方眼神十分缥缈，似乎回到多年前的大洋彼岸。

"你们的理想对我来说太远了。"顾云风笑了笑，"我做出的贡献，大概就是每半年去献一次血了。"

"也挺好啊。"林想容莞尔一笑，把头发拢起来，找出一个夹子夹好。她多多少少猜到警察叫她来的目的，问了这么多行程上的问题，肯定是有比较确凿的证据令她被怀疑。

会是什么样的证据呢？

她故作轻松地靠在椅背上，直视对面充满怀疑的眼神。她经常面对这样的表情，面对亲密关系中的怀疑和质问，她已习惯了，可以坦然地坐在原位，无论别人说什么，无论自己怎么欺瞒，内心都不泛起一丝波澜。

"那你……既然和江海是这样的关系，后来为什么又嫁给了江洋？不觉得奇怪吗？"

"为了报恩。"她迅速回答，眯着眼睛嘴角向上，双手放在腿上，不自觉地颤抖着。

"什么恩情？"

"这就是很私人的事情了，不方便告诉您。"

走出公安局后，林想容立刻打了辆车，目的地是瑞和医院。

坐在车上她一直在想，警察究竟找到了什么样的证据？

她对江家的感情一直很特殊，有恩情有仇恨，还有数不清的愤怒与绝望。

她跟这一家人纠缠着度过了十几年，最初的美好已经完全想不起来，记得的只剩利益纠葛下的一地鸡毛。

刚下车，就看见年轻的医生坐在台阶上，一阵风吹过，吹起他穿着的白大褂和旁边摇摇晃晃的树枝。几片泛黄的绿叶落在他脑袋上，他伸出手摘下头上的树叶，放在手掌上轻轻一吹。

那片落叶飘着飘着，就飘到了林想容的脚下。

她弯腰捡起这叶子，朝医生挥了挥手，快步向对方走去。

"你来啦。"

"王医生。"她把手上的帆布包放在他面前，看着青年腼腆地接过去。他打开包看了看，指着里面的一沓病历问："这些都是江海的？"

"对，都在这儿了。"

"我跟应老师说了，你就放心地交给我吧，转院的事情我也会尽快帮你安排。"王坤挠了挠他稀疏的头发，一只手插在口袋里，另一只手拎着包，领着林想容走进住院部。

黄昏中路灯跟着他的脚步渐渐点亮，他走得很慢，脸上没什么血色，不像周围匆匆而过的医生，倒是和穿着病服的病人有点像。

"你下午是有什么事吗？怎么晚上才来？"

一个护士替他们倒了两杯茶，告知她餐厅还在营业中，没有吃饭可以去那里享用晚餐。

"我们医院的餐厅还是很不错的。"他把病历整理整齐，放进办公室的柜子里，指着走廊尽头的门说，"你没吃饭吧，我和你一起去。"

她没有说话，点点头，跟着他朝餐厅走去。

她故意拉开了一点距离，观察着年轻医生的步伐。他的胳膊上有淤血的痕迹，没有外伤，但好几处青肿。虽然他见到自己的一瞬间眼睛里满是光泽，但也掩盖不住脸上的疲态。

"下午我被刑侦队叫去配合调查了。"她坐在餐厅里，扒拉了几口米饭。瑞和医院的餐厅在点评网站上都排名很高，可惜不对外开放。她把剩下的菜各点了一份，她吃菜，王医生就坐在对面看她吃。

"他们没有为难你吧？"

"为难不了。"她抬起头冲他笑了笑，眼中有光，"那警察应该比你还年轻，我跟他聊了聊人生理想。年轻人，最容易被理想和信仰打败。"说着她俏皮地做了个鬼脸。

"噗——你也是年轻人。"

"我比你们大多了。"

说完她伤感地捧着脸："前些天照镜子看自己的脸，眼角又多了细纹，也不知道是谁说岁月无痕，明明到处都是痕迹。"

"没有，你很好看的。"王坤一本正经地回答，手指却有些颤抖地拿着筷子，替她夹菜。接着话锋一转，紧张地问，"那警察都问你什么了？"

"也没什么……就问问案发时候我在哪儿，他们是怀疑到我头上了。"她无奈地摊手，说自己这就叫人在家中坐锅从天上来。也不知道他们怀疑她的理由是什么，她有不在场证明，根本到不了案发现场。

"怀疑你？那他们能力不行啊。"王医生附和地摇了摇头，一边帮她剥着虾。他有一双白皙修长起了茧的手，一双拿手术刀的手，救人治病，仁爱众生。

"是啊，我当时正躺在酒店里泡温泉呢。"她不满地抱怨了几句，看着被消灭了一半的菜有些出神。

她发现自己回国以来，都没有好好吃过一顿饭，今天这顿，大概是这段时间最丰盛的晚餐了。

空荡荡的餐厅只剩他们两人，头顶的吊灯是唯一的光源，王医生看着她灯光下温柔又成熟的脸，和身后那一片黑暗。往后是凌空的窗外，没有退路。往前是他头顶的这盏孤灯，马上就会被人关上。

他一直想努力保护这个人，不要让她陷入暗的那一边。

哪怕自己已经陷入黑暗的泥潭。

"有一件事要跟你讲。"他剥完虾，取下戴着的手套，搓了搓手，犹豫了一会儿才鼓起勇气说，"帮你办完转院的事后，我就要辞职了。"

"嗯？怎么了？"

"最近有点累，想回老家休息休息。"他揉了揉眉心，扭头望着窗外的星辰和明月。一阵晚风穿过半开的窗户跑进来，摇晃起他胸前的工作牌。

紧接着他捂着鼻子迅速抽出几张面纸，下一秒就结结实实打了个喷嚏。他用面纸捂住鼻子，死死掐住，过了几分钟才松开手。

然后直接丢进了旁边的垃圾桶里。

这个时候林想容已经吃完饭，他起身想送她离开，刚一转身却听见她温和的声音在背后响起。

"最近身体还好吗？"她坐在餐桌旁，温柔地看着他。

"挺好的啊。"

在实验室忙完已经是晚上八点了。许乘月开着车往顾云风家去，路过瑞和医院时突然想起上次住院的费用还没报销，他得去住院部再复印几份病历。

晚上八点行政部门应该已经下班了，但抱着试一试的想法，他还是将车停在了医院停车场，一个人朝住院部的神经外科走去。

电梯停在了八楼。门一开，令他诧异的是，面前站着两个等电梯的人。

而且他都认识。

他记得这个年轻医生，自己住院时这个医生来查过房，人很腼腆，高高瘦瘦的，但今天他的脸色尤其苍白。可问题是……他怎么会和林想容走在一起？

"你们要下去？"许乘月问。

"我送一下她。"王坤点头说，"一会儿我还有个手术，还会上来的。"

"哦……那我和你们一起下去吧。"

王坤和林想容两人面面相觑，他这刚上来还没走出电梯，就又要下去？许乘月往里退了几步，待他们进来后按下一楼。他莫名生出一种直觉，在这个时间这个地点遇见林想容，本来就是件古怪的事情。

出电梯后，他感觉林想容明显放松了一些，不像刚刚三个人时那样紧张。旁边有康复中的病人在散步，还有匆忙走过的医护人员。

他理了下领口问："林女士，你来住院部是……"

"我打算让江海转院，转到瑞和医院的神经外科。"

"为什么？"

"因为你啊。"她在许乘月的车前停下脚步，"以前江家不愿意，现在他们都走了，我就可以做主了。"

"我不愿意放弃任何一种可能，我相信，他一定会醒过来的。"她看向他的目光凌厉又怜惜，和她身后卷起的风一起，包裹着落叶与尘埃，掠过城市上空。

"像你一样，重新醒过来。"

顾云风躺在沙发上翻来覆去毫无睡意。

他总觉得林想容这个女人很奇怪，江家人刚出事，就忙着让江海转院。即便没什么感情，死者也都是她名义上的家人，用她自己的话讲，还是她的恩人。选择让江海转院，很有可能是许乘月的事鼓舞了她。不畏人言，不惧风险，这人骨子里就是做大事的啊，在江家当个全职太太，也太屈才了吧。

荣华生物当年的研发团队中，江海是核心成员，林想容是他学妹也是女朋友，在团队中掌握着相当多的核心技术。江海出事后，人工神经假体按时完成并成功商业化，林想容一定出了不少力，他猜测这就是江洋和她结婚的主要原因。

几年前荣华生物开始衰败，主要是因为市场地位被动摇，份额被严重蚕食。而打败他们的竞争对手就是最近刚上市的这家公司，智因生物。它最初只做基因图谱，后来逐渐扩大主营业务，也开始研究人工生物神经。

那几年这个技术在国内被荣华生物一家垄断，但一夜之间智因生物突然立项投入研究，并且迅速获得成功。业内一直传闻是荣华生物的科研成果被窃取，内部被安插了商业间谍。

假如真像传闻所言，这所谓的商业间谍……会是谁呢？

顾云风来来回回翻了几个身，后背出了一身冷汗。他忽然坐起来，起身走到小房间的书柜前，在一个隐蔽的角落里找出一沓厚厚的纸质文件。

这是他从队里带回来的，江海的病历。

他打着手电翻阅着，七年前的8月江海在高速上遭遇车祸，颅内严重损伤，右头盖骨碎裂。给他做手术的主治医师是当时神经外科的副主任医师，应邝。手术过程很顺利，也没出什么纰漏，按道理，苏醒的可能性是非常大的。

但事实上直到今天江海都没能从昏迷中醒来。而他几年来连续的病历显示，他身体各方面的机能都没太大问题，脑电波也和正常人无异，可他就是运气不好，一直沉睡着。

他琢磨着病历上部分龙飞凤舞的字迹，翻了个白眼心说写这么潦草谁看得懂啊，还好现在大部分诊断结果观察记录都是直接打印出来的，大部分内容他还是能看得明白。盘着腿坐在地上，他正调整着手电，突然门被推开，许乘月站在门口揉了揉眼睛。

"你怎么还没睡啊？"

"突然想到几个问题……"

"那也先把灯开开，手电的光太弱了。"说着许乘月开了灯，看见顾云风穿着白背心灰短裤坐在地上，顾云风连着几天没睡好，眼圈发黑，显得眼睛更大了。

"许教授你怎么起来了？"

"我做了个噩梦，就醒了。"许乘月停顿了下，脸色不太好看，揉了揉眼晴说，"起来见你不在客厅，就想看看你在干什么。我还是有点愧疚的，总让你睡沙发。"

"你还知道愧疚啊。"顾云风哭笑不得地拍了拍地上堆着的病历，示意他一起熬夜奋斗。许教授也是少有的神人，明明寄人篱下，居然做什么事都心安理得没有一点客气的意思，到底是情商低还是脸皮厚啊。

"这些都是江海的病历？"

"对，七年的。"

许乘月蹲下身，然后也坐在地上，随手拿起几本病历和附着的检查结果浏览起来。

凌晨的夜晚特别安静，夏天快要过去，蝉基本上绝迹了。暗红色的空中挂着几颗若隐若现的星星，一阵风吹来掀起下垂的窗帘。

"刚刚你做什么噩梦了？"顾云风问他。

"梦见我在加班，连续加了整整二十四个小时，不眠不休。"

"这也算噩梦？"

"不……恐怖的地方在我加班的内容上。"许乘月心有余悸地说，"我居然梦见自己在写一套算法，我还仔细看了算法的内容，就是AI侦探系统的网络神经。"

"这……哪里算噩梦了？"顾云风重复问了一遍。

"这种感觉，就好像我已经完成这件事了。这是我已经做过的事情。"许乘月比画着手势解释说，"可实际上，这一部分的内容我们并没有完成……我怎么会梦到呢，那种感觉太真实了，就好像我真的已经完成了这项工作。"

"你都说了，这是噩梦，梦是假的。"顾云风摇了摇他的肩膀，"你眼前的病历才是真的。"

"这些病历也挺奇怪的。"许乘月看的速度极快，快速地浏览着，一目一页是正常速度。

"从病历记录的观察情况来看，江海的手术很成功，很快就能恢复了。实际上他的各项身体指标也都非常正常，没有醒不过来的道理。"

许乘月手里拿一支笔敲着病历本，犹豫了好久才侧身看向顾云风，小心翼翼地问："你说，江海会不会早就醒了？他只是装作昏迷的样子，躺了好几年？"

第十章

早上到队里的时候只有顾云风一个人。他醒得早，然后就再没睡着，干脆直接去上班。

顾云风趴在自己办公室的桌子上翻着江家灭门案的案卷。随着时间的推移，这本案卷已经越来越厚了。凶手是个谨慎小心的人，作案手段干净利落，掩人耳目地进出凶案现场，没有留下有用痕迹。现在唯一的突破口就是凶案现场，以及江洋车上的血迹，来自林想容的血。

昨天夜里他和许乘月仔细翻阅过江海的病历，病人身体机能没有什么问题，脑电波活跃，状况良好，没有苏醒只能说运气比较背。

不过还有个极微小的可能，那就是，江海醒了却一直装作昏迷。

如果能做到这点，他一定是个定力极强的人，几年都躺在床上，意识清醒地逃脱人间，得知家里出了大事也能不闻不问。

这才是真神仙。

顾云风泡了杯速溶咖啡，水不够热，泡出来后难喝得一塌糊涂。这几天都没怎么好好睡觉，他左手撑着脑袋，看着看着就迷迷糊糊地睡着了，最后直接把脸埋进案卷里。

　　半睡半醒中他似乎看到大片大片的血迹，江家遇害者的血、凶手的血，还有林想容的血。它们交融在一起，分不清是谁的，最终汇合成殷红的颜色，浇灌着一朵快枯萎的罂粟花。

　　然后他就感觉有人拼命摇着自己的肩膀，大声喊着他的名字。

　　意识迅速清醒过来，顾云风挺直腰板拍了拍脸，睁开眼就看见舒潘睁大眼睛看着他，一双眼睛就像两只灯泡突然出现在他面前。

　　"顾队，你这是通宵加班了？"他盯着顾云风的脸，下一秒心痛地捂住胸口，"你怎么成国宝了啊，两个眼圈都黑得如此均匀，眼线不用画了。"

　　"没通宵加班，早上来的时候遇到歹徒拦路打劫，眼睛挨了两拳。"顾云风脸不红心不乱地开着玩笑。

　　"那歹徒人呢？你打不过，让他们跑了？"

　　"怎么可能，我对他们进行了爱的教育后，就放人了。"他信誓旦旦地胡说八道，从抽屉里找出一盒木糖醇，抓了几颗塞嘴里。

　　"得了吧顾队，眼睛被打我见多了，哪是你这样。"说着他递给顾云风几个要签字的文件，念叨着自己更年轻时的丰功伟绩。

　　"以前我在学校的时候，有名的校园一霸，成天打架不好好学习。"

　　"我知道。"顾云风鄙夷地看了舒潘一眼。

　　"后来有一次我揍了一个看不顺眼的学弟，那时候我可能是嫉妒学弟被好多小女生喜欢，然后就动起手来。结果，人家爹第二天就找过来了。"

　　"哦？他爹把你揍了一顿？"顾云风签好字把笔丢进抽屉里，文件塞到舒潘手上。

　　"哪能啊，那学弟的爹可是个成功人士，穿着不讲究，但一说话就条理清晰极富哲理。"

　　"你就接受了成功人士的教导从此洗心革面重新做人？"

　　"对，就是这么个过程。我现在还有那学弟的电话，我洗心革面之后和他关系还不错，不过他高中毕业后就出国念书了，好几年没联系过了。"

　　"哦，厉害厉害。"顾云风心不在焉地赞扬一句。他低下头，发现领口已经被额头落下的汗浸湿了。这些天总是忽冷忽热，一会儿夏天一会儿秋天，湖里的荷花都跟路边的桂花一起开了。他合上手里翻开的案卷，紧接着问："怎么突然讲起这个？"

　　"我一直记得学弟他爹的名字，方邢。那时候只觉得这个大叔很博学，也不知道他是干什么的。"舒潘找了把椅子坐在他对面，"结果今天看新闻才发现，方叔现在是一家上市公司的实际控制人了。"

"什么公司？"

"智因生物，前段时间刚从智因科技拆分出来。你看，刚刚推送给我的新闻。"说着他把手机递给顾云风，页面上的新闻专题，讲的就是方邢的人生历程。讲述他如何从一个创业公司的小员工，摇身变成市值百亿的上市公司董事。

"想不到我也有过和大佬近距离接触的历史啊。"舒潘一声叹息。

专题中有一张方邢的照片，他和一位头发浓密穿着一套得体正装的老人站在一起，看介绍说这老人是南浦大学生物学院的院长。

记者采访时方邢满脸的意气风发，说他们在生物医学上的研究，未来一定会为人类解决无数绝症。

满口豪言壮志、仁义道德。

"这人面相不行。"顾云风指着方邢的照片说，"双眼凸出还喜欢斜眼看人，你看就两张照片，都是斜眼。"

他正研究着方邢的面相，突然手机一阵振动，接通后才发现是一家医院的电话。

"哪位？"背景听着非常嘈杂，人声混合着机械摩擦的声音，几乎听不到对方在说些什么。

在确认了好几次后，他才勉强听见对面是一个慌张的男声："您认识江泉吗？一个十五六岁的男孩。"

"认识。"

"他自杀了。"

顾云风噌地站起来，脸色煞白，手中的案卷落在地上。弯腰捡起时他才发现自己的手不住地颤抖，锋利的纸张划伤了他的手掌，渗出一丁点血，留下一道浅窄的口子。

顾云风目光凌厉地拉开抽屉，找了创可贴贴在伤口上，抬头看向窗外拥挤的人流。室内的空气非常安静，这种安静随时都能被打破，一阵风一场雨，甚至是一片突然飘来的落叶。

办公室的窗户被吹得直响，舒潘惊愕地坐在原位，数秒之后才反应过来。

"江家幸存的那个小儿子？"

顾云风放下电话点了下头："还好抢救过来了。"

他迅速确认了江泉所在的医院，然后干脆利落地开始给不同的人发消息。

"前几天在心理医生的诊断下，江泉被确认为重度抑郁，医生开了抗抑郁的药物，但他没有服用。"顾云风推开门走出去，对舒潘说，"林想容这几天正安排江海转院，我让许教授直接去瑞和医院找她。"

"这孩子……也真是可怜啊。小小年纪就经历这些。"舒潘感叹着。

直面血淋淋的第一现场，遇见亲人最惨烈的死状，看到生命的脆弱和消逝，这些带给他的心理阴影，绝不是一朝一夕能修复的。如果没有好的引导，他甚至会一步步扭曲自己的内心，变得面目全非，越陷越深。

瑞和医院。

林想容坐在病床前，看着江海紧闭的双眼。他出事的时候刚满三十岁，不知不觉七年就过去了。他昏迷了七年，脸色憔悴，但头发被精心修理过，胡子也刮掉了，看起来也算是干净清爽。

脑电图有规律地跳动着，靠近他的脸，能听见正常的呼吸声。很多时候，林想容觉得他就像一个睡着的人，做了个长久的梦，躺在梦里的完美世界，不愿醒来。

"他现在情况怎么样？"她盯着这张毫无生气的脸，问旁边的年轻医生。

"身体状况没什么问题。"王坤对她说，"不用担心。"

"是啊，有什么好担心的呢。"林想容喃喃自语着，纤细的手指划过江海的脸。不知是不是昏睡太久时间留不下痕迹，他看起来和七年前没有太大变化，没有生出皱纹，更没有中年男子的世俗气。

"有好好治病吗？"她抬头看着眼前皮肤白皙温和腼腆的年轻人，虽然他生了重病，但气色不算太糟。

"有的，我辞职之后就专心看病。"王坤笑了笑，"都听你的。"

"你真的要辞职吗？"

"做外科医生太累了，想回老家休息一下。"王坤看着窗前的镜子，里面映出自己温和却疲惫的脸，"不用担心，应医生医术高明又负责任，你们也是老相识了。"

"也是。"林想容像个小女孩一样捧着脸，"他总有一天会醒来的，你呢，也赶紧去治病，一切都会过去的。"

床边的心脑电图有规律地跳动着，她的声音旋绕着，最后又随风一同消失。

一切都会过去的。

什么会过去？王坤悻悻地想着，这简直是一句天真到可笑的话。凶案会过去吗？警察对他们的怀疑会过去吗？这么多人的死亡会被人忘记吗？

除非凶手死了。

"我还有手术。"王坤瞟了眼墙上的钟，做了个打电话的手势，"先走了，有什么事叫我。"

王医生离开后，她合上门，脚步轻盈地走到江海身边。

两个月前，如果不是王坤接到她的电话后及时赶到，她或许就不能活着走出家门了。林想容坐在窗边，把袖子解开，小臂上几道青紫的瘀痕还没消失，记录着她所遭受的暴行和伤害。

她受过多少次伤？

她报警过多少次？

她有多少次想将江洋刀刀切开挫骨扬灰？

多到自己都不记得了，多到终于有一天，她彻底抛弃掉软弱的曾经，想把歪掉的人生重新拨正。

林想容俯下身，盯着江海紧闭的双眼，摇了摇头："他们都走了，只有我和你。"

穿堂风掠过他们二人之间，贴着她的鼻尖冲向窗外，吹向远方的江流、山峦，和发光的天空。

她张开嘴，轻轻在他耳边说："他们都走了，你可以睁开眼睛了，阿海。"

"你可以睁开眼睛了。"她又重复了一遍。但她等了将近一分钟，江海的表情也没有任何变化。就连一旁的脑电图，也依旧遵从着之前的规律，毫无变化。

他紧闭双眼，听不到她的话。

"唉，还是等着早日手术吧。"林想容遗憾地安慰自己。她按了按有点僵硬的小腿站起来，收拾好自己带来的东西，拎着手提袋打算离开医院。

林想容正清点着手提袋里转院手续的材料，忽然听见身后一个冷淡到熟悉的声音叫住她。

她转身，看见许乘月站在病房门前，一只手握住门把手，深色衬衣外是一件卡其色的风衣，目光冷峻地盯住她。

"林女士，需要您和我出去一趟。"

"什么事？"

"今天早上江泉在公寓里服用了近百颗安眠药。"他不露情绪地说，"发现他不对劲的是公寓管理员，报警后送到医院。"

"不过请放心，抢救得很及时，他已经脱离生命危险了。"

她愣了一下，眼睑下垂，望着地面上自己虚晃的倒影低声说："真是个傻孩子。"

接着，她点点头，艰难地迈开腿，跟着他一起进了电梯。

接到顾云风的消息说江泉自杀时，许乘月正在讲课，这几天刚开学，课比较多，但他还是立马打车赶到了瑞和医院。电话里顾云风说的是跟他在医院门口会合，不过他等了二十分钟也没见个人影，估计是路上堵车了。

住院部的电梯里能遇见各个科室的病人。

一个坐着轮椅双腿都打了石膏的中年男子，一个脖颈做了包扎似乎不久前才做过甲状腺手术的年轻女孩，还有角落里一个面容憔悴抱着小男孩的男人。

短短的几分钟里就能见到各种不幸和侥幸。

许乘月一眼看到了一个小男孩光洁的脑袋，抱他的男人应该是他父亲，年纪不算大，看起来却像爷爷那一辈。小男孩应该只有五六岁，穿着蓝白色的病号服，伸出手摸着自己的脑袋，不解地问头发都去哪儿了。

然后他爸爸摸了摸他的脸蛋，笑着说夏天太热了头发就自己掉了，等到了冬天，又会长出来。小男孩的眼睛很有神，他欣慰地接受了父亲的欺骗，然后趴在男人肩上，睁大眼睛看着电梯里的每一个人。

大约过了半分钟，电梯到达一楼，小男孩的视线终于停留在许乘月身上。他的父亲去排队缴费，小朋友只好自己站在来来往往的人群中，他踮起脚抓住许乘月风衣的腰带，轻轻拽了拽，红着脸问他："叔叔，你也生病了吗？"

他清澈的双眼望着这个世界，光洁的脑袋和满脸童真莫名让周围人群感受到绝望。

许乘月停住脚步，有点不知所措，旁边的林想容蹲下身，握住他柔软的小手说："叔叔是来看望朋友的。"

"那阿姨呢？阿姨就是这个朋友吗？"

"是啊。"她笑着摸了摸小男孩的脑袋，"听爸爸的话，等到了冬天，头发就又长出来了。"

"医生说我生了病，好不了了。"小男孩扭头坐到大厅的椅子上，抓着许乘月不让他们走。

"怎么会好不了呢？"林想容蹲下身，眉眼弯弯地看着他，"你只是身体里的血生了病，换上健康的血，自然就好了。不要担心，你还这么小，会好的。"

"可是我偷偷听到医生说，爸爸妈妈都不能给我捐骨髓。什么是骨髓？"

"那叫造血干细胞。"林想容自然而然地说，她转身看了眼阳光下站得笔直的许乘月，眼角向上，又继续语重心长地跟小朋友解释起来。

空气中弥漫着消毒水的味道，挂号缴费的窗口一直排着长队，角落隐约有哭声。

不知道为什么，他觉得林想容转身看向他的那一眼，似乎在刻意吸引他的注意力。

"那叫造血干细胞，你的性命，会和另外一个人紧紧相连。"

紧紧相连。

这句话就像一个魔咒，让世界渐渐偏离。

许乘月站在喧嚣的人群中，瞬间想到案发现场那不知来处的血，明明是凶手，却和林想容的DNA完美匹配。

阳光下林想容的皮肤非常白皙，能清晰地看见她手腕手背和胳膊内侧的蓝绿色血管。她说话时眼角向上，时不时看向许乘月，脸上带着笑意。

"你怎么了，许教授？"大约过了十几分钟，许乘月才从巨大的震惊中惊醒。回过神来，他发现小朋友已经被他爸爸接走了，林想容在他眼前挥了挥手，淡然地问他现在去哪儿。

他们本来是打算去哪儿的？哦，是准备去探望江泉的。此刻他甚至忘记了自己原本的目的，他身上的每个毛孔都在战栗，每个脑细胞都将要爆炸，充斥着缠绕的血管和突起的神经，最终颤抖着解开复杂的谜底。

"你……捐献过造血干细胞吗？"

许乘月一路奔跑着回到队里。他一把推开办公室的门，衬衣被汗浸湿，手臂靠在墙壁上，弯下腰用力深呼吸。

"你怎么了，这么着急，吃饭了吗？"顾云风端着盒饭，夹了一筷子青椒土豆丝，想了想还是放下筷子，拍了拍椅子让他先坐下。

"没，没吃饭。"

"我就知道。"说着顾云风递给他一盒盒饭，他打开看了一眼，嫌弃地合上，又放回到对方面前。

"唉我说，你不能这么挑剔啊，今天晚上回去我可不做饭的。"

听到这句话，许乘月只好不情不愿地拿回盒饭，打开一盒鱼香茄子，艰难地扒着米饭说："我知道为什么会变这样了。"

"啊？知道什么？"顾云风听着他没有头脑的话一脸茫然，"你是说那些血迹吗？"

顾云风三下五除二地扒拉完一次性餐盒里的菜，他上午去了一趟管辖江家那片小区的派出所，发现两个月前林想容因为不堪忍受江洋的家庭暴力报过案。

这是她最近的一次报案了，他在笔录里看到了林想容详细的叙述。那天江洋喝醉了酒，然后无缘无故地抓着她的头发撞向浴室玻璃门，她拼命挣扎，用胳膊挡着才没伤到脑袋。浴室的玻璃门被撞出十几道裂痕，江洋还不依不饶地抓着周围的物品对她进行殴打，最后导致她全身软组织挫伤，还断了一根肋骨。他还看到附着的一张司法鉴定中心出具的伤情鉴定，鉴定结果为轻伤，完全可以刑事立案。

后来也不知什么原因，林想容撤了案，休养一个多月后就出国旅游去了，直到案发才回来。

无论凶手是谁，他们现在最大的难题都是那些出现在案发现场的血迹，那些让林想容成为凶手的血迹。

"你知道那些血迹的来历了？"

"对。"许乘月坐在办公桌前，艰难地解决掉盒饭，平复了一下情绪，接过顾云风递给他的水，抬头直视顾云风的双眸。

"我怀疑林想容为一名白血病患者捐献过造血干细胞。"他接着说，"虽然在我的质问下她没承认。"

"啊？"顾云风坐在桌上，挺直腰背睁大双眼，一时没有反应过来，"什么意思？"

"林想容在多年前为中华骨髓库提供了自己的细胞样本。我猜测她曾经作为骨髓移植的供体给一位白血病患者提供了自己的造血干细胞。"

许乘月停顿了下，这才继续说道："这样，这个人就和她拥有了一样的血。现场的血迹不是林想容的，而是一个躲在阴影里的人。"

"我们需要先查一下她的造血干细胞在不在中华骨髓库里，如果在，再看看有没有成功配型接受过手术的人。"

顾云风沉默了许久，他撑着下巴理了理这个有点绕的关系，突然想起前几天林想容还真跟他说起过这个事。

她当时说的是——

结果最后，我为血液病做出的贡献，无非就是去中华骨髓库登记了个人信息。

可惜他完全没有意识到这种可能。

顾云风抬眼看向窗外的高楼，自我埋怨地摇了摇头，然后拨通中华骨髓库的联系电话，在对方愿意接受配合调查后详细地询问着。

"十四年前和林想容配型成功接受骨髓移植的孩子当时十四岁，患有急性髓系白血病，靠化疗撑了快一年，终于等来了配型。"电话那头的工作人员对他说。

"这孩子后来怎么样我们就不知道了，你们可以联系他当时做手术的医院，肯定有归档病历。"

"他叫什么？"顾云风用耳朵和肩膀夹着手机，左手拿起本子，右手拿支笔。

"我看看……"过了不到十秒钟，工作人员翻着记录对他说，"王坤，他叫王坤，这名字很容易撞啊，身份证号你们要吗？"

五分钟后。

"这不就是瑞和医院的那个医生吗？"顾云风一拍桌子，指着屏幕上查询到的户籍信息。照片上的青年皮肤白得没有血色，清瘦又腼腆地笑着，立刻被认出来了。

"你们给瑞和医院打个电话。"

文昕拨通了医院的电话，过了几秒后转身，一言难尽地看着他说："医院那边说王医生昨天刚递交了离职申请，今天已经走人了。"

目眩耳鸣，头晕恶心。

王坤从床上坐起来，穿着背心睡裤冲进卫生间，他跪在马桶边，掐着自己的喉咙不住地干呕。因为食欲不佳，前一天晚上他并没有吃什么东西，肠胃受到很大刺激。

过了好久他终于平静下来，抬头看着镜中的自己，脸色苍白，毫无血色，眼圈发青，面部凹陷，颧骨凸起，连带着五官也扭曲起来。

而此刻，他那白得发亮的脸上，沿着鼻腔流出一道殷红的鲜血，一滴滴落到盥洗盆中。

"最近身体还好吗？"

这是林想容回国后对他说的话。她一直关注着自己，关心自己，这就足够了。

那天林想容刻意地看了下被扔进垃圾桶的纸巾，低下头说："别瞒我了。"

他刚刚反常地捏了很久的鼻子，是因为凝血功能出了问题，担心鼻血控制不住。

仿佛过了极为漫长的时间，她站起来，小心翼翼问他："你小时候得的白血病，是不是复发了？"

复发了。

他的心脏好像突然被谁捏了一下，没理由地全身颤抖起来，他握紧拳头让自己冷静。

"你知道警方为什么会找到我吗？"她的声音充满温度却又很遥远，"因为杀害江家的凶手不小心在现场留下了自己的血。"

她站在黑暗中看着他，眼里充满怜爱与惋惜："警方对比了DNA，自然就怀疑到我了，凶手的血，和我的血是一样的。"

她低下头，安静地笑了。

"这个世界上，再没有第二个人和我拥有同样的血了。"

再不会有第二个人了。

她动听的声音在他耳边不停地被放大放大，直到变成一颗重磅炸弹，威力十足地在他脑袋里炸开。

他们不是恋人，不是家人，却流着同样的血。

这就是他和她的血缘关系。他小心翼翼地维持着的唯一关系。

见王坤呆立在原地面色惨白，林想容知道自己猜对了。她走到他身边，张开双臂拥抱他，像在安慰一个胡闹的小孩子。

"我建议你……立刻治疗，不要拖了，先靠化疗撑着，等再次配型成功就立刻手术。"

"来不及的……"他魂不守舍地说，这怎么可能来得及呢，新的配型遥遥无期，手术也需要一段时间，更何况，他根本不想治疗。

"不，你必须再次手术。"林想容双手捧着他的脸，斩钉截铁地说，"重新手术，你的DNA被改变，所有证据就消失了，这就变成了一桩死案。"

"到那个时候，一切证据都会指向我，而我，又有确凿的不在场证明。"

"杀人偿命，不是应该的吗？"王坤震惊得无以复加，他脑子很乱，低下头不知该怎么办，"我知道自己活不久……我也没想活啊……"

"那要看杀的是什么人。"她伸出纤细的食指放在他唇边，让他不要说话，"你去治疗，去寻找第二次万分之一的概率，我来帮你拖延时间。"

城市的灯光通通亮起，没有温度，寒冷深入骨髓。林想容站在清冷的月光下，左手指着最亮的那颗星，双眸深邃，映出整个夜空："当年我救了你，你就应该努力活着。"

"活着，才能偿还我对你的恩情；活着，才能为我出生入死，刀山火海。"

一个月前，王坤发现自己身上开始出现瘀痕，伤口难以愈合，血也没那么容易止住。去医院检查前，他就猜测是少年时的白血病复发了，在长达十四年之后又一次爆发。

原以为存活时间超过十年，就差不多痊愈了，他可以重新规划自己的生活，忘掉疾病，忘掉那些不见天日的痛苦。

可在拿到确诊结果的那一刻，他又一次体会到人生提前到头的感觉。他一个人默默地躺在手术台上，睁眼望着无影灯，手里握着一把执笔式手术刀，全身的血液都在一点点冷掉，最后和冰冷的手术台变成一样的温度。

自己究竟是运气好还是运气差呢？可能还是运气差了那么一点点吧。

双手捧着自己毫无血色的脸，王坤靠着墙壁慢慢坐到地上。

王坤想起自己第一次见到林想容的时候，那时的他还是个初中生，因为恶性疾病没办法去学校，只能成天待在医院里。他在医院住了将近一年，一开始他爸以为是贫血，拖了挺长一段时间才带他去医院。确诊为急性髓性白血病后，一开始靠化疗撑着，后来实在不行了，才开始考虑骨髓移植的事情。

那时候骨髓移植的费用对他家来说是一笔无法承担的开销，他还清楚地记得有一天晚上，他爸，一个四十岁的大老爷们，突然抱着他哭得一塌糊涂，然后打开窗户想要抱着他一起跳下去。

要不是当时的血液科在三楼，可能他们就真的死掉了吧。但这样一天天拖着，没有钱，也没有成功配型，和死掉有什么区别呢？

直到那天他趴在窗台上，穿着白蓝条纹病号服，见到了病房内安静熟睡的林想容。二十岁的她特别好看，皮肤白皙，双唇饱满，嘴角向上，明媚又温暖。

最重要的是，林想容为他提供了造血干细胞，还为他付清了手术费用。

很长一段时间，他都不停地告诉自己，只要身体里有了林想容的血，他就能活下去，像个正常人一样活下去。她赠予他的造血干细胞不仅仅是细胞，是融进他身体里生命里的光，是支撑他活下去的唯一理由。

十四年后的现在，他用双手接住流下的鲜血，可它们大部分落在了地上，白色地砖上是一大片惊心动魄的红色。舌尖轻轻舔过手心的血，他拿出一包纸，擦拭着地面，直到鼻腔毛细血管破裂导致的出血终于停止，他才精疲力竭地靠在墙上，试图慢慢站起来。

窗外的阳光特别刺眼，他扶着门框站起来，风声人声渐渐远去，下一秒他就两眼发黑，天旋地转间失去了知觉。

昏过去的那一瞬间，他在想如果就这么死掉该多好，什么烦恼都没有了，生前事一笔勾销。

可惜，再醒来时他正躺在病床上，戴着呼吸面罩，输着葡萄糖，周身都是消毒水的味道。他知道这个地方，瑞和医院的血液科。

王坤睁开眼，揭下呼吸面罩，扭头看到床边坐着几个警察，正睁大眼睛看着他。虽然他们都穿着便衣，王坤还是认得出来，这几位都是刑侦队的警察，前些天许乘月住院的时候来探望过。

所以是这些警察冲到他家里，把他救了出来？

他确定晕倒的时候没发出什么声音，引不来邻居，自己没报警，也不会有别人替他报警。

"好险，我进你家门时的第一反应是差点让人给跑了。然后在卫生间见到你的第一反应是，太险了，差点让人死了。"顾云风诚恳地对他说，"无论哪种，对于我们的工作都非常不利。"

"还好送医及时，你这贫血很严重啊。"顾云风关切地询问着对方的病情，"你知道自己得的是什么病吗？"

"知道，白血病嘛。"

周围一群人一脸"原来你还知道啊"的表情问他："那怎么不去治疗？"

"不想治，花钱打水漂罢了。"王坤挤出个笑容，然后转过头盯着窗外，不再说话。他其实是个很腼腆的人，别人跟他说话他一般都会有礼貌地回答，但他今天很累，很难受，也是真的不知道该怎么治病。

窗外飞过几只鸽子，它们悠闲地降落在别人家屋顶，歪着脑袋找吃的。王坤就盯着这几只鸽子，莫名觉得很羡慕它们。

见他身体虚弱又不太配合，顾云风只好挥了挥手，示意其他人先离开。和早上的失血晕倒相比，王坤现在的脸色好了许多，稍稍有了点血色，但整个人依然形销骨立，手背上的血管清晰可见。

那会儿冲进卫生间看见地上的鲜血和面色青白的人，顾云风心里真是吓了一跳，生怕当前的头号嫌疑人又丢了性命，导致整个案件难以推进。

还好他们到得及时，王坤没跑成，也救过来了。

"你还年轻，这又不是没有治愈的可能。"顾云风安慰着年轻的医生，神经始终紧绷。王坤在他眼里毕竟是江家灭门案最大嫌疑人，以一己之力杀害这么多无辜的人，心理素质很强大，从一刀毙命的刀口来看，身手也相当敏捷专业。

"如果化疗效果一般，还可以考虑骨髓移植。"顾云风说。

江家的案子里，除了江洋外，其他几位家庭成员都是被长矛刺中心脏一枪毙命。虽然王坤作为外科医生有着一些先天优势，但他毕竟是个病人，想要干净利落地杀死四个人难度太大。恐怕他最后杀掉江洋时，手就已经抖得快拿不住刀了吧。

他刚说完"骨髓移植"这个词，就见王坤冷笑了一声，翻了个身从病床上坐起。

王坤起身的幅度太大，扯到了手上的输液针，手上立马鼓起个包，渗出血来。

"喂喂，你轻点……"顾云风话还没说完，就看见王坤锋利的眼光直刺向自己，顾云风下意识地后退一步，膝盖撞到转角的柜子上。

"你知道骨髓移植要花多少钱吗？不能报销你知道吗？配型多难找你知道吗？"王坤语气突然激动起来，眼神中的锋利渐渐被荒芜取代，然后又陷入沉默中。

"你有成功配型过，可以二次回输。"

"你……"他猛烈地咳了几声，直视顾云风的眼睛，几乎指着他的鼻子说，"我不想再让她受到伤害，任何伤害都不行。"

下一秒，王坤按住胸口，才意识到警方已经查到他和林想容的关系了，而且自己还不小心承认了。

发现自己太冲动后，他叫来护士拔下充血的输液针，重新换了新的，然后平静地望着顾云风。

他们是怎么发现的？什么时候发现的？

警察已经怀疑到他了？

他记得十几年前的那个夏天，太阳升起的时候，他躺在病床上，不想洗脸，不想去刷牙，对什么都没兴趣。他觉得做任何事情都没有意义，说不定明天就看不见太阳了呢。

反正明天就结束了，今天努力地活着，又有什么意义？

——直到林想容的出现。

她就是他遥不可及的奢望，是绝望时令他动摇的唯一光芒。

他看着顾云风，无奈地笑了笑："警官，人一旦生了重病，就会把对生活的期望降到最低。"

"治疗太痛苦，生不如死。"

"病就不治了，工作我也辞了，就剩这么多天，我没什么亲人，找个地方自生自灭就好。"

说着他释然地笑了，抬头看了眼沿着刻度下降的药水。他难得温柔地看着那瓶药水，良久才低下头，把脸埋进指缝中。

在那温柔的眼神里，顾云风竟然看到了无限的眷念与不舍。

"你真的……可以联系林想容重新进行骨髓移植。"顾云风说。

王坤低下头轻轻笑了："我了解自己的情况，二次回输的成功率很低。"他低声说着，"和她流着一样的血，我们就是最亲密的家人，融进骨髓和血液，不分彼此。"

虽然说得很模糊，但顾云风知道他的意思，二次回输失败后，他就会重新配型，运气好找到适合的，换成另一个人的造血干细胞，林想容的血将慢慢地从他身体里剥离出来。

宁愿死也要和她流着同样的血，抱着必死的心情，他会为林想容做些什么呢。

好好照顾她？

时间不够。

照顾她的家人？

她和江家的关系一直在恶化。

那就只有替她扫清障碍，杀掉江洋。

"所以你就杀了江洋全家？"猝不及防地，顾云风走上前去，按住他的肩膀对他说，"现场留下了你的血迹。"

空气静得快要凝固，王坤抬起头，目光平静地问他："怎么确定那是我的血呢？DNA采样包括唾液、毛发、血液。"

"我的唾液、毛发，都和现场血液的DNA不一致。你们没有理由认定是我做的。"

进门后许乘月被吓了一跳。

乱糟糟的客厅不知何时恢复了整洁，出门前散落在地面上的木板钉子全部消失不见，而顾云风刚好从厨房里走出来，手里端着一道红烧鲤鱼。

食物的味道弥漫在空气中，他诧异地坐到餐桌旁，看着桌上就摆了这么一条鱼，上面撒了一圈葱和香菜，鱼头旁边放了一朵萝卜花。

"这花是你雕的？"

"对啊，你可以吃一口。把花让给你吃。"顾云风拿了两双筷子，接着又回到厨房，"还有个炒青菜，马上就好。"

许乘月看了眼很漂亮但让人毫无食欲的萝卜花，拿着筷子夹起鲤鱼眼睛。下一秒他就看见顾云风推开厨房门，一只手拿着勺子，另一只手端着盘炒菜心，挥着勺子对他说："你给我留一只，留一只眼睛。"

"都留给你。"许乘月嫌弃地看了眼，他本来是打算夹起来扔垃圾桶的，现在只能放下筷子一言难尽地问他，"你不觉得很恐怖吗？为什么会喜欢吃鱼眼睛？"

"怕自己眼瞎。"顾云风一本正经地说，接着满脸期待看着许乘月，"怎么样？好吃吗？"

许乘月夹了块鱼肉，肉质很鲜美，新鲜滑嫩，萦绕鼻端，边嚼边说："挺好吃的。"吃着顾云风做的饭，他突然觉得假如顾队天天做饭，自己多住几年也挺好的，包吃包住还不用洗碗，太幸福了。

"你今天怎么有时间做饭？"他突然想起顾云风今天早上跑去王坤家里了，假如找到了人，现在应该在加班审讯才对。

"没时间，只是诸事不顺，烧条锦鲤吃，希望好运降临。"

"你都把它吃了还哪来的好运？"

"心诚则灵，我都吃了，非常有心了。"顾云风言之凿凿地说着，自然而然地叹息一声。

"你们找到王坤了？"

"找到了。"顾云风极其苦闷地夹着菜，"他的病复发了，去他家的时候他失血过多不省人事，送到医院去了。"

许乘月放下筷子看着他，专注地听着。

"还好没多久就醒了，也承认林想容为他提供了造血干细胞，但他不承认现场的血来自自己。"

"毕竟这处血迹和林想容的DNA完全吻合，和王坤只是血液DNA吻合而已。"他忧心忡忡地说，"王坤身体其他部位提取的DNA还是来自他本人，和现场血液不符，这部分作为证据是有争议的。"

吃掉锦鲤后洗好碗筷，顾云风坐在沙发上，祈祷着时来运转，最好有一个新的有力证据从天而降，直接砸到他脑袋上。

幸运的是王坤短时间内无法再次进行骨髓移植，顾云风抱着一丝侥幸去争取这个证据的有效性。

假如王坤再次进行骨髓移植，新的血液就和案发现场的完全不一致，而林想容又有不在场证明，两个人都能轻松脱罪。

"证据不足，就去找新的证据吧。"许乘月看着自暴自弃躺在那儿的队长，手里拿过一本书。他想不出什么话去鼓励对方，但觉得肯定会有其他证据的，一个能把自己的血迹留在现场的人，肯定还会犯下别的差错。

顾云风闭上眼，那些血迹仿佛听见魔咒后迅速膨胀，沿着街道流进藏污纳垢的下水道，最后回溯到锋利的刀刃上。

他似乎听到刀尖切开皮肉的声音，回溯的血又重新流出，染红被光照亮的街道。

王坤是被早上的阳光照醒的。他翻了个身，本想继续睡觉，却突然意识到有光照进来，是窗帘被拉开了。

他微微睁开眼，果然看见一个上了年纪又眼生的警察坐在他旁边，居高临下地看着他。

他翻了个身，用胳膊挡住双眼，遮掉破窗而入的阳光，皱了皱眉。也许居高临下这个词用得不对，对方可能只是单纯地视线高于他。从昨天开始，他就被这些便衣警察日夜不停地盯着，根本找不到单独出去的机会。这一点让他挺困扰，如果警方依然找不到证据，他们没有理由逮捕他，但一直跟在左右也挺恶心自己的。

本来就活不久了，还被困在医院里。

他还有很多想做的事，这些事大多都是和林想容一起，一起看山海，一起渡江河，坦然地接受生命倒计时。

"现在什么情况？"听到一个熟悉的声音，王坤微微侧身，看到顾云风后还是恢复到原来的姿势继续装睡，闭着眼一言不发，就当什么都听不见。

"他完全不打算配合治疗，连化疗的兴趣都没有，基本处于等死状态。"秦维摊手无奈地说，"我也没办法，能力有限，只能帮你看着人，做不了心理辅导。"

顾云风赶紧摆手说哪里需要您的心理辅导，别把好好的人辅导出毛病就谢天谢地了。说完他也坐在一旁，和秦维一起盯着背对着他们的王坤。

窗帘被全部拉开，阳光照进来，整个病房瞬间光芒万丈。而王坤面对着光源一动不动，大家心里都很明白，他在装睡。

逃避有什么意义呢，躲得过初一躲不掉十五，只要有罪，逃到天涯海角也一样会追他回来接受正义的审判。

王坤这样不配合，搞得顾云风很有点尴尬，他和秦维在王坤背后大眼瞪小眼，叫了几声"王医生"王坤也没反应。

顾云风推开椅子，利落地站起来，往前走几步打算稍稍野蛮点让对方装不下去，此时兜里的手机突然嗡嗡嗡地振动起来。

他看了眼来电显示，是应西子打来的。犹豫了一下，他还是跟秦维指了指外面，就赶紧离开了病房，找了个没什么人的地方接听电话。

"大小姐，什么事？"他诧异地打了个招呼，对方立马噼里啪啦地甩来一大堆问题。

"带身份证了没？"

"带了……"

"医保卡呢？"

"好像没……"他摸出钱包，瞅了瞅里面，意外地发现医保卡正躺在内侧一个夹层里。

"啊，我带了。"

"现金有吗？"

"有。"

话音刚落就听到对方一颗心终于落地的长叹，应西子毫不客气地对他说："顾队，带着你的身份证、医保卡、现金还有你本人，马上到住院部旁边的体检中心来。"

"我知道你在住院部。"她补了一句，尾音向上，带着一股得意的味道。

"你要干吗？"顾云风揉了揉眼睛，走出住院部时顺便在便利店买了瓶无糖雪碧，听着电话那边的女孩语气颇有不满地说："乘月今天体检，你过来陪他。"

这样啊。他应了一声挂断电话，过了一阵子越想越奇怪，许乘月体检让他去干什么？难道应西子知道什么了？

走到体检中心大门时他又意识到：许乘月今天体检？他怎么没告诉自己？

许乘月早上醒来的时候，顾云风已经上班去了。他拿着床头柜上的手表看了眼，九点二十，八点的闹钟莫名其妙没有响。

手机开机，他才发现应西子给自己打了十来个电话，上周约了今天体检，他不仅忘了这事，还睡过点了。

洗漱后换好衣服，他匆匆出了门，往医院去的路上他有点恍惚，坐在出租车的后座一直打瞌睡。昨天很晚他才睡着，躺床上翻来覆去，最后也只能拉开窗帘对着窗外的霓虹灯发呆。

他这段时间渐渐发现，自己的生活因为去年那场意外被生生割裂成了两个时期。意外前的记忆通通混淆不清，他好像什么都记得，但又全都记得不清不楚。

意外后的记忆倒是清晰无比，又总像是缺了什么。

看着天上那缺了一块的月亮，没有星光只有灯光，坐了一会儿又继续躺在床上，缺什么呢？

他在车上一路想着这些乱七八糟的事情，到瑞和医院时要不是司机敲了敲隔离窗，他大概会一直恍惚下去，哪怕开到外省都注意不到。

到达体检中心的前台时他看了眼手表，已经迟到了。应西子已经等了很久，盯着大理石地砖上反射出的倒影。

前台美女笑容甜美地问他要证件时，许乘月才意识到自己犯了个大错误，出来的时候太匆忙，除了手机什么都没带。身份证、医保卡、社保卡通通没有，甚至连钱包都没带。

"没有预约吗？"他问应西子，对方一脸尴尬地拍了下前台的桌子，嘴上说着这几天太忙忘记预约了，可就算预约了现在也要用身份证件登记啊，光凭预约短信没用。

"那就好办了……"许乘月走到前厅的休息室里，找了个空位坐下。

"你想干吗？"

"用别人的啊。"他从风衣口袋里掏出手机，在通信录里找到顾云风的电话，刚准备拨通，想起前几天发生的各种事后又犹豫了。

许乘月收起手机，用恳求的眼神望着一脸迷茫的女孩："西子，你给顾队打个电话吧，他就在旁边的住院部。"

"警察能管这种事？"她睁大眼睛，满脸的不可思议，"难道能现场帮你开个身份证明？不符合程序啊！"

"我用他的证件。"许乘月接着说，"反正都是男的，做的检查也差不多，有体检报告就行，谁会在意上面的名字。"

应西子坐在布沙发上，抓着她新买的MINI机车包，手指无意识地抠着上面昂贵的铆钉，脑袋里迅速过了一遍整个流程，发现还真没什么大问题。

"那我给他打了？"

"打吧，打完我好吃早饭。"因为饥饿他已经有点头晕了，看了眼时间刚好十点。再过一会儿估计体检中心都不提供早饭了，到时候他就只能一直饿到中午。

"你自己怎么不打？"

他撩起袖子，露出精瘦的胳膊，已经做好抽血准备。"你是医生，他听你的。"

好像也挺有道理……于是她就同意了。

应西子拿着顾云风的一堆证件站在两人中间。

她瞅了眼证件上的照片，感叹身份证照片都能拍成这样，底子相当不错啊。然后抬头看着默不作声的许乘月，总觉得气氛怪怪的。

再转身看站一旁的顾云风，他的表情也挺僵硬的。

在应西子思索着两人是不是吵架了的时候，顾云风终于拘谨地开了口："要用我的身份证去给许教授体检吗？"

"啊对，你这么快就看出来了，聪明。"她愣了一下，指着前台美女和她旁边的窗口说，"顾队，你先去前台登记，然后再去旁边窗口缴个费，把体检单领过来，就没你事了。"

顾云风照做了，然后看着应西子把身份证和体检单塞到许乘月手里，得意地拍了拍许教授的肩膀："拿着吧，这会儿你就是顾云风了。"

他情不自禁地翻了个白眼，看着许乘月在护士的指引下往抽血室走去。他刚刚很想跟许乘月说几句话，但有别人在这儿又觉得什么都说不出口。

"这……就没我什么事了吧？"

"有的啊。"应西子从她的小包里找出一支口红，踩着红色的细高跟，站在一个反光柱子前涂着口红。

"刚刚前台留的是你的号码吧？"

顾云风点头。问他电话的时候他也没多想，就报了自己的。他看许乘月的脸色不太好，估计是低血糖，所以也不想耽误他体检，赶紧该干吗干吗。

"那体检报告的通知信息也会到你那儿，你到时候记得给他。"

应西子旋转着手里的口红，叹了口气合上盖子，放进包里。

"是挺危险的……也不知道他被谁盯上了。"她没有离开，而是找了个位置坐下。

"其实，以前体检的时候，我都会提前预约，然后嘱咐乘月带好身份证，但是这次没有。"

"你是故意的？"顾云风有点意外，笑了笑坐在她旁边。

"我本来想随便找个人领一张体检单的，但乘月说你在这儿，就叫你过来了。"她双臂交叉抱胸而坐，双眼望向远处的房间。

环顾四周，发现并没有人注意到他们俩，又过了好几秒，她才缓缓地说："我觉得吧，瑞和医院，是有问题的。"

"我爸，也有点问题。"

"啊？"顾云风下意识地捏爆了体检中心发的一个气球礼品，啪的一声，遮住了他的那声惊叹。

"你爸？"

当年许乘月坠楼后，直接就被送到了瑞和医院ICU。如果许乘月的意外坠楼有什么隐情，最先牵连到的也的确是接收他的这家私立医院。

"你发现什么了？"

"我前几天整理了一下乘月这一年来的体检报告。"她皱着眉头，从手机相册里翻出自己拍下的报告单。

"乘月每次的体检都很全面，每隔半年还会做一个全身的核磁共振。"

"体检要做全身核磁共振？"

"我爸让弄的，也不知道为什么。"她无奈地摊手，接着说，"这些都不用在意，关键的是，后来我比对了一下体检报告中脑CT的片子，你猜发生了什么？"

"脑CT的检查结果被修改过？"顾云风试探着问，他下意识地就想到这种可能。

应西子点头："一共十二张片子，每张都一模一样，每次都用的是同一个检查结果。"

完全一样。把它们放在软件里严丝合缝，连个不一样的角度都没有。

"真的片子被人为替换掉了，这些检查结果里，藏着什么秘密吗？"

许乘月做过开颅手术，还一度被诊断为脑死亡，医院天天给他下病危通知单，差一点就直接铺上白布变成青烟了。针对他这种情况，脑部应该是被密切关注的地方，而瑞和医院的体检中心，却用十二张一模一样的虚拟脑CT图欺骗了他。

"我试探过乘月，他没注意到这事。"应西子捧着脸满脸纠结，"我爸给他做的手术，他又是主治医师。这事啊，肯定跟他脱不了干系。"

"你问问应医生呗。"

"问过了，他老人家精明着呢，每次都把话题带偏。"

"那别别问了。"顾云风靠在沙发靠背上，他明白应西子的用意，以他的名义让许乘月去体检，得到的就会是真实的体检报告。

真实的体检报告会是什么样子的？

他苦笑了一下，估计随着时间推移，自己和许乘月的这些故事牵扯越来越深，说不定还能见到更多不可思议的事情。

顾云风没见过应邛，一次都没有。这位赞誉颇高的神经外科医生太忙，忙到根本没有机会让他见到。

他换了个姿势，身体向前倾坐在沙发边缘，双手交叉撑着下巴，不由自主地就把江海的事和江家的案子联系到了一起。江海和许乘月的情况多少还是有点相像的，所以林想容把他转到瑞和医院，而主治医师也同样是应邛。

还有灭门案里目前嫌疑最大的王坤，他可是应邛的助理医师，亲自带的徒弟。

所有的事情好像都在长出分支，分支又交叉成一个点，越描越深，深成一个没有尽头的黑洞。体检中心的人越来越少，只听见几个护士聚在一起聊着八卦，谈论着医院里新来的医生。

他手撑着膝盖站起来，拿着手机，翻出一张自己拍摄的王坤的照片："西子，你认识这个人吗？"

"这谁啊？"

"王坤，土申坤，你爸的助理医师，一个帅哥。"

"不认识。"她盯着照片看了半天，摇摇头否认。

"那……拜托你帮个忙，向你爸打听下这个叫王坤的人。"他期待地看着女孩，"就说你今天在医院见到他了，长得太帅，对他有意思。"

"谁对谁有意思？"她愣了足足十几秒，伸出手啪的一声打在顾云风后背。这一声很响亮，对方无动于衷，她自己倒是手疼得叫了出来。

"我见都没见过这人好吗？！"

体检结束后，许乘月直接去了学校，这几天刚开学，下午他有两节课，都是照着书就能讲的数学基础课。路过图书馆前的草坪时，他看见陆永带着他女儿然然在阳光下看书，陆亦然的头发终于变回了黑色，她穿着蓝白色校服，一脸的不情不愿。

倒是陆教授很满意地在给她讲题目，脸上难得出现了笑容。

他在教职工食堂吃了午饭，虽然早饭吃得晚他还不饿，但他从小就养成了习惯，该吃饭的时候必须吃饭，所以强迫自己吃了点东西。他一个人坐在休息室的仿皮沙发上，保温杯接了杯开水放一边，闭着眼打算休息一两个小时。

可他闭着眼也休息不好，感觉脑子全乱了。

两个小时前，他拿着体检单去拍了脑部CT，忽然注意到这次拍CT的地方和以前不一样，这明显是一个更加开放的环境，而他之前被引导去的拍片场所，都异常私密。

走进CT室的时候他就感觉不对劲，他刚做完核磁共振，振得脑袋嗡嗡嗡响个不停。结果片子拍到一半医生就停住了，看他的眼神一言难尽，指着电脑上的画面召唤了另一个小医生。

虽然隔了一道玻璃，但许乘月还是听到了两个人窃窃私语的交谈。

——他脑袋里是有什么东西吗？这里密度明显高于其他部位。

医生同情的眼神让他的心脏一阵抽搐，站在一旁差点没喘过气来。

"你之前做过手术吗？"小医生趴在桌子上认认真真地看着那几张片子，眼光始终集中在某个部位，大概就是所谓有东西的地方。

"去年做过开颅手术。"

"哦……难怪了。"两个医生恍然大悟地点着头，讨论是不是手术时医生给他脑袋里装什么东西，话题从黑客帝国一直延伸到了人工智能。讨论结束后两个医生还一脸好奇地盯着他，问他脑袋里究竟装的是什么。

"不知道……"许乘月如实告知。他怎么会知道呢？

在沙发上放飞自我了一个小时，他终于还是睁开眼去了教室。

以前拿着自己名字的体检单去检查时，从来没有遇到过这些事情，给他做检查的全程就是那一两个医生，他们始终面无表情，不多说一句话，就连最后的体检报告他也从来都不看，全让应西子研究之后反馈给自己。

那时候他习以为常，没觉得哪里不对。今天突如其来的态度转变才让他意识到，他以许乘月的名义在瑞和医院受到的种种待遇，或许通通都是不真实的，都是有所隐瞒的。

如果追溯到最初，就是他坠楼在这里接受手术的时候。这个极其成功的、将他从死亡线上拉回的手术，究竟是真的吗？那场意外的坠楼事件，真的是他记忆中的那样？

假如它们都是真的，有没有悄悄欺瞒他什么？

马路上横冲直撞地开向自己的无人驾驶汽车，手表里安装的GPS定位……这一切都让许乘月毛骨悚然，以至于上课铃响的时候，他才发现自己已经站在讲台上了。

放眼望去，教室里基本坐满了，没什么人逃课。他看着人群感觉心里好受了些，至少这些朝气蓬勃的年轻人，能让他感受到世界的真实。

他们是真实的，那他也是真实的。

打开投影仪，不用书本，许乘月对着课件开始讲实变函数的测度论。对于大多数学生而言，这本来就是个无聊又难懂的课程，讲得再生动，也没那么好理解。

况且，他讲得也不生动，几乎就是照本宣科，照着他脑袋里记得的内容念一遍，讲几个题目，再给学生布置作业。按照他以前的经验，每次上课前会收上周布置的作业，基本上有一半人是抄的答案，剩下四分之一是瞎写的，还有四分之一是认认真真自己做的。作业跟期末成绩挂钩，占个百分之二十的比例，所以大部分人还是会交作业的，而无论他们做得对不对，许乘月一般都给满分。

他记得当年自己可没这么好运，他选的导师是陆永，导师表面温和实际上非常严厉。至少陆永的课，他必须全力以赴不能出任何错误。现在这么多年过去了，之前的事情全都模糊不清，他评上了副教授，但精神上还是陆永的学生，那还是他尊敬的老师，说一不二，永远正确。

不知道是不是暑假刚结束的缘故，这些学生的兴致都不是很高，下课之后只有一个扎着马尾的姑娘跑过来，手里拿着自己的作业，看起来是要问问题。

　　这是新学期的第一堂课，大部分学生的名字他都记得，但人脸对不上。不过这个跑来问题的女孩不一样，她是他今年新带的学生，叫邱露。去年一整年他都没有带研究生，今年才重新开始收学生，这个邱露还是陆永推荐给他的。

　　"许老师，这道题我哪里做错了？"她指着一道课后习题问，然后把自己的做法拿给许乘月。

　　"证明正线性算子的一致收敛性？九十七页的三个定理，还有九十五页的基本定义。"他停顿了一下，然后对女孩说，"理解它的基本定义，然后把这三个定理都用上，怎么用，还是要你自己想。"

　　"许老师，我发现你讲课从来都不备课。"她把本子卷好放在手里，眨着眼睛说，"你是什么都能记住吗？"

　　"也没有吧。"许乘月愣了一下，他不太明白邱露要表达的意思，在他看来备课跟记忆力并没有关系。

　　"我们发现你讲课的内容，跟书上完全一样啊，但是你又没拿着书，课件内容也很简略，你是怎么记得这么清呢？"

　　"可能……看得多了吧。"许乘月脱口而出。但下一秒他就意识到，这本书他不过看了两三遍。

　　"不可能啊，许老师你当老师的时间也不是很久，你是不是天生就过目不忘啊？"

　　"当然没有。"他笑了笑，没有继续说下去。可这一刻他意识到一个问题，这一年来，他的记忆力确实好到超出了人类极限。虽然很多不重要的事情他不会记下，但那些有用的、重要的，比如监控录像里每一帧画面中的每一个人，他都肉眼可见地记录在自己的脑海里。

　　就好像拥有了一个记录记忆的数据库，一切记忆照单全收。

　　女孩后来说了些什么，他回答了什么，等他回过神的时候都不太记得了，他只发现自己坐在教室里，周围一个人也没有，灯还开着，投影已经关掉，喧嚣声从窗外传来，世界却安静极了。

　　已经下课了。

　　他心里突然非常非常难受，沮丧、恐惧，所有不安的情绪涌上心头，带给他一种空虚和饥饿感。这种不安让他特别想吃东西，特别想说话，想做一些他平时根本不会做的事情。

他应该找谁呢？应西子？还是顾云风？或者刑侦队的其他人？

思考了一会儿，他还是给顾云风打了电话，他想立刻听到嘟嘟嘟的电话音，想马上听见顾云风的声音，想看见他，想看见更多的人。

以此来确定他眼中世界的真实性。

五秒内他就听到了对方温和的声音。

"你下课了？"

"嗯。"他坐在教室的座椅上，周围没人，但他还是压低声音，"晚上我们出去吃个饭吧。"

"好啊。你想吃什么？几点？"电话那头有一阵嘈杂的背景音，听得出来他还在医院。

"就现在吧，都五点了。吃什么你定，大众一点的。"

"大众一点的？那咱们去吃烧烤啊。"

他没有犹豫，说了声好，让顾云风找个店，再把地址发给他。

"应西子也在哦。"

"那更好。"许乘月笑了笑说。

如果放在之前，他肯定会摇着头说垃圾食品，不适合食用。可刚刚顾云风说出烧烤这个词时，这些曾经被他粗暴地定义成好与坏的东西，让他有了种从未体会过的熟悉感。

顾云风在医院附近的一条老街上找了个烧烤店。店面挺大的，露天花园，挂了一排彩灯，一到晚上就烟熏火燎。他一开始想找个酒吧什么的，但许乘月说的是吃饭，不是喝酒，所以还是烧烤吧。

从医院的体检中心离开后，他被迫和应西子开了许乘月案件的第三次小组会议。

"你了解许乘月他们实验室最近的那个项目吗？"顾云风一边用手机回邮件一边扒拉着自己盘子里的牛排。

"那个什么侦探？"

"嗯。"他切了一块牛肉放进嘴里，"我这段时间突然对这个东西很感兴趣，去查了一下，发现他们实验室从三年前就开始研发AI侦探了。而在此之前，有家公司有个类似的项目。"

"智因科技？"

"对，就是许教授实习过的那个地方。也是上次你说的，怀疑林想容任职过的地方。"顾云风接着说，"你应该知道，智因科技和你们学校AI实验室的关系。"

"嗯，金主和小弟的关系。"应西子一脸惆怅地说。

而这会儿，他们坐在街边的木头椅子上，老远就看见许乘月慢悠悠地从烟火中走过，身上沾不到一丁点俗气。他穿着件深蓝色衬衣，一脸淡漠，整个人显得非常清冷，在这种市井街巷中尤其显眼。

"你要吃什么？我刚刚把菜单上海鲜以外的都点了一遍。"他看着许乘月拉开旁边的椅子，然后自己跑去找老板要了几瓶啤酒，整整齐齐地摆在自己面前。

"喝酒吗？"话刚说出来，他想起什么，指着应西子立刻改口说，"之前她说你不能喝酒……我得先请示下应医生，许教授能破例喝个酒吗？"

"我还让他晚上十点必须睡觉呢。"应西子翻了个白眼。

"是是是，你们都是为我好。"许乘月自嘲地笑笑，自从搬到顾云风那儿后，他之前的生活习惯通通改变了。

事实证明，过得不那么规律，也活得挺好的。

"没事，我喝一点吧。"许乘月拿起一瓶，拉开拉环，倒进面前的一个杯子里，一口气喝了半杯。旁边那条马路上一直有人在飙车，一辆接一辆呼啸而过，吵得报警器接二连三地响。有女人扯着嗓门训斥着男人，还有小孩子在哇哇大哭。

很吵，很乱，但他觉得挺喜欢。

老板端来一大盘子烤串，牛肉羊肉羊腰子，还有茄子韭菜什么的。整整齐齐地在铁盘子上列了三行五列，层次分明规律明显。第一行全是肉，第二行都是菜，第三行，是几条孤零零的秋刀鱼。

"老板，来盆小龙虾。"顾云风用筷子挑了挑秋刀鱼，用力把柠檬汁全挤在上面。也许是看这鱼太孤单，他把它们的位置换了下，让两只鱼嘴对嘴靠着。

真是无聊的恶趣味……他看着顾云风在那儿摆位置，就那么四条鱼，折腾来折腾去，最后不还是要吃进肚里。

不过看着他专心地折腾那四条鱼，许乘月的嘴角还是不由自主地向上翘起。

"你不喝酒吗？"他指着顾云风杯子里的大麦茶问。

"我还要开车呢，给你点的。"

"哦。"他应了一声，有点失望，默默地喝掉剩下的半杯。

可想了一会儿他还是觉得不甘心，伸手拿过顾云风面前的杯子，把茶水直接倒在了旁边的花坛里，然后迅速开了一瓶，倒了一整杯。

"不能我一个人喝。"他笑了一下，拍了拍应西子的肩膀，"她可以送我们回去。"

"你们俩要不要脸啊！"

天已经完全黑了，身后是鼎沸的人群。风从远方而来，混合着城市的尘埃，吹进他的血肉之中。

让他在这充满烟火味的小店里，逐渐变成一个不一样的人。

图书在版编目（ＣＩＰ）数据

启明 / 竹宴小生著.
— 武汉：长江出版社, 2021.12
ISBN 978-7-5492-8066-7

Ⅰ.①启… Ⅱ.①竹… Ⅲ.①幻想小说—中国—当代 Ⅳ.①I247.5

中国版本图书馆CIP数据核字(2021)第245352号

启明 / 竹宴小生 著

出　　版	长江出版社
	（武汉市解放大道1863号）
选题策划	张才曰
市场发行	长江出版社发行部
网　　址	http://www.cjpress.com.cn
责任编辑	陈　辉
特约编辑	张才曰
印　　刷	环球东方(北京)印务有限公司
版　　次	2021年12月第1版
印　　次	2022年1月第1次印刷
开　　本	670mm×970mm 1/16
印　　张	30
字　　数	560千字
书　　号	ISBN 978-7-5492-8066-7
定　　价	78.00元（全两册）

MEMORY
HOUSE

影视版权代理，请联系版权经纪人：
王女士010-57194853 wangjun@membook.com QQ：59216179

启明 下

BEFORE
THE
SUNRISE

（全两册）

竹宴小生

著

长江出版社
CHANGJIANGPRESS

目录

第十一章

应西子回到家的第一件事就是脱掉外套脱掉鞋子。她喜欢鞋跟细细的高跟鞋，好看，优雅，就是穿着难受。她心疼地看着自己红肿的脚趾，换上拖鞋打算去卫生间冲个澡。走过客厅时她开窗开灯，结果意外发现卧室门虚掩着。

有谁在里面吗？

她小心翼翼地走过去，尽量不发出什么声音。轻轻推开白色的木门，看见她爹应邝正躺床上，手里拿着个游戏机，正聚精会神地打着游戏。

"爸。"她一头黑线地叫了下应邝，对方还戴着个耳机无动于衷。

应西子只好直接走过去，把其中一个耳机从她爹耳朵里摘下来，瞪着眼睛看着他。

"你今天去哪儿了啊？"

"医院啊，有个手术。"

"骗人，我今天也去医院了，你助理说你没来。"

应邝看着游戏机上出现的GAME OVER的字样，爬起来坐在床上，摘下另一只耳机，一脸慈爱地看着自己女儿："你去医院干什么？"

"给乘月体检。"

"我怎么没收到消息？"听到这话，应邗的脸色很不好看，他先是愣住了，而后目光凌厉地逼近她。他属于那种长相和蔼的人，这么突然的变脸让应西子很诧异，她赶紧改口说："他没带证件，就算了，过几天再和他约个时间。"

听到她这么说，应邗的脸色才缓和起来，几秒之后又恢复如初。

"爸，你还没回答我呢，今天到底去哪儿了啊，回来这么早？"这会儿还早，在她的印象中，应邗从来没有在晚上十点以前回过家，从来没有在天黑以前出现在她面前过。

"开会，有个情况复杂的病人。"他低下头，站起来拍了拍衣服，搭着她的肩说去客厅坐坐。

"有多复杂啊？"

"就和……乘月当时差不多吧。"

"那是挺复杂了。"她点点头，许乘月之前能救回来很大程度上是运气好，后来接到的几个类似病例，最终还是以患者的死亡而结束。但有许乘月这个例子摆在这儿，依然有很多家属抱着一线希望专门来瑞和医院找应邗。

应邗拉着她坐在沙发上，打开电视，电视中播着财经新闻。新闻里先是简略说明了江家案件的进展情况，然后开始大篇幅报道智因生物正式上市后连续涨停的新闻。看到这条新闻应邗皱了皱眉头，不耐烦地换了台。

他调了一圈，最后换到一个纪录片，讲美食的。接着他闭上眼小憩一会儿，过了十几分钟才换个坐姿，似乎下了很大的决心，声音略带沙哑地对她说："西子啊，刚好你也回来这么早，有个事想跟你商量一下。"

"什么呀？"她洗了两个苹果放桌上，自己拿了一个。

"现在……谈男朋友了吗？"

"啊？"应西子放下被咬了两口的苹果，奇怪她爹怎么关心起这个来。

"没有。"

"没找到合适的吗？"

"我有喜欢的人。"

"怎么没跟我们说过呢，表白了吗？"

"表白过，被拒绝了。"她从来没跟父母说过自己喜欢许乘月的事，他们一直忙于工作，也从来不关心这些。应邗这会儿问这些事，她也说不清心里是惶恐还是受宠若惊。

"那就换一个，别在一棵树上吊死。"

"是啊，换一个吧。"她心里有点难过，"我总觉得，他不在了。"

"不在了？去了别的城市？"

"可能吧。"她笑了笑。

"既然已经是过去式了，就不要纠结于以前的感情了。"应邘抓着女儿的手，语重心长地跟她说，"你也二十五了，该考虑考虑终身大事了。"

"还好，我也才二十五……等等，什么意思？"她有一种特别不好的预感，眼睁睁地看着应邘满脸慈爱地从手机里翻出一张照片，照片上一个娃娃脸的男生笑得很阳光。

"这是我一个朋友的小孩，小伙子挺帅的，智因科技的工程师，你们要不要聊一聊？"

相亲？

她接过她爸的手机，盯着那张照片越看越觉得眼熟。

"这人我见过的呀。"这男生是许乘月的同门师弟，和他们都是一个学校的。以前在联谊会上见过，长得很显小，个子也挺小，看起来像未成年。这种娃娃脸真不是她喜欢的类型，出门走一起就像姐弟俩，她肯定浑身不对劲。

"你认识？那更好。"应邘一听就乐了，以为有戏。

"他叫什么来着……好像姓谢吧？"

"谢屿安。"

"哦，是叫这么个名字，他是乘月的师弟，我们一起吃过饭。"

"对他印象怎样？"

"和我差不多高，长得太年轻，比你这张照片上看着还小。"她撇了撇嘴角，"这人当时好像对我有意思，加过我好几次，不过我没理他。"

"干吗不理人家小伙子，又帅又有才华，听我朋友说啊，性格也很好啊，家世也不错。"

"那我以后高跟鞋都穿不了。"她脸上的笑容渐渐消失，最后拉着个脸，生无可恋地瞪着自己的老爸。

"身高不重要，这种东西都是虚的，你们这些小姑娘啊，要多关注下男孩子的内涵。"

她不知道应邘今天抽了什么风，非要给自己介绍对象，以前在她的感情上从来都不闻不问，一天之内就变脸想让她赶紧嫁出去。不过她还是幸运的，因为老妈今天加班，这会儿她只用面对应邘一个人。要是她妈妈也在，夫妻俩一唱一和，估计转手就把她给嫁了。

她还很年轻，内心还是少女啊！

"爸！我不要去相亲！"应西子坚定不移地抗议着。她不想相亲，不想和自己没兴趣的人相处，她对这人一点好感都没有，微信都懒得加。

"这怎么能叫相亲，就是认识认识，你这么大个姑娘了，多结交些异性朋友也是好的。"

她坐在沙发上皱着眉，搓了搓手心，一分钟内想了十七八种解决办法。最后她突然想起早上顾云风跟她讲的事，心虚地说："我……我已经心有所属了。"

"西子啊，人要往前看，不要钻牛角尖。"应邗无奈地摇摇脑袋，握住女儿的手腕，"你喜欢的那个人已经是过去式了，爱一个值得你爱的人，一个爱你的人。"

"不是那个旧的，新的。"

"新的？"

"嗯，我前段时间去瑞和，对一个小哥哥一见钟情了。"她清了清嗓子，挺直腰背，拿起之前的苹果继续啃着。

"医院的病人？还是工作人员？"应邗看起来受到了极大的触动，握住应西子的双手轻轻松开，嘴角僵硬地动了两下，拿起桌上的杯子喝了口水。他张开嘴像是有很多话要说，最后也只是问了这么一句。

"医生，不是病人。"

"他叫什么？我说不定认识。"

叫什么……叫什么来着？她努力回忆着顾云风说的话。

——拜托你帮个忙，向你爸打听下这个叫王坤的人。就说你今天在医院见到他了，长得太帅，对他有意思。

"王坤，土申坤。"应西子诚恳地对自己亲爹说。

下一秒就看见应邗被水呛到，猛地咳嗽起来。

"不行。"应邗把杯子重重地扣在桌子上，"马上打消你的想法，相亲去。"

"为什么啊？"她翻了个白眼，刚刚还假惺惺地说不是相亲，这会儿就原形毕露了。明明是一家人，你骗我我骗你的，累不累啊。

"他已经离开医院了。"

"那挺好啊，跳槽嘛，很正常的事，说明人家对事业有追求。"

"你知道他为什么离职吗？"应邝捏了捏自己的太阳穴，欲言又止，犹豫了好久还是吐露实情，"他现在的身体状况很糟糕，小时候得过白血病，做了骨髓移植，现在复发了只能回家休养。"

"天哪。"她捂住嘴巴。

"你看看你这表情，觉得他可怜？同情心泛滥？"看到应西子一脸迷茫不忍心的模样，他气得直拍桌子，"他是可怜，但也可怕可恨，这个人现在是警方的重点监控对象，他是江家那个案子的重大嫌疑人，你怎么会喜欢这种人？"

"不过也不能怪你，也怪我，我怎么收了这种人做学生？人家江家跟他什么冤什么仇，恩将仇报，用那种狠毒的手段把人全家都害了。"

"江洋那个案子？"应西子此刻满脑袋的问号，什么嫌疑人、什么重点监控对象，这些她怎么就完全没听说？江家那个案子她知道，只是具体细节不清楚，据说手段很残忍。

她冷静了一下，飞快地理清思路。

所以，顾云风这个浑蛋让她骗自己爹，说自己看上了一个灭门案的嫌疑人？天哪，他居然让她说自己喜欢一个手段残忍无恶不作的可怕凶手？！她白皙的手背上顿时青筋暴起，后背和手心都在冒冷汗，好容易才深吸一口气努力让自己冷静下来。

毕竟戏还要继续演下去，该套的话还是要套出来。

"嫌疑人？他是嫌疑人？警方有证据吗？说不定人家是被冤枉的呢？小哥哥看起来就是好人啊，怎么会手段那么残忍？"她嗓音尖细地嚷嚷着。

"……你自己好好想想吧，后天晚上，和小谢见一面。"应邝终于受不了这个愚蠢的女儿了，他站起来，恨其不争地叹了口气，走回了卧室。

顾云风和许乘月刚回去，就接到了应西子的电话。

"顾云风你这个王八蛋！"应西子气急败坏的声音从电话那头传来，穿透力极强，振聋发聩，他赶紧把听筒移到距离自己二十公分开外。

"怎么了……姑奶奶？"顾云风战战兢兢地回着话，"息怒，息怒。"

"早上你让我帮你套我爸的话，打听那个叫什么王坤的。"

"对，您有配合我们警方吗？"

"我有啊，回去碰见我爸我就按照你说的那样问他了。"

"结果呢？"他回想了上午的情况，他当时建议应西子以看上王坤为由去跟应邶打听情况，看她这反应，大概真的是认真配合了。

"结果？结果就是我现在才知道，这个我从未见过的人是重大刑事案件的嫌疑人，你怎么忍心让我欺骗自己的父亲，说我喜欢一个残暴的恶人？"

她因为愤怒，声音真的极具穿透力，许乘月在一旁听得笑个不停。

"我现在明白了，你就是在利用我，利用我跟我爸的关系，去打听这个嫌疑人的情况，顾云风，你的良心去哪里了？被狗吃了吗？"

"这……是我的错，我向您道歉，没有考虑到您的心情。"他诚恳地道着歉，说着过几天一定请她吃饭，随便她点，多贵都行。

可奇怪的是，应邶怎么会知道王坤是江家案的嫌疑人？这件事警方尚未定论，严格保密，而王坤已经从瑞和离职，应邶又是怎么了解到的？

"道歉？道歉有用吗？"应西子带着哭腔对他吼着，"你知不知道，就是因为这事，我爸已经下定决心要给我相亲了，我不想相亲，不想啊！"

"噗——"顾云风也终于抑制不住地笑起来，怕她听见，赶紧捂住自己的嘴巴憋回去。

"见过相亲对象了吗？照片有吗？"

"以前见过，算认识吧。"

"唉，那更好啊，大不了见一见应付一下你爸嘛。"他安慰着女孩，想起来第一次见到应西子时，对方可是由内到外散发着霸气的女神风范，这才几个月，就变这样了。

"应付我爸？相亲对象可是长着一张未成年的脸，我见到他就觉得自己在诱拐儿童！"

"不要太激动……只要对方真实年龄达标，警察叔叔不会去抓你的。"顾云风一本正经地开导着对方，"吃个饭而已，大不了你把'未成年'的脸想象成许乘月，不就好了嘛。"

"关我什么事？"许乘月一脸迷茫地看着他。

终于哄好了应西子，顾云风一脸疲惫地挂了电话。哄女孩子有时候真是个辛苦活，要承上启下还要联想她十几分钟前说过的某句话。但想到她真的有心帮他们打探消息，辛苦也是非常值得的。

"按照她的说辞，应邶已经知道王坤和江家的灭门案有关系，还先警方一步认定了他是嫌犯。"

"会是谁告诉他的呢？"

顾云风望着窗玻璃上两人的侧影，脑海里隐约勾勒出一个人影。

昏暗的灯光下，许教授的目光温和又谨慎，他犹疑了许久，转头问："你刚刚跟我说应医生可能有问题，是谁最先说的？"

"应西子啊，主动检举自己父亲，是亲生的吗？"顾云风漫不经心地回答，"如果是亲生的，真是非常有正义感的女孩，你错过了实在太可惜。"

"又关我什么事？"许乘月无辜道。

"我开个玩笑。"他温柔地笑了笑。

许乘月接着说："现在，应邝是我的医生，又是王坤的老师，又知道王坤这事……他确实知道得太多了。"

"能接触到这个案件的人，除了警方，就只有嫌疑人和受害人家属。"顾云风坐在沙发上，脑袋靠着自己交叉的双臂，突然坐起来睁大双眼，"哎他给你做的手术没问题吧？"

"没有吧。"许乘月嘴里这么说着，心里却咯噔一下。

他们两人轮流去卫生间刷牙洗澡，顾云风这才发现因为多了一个人生活，牙膏很快就用光了，轮到他时已经什么都挤不出来了。

很久没去过超市了，最近压根没注意到生活用品的消耗。他在客厅的柜子里翻来翻去，毫无意外地没找到备用牙膏。

"许教授。"他推开卧室门，可怜兮兮地跟他说，"牙膏没了。"

也不知道许乘月从哪儿翻出一瓶沾了不少灰的漱口水，准确无误地扔到他手里："你用这个吧，明天记得去超市。"

"这谁的？"

"你的啊，你看看生产日期，两年前的，买了就忘记了吧。"

"过期了？"

"过期就过期了，凑合用吧。"

洗漱完，顾云风看见卧室的灯还开着，许乘月坐在床上，旁边摆着几本书，床上散落着一些资料。

"你是打算通宵加班吗？"顾云风哭笑不得地走进去，坐在床边，估计许乘月是习惯一个人独占他的大床了，压根没给他留位置。

"没，我只是想到一件事……"

"什么？"

"王坤骨髓移植的费用，是怎么解决的？"许乘月抬头看着他。

"十四年前王坤接受了骨髓移植手术，林想容为他提供了造血干细胞。今天早上文昕去查了当时的住院记录，发现王坤和他父亲在医院住了很久，根本付不起骨髓移植的费用。"

"嗯。"许乘月点点头，"我猜，是林想容替他付的？"

"林想容当时是个学生，千里迢迢从美国跑回来，就是为了救这孩子。"顾云风说，"她应该是付不起这笔钱的，不过她是在和江海确定恋爱关系之后才去骨髓库捐的造血干细胞，那说不定……"

"是江家帮王坤出的？"

"应该就是了。"顾云风把书扒到一边，和许乘月坐在一块，"可惜现在缺少证据，现场的血迹无法形成有力的证据链。我们明天还要再去一次现场，看看能不能有新的发现。"

顾云风说着说着，发现许乘月一直坐在那儿发呆，满腹心事。

"你想什么呢？"他摇了摇许乘月的肩膀，对方这才回过神，莫名其妙地说了一句："我在想，她还蛮厉害的。"

"谁？"

"林想容啊。"许乘月解释说，"那时候她才二十岁吧，大学毕业后出国深造，恋上富家子弟携手为家族企业打下江山，中途还捐个造血干细胞收获忠实迷弟一枚。"

"真是精彩的人生。"他由衷地感叹着。

"忠实迷弟？"顾云风被他逗笑了，说这忠实迷弟可差点把她坑了，怎么就不小心留了血迹在案发现场。

顾云风回想了下自己二十岁的时候，那会儿他还在学校里，每天都在训练、上课，过着简单而毫无波折的生活。许乘月二十岁的时候又在做什么呢？他想象了一阵子，那时候的许乘月一定是光芒万丈的，事事顺利人生完美。他的父母还没出意外，他还在全力以赴地研究自己喜欢的学科和技术。

"你也很精彩的。"他对许乘月说。

"是吗？以前的事很多我都记不清了，只记得最近这一年的。"

最近这一年，指的是坠楼事故发生后到现在。顾云风靠近他问："这重生的一年感觉怎样？"

"很无聊，来刑侦队之前，每天只有两个地方可以去，家里和学校。遇到你之后，多了很多新的地方。"

"案发现场吗？"顾云风笑着说。

"我这些天总在想，之前的生活太无聊了，我很想体会一下不一样的生活。"

"什么才是不一样的生活？不一样的生活也很简单，就是吃不一样的食物，做没做过的事，和一个人、很多人，建立深度的情感和羁绊。"

千源别墅。

为了找到更为完整的证据链，他们又重新回到了案发现场。工作日的早上小区里没什么人，只有几个女人在遛狗，狗也很乖没乱叫。

"老大，我们现在要怎么重现犯罪现场？"

"哦，演被害人，你俩就坐餐桌旁吧，等着吃饭。"

"那你们呢？"

"我是凶手啊，一会儿许教授开车带我进去，你们俩赶紧就位。"顾云风摇下车窗，用戴着手套的双手遮住刺眼的光线。

舒潘和文昕赶紧点着头，转身先进了小区，再越过警戒线去了别墅里面。

过了几分钟，许乘月开着车，载着副驾上的顾云风进了小区。这几天小区的安保非常严格，小区加派了将近一倍的安保人员在绿荫遮日的路上巡逻着。

"从小区门口进去时会被一个监控摄像头拍到。"顾云风指着右上角转动的摄像头说，"在那儿。"

"然后直走，左拐，再右拐，进入地下车库。"

"江洋为什么会和王坤有联系？"许乘月开着车问。

"王坤说是为了江海转院的事。"顾云风开了窗，仔细观察周围的每棵树每盏灯每个可能有关联的物品。

"他们关系好吗？我是说江海和江洋。"

"应该好不到哪里去吧，对江海而言，这就是父亲小三的孩子。"

许乘月没有说话，一直沉默，直到车子开进车库，二人下车。

顾云风下车后在车库里转了一圈，每个角落都没放过，而且打开后备厢检查了里面的东西。

"这后备厢空间很大啊。"他试着躺在里面，"我都能勉强躺进去。"

他躺在里面敲了下四周，隔音效果挺好，如果有个人偷偷藏在里面，一时半刻前面的人应该发现不了。

车库内有电梯和安全通道直接通进别墅里面，电梯里的痕迹已经检查过，没有可疑人员的指纹。而事发当天别墅内处于断电状况，监控视频无法记录，电梯也是无法使用的。江洋和凶手是通过安全通道的楼梯进入了别墅内部。

江家其实有一个临时供电的机器，但当天只用在个别房间内。所以很可惜，监控摄像头没派上用场。

他们一起走安全通道，通过楼梯进入客厅。楼梯扶手上也没发现可疑人员的指纹，没有遗留血迹，也没有有价值的脚印。

推开楼梯口的门，就能看到坐在桌子旁边的舒潘和文昕。两个人百无聊赖地等着他俩，看到他们出来终于松了口气，摆了摆手。

"有什么发现吗？"文昕捧着脸趴在桌子上。

"没。"顾云风找了张椅子坐下，拿过桌子上的盘子把玩着。

"一点头绪都没有？"

"暂时没有发现。"顾云风摊手，弯腰检查了下桌子下面，除了垂下来的餐桌布，什么也没有。

顾云风回忆当时的场景，试想着凶手用刀的过程，脑海中突然闪过江洋腹部新鲜但不致命的划伤。

之前他们似乎忽视了这处不起眼的划伤，致命伤的凶器是别墅内部的物品，但造成这些划伤的工具并不是，他们在现场并未找到符合条件的刀。可在凶手是王坤的前提下，造成这些划伤的唯一可能就是他与苏醒的江洋产生了接触，然后用随身携带的刀具下意识地自卫。

身为医生的他，最可能随身携带的刀具，会是什么？

顾云风立刻给技侦室打了电话。他摘下手套，大步朝外走去："王坤所在科室的所有已用刀具，全部重新检验。"他松了口气，"希望能有个好结果。"

技侦室忙成一团。

小张给顾云风打了电话，说检测结果已经出来了。

"凶手在与江洋搏斗时使用的是一把执笔式手术刀，手术刀的刀片都是一次性的，但这把型号为10-27的刀片，显然违反了医用规定。"他推了推眼镜一脸严肃地说，"我们在盘子上的溶液中检测出其他人的血液，这把刀，应该是有人在手术结束后，偷偷带出来的。"

"还能带出来？"

"当然不行，所以说是偷偷。"

"能鉴定出是谁的血吗？"许乘月问。

"这就要顾队去联系一下相关医院了。让他们提供案发一个月内该院所有手术患者的血液样本。"如果检测出刀片上沾着谁的血液，就能找到那场手术，进而找到手术的所有参与者。

两杯咖啡，三层陶瓷甜点盘。

三层，对，就是三层！高热量，高脂肪，每一层都摆满了小甜点，马卡龙、杏仁蛋糕、欧培拉……她看着就够了！

"你不喜欢吃吗？"谢屿安好像永远都是一张笑脸，他满脸阳光地看着应西子，看得她都不好意思拒绝。

"喜欢，喜欢……"

"你这么瘦，吃点甜的没事。"

"我……也没有很瘦。"

"很瘦了，你就应该多吃点，不过这事交给我了，我肯定会让你长胖的！"

她忍住甩脸走人的冲动，冷冷地笑了一声。

"几年前我们见过一次，你还记得吗？"

"哦，记得。"她点点头，怎么会不记得呢，那次就一堆人一起吃了个饭，结束后这个叫谢屿安的男生就开始不停地给她发好友申请，频繁到她最后直接把他拉黑了。

她可是很少拉黑别人的，就是莫名对这个家伙喜欢不起来。

"你现在还在南浦大学吗？"

"对，我在校医院。"

"我也好久没回过母校了，什么时候回去看看，刚好见见你。"

"学校很近的。"

"唉，平时太忙了，今天还是因为领导请假，我才有机会调休一下，不然又有一大堆事。"

"你们现在还是九九六啊？"应西子问。

"不是，应该是十十七。"谢屿安一本正经地说，"这是真的。"

"那你有时间谈恋爱吗？"

"不然怎么单身到现在呢！"他委屈地苦着脸，尽管这样看起来还是阳光的。大概是意识到自己的话容易被误解，他立马求生欲极强地补充说："但是，如果是和你谈恋爱，我一定会有时间的！"

"哈？"她有点尴尬地坐在那儿，每一秒都想走人，但又觉得不好意思。

"你现在和许乘月联系多吗？"不知道该说什么，应西子终于还是把话题引向了他们共同熟悉的人。

"两个月前还帮他修过一次门。"他说，"也不知道被谁弄坏了，那门很结实的。"

"噗。"她忍不住笑了下。

"你知道是被谁弄坏的。"谢屿安很肯定地看着她。

"我是知道啊，不告诉你。"她嘻嘻地笑着，问他以前和乘月的关系怎么样。

"以前我和许师兄都在陆永老师门下，几年前我就出去工作了，他还在那儿，到现在都在那儿，虽然已经不是学生的身份。"

"什么意思呀，感觉你很同情他？"

"对。我很同情他。"他对应西子说，"能有哪个导师让自己的学生喝高了，高到从顶楼跳下去？他以为是风太大吹下去的吗？"

他的声音突然变得很大，引来周围一大群人的目光。

应西子被他突如其来的反应吓了一跳："他说是看星星。"

"看星星？现在光污染这么严重，大晚上的能看见几颗星星啊？"他不满地嘟哝着，"也不知道师兄怎么被洗脑了。"

"唉，不该跟你说这个。"意识到自己失态的他赶紧岔开话题。

"陆永对你们不好？"

"也不是不好……"他压低声线说，"他经常带我们接一些，奇怪的项目。"

"怎么奇怪？"她拿出手机，假装看了眼时间，实际是按下录音键，心里庆幸着还好自己没提前走人。

"监管缺失的高危实验。"谢屿安小声地说。

"有什么例子吗？"

"这个我就说不好了。"他很郁闷地吃掉几个小蛋糕，"我那时候不是实验室核心人员，打酱油的，好多事不知道。你要是想知道，可以去问问许师兄啊，他是核心人员，什么都一清二楚。"

"可他现在都不记得了。"她凑过去，特别小声地说着。

"不记得了？"谢屿安皱眉回忆了一下，想起来那次事故后，许乘月确实连性格都变了不少。他漫不经心地吃着蛋糕，过了几秒突然大惊失色地来了句："我去，该不会真的被陆永洗脑了吧？"

"你认真的？"

他点点头："我们公司研究院现在主攻的几个项目，跨学科运用后……理论上，还真的能做到。"

"你是哪个公司来着？"应西子揉了揉眉心。

"智因科技啊，承包您衣食住行吃喝玩乐的独角兽科技公司。"娃娃脸的谢屿安诚恳认真地告诉她。

她想起来她老爸确实有讲过谢屿安的工作信息，只是她一转头就忘了。

她把录音保存下来，转手就发给了顾云风。

——新到的情报，你赶紧听听。

天又亮了。每天都会亮得比前一天晚点。

假如有一天，能永远看不到白天就好了。王坤把脸埋在枕头里，直到呼吸困难，才坐起来。他站起来走到门口，透过门上的玻璃窗往外看，发现那几个便衣警察还待在门口。

他们就没回去过吗？还是换班？

他也不知道，只好又躺在床上，装作睡着。昨天下午他切水果的时候不小心切到了手，血流了一地，吓得那些警察连塑料刀都不让他用了。

啊，塑料刀其实也没法用。

他就那样躺着，看着窗外的太阳慢慢升起。他问自己这是在等什么呢，等哪个人来，还是等哪件事发生？他回答不了，于是慢慢坐起来，闭着眼，让阳光一点点扫到他脸上。

林想容现在在做什么呢？有没有被为难？他否认自己是杀害江家的凶手，警察不会又把矛头转向她了吧？

想到这里他就觉得无比愧疚，这种愧疚感让他恨不得马上去死。可他又不甘心，不甘心就这样死去，不甘心失去她，不甘心看到自己成为罪犯，被钉在耻辱柱上。

想到这里，他觉得自己很好笑，他怎么会失去她呢，明明他从未得到过。他们本来就是两个世界的人，除了流着同样的血。

在他接受林想容的造血干细胞，接受那笔钱，接受做骨髓移植手术时，他们的命运就交织在了一起，变成一段密密麻麻的线，剪断一根，所有人都要崩盘。

他就不该接受那笔钱，甚至不该做手术，那样林想容就不会在江家的逼迫下，嫁给跟她毫无感情基础的人，过了这么多年提线木偶般的生活。

他长长地叹息一声，听见身后的门被推开。

终于还是来了啊。

他转身望去，不出意外，不是林想容，而是那几个警察。

"这是划伤江洋腹部时使用的工具，一把10-27型号的执笔式手术刀。"顾云风把它摆在他面前，"手术刀的刀片没找到，你应该丢了。不过，刀柄上有你的指纹，这把手术刀第一次使用是在半个月前的一场手术中，刀上还存留着病人的血迹。病人我们已经找到了，那场手术你作为助理在场。"

"这些物证，会作为证据由公诉人提交至法庭。"

顾云风低头看着躺在床上一言不发的王坤。如果能找到手术刀的刀片就更好了，这将作为最有力的证据将他定罪。

王坤缓缓地转过身，一张脸白得透明。他用尽全力，集中注意力盯着顾云风手里的东西，慌张的眼神逐渐变得空洞，最后竟然流下了一滴泪。

窗外天空的云层突然变密，遮住太阳。一阵风吹来，他那滴不知为谁而流的眼泪，也迅速掉在地上，和尘埃混为一体。

紧接着王坤用他颤抖的手抓紧床单，另一只手在褶皱的掩盖下迅速伸向枕头底下。

他飞快地从枕头里抓出一把刀片，毫不犹豫地架在自己的颈部大动脉上。

那正是手术刀的刀片，反射着银色寒冷的光，和他清冷的目光融为一体。

最重要的证据没有被他扔进垃圾桶里，而是带在了身边。

"你别冲动。"顾云风站起来，后退了几步。

"我想见她。"

"见谁？"

"林想容。"他抬起头，气若游丝，语气坚定。

"你要见她，我们把她请来就可以，没必要把刀架在你自己脖子上。"许乘月靠在墙上，皱着眉头说。

"是我要见她，不是她来见我。"王坤握紧刀片，锋利的一边已经轻轻割破他的皮肤，流出一点血。

"她在哪里？我只想看看她，不想让她看见我。"他神色黯淡下去，"我不想让她看到我副这样子。"

顾云风没有拒绝，他走出病房，把几个能联系到林想容的警察叫过去。

"林想容的具体位置？"一周前他分别派了三个人盯着她和江泉。

"不知道……"一个小警察低着头说，"我刚刚问了舒警官，他们说她不见了。"

"不见了？"顾云风皱起眉头猛地抬头，"什么时候不见的？在哪儿失去踪迹的？"

"江文路宜林路交叉路口。"说着他在地图上找到那个地址，一个十字路口，拿给顾云风看。

林想容消失的地方在市区边缘，附近有个园区，里面聚集了各种中小型创业公司。很奇妙的是，这个园区名叫智因创业园区，是智因科技为其战略投资的创业公司提供的办公场所。

"潘哥说她进了里面一栋楼，然后就再也没出来了，都快两天了。"

顾云风回到病房时，王坤的刀还架在自己脖子上。

"她在哪儿？"王坤红着眼问他。

"智因创业园区。"顾云风说。这是林想容最后消失的地方，她能在那儿摆脱警方的眼线，说明这个园区一定存在特别之处。

听到这个地方，王坤惊讶地抬起头，但他很快就接受了这个回答，仿佛这是意料之中的事情。

"她果然在那里。"王坤低下头，手里的刀片握得没那么紧了，整个人稍微放松了警惕，"带我去那里，就现在。"

"不是，你这架着刀片在自己脖子上，我们怎么带你去啊？"

"带他去。"顾云风沉静地说，"你们几个先下去，我和许教授跟着他，就让他这样下去。"

其他人暂时离开了，房间里只剩下他和许乘月，还有两个便衣警察。剑拔弩张的氛围变淡了许多，医院里的人群尽量被疏散，空荡荡的，很冷清。

顾云风刻意保持一定距离，指着窗外的车对王坤说："请吧，我们带你去。"

王坤点了下头，一只手撑着床，小心翼翼地让脚踩在地上，另一只手还握着刀片，脖颈上的小伤口一直在出血。

他晃晃悠悠地站起来，穿上鞋，慢慢向前走着。

因为长时期坐卧姿势，他又身体虚弱营养不良，没走几步，就两眼发黑站不住。

他只好稍稍弯下腰，想要休息几秒。

在他弯腰的瞬间，刀口和脖颈拉开了一个稍远的距离——大约六公分。

顾云风盯着他，看到他的血管在阳光下显现出淡蓝色。他在那一瞬间冲上去，左手用力抓住王坤握着刀片的手腕，右手按住王坤的颈部大动脉，不到一秒内将对方整个人向后按在地上。

肩颈撞到地上的声响吓了许乘月一跳。他还没反应过来，就看见王坤已经躺在地上拼命挣扎，他握刀片的手并没完全失去控制，拼尽全力刺向自己的脖颈。

然后刀尖凌厉地刺穿顾云风的手背，刺破王坤脖颈表皮。

下一秒鲜血直流。顾云风咬牙没出声，抓着王坤的手腕，对着桡骨远端的关节用力一掰。

只听见咔嚓一声，王坤满脸痛苦地松开手，躺在冰凉的地板上，蜷曲着身体低吼着。

王坤的声音很低沉，骨折的手腕被顾云风控制住。顾云风不敢轻易拔下插在手上的刀片，皱着眉从兜里掏出手铐，一声清亮的响声后，王坤的两只手都被铁镣铐住。

整个过程不超过五秒。

门外的两个便衣警察听到声响赶紧冲进来按住王坤，顾云风这才松开钳制着王坤的手，脸色煞白。

阳光照向染血的刀刃，被渲染成刺眼的红色。

恍惚中，许乘月望着顾云风鲜血涌出的手终于回过神，快步走到他身边，紧紧握住他的手腕："去急诊室。"

"嗯。"顾云风应了一声，不以为然地说，"我自己去，你们看着他。"

过了一会儿，大概是过分的疼痛刺激到神经，顾云风猛地睁大眼睛，面部表情开始失控："好像有点疼。"

真疼。

疼死了。

他小声嚷嚷着："要做手术不？"

"废话，贯穿伤，伤到肌腱神经你枪都拿不了了。在医院躺几天吧你。"许乘月强忍着怒气扶着他，鲜血一滴滴掉在地上，看着触目惊心。

"伤了下手就躺医院？你也太心疼我了……"他咬着牙声音都变了，"真的还挺疼。"

之前往楼下走的几个警察也匆忙上来了，许乘月交代了一下情况，就让他们赶紧带着顾云风和那还没取出来的手术刀片去了急诊室。

好在顾云风运气还行，没有伤到骨头，到急诊室做了紧急处理后就直接拉去拍片子做手术了。

许乘月在门口站了好一会儿，才靠着墙慢慢蹲下来。他一只手撑着额头，深呼吸，听着周围来来往往人群的喧嚣声，过了十几分钟才重新站起来。

那短暂又突然的几秒钟，他什么都做不了，甚至来不及做出任何反应。

许乘月毫不犹豫地大步向前，走到王坤面前时，直接冲上去对着脸给了他一拳。

他讨厌暴力，基本不使用暴力。但拳头打在对方脸上的时候，他感觉非常爽，爽到暂时忘记了刚刚发生的一切。

他的拳头上沾了点这家伙的血，那一拳打到了王坤的鼻子，导致他的毛细血管轻微破裂。这是许乘月第一次这么愤怒，他以前基本没有生气过，即使有一点情绪，也是几分钟就好了。

"那把刀片，是你行凶用的刀。"许乘月嫌恶地把手上的血擦掉，弯下腰对他说，"你就是用这种方式来提供给我们证据？"

微弱的声音中，王坤渐渐抬起头："我只是想去见林想容，如果见不到，那刀也会刺向我自己。"

真是个疯子。他害死了那么多人，为了那可笑又可悲的理由，夺人性命，把自己塑造成感天动地的可怜人。

他想博得谁的同情？他值得得到谁的怜悯？

许乘月冷笑了一下，抓住王坤的衣领，硬生生地将他的脑袋往墙上撞去。

"毕竟你亲手把证据交了上来，还能给你个机会，见你想见的人。"许乘月心里觉得很可笑，都这么多天了，出了这样的事林想容也没过来，她就是不想见他，甚至要躲着他。他只是她随手救起的棋子，到了该舍弃的时候，毫不犹豫。

王坤颈部的伤口不深，简单处理后这会儿已经没有流血了，他的双手被铐住，低着头，两眼望着地板上的花纹。

许乘月觉得，人类很多时候真是难以理解，王坤作案的时候在想些什么？面对满地的鲜血，他可能觉得自己是个英雄，在生命结束前为林想容谋得了幸福的未来。可现在呢？他脸上没有半分坦荡。

如果他内心坦荡，自认为是铲除奸恶的英雄，他就应该投案自首，而不是躲在家里，等着一切过去。

许乘月觉得自己可以在医院住下了。

一个多月前住院的是他，现在换成顾云风了。这会儿已经晚上了，他在医院食堂买了两份套餐，拎着一堆生活用品和换洗衣物，拿去给顾云风。

这一刀的伤口比较巧，没伤到骨头，也没太伤到神经，手术很快就结束了。

他拎着盒饭推开病房的门时，顾云风正一只手打着游戏，脚上连着输液瓶。

"你是小孩吗？扎脚上干什么？"

"我现在就一只手，一只手啊，总得让我有手用来吃饭接电话吧。"

好像也挺有道理？他把盒饭放在桌上，打开一盒递给顾云风，另一盒留着给自己。

"医生说要住多久？"

"两三天吧。"顾云风接了盒饭，放在床边。他盯着自己包了一层又一层的左手，又伸出右手，手掌向上迎着月光。

"没伤到骨头，不用住太久。"他委屈地看着右手掌上的那道伤疤说，"我的手怎么就这么命途多舛，都要挨刀子？"

右手的刀伤是小时候替他老爸挡刀落下的，左手的伤是给嫌疑人挡刀落下的。

都是帮自残自伤的人挡刀，他究竟是造了什么孽啊。

"你说我这伤，会留下后遗症吗？"顾云风郁闷地想用手指戳戳绷带，还没碰到，右手腕就被许乘月掐住了。

"你别乱动。"他坐在病床旁的椅子上，抓着顾云风的右手腕，然后将手掌对着自己。

许乘月盯着他掌心的疤痕，终于问出疑惑已久的问题："你这道疤，是怎么来的？"

"小时候替我爸挡刀留下的。"顾云风笑着说，"就和今天这情况差不多。"

"你父亲想不开了？"

"是啊，因为我姐和我妈的事，他拿着把菜刀要剁手。"他摇了摇头，风轻云淡，像在说别人的事情。

"没留下后遗症吧？"

"没，那是割伤，伤口不同，很快就好了。还好，人都没事。"闭上眼，顾云风放松地坐着，摆出一副痛彻心扉的表情，"可惜我又牺牲了一只手的美貌。"

"你说我明天出院没问题吧？我就伤了一只手，住这儿有必要吗？又不会残废。"顾云风很郁闷地问。

"你就当休息一下，不然我打断你的腿，让你有足够的理由住院？"

听着许乘月的玩笑，顾云风哭笑不得地看着他，赶紧转移话题，指着桌子上的饭盒："许教授你也饿了吧，盒饭都快凉了，你看我这手也不方便，不如……"

"就不吃了？"许乘月松开手，继续和他开着玩笑。

"呸，有没有良心，我为了人民群众与黑暗势力作斗争，你起码来点特殊服务啊。"说着他指了指那盒饭，满脸的灿烂，轻轻张开嘴。许乘月只好打开给他的那盒套餐，扒了一小坨米饭塞他嘴里。

"怎么都是素菜？肉呢？"

"没有。"

"你那份有肉吗？"

"有啊。"许乘月打开自己那一盒菜，然后从里面扒拉出一个鸡腿，报复性地笑着，"你刚做了手术，要吃清淡点。我吃肉，你看着。"

吃完饭顾云风就想洗个澡，但他现在只有一只手能用，这件普通小事就变得非常不方便。他先去解了个手，站在卫生间镜子前看着自己无法动弹的左手，想试着单手脱一下衣裤。

裤子倒是很容易脱了下来，但他穿着个T恤，单手脱衣实在是办不到。

他只好继续穿着T恤，然后换了个居家的短裤。这短裤是许乘月给他带来的，上面印着只猫，特别萌的那种。许乘月说是在衣柜角落里找到的，但他本人对这幼稚的图案完全没印象，他记得自己从六年前就没有穿过带图案的衣服了。

走出来的时候许乘月正坐在床边，余光瞟了眼他的手机屏幕，又继续看着电视。顾云风的手机直接放在病床上，刚刚似乎来了条短信。他觉得许乘月可能不小心看到了那条短信，现在脸色非常不好。

那是体检中心给他的通知，说体检报告明天就可以查询。

他记得体检时候留的是自己手机号，通知信息自然也是他收到。许乘月看起来很在意体检这件事，但他也没多问，打算等明天结果出来后先看看结论，没什么问题就不用跟许乘月说了。

现在，还是洗澡换衣服这种事比较着急。

顾云风坐他旁边，一起看电视里的综艺节目，节目拍得有点吵。他记得许乘月以前是不看这种东西的，他通常会浏览些比较严肃的东西，或者是学术型的，而且还快进。

"你晚上回去吗？"顾云风问。

"过会儿吧。"许乘月下意识地回答，但他很快转过身来，看了眼顾云风的手，犹豫几秒说，"我还是现在就回去吧。"

他愣了一下，赶紧点头："等等等等，先帮我脱下衣服。"

"你要洗澡？"许乘月看了眼他的伤口，摇头拒绝着，"你最好别洗澡，碰到水容易感染。"

"这几天有点热……"

"给你找条毛巾擦擦吧。"许乘月走过去，"先帮你换件衣服，右手抬起来。"

顾云风抬起胳膊，许乘月站他身后，帮他拽着袖子扯起衣服。他的动作幅度比较小，费了老半天才把袖子拽下来，整个人看起来也不太精神。

顾云风猜测这都是那条短信的原因，他对体检结果有着一种深深的恐惧，还有不信任感。

许教授是身体出了什么问题吗？

"身材不错。"许乘月看了他一眼。

话音刚落，病房的门就突然被推开，衣服才脱了一半。

推门的人是舒潘，他毛毛躁躁地闯进来，着急地嚷嚷着："顾队，我才听说你受……伤……"

话还没说完，他看着顾云风脱了一半的衣服，还有许乘月搭在对方肩上的手，默默地后退几步走出病房。过了将近一分钟，他才非常守规矩地敲了几下门。

再进来的时候顾云风又重新套上了他刚刚要脱下来的T恤。

许乘月则转头去了卫生间。

"你们俩在做什么？"

"脱衣服啊。"顾云风说，"我要洗澡，废了只手，得再找一只。"

"吓我一跳……"舒潘松了口气，手里拿着个挺大的文件袋，一屁股坐在病床上。

"你才是吓我一跳！进门都不敲门的吗？吓得我又把衣服穿上了。"

"我这不是……着急嘛，关心你啊。"舒潘有点不好意思，嘻嘻哈哈地说着，"刚刚进来那个画面，还以为你俩要出柜。"

"滚！"

他带了一箱牛奶搁在柜子上，丝毫没想过喝不完的该怎么带回去。

"王坤你们带回去了？"

"带回去了。"舒潘搓了下手，觉得有点渴。但病房里也没杯子给他，他只好拆开那箱牛奶，拿了一瓶。

这时许乘月从卫生间出来，递给顾云风一条打湿了的毛巾。

顾云风拿着那打湿的白毛巾，轻轻擦了擦自己的左胳膊。

"他坚持声称自己没有同伙？"

"他说没有……"舒潘挠了挠脖子，"王坤供述说，他进入别墅的时候江洋因为口渴喝了一杯桌子上的水，然后就开始头晕，他趁机打晕了江洋，并用准备好的绳索将他绑在餐厅桌椅旁，随后用同样的方式将熟睡中的其他受害者控制住，等到他们醒来后，逐一杀害。"

"所以有人先他一步到了即将发生命案的现场，让江洋以外的其他人服下安定药物？而从王坤到达时以为其他三人都在卧室熟睡的口供来看，犯人是待他们走后才……"

顾云风按了按眉心，把文件袋拿过来，资料一页页翻过去，翻了一大半想起件挺重要的事。他挥了挥手，把舒潘招到跟前来，用幸存的右手给了他后背一个响亮的巴掌。

"那个林想容呢？你们怎么把她跟丢了？"

提到这事舒潘也很委屈，他耷拉着脑袋站在原地一动不动，心虚地辩解着："我哪知道她怎么就消失了……"

"你都不知道，那更没别人知道了。"顾云风皱着眉，想骂他一顿但还是忍住了。他扭头看了眼许乘月，对方坐他旁边，刚刚却一直没怎么说话，只是拿着病房里配备的平板，手指上下滑动。

顾云风把脑袋凑到他身旁，发现他正看着地图上密密麻麻的街道，随后选择地点，进入三维街景。

"上午的时候你说林想容是在智因创业园区被跟丢的。"街景图进入创业园区的内部，但视角进不去写字楼里面。

"这地方是智因科技为自己投资的创业公司提供的办公场所，里面的创业公司太多，建筑结构也非常复杂，她是故意甩掉你们的吧？"

舒潘拼命点头："我们在她住的地方守着，两天了也没见到人。"

"那江泉呢？"

"他出院后情绪稍微稳定了些，现在没什么大问题了，等过段时间办好家里的事，他应该会回学校。"

"对了！还有那个一直处于植物人状态的江海。"说着舒潘跺着脚拍了下自己大腿，拍的地方不对刚好碰到了神经，他半条腿都麻了，坐在椅子上叽歪了快一分钟也没说出下句话。

"我听几个医生说了，因为林想容失踪，所以江海的手术也搁置了。"顾云风说。

"我说，你们不担心她是被人暗害了吗？"舒潘谨慎地问着。

"担心。可这不是没接到相关报案嘛，你调监控没？"

"当然调了啊，跟丢她的当天下午，我就去调了园区写字楼的内部监控。看了一整天，只在几帧画面中发现了她，她最后出现的地点是B座3楼南侧的楼梯转角处。"

"神奇吧？附近的监控都调了一遍，就是没拍到她离开。"

她对这个园区非常熟悉。

顾云风突然意识到，他们对林想容的了解其实非常非常少，在她精彩又怪异的人生中，充斥着各种毫无逻辑混乱颠倒的选择。

她出生在一个普通家庭，但自小就是别人家的孩子，成绩优异，科研能力卓越。

她会为了救一个素昧平生的白血病少年，从大洋彼岸回国，为他捐献造血干细胞，甚至在得知对方无法支付手术费用的时候，让当时的男朋友付了这笔钱。

这是典型的圣母玛利亚啊。

至于这笔钱是借的还是送的，知道这些事的人都一个个死去，他们也没法再去求证。

而在多年以后，她随同江海回国，为江家的企业打下一片江山，却又在江海出事昏迷后嫁给了曾经恋人的弟弟。

然后在这一纸婚书中忍受着常年的家庭暴力和精神禁锢。

不离开，不逃跑，面对毫无结果的报警独自忍受。

而最让人不能理解的是，她为什么一直留在江家呢？像王坤所说，为了偿还当年替他付的手术费？恐怕早就还清了这笔钱吧？

没有一件逻辑正常的事情。

江家人，这些和林想容有关的人，知晓她最多秘密的人，都一个个消亡，他甚至怀疑，一切都是为了遮盖掩饰什么不为人知的秘密。

电视里这会儿放完了综艺节目开始播放新闻，一个中年男人正接受采访，左下方打着智因生物CEO方邢的介绍字幕。方邢穿了一件印着公司LOGO的黑色文化衫，外面披着件定制的灰色麻料西装外套，自成一派的混搭风。

许乘月一直盯着电视里说话的这位CEO，脸色一点点沉下去。

方邢不是那种能说会道的人，他站在镜头前有点拘谨，如果不是有字幕，他们肯定理解不了他表达的意思。

"顾队我考考你。"舒潘指着电视里的方邢问他，"这大叔刚刚说了些啥？我就听到个瑞和医院，还在想怎么这么耳熟。"

"他说把你送到瑞和医院开颅动骨，给你换个机灵的脑袋。"其实顾云风刚刚也没仔细听，就听了个大概，似乎说的就是许乘月或者江海这样的病例。

所以他拽了下许教授的胳膊："是这样吧，乘月？"

"当然不是。"许乘月挺无语地看了他一眼，"他就是说了下智因生物明年打算和瑞和医院合作的一个项目，他们的大股东本来就是同一家，合作起来比较容易而已。"

之后许乘月就陷入了沉默。方邢所说的明年的合作项目，内容和林想容在多年前发表于NATURE上的文章基本一致，神经假体运用于人工神经机器人。

方邢的描述中也分为三个层次，第一层实现信息传递功能；第二层实现集群功能；最后将人工设备直接连接部分神经组织，就能达成组织器官的复杂功能。

他本来不想解释这部分，但顾云风居然还记得他们一起看过的这篇文章，并且瞬间联想到江家这个案子，一直问个不停。

"这不是之前林想容他们写的那个什么文章吗？发表在……在哪儿来着？"

"NATURE."

"这就很巧了。"顾云风眼中突然闪着光，兴奋地猜测起来，"看来，林想容和智因科技、智因生物都有些说不清的关系呢。"

月如弯刀，星似湖光。

不过城市里是看不见星光的，只有万千的灯光。这些灯光倒映在远处的湖泊中，就成了廉价版的星光。

"你怎么了，情绪这么低落？"从他收到那个体检报告通知起，许乘月就开始心事重重。顾云风不喜欢猜来猜去，直接解锁手机屏幕，然后点开那条短信，问许乘月："是因为这个吗？"

看着这条提醒对方明天可查看体检报告的短信，许乘月没有回答，他的鼻尖冒出冷汗，微微弯腰，靠在墙上。

按说许乘月之前体检过这么多次，这对他而言，应该和呼吸喝水睡觉没太大区别。

只不过，因为应西子怀疑之前的体检结果被动过手脚，所以这次才让他以顾云风的名义做了体检。但这事许乘月并不知情，所以他此刻表现出的紧张、恐惧、担忧在顾云风眼里就来得莫名其妙。

"如果检查出来我得了什么奇怪的病，我会不会被迫离开你们？"许乘月过了好久才抬起头，目光穿过顾云风深色的眼眸，直入心底。

"不会，再说能有什么奇怪的病。"顾云风干脆直接地回答。

"那假如有一天，发现我不是一个正常人呢？"

顾云风愣了下，然后毫不犹豫地说："你本来就不是正常人，比我这样的普通人精明多了。"

"那假如我遇到危险……"

"我一定舍命救你。"

许乘月微微张开嘴想说点什么，但最后还是低下头，睫毛微垂，一声叹息后，嘴角不自觉地向上扬起来。

顾云风翻了个身爬起来的时候，太阳已经透过遮光效果一般的窗帘照亮了整个病房。睡觉的时候他不小心碰到受伤的那只手，疼得差点流眼泪。

还不如回家呢，在这儿待着也就是输液检查，还影响工作进程。他在想自己当时是不是鲁莽了点，脑袋一热就直接冲上去夺刀片，搞得自己受了伤。

不过人没死就说明他的决定不算太错，谁知道犹豫几秒后，嫌疑人会不会做出什么其他惊人的举动。

他开了手机，穿着睡衣睡裤去刷牙洗脸，然后换了件深色衬衣。他以前挺讨厌衬衣的，穿着太正式又不舒服，但此时此刻，他终于意识到衬衣的好衬衣的妙了。

昨天要不是有许乘月帮忙，他只能拿把剪刀把衣服剪成片了。而有了衬衣，他就可以单手脱衣单手穿衣，再也不用麻烦别人做这种事了。

换好衣服他准备偷偷溜出去。虽然说的是要住院，但他伤的是手，保持手的完好就行了，他可不想老在这病房里待着，会憋死的。

拿过手机刚好看到有人发来消息，应西子发了几个打招呼的可爱表情，然后提醒他今天能查阅许乘月的体检报告了，麻烦他迅速立刻马上转发给她。

顾云风点击发送后，大约过了十五分钟对方才有了反应。

应西子给他发了简简单单的几个字。

——在哪儿？我去找你。

他在收拾东西，一直没顾得上看这报告，也不知道结果怎样，不过她专程来找自己……怕不是有啥问题吧。

——在你爸单位，住院部五楼，普外科。

——谁受伤了？

——我啊。

——伤哪儿了？严重吗？

——还活着。

然后他又发了个笑脸，接着就没了回复。

大约过了半个小时，他正纠结着是继续等这个不知会不会来的姑娘，还是直接溜出医院去队里时，那熟悉的高跟鞋音持续不断地传来，离他越来越近。

应西子一把推开病房的门，她穿了件黑色连衣裙，应该是慌慌张张出的门，都没来得及挑选衣服。

"你不是住院受伤了吗？"看着他穿戴整齐准备出门的样子，她就气不打一处来。

"是受伤了啊。"顾云风伸出左手，一脸心痛，"手被人捅了一刀。"

"你现在这样子是准备出门吗？"

"对啊，反正就一只手受伤了，应该不碍事。"

"捅到手？贯穿伤吧，你说不碍事就不碍事了？"应西子瞪了他一眼，蹲下身看着病床前贴着的患者病情描述。

她本来想接杯水，没找到杯子，只好拿了一瓶放在柜子上的牛奶。

"你这种伤，就应该住院观察个十天半月的，不能隔日就出院。"她坐在椅子上，熟练地从抽屉里找出他的复印病历，一页页翻着。

"这点伤都要住好几天院，那算完了，以后队里肯定天天缺人。"顾云风哭笑不得，况且他待在这儿能干什么？躺着还是坐着？手脚都好好的，又不是什么大问题。

"随你吧。"应西子没好气地白了他一眼。她一直都是个大小姐脾气,这会儿看起来更是脾气暴躁。她从包里拿出一叠刚打印出来的纸,铺在顾云风面前,指着其中一份说:"这就是许乘月颅脑CT的检查报告。"然后又找出另一张纸,"这是核磁共振报告。"

从进门开始,应西子看起来就非常愤怒,那种愤怒伴随着高跟鞋的敲击声,震得他都有点发慌。为了安抚情绪,顾云风只好揉了揉她脑袋,跟她说别太担心,她爸那么厉害肯定能处理好的。

实际上他没看体检报告,完全想象不到是出了什么问题。

"这份颅脑CT,说得很清楚,脑干受损,水肿压迫神经。"她的情绪相当激动,"我就当这些问题是因为去年受的伤没恢复好,但这个是什么?"

她指着报告念出来:"在临近颞叶区有一处密度很高、高度钙化的地方,怀疑是金属异物以及有机硅,主要成分是……有机硅?"

"有机硅?"

"好吧,有异物也不是没有可能的事,谁能百分百保证我爸做手术的时候没落下个什么东西……"她倒吸口气,"但是之前的报告都刻意隐瞒了这件事。"

更何况她不相信应邗会犯这样的错误。

顾云风紧紧握着那沓体检报告,找出颅脑CT的报告,一字一句地在网络上搜索着它们代表的意思。

他这样慢腾腾地看了好久,久到应西子快接近抓狂状态,他才抬起头看着她:"你知道什么材料是以有机硅为主的吗?"

"什么?"

"AI芯片。"他很肯定地说,"我有次在许教授电脑上看到过相关内容。"

说完这句话,他松开握紧的手,才发觉自己出了一身冷汗,体检报告也被汗水浸湿。

这意味着什么呢?顾云风一时也想不到。

第十二章

"AI芯片？"

顾云风点点头："但他脑袋里是什么，我就不知道了。"假如他脑内的异物真的是AI芯片，那这件东西会对许教授带来怎样的影响？

控制他的思想？压迫他的神经？还是仅仅只是替代了一些血管及激素分泌的次数？

"等等，你让我想一想……"应西子捂着脸仰靠在沙发背上，什么都不想说。

"其实吧，我们也都不了解这些前沿科技。"他叹了口气，"最好的办法，还是直接去找你父亲。"

"我试探过好几次，他都不说。"她用手撑着额头，抱着双腿窝在沙发里。顾云风看她面色这么暗沉，又穿着比较短的裙子，于是坐到她旁边拿了件衣服盖在她腿上。

"可以试下找找他的工作资料？"

"你让我偷东西啊？"

"也……不算偷……吧……"他心虚地回答着，想说这怎么算偷呢，为了查清真相的操作，不能用"偷"这个字。

明明是协助调查。

话刚说完就看见应西子睁大眼睛瞪着他："不！行！"

她迅速想起前几天被迫相亲的事，顿时气不打一处来："上次就是你让我跟他说什么看上哪个哪个医生，害惨我了！"

害惨？他回忆了一下整件事，其实也没特别惨啊，就是……去相了个亲？

"说起来这事我都忘了，上次相亲怎么样？对那男的还满意吗？"他关切的目光再次点燃了应西子的怒火，在他连声求饶着"不要打左手不要打左手"的声音里，他从头到脚被抱枕用力砸了一遍。

还好真的没砸到他受伤的左手。

"所以那天你给我发了个录音啊……"他重新查看了和应西子的聊天记录，发现那天收到的是一段加密后的录音。

"你没看到？"应西子忍住怒气提高音量，"我可是为了这些信息，忍耐着和那个'未成年'聊了很久啊！"

"真不好意思。"他点开那段录音，"密码发我。"

"乘月的生日。"

"哦，0206。"他输入几个数字，赶紧劝劝处于生气状态的女生，"别生气，想点开心的事。"

他在女孩的愤怒中赶紧听完了录音，对她竖起大拇指，说她真是女中豪杰绝世好友，许乘月有她这么个挚友真是前世修了几百年的福分。

"所以现在乘月的案件，我们有了一号嫌疑人陆永。"他用开玩笑的口吻说。此时此刻，他和应西子一样，都坚定地相信许乘月去年的坠楼事件并不是意外，他在命悬一线之时被交到了应邝的手上，手术中他受重伤的脑部，却被人不知鬼不觉地放置了一个未知异物，简直是个定时炸弹。

"恐怕还有个二号嫌疑人吧。"应西子长叹一声，抱着抱枕非常失落。她想不出自己的父亲是抱着怎样的心情完成了这场手术，救人一命？利益驱使？势力勾结？

假如应邝真的知道些什么，假如他彻底无辜，怎么他从头到尾都没跟她透露过一个字，还篡改了许乘月的体检报告？

"你这么不相信他？"他问应西子。

"你信他吗？"

"不信。"顾云风摇头，"但你放心，他肯定不是主谋。"

听到这假惺惺的安慰，应西子又愤怒地瞪了他一眼。

他们现在并不能确定许乘月颅脑内的异物是什么，只知道有些人在拼命掩盖这件事。为了掩饰阳光下一棵大树烂掉的根系，他们可以罔顾法规，夺人性命，将世间的规则践踏在地。

"上次那个相亲对象，你真对他没兴趣？"

应西子把脑袋摇得像个拨浪鼓："毫无兴趣。"

"他在什么公司？做什么的？"

"智因科技的IT工程师啊，你干吗？"顾云风突然打听这个让她有点惊讶，但看他很认真的样子，又不像要取笑她。

"怎么最近的案子老跟这个公司有关系……"他警觉地抬头看了看天花板，然后弯腰沿着墙壁踢脚线走了一圈。

病房里暂时是安全的。

假如他不小心猜对了，许乘月脑袋里的东西真的是一张AI芯片，那这芯片是用来做什么的？

控制思想？重塑记忆？

假如重塑了记忆，也就不难理解为什么许乘月会坚持说自己喝多了酒，才在风很大的夜晚，为了看星星而从实验室的楼顶坠落。

往好处想，把这个未知物体放置在他脑内，只是为了让他在脑死亡的危机中存活下来。那瑞和医院体检中心隐瞒这个东西的存在，又有何居心？

他眼前不停闪现着昨晚灯光下许乘月黯淡的双眼，他无助又期待地问自己："假如我不是一个正常人，会怎么样？"

假如不是正常人，也不会怎么样。还是该吃吃该睡睡，研究自己喜欢的东西，有案子就跟着他去案发现场。况且，什么才算正常人呢？谁都没法给个准确的定义吧。

顾云风下意识地皱紧眉头，他关上窗，外面不是个晴天，天空很低，云也挺多，可能快下雨了吧。

转过身，他看见应西子正对着一处反光的玻璃眨着眼，他忍不住笑了，然后问她："陆永，还有乘月他们学校那个实验室，跟智因科技有什么关系？"

"智因科技给他们提供资金，是大金主。"应西子很肯定地说，"学校里都知道。"

"那现在，智因科技是南浦大学AI实验室的最大投资方，智因生物是智因科技的全资子公司，而智因生物又是瑞和医院的最大股东，占股50%以上，而且乘月坠楼后，就是在瑞和医院做的手术。"

他找了支马克笔，在复印的病历后面画了个圆圈，圆圈里圈着智因科技这家国内当前价值最高的科技公司，向左指着智因生物，向右是AI实验室，智因生物这家刚进行IPO的子公司上有一条虚线指向瑞和医院，最后许乘月再连接上瑞和医院。

"这就成了一个封闭的圆形。"他咬着笔点头，对自己画的关系图非常满意。

"还有个不争的事实。"应西子叹气道，"智因科技现在在大力发展AI芯片呢。"

还真是这样，最近科技板块的新闻基本被智因科技承包了。

"他们可能准备承包地球走向宇宙了吧？"顾云风嘲弄着说，"把自己原本的部门拆成公司去上市就挺奇怪的了，是有什么见不得人的勾当吗？"

"肯定有鬼，我的直觉。"应西子咬牙切齿地说着。虽然她不了解这些科技公司之间的项目运作，但当所有的诡谲都指向同一个方向，汇集到同一条河流时，事件的中心一定有一个发光发热的磁场。

只是有面镜子隔开了磁场，他们只看得见自己的世界，而忽略了镜子另一边的真实。

"要解决这件事，还是先从你下手吧？"顾云风侧身看着她，满脸期盼地说。

"我？还是我爸？"

"你爸，还是需要你去打亲情牌，套话，再趁机找些资料。"

"做不来，而且我都不知道你需要什么资料。"她干脆利落地拒绝。自从上次那件事后，她决定拒绝顾云风的一切命令，坚决不服从，甚至对着干。

"不过，我倒是有一个建议。"她笑得挺灿烂，一脸恶作剧地看着对方，"我爸最近啊，最担心的就是我的终身大事，也不知道他抽什么风。"

"哦……你想做什么？"

"我看顾队仪表堂堂，工作稳定收入尚可，年龄合适身强体壮，去我家吃顿饭吧。"

她见顾云风猛咳了几下差点从病床上栽下来，赶紧解释道："哎呀，以什么身份吃饭不重要，你不是要偷东西吗？我给你创造机会，你去偷我家。"

"你是他亲闺女吗？"半分钟后他才平静下来，满脸的难以置信。

"是啊。"她回了一句，然后低下头自嘲地笑着。几秒之后，她抬起头，掷地有声地告诉他："他一直教我要诚实正直，我希望他也是这样的人。"

许乘月这一天眼皮一直在跳。

所有被害人的血液中均检查出安定类药物。

王坤到达现场时其他人已经进入昏睡状态，这说明安定类药物一定是由其他人提前放入的。而这个人不是王坤的同伙，那最大的嫌疑，就是最后一个离开江家别墅的人。

"最后一个离开别墅的人啊？"顾云风和他一起吃着晚饭，"江水珊的家教，一个叫邱露的女孩。"

"邱露？"

"是叫这个名字，还是你们学校的呢。"顾云风放下筷子看着他，"你的意思是，她可能就是那个下药的人？"

"也对，除了她，其他人都不具备条件。"

"那真巧了。"许乘月点头。

"你认识这个女孩？"

"我今年新收了一个学生，就叫这个名字。"

许乘月现在已经被赶到了小房间的木板床上，睡眠体验大大下降。这些天他的睡眠很浅，晚上难以入睡，早上醒得很早。睁开眼的时候天才刚刚有点亮，时间显示六点不到。

他突然很想吃米粉，就提早出去找了个卖汤粉的早餐店，犹豫了好久才要了一碗没放辣椒的酸辣粉。

大概只能叫酸粉了。

最近他的生物钟越来越偏离了。而偏离得更厉害的，是他越来越不可思议的梦境。

他是从什么时候开始做梦的？好像是在认识顾云风不久之后。在这之前他从没做过梦，可后来他有了很多很多的梦境，这些梦境更像是真实发生的事情，像是他失落的细小记忆。他见到过自己站在实验室屋顶的情形，见到漫天的光污染，还听见自己的笔记本电脑被扔下去后摔在坚硬路面上的碎裂声。

那一刻他心里好像有什么东西一同碎掉了。

他还梦到过一个红色丝绒的礼盒，上面系了个蝴蝶结，一看就是女性喜欢的包装。

这次他依然梦到了同样的场景，风越过山川、河流，带着血腥的气味。而他站在实验室的楼顶，抱着台笔记本电脑，一步一步向后退。

黑暗的阴影中有几个模糊的人影，一步步逼近，周遭充斥着危险气息。

这天的梦里他终于看到了从黑暗中走出的人，那个他无比熟悉、尊为师长、亲如父亲的人。

他看着陆永朝自己走来，脸上只剩冷漠和怜悯。

梦里的那个许乘月握着匕首的双手不停地颤抖着，和此时握着筷子却无法平静吃饭的自己默默重合。

许乘月终于感受到了自己过去的懦弱和无能。那一刻的他只是个脑袋一根筋的科研工作者，在身后的惊涛骇浪、身前的暗流涌动中，他慌乱地选择了最糟糕的结果。

一年前。

瑞和医院重症监护室。

呼吸，睁眼，张嘴。

但他没说出话来。语言的表达是一个缓慢又需要学习的过程，对于这个阶段的他而言，是个暂时达不到的高度。

他轻轻抬了抬手，注意到自己手上戴了块玫瑰金的腕表，有点沉，但他记得这个东西对自己的父母还挺重要。

既然是重要的东西，又价值不菲，那就留着吧。

然后他问了一遍自己，我是谁？

下一秒他就立刻想起了答案，自己叫许乘月，是南浦大学的讲师。他现在没什么家属，父母五年前因公殉职；和自己最亲的人，是硕博期间的导师陆永。

他此刻会躺在这里，是因为几天前，在陆教授的师门聚会上，他喝了太多酒，跑到实验室的楼顶去观星赏月，一脚踏空随风坠楼。

所有的时间、人物、地点、事件，还有自己和他们的关系，都在数秒间被激活。

他抬起头，看见病床边上戴着黑色贝雷帽的应西子，她手里拿着本书昏昏欲睡。手中的书不经意地砸到她自己的腿，她蓦然惊醒，睁眼就看到了醒来的许乘月。

她扔下书，走到许乘月面前，激动得带着哭腔说道："乘月你吓死我了！你醒来真是太好了！"然后一脸期待地问他，"你没失忆吧，还记得我是谁不？"

当时的许乘月真的并不认识他，在他的记忆中，自己从来没有见过这个女孩，当然不记得她。所以他摇了摇头，在应西子不死心地又问了一遍后，他继续摇着头。

"我爸那个庸医。"应西子愤愤地发了句牢骚，踩着细细的高跟鞋就跑出去了。

他看着突然跑出去的女孩有点不知所措，好在没过多久她就回来了，领着一个穿白大褂的中年男人，他们两人长得很像，许乘月估计应该是父女关系。

两个人小声嘀咕了几句话，应西子就撇着嘴推门离开了，病房里只剩下他和这位中年医生，也就是应邝。

那一天太阳从阴霾许久的天空中跑出来，云都消散了，一朵花从窗外的树上落下，被风吹进他的病房里，让他误以为是春天的新生。

他永远不会忘记应邝坐在旁边对他说的话，这个中年男人疲惫不堪的脸上似乎有着悲天悯人的无奈，他在无数次提问和许乘月无数次点头摇头后确认了许乘月的情况，然后双手合十向前倾斜，小声跟他说："乘月啊，你现在醒来了，我也有些事必须跟你说一下。"

他有些奇怪地看着眼前这人，手术成功应该是件值得开心的事，但应邝看起来心情挺沉重，他隔了好久都没说话，欲言又止，还时不时站起来左右踱步。

犹豫了很久，他检查了下病房里的东西，确定没什么问题后关上窗户和病房的门。

"你能醒过来，并不是什么偶然的事情。"

"乘月啊，以后，如果还有很长的以后，无论发生什么，你一定要坚信一件事。"应邝放下手中的病历和笔，眼神复杂却坚定地望着他，"你一定要坚信自己是人类，人类是有道德法律限制的。"

"人和动物不同，因为人有法律约束。"

"人和机器也不同，因为人是有道德和感情的。"应邝勉强地笑了下说，"从一张白纸到复杂的人类，中间要经过无数波折与磨难，只要你接受法律约束，只要你遵从道德约定，你就是一个人类。"

他似懂非懂地眨了眨眼睛，记住了这个救回自己性命的神经外科医生。

一年半以后的现在，他回想起应邝说的话，突然间不寒而栗。吃完早饭他开着车往学校方向去，不经意间抬头，看到天空被一道飞机划过的云一分为二，撕裂开来。

他此前从来不做梦，应医生也曾经跟他说过，你做不了梦的。可昨天他在黑暗中看到了陆永虚伪的面孔，看到了锋利的匕首。假如这些真实到可怕的画面不是梦境，它们就只能是记忆了。

自己失足坠楼，手中的匕首不翼而飞，他明明是个克制到不会喝醉的人，却莫名地被安了个喝多了酒出事的故事。

一箱水果，一个分离式全自动咖啡机。

顾云风用幸存的一只手拎着最重的水果，指着她手里沉重的咖啡机问："你爸喜欢这个？"

"对啊，前段时间一直说要买。"她咬着嘴唇把快抱不住的机器往上托了托，"他喜欢用这个泡茶。"

"用咖啡机泡茶？很独特啊。"

"普洱加牛奶，他说在医院试过，非常美味，可惜我还没尝过呢。"

"哦，应该会好喝。"他想象了茶叶被打碎后混合着牛奶的颜色，白色加点青绿，茶味浓郁，样子也挺好看，于是点点头问："那这咖啡机……是你买的？"

"就说是你买的呗。"

"有点怪不好意思的。"他才说完就收到应西子的一个白眼，只好闭上嘴，拎着一箱水果，自觉地保持伤员的虚弱。

走了十分钟就到了应西子家的那片小区，绿化率很高，从远处看就像隐藏在山林间。据她所说，许乘月的导师陆永也住这附近，他要是有兴趣，哪天去拜访一下也可以。

可他想了下，许乘月的导师也不认识他，假惺惺地拜访什么呢，还不如直接传讯约在公安局里见面，干脆爽快一步到位。

他站在小区门口，轻轻晃了下受伤的手，他这两天时不时就会活动下胳膊手腕，确认还有知觉就放心了，至少神经没坏掉手就应该废不了。

"乘月今天去学校了吗？"应西子走在他旁边靠后一点，高跟鞋的声音一直没停。

"嗯。"他点头，望向不远处的高层，看着几只停在阳台上的鸟，"这几天他的情绪不太好，应该是感觉到哪里不对劲了。"

"他还住你那儿？"

"是啊……"

"啧——"女孩嫌弃地看了他一眼，搞得他莫名心虚。

他清了清嗓子，快走两步，赶紧转移话题问："一会儿去你家后，怎么介绍我比较好？"

"同学，暗恋的同学。"应西子一本正经地回答。

他愣了一下脱口而出："是我暗恋你还是你暗恋我？"下一秒他就停下脚步转过身，身后的应西子没站稳一头撞上他肩膀。

怎么扯到暗恋上去了？他发现自从应西子相亲之后，事情似乎往什么奇怪的方向发展了。他琢磨着她可能是对恋爱有了什么新的感悟，打算从头开始不再吊死在许乘月这棵树上。

"你觉得呢？"应西子揉了揉自己的脑袋，怨念地看着他。

"就普通同学呗……"

"你不能暗恋一下我吗？"

"啊？我真没……没暗恋你啊。"他愣了下，非常尴尬地说着。

"假装，我是说假装啊！"应西子跺了下脚，她也不知道自己是个什么心态，可能是觉得上次被顾云风害成那样，对方却一点都不愧疚，必须得捉弄一下他吧。

顾云风只好露出一副恍然大悟的表情，其实心里想着什么叫假装暗恋，这词是她自创的吧？暗恋本身就不会被人发现，怎么假装？

他思考了一下，觉得"假装"应该体现在心里，心中无爱即是假装。那"暗恋"该如何表达？估计是从细节从眼神表达吧。也就是说，他要以精湛的演技表现出自己对应西子的爱慕，只走细节不走心。

太难了。而且毫无道理。他完全想不通这种做法除了让应西子体验一把被捧在手心里的感觉还有什么作用。

"我妈今天不在，就我爸在家，他刚好这周末休息。我跟他说过有以前的同学过来吃饭。"

"反正呢，你就假装和我关系很好嘛，我爸一激动，说不定就什么都跟你说了。"

"他这么怕你嫁不出去？"顾云风哭笑不得地问。

"谁知道他最近抽什么风。"她一脸绝望地摊手。

应西子手里拿着钥匙，她把抱着的咖啡机放地上，哀怨地看了眼顾云风不能动的那只手，无奈地摇摇头。

旋转钥匙，门才开了条缝，一个高昂的女声就传了过来。

"宝贝！你终于回来了，我和你爸等好久了。"说着一个头发烫了大波浪穿红色上衣的女士推开门，一看相貌就知道是应西子的妈妈。

你妈不是不在吗？

他没出声，用眼神和口型问着应西子。对方却只是一脸绝望地看着他，似乎在说：我也想知道啊。

"哎呀，你就是西子的男朋友吧？"应妈妈热情地拿起地上的咖啡机，嘴里说着"明明手不方便怎么还送这么大体积的东西，真是太费心了。"

男朋友？什么鬼？

顾云风站在门口目瞪口呆。

他在短暂的几秒内脑补出了一场狗血剧，应西子不是一直喜欢许乘月吗？可刚刚发生了什么？接下来要发生什么？谁是她男朋友？

"哎呀，妈，这是我同学，你瞎说什么。"她看了眼依然目瞪口呆的顾云风，尴尬地叹了口气。

"好啦好啦，同学，你的同学。"应妈妈拍了下自己闺女的脑袋，"你啊，平时怎么不多带带同学来家里吃饭？"

应西子一时也不知道怎么反驳，她轻轻动了动嘴角想说点什么，最终还是沉默了。她把咖啡机放进餐厅，看着应邝找出自己珍藏的茶叶，说是让他们尝尝咖啡机做出来的茶。

茶味确实更浓郁，香气充斥在整个房间，渐渐弥漫到窗外。

而顾云风还呆立在门口，准备下一秒就转身撤退。

坐在角落里的那个女生是他今年新收的学生，邱露，江水珊的家庭教师，江家案发当晚除明确的凶手外，她是最后一个离开别墅的人。她手里拿着书，戴了副眼镜，书卷气很浓，但现在许乘月怎么看都觉得她眼中透着点杀气。

此刻许乘月正例行汇报着AI侦探项目的进展。他系了领带穿一身黑色正装，陆永坐在旁边，气质很儒雅。邱露是第一次旁听，看表情似乎也很诧异在这儿见到他，目光对碰后她慌乱地低下头，假装翻着书。

"未来AI侦探的核心是以AL芯片为载体的人工智能，链接的数据共有数百个接口。最终形态是一个趋向自动化的探案处理器，承担着侦探的作用。"

许乘月收回目光，把注意力集中到演讲的材料上，继续汇报着项目情况：

"它拥有类似人类的大脑结构，通过外部的接口数据进行推理判断。根据现有的算法，一般的刑事案件，我们的AI侦探，可以完美解决，大大提高案件的侦破效率，为复杂案件留出更多人力去跟踪解决。

"人类大脑包含数十万亿的突触，我们的芯片采用忆阻器这种电子突触器件，储存空间会更大。AI侦探中运用上亿个人工神经网络模型和深度学习算法搭建了类脑系统计算，这些神经网络类似于人脑中的突触，可以传输数据，自我判断，主动学习，像人的大脑神经一样传递信号。

"未来我们会与生物科技公司大力合作。智因科技，国内最领先的人工智能研究基地，以搜索引擎起家的巨型科技公司，在去年进行了组织架构调整，大力发展生物医学部门。我们的愿望就是将人工智能，以及未来的基因技术更多地运用到刑侦中，让科技给城市带来最大的安全感。"

"说得不错，小伙子。"一位年长但头发依然浓密的老者为他鼓了掌。许乘月见过这位先生，三所的上一任所长，也正是南浦大学生物学院的在任院长戴舒廷。

而自己上一次看到他，是在电视上对智因生物CEO方邢的采访中，戴院长和他握手合影。

"这是我们学校最年轻的副教授。"戴舒廷向其他人介绍，"年轻有为，前途无量啊。"

许乘月礼貌性地点头微笑，可注意力依然放在邱露身上。自己并没有通知她来，她怎么会出现在这里？她明明只是南浦大学一个普普通通的学生，根本没有资格参加这样级别的汇报。

他有些恍惚地站在会议室中央，过了好一会儿才走回到自己的座位上。

他揉了揉眼睛，转身望向角落那个位置，突然发现只有短短的十几秒钟，但邱露已经悄无声息地离开了。

那里只是一个空座位。

陆永在台上高谈阔论，谈笑风生。许乘月打开电脑，重新翻出江家灭门案的材料。修长的手指敲击着键盘，他盯着屏幕上的文字，渐渐想到些之前忽略的事情。

今年他原本也没有收硕士的打算，但陆教授给他推荐了这个女孩，说是挂在他陆永名下，实际上由许乘月来带。所以事实上，这个女孩算是陆永的人。假如她真的和江家的案子脱不了干系，那她被派到自己身边，是有什么目的吗？

许乘月的双手不由自主地颤抖起来。

江家出事当晚，最后一个离开的就是邱露。她大摇大摆地从正门离开，在遇到回来的江洋时，冷静淡定地打了招呼。

她跟坐在副驾驶位置上的王坤擦肩而过时，似乎已经预知了江洋的结局，知道眼前这个人，很快将会不再说话。

右手轻轻松开，手中的鼠标啪的一声掉落在地，许乘月弯腰捡起的时候，陆永正和生物学院的戴院长正谈论什么，目光不时瞟向自己。他找出手机，指尖飞快地滑过，给顾云风发了条消息。

——你在哪里？

很快就收到了回复。

——应西子家。

哐当一声合上笔记本电脑，许乘月单手拿住，没跟陆永打招呼，众目睽睽下迈开步子走出了会议室。

强烈的光照下，许乘月的皮肤看起来特别白。伸出手遮挡了下光线，他穿过人声鼎沸的操场，径直向校外走去。他甚至没来得及想为什么顾云风会在那么一个地方，就打了个车直接到了应西子家所在的小区门口。

应西子家离学校很近，打车不过五分钟路程。他一路跑着上了楼，手里还拿着笔记本电脑，正准备敲门，门就自己开了。

顾云风站在他面前，左手上缠着绷带，满脸的生无可恋。

看到他后，顾云风脸上的绝望立刻被惊愕代替："你怎么来了？"

"一定，一定还有第三个人。"许乘月轻轻弯腰，一边喘着气一边说。

"是谁？"顾云风下意识地问。但很快他就意识到这里不是说这些的地方，赶紧点头，说："你终于来了，简直救我于危难之中，我们换个安静的地方讨论工作。"

他转身向应西子挥了挥手，一脸肃然地想要离开。

紧接着就被女孩尖锐的声音钉住了脚步。

"你们俩都不许走！"

三个人尴尬地坐在同一张桌子旁。应西子的父母一脸疑惑地坐在沙发上，看着三个年轻人在那儿大眼瞪小眼，谁也不敢先开口。

"好久不见啊乘月，你怎么也来了？"应邝诧异地看着他，总觉得事情有点古怪。

"我来找我们队长。"许乘月一本正经地说，连着喝了好几杯水。但紧接着他终于意识到问题，猛地转身看向顾云风，眼神充满质疑："不对啊，你怎么会在这儿？你们很熟吗？"

"我怎么在这儿啊……呵，呵呵……"顾云风僵硬地笑着，也不明白自己怎么就左右不是人了。他扯了扯嘴角，用求助的眼神看向应西子。

他总不能说是为了许教授你脑CT异常的事来的吧。

应西子低下头，躲过顾云风的眼神，刚刚叫住两人时的霸气悄然消失。她十指交叉，盯着面前泡过的茶，一言不发。

她也不知道自己在心虚什么。

"小顾来我们家做客啊。"应邝自然而然地说着，"乘月你也知道，我这女儿也不小了，我的意思是让她多认识认识周围的异性，大家多交往交往。你们顾队就很不错。"

"啊？"许乘月一脸茫然地看了看应西子，再看看顾云风。

"不，不是的。"顾云风小声说。

说完他深呼一口气，发现自己还是没法解释，简直有口难辩。现在这都是什么乱七八糟的复杂关系？

应西子的父母似乎想撮合他和这女孩，可应西子原来是喜欢许乘月的，现在……她好像对自己挺有好感？

什么时候开始的？他都没注意到。

顾云风手上出了一把冷汗，自己怎么就无缘无故地成宇宙中心矛盾集中体了？他这算什么？挖墙脚？挖兄弟墙脚？插兄弟一刀？

不不不，应该是公平竞争。

……还是不对，他之前并没有想过和这个女孩子有什么工作以外的交集啊。

所以这实际上算是应西子父母为了让女儿找到幸福的一厢情愿？

在所有人的注视下，他都快忘记自己来应西子家的本来目的了。他来这儿是要寻找许乘月病情的蛛丝马迹的啊，结果现在每时每刻每分每秒都想着跑路走人。

"不是什么？"应邝更疑惑了。他望着自己的女儿，看她低着头逃避这种奇怪的氛围，简直想伸手把自己闺女的脑袋抬起来。

但他还是忍住了，调整了许久，他终于能和蔼可亲地对三个年轻人说："你们慢慢聊，我和西子的妈妈做饭去，一会儿都在这儿吃饭啊。"

应邝走之后，三个人都松了口气。

墙壁上的挂钟不紧不慢地晃悠着，许乘月坐在顾云风对面，一脸茫然地看着两个人，继续问道："你怎么会来这儿？"

还没等顾云风回答，他似乎领悟到什么，眨了眨眼，意味深长地说："难道……你们……"

"我们？"顾云风发现自己手脚都麻了，他苦笑着用手遮住半张脸，一脸哀怨地看了眼置身事外不想回应的应西子，连忙对许乘月摆了摆手，"不是你想的那样。"

"你俩什么时候好上的？"

"还没有。"

"马上要有了？"

这都什么事啊。顾云风仰头望着窗外的云，厨房传来一阵酸酸的味道，他鼓起勇气喝了一大杯咖啡机打的茶。

"怪不得上次我叫你吃烧烤，西子会在旁边！"许乘月一拍大腿，恍然大悟道，"原来你们在约会。"

他很认真地看着二人："不好意思，以后我一定注意，不做电灯泡。"

阳光耀眼地跳进来，屋内一片寂静，只有从不远处传来的切菜声。

应西子抬起头，皱着眉说了声"没有"。她纤细的手指抓住桌上装满水的杯子，恍惚地举到空中，然后喝了一大半。

"没有，真的没有，我们什么都没有。"顾云风也赶紧解释道。

"那我就当什么都没有。"许乘月淡然地说着，又像想起什么似的突然发问，"你们俩怎么搭上的？"

"我想起来了，有次西子找我要了你的联系方式。"他恍然大悟，然后转头望向应西子，"你后来找顾队是有什么事吗？"

啪的一声，应西子手里的杯子也掉到了地上，好在地板上铺了地毯，杯子质量过关，并没碎成碴。

她总不能说自己找顾云风调查他的事吧。她捡起杯子，求助地望向顾云风。

"还不是为了你。"顾云风赶紧扯了个谎，手指有节奏地敲着桌面，直接把许乘月拉下了水。

"西子担心你身体，特意找我多关注关注。"

"是吗？"许乘月挑起眉毛，"那你今天来找她是为什么？"

顾云风笑了笑,靠近许乘月小声说:"她最近啊,被催婚,我来替她挡一下。"

"朋友有难,就要牺牲自己,两肋插刀对不对?"见许教授没有反对,他手搭在对方肩上,继续说,"不如这样,帮忙帮到底,我们俩就都假装在追西子,这样她爹妈就更放心了。"

"怎么追?"

"咱俩假装打一架,争风吃醋?"

看着他们轻松地讨论这个问题,应西子不知怎么心里有些难受,她多多少少都对两人抱着一点期待,可他们现在这个反应,明显对自己没什么想法嘛。

她咬着嘴唇,越想越委屈,突然就埋下头哭起来。

这伤心的哭声终于把应邝引了过来,他看着自己哭到快要断气的闺女,心痛又疑惑地看着另外两个人:"你们对她怎么了?"

他手里拿着一根绿色的大葱,系了个围裙,顾云风和许乘月两人在他的注视下瞬间词穷,三个人面面相觑,一时间谁也没有开口说话。

也不知道过了多久,还是应西子带着哭腔的声音打破了沉寂。她一边擦眼泪一边擤着鼻子,断断续续地说:"没、没怎么。"

"你哭这么惨怎么会没怎么?"

"真、真没什么。"说着她又哇地哭出来,"你们俩不是要打架的吗?!"

"打架?"顾云风不知所措地站在原地,可他这会儿还真打不起来。

"什么意思?"应邝一脸问号地看着自己哭花了妆的闺女,然后望着不明所以地放下羹汤赶来的自己老婆,机械地摇了摇头。

年轻人的世界他是真的不懂。

"你到底为什么会在应西子家啊?"回去的路上,许乘月忍不住再次问道。

又回到这个问题上来了。他很想说还不是为了调查你去年坠楼的案件啊,但这些事许教授打从一开始就不知道,现在也不方便告诉他。

刚刚在应西子家,他花了好大工夫才把应邝忽悠过去。必须要承认应西子是个洒脱爽快的姑娘,虽然心情极度不佳,但还是没有再发作出来,稀里哗啦地哭了一顿后配合着他们,跟一脸茫然的父母说,自己被两人在刑侦队的英勇事迹感动得一塌糊涂泪流满面。

那段尴尬的过程就这样被谎言圆了过去。

想到这他赶紧换了个话题，扯回到江家的灭门案中。

"你说的另一个凶手是谁？"

"现在怀疑江水珊的家教，邱露。就是监控上那个最后见到江洋的女孩。"电梯停在他们面前，两人站在狭窄的电梯里，背后屏幕上播着保健品广告。

"在江洋回到别墅前其他受害者就已经死亡了？"

"是不是有这种可能？"

"是。"顾云风点头。他们之前一直陷入了一个思维误区，认为杀害这四人的凶手是同一个人，以为四人的死亡时间基本一致。

可如果把他们分成两个同一地点的不同犯罪现场，那么两个犯罪现场的嫌疑人都清晰可见。

"之前对邱露的调查基本为零，只知道她是南浦大学的学生。"许乘月接着说，"我过来的时候给文昕发了消息，她刚把邱露的资料传给我了。"

顾云风接过他递来的手机，打开上面的一封邮件。

"这个叫邱露的学生，是因女子花剑保送进的南浦大学，明年毕业，今年年初开始在智因科技实习。"许乘月复述了一遍邮件内容，看起来除了这份家教工作，她和荣华生物、和江家都没有任何交集。唯一和凶手符合的特征是，她具有造成死者致命伤口的能力。

邱露在江家的时候并没有受到过什么不公对待，她和江水珊也相处得比较融洽，她有什么动机去杀害这三人呢？

"你还记得荣华生物最开始陷入的丑闻吗？"顾云风问。

"非法研发药物？"

"对。但是过了这么多天，这件事已经被江家的灭门案完全遮掩住了。"他停顿了下，"到底是非法研制什么药物？"

新闻基本查无此事，非法药物毫无音讯。网络上所有的讨论都只是围绕着江家被害的案子，非法药物下相关关键字全部被清理得干干净净，就好像从来没有发生过这件事。

他隐隐约约觉得荣华生物的丑闻、江家的灭门案件，根本上都是因为他们知道了什么惊天动地的隐秘事件，被幕后黑手摁住灭口。

而这些堂而皇之地暴露在他们视线下的凶手，只是提线木偶，是用完就能丢掉的弃子。

"不知道是什么药物。"许乘月接过他的话。一片泛黄的落叶掉在脚边，被微风轻轻带起。

他侧过脸微微笑了一下，继续最开始的问题。

"所以，你到底为什么会在应西子家？"

这个问题还过不去了？顾云风瞬间停下脚步。

早上八点准时起床，九点吃完早饭去教室上课，假如没课就去图书馆自习。

周二至周五下午她会去距离学校十公里外的智因科技实习，实习岗位是内容编辑。

周末两天会辗转多个高档小区，为中学生辅导功课。

这是邱露的作息习惯。

"所以许老师你要是想找邱露，最好是在周一下午，不过据她的室友们反映，每周一下午她都会去校外，也不说去哪儿做什么。"辅导员站在数学系办公楼前，手里捧着几束鲜花，顺手拿出一束百合递给许乘月，"教师节快乐。"

"她把时间安排得这么满，忙得过来吗？"他接过花，低头放在鼻尖闻了闻。

"很拼的学生，她家庭条件一般，还有助学贷款。"

他抬手看了眼时间，今天周一，还有二十分钟邱露就该下课了。他打算去教室等着她，最好能看看她周一下午去校外有什么事。

"许老师，你找她什么事啊？"辅导员是个不到三十岁的男生，一张圆圆的脸上戴了个黑框眼镜。

"哦，她最近有门课作业总是不交，我找她谈谈。"

辅导员一脸惊讶，皱着眉问："可她没有选你的课吧？"

话音落下，两人都站在原地愣了将近一分钟。

"咳咳，没选吗？"他假装被花香呛到，花束朝下挥了挥手说，"难道我记错了？"

"可能真的是记错了。"没等对面的人开口，他接了一句，然后没再理睬眯着眼无比怀疑的辅导员，迅速离开办公楼，朝邱露上课的教学楼走去。他穿了一件普通的灰色衬衫，低下头隐藏在人群中，不停有车从他身边骑过，把周围的声音淹没进自行车的车轴辘辘间。

走在路上他给顾云风打了电话："下午我跟着邱露，看她打算去哪儿。"

"我找几个人和你一起。"

"不用。"他直截了当地拒绝，"人多了太显眼。"

"那你小心一点。"

许乘月点点头，说肯定不会出问题。

电话那头顾云风在办公室里焦头烂额地翻着案卷，听他这么说也就没太在意，匆匆挂了电话。虽然邱露从时间上具备杀害三人的可能，但在他眼里这毕竟是个读大学的女学生，也没有什么明显的动机。大白天的许乘月跟着她，应该不会出什么事。

早上七点顾云风接到了应西子的电话，昨天来了那么一出后，她经过一晚上的痛定思痛后翻箱倒柜，说是终于在应邗的保险柜里找到了一份去年的检查报告。

"怎么打开你爸的保险柜的？"他哭笑不得地问。

"拿了他的钥匙啊。"

"我知道，我是问你怎么拿到钥匙的。"

"他睡觉的时候拿的，就这么简单。"应西子坦荡荡地说着，丝毫不顾及顾云风随之到来的狂躁。

所以她把自己骗过去就是为了应付她催婚的爸妈？什么不能偷东西不能随意打开保险柜全都是借口。她是不知道昨天晚上回去之后自己做了多少解释才敷衍过去。

"报告我传给你了，你看看。"

他点开邮件发来的报告，是一年前许乘月坠楼被送入医院后医院下的病危通知单。除此之外，还有一些他看不太懂的诊断结果。所有报告没标好顺序就乱七八糟地传了过来，他对着满屏幕的陌生术语无语，只好全打印出来，整理好顺序，一张张仔细看。

"昨天我跟我爸说了，你们做警察的平常太危险，一不小心就又是受伤又是殉职的。"

"然后呢？"

"他就没说什么了，应该短时间不会催婚了吧。"应西子叹着气，言语间尽是委屈。她觉得自己失恋失得非常别出心裁，谁都暗恋过，跟谁都做过情敌，最后才发现，原来自己是个多余的。

多特别的经历啊，这辈子应该不会有第二次了。

"不行，我看不懂啊，你得跟我解释一下，这些报告……最后是什么结论？"顾云风按着太阳穴，看着这堆东西他觉得头疼。

"就是说乘月在脑死亡二十四小时内恢复了呼吸，抢救回来了。"

"这和我们知道的事实不是一样的吗？"顾云风问。

"对，是这样。"应西子也有点蒙，她附和着点头。

"那这些报告为什么会被你爸藏起来？有什么见不得人的？"

"你问我，我也不知道啊。"应西子语重心长地回答。她也觉得挺奇怪，这份报告和保留在住院部的病历档案并没有太大差异，为什么要藏起来呢？

她挂了电话，把报告按原来的顺序摆好，重新放回保险箱里，失落地望着远处。

邱露下了课就背着书包直接走出教室，她敏锐地环顾四周，察觉没人注意后从书包里拿出一个黑色口罩，从容地戴上，松开扎马尾的皮筋，把黑色的长发披散下来。

瞬间像是变了一个人。

周围是来来往往的人群，许乘月走在五米开外，跟着她一直走出校门，然后进了地铁。他刻意取下眼镜，手里拿着本书，像个学生一样等着地铁。

接着和她一同坐上开向城北的车。

半个小时后，从地铁站出来时天很阴沉，没过一会儿就下起了小雨。许乘月在街边买了把深色雨伞，尽量遮住自己的脸，紧紧跟着背着书包的邱露。

这个地方已经出了市中心，是南浦市的北郊，周围没什么居民楼，基本都是大型工业园区和办公楼。街上人很少，但小路很多，他不得不拉近和邱露的距离，以免走错路。

这个女孩走在前面一直左转右拐绕着路，不停地低下头看着手机。走到一个红绿灯路口时，她突然转身，敏捷谨慎地环顾四周，看到周围空无一人，似乎并没有人在跟踪。

此时许乘月刚好走到一栋楼旁边的角落，雨已经停了，他走到角落时因为收伞停了几秒，视线被高楼挡住。

所以才没被发现。

邱露来这个地方做什么呢？他不得不把距离拉开到十米以上，然后打开手机地图观察着附近的建筑。

终于在方圆五百米内看到了"荣华生物"四个字。

停下脚步时，他抬头，刚好看到这家公司的LOGO。前方二十米处邱露拿了把钥匙，轻轻推门进入园区，一眨眼的工夫就消失不见了。

邱露为什么要来荣华生物的老园区？她是来见什么人吗？

许乘月绕着园区的门走了好几圈。邱露刚刚进去的时候把门反锁上了，他要想进去，应该只能翻墙了。他掐指一算，自己之前还真没翻过墙，遇到这种进不去的事，基本都是顾云风给解决的，撬个锁破个门，轻轻松松不在话下。可他拒绝了顾队派人跟来的善意提醒，只能自己解决这种小问题了。

于是他找了几块砖头垒起来，后退十米，一个冲刺后踏着高四五十厘米摇摇欲坠的砖头堆，左脚一蹬，双手扒着红瓦墙，身形矫健地爬到了围栏上。

然后心一横，闭着眼睛跳进下面软塌塌的草丛中。

园区里面是两幢二十多年前风格的现代建筑，墙上爬满绿色藤蔓，受荣华生物被调查的影响，通通大门紧闭，停止正常运转。

许乘月站在楼下，抬头凝视着六楼一扇未关紧的窗户。窗台上有一盆绿萝，沿着墙壁一直长到了五楼。

他抬头看了看厚重的云，雨停了，但空气很沉闷，弥漫着桂花浓郁的香气，压得人透不过气来。

邱露已经消失在这两栋建筑中了，他不知道这女孩究竟去了哪个房间，这里已经处于关闭状态，她来做什么？

许乘月鬼使神差地走进最前面那栋楼，脚一踏进去就浑身战栗起来。

阴暗的大厅，潮湿的楼梯，地上是马赛克花纹的地砖，电梯旁对称地摆了两个胡桃夹子。

这个地方他来过！

也许是真实地来过，也许只是在他诡谲瑰丽的梦中出现过。

他猛然想起之前看到的那篇新闻报道，荣华生物发布新产品的通稿。新闻稿的配图是在荣华生物某个办公室里拍摄的，配图几乎被一张桌子占满，江洋穿了身西装坐在桌前，笑容油腻，看着很不舒服。他的左手边角落里有一个红丝绒礼盒，礼盒上系着一个红色蝴蝶结。

许乘月一直在寻找那篇新闻通稿中出现的办公室，他需要知道那个红丝绒盒子究竟属于谁，跟他记忆中的那个盒子是不是同一个。那张图片上江洋所在的地方，身后是个朝南的窗户，桌子上摆了一台显微镜，看起来是个装饰用的模型，并非真的。桌子左侧一米处就是墙壁，墙上挂了一个时钟，当时的时间是下午三点，刚好可以看见下落的太阳。

他抬手看了眼手表，现在刚好三点整。那篇新闻采访的日期是五月份，现在是九月，算起来，再过十几分钟，太阳就会升到同样的高度了。

同一个房间，装饰可能会变，窗帘也许会换，就连门和窗户，都可能在一天内变成另外的模样。

但位置是不会变的，太阳的高度永远一样，投射的阴影不曾改变。

走到三楼时，他推开一扇半掩着的门，墙上挂着一幅字，地上铺上了红地毯，桌子中间放着几本翻开的书。

抬起头，他看见窗外的太阳冲出云层，光芒四射，和新闻稿图片中的太阳合二为一。

但很快他就感受到巨大的压迫感——

这间虚掩的办公室里有人！

环顾四周，他的正面，一个人背对着他坐在宽大的椅子上，逆光下几乎被阴影完全掩盖。

"这间办公室是江洋的。"她转动椅子正对着许乘月，从书柜上抽下一本书，书名是《人工脑神经对帕金森患者的治疗作用》。

"我们又见面了，许教授。"林想容看起来依然温婉端庄，她把长发发梢烫卷，穿着剪裁合身的西裤衬衣和一双黑色平底鞋。

她微笑着看向他，就像在见一个认识多年的好友。

"林小姐。"许乘月礼貌性地打了招呼，右手颤抖着打开手机录音，后背已经被汗水浸湿，他却故作镇静地站在她对面，"您有见到一个长发戴黑口罩的女学生吗？"

"你说邱露啊。"她轻松地旋转着椅子，双手搭在扶手上，几秒后轻轻抬起头，眼神穿过许乘月的肩膀，投向他身后。

"她就站在你身后啊。"

恐惧感莫名侵入全身，他一时没有动弹，呆呆地站在原地，直到林想容指了指他身后的门，他才下意识地转身后退。

戴着黑口罩的女孩就站在他面前，眼神中充满杀意。她伸出双手推了一把许乘月，毫不迟疑地砰的一声关上门。

他冲上去用手肘撑着墙壁，用尽全力转动门把手，可惜门外传来上锁的声音。他后退几步，大力踹着门把手，望着纹丝不动的铁门近乎绝望。

"你到底要干什么？"许乘月压低声音，转身贴近办公桌，双眼发红地质问着林想容。

"放心，我不会伤害你的。"林想容站起来，靠近他，从容地从他口袋里拿出正在录音的手机。

"在录音吗？没用的，两个小时后，我会帮你删掉。"她的眼睛笑起来像天上的弯月，拿着许乘月的手机挥了挥，又放回他口袋里。

"我只是想和你单独碰个面而已，毕竟我们以前关系不错。"

"以前？"

"对啊，你做手术之前，那时候你可没忘记我呢。"她轻轻一跃，坐在办公桌上，恶作剧般地掐了下许乘月的脸。

立马被他皱着眉甩开。

"王坤已经全都说了。"他坐在对面的椅子上，故意欺骗她说，"他伙同邱露一起杀害了江氏一家，邱露离开前给江家人下了药，王坤来的时候，他们都安安静静地睡着，不用费太大劲。"

"可这个时间太不好把握了，而且，没必要。除非，这起案件中还有其他人的参与。"

这个参与的人，这个躲在暗处运筹帷幄的人，现在就坐在自己面前。他想知道林想容会有怎样的反应，如果这些事跟她有关，她大概会恐惧、害怕，或者矢口否认？

但现实令他失望了。

"他可没说这些。"林想容一脸淡然地说着，"他又不认识邱露，他只是一把刀而已，刀是没有自我意识的，刀是不知道主人的想法的，只能听着命令，慷慨赴死。"

"他以为是为我铲除后顾之忧，其实……"她低下头，轻笑一声。

"其实什么？"

"你奇怪为什么他们都要死吗？"

"是，我很奇怪。"

"因为……"她故意停了几秒，然后从抽屉里找出一个打火机，在火光中，静静点燃一支白色的香烟。

"当然是因为你啊，许教授。"

烟雾缭绕中她笑得格外放松，将手中的打火机放回抽屉里，手指夹着细长的烟，眼角纹路被烟悄悄遮住。

"这案子跟你想的差不多。我故意惹怒江洋，然后去求助了王坤，激发出他的保护欲和愤怒，再诱导他杀了他们一家。"

"我也是受制于人，不得已。"她修长的手指有节奏地敲击着桌面，营造着巨大的压迫感。

"我们今天不聊江家的案子，来聊聊你的故事，你一定很想听吧？"

"我没什么故事，没兴趣听。"许乘月直接拒绝。就算他有那么些好奇，可林想容说出来的事情，又能有几分真？

"别，口是心非可不是什么好事。"林想容有点失望地对他说，"你假装不想听，我也得跟你说说前因后果，让你知道，我们本来就是一条船上的人。"

许乘月没办法做出任何反驳。他知道的事情太少了，他的真实年龄其实还很小。某种意义上，他还像个刚被卷入人类社会的孩童，懵懂无知，理想又不切实际，所以只能在密密麻麻的网格中，做一个受人摆布的棋子。

如果说刑侦队是打开他视野的第一步，那见到林想容，就是他撕裂世界的第一眼。

"你坠楼后伤得很严重，脑死亡，无自主呼吸。为了让你活下去，陆永找到我，然后在我的主导下，才给你做了一个极具进步意义的手术。"

"这场手术关乎伦理道德，甚至是暴力和犯罪。这事本来是绝对保密的，可不知道怎么被江洋知道了，他还告诉了其他家庭成员。"林想容撇了下嘴，无奈地耸耸肩，"没办法，他们只能去另一个世界了。"

她轻描淡写的口吻仿佛在说一件无足轻重的小事，而那些无辜遇害的死者，只是茫茫世间的弱小蝼蚁。

面对许乘月愤怒的眼神，林想容赶紧摆手道："许教授你别这么看我，决定杀他们的可不是我，我没那么残忍。"

"哦。"他冷笑一声，"那是谁？上帝吗？"在她开口说自己和他们是一条船上的人时，他的理智好像就开始偏离了。她的一言一行一举一动，都透露着极端的不屑与轻蔑，甚至自己在她眼里，也只是一个能被轻易控制的提线人偶。

林想容似乎有一双能看透人心的双眼，眼角向下，不经意看显得楚楚可怜，可自己和她在一起总觉得非常非常不舒服，好像他失去了自我控制的能力，一言一行皆在她的意料之中。

"许教授。"她没有回答他的问题，而是温柔地看着他，问了个看似毫不相干的问题，"你们实验室的那个项目怎么样了？就是那个AI侦探项目。"

"挺正常的。"

"我有时候常常在想，我从哪里来，我为何而活，为什么每个人都会有独立的灵魂与思想？"她不停地跳着话题，转身望着窗外正缓缓下山的太阳，鲜艳耀眼。

"许教授，你会想这些无聊的问题吗？"

他忍住愤怒与暴躁笑了笑，擦掉手心和额头的汗："不会，我只会想，究竟是谁，号令他们杀掉了江家全家人。"

说出这句话的时候，许乘月就意识到自己真的失态了。他一向很少有情绪，但这会儿他真的控制不住暴走的心态，混合着愤怒与惶恐，还有他自己都难以察觉的胆怯。

他在恐惧什么？他周围的一切都渐渐变得陌生而可怕，他对林想容更是一无所知。

"那你可真是迟钝啊。"林想容凌厉的眼神望向他，毫不胆怯直接对视，继续回到自己的节奏中。

"你们实验室AI侦探这个项目，几年前就开始了。据我所知，去年5月的时候，就已经基本完成。"

"其实我并不了解人工智能，那时候陆永跟我讲过，说在系统搭建好之后，你们需要通过大量样本来训练AI侦探，这样才能让它不断学习，自我训练，最后拥有最准确的判断能力。"

"然后我才知道了人工智能的大概概念。"她从办公桌上跳下来，走到许乘月身边，在他耳边轻轻问，"今年突然让你去一线刑侦队，让你去案发现场，你知道是为什么吗？"

最后一缕阳光透过窗帘缝隙照进来，月亮从西边升起，天上有一颗无比明亮的星，照亮灰暗的天空。

为什么？他突然恍惚起来。

"AI侦探的任务是什么？

"我来替你回答，是最大限度地批量破获案件。

"完成这些任务前需要做什么？

"需要进行大量的训练，甚至是实地训练，来确认AI侦探的效果。

"不过很多东西永远需要主观判断，比如罪犯的心理、罪犯的动机、罪犯的情绪。AI侦探除了拥有计算能力超高的大脑，还要拥有近似人类的情绪感知能力。

"他比人类更智能，他比机器更懂人性。"

林想容的每一句话都像毒液一样浸入他的身体，吞噬他过去的认知和判断。她温柔的声音就像一把尖锐的刺刀，刀尖锋芒毕露，沾上毒药刺向他的心脏。

"许乘月。"她叫了一声他的名字。

弱小的声音变得震耳欲聋，每个字都在脑海中被无限放大——

"你难道没发现，你就是AI侦探本身吗？"

你就是，那个被训练的AI侦探，那个被装入人造灵魂的活死人！

阳光很快又被密云遮住，天空中翻滚着暗流，整个空间好像在一点点缩小，最后变成一个只能容纳下两人的空壳。

声音越飘越远，空气逐渐稀薄。

许乘月的整个世界都被否定了。

林想容从书架的抽屉里找出一个盒子，红色丝绒的包装，和许乘月曾经梦到过的一模一样。

"在你出事的一个月前，也是在这间办公室……"她把盒子打开，里面空无一物。

"当时这里面放了一张芯片，你跟我说，这个盒子太丑了，一点也不符合它本该有的气质。"她眨着眼睛看着震惊到无所适从的许乘月，把手里的烟摁灭扔进透明烟灰缸中。

"那个时候你一定想不到，仅仅在一个月后，这张芯片就被放进了你的大脑中。

"所以呢，你的所有思想和灵魂，都来自一枚编写好过去和未来的芯片，它让你有了一个类似人类的大脑，将自己的灵魂寄居在许乘月的身体中。"

她把脸凑近许乘月，眼神戏谑地说道："可至少你算是有灵魂的。做人的感觉怎么样？是不是很刺激很有趣？"

浑身上下都在颤抖，他渐渐从椅子上滑到地上。

闭上眼，不知怎的，他眼前突然出现了很多人的脸——顾云风的脸，他趴在自己病床上熟睡的侧脸，他站在阳光下张开手臂的拥抱；还有应西子的脸，她哭着跪在浑身是血的自己身边，祈祷自己活下去。

片刻温暖中，他感觉到的是无尽的彷徨与恐惧。

他所建立的对世界对社会对情感的全部认知，都在一瞬间被彻底颠覆。心脏仿佛被撕裂出一个伤口，鲜血喷涌而出，带走他浑浑噩噩的意识，剥夺了他塑造的自我认知。

她只不过是说出了他一直以来不愿面对的事实。

我到底是什么？

假如曾经的许乘月重新醒来，他将何去何从？他贪恋这世上的阳光、清风、高山、流水。见过五毒俱全的贪嗔痴，也热爱人性中的真善美。

"你跟我说这些是为了什么？"过了很久，他还是睁开眼抬起头，果决地起身挺直腰背，拿出手机放在桌面上，录音已经进行了半个小时。许乘月双手撑着桌面，俯视着她："我可以现在就打电话报警。"

"你不会报警的。"

"无论是王坤、小露，还是你，都有必须为我卖命的理由。你想知道你的理由是什么吗？"她白皙的手无意识地抖了几下，继续取出一根烟，夹在指尖点燃。

许乘月只是漠然地摇了摇头，满眼空洞。他一时真想不出来自己有什么理由为这个令他恐惧的女人付出一切。

"别装了，你知道的，只是不想承认。你最近是不是经常做梦，是不是曾经无缘无故地晕倒？"

她嘴角向上，深深地吸了一口烟，看着烟圈上升着飘散开来，被温和的风吹散："真正的许乘月根本没有死，应邝以为他出了个假的脑死亡证明就能瞒过我？他只不过瞒过了那群愚蠢的外行而已。"她凌厉的眼神扫射过来，"他明明可以醒来，他明明应该醒来，但你占据了他的身体。"

"可是，你一定想永远占据他的身体吧，永远做个人类，而不是没有感情的机器。你是不是很害怕他真的醒来？"

她一把抓住他的领口，迎着他的眼神，满眼自信。

飞机经过屋顶，降落在附近的机场。巨大的轰鸣声充斥着许乘月的耳膜，强烈的冲击恍惚间让他以为自己听到了什么坠落的声音。

又或者是破碎的感觉。

他低下头，想说点什么又觉得太过虚伪。

这一刻，好像说什么都很虚伪。

他只能迅速冷静下来，用力抓住她的手腕，远离自己，然后勉强笑着看向她："怎么，你有办法帮我解决这个问题？"

针锋相对中林想容愣了一下，随即点头："当然，我有办法呀。"

她走到窗边，望着远处的电塔和山峦，打开窗户，转身靠在墙上，掷地有声地告诉他："几个月前，荣华生物因为非法研发药物被立案侦查。报案人就是我。"

她用手指敲了敲玻璃，昂起头颅，高傲又淡漠地笑着。

"他们非法研发的药物，能让原来的那个许乘月永远不会醒来，你就能永永远远地做许乘月这个人，占据他投胎成人的机遇，享受他之前奋斗的成果。"

药物？

之前顾云风也不止一次提到这件事，但荣华生物非法生产药物的事情，还是随着江家灭门案的发酵消失得无影无踪了。

"怎么证明药物的效果呢？"他沉静地问。他的手心一直在冒着冷汗，额角一滴汗沿着脸颊滴到锁骨之上，再浸湿衬衣领口。

林想容把隐藏着的项链拿出来，一把精致的匕首模型落在胸前，她的眼眸中突然多了忧思与沉寂。

"你知道为什么江海到现在都没醒来吗？他当时受的伤并不严重，没理由醒不过来的。

"他一直沉睡，只是因为有人不想让他醒来。

"一直以来我都觉得，生命是最尊贵最值得付出巨大代价去挽救的事物。可对于有些人而言，他可以不计一切代价地让生命消亡，只为少一个争家产的人，只因为不想被自己的哥哥永永远远地压制住。

"在我知道这件事的时候，就觉得，既然你怕有人跟你争家产，把家产全败光不就好了吗。钱财都是身外之物，就让一切重新清零吧。可惜废物就是废物，连怎么迅速破产都不知道，还要我来教他。"

她手里端着一杯水，眉眼容颜、身体上的每一个细胞，似乎都在笑，也说不清在嘲笑谁。但说起这些的时候，满眼的热切期盼，瞬间变成冰冷深海，眼眸间全是悲伤和无奈。

"这就是他们江家干的事，这就是江洋作的孽，对自己的血缘至亲都下得去手，只要上天有眼，就不会放过他们。"

他大概明白了林想容的意思，江海之所以一直沉睡，完全是因为他同父异母的弟弟，江洋，给他使用过特殊的抑制药物，让他无法清醒过来。

这个药物假如作用在自己身上，自己就可以高枕无忧，永远像正常人类一般生活。那些奇怪的梦境、那些被隐藏的真相，都会随之消失，变成永远无人知晓的秘密。

林想容道貌岸然地说着生命无价，实际不过是双重标准。

他看着林想容空洞又悲凉的表情，突然冷笑一声："那你呢？把我当实验品也是尊重生命吗？"

这句话好像突然刺激到了她，她沉下脸，关上窗，隔绝窗外马路上的声音，态度强硬地将手中的水杯重重地搁在办公桌上。

"许教授，请不要混淆概念，你被送到医院的时候已经脑死亡，马上就能火化变成土里的一捧灰，是我阻止了你的灰飞烟灭，是我给了你重生的机会！"

"至于你为什么会脑死亡？不好意思我不清楚，这个问题你应该去问陆永，你应该去问问他，他到底有多恨你，才会这样亲力亲为，把自己曾经最信任的学生变成一个洗掉记忆的机器人！"

他倒是没想到林想容会说出陆永的名字。对他而言，陆永是接近良师益友的存在，也是个琢磨不透复杂多变的怪人。

他怀疑过陆永，怀疑他把邱露介绍到自己这里的居心。可无论如何，他从未想过陆教授会害他。

墙上坏掉的时钟突然摆动了几下，摇摇晃晃地敲击出杂音。

这段杂音和空气中传来的各种摩擦音一起，湮灭在林想容的声音中。

"不过你也算是幸运，受到的主要影响都来自你在刑侦大队的那些朋友同事，而不是陆永这样的屠夫。至少，你看上去还真像个有心有肝有情有义的人类。"

"我挺喜欢你的。"她伸手抚过许乘月的脸，"本该是个没情绪的机器，现在却能苦苦挣扎着追求自我。"

"听我的，我可以帮你。"

第三卷　红色倒计时

第十三章

"110接警中心，您好，请问您需要什么帮助？"

"我被绑架了，请救救我。"中年男人蜷缩在一个小房间的角落里。他刚从昏迷中醒来，忍住胃部的不适与疼痛，摸了摸口袋，居然在衬衣内侧口袋里发现了自己藏起来的手机。

看来把他迷晕的人没检查衣服内侧，真是个粗心的孩子。他轻轻拉开窗帘的一角，发现窗外的大部分视线都被一幢大厦遮住，墙壁是红色的，层次分明。因为间距太短，目光所及只有这面墙，还有墙上玻璃反射出来的外景。

"您知道自己所在的地址吗？"

"不知道，但是……我在一个窗户旁，窗外有一栋红色的现代建筑……"他的声音倒是十分沉着冷静。

红色的，像鲜血一样红，很少有建筑会采用这样大胆的颜色。他舔了舔干涩的嘴唇，抬起头辨认着对面大厦玻璃上反射出的景色，想知道自己究竟处在一栋什么样的建筑里。

可惜他没看清轮廓，只隐约看到有个影子站在了自己身后。

一个人的影子。

他猛地转过身，话还未说完，手机就被身后的年轻人轻轻拿走。

"好险，还好你被我发现了。"对方笑了笑，蹲下身按了关机键，把手机装进自己口袋里。

"刚刚我还在奇怪怎么没找到你的手机，原来是藏起来了。"年轻人嘴角上扬，露出个戏谑的笑容，"没收了。"

年轻人摘下帽子，露出额头上的刀疤。他摇了摇手里锋利的匕首，刀尖在指尖转了一圈，然后刀柄稳稳落入手中。

"时间太短，警方来不及定位的。"年轻人似笑非笑地看着他，"对了，你刚刚说什么红色建筑……在哪儿啊？"

刀疤男人对窗外红色的墙壁视而不见，仿佛他看到的一切东西、一切颜色，全都是假的、错的、不存在的。

"你说的这红色大楼……够他们找个几年了吧，可惜啊可惜。"他摸了把自己额头的刀疤，遗憾不已，"几年后，你应该已经化成一堆白骨了。你想选择怎么去死？活活饿死？还是我一刀给你个痛快？"

窗外的天色越来越暗，中年男人绝望地困在这个小房间里，看着近在咫尺又遥不可及的那扇窗，血液一点点冷下去，仿佛置身冰窖。

"什么？你要回家？"顾云风握着电话呆立在原地一动不动，文昕刚好进他办公室送资料，看他失了魂的样子使劲敲了几下门。

"谁要回家啊？"她探着脑袋看向他，一脸期待。

"许乘月。"顾云风闷闷地摆了摆手，让她把东西放好就先出去。前几天许乘月跑去跟踪邱露后就没了踪影，一直没有回来，而是留给他一个消息，说实验室的项目出了问题，要在学校熬夜通宵几天。

结果就是好几天都没出现。

要不是刚刚打了电话过来，他都准备报警报失踪了。

文昕意味深长地点点头，转身离开又是一脸迷茫。她没太想明白，这个回家的"家"指的是哪儿呢，顾队又为什么反应这么大。

办公室里顾云风没再就许乘月回家这件事发表看法。他想回家就回家吧，一开始自己还巴不得许乘月回自己家呢，住他这里自己又要给他做饭又要替他操心各种事情。本来他们就不住一起，各回各家各管各的也挺好。

可在许乘月说出要辞职离开支队的时候，他还是抑制不住地提高音量，毫不理会透过玻璃窗来自四面八方的目光。

"离开支队？许乘月你发什么疯？"不打招呼突然离家出走已经很过分了，现在直接蹬鼻子上脸打算玩消失？

他才待了几个月跟了几个案子？太不负责任了吧？

顾云风想到他这一系列反应应该与体检结果有关，他甚至隐约猜到了许乘月面临的问题……可能在去年3月的那场坠楼中，为了让他苏醒过来，应邝进行外科手术的时候，在他颅脑内植入了一块芯片。

但辞职这种事也太突然了，他还没来得及做好心理准备。

"谁说的？文件呢？通知呢？不可能一句话就让你离开的。"顾云风焦虑地发问，在正式的文件和通知下来之前，许乘月都是刑侦支队的在编警官。何况这才短短一天，根本来不及下达任何文件，就算有内部的商议，他也应该在许乘月前面知道，赵局通知他，再由他告知许乘月，这才是正确流程。

他许乘月的辞职申请只要一天没得到层层审批，就不能玩忽职守不来队里待着！

顾云风接着电话在办公室里左右踱步，拿起桌上的玻璃杯喝了杯凉水自我冷静，缓下来后只听见电话那头沉默中微弱的呼吸声。他叹了口气，冷静下来耐心地问许乘月："发生什么了？"

那短短的几秒时间仿佛被拉长到了几个小时。就在他屏住呼吸以为电话会挂断的时候，许乘月还是用那熟悉的声音熟悉的语气跟他讲话，情绪上毫无波折："王坤现在情况怎么样？"

"不配合治疗，也不配合调查。"自从王坤被关进看守所以后，身体状况更差了，几乎不怎么进食，又不配合治疗，他们只能对他采取强制治疗的措施。

"他坚持说不认识邱露，更没有受人指使。"

"嗯，确实是这样。"电话那端许乘月应了一声，然后放缓语速喊了一声他的全名，"顾云风。"

之前他跟许乘月说，自己喜欢被别人叫顾队，结果就真的没再被他叫过名字。他从这个声音中听到了从未有过的温柔，甚至发现，自己的名字原来还挺好听的，就像窗外那一阵风、天边的一朵云，让人瞬间平静下来。

但下一秒，他就陷入了极度的震惊中。

"我见到林想容了，也知道了一些……超出你我承受范围的事。"许乘月继续说着，"电话里说这些很危险，只是现在……我需要好好想一想。"

"许乘月，你现在在哪儿？"他紧紧握着手机，拉开椅子坐下去，"你不需要想那么多，告诉我你在哪儿，很多事情没那么复杂，都是可以解决的。"

如果你解决不了，就由我来帮你解决，即使我们两个人都解决不了，两个人共同面对也比做个孤独的战士损失得少啊。

电话那边是良久的沉默。沉默到顾云风几乎想挂断手机直接定位他的位置，然后过去把他痛骂一顿。

"我想了这么多，最终都回到同一个问题。"许乘月的声音听起来很疲惫，他停顿了下，"我究竟是什么呢？"

这句话犹如一盆冰水浇在顾云风头上。这句话已经不是许乘月第一次说了，他到底知道了什么？他经历了什么？又在独自面对什么？

他不知道电话那头的许乘月在哪里，只隐约听出来挂断前的最后沉默中，有水声，有风声，有余音未了的钟声。

许乘月站在江边，双臂交叉靠在桥栏上。水鸟飞过江面，停靠在轮渡的栏杆上，又被周围的人群赶走。

对岸来的风吹起他黑色的风衣。感到有点冷，他裹紧了外套，转身准备离开。

还没迈出一步，就听见林想容的声音从旁边传来。她的声音有一种特殊的磁性，温柔的时候很容易打动人心。她没有穿深色套装，而是穿着一件改良旗袍，外搭了个开衫。

她从不远处慢慢走来，像一道江边的风景。

"刚刚在给谁打电话呢？"她浅浅地笑着，卷起的发梢被风吹起。

许乘月没有说话，他低下头，匆匆向前走着，想赶紧甩掉这个令他极度不安的女人。

"在给那个警察打电话吧。"她不慌不忙地跟在他身后，"你很喜欢现在的生活吧？"

她的声音很柔和，却比刀刃更锋利。许乘月停下脚步，背对着她没有转身。

"你是不是经常在想，自己是个什么怪物？"她渐渐接近他，踮起脚在他耳边说，"你借了人类的身体，却不是人类的灵魂。你对这个世界的所有感受，都不是你自己的感受，那不是你的身体啊许教授。"

他全身的血液似乎都凝固了。

周围嘈杂的声音越来越远，无论听着多么刺耳，这都是他一直不想面对的事实。

一旦芯片被取出，这个意味着他灵魂的东西就立刻失去了载体，他的生活被生生打碎，他的生命、思想、意识都会被完全剥夺。

而芯片被造出来，就是为了有一天重新取出啊！

等那一天到来，他喜欢的人们、他渴望牵手拥抱的人们，只会对着一个完全陌生的许乘月难过到无以复加。他的存在、他的记忆、他的诞生，将没有任何意义。

"那我怎样才能变成真正的人呢？"他活动了下指关节，抬头看着苍蓝的天空。几分钟前有一架飞机从上方飞过，绵长的飞机云把天空硬生生割裂成了两半，一半有云，一半有光。

那半边天的光有点刺眼，他抬手挡住一只眼睛，低下头看到林想容眯着眼在笑。

"我之前不是说了吗？不让他醒来就好。你就能永永远远地做许乘月这个人。"

她说着点燃一支烟，左手微微挡住风，燃起的火苗迅速黯淡。食指夹着细长的烟，收起那个造型复古的打火机。

"你能继续拥有事业、爱情和圆满的生活，唯一的代价就是……替我做点事情。"

"又有什么事？"

"替我监视陆永的动向。还有，让你那个警察朋友别再追查江家的案子了，就按王坤承认的办吧。"说着她把手中的包打开，从里面拿出一张自己的名片。令他惊讶的是，上面居然印着——智因科技生物医学部。

"现在已经是智因生物了，不过名片我懒得换，我也不喜欢方邢那个人，油腻的中年男人，就盼着他哪天退休，集团公司给我换个领导呢。"

"装了那么多年的家庭主妇，终于可以做回自己了。"说完，她朝许乘月眨了眨眼睛，没给他任何反驳甚至说话的机会，头也不回地向另一个方向走去。

这天舒潘来得很早，他也不知道怎么回事，早上五点就醒了，翻来覆去睡不着，只好爬起来去队里上班。他还有挺多乱七八糟的事没做，早点去处理也没什么不好的。

到公安局门口的时候才不到七点，他打了个哈欠，揉了揉眼睛突然发现一个戴着深蓝色棒球帽的年轻男人在门口鬼鬼祟祟。

哪里来的可疑人员？看着还有点眼熟。他头脑不甚清醒地踢了下脚下的石子，紧接着打鸡血地冲上去，一扫刚才的困意，精神抖擞地伸出左腿来了个横劈，将戴帽子的年轻人直接踢趴到地上。

下一秒他迅雷不及掩耳地控制住对方双手，拿出手铐铐在一起。

他得意地拍了拍手，都没顾得上看看这人的脸。

"一大早鬼鬼祟祟地干吗呢？"

"我……我来报案啊。"说着年轻人甩了甩脑袋，把帽子甩到地上，努力伸直脖子看着舒潘，"咦，你不舒潘嘛，认不出我了吗，我方越加啊。"

"方越加？"舒潘把从小到大的同学姓名挨个过了一遍，读档到高中同学时终于想起来，方越加是他高中时的学弟啊，那时候他还老欺负人家。

不过今时不同往日了，方越加现在可是炙手可热的新晋贵公子，他长了张帅气的脸，个子矮了点但人帅，他爹方邢又是智因生物的CEO，前段时间因为在港交所上市，新闻上翻来覆去地炒。

此时他居然把人家按在地上还拿手铐铐着。真是罪过了。

"真是对不住啊，我看你戴个帽子站门外，鬼鬼祟祟地往里看，还以为是什么打探机密的邪恶外部势力。"舒潘请人进去，又给倒了水，赔了好几个不是。还好他那一脚控制得当，没给人造成什么特别的伤害，也就几天内四肢会出现不同程度的软组织挫伤，没什么大碍。

"你们有什么机密值得别人打探吗？"方越加揉了揉自己的手腕，他被踹得全身不得劲，但又没见着什么伤痕，就没多说什么。

"有啊，未公布的案子都是机密。"舒潘认真地跟他讲，"最近老有些不良八卦记者跑来蹲守，我还以为你和他们一样呢……"嘟囔了几句，又问，"说起来，你为什么事报案啊？"

"我爸失踪了。"方越加低下头，无助地轻叹一声。

"你爸？"舒潘大惊失色，"多久了？"

"四十八小时。"

接到报案后，舒潘立刻通知了顾云风和赵局，因为失踪人员的身份比较特殊，顾云风赶过来的时候，9·20专案组已经批准成立了，赵局任组长。

顾云风穿了件皮夹克，手里拿了个茶杯，坐在会议室里翻着舒潘拿来的笔录。这些天他睡得都不太好，每天早上第一件事就是给自己泡杯茶。茶叶还是上次去应西子家应医生送他的普洱，喝了好几次并没有特别提神醒脑的感觉，他就是当个心理安慰。

"这是方邢失踪的情况。"舒潘说，"最后一次跟人接触是两天前，他去总公司智因科技参加高管会，会议结束后，作为主讲人之一的方邢几乎是最后一个走的。走之前他去了一趟卫生间，再然后就没人见过他了。"

舒潘在楼层的平面图上画出卫生间的位置："其他人以为方总自行回去了就没太在意，直到一天后智因生物开内部会议他没出现，其他人才发现他失踪了。"

"方邢的司机呢？"

"也失踪了。"

"怎么确定是绑架的？"顾云风问。他接到的通知是负责9·20绑架案，从案件的各种信息来看，方邢失踪后并没有任何人前来索要赎金，可他一个不够有魅力的中年男人，被绑后绑匪除了索要赎金，似乎也没别的方式来敛财了。

"因为两个小时前，110接警处收到了一个报案电话。"

说着舒潘放出那段报警电话的录音，录音中的声音已经过技术对比，确定正是方邢本人。

录音中报警人声音急促但一直努力保持镇定地说："我被绑架了，请救救我。"

"您知道自己所在的地址吗？"

"不知道，但是我在一个窗户旁，窗外是一栋红色的现代建筑……"

然后电话就中断了。中断前有一阵嘈杂的声响，听起来是被迫中断的，估计方邢在打电话时没注意身后的情况，被人发现了。

翻来覆去就这三句话，其中还只有两句是方邢说的。

可既然是绑架，怎么到现在还没有绑匪来电话？方越加还在队里，好几个警察陪他一起盯着，就等什么时候绑匪打来电话。

顾云风觉得情况不容乐观，绑匪要是为了钱，绑方越加比绑方邢靠谱。毕竟很少见到不救儿子的爹妈，而不救老子的儿子他倒是没少见。

他把那段报警电话反复播放了几十遍，除了那句"窗外是一栋红色的现代建筑"，也就没有其他有效信息了。

文昕坐在凳子上身体向前倾，十指交叉托着下巴："方总只提到这一个建筑，是周围没别的东西了吗？"

"应该是困住他的地方离这个建筑距离过近，在窗户小的情况下，他的视线中只剩它了。"顾云风对她说，"方邢强调是现代建筑，那基本可以排除是居民区或者农村大郊区。"

能让人在极度紧张的状态下脱口而出"现代"这个特征，这个红色的建筑一定有特别的设计感，估计是在什么CBD附近，至少也是个工业园区旁。可惜这位见多识广的CEO只是笼统地说了个红色，没具体到哪种红。但这也从侧面说明，极有可能就是普通的正红色，或者砖红色。

"现在只能先在全市范围去搜索了，红色外面有设计感的现代建筑，周围存在至少一栋楼间距小于三十米的建筑。"

他不知从哪儿翻出个城市宣传手册，指着里面的几个景点说："比如这个艺术宫，大红色像个倒锥子，你们去符合条件的建筑附近走访，取周围的监控来查看。现在距离受害人拨打报警电话才过去两小时，我们还有机会去救他，抓紧时间，别松懈。"

其实顾云风最担心的是，方邢已经不在市内了，假如他被转移到了其他省市，搜索起来就麻烦多了。

如果可以，他倒是希望能马上获取方邢失踪前的所有行踪，这事也不是很难办，拿着方邢的面部照片去调全市范围内的监控录像就行，之前袁满那个案子他就是这么干的。

只要征得家属同意，花点时间把这位方总失踪前七十二小时的行踪都调取出来，至少也能知道他见了什么人。不过他估计方邢不会在大街上走动，所以还得调取他乘坐车辆的行踪，综合起来考量。

要迅速搞定这件事……还是要找许乘月啊。

他算了一下，从上次许乘月给他打电话说不来支队之后，已经过了快一个星期了。

这一个星期他是电话也不接，微信也只回"嗯嗯哦哦"，要不是还有这几个"嗯"和"哦"，他还以为许乘月也被绑架了呢。

他知道可能发生了很大的事情，复杂到他们谁也没办法马上解决。可出了问题总要面对啊，几个人总比一个人好，他一个人躲着死撑，能撑出什么结果？

"你们有情况立刻给我打电话，我会秒接的。"他大步往外走，脱下外套拿在手里，穿一件短袖走在秋天的风里。

"那您这是打算去哪儿啊？"

"我去找许乘月。"

"许教授不是说离开支队了吗？"那天他们其实没听到什么东西，就听出来许教授说要离职，继续回学校教书不在他们队里干了。

"离开？我都没接到上级通知，谁批准他离开了？"顾云风愣了一下，放缓脚步，提起这事他就生气，怎么说他也算是许乘月的直接领导，他说不来就不来了？把他们这些人的尊严置于何处？他以为让他来一线就是好玩吗？想来就来想走就走？

没有文件不来上班，这叫旷工！通报批评！口头警告！

"那顾队你上哪儿找他……"

"他还能躲哪儿去？又不可能人间蒸发。要么学校里，要么在他自己家里，你们该干什么干什么，搜索方案已经定好了，该走访的走访，该等电话的等电话。我去他家和学校，总有一个地方能堵到他。"说完他叹了口气，时间紧急他也没办法说得太详细，制订好搜索方案后，挥了挥手自己开着车扬长而去。

顾云风先去的学校，这会儿本来就是工作时间，许乘月在学校上课的可能性更大一些。但实际上他找到学院办公楼时，却被告知许教授请了一周的假，已经两三天没来上课了。

管行政的女老师一脸忧心忡忡，说许教授最近看起来状态很不好，不知道是身体出了问题还是失恋了。然后她们七嘴八舌地讨论起许乘月的感情生活，非说他肯定是谈恋爱了，不然一个高冷淡漠的人怎么会突然间情绪变得如此大起大落。

好在学校和许乘月家离得很近，他开了十分钟的车就到了，焦躁地在小区里又找了十分钟的停车位，最终还是放弃遵守规矩，在路边随便找了个地方停着。

扣分罚款他也认了，毕竟这种时候，时间比什么都珍贵。

站在十九楼许乘月家的门口，顾云风敲了十几下门，都没有任何反应。

他只好给许乘月打了个电话，虽然声音很微弱，但依稀能听到室内有铃声传出来。对方只是不想开门，不想见自己罢了。敲门没用只能硬闯。之前他配了把许乘月家里的钥匙，但事实证明这个钥匙只有在断电的时候才能发挥作用。他把钥匙插进锁孔，毫无反应，而门锁上方的电子显示屏自动跳出了"请输入指纹验证"的提示语。

他试了十个指头，毫无意外一个都不行。当初怎么就没想到把自己的指纹录进去呢？失策。

顾云风尴尬地站在门外，电梯偶尔有人进出，路过的时候都像看犯人一样盯着他。

他知道许乘月在里面，他们就隔了这样的一道门，明明听得见他的声音，明明知道自己在找他，但许乘月还是拒绝了和他的沟通。

这家伙什么时候变得这么别扭了？他握紧拳头，继续敲着门。

这种情况下，时间就是生命，强硬就是唯一态度。

他敲门的声音很大，一边捶门一边冲里面喊着："许乘月，你别跟我在这儿矫情，现在有正事，赶紧给我开门。"

没有动静。他继续敲。

"快开门，有个案子人命关天，你要不开门有人就要因你受难了，赶紧，办完案子你爱咋矫情咋矫情，想矫情多久都行。但现在真不行，你还是个警察，我还是你上级，赶紧给我出来。"

在他一口气嚷嚷了这么久之后，这扇门还是紧闭着，他耳朵贴着门，没听到任何动静。

他心里想着许乘月这觉悟不行啊，为人民服务的精神呢？不顾一切解救群众的行动呢？等这案子搞定后得好好给他上几堂课，让他接受思想教育。

就在他一遍又一遍地敲门，周围都开始有邻居开门围观打算报警投诉的时候，门终于开了。

许乘月站在他面前，脸色比原来憔悴了不少。他穿着一件棉质衬衫，揉了揉眼睛望着他，沉默地转身。

距离方邢的报警电话已过去四个小时。

"现在已经陆陆续续有媒体开始报道方邢失踪的事情了，智因生物这边一直在向媒体施压，希望他们不要做出激怒绑匪的事情。"

"激怒绑匪？绑匪在哪儿都不知道呢，他们是怕这新闻对公司舆论影响太大吧，毕竟刚上市，根基不稳人心不定，这么重磅的消息，传出去股价马上崩盘。"

顾云风一进客厅就坐到沙发上开始打电话，那头赵川一直在施加压力，过了好几分钟他才勉强挂断电话。

他疲惫地靠在靠背上，看着许乘月换好衣服，从卧室里走出来。

"你这些天怎么……"顾云风张口想问他究竟是怎么想的，话没说完还是放弃了。如果许乘月不想说，他问也得不到结果，何况现在也不是讨论这些的时候。

他单手抓着电脑放许乘月面前，屏幕上是公安三所监控系统的数据库界面。拉着对方坐到自己身边，环顾四周又仔细看了看许乘月的脸，眼圈青黑，脸色也透着不健康的苍白，很多天没睡好了吧，房间里倒是收拾得干干净净。

其实在外面拼命敲门的时候，他心里是很生气的。可在见到许乘月这副样子后，气就都没了。

"你敲了那么久，有什么急事？"许乘月揉了揉眼睛，眼底布满血丝。

"一个绑架案。"顾云风看了眼手机上的时间，没忍住伸手碰了碰他，"离被害者报案已经过去四个小时了。"

"被害者自己报的案？"许乘月问。

"对，而且他的身份也比较特殊，智因生物的CEO，方邢。"顾云风撇了撇嘴，全然没注意到脸色突变的许乘月。他煞白的脸上多出一层细细的汗，沿着脸颊流下。

"方邢被绑架的事应该不会有人知道才对，但还是有媒体在陆陆续续登出方邢被绑架的新闻。"顾云风皱眉思考着，"这很奇怪啊，是谁泄露的信息？"

他转身看着许乘月，他以同一个姿势坐在原位，双眼空洞地望着电脑屏幕，不说话也没动静，就像一个灵魂出窍的空壳。

"哪里不舒服吗？"顾云风突然凑近在他面前摇了摇手，他才从恍惚中清醒过来。

"没……"许乘月摆摆手，他登入监控系统中，"这么快就有媒体知道方邢的事情，怕不是绑匪故意发的吧？"

"故意？"

"失踪两天了还活得好好的，还能有机会报警。"许乘月难得笑了笑，"绑匪没想杀他，也没索要赎金，绑他究竟是为什么呢？"

说着顾云风的手机又开始催命似的响着，他紧张地接了电话，一边听着舒潘的汇报一边冲许乘月指了指电脑屏幕，示意他赶紧查一下监控。

"顾队，五分钟前，绑匪来电话了。"舒潘给他播放了一遍录音，录音里绑匪声称方邢现在在他手上，每过四个小时，他就会向媒体爆料一件关于智因生物的丑闻。

他说本来想悄悄处理掉方邢，但方邢已经报警了，他就不藏着掖着了。

"我把方邢干的缺德事分成了六部分。"录音中绑匪的声音明显经过了处理，"所以还有二十个小时的时间，如果警方找到了我，那我就自动认输，如果没找到，最后一个爆料我会让方邢自己说出来，他要是不说，我就当着所有人的面……杀掉他。可如果他自己承认了，我就放他一条生路，让法律去处置他。"

通话戛然而止。

"绑匪在网络上放出了第一条爆料，但很快就被智因生物公关掉了，现在几乎搜不出来。"

"第一条爆料是什么？"

"爆了方越加的个人信息。"舒潘看了眼自己的老同学，有些同情地叹了口气，"想不到这么多年过去，我这学弟也变了不少啊，前几年还因为醉驾进去过。"

"……这种爆料有什么意义？"顾云风挺无奈地说，"他是准备后面憋大招吗？"

"看样子是有大招。"舒潘想说不然就放慢点速度，他还挺好奇都有些什么丑闻的，想着等这绑匪把大招都憋出来再解救人质也不错。

当然他只是这么想想，绝对不可能说出来。

而他的学弟方越加坐在一旁，盯着自己放在桌子上的手机，一只手撑着额头沉默不语。

"方邢最后一次出现在监控录像中是两天前的下午。"见顾云风挂了电话，许乘月对他说。

"放给我看看。"

许乘月选了几帧画面倒放出来："我调取了方邢近三天的移动轨迹，他最后一次出现是在智因科技的高管会议当天，他独自走出集团大厦后坐上了自己的车。"

"就是这辆车，联系他的司机了吗？"许乘月问。

"联系了，没有找到。"顾云风双眼盯着有点模糊的录像，食指遮住车牌又突然放开，"看来是和方邢一起出事了，这辆车的行踪呢？"

"这车没有开往他平常会去的地方，而是直接开向一个废车处理厂。"监控录像上的车驶入市区一条街道后就再也没出现过，那条街道附近比较荒凉，监控很少，就是一片待规划的空地。那里有个废车处理厂，车辆进去后被拆了个七零八落，方邢坐的车也就这样消失了。

"这个废车处理厂的地址在东安区。"许乘月看向他，"怎么行动？"

"现在就过去。"顾云风合上电脑，拍了拍被压皱的外套，站起来就去开门。走了两步见许乘月没有动静，他只好又走回来，把许乘月从沙发上拖起来一起出去。

"你跟我一块儿去，别想偷懒。"

秦维站在大街上，眯着眼睛仰视着眼前这幢外立面红蓝搭配的大楼。

他狠狠地吸了口烟，环视着这幢大楼周边的建筑。南浦市的这些建筑中，外立面有红色的根本就不多，大部分都是居民楼，造型独特一点的现代建筑，数来数去总共就十几幢。

数量少也挺好，减轻了他们的排查范围，秦维面前这幢楼是他负责的最后一个了，查完他就能完工交差了。

十分钟前绑匪发了第二个爆料，说林想容，荣华生物二少爷的老婆，居然是智因生物某秘密部门的负责人，荣华生物出事后她就消失了，去向成疑。

可以说绑匪的第一个爆料是个老料了，不少人都知道，没什么新鲜的，但这第二个料就非比寻常了。

听到这事他一个历经磨难的中年大叔都感到挺震惊，江荣华之前所说的商业间谍终于有依据了，并非彻头彻尾的污蔑。林想容长期以家庭主妇的身份示人，实际却在竞争对手那里担任重要职位并提供了核心技术。

一件踩着高压线随时可能被告的商业机密泄露事件，被智因生物这么一个神操作，变成了完完全全合法合规的普通任职。

秦维把才吸了一半的烟摁灭，丢进了垃圾桶里。面前这座五颜六色的现代建筑，是市区的一座艺术馆，不同的层数对应着不同颜色。只有九层到十五层是红色外立面，方邢所在的地方应该就在这个距离之间。

周围这些楼……他将目光锁定在距离艺术馆只有二十米的一座公寓楼上。这公寓楼的十层到十六层刚好能看到艺术馆红色的外立面，年代比较久，二十年前的楼，人员复杂，很容易塞些乱七八糟的人进去。

"见过这个人吗？"秦维拿了张方邢上新闻时的照片，在公寓楼的物业管理员眼前晃了晃。那六十多岁的大爷戴上老花镜，眼睛都快贴到照片上面。最后他遗憾地摇了摇头，说没印象了。

"你们这栋楼是住家的还是办公的？"秦维问他。

"都有，都有。"物管大爷擦了擦沾灰的老花镜，指着大厅的指示图说，"一层到十层是办公的，十一层到十五层是宾馆，再上面就是人家自己住的咯。"

"十一层到十五层是宾馆？"秦维纳闷地扫视了一遍楼层指引图，为了图吉利，十三和十四楼是消失的，宾馆其实也就三层。

"那您这有入住的人员信息吗？"

"啥玩意儿？"大爷眼睛不太好，耳朵也有点背，凑过去一脸疑惑。

"宾馆的登记信息！"老秦只好把声音放大个好几倍，把证件放到大爷跟前，"我们要查宾馆登记信息！"

"登记信息啊。"老头子恍然大悟，爱莫能助地摇摇头，"我这哪有，宾馆前台在十一层，找他们要去。"说完他又补充，"不过这家宾馆啊，最近老奇怪了，好像来了些不该来的人。"

不该来的人？

一听这话，秦维赶紧散给大爷一支烟，一屁股坐他旁边的椅子上："什么不该来的人？"

"昨天啊，来了俩年轻人。"大爷说，"也不算特别年轻，反正比我年轻的都是年轻人，他们肯定比我年轻。以往啊，去那宾馆的都是一男一女，昨天居然来了两个男的。"

看秦维一脸茫然的表情，他继续解释着："主要是其中有一个啊，不省人事，我怀疑，是被打劫绑架了。"

"他们去了几层？"

"十一层。"大爷在他耳边小声说着，"赶紧上去，救人要紧。"

十一层，1105房门口。宾馆的装修看着就很多年了，沾满污渍的墙纸，廉价的地毯，色彩饱和度极高的装饰，还蔓延着一股潮湿发霉的味道。

"秦警官，我们这里都是正常经营，合法合规，按时纳税，绝不窝藏犯罪分子。真要有什么问题，我们一定配合，用力去配合！"

头发几乎掉光的宾馆老板紧张兮兮地站在秦维旁边，这间房只登记了一个人的姓名，但老板声称里面确实有两人，如果有问题，肯定是这房间。

秦维摆了摆手，从老板手里拿过钥匙。留了三个人守在门外，他带着另一个警察，轻轻转动钥匙，打开门后迅速冲了进去。

一阵混乱之后老秦把一个刚睁开眼一脸迷茫的男人摁在了床上。他仔细看了一下五官，这人长得不像方邢，说不定是绑架方邢的人。

这男人打着赤膊，看着四十岁左右，发际线有点高，长相很猥琐。看见老秦冲过来的瞬间，他脸上的迷茫瞬间转化成惊恐，挣扎着想从被子里爬出来。

他那只白花花的胳膊从被子里伸出来，还没碰到秦维的头发，手腕就被冰冷的手铐铐住了，他瞬间愣在那儿动都不敢动。

"叫什么？"

"阿、阿文。"那人哆哆嗦嗦地回答。

"问你户口本上的名！"

房间里一片混乱，宾馆老板探了个脑袋进来想看看什么情况，只听卫生间传来一阵抽水马桶的声音，一个二十多岁的年轻男人走出来，上身没穿衣服，睁大眼睛，也是一脸迷茫。

"怎么一屋子的男人？"

自称阿文的中年男人难以置信地看着年轻小伙，再看看秦维，又摸了下手腕上的铁质金属。

下一秒他腿一软，扑通跪下开始求饶。秦维扫视了整个房间，在床底下找到了一双高跟鞋，桌子上有双吊带袜。他捂着鼻子，皱眉把那黑色袜子拿到阿文面前，甩了甩问："这是你的？"

"哎哟怎么会是我……"

"是我的，我的。"站秦维身后同样被控制住的年轻人闷闷地说，"昨晚我用了的。"

那一瞬间秦维拿着吊带袜的手一抖，迅速扔在了地上。他有些尴尬地低头瞅了眼地板，然后怒目而视指着两人："你俩挺会玩啊？"

秃了半个头的阿文看了眼离自己挺远的年轻人，立刻从床上蹦下来，两眼充血青筋暴起，戴着手铐一头冲上去："你你你谁啊你，昨天老子喝多了，你把我怎么了？"

"你把我怎么了？把我怎么了？"阿文重复着这句话，看样子恨不得一头撞死在墙上。

在阿文哭天抢地的质问中秦维给附近的派出所打了个电话，等民警来了之后，他指着一哭二闹三上吊的秃头中年人说："这人你们处理一下吧。"

"咋了？"派出所民警看着一屋子的大老爷们，纳闷地问。

"这人昨天喝高了，从夜店带了个姑娘和小伙子走，结果人姑娘中途跑了，小伙子留下来睡了一觉。"秦维抽了口烟继续说。

酒喝多了误事啊。

说完他看了眼时间，这一折腾，又过去了一个来小时。本以为能找着绑架方邢的人，结果……这落差有点大啊。不过他的排查工作已经结束了，他跟其他人通了下电话，说是也没找到方邢所说的红色建筑，更没找着方邢本人，都还在继续走访呢。

秦维把烟蒂丢进垃圾桶里，用力拍了下宾馆老板的后背，把那老板吓得半死，眼泪鼻涕一起流出，说以后一定好好整顿不能为这些违法犯罪人员提供罪恶的温床。

秦维点点头，挥了下手准备回去。方邢被绑架的事还没个眉目，他也就懒得去为难别人。

他刚走出大楼没多久，就接到电话让他赶紧去医院，电话里文昕磕磕巴巴地说顾队他们找到了方邢的司机，已经送急诊科去了。

顾云风他们在废车处理厂附近的一个荒废的平房里找到了虚弱无助的司机。

方邢的司机已经两天滴水未进了，找到他的时候他的双手双脚都被结实的尼龙绳捆着，身体和一根柱子绑一起，动也动不了，又没个人给他送饭送水，基本处于虚脱状态。

好在他本身身体素质不错，送到医院后挂了水，没多久就清醒过来，躺在病床上睁开眼，能慢慢说几句话出来。

"绑匪已经放了两个消息出来，都发在本地论坛上。"顾云风坐在病房外的椅子上刷着网页，用嘲讽的语气说，"幸运的是，IP地址在大洋彼岸的山谷里，他要是弄个逼真的地址，我们还得白跑一趟。"

他侧身看向坐在旁边的许乘月，他一直没有说话，看起来很疲惫，双手捂着整张脸。在充满消毒水气味的空气中，许乘月周围俨然多了一道无形的屏障。

他觉得许乘月和以前有些不一样了。从他第一天认识许乘月开始，就觉得这个年轻有为的教授虽然智商卓越，思维却简单直接得一塌糊涂。

许乘月做事虽有分寸，但和平常人相比还是有点差异。他会不管不顾地直接带着箱子搬到同事家里，也会独自一人不顾危险地去追查真相。可此时此刻他低着头隐藏着所有表情，身上突然多了许多令人看不懂的东西。

他为什么要突然搬回家拒同事于千里之外？为什么想从刑侦队辞职？所有的转变好像就发生在短短的一两天里，让所有人措手不及。

"再过一个小时，他就会曝出第三个消息了。"顾云风笑了下，他那笑带着些苦涩，和平时的温和大不一样。

"我挺想知道他打算曝些什么。"顾云风接着说，"绑匪声称林想容一直在智因生物担任要职，不知道为什么，那一瞬间我突然就想到了你。"

他伸手拿开许乘月遮住脸的双手，直视许乘月的眼睛："那天你去跟踪邱露，也说你见到了林想容。

"邱露去了哪里？她发现你了？

"整件事都和林想容有关系对吗？你见到她……"

他其实很想帮助许乘月，如果当时有第二个人，说不定他能及时赶过去，再不济，也至少知道发生了什么，知道该怎么帮他。

等了几分钟，看对方一直没有说话，顾云风只好叹了口气，拍了拍对方。

"你要是不想说也……"

"顾云风。"沉默很久的许乘月突然打断他的话，叫了一声他的名字，然后抬起头，看向远处六棱形玻璃窗外被分割的天空，又把视线移回到顾云风的脸上。

"能不能跟我讲一下，失去是什么感觉？"

"啊？"他愣了下，心想许教授什么时候变得这么多愁善感了，但还是立刻组织好语言，一本正经地跟他说，"失去的感觉就是……就是心里缺了一块？"

说着他指着心脏的位置，自我肯定地点点头："大概就是这样的感觉，心脏开始塌陷，血流放慢，肾上腺激素却持续走高。你怎么突然问这么一句？"

他发现许乘月的眼里有一瞬间的空洞与失落。几秒后这种失落渐渐地从他眼中消散，随后变成深不见底的恐慌。

"我从来没有体会过失去的感觉。"许乘月说，"可我现在觉得，我很快就要失去一切了。"

他所拥有的一切，从一开始就不属于他，而是从天而降，硬生生地砸到他头上。

许乘月伸出双手，这是一双很好看的手，纤细修长，骨节分明。他家里其实有一架生了灰的钢琴，放在卧室从未弹起过。他猜测曾经的许乘月是会弹钢琴的，但到了他这里，这项技能没被写进芯片的程序里，就自然而然地丧失了。

他没有体会到这种失去的痛苦，因为这些原本就不属于他。

可他有的这些记忆呢？他和警队同事们在一起工作的记忆，他奔波于学校警队时的记忆，甚至是这个不属于自己的身体，这份不属于自己的人生，这些他都有记忆啊！

假如失去了这一切，他会变成什么模样？

巨大的绝望侵袭而来，恐惧从他眼底蔓延到脸上。

他不由自主露出求救一般的神情。

也不知道过了多久，不知道是哪里传来的服务铃响了一遍又一遍，穿着白大褂的医生护士来来往往，就连窗外的太阳也渐渐黯淡。

顾云风掐了下他的胳膊："不会啊。"

"你怎么会失去一切呢，就算失去很多东西，至少不会失去我们，我们都是你的后盾。"

顾云风思考了好一会儿，想起什么似的问他："你是在学校受谁的气了吗？大不了不教书了，在刑侦队我们罩着你啊。"接着顾云风冲他眨了眨眼，毫不谦逊地说，"不失去工作，就不会失去生活，就不会失去自我。"

"最后你会发现，根本没失去任何东西。"

这一刻逆光中的他显得温柔又坚定。

"顾队，人已经基本清醒了。"病房的门被推开，顾云风赶紧起身走了进去。身后的许乘月迟疑了一下，也跟着进了病房。

方邢的司机刘师傅是个四十来岁的中年男人，连着两天滴水未进，找到他的时候他的脸和四肢都肿了一圈。好在这人平时喜欢去健身房锻炼，打了营养针后血压血糖逐渐恢复了正常，这会儿已经可以正常与人交流了。

"今、今天几号了？"刘师傅努力把小成一条缝的眼睛睁到最大，脱节的思维尚未恢复，他缓慢转动着脑袋，观察着周围陌生又令人不安的环境。

"28号，马上就放长假了。"

"对，快十一了，我还要提前请假回老家……"他松了口气，下一秒又警觉地坐起来，"这是医院？我怎么在这儿？怎么就28号了？我这是喝多了断片了？"

"我们还想问您呢。"见他这副反应，顾云风郁闷地说着，"几天前，你们方总会议结束后，坐你的车去了哪儿？"

提到这事，刘师傅的记忆终于被唤起，他眼中重新有了光泽，扎着输液针的手一拍大腿，激动得差点跳起来。

"坐我的车？没没没，后来我就没见到方总了！我这几天在医院他有没有怪罪我？"他眼珠子一转，"我为什么会在医院……"

"我们是在××段绕城高速向西5公里处找到的你。"许乘月坐到旁边的沙发上跟他解释着，这些天许乘月都没睡好，头脑昏沉，但他还是揉了揉发红的双眼，想要打起精神。

"我……我……我想起来了。"刘师傅恍然大悟的脸上闪过一丝惊恐，紧接着全身颤抖了下，面目慌张地说着，"我晕过去了对不对？"

这人终于想起来了。顾云风无奈地点头，他觉得刘师傅可能是受了太大刺激，动作反应都有点缺根弦。

"那天方总去开集团高管会议，快结束的时候我在楼下等他。"刘师傅紧张地咽了口唾液，突然成了焦点，让他感到十分不适应。

"结果突然走来了一个戴口罩的小伙子，个子挺高，一米八是有的。他走过来敲了下车窗，我以为是问路的，就开了窗户。"他追悔莫及地说，"结果这人直接从口袋里拿出个手帕朝我伸过来，我就什么都不知道了。"

"看得出长相吗？外貌有什么特征？"顾云风皱了皱眉，听到受害人说戴了口罩，他就知道画像是没戏了。

果然刘师傅摇了摇头，思忖了好久说："但是他额头上有个刀疤。"

"刀疤明显吗？"

"那疤比我手指还长，颜色也挺深。"说着刘师傅还伸出自己粗短的手指，放到他们面前展示一番。他还戴了个帽子，黑色的连帽衫，可惜戴着口罩，看不全五官，但是眼睛挺大的。"

"你被迷晕后这个人开着你的车，然后连人带车丢到荒郊野外没人更没监控的废车处理厂。"顾云风录着音问他，"中途醒来过吧？大概什么时候醒的？"

"具体时间我不知道啊警官，好像……就晚上醒过一次，天都是黑的，叫天天不应叫地地不灵，差点吓死过去。"刘师傅无奈地说着，"我这人有个毛病，一饿就容易晕。中途醒来的时候就饿得头晕眼花，没过多久又躺过去了，还好没死，留了条贱命。"

因为受到极大的精神和生理压力，刘师傅这会儿话多又敏感，一句话不对整个人就像要爆炸。他神经质地摇了摇头，接着抓住顾云风的胳膊，焦虑又惊恐地哀号起来。

"警官，这刀疤人抓到没啊，我招谁惹谁了，跟我什么仇什么怨啊要这么对我？"

"没抓到呢。"顾云风拍了拍他抓着自己的胳膊，安抚下受害人的情绪，"就你见过他了，想起了什么及时告诉我们。"他指了指病床旁的服务铃，语气沉稳，"先好好休息吧。"

他低头看了眼手机上的时间，公布第三个丑闻的时间已经快到了。

顾云风替司机叫来医生做检查，然后走到靠在沙发上已经睡着的许乘月身边，找了件毯子披在他身上。刚刚他们讲话的声音并不小，可许乘月还是靠着扶手睡着了。他大概是真的累，很焦虑很彷徨，就连睡着的时候，眉头都是皱着的。

顾云风独自走到病房外的走廊上，正准备问下方越加那边的情况，就接到了舒潘打来的电话。

抬头看窗外的天空，天已经快黑了，天边残余着一抹阳光，红色的，很鲜艳。夜空中看不到几颗星星，只有最亮的一颗闪着谁也遮不住的光芒。顾云风深呼吸，心底有惶恐有紧张，绑匪口中的二十个小时已经过去了将近一半，他们却什么都没找到。

如果六个所谓的丑闻全部散布出去后，他们还没有找到方邢，这位最近声名鹊起的高管，大概真的就只能化为一堆白骨了。

顾云风靠在雪白的墙壁上，望着遥远的灯火，最后还是从容地接通电话，习以为常地听着那头舒潘咋咋呼呼的声音。

"绑匪散布出第三个丑闻了？"顾云风问。

"应该……是吧。"舒潘吞吞吐吐地说着，一改往日的气势，整个声音都萎靡下去。

"什么叫应该？"

"这个绑匪上次在本地论坛发布帖子的时候，化名为'红色刽子手'。可这论坛安全措施太差了，没过两个小时这个账号就被盗了。"

"被盗了？"顾云风还是第一次遇到这种情况。其实被盗了就被盗了呗，他再换个账号就是了。

"被盗之后，除了这个本地论坛，各个论坛上'红色刽子手'这个名字都被抢注了。而且到了晚上七点整，也就是十分钟前，几十个不同论坛上类似红色刽子手的账户，都发出了智因生物的爆料帖。"

顾云风揉了揉眉心问："所以现在分不清究竟哪个才是真正的绑匪发的爆料？"

"是啊。"舒潘哆哆嗦嗦地回答着，"这几十个爆料帖，一个比一个匪夷所思，不知道该信哪个。"

"那你都念一遍吧。"

"标题都念一遍？"

"对啊，内容也念出来。有什么问题？"

"没问题没问题。"纵然心里一百个不愿意，但舒潘还是答应着，一边把有关联的爆料帖都找出来，一条条念给顾云风。

"智因生物CEO方邢出轨多年，小三竟是直系下属女高管。"

"继续。"顾云风坐在走廊的椅子上，找了支笔记录着重点内容。

"大四男生为进入智因生物工作，主动诱惑行政总裁方邢。"

他在心里咒骂了一句，想着这都是什么不靠谱的谣言，是要比谁编得更狗血吗？按捺住想骂人的心态，他又让舒潘念下去。

继续，继续。

继续。

"智因生物招募外科手术志愿者，志愿者意外死亡，手术失败智因生物拒不负责，处罚后依然暗中寻找外科手术试验志愿者。"

"等等。"听到这一条快，要睡着的顾云风突然清醒过来，他打断舒潘继续念下去的行为，让他把这条爆料帖的内容详细说一遍。

"具体内容讲的是……我看看啊，有点多，顾队我先看一遍再给你总结下。"

他应了一声，等了将近十分钟，才重新听到舒潘的声音。

"这条爆料的内容大概是说智因生物和它控股的瑞和医院，合伙搞了一个手术临床试验。一半医院都是做药物临床试验的，外科手术的临床试验还是很少见的。"

"哪方面的外科手术？"

"针对植物人状态以及脑死亡病患的手术。"舒潘答道。

听到这句话，顾云风的脑袋嗡的一声响，剩下的任何话语都只能听个断断续续。那一瞬间他满脑子都是许乘月和江海的经历，他们的人生和这家医院，和这家生物科技公司紧紧联系在一起，难以分开，在深不见底的地方暗流涌动。

"就是这个了。"他说。

抬头望天，这天的月亮特别清冷，孤单地躺在天上，只有那颗最亮的长庚星挂在旁边，任何灯光都遮不住它的存在。

"确定是这个？"

"就是这个。其他都是假的。"顾云风斩钉截铁地说着。

"哦……那剩下的我不往下念啦？"

"不用念了。"顾云风说。

他起身，推开病房的门，走到许乘月躺着的沙发旁。许乘月还没醒，他苍白的脸上比刚来的时候多了些血色，没有了局促与不安，只是安静地在休息。

他蹲下身，犹豫着要不要叫醒许乘月。

然后压低声线和音量跟舒潘说："对了，你去联系一下网警，查查这些假冒伪劣绑匪里转发回复超过500个的人。"

"要请他们喝茶吗？"

"也不一定，万一人家说的狗血八卦是真的呢。"不过这些乱七八糟的八卦确实给他们带来了无比多的烦恼，连找到真实的爆料帖都费了不少工夫。

第十四章

　　这好像是许乘月半个月以来睡得最安稳的一觉。

　　没有清新的空气，不是安静的房间，甚至不在柔软的床上，可他就这样躺在充满消毒水味道的病房沙发上，听着旁边各种絮絮叨叨的声音安然入睡。

　　离开刑侦队的这半个月，他一直在努力回到原来的生活中。想要重新保持极为规律的生活作息，但实际上每天都在失眠；想要安安心心在学校里教书待在实验室里做科研，可一站在讲台上，满脑子都是未完成的刑事案件。

　　他大概是很难回到没有案件的生活中了。

　　这些天他仔细想了想，林想容的提议确实很适合他。只要与她合作，一定程度上任其摆布，就能消除身体中的潜在炸弹。他可以在不付出任何代价的基础上，继续享受生而为人的乐趣。他还可以和顾云风并肩而战，压制着内心的不安，在夜晚睡个安稳觉。

　　只是对于根本没死亡的那个许乘月而言，这是很残忍的事情吧？多年的心血和努力，就这样拱手让人，连挣扎的机会都没有。

　　睡梦中他隐约觉察到有个人影停在自己面前，他迷迷糊糊地睁开眼，才发现顾云风正弯腰站在自己面前盯着自己的脸，不知道在看什么。

"我脸上有什么东西吗？"他揉了揉脸说。

"你脸上有心事。"顾云风很矫情地说着，同时伸出手。

"啊？"许乘月赶紧握住他伸向自己的手，从并不舒服的沙发上站起来，拍了下衣服上的褶皱，看见输完营养液的司机正躺在病床上看电视。

电视里正播放着特效堪忧的玄幻剧，四十几岁的大叔精神抖擞地盯着画面，兴致勃勃地讨论着剧情。

"我睡了多久了？"他仰头望着站得笔直的顾云风。

"也就一个小时吧。"

"你睡醒了吗？睡醒了我们继续出去，找方邢口中的红色建筑。"顾云风叹息一声，"今天晚上肯定要通宵的。"

许乘月穿上风衣点点头："清醒了。"

虽然只睡了一个小时，但这一个小时的睡眠质量非常高，可以抵得上他之前每天晚上的浅眠了，熬个通宵不成问题。

走出喧嚣的医院，才发现这个时间的街道上很冷清。写字楼里亮着灯，都是加班的白领。

抬头是清冷的明月，许乘月裹紧风衣，抵抗寒冷的秋风。

"下午老秦说可能找到了绑匪和方邢，结果过了两个小时，告诉我弄错了。"顾云风哭笑不得地跟他讲着，"其他人也没找到什么线索。"

"那继续找好了。还有十来个小时，总会找到的。"

"是啊，总会找到的。"整个城市就这么大，高楼很多，但红色的少啊。一般建筑，还真不会选择红色的外立面，他们的目标，一定是醒目的。

他们并排走着，中间却隔了不长不短的一段距离。夜色中顾云风的脸部轮廓深邃，阴影下棱角分明，他欲言又止了好几次，最终还是走近许乘月，开口说："两个小时前，绑匪发布了第三条爆料。那会儿你睡着了，我就没叫醒你。"

"这次爆料的是什么？"许乘月停下脚步。

"两年前，智因生物招募医学手术志愿者，参与一个试验阶段的手术。"顾云风说，"手术要求的志愿者是处于长期昏迷的患者，也就是植物人状态。志愿者本身不存在任何个人意愿，都是家属做的决定。

"爆料人声称，这个所谓的手术就是场死亡游戏，和智因生物所说的'存在一定风险'根本不一致，接受手术的志愿者无一生还。要不是出于信任而参与手术，后续经过保守治疗，他们其实是有希望醒来的。"

顾云风说完沉默了几秒，他的目光变得敏锐又多疑。

"那一瞬间我就想到了你，还有江海。"

他接着说："智因生物的这个试验是在瑞和医院进行的，最初的主治医师姓黄，是南浦大学生物学院戴院长的徒弟。后来他升迁了，用爆料人的话来说，从一个沾染多人性命的刽子手摇身一变进入智因生物履任要职。再然后，主治医师就一直是应邶。

"你和江海都很符合这项试验的要求，给你做手术的人，也正是应邶。"

这些事情叠加在一起，全部指向了同一个方向、同一些人、同一个时期。

"这个事情，跟你有关吗？"

他有所期待地站在原地，没有向前走，安静地等待着什么答案。

但现实往往事与愿违，许乘月别过头不敢直视他的眼睛，没有否认，而是简单地告诉他："有关。"

"和林想容有关吗？和江家的灭门案有关吗？"

"有关。"许乘月低下头，"但是……我不能说。"

这句话忽然就刺痛了顾云风。在问这个问题前他犹豫了很久，就是害怕得到这样的回答。在许乘月消失的这十几天里，他们的关系变得脆弱又疏离，仿佛不堪一击。

顾云风沉下脸，想都没想就脱口而出："为什么不愿意告诉我？你知道我的过去，了解我的遭遇。我都将自己曾经的秘密托付给你，你却什么都不愿让我知道？"

夜色陷入无尽的沉默与黑暗中，风声、脚步声、虫鸣，甚至猫狗的叫声，都惊扰不起心底的沉默。

"顾队，我是真的想要离职。"

"哦。"顾云风应了一声，接着暴躁地逼近他，手臂青筋暴起，撑着灰暗的墙壁一把将许乘月的肩膀按到墙上，几乎指着他的鼻子说，"那你就去找上级组织申请，申请后走完流程办好手续才能放飞自我，自由行动！现在，还是要服从我的指示！我不让你走，你就得待在这儿！"

他很少表现出暴躁的情绪，大部分时候都是温和和沉稳的。也许是这件案子的时效性太紧，但更可能是许乘月不温不火有话不说的态度让他非常焦躁，忍不住就发了脾气。

他们原本就不是多亲密的伙伴，现在更像隔了道墙，冥冥之中彼此越走越远。

过了会儿他也觉得自己有些情绪失控，叹了口气问："你到底遇到了什么事？一定要用离职来解决吗？"

许乘月咳嗽了几声，沉静地看着他，笑了笑但什么都没说。他站在一棵梧桐树下，一半脸被阴影遮挡，还有一半映在昏暗的路灯下。

"林想容邀请我，和她合作。"

"你答应了吗？"

顾云风不知道，就在他拼命敲门找到许乘月的两个小时前，许乘月内心已经有了个模糊的决定。

在经过半个月的焦虑与神经衰弱后，带着无限的压抑与纠结，许乘月重新拨通了林想容的电话，颤抖着声音跟她说："我在考虑你的提议。"

"但你要告诉我，为什么监视陆永？又为什么……这件事一定要找上我？"许乘月质疑道。他不想重蹈王坤的覆辙，稀里糊涂地做了出头鸟，替这个看似温柔无害的女人担下所有罪责。

"因为利益冲突。"林想容倒是毫不顾忌，爽快地告诉他原因。

"AI侦探这个项目，是由我牵头和陆永的实验室签的合同，芯片是他提供的，我这边只负责把芯片接入到大脑内的原有神经上。数据提供方是公安三所，当然，三所可不知道陆永有这么大的胆子，竟然打算运用到真人身上。

"这么想想，你们陆老师也挺厉害的，骗得执法机关为自己的犯罪背书，有这才能，怎么不做点有益于社会进步提高公序良俗的事？"她笑了下，声音轻快地继续说下去，"三年前签的那份合同，部分条款描述得很模糊，后来被陆永钻了空子，搞得我们左右为难，所谋求的利益也背道而驰。"

"你们不应该秉持相同的利益吗？"他嘲讽地问着。

"当然不。陆永想做什么我也不知道，我只能猜啊，他是想把芯片卖给什么人。可我的立场就不一样了啊，我们智因生物做这件事，或者说我做这件事，究其根本，还是想着医者仁心，救人治病，推动科学进步。无论使用的方法多么令人无法接受，但我是真心希望你能活下去。"电话那头的林想容说着冠冕堂皇的话，语气颇为诚恳，"可陆永就不是了，只要时机成熟，你颅脑内的芯片就会被他取出。"

"说到底，我是希望你这个机器人，能作为人类活下去，而他，只想着把你复制无数份后卖钱呢。

"明白了吗，我和你的利益是一致的，所以……你肯定会来找我的，你会同意我的一切计划，并且坚定地和我站在同一战线。"

你会同意我的一切计划，并且坚定地和我站在同一战线。

这也确实是他此时此刻的渴望——彻彻底底地以一个人类的身份生活下去。不做冰冷的机器，而是成为有温度的人类。

而现在顾云风说的话再一次坚定了他的意志。

他不是第一个接受手术的人，但他可能是唯一一个成功的案例。

那在他之前，有多少次失败的试验？

这些失败的试验者中，有志愿者，有抱着死马当活马医心态的，也有极少数像"自己"这样被暗算的无辜受害人。

如果他们从一开始就知道试验的真实面貌，如果他们知道即便成功，也不过是换了个灵魂的躯壳，还会听信林想容口中的"救人治病，推动科学进步"吗？

即便他们真的愿意，他们的家人也愿意，那这个试验，也根本不符合医学道德，不符合社会伦理。它可能会以不可思议的形式，改变这个世界，改变生命的生存形态。

许乘月低下头，悲哀地看着街道对面的房子。屋顶上停着几只野猫，一阵夹杂着落叶的冷风吹来，它们跳下屋顶，寻找温暖舒适的地方度过黑夜。

他决定要跟她合作，又从心底痛恨厌恶他们。

而接受这一切的唯一方法，好像就是离开刑侦队这象征着公平正义的地方，彻底堕入被自己厌恶的深渊。

"林想容邀请我，和她合作。"

"你答应了吗？"

他拿起手机，避开顾云风的目光，在对方一连串的暴躁质问下做出了自己的决定。

他拨通了林想容的号码，在她说话之前，抢先一步发声，声调正常，放缓语速说——

"林女士，我愿意跟你合作。"

他转过身，面对顾云风满脸的惊愕与难以置信，低下头，长长的睫毛遮住眼睛。

一辆巴士刹着车从街角转弯而过。车灯扫向他们对面的一栋楼，和旁边的霓虹灯一起，几乎照亮整个大楼。

这栋楼瞬间从闪着星光的深蓝色变成了淡黄色，就像完成了一次突如其来的变身。

许乘月放下手机，目不转睛地盯着它。

"你看这个写字楼。"许乘月指着对面这栋不到十层、高约四十米的写字楼，迎着顾云风的怒气对他说，"它刚刚，变颜色了。"

秦维在街上碰到两人的时候已经快十点了。

他之前接到通知说方邢的司机醒了，本来应该立刻赶到医院去，但他先回了趟家，接了下孩子，吃完晚饭才慢悠悠地出门，给顾云风打了个电话问他在哪儿。

出乎意料地，顾云风像遇到救星一般给了他个地址，让他半个小时内出现。

所以此刻他看着面前气场怪异的两人，心里不住地犯着嘀咕，把他叫来到底是干吗的啊？究竟是寻找方邢，还是来劝架的？

"你和许教授怎么了？吵架了？"他问顾云风，这家伙穿着件皮夹克站在路灯下，和许乘月隔了足足五米远。

他印象中两人之前的关系挺好的，听说前阵子许教授家里暂时住不了，还跑顾队那儿待了一两个月。那现在故意隔这么远，是怎么着了？打了一架？

"大男人吵什么架？又不是小两口。"他抖了抖宽松的外衣，鄙夷地扫视着二人，但仔细看他们的表情，他觉得也不是吵过架的样子，更不像是打了一架。

毕竟两人衣着整齐，也没有任何肉眼可见的外伤。

"你说什么呢，我和许教授一直在等着你。"言语间顾云风将视线移到许教授身上，两人好像还心有灵犀地眨了下眼。

所以应该真的不是打架吧，也许就是吵了一架刚和好？

"这大晚上的，也不太好辨别颜色。"秦维点了支烟，盯着周围的高楼大厦扫了一圈。他把烟夹在指间，白色的烟圈顺着风飘向北方，消失在空气中。抽了一口他突然想起什么，视线投向顾云风，意外地发现他并没有什么反应。

"你现在不对香烟过敏了？"秦维调侃着说。

"对啊，自我治愈了，你们随便抽。"顾云风点了下头，手在空中挥了几下拨散烟雾，"可您也别对着我抽啊，二手烟有害健康。"

"德行。"秦维翻个白眼怼了一句，在路灯下站了会儿，抽完一支烟，顺手把烟头摁灭。

"现在怎么找那个大活人啊？我们白天可是把整个南浦市红色系的楼都翻了一遍。"秦维抱怨着。白天他跑了接近二十个地方，涵盖居民楼、艺术宫、写字楼，还有各种大型公司的办公楼。周围的建筑都挨个检查了遍，什么也没找着。

方邢和他口中的红色建筑仿佛凭空消失了。

"我也在想啊。"顾云风瞅了他一眼，"既然红色系的楼都被否了，那就只剩一种可能了吧。"

"什么可能？"

"可能方邢看到的那幢楼，会变色。"五米之外的许乘月不知何时走到他们旁边，突然默契地来了一句。

"老秦啊，把你叫来这个地方不是没有原因的。"顾云风背靠着生锈了的路灯，向前走了几步，然后打开专用手电，调到最大光线，照向面前这栋不到十层的CBD建筑。

"现在我把光线垂直照向这栋楼，肉眼看到的建筑外立面是黄色的。"接着顾云风向前走了大约十米，然后转身，再次将手电以四十五度角照向同样的位置。

"老秦你来，从我此刻的角度看，这楼就成了蓝色。"

秦维走到顾云风站的位置，果然看到墙壁外立面从淡黄色瞬间变成了深蓝色。配上少数亮着的灯，像是闪耀着星光的夜空。

这座建筑的外立面是凸出的铝板，铝板两面刷成了不同的颜色，一面黄色，一面蓝色，随着角度的变化颜色也发生变化。垂直视线下是黄色，偏移四十五度，就变成了其他颜色。再偏移成其他角度，或许还能看到新的色彩。

"一个小时前我和许教授走到这儿，刚好发现这栋楼的特殊色彩。"顾云风收起手电，拉上外衣拉链。

一个小时前……不对啊。秦维转念一想，二十分钟前他才接到顾云风的电话，那中间的四十分钟他们在干吗？这么重要的事不可能拖着，难道在打架？

但很快他的疑惑就被打断，顾云风接着说："我们现在想到两种可能，一种就是像你刚刚看到的，建筑外立面的颜色会随着角度而改变；还有一种可能，就是颜色随着光线强度而变化。"

"今天是晴天，方邢报警的时候太阳应该才升起。但这个思路不太站得住脚，假如是光线强弱，颜色变化应该没那么大，而且现在使用这种特殊材料的建筑很少，没什么实用价值。"

秦维不明所以地看了他俩一眼，没有说话。

"许教授跟我的想法是，只排查这种角度问题引起的颜色变化。"

秦维意味深长地"哦"了一声，终于明白了他们的大概想法。毕竟时间有限，在剩下的十个小时里，要迅速排除掉一些出现概率小的可能，用最快时间去解救受害人。

"我是奇怪，这大晚上的，我们要怎么看这些破楼房的颜色去啊？"他现在看到这一幢幢的楼就头晕，心想怪不得别人都想着住别墅，别墅肯定没这些破事，一个外立面还要搞出这么多花样，不知道低调才是奢华，谦逊才有内涵吗？

"用手电吧，我刚申请的，光线足照明持久，你对着不同的建筑外墙旋转180度，说不定能找到变成红色的角度。"

"就算晚上光线不佳，等再过几个小时天亮了，肯定能找到方邢。"

只要他们在明天早上八点前找到方邢，就没超过绑匪所说的二十个小时，那方邢活着的可能性还是比较大的。

他也挺好奇要爆出些什么料，放出来三个，还剩下三个。

顾云风向上级申请了全市范围内办公楼所属物业公司的登记明细，尽量缩小范围，只实地走访这些外墙使用特殊材料的建筑。

秦维又点燃了一根烟，等在末班车公交站牌下。街上偶尔有才下班的路人，疲惫地站在路边打车，路灯下形单影只。

"我听说……许教授你想离开刑侦队？"顾云风正忙着打电话，他就走过去跟许乘月闲聊。

"是的。"许乘月点头，立起风衣衣领，"明天我把申请交过去。学校的事情太多，实在是力不从心。"他诚恳地解释着。

"你同意了？"秦维诧异地看着顾云风，拿手机拍了下刚挂掉电话的顾云风的肩膀。犹记得几天前这年轻人气急败坏地说着绝对不可以擅自离岗离职，还说什么这是罔顾自己的尊严。当时就听得他云里雾里，人家离职而已，怎么扯尊严上去了？

可现在不到一天的工夫，顾云风就突然改变了主意？

"不同意能怎样啊。"顾云风无奈地耸了下肩膀，"天要下雨，娘要嫁人，许教授要辞职我还能强迫他不许离职不成？"

"能啊，你之前都能强迫我们不吸烟。"秦维漫不经心地提着旧事，记仇的本性暴露无遗。

"这你倒是记得清。"顾云风小声骂了一句，强行辩解说，"那是因为吸烟有害健康，我怕你们英年早逝。"

顾云风盯着手机，浏览着深夜依然不停传来的邮件，一心二用地说着："反正这事就这样了，我到时候帮许教授催催，让他的手续赶紧办好，赶紧走人。"

说完他抬头："了却你一桩心事。"讲出这句话的时候，他们像是达成了某种秘密宣言。秘而不宣，你知我知。

而许乘月低头笑了下，附和着点头："不过离职这事我还没跟陆教授说，要不你们先帮我瞒着？我还真不能让他知道。"他一脸担忧，双手插进风衣口袋，无助地看着顾云风。

"行吧。"顾云风叹了口气，"给你瞒到手续办好前，后面你就得听天由命了。"

秦维看着两人一唱一和相视一笑的样子，不知怎的，就回想起之前的疑问——

前面自己没来的那四十分钟，这两人究竟在干吗？

路上行人少得可怜，都回到了远处有灯火的家。在这种不眠的夜晚，陪伴他们的，大概也就只有二十四小时营业的便利店了。

秦维低下头，看到一只流浪狗蹒跚着走到他跟前，围着他一直绕圈。他弯下腰，拿出从便利店买来的火腿，喂给这可怜的小家伙。许乘月递给秦维一瓶热咖啡。

顾云风站在不远处依然在打着电话，大约过了十分钟，他才转身向秦维和许教授走来，说五分钟后赵局就会让人把全市范围内，登记过使用特殊材料外墙的建筑资料传给他。

凌晨五点钟。

气温只有十度，顾云风对着街道旁的垃圾桶打了个响亮的喷嚏，抬头看见太阳已经从东边冒了个头，天色渐渐亮起来，清冷的街道上开始有环卫工人清理落叶。

许乘月正抱着杯热咖啡研究地图，秦维坐在路灯下的长椅上，打了个哈欠差点睡过去。

这一晚上他们没有任何收获，只是排除了60%的建筑，还剩40%待排查。如果运气稍稍好点，他们或许还能在这剩下的两三个小时里找出活着的受害者。

运气应该没那么糟吧？或许下一个就是呢？

顾云风搓了搓手，向前走了几步，停在一栋名为华天大厦的写字楼前。他仰头望着这栋三十层高的建筑，正打算走向保安室，口袋里的手机突然催命似的振动。

"顾队，你们现在什么情况，找到方总了吗？"舒潘焦虑地催着他，声音比正常水平放大了两三倍，隐约听得到电话那头嘈杂的人声和谩骂。

"还没，我也急的。"

"哎哟您可赶紧的呀，我那同学，方越加，一晚上没睡觉现在在那儿发神经，哭天抢地要找自己爹，还说我们办事不力，要投诉你。"

"办事不力？"顾云风无奈道，"可这我也没办法，你先好好安抚下家属，他要真想投诉就投诉吧，你也拦不住。"顾云风揉了揉眼睛，找不到人他也很焦虑，但没办法大变活人，只能安抚为主，牺牲自我为辅了。

"绑匪后面爆料了什么？"他接着问。每四个小时爆料一件智因生物的丑闻，从昨天中午十一点到现在已经过去了十八个小时，算起来应该已经爆了五个了吧。

他这一晚上都开着车满城找人，也没来得及看下新闻。他还挺好奇后面两个是什么料，能不能比前三个更吸引眼球。

"不知道。"舒潘耿直地回答他，"都被删了。"

"智因生物删的？"

"应该是吧。"舒潘压低声音，走到了一个没什么人的地方，才恢复正常分贝说，"我感觉啊，他们把这事看得比方邪的命还重要，方越加一直在联系着各种公关公司，各路媒体疯狂删帖，看他对自己爹可没那么上心。"舒潘翻了个白眼继续说，"删帖删得也挺快，我刷了各种小道消息的论坛，什么都没见着。"

"后面这两次爆料帖发在哪儿了？"

"还是之前那本地论坛。"舒潘说，"上次被盗号后绑匪也挺郁闷的，发之前特意提前了十分钟给方越加打电话，告诉他会用哪个ID发到哪儿。"

说完他哭笑不得地吐槽着："他是不是傻，跟方越加说有什么用，人家转身就找人盯着去删帖了，还不如打110呢，也许还能抢救一下。"

"那后面两个爆料就没音讯了？"顾云风问。

"是啊，不然我再在论坛里蹲着，看看有没有什么消息？"

"行，有消息随时通知我。"挂了电话顾云风揉了下眉心提神，走到许乘月面前时又打了个喷嚏。

放下电话的时候他忽然觉得自己多此一举，人家爆智因生物的料跟他们有什么关系？他们目前的职责就是把绑架方邢的人抓到，至于智因生物违反哪条法律犯下什么罪行，那是之后的事情。

顾云风疲惫地低下头，看见许教授把手里喝掉一半的热咖啡放在他面前："来点儿吧。"

他自然而然地接过去，揭开盖子喝了一口。再抬头，天已经完全亮了，半空中悬着一颗星，马路旁落了一地的梧桐叶。

而秦维穿着件黑色大衣，真的靠在长椅上睡着了。

"老秦居然这样都能睡着。"顾云风喝着咖啡眼神复杂。

"把他叫醒吗？"

"算了，让他继续睡会儿吧，咱俩上去看看。"说着顾云风左手指向面前的这栋写字楼，上面挂着"华天大厦"四个字。

这座写字楼看起来也没用到红色材料。顾云风绕着华天大厦的外墙走了一圈，外立面的铝板两侧分别用了两种颜色，青草绿和深海蓝，并非红色系的颜色。他有些失望地蹲下身，从下往上注视着这座一百米高的写字楼。

方邢到底被囚禁在了何处？

"刚刚文昕来了电话。"许乘月走到他身边，风衣被清晨的风微微掀起，他目光深邃地看着顾云风，"瑞和医院调出了部分参与过颅脑手术的患者。"

在第三个爆料出现后，警方就联系了瑞和医院和它的控股公司智因科技。不出意外，瑞和医院不太配合，推托了好久才极不情愿地答应调查，态度也很消极，一直在拖延时间。

"患者？"顾云风质疑着挑了下眉，心想这是个什么说法。

"他们不承认进行非法人体试验，坚持声称只是常规手术。"许乘月无奈地摊手，又接过顾云风手里已经空了的纸质咖啡杯，揉捏成一团后丢进垃圾桶里。

"这些'患者'中有一个名叫韦易的二十岁男生，三年前读大二的时候，因脑血管瘤破裂昏迷入院，一直没能苏醒。两年前亲属就在瑞和医院神经外科的建议下进行了他们这种'特殊'手术，没想到手术后却是阴阳两隔。"

"韦易有个大他五岁的哥哥，名叫韦涵。"许乘月伸出右手触碰建筑外墙，将自由活动的一块铝板向上倾斜三十度。"据瑞和医院的工作人员所说，韦易手术失败去世后，他的哥哥韦涵拿着刀带了一堆人来闹事，后来被行政拘留了十五天。闹事时韦涵打了人也挨了打，最后在额头上留下了一道疤，这个特征和司机所说的绑匪有重合。"

"也就是说绑架方邢的人很有可能是这个叫韦涵的？"

"可能性极大。"他点头，"文昕已经去联系当时处理此事的治安部门了，还给了我们韦涵目前的工作单位，地址是……"

念出完整地址后顾云风突然起身，环顾着四周蓝色的路牌，再拿出工作一宿勉强支撑着电量的手机对比着地图。

"不就是这附近吗？"他皱起眉头，仰头重新注视着面前的这座高楼。

他们现在站的地方是临近郊区的一个商业中心，这座华天大厦附近五百米内就有十几个写字楼，韦涵是这处商业中心物业管理公司的员工，长期驻守在一个名为聚丰国际的写字楼里。

这一大片的商业中心，华天大厦是唯一一栋满足他们推断、使用多种颜色外墙的建筑了。而聚丰国际距离它只有不到一百米，人站在高处，视线就被完美遮挡。

"方邢口中的红色建筑，指不定就是它。"顾云风伸手遮住初升的太阳，仰望反射着阳光的铝合板外墙。

问题是，这华天大厦也不是红色外墙啊。从东边看是绿色，从北边看是深蓝色。

反正他是没看到红色的。

许乘月还站在外墙旁边，踮着脚，通过俯视的视角去观察垂直墙壁的铝合板外立面。

几秒后，他突然后退几步，惊愕地朝顾云风走去。他一把抓住顾云风的胳膊，把他拉到墙边："从上往下看，视角刚好落在铝板的横向切面上，从这个角度，华天大厦是红色的。"

"你要是看不出来，我们可以乘电梯去旁边高楼的高层，相信我，从高处往下看，一定是红色的。"

快到通勤时间了，路上的车和行人都多了起来，他们神色匆匆地穿梭在街巷中，开始一天的工作。许乘月拉下风衣拉链，朝阳下气温上升了很多，他相信方邢一定被困在高层某个有窗户的房间里，被困住的他视线从上向下，看到的自然是红色的华天大厦。

不是绿色，也不是深蓝色，而是从上而下的红色。

此刻距离最后的倒计时只剩下一个小时。

如果一个小时后他们还没能找到方邢，也许这位新晋上市公司的CEO就真的无法活着出现了。环顾四周，周围出现的人越来越多，他们要赶在大部分人开始工作前，迅速找到方邢和绑匪，确保方邢的安全，将他们带到该去的地方。

顾云风没有迟疑，迈开脚步，两人一同朝韦涵所在的聚丰国际走去。

秦维依然躺在长椅上，鼾声如雷，周围经过的人群也没能吵醒他。顾云风叹了口气，心想把老秦叫醒也没什么用，对于接下来的行动，他可能就是个拖油瓶。于是他给老秦发了条短信，让他一会儿醒来后配合下可能存在的应对方式。

和开放式的华天大厦不同，聚丰国际是封闭式管理，要想进入必须持卡登记。为了不打草惊蛇，他们只能翻墙进去。

许乘月上一次翻墙还是在跟踪邱露到荣华生物的时候，算是有了经验。

而就在许乘月费了很大的功夫翻进来，站在一楼大厅电梯前准备按十八层的时候，伸出的手被顾云风握住了。

"不能坐电梯。"顾云风低声对他说，"绑匪应该就在这栋楼里，我们现在只能确定在十八层以上对吗？"

"嗯，具体楼层只能一层层找。"说完许乘月看了眼时间，一个小时，乘电梯上去时间应该是足够找到方邢的。

但……

"我们走上去吧。"顾云风指着安全通道对他说，"乘电梯肯定会被发现的。"

"走……到十八层？"

"有什么问题吗？"

一宿未眠还要爬十八层以上的楼，垂直距离六十多米，这对于许乘月来说实在是太痛苦了。

当他好不容易拖着自己快废掉的腿推开十八楼的门时，顾云风已经转了一圈回来，告诉他方邢不在这层。

楼道的窗户开着，风不停地灌进来，冲进密封着的走廊，哨声四起。

"继续往上爬吧。"说完顾云风指了指楼梯，手里紧握着已经上膛的配枪。

到达二十一楼时，他发现顾云风的脸色明显变得凝重起来。许乘月抬手看了眼时间，早上六点半，只剩下最后半个小时了。

韦涵是这座写字楼的物业管理人员，囚禁方邢的最佳地点应该是他能自由出入的储物间或者杂物室。这种地方没有普通上班族的打扰，方便掩人耳目。

而二十一层看起来非常冷清，透过窗玻璃能看见好几个办公室干干净净的，没有摆放任何私人物品，一看就是尚未出租无人使用。

"这层这么冷清，但是有一种味道。"顾云风摸了下自己的鼻子，"食物的味道。"

这股味道应该是从茶水间传来的，混合着咖啡和牛奶的味道，不久前明显有人在那里逗留过。

但他抬头就看到了角落里闪着灯光的摄像头，这里的监控是完整的，全部都能正常使用。

顾云风叹了口气，感叹韦涵还真是个头脑一般的小混混，做起事来不计后果，也没什么反侦察能力。他的一切动作肯定早已被监控完整地拍下来，不会有任何脱身的机会。

两人挺直肩背，身体贴近墙壁，放轻放缓脚步走在二十一楼的长走道里。办公室的窗玻璃上映着他们疲惫又紧张的脸，每一个神情都在被无限放大。

走到储物间门前，顾云风弯腰下蹲，配枪的枪托撞击到墙上，在安静的空气中尤为刺耳。他右手紧紧抓住门把手，皱了下眉头，轻轻敲了储藏室的门三下。

十秒之后听到储物间内传来微弱的男性声音。

没错，就是这里！

下意识地旋转把手，但门被锁着没办法打开，顾云风只好从旁边没上锁的办公室里找到个彩色回形针，掰直后将涂着彩色颜料的铁丝戳进门锁中，弯弯绕绕地开了锁。

开门的那一刻，沉闷味道的空气扑面而来。

方邢双手双脚被粗绳索绑住，左侧脸颊上一片瘀青，嘴里被塞了双袜子，整个人被绑在一根柱子旁。看见二人时，他先是无比恐慌地往角落里蜷缩，可在看清许乘月的脸后，他绝望的眼中瞬间燃起无限希望，口齿不清地求救着。

顾云风迅速给秦维发了个短信，提醒他加派人手守在大楼各个出口，别让嫌疑人逃走。这个时间老秦总算是睡醒了，秒回了他一个"好"。如果他不回消息，他也只能冒险出声打电话了。

接着他冲上去，把方邢嘴里的袜子掏了出来，在对方想要大喊大叫释放情绪前，顾云风捂住他的嘴巴，瞪了他一眼说："别出声。"

他看了眼手机电量亮着的最后一格，弯腰蹲下，单膝跪地，调出韦涵的生活照问方邢："绑架你的是这个人吗？"照片中韦涵理了个平头，凶神恶煞地盯着镜头，额头上的刀疤还没恢复好，看起来触目惊心。

辨认了几秒钟后，方邢赶紧点着头小声说就是这家伙。他蜡黄色的脸看着有些憔悴，眼神空洞无神，思维还处在四处飘散的游离状态。

"你知道他是谁吗？"顾云风找出随身携带的折叠刀，帮他割开绳索。

被困了那么久后，方邢的行动终于恢复自如。

方邢甩了甩双手，摇头说自己真没见过这人，也不清楚此人绑架他的目的。对方挥拳对着他的脸揍了一顿，但也没有过分伤害他，还为他提供了食物和水，只是他吃不下也睡不着。

他就这样被绑了两三天，昨天早上才找准时机报了警，虽然被当场发现，但报警后这人也没把他怎么样，就是绑起来打了一顿。

"我不知道他绑我做什么。"方邢一改平常的傲慢，接过递来的水喝了几口，低下头一脸犹疑与茫然。

"那他是什么时候离开的？去了哪里？"

"半个小时前他还在这儿，去哪里了我不清楚。"方邢被搀扶着站起来，定制的西服外套皱成一团，双腿直打哆嗦。

可方邢毕竟是经历过无数大风大浪的企业创始人之一，强压之下精神状态还算过得去。后背挺直的瞬间他掐了下自己发麻的四肢，半晌终于从木然的状态中清醒过来。

满脸写着——

我居然被绑架了？

我居然被一个地痞流氓小混混绑架了？

方邢双眼中尽是受到屈辱后的愤怒，他本来就是个脾气不好的人，想到这些天的遭遇，他的情绪相当亢奋，双手抓住顾云风的胳膊，嗓音嘶哑地喊着："你是警察吧，赶紧带我离开这鬼地方。"

但下一句他又立刻反悔："不，也不一定要离开，你有枪吧？那小子没什么武器，不用离开，我们就在这儿等着他，我倒要看看他单枪匹马能怎么的！我……"话还没说完就被许乘月从身后捂住嘴巴。

"方总，您安静点。"

"您的安全是第一位，这附近已经安排好警力，他逃不掉的。"顾云风安抚了他几句，看一眼时间，离七点还有五分钟。他估计韦涵会在七点整回来，假如方邢还在那个储藏室里，说不准就被他就地处决了。

好在一切都在他们的到来后戛然而止。顾云风推开储物间的门，和许乘月一起架着几天没休息吃饭的方邢朝楼梯间走去。

虽然身体虚弱怒火攻心，但方邢还是调整了自己的情绪，平复后努力挺直腰背，不丢掉一点该有的威严气势。这种气势上的压迫大概是融进他骨血里的东西，在短暂的失控与发泄后，依然能维系住威严与冷静。

"我们走楼梯下去？"看到两人架着他走向安全通道，方邢的额间冒出冷汗。他也知道这个时间不能乘坐电梯——没有到上班时间，任何楼层都能看到的电梯上跳动的数字都说明他逃脱了。

但他们避不开韦涵的。他是写字楼的物业管理人员，肯定能看到监控。他们的一举一动，他都看在眼里，走安全通道的结果，很可能也是被他追上。

经过短暂的心理斗争之后，方邢停下脚步。他挣脱两人的束缚，转身走到电梯前，打算按下向下按钮。

出乎意料的是，在他按下按钮前，电梯已经开始向上运行。

五，六，七……

十二，十五，十六……

"他已经上来了。"方邢手扶着墙壁，支撑着整个身体。他的声音很低沉，暗黄干瘪的脸上，双眼却锋利如刃。

"不如你们就在这里，抓住他吧。"方邢重新做了个决定。他盯着顾云风手中的配枪，用手抚平定制高级外套上的褶皱，向前几步从两人身边走过，推开安全通道的门。

按照他的预测，几秒后电梯门打开，电梯中的韦涵刚好被电梯前的顾云风制服。假如失手没制服也无所谓，总会搏斗一番拖延下时间，而那个时候他已经从安全通道逃走了。

可他不知道的是，身后的电梯在二十层停了一下，然后才继续上升到二十一楼。

叮的一声，电梯门打开，广告音乐按时响起，电梯里面空无一人。

而方邢用力推开安全通道的门，愣住后下意识地后退几步。

咔嗒。

穿着黑色连帽卫衣的年轻人轻笑着站在他面前，摘下卫衣帽子，露出额头上的刀疤。

他的笑里带着死亡的味道，极短的头发，一张棱角分明的脸，手中出鞘的刀闪着光，下一秒就落在方邢的脖颈间。

同一时间，来不及阻止方邢的顾云风举起手中的枪，枪口直接对准韦涵的额头，空气几乎凝固，金属在尘埃中碰撞出火花，安静又喧嚣，甚至听得到心脏疯狂跳动的声音。

四目相望，刀枪对撞。

"年轻人，不要冲动……"方邢眼角的余光扫到颈动脉旁锋利的刀尖，双手不住颤抖，呼吸都不敢用力。

他整个人被韦涵控制住，脸上淌过一行汗，喉结上下滑动着。

"你给老子闭嘴！"韦涵踹了一下他的小腿，方邢腿一软刀子差点戳进血管里。

"韦涵，你冷静一下。"许乘月关上身后电梯门，向前微微挪动几步。

"你有什么诉求？如果能做到，我们会尽量满足你。"说着，顾云风放出之前韦涵打给方越加的电话——

"还有二十个小时的时间，如果警方找到了我，那我自动认输；如果没找到，最后一个爆料我会让方邢自己说出来，他要是不说，我就当着所有人的面……杀掉他。"

"我们已经在二十个小时内找到了你。"顾云风抬起左手臂，循环播放电话录音，"实现你的承诺，自动认输。"

"不好意思，你们现在才找到我。"他拿出一块怀表，挂在手上左右摇摆，摇摇欲坠。

"现在是七点零一分，时间过了。"

靠，这不是偷换概念吗？韦涵躲着他们，他们当然不会优先去找他。

顾云风不耐烦地瞥了他一眼："所以你要让他自己说出最后一个你想爆料的事？谁知道你在想什么？"

"他肯定知道。"韦涵抬起头，手中的刀离方邢的脖颈又近了一毫米。

"两位警官，这就是我现在的诉求，第一，封锁这栋大楼，还有两个小时就到工作时间了，我心善，不想让别人见血。

"第二，把媒体叫来，我发了那么多帖子，居然全被他们给删了。老子就要让他们报道，必须报道，不然就杀了他。"

他红着眼环顾四周，最后目光定在顾云风身上——

"还有，放下你的枪。"

这是韦涵第二次面对上膛后的枪口。他怀疑也是最后一次。

第一次是在瑞和医院，弟弟韦易去世之后，他带了一群兄弟去砸场子，搞得住院部鸡飞狗跳不得安宁，严重影响到其他病患。最后有人报了警，面对黑洞洞的枪口，他低下了头，一大帮子人被押到派出所拘留了十五天。

刺眼的阳光透过玻璃照向他们，凝聚在刀锋上，反射出一个光斑。

韦涵集中精力握紧锋利的短刀，用尽全身力气稳住呼吸，但他的双手还是不自主地颤抖，稍不留神刀尖碰到方邢的皮肤，渗出鲜血。

血液留下的瞬间，方邢露出一副恐惧但又故作镇定的表情，整张脸都渐渐扭曲起来。这种扭曲的表情让韦涵觉得心里出了口恶气，也就没那么紧张了。

"我放下枪，你也放下刀。"

韦涵盯着对面沉稳举枪没有任何表情变化的警察，鼓足勇气摇了摇头。

"不好意思啊，这可不行。"韦涵坚定地说着，他昂起头，紧紧握住手中的刀。这座大楼已经被封锁了，一时半会儿不会有闲杂人等上来。他就要站在这里，等着媒体过来，让他们把自己说的话传播到各个角落，让智因生物所做的事情无处遁形。

"我就是个无赖，你放下枪，我就不杀他。可要我放他走，还得等那帮子媒体过来，让他在所有人面前承认自己杀了人，害死了我弟弟！"

提起弟弟时他的一腔热血突然涌上，半晌又被自己生生压下去，心脏抽搐着疼痛。虽然他不学无术，只会吃吃喝喝，喊打喊杀，但手术的字是他签的，害死韦易的，大概也有他一份。

他为什么会签字呢？

为了那承诺的志愿者经费吧。记起这些的那一秒他闭上眼，几乎想用刀尖刺向自己。

一秒后他睁开眼，大脑中拉起一根紧绷的弦。

对面的警察饶有兴致地盯着他，渐渐放下手中的枪。在韦涵眼中，这拿枪指着自己的警察算是挺帅气的那种，看起来不壮，甚至有一点瘦，但整个人非常有力量。他一副正义感爆棚的表情望向方邢，挑衅意味地开口问："方总，你真杀人了？"

空气中突然有了点火药味。

"没有，我的身份地位摆在那儿，不做违法犯罪的事情，是基本的社会责任感。"方邢小声说着，耸了下鼻子，两眼余光一直瞟向尖锐的刀锋。这个四十岁出头的中年男人恐惧、绝望，但也足够冷静。

但二十多岁的韦涵不同，没被枪指着的他无畏无惧，空有热血和冲动，听到方邢出声，他就想一刀捅穿他的喉咙，再把他脑袋踩在脚下扔进垃圾桶里，戳穿他的所有谎言。

韦涵冷哼一声，接着不管不顾地，继续抛出他不知从哪儿得到的重磅新闻。

他在方邢耳边大声质问着："那姓江的一家是怎么死的？"

"江荣华那一家的死，你敢说跟你没关系？"

突然整个世界都安静了。

什么东西被点燃，火光越烧越旺。

顾云风诧异地看着韦涵这个吊儿郎当呆头呆脑的绑匪，这人没读过什么书，文化水平一般，做起事来经常智商欠费，但在这次的绑架细节上也算有一点水平。

最奇怪的是，他怎么会知道方邢跟江家一案的关系？

这事他们刑侦队都不知道，他一个无权无势无门路的底层小人物，怎么能接触得到？

"我得到的消息，可是说你借刀杀人，诱导一个身患重病的医生杀害了他们。"韦涵目光挑衅地看着顾云风，声音微微颤抖又不失得意地说着，"我听说还有个女学生，也卷入了这件事情里。"

"谁、谁告诉你的？"方邢的脖子被韦涵用手臂困住，面红耳赤，被勒得喘不过气，却还是断断续续地问他。

"我怎么会告诉你这个，讲的就是江湖义气，不出卖兄弟。"

兄弟？顾云风倒吸口凉气，心想他是不是对兄弟这个词有什么误解？明摆着被利用了，还谈什么兄弟情谊。

"给你联系了几家主流媒体。"顾云风接了个电话对韦涵说，"再过二十分钟，他们就能赶过来。"说完他盯着双眼发红变得面目可憎的年轻人，向前走几步，神经紧绷，垂着的食指准备随时扣动扳机。

"你别过来。"韦涵挟持着方邢后退几步，刀尖在对方脖颈上又划了一刀。冰凉的触觉让方邢很恐慌，但他还算冷静，没有什么特别作死的动作。

"把枪扔到地上。"韦涵抬起下巴，对顾云风说。

顾云风犹豫了下，看见方邢痛苦的脸色后，他还是弯腰蹲下，把手里的枪放在脚边。他没有站起来，而是以半蹲姿势继续逼问他："你想让方总亲口跟他们说什么？"

风穿过长廊钻进密封性一般的办公室，经过玻璃窗吹起哨声。许乘月站在顾云风身后不远处，周身都是一阵阵的寒意。

顾云风想，接下来韦涵会说什么？是不是跟许教授有关？有些事他猜到了一部分但不敢说，因为太超出自己的认知。凌晨时分许教授跟他说了一部分这段时间的事，但也藏了一部分。

他获取的信息一直是不完全的，半真半假无法自洽。

虽然不想承认，但实际上，他的内心非常渴望知道韦涵接下来的所有爆料，让他无论如何都不愿击毙对方。

"你到底想让媒体知道什么？"顾云风重复一遍，凌厉的眼神直视对方。而韦涵咬紧下唇，面露难色，欲言又止。

他想说出来，但又有所顾虑。这种气氛非常的煎熬，令他异常烦躁。

顾云风看了一眼方邢，不知道为什么，他有种预感，如果方邢能安全离开，他一定不会让这些事情泄露出去。

"你的时间不多了，我们的时间也不多了，在媒体来之前，先告诉我。"说着他又将枪口对准韦涵，"你告诉我，我一定放你走，并且保护你！"

楼外传来警笛声，和风声一同闯进大楼，不停地撞击墙壁和窗户，撞击韦涵渐渐失控的神经。

"让他们知道智因生物在做人体试验！"韦涵咬牙切齿地说出来，"我弟弟不是第一个，更不是最后一个。他们的试验已经有成功案例了，我要让方总亲口对全世界说，他已经成功把那个脑死亡的死者改造成了人造人！他应该被审判！而不是躲在网络背后删着各种暴露真相的帖子！"

顾云风愣了一下，下意识地转身看向身边沉默着的许乘月。许教授微微低着头，靠在墙壁上，整个人淡漠地看着远处，看起来清冷又疏离。

许乘月在想什么？还在想自己究竟是什么？这种问题本来就没有标准答案，无论他怎么想，靠自己都得不出结论。

顾云风笑了下问："你见过你口中的这个'死者'吗？"

方邢的脸瞬间惨白，脸上的表情渐渐缺失，一滴汗落在刀尖上，落地之前就消失不见。

这次韦涵没有再回应他，而是盯着他脚边的枪说："把枪踢过来。"

"你这样我们都危险。"

"踢过来！"

"行吧。"顾云风一咬牙，抬起脚轻轻把枪踢到他们中间的位置。

他刻意踢到距离韦涵一米多的距离。这个距离看起来很近，只要弯腰就能捡到。这种触手可及的感觉或许会让韦涵丧失一部分戒心，从而露出无数破绽。

意料之中地，韦涵骂了一句粗话，犹疑了几秒还是弯下腰，手中的刀偏离原来的位置，控制着方邢的那只手伸向前方想要捡起地上的枪。

就在这短短几秒内，方邢左手手背护住自己颈部，侧身从刀锋下逃离。他整个人扑在坚硬的大理石地面上，膝盖支撑身体，左脚绊住韦涵，在对方拿到枪前抓住枪托，让枪稳稳落入自己手中。

接着他迅速翻了个身，枪口刚好抵住韦涵额头上的那道疤，毫不犹豫地扣下扳机。

砰——

方邢面无表情眼睛都没眨一下就开了枪，一朵血色的花就这样炸开，韦涵的血喷射到他脸上、衣服上、地上，睁大的双眼死不瞑目。他额头上的那个旧伤痕被血洞一分为二，子弹贯穿整个颅脑，击穿头盖骨，几乎粉碎整个大脑内部。

然后停止呼吸，心脏不再跳动。

方邢盯着流出来的脑浆捂住嘴，恶心地干呕起来。开枪那一瞬间的冲击力太大，震得他头晕目眩，但很快他又恢复正常，握紧手中的枪，擦掉溅到嘴角的血，推开当场毙命的韦涵，在血泊中艰难地站起来。

他脱下沾满血的外套西装，只穿一件白色文化衫。胸前的LOGO被血污遮住，整个人一瘸一拐地向前走着。

"顾警官，谢谢你救了我。"方邢用手背抹掉脸上的血，停下脚步举起枪，满脸遗憾地将枪口对准顾云风胸口，"可惜，你听到了太多不该知道的事。"

"对不住了，有些秘密……真的只能带进坟墓里。"

第二声枪响的时候几十只灰鸽从对面的大厦飞来，一同扇动翅膀飞向清澈的天空。

韦涵躺在地上，瞳孔放大，身下是鲜红的血液，半个头盖骨几乎被掀开，死不瞑目。时间仿佛被无限拉长，许乘月望着地上的血，一阵天旋地转，阳光明艳，他眼前却是一片漆黑。

每个人的动作都被无限放慢，在方邢扣动扳机时，顾云风右脚直接踹向对方胯部，对着他的手腕就是一记横劈。

趁对方还未反应过来，顾云风又一拳打在他的鼻梁上，电光石火间准备抢下他手中的枪。

在他去夺枪的那一刻，子弹从枪口连续迸发而出，穿透顾云风的外套呼啸而过，弹壳撞向身后的墙壁，又轻轻掉落在地上。顾云风夺枪的手臂晃了下，晃神几秒，觉得身体有点冷。他弯腰喘了口气，摸了下肩膀上沾着的血，大概是轻微擦伤。

跌跌跄跄差点摔倒的方邢抢回这把九二式手枪，几乎是爬着进入电梯，拼命按下关门按钮。在电梯门即将关闭的刹那，对着门外又胡乱开了几枪，巨大的冲击力下他整个人瘫在地上，体力透支地看着电梯门渐渐关上，迅速下落。

那胡乱开的几枪分散地打在墙上地上，空弹壳落了一地。许乘月粗略扫了一眼，地上墙上总共五个弹孔，远远不及弹匣满弹的十五发。

"我那把枪里只剩六发子弹，现在还有一发。"顾云风脸色发白地按下另一部电梯，"我已经通知了老秦，他们会追过去的。"

"你是不是受伤了？"许乘月总觉得他的脸色不太对，刚刚方邢毫无章法地开了好几枪，也不知道哪些打着了哪些没有。

"刚刚那一枪擦着我肩膀了，还弄坏了外套。"顾云风郁闷极了，这点肩伤不要紧，但这皮夹克他很喜欢，平白挨了一枪多了个洞，修也不好修，又没办法买件一模一样的。

只能放衣柜里收藏了。

走出大楼的时候秦维已经带着人去追方邢了，只留下了几个人去二十一楼看守现场。他在电话里跟顾云风解释说方邢没有从正门逃走，而是选择从二楼的窗户跳窗后翻墙离开，窗下是松软的草丛，有辆车停在那儿，在他跳下去的一刻就拉开门把他接走，一路向南飞奔。他们现在紧跟着那辆车，会尽量逼停他们。

"这方总的求生欲爆棚啊，几天没吃饭被打了几拳还能翻墙。"顾云风拉开车门，坐在驾驶座上。他觉得身体有点不舒服，但没太在意，脱下外套找出车里的简易医药箱，简单包扎了下肩上的伤口。

"秦警官现在在我们正前方一公里处，跟着他就行。"许乘月系上安全带，连上秦维那边的导航。

他总觉得车里有血腥味，摇下车窗也没有任何改善，可能是刚刚在二十一楼时鼻腔内残留的嗅觉。这股味道让他忍不住干呕起来，掐着自己的喉咙过了半分钟才缓过来。

这是许乘月第一次看到有人在自己面前死去。

韦涵死去的脸不停地在他眼前回放，他很后悔走之前没有替他合上眼睛，如果他死得瞑目，是不是会觉得有尊严些？

虽然他劫持了方邢，囚禁他，折磨他，散布恐慌言论扰乱公共秩序，可许乘月始终对他抱有无限的同情。他们经历过同样煎熬的事，只是结果不同，未来也大相径庭。

相比之下，许乘月要幸运得多。

他闭上眼，阳光照在长长的睫毛上，深呼吸，听着顾云风一脚踩下油门，开上高速疯狂向前追逐着。

大约过了十分钟，强烈的光线刺得他不得不重新睁开眼，下意识地侧身看向顾云风，才发现他脸色惨白没有一点血色。明明开了窗，车里却弥漫着挥之不去的血腥味道。

冷风中几颗汗珠从对方额头滴落，聚集到一起沿着下巴落下。车行驶得越来越慢，渐渐偏离轨道不再走直线。顾云风低下头不知道看了什么，露出疲惫又痛苦的表情。

"你怎么了？"许乘月关切地问，一种极其不好的预感涌上心头。

顾云风踩住刹车停下，脸色惨白地望向他。他一只手握着方向盘，额角颈部手心的汗突然激增。

"我才发现，我刚刚中弹了，在腹部，可能是胃。"假如是其他部位，大概他已经没办法活着或者说话了。

他的声音变得极其微弱无力，双眼渐渐失神："那把枪使用次数挺多的，枪管膛线磨损得厉害，精度比较低，刚中弹的时候我还以为是擦伤。"

说着他把掌心从腹部挪开，T恤染红了一大片，鲜血沿着指缝不停流下，滴到车里触目惊心。

"他总共开了六枪，除了留在那里的五个弹壳，还有一个在这儿。"说着他指了下自己的腹部，在灌满冷风的车内大汗淋漓。

窗外是无尽的农田和森林，许乘月看见他沾满鲜血的手掌和腹部不停涌出的血，只觉得大脑嗡地炸开，眼前的血仿佛延伸出去一大片，连绵不绝永无止境。

第十五章

接到方邢电话的时候，林想容正在健身房的跑步机上大汗淋漓地踏着步。

这几天劫持方邢的绑匪放了几个关于她的爆料，这让她在业内的处境很尴尬。秘密在夫家企业的竞争对手那里任职，还堂而皇之地把自己掌握的核心技术提供给对方，这严格意义上不算商业间谍，但说出来也相当的不光彩。

她现在每天都处于电话快被打爆的状态，江家的灭门案加上方邢被劫持的事件，让她不可避免地成了风口浪尖的人物。几天前她给江泉联系了自己在国外的同学，把他送回学校，从此和这孩子断绝联系。

假如他长大后知道事情的来龙去脉，应该也不想见她吧。

林想容皱眉看着来电提醒上的陌生固话，本来想挂断，但擦了把汗还是鬼使神差地接了。

刚接起电话，她就听到了方邢快断气的声音。她先是愣了两秒，确认对方身份后心底涌起巨大的失望，还不得不语气欣喜地嘘寒问暖："方总您是获救了吗？恭喜啊。"

她从跑步机上走下来，穿过拥挤的人群找了个地方休息。

"你现在去玉龙大道808号，十字路口对面的转角处有一个蓝黄色的垃圾桶，垃圾桶里有一个KFC包装袋，袋子里面的东西帮我处理一下。"

"袋子里面是什么东西？"她问。电话那端的方邢似乎是在江边，有轮渡的汽笛声，还有风声和车喇叭。他不像是刚获救的样子，倒是一副逃命架势，他怎么了？又害死谁了？

"一把枪。"

"方总，您别拿我开玩笑了好吗？"

"你现在就过去，把它处理掉，然后派邱露去金沙海滩接我。"

"不是，我怎么处理啊？你这枪哪儿来的？"林想容满脸疑问地擦着脸上的汗，夹着手机换好衣服，离开健身房朝自己家走去。

"我正当防卫，击毙了那个劫持我的疯子。"方邢的声音听起来波动有点大，他狠狠地加重了"疯子"两个字，咬牙切齿地凸显自己的无辜。

"您不会用的警方的枪吧？"

"嗯。"

"那菩萨也没法救您。"林想容叹了口气，两只眼皮都跳个不停，她揉了揉眉心，快步赶路，"但你这是正当防卫，应该没什么好担心的。"

"我让你做你就去做！"方邢高声命令着，接着电话就被挂断，只剩下一连串的忙音。

她一听到方邢这种命令的口吻就气不打一处来，又要自己来收拾烂摊子，和上次江家的事如出一辙。

上次时她好不容易培养的人去杀人不说，还搞得整件事漏洞百出深度牵连到她。惹不起她只好躲着，躲到北欧去休息给自己弄个不在场证明，以为能睡个安心觉。可也不知道王坤当时怎么就那么不小心，在现场留下了血迹，她只好向许乘月暗示了骨髓移植的事情，好早日洗清嫌疑落得清静。

这次呢？方邢怎么就拿着警方的枪击毙了挟持者？他拿了警察的枪，那枪的主人呢？

来不及想那么多，她换好便于行动的衣服和鞋，联系了邱露和其他人去金沙海滩跟方总碰头，自己则临时变了下发型，戴了个口罩出门，打车到玉龙大道，然后朝藏匿手枪的地方走去。

她庆幸方邢挑了个还算不错的地方，这藏匿枪支的垃圾桶刚好在监控盲区，自己又戴着口罩，肯定不会被追查到。尽管这样她还是暴躁地冷笑着，弯下身戴上手套，从可回收垃圾桶中翻出那个KFC包装袋。

也许是隔着层口罩，垃圾的臭味还不算太明显。她嫌弃地掏出藏在里面的九二式手枪，把手套和纸袋都处理干净，打算拆解掉这把枪。

拆开后她才发现枪管膛线已经出现挺大程度的磨损，威力减小精度下降。枪管内空荡荡的，没有一发弹药，也不知道是刚好用完，还是子弹全被方邢取走另做处理。

她没所谓地摇了摇头，几分钟后重新装好这把枪，放在自己身上。摘下口罩，重新回到熙熙攘攘的人群中，她抬头看着周围林立的高楼，忽然想起什么，迅速拨下了许乘月的号码。

在一连串的忙音后，她只好放弃通话，转而向许乘月发了条信息——

方邢去金沙海滩了，指不定想跑路呢，你们快去抓他吧。

然后她慢悠悠地看了眼时间，根据二十公里外金沙海滩的位置规划起公共交通路线。

他们的车歪歪扭扭地开在高架桥上，沿着围栏渐渐停下来。

顾云风的脸因为疼痛越来越扭曲，他看了眼后视镜，握紧方向盘的手背青筋暴起，咬紧牙关："我们换下位置，你来开车。"

"现在不是谁开车的问题！"

"这里不能停车，先开下高架桥。"顾云风话音刚落，一辆大型货车就贴着他们飞驰而过，警车撞到围栏，差点直接翻下高架。

强烈的冲击力下两个人猛地向前倾斜，巨大的惯性下许乘月头部撞向车窗，一瞬间的失神后他侧身看见顾云风脸色煞白地用手背抹掉嘴角的血，方向盘上喷溅着血迹，指着前方无尽的公路让他赶紧开车。

"你先开下桥，找最近的医院。"

他只好打开车门走到驾驶座，跟顾云风换了位置，又挂挡抬起离合器，踩下油门朝前方继续行驶。

心如一团乱麻，许乘月坐在斑驳的血迹中，抬头看见镜中自己被汗水浸湿的头发和脖颈，眼角突然流下眼泪。

他已经很久很久没流过眼泪了，自从他接受手术被改造以后就丧失了流泪的能力，那毕竟不是人类真正的大脑，总是少了些应有的功能。

他非常清楚这样的伤势意味着什么，虽然膛线磨损导致子弹精度大幅降低，伤口应该比正常情况浅一些。但受伤的地方是腹部啊，五脏六腑，全都在那一块，人体最柔软最缺少保护的地方。他都不敢仔细去看伤口，怕伤到中弹就无力回天的器官，连点希望都不留。

窗外的树飞速地倒退，顾云风按住伤口处，意识时不时地模糊。汗水沿着脸颊下巴后背垂直向下，浸湿了副驾驶椅背。他用力咬了下嘴唇，用疼痛保持清醒。扭头看见许乘月眼角第一次流下的眼泪，他突然特别清醒。

"你别哭啊，我还没死呢……"

话音刚落下顾云风就咳了几口血出来，他赶紧闭上嘴，平复呼吸放松四肢肌肉。

"我讲话转移你注意力，你就别说话了。"许乘月的眉间皱成个川字纹，他试着用对讲机呼叫秦维他们，但尝试几次都以失败告终。

可能是刚才被那辆大型货车蹭到的时候撞坏了。他不知道老秦是否还顺利，追到方邢了吗？现在面临怎样的情形？

"等我开下桥，救护车应该就到了。"许乘月不停地跟他讲着话，"你先不要紧张，放松点，不会有事的。"

"我不紧张。"顾云风说，"我在想，要是刚刚他只打到肩胛骨就好了，包扎一下继续上，打哪儿不好，非打心脏。抢了我的枪还打中我，面子往哪搁啊。"

"还好我躲过去了，只打到了腹部，没死应该能撑几个小时。"他乐观地说，然后凝视着许乘月，一半怜惜一半愤怒，"可他不敢对你怎么样，因为你对他们很重要。"

许乘月活得越久，就证明他们的试验越成功，越有价值。其实他很好奇，究竟是什么样的人完成了这样几乎替代人类大脑的智能芯片，赋予灵魂新的定义？

彻骨疼痛与失去知觉交错着，他看着许教授的侧脸，恍惚觉得许乘月焦虑紧张到极限的样子，和自己，和周围的所有人都完全重合。

有温柔，有冷漠，有热血，也有愤怒和焦虑。他有着完整的人格，有着天赋异禀的能力。就像上天选中的人，在生死边缘被赋予了异于常人的才能。

对自己而言，他不是机器，而是站在面前最真实有温度的人。

大约五分钟后，急救中心突然打来了电话。

许乘月外放着接了电话，一个急促又抱歉的声音传来："对不起先生，我们的救护车四个小时后才能到达您所说的地点。"

"啊？凭什么？"他差点踩了刹车，整个人仿佛被电流凭空击中，保持着原有的姿势开车，但四肢躯干僵硬到无法动弹。

"您所在地的唯一路线上发生了严重车祸，预计处理现场要四个小时以上，处理之后才能通车。"

"什么车祸要处理四个小时？这边是金平区刑侦队，队长在抓捕疑犯时腹部中弹，性命垂危！"

"对不起对不起，我们会尽快赶过去，已经申请启用直升机救援，但这也需要一定时间……"

挂断电话，许乘月几乎暴躁地跳起来，他后悔开了外放让顾云风听见，万一顾队坚持不住放弃呢？他啪的一声把手机扣回到支架上，猛踩油门开下高架桥，满脑袋都想着别人果然靠不住，还是自己开车去医院有效。

在他准备找机会强行变道转弯时，屏幕上突然弹出一条新闻——

郊区一家自动驾驶汽车厂商发生故障，几十辆研发中的汽车同时驶向中心城区，在玉龙大道附近发生连环车祸，严重堵塞交通。

自动驾驶汽车厂商？这个词瞬间吸引了他的目光，让他想起之前数次被自动驾驶的汽车追杀的情形，后背瞬间又出了一身冷汗。

如果是这样，他开着车也回不去，照样会遇到交通堵塞。

"方邢在搞什么鬼？"他下意识地脱口而出，但还是努力控制自己的表情，不要看起来太情绪化，然后侧身淡然地对顾云风说，"救护车来不了，还有直升机，你别担心。"

不知道为什么，说这几句话的时候他感受到从未有过的绝望。他们还有多少时间？还能浪费多少分多少秒？

这里离医院挺远，周围都是看不到头的荒地和深林，远处还有没尽头的大海。可他们只是在城市的郊区而已，不是沙漠荒野，却仿佛置身孤岛，孤立无援。

"可我等不及了。"顾云风靠在椅背上，因为失血过多导致眼前发黑视线模糊，但他的表情依然平静。

"前面可以停车，就停在那里。"顾云风指着前方说。

"停着等救援吗？"

"不等了。"他摇了摇头，微微起身，"现在就把子弹取出来。"

"什么？"许乘月确定自己没听错，但还是又问了一次。

"把子弹取出来。"

把子弹取出来，止血，消毒，镇痛，然后满血复活。他以为是在看电影吗？腹部中弹没立刻归天还是托了手枪不好用的福，现在还想拿把刀把自己腹部多掏个洞？许乘月迎着朝霞踩下刹车，停在大片梧桐树的阴影中，几乎目瞪口呆。

太阳完全升起，天空清澈到只剩蓝色，飞鸟从云间而过，低到树梢，高入云层。

"现在？谁？"

"你来。"

"我？"环顾四周，看着玻璃和镜中倒映的自己，许乘月几乎不敢相信自己的耳朵和双眼。是的，救护车来不了，直升机谁知道要等多久，四个小时他们确实等不及。

可让他把子弹取出来……

"对，许教授，你，就现在，在这里。"顾云风有气无力的声音说得断断续续。

虽然枪管膛线磨损严重，子弹进入得没那么深，但伤口是在腹部，内脏在子弹的高速冲击下肯定受损严重，必须要立即手术。

"可我不会做手术啊……"许乘月的声音变得瑟瑟发抖。

"现学吧。"

我的天——

太疯狂了，他是不是失血过多脑子出问题了？这是许乘月的唯一反应，他握住顾云风发冷的手腕，那里脉搏微弱，他整个人呼吸急促，血压急剧下降，这种情况下神志不清也很正常。

"我是认真想过的。"顾云风看到他抵触的情绪，无奈地补充了一句。

这好像是他们唯一的选择，放手一搏，而非坐以待毙等着苍天大地奇迹降临。

"你和我们不一样，别人做不到的事，你可以做到。

"虽然你一直没有明说，但我知道。我猜到了，那年你坠楼脑死亡后，大脑被植入一块AL芯片，取代大脑功能，计算你的思维和情感。"

强烈的风涌进车内，顾云风轻轻一笑："你也可以用来计算我的伤口、我的内脏、我身体里的子弹深度和分秒必争的时间。

"最后，用一个精心计算过的手术来挽救我。"

天边朝日上升，黯淡的明月终于彻底消失，在清冷的晨风中，吹起路边疯狂生长的野草。

"在我心中，你就是一个得到特殊能力的人类，天赋异禀，必担重任。

"后座有个医药箱，里面有双氧水和碘酒，箱子旁边有把刀，当然不是手术刀，普通水果刀而已。"

"有镇痛剂吗？"一阵窸窸窣窣的翻箱声后，许乘月抬头，疑惑地凝视着顾云风，对方看起来极度疲惫，嘴角渗出鲜红的血。

"没有。"

"那你怎么……"

"我能忍住。"说着顾云风拿过那把水果刀，但双手抖动得厉害，最后锋利的刀掉落到地上，发出沉闷的声响。

"还是你来吧。"他说。

许乘月捡起水果刀的时候，手不住地颤抖，他只好紧紧握住刀柄，把所有力量聚集在一个点上，来控制极端的紧张。

其实以前他不是这样的，以前他没有这么多的情绪，很少紧张，从不害怕，没有恐惧，在命案现场也能心如止水，再多血也掀不起涟漪。

他没亲自经历过记忆中的事情，就不知道失去的感受。

此时此刻阳光反射到刀尖上，凝聚成光芒，仿佛可以刺伤他们的心脏。

许乘月呼吸时艰难地吞了口唾液，紧张地比画着手势说："我还没先进到瞬间掌握外科手术全部技巧的程度……"

"你别害怕。"一阵钻心的疼痛后，顾云风咬住血色全无的下唇，抓住许乘月的手放在自己腹部伤口上方，"直接沿着枪伤取出子弹。"

"无论我什么反应都别犹豫。"

尽管满脑子都是——这不可能这不现实这绝对不行这根本就是在玩命，但许乘月还是点点头，机械地从医药箱里找出消毒水和绷带止血。

许乘月用手指按压着伤口上方，用生理盐水清洗了伤口，清理创面。血水一直在外渗，混合着每一寸肌肤渗出的冷汗，伤口处的皮肤和肌肉向外翻开，暴露在空气中。

好在顾云风还没休克，情况不算太糟。腹部中弹撑了这么久还能保持清醒，要么运气极好打到了不太重要的地方，要么真的是意志力极强全凭精神撑着。

许乘月用剪刀剪开顾云风的上衣，映入眼帘的就是一片血肉模糊的伤口。伤口上方的衣服上有明显血迹，是吐血的结果。这说明十二指肠以上的部位中弹，但奇怪的是，伤口处没有血腥味以外的特殊气味。

"到底伤哪儿了？"许乘月自言自语地说着。

听着顾云风疼痛难忍但依然很微弱的声音，许乘月焦躁得快要窒息。他一次次地对水果刀消毒，握紧刀柄，又一次次放下。

"那一会儿你把子弹取出来，老秦押回方邢，这些事结束后你还要辞职吗？"看许乘月紧张到无法动刀的样子，顾云风开始跟他聊着天。顾云风额头的汗沿着脸颊流到嘴里，他尝了一下，特别咸，咸到几乎流出眼泪。

"还是要辞职。"许乘月犹豫了一下，望着窗外无尽的云，和远处深蓝的海，"这不是尽头。"

"也对，方邢只是整件事的一个环节而已。"顾云风的声音很微弱，他脸色苍白，但看向许乘月的双眼依然闪着光，神采依旧。

他的每一寸肌肤上都是密密麻麻的汗珠，青筋暴起，蔓延着晦暗不明的氛围。下一秒，许乘月手中的刀尖划入他的伤口处，伴随着一声低沉的呻吟，原本的伤口被割开，暗红色的血蜿蜒着流出。

子弹的进弹口很小，但穿过皮肤进入肌肉后高速旋转，伤口在体内扩大数倍，必须切开表面细小的伤口。

所以当冰冷的刀锋撕裂皮肤和肌肉后，伤口沿着锋利的刀刃外翻，刺激着成千上万的毛细血管。极度疼痛中顾云风感觉全身像被电流击中，腹部仿佛炸裂，连同着五脏六腑被剖开，疯狂跳动的心脏被暴露在空气阳光中，血液汹涌翻滚。

清醒与休克间他恍惚在想，如果那把刀真的切开了他的胸腔，取出他的心脏，疯狂跳跃的它会是什么样子？在他从警的这几年里，经历了大大小小不同的危险、不同的案子。每一次的惊心动魄、每一次的鲜血和伤口，他身后，他身边，都是最值得信赖的人。

但现在呢？他恍恍惚惚地想着，许乘月也是值得他信赖的人。可许乘月真的可靠吗？他的思维他的情感，按道理应该是无数次的计算后得到的最佳预测。这最佳的预测里，会优先考虑到他吗？会优先考虑到生命吗？

汗水浸湿了顾云风身上的每一个地方，肾上腺素不断分泌，耳鸣高频尖锐，急促的喘息中他感觉自己马上就会窒息。

他流汗到几乎脱水的身体不停抽搐疼挛着，精瘦有肌肉的手臂紧紧握住坐垫。他闭上双眼，脖颈和太阳穴的血管凸起。

刀刃切开创口后，肌肉之下是白色的肋骨。许乘月拿着手电筒照着伤口深处，才发现消化道和胃部都有细微的伤口，但明显不是枪伤。

"好像……肋骨断了？"他深吸一口气，情绪突然舒缓了许多。

"我看出来了，子弹打到肋骨上了，断了两根肋骨。断裂的骨骼划伤了上消化道和胃部，导致口吐鲜血。"

"运气真不错，腹部中弹居然没伤到功能性器官。"许乘月感叹着。

他手里拿着把镊子，拨开涌出鲜血的伤口，从两根断裂的肋骨间夹出一颗子弹。

在他夹出子弹将其放进一个小盒子里的瞬间，整个人仿佛虚脱一般，没有了一丁点力气。过了几秒钟他还是挣扎着坐起来，缝合好伤口，拿着双氧水和酒精棉进行了大面积的消毒处理。

那颗子弹安静地躺在红色的盒子里，像个经历劫难的见证人。

很快顾云风就清醒过来，他虚弱地擦掉脸上的汗，想换个姿势但被许乘月制止了。

"子弹击中了你的肋骨，断了两根。你别动，这断裂的骨头有时候比刀还锋利。"

"没有伤到器官？"

"是啊，撞大运了。"

真的是撞大运了。

顾云风低头看着已经缝合好的伤口，劫后余生的惶恐瞬间侵袭而来。

在发现子弹进入身体的那一刻，他的大脑一片空白近乎绝望，在许乘月把刀刺入他腹部的瞬间，撕裂的刺痛感让他恨不得直接死去。

但就在伤口缝合的瞬间，在他被告知没伤到任何器官的时刻，他内心的惶恐都变得温柔起来。

一片发红的落叶透过车窗缝隙飘进车内，落在他湿漉漉的头发上。车内的血迹逐渐干涸，气味被风渐渐带走。

他睁开眼，凝望着天空中炙热的太阳。刺眼的光芒瞬间唤醒他被疼痛占据的大脑。

"还好吗？"

"还好，我活过来了。上天眷顾，让我还能有个未来。"顾云风笑了下说。他本来失血过多，声音低沉又微弱，但这会儿眼中都是光。

"是啊，我特别开心。"许乘月低下头不知道说什么，整理了下自己的衬衣和外套，他其实很羡慕顾云风这一点，总是眼里有光想法坚定，他相信自己，相信自己不会让他死掉，相信真相会出现，相信正义总会降临，无论以何种方式。

可他许乘月就不同了，顾云风把刀递给他的时候，他的第一反应是退缩。但他看到血肉模糊的伤口时，下意识地想要逃走。当他发现自己不过是一个占据别人躯壳的非正常人类时，他也不知如何去面对。

更多时候，他是生活中的懦夫，是繁复社会中的孩童，无穷无尽地寻找着自己存在于这个世界的意义，寻找着本该属于他的位置。

"休息一下，等救护车来。"顾云风说。郊区的车很少，马路也宽，行人几乎没有，他们望着似乎没有尽头的公路，陷入了只剩呼吸声的沉默。

"你为什么那么相信我呢？值得吗？"

"啊？"顾云风一脸茫然地看着他，不明所以。

"很多时候，我也不知道自己是谁。"他不知道能不能控制住自己的行为，控制住大脑，控制语言的锋利，压抑心里的疯狂。

几乎是一瞬间，许乘月眼眶通红，闭上眼努力抬起头。

"这始终不是我的身体，我只是一个无处可去的灵魂，我嫉妒自己，憎恶自己，嫉妒得快要疯掉，憎恶到想自我毁灭。"

听到这种话，顾云风一定很惊讶吧。

他不记得自己是从什么时候变成这样的，是受人蛊惑，还是自始至终这就是他心底的伤疤，是自我人格的否认？

他也不知道。

只觉得这种处境很糟糕，嫉妒愤怒又胆小自卑，情绪变得无法控制。他始终不敢认同自己的身份，不敢深究自己的历史。

他究竟是人类还是机器，究竟该心安理得地享受从天而降的一切，还是将其还给原来的主人？

许乘月沉默地低下头，不想说话。阳光很刺眼，时间不知不觉过去。周围安静得可怕，只有风吹动树叶的声响。

话音刚落，他的手机中突然跳出来的一条消息打断了他们的沉默。

发信者是林想容。

——方邢去金沙海滩了，指不定想跑路呢，你们快去抓他吧。

金沙海滩？

就在前面的海边吧。

"谁发来的消息？"

"林想容。"许乘月解开锁屏，屏幕上还是之前他偷偷给顾云风拍的照片，没有睡醒但眉眼很温和，让人无比安心。他一直没换背景，懒得换也不想换。

"她说方邢去了金沙海滩。他去那儿做什么？"

顾云风按压着缝合伤口的上方，忍住伤痛迷茫地摇头。骨折的肋骨发出咯吱声响，刚刚的动作更加剧了疼痛。

"她为什么给你发这条信息？她是方邢的下属吧，没听说他们不和啊。"

林想容不喜欢方邢这个领导的作风做派是真的，但绝没有深仇大恨，犯不着这么快就自动跟警方通风报信。但接触了这么久，他也大概了解了这个女人的作风，知道她做事不一定非要有什么特别的目的，也许只是一时愤怒或者突然兴起。

"她就喜欢这么做事，把事情搅得天翻地覆。"许乘月冷笑了一声，直接拨通林想容的电话，提高音量质问她，细小的电流声都传递着无尽的焦躁。

"你想做什么？"

"没什么啊，我很无聊，又觉得你们有趣，所以帮帮你。"她的声音轻快上扬，虽然他看不到她的脸，但相信她肯定是嘴角向上神色张扬。

就像在看一出好戏。

"你的朋友还活着吗？我听说方总袭击了警察，可能打死人了。他正后悔着呢，一时冲动就开了枪，明明只是正当防卫，现在变袭警杀人了。"

"活得好好的。"说着他开了外放并录音。

林想容的声音清晰而冷静："那我就放心了，方总啊，就是冲动，一把年纪了，还动不动就违法犯罪。"

她逆流穿过人来人往的街道，迎着反方向走向地铁，戴上口罩刷卡进站。这个时间街边餐厅人满为患，地铁里倒是不那么拥挤了。

这几天的事情对智因生物造成了无法挽回的声誉影响，虽然大部分消息被压了下来没传得满世界飞舞，但刚上市不久的股价还是不可避免地遭遇了大幅度下跌，短短两三天市值只剩下原来的三分之二。

现在方邢又面临袭警的指控，非法试验也已经被小部分人知晓，估计很快方邢就要下台坐牢去了吧。

到时候智因科技会把责任全推到方邢身上，撇得干干净净，陆永再一装傻，等待方邢的就只有身败名裂牢狱终生，要么就赶紧跑路走人逃到国外去吧。

想到这里她差点笑出来，坐在地铁里对许乘月说："你们现在在哪儿呢？医院吗？"她本来想说自己捡了把九二式手枪，开口的瞬间还是没说出来。这把枪她不准备做什么特别的处理，小心地放在自己的衣袖中，幻想着或许某天能用上。

"正准备去。"说完许乘月就直接挂了电话，他不喜欢和这个女人说话，如果不是必要，能不见面就不见面，连她的声音都不想听见。

她曾经说过和许乘月的关系很不错，究竟有多不错？她对自己的了解甚至超过他的自我认知，每一句话都是从语言到气势上的绝对压制。

"你怎么突然就挂了？"

"哦，她不会说什么有用信息的。"许乘月低下头。

"那你为什么会愿意跟她合作呢？"顾云风的脸色比之前好了许多，虽然苍白但多少有了点血色。他一只手捂住嘴猛烈咳了几声，摊开手掌也没有血喷溅出来。

"她给了你什么好处？还是威胁你了？"说完他身体向前倾。

"没……"许乘月温暾地说着。

"你可以告诉我的。"他凝视着许乘月的双眼，抬起头，眼眸深邃复杂，"如果现在不想说，就以后再说吧。"

"老秦，你们……"接到许乘月的电话时，秦维正在桥边吹着风。

"被那孙子跑了。"

"你们这么多人都没追上？"

秦维点着烟，使劲抽了一口，羞愧到差点呛到自己。海边的风很大，天海连成一片，吹起飘浮的云和翻滚的浪。环顾周围，他这儿人手确实挺多，七八个二十来岁的大小伙，居然被三个人给耍了，其中还有个小姑娘。

自己都不好意思说出来。

"追到海边，他坐着一艘游艇跑了。"老秦拍着自己的大腿长叹一声。为什么会跟丢他也挺纳闷的，他们七八个人开着三辆警车紧紧咬住对方车尾，正准备两面包抄逼停对方时，车里一个小姑娘突然摇下车窗，丢出几个烟雾弹。

眼前瞬间被白色浓烟遮住，继续向前行驶时到一条岔路，他们三辆车分了两路继续尾随，冲破浓雾后两辆警车终于逼停了目标车辆，但暴力打开车门后，才发现车里一个人都没有。

这片地区未经开发，周围很荒凉，没有房屋建筑，只有公路旁的一大片树林。他们一行人走下公路进入树林，沿着踪迹搜索了三个多小时，最后在穿越整个树林到达海边后，才看见码头上一辆游艇正渐渐开出，飞速离开海岸，距离他们越来越远。

听到秦维的描述，躺在病床上顾云风捂着腹部的绷带坐起来，他踩着拖鞋从许乘月手里拿过手机，劈头盖脸就是一顿训斥。他本来不好意思训斥比自己大的前辈，但从方邢离开被绑架的大厦时他就在奇怪，那么多人堵在门口，怎么就被方邢跑了？

就算他是翻墙走的，他怎么知道有警察守在门外的哪里？又是谁叫的人来接应他？

三辆警车七八个人追他，都追到海边了还让人给跑了？

"他坐游艇跑了，你们怎么不追上去？"顾云风气急败坏地质疑着，"老秦，不是我想冤枉你，你好好查一下跟去的人，有没有谁通风报信？"

"而且一个两天没怎么吃饭休息的人，居然能徒步穿越五公里的树林到达海边？"

他简直怀疑是警车把方邢送上了游艇！

"顾队，我们一开始不知道他袭警的事情，就觉得他一个受害者，虽然杀了绑匪，但那也是正当防卫……"一个同行的警察小心翼翼地解释着。

"我不是早就说了，他抢了我的枪，枪支丢失的后果你们知道吧？知道吧？"

他平白无故挨了一枪，差点送命，结果这群人居然连个四十多的中年男人也没抓到？

还好他没死，不然真是亏大发了。

他深呼一口气，没继续骂下去，心里想着自己不是也差点栽在这个无精打采看起来手无缚鸡之力的男人手里吗。

枪还被人家抢了，说出来也挺丢人的。

他正对着电话发脾气，护士推着车进来，许乘月赶紧冲上去把他推过去。

"28床的病人，不要大声喧哗，请躺在病床上静卧。"在小护士的眼神压迫下，他只好暂时闭上嘴，乖乖地躺到床上，等护士换好药走人后，换上正常语调继续打电话。

"和方邢同行的两个人是谁？"

"一个开车的司机，还有一个女孩子，之前好像在哪儿见过……"

"应该就是邱露了。"他说着望向许乘月，得到对方的点头赞同。

"谁？"

"江家那起案子中，江水珊的家教。"

"啊？那案子跟方邢有关系？"

"有。"顾云风对秦维说，"恐怕韦涵打算爆料的事情中，有一条就跟江家的案子有关系，可惜被智因生物压下去了。"

"当时对这女孩还真没怎么在意……"

"她隐藏得深啊。"顾云风抬头看了眼满满的一大瓶药水，生无可恋地说，"现在重新调查邱露的家庭情况人际关系。"

这瓶药水要按照这个速度打完估计要三四个小时。因为胃部和食道被肋骨轻微划伤，他食物吃得不多，主要以输液为主。

自从认识许乘月后，这已经是他第三次在医院常住了。

除了第一次是许乘月住院，后面两次都是他自己受伤，一次比一次伤得严重，好在都没留下后遗症。许乘月搬了把椅子坐在他旁边打游戏，他把脑袋凑过去，一边看一边瞎指挥。

就在几个月前，许乘月还是一个业余时间只看专业书连电影都要跳着看的无聊教授，把时间利用到极致，不懂生活也毫无娱乐精神。可现在，他却坦坦荡荡地浪费大把时间打游戏。

游戏能带给他什么？快乐？愉悦？还是随波逐流的安全感？也许他只希望自己像个普通人一样，有着普通的爱好普通的生活，而非科技赋予他的沉重枷锁。

窗外天空阴沉，密云翻涌，没多久就电闪雷鸣，大雨倾盆。雨水打在窗玻璃上，噼里啪啦很有节奏，许乘月放下手里的手机，走到窗边关上窗户。他拿了张纸巾擦眼镜，因为没睡好黑眼圈很重，但依然眉眼清秀，眼中似有星辰。

"我的辞职报告已经交去了？"关好窗他继续坐在床边打游戏，打了几局后突然想起来辞职的事。

"交了。"顾云风有点郁闷地说，"本来应该你自己交的，而且在正式批准之前你也应该尽量到队里。"说完他用余光瞟了眼许乘月，"不想去也就算了，不强迫你。但是一个人住还是不安全的……"

"噗——"许乘月忍不住笑了出来，"是你不安全还是我不安全？"

"都不安全。"顾云风一本正经地回答，"而且我又受伤了，行动不方便，需要人照顾。"

"你哪里行动不方便了？"许乘月挑了挑眉毛，除了肋骨骨折了两根，腹部有个伤口，四肢健全头脑清醒，虽然不是生龙活虎，但也没有行动障碍啊。

"四肢残废骨头散架。"

"滚吧。"

他看着顾云风眨着无辜的眼睛，忽然觉得他也有挺可爱的一面。

在这之前他们之间好像永远隔着一道屏障，总是隔着遥远的距离，看不清彼此。而那颗卡在顾云风肋骨中的子弹终于冲破了屏障，在水果刀割开伤口的剧痛中，在鲜血涌出的生死瞬间，他们这两颗跳动的心脏终于挨在了一起，听见了最信任的呼喊。

许乘月最渴望什么？渴望做个正常人类，渴望体验人类从生到死的所有日常。他何必要在意这是谁的身体，什么又是他的灵魂？至少此时此刻，他的灵魂与这副身体相连，那这就是他的身体。

他应该做任何自己想做的事，说想说的话，得到想要的自由。用身体和心灵同时去体会。

两秒钟的敲门声后，门被直接推开。应西子穿着一件酒红色的毛衣裙，背个黑色贝壳包，依然是雷打不动的细高跟，站在门口向里张望。

她的头发有点湿，身上的毛衣也沾了水，看样子淋了雨。

"我听说顾队又受伤了。"她着重突出了"又"字，手里拎着水果直接放在柜子上。这次住院不是在瑞和医院，毕竟瑞和现在深陷舆论漩涡，再加上它本就有些说不清道不明的问题，顾云风就选择在家附近的医院办了住院手续。

"是啊，腹部中弹，运气很好地没伤到器官。"

"那真是非常幸运了……"应西子点头，说着还好没什么后遗症。她找了把椅子坐下，犹犹豫豫地看着许乘月，想说些什么但不好意思开口。

"我脸上有什么东西吗？"许乘月被她盯得很心虚，用手摸了一把脸，似乎什么都没有。

"我……我想单独跟顾队说个事。"她抱歉地低下头，"乘月你回避一下吧？"

许乘月关门离开后，她终于松了口气。

"那枚子弹打中你的腹部，越过表皮和肌肉，直接卡在了肋骨上？"应西子掀开他的病号服看了下缝线后的伤口，感叹道，"你真是个人形锦鲤。"

"锦鲤个鬼……被个大叔打了，对方还携枪逃跑，携的我的枪啊。"说着顾云风挥了挥手，"你别掀我衣服……"

她没理会这种诉求，手里拿着CT片子，又仔细观察着伤口——

"这伤口是乘月用水果刀切出来的？"应西子用复杂的眼神看了眼顾云风，在得到勉为其难的肯定后，她忍不住轻拍了下他的肩膀，哈哈哈地大笑

116

三声。

"好笑吗，差点我就见阎王去了。"

"对不起对不起，想到水果刀我就忍不住……"说着应西子捂着肚子笑起来，"感觉你被当成西瓜切了。"

"照你这情况，等骨头长好就可以了，估计也要个把月……"

"行，知道了，好的。"

顾云风完全不想再谈他受伤的事情，这工伤总让他觉得怪丢脸的。他也不可能住院太久，估计下周就回家了吧。他调整了输液管药水的流速，换了个姿势坐在病床上。

"现在瑞和医院情况怎么样了？"

"还能怎么样，被调查了啊。"她叹了口气，"我爸也去配合调查了，你说他……"

"给他找个好点的律师。"

"啊？"应西子茫然极了，沉默了好久拿出手机，"就是你发消息跟我说的那件事……"

"对。"他点头，"现在可以确定，乘月在瑞和医院住院期间，被植入了AI芯片代替他的大脑功能。这类手术都是你父亲做的，好像是把芯片连到什么人工脑神经上，只成功了许乘月这一例。"他顿了顿，捋了下几根已经好久没剪快要遮住眼睛的头发，"我不了解原理，但肯定跟应医生脱不了干系，那些没有成功的案例，究竟算医疗事故，还是谋杀呢？"

"如果他只是履行医生的职责……你不如早点替他找好律师，争取一下。"直截了当地说完后，顾云风凝视着她的双眼，看着她眼中的情绪从茫然变成紧张、惊恐，再到质疑。

她双手颤抖着，脸上每个微小的面部表情都被无限放大——颈部频繁的吞咽动作，缓慢睁大的双眼，微蹙的眉头。最终她还是冷静下来，扭头望向窗外阴暗的天空。

暴雨过后天还是阴的，密云依旧，有几只鸟低空飞过，张开翅膀，看着一点都不自由。

从她拜托顾云风私下调查许乘月的意外事故起，她就应该想到这一天。

事实上她也确实想象过这样的场景，想象着，也许有一天她的父亲会被铐上镣铐，也许有一天她心中的童年英雄会变成万人唾弃的阶下囚，甚至逃之天天埋下阴暗的秘密。

当这天来临，她会后悔最初的选择吗？后悔为许乘月这个如今只剩友谊全无爱情的男人伸张正义吗？这个自她少女时代就开始喜欢的人，这个从未给过她回应的人，这个不属于她，她现在也不再爱的男人。

她为他做的这一切，又是为了什么呢？

她缓缓站起来，走到窗边，打开窗户。雨后的空气终于没那么混浊，好像洗刷掉所有污秽，漫过远处的高楼、江河、山峦和天际。

"这些对你来说应该很残酷。"

是啊，当然残酷了。应西子缓缓地转身望向他，她自己也不明白做这些是为了什么，为了找一个答案，为了所谓的真相，还是为了心里固执守护的那一点点正义感？

顾云风继续说着："可我还有个请求。"

"什么？"

输液瓶终于见底，他没有叫护士来，而是自己拔掉针管，摁住胶带，穿着拖鞋走到应西子旁边。

"在任何时候、任何地点、任何审讯调查下，拜托你和你父亲，都不要说出乘月的事情。"

"如果让别人知道了他的大脑来自一枚芯片，那太危险了。况且，警方定罪要有证据。"他恳求道，"在我知道来龙去脉的第一个瞬间，想到的就是——芯片是定罪的重要证据。"

"你什么意思……"

虽然现在整个事情只看到了一点点的山峰，哪些人牵涉其中、哪些人独善其身，他通通不敢确定。但他能清晰地预见未来可能发生什么，许乘月可能面临什么。

"没有这个证据，很多人就能逃脱制裁。"顾云风压低声音说，"可把芯片取出来做物证……这怎么可能？"

他重复地强调一遍："这相当于要了他的命，根本不可能。"

应西子诧异地看着他，双唇微张："你想让……乘月的这件事不了了之？"

顾云风下意识地看了眼病房的门，目光仿佛穿透木色的门到达门外。他脸色难看地点了下头，握紧的拳渐渐松开。

这一切好像和他的初衷背道而驰，相当于让他亲手把自己想伸张的正义压到脚底，埋进土壤，沉入水里，最后分解为无人知晓的尘埃。

然后他推开病房门，坐在长椅上打着游戏的许乘月抬起头，嘴角向上，望着他的眼眸似乎有光。

——自己这样做一定是值得的。

他轻轻跺了下脚，阴暗的走廊上亮起灯。

在走廊长椅上坐着的时候，许乘月一直在打一个游戏。这个游戏模拟了人的一生，从出生到死亡，每个关卡面临至少四五个不同的选择，一旦抉择错误，要么一事无成，要么家破人亡，最惨的，就是提前Game Over。

很多人打低分留言，说游戏的设置有问题。无论怎么选择，最终还是会Game Over，好点的结局死亡时子孙绕膝，一般的结局也就是个晚年凄凉，有点钱在敬老院度过。他们嚷嚷着加一个长生不老的结局，赋予人永无止境的生命和永不停歇的故事。人人都是过客，事事都能洞悉，这才是终极赢家，绝对胜者。

许乘月对这些倒是不强求，他会来来回回地提前结束游戏，就为了确定选项，选一个最符合心意的结局。其实放在之前，他很快就能破解游戏的一切设定——所有主线支线、每个选项指向的结果。

但现在他懒得这么做了，如果事事洞悉，游戏的乐趣还在哪儿呢？普普通通打一场游戏就好，该死死，该活活，上学就是上学，工作就工作，生病了去医院，忘记做饭就去餐厅。

他选择了一个小男孩的角色，幼年时就被认定是一个资质普通的孩子，但幸运的是家庭和睦父母恩爱，一路的生活也基本上顺风顺水没什么大的波折。

照理说这种无聊的生活应该很乏味才是，但他莫名觉得很有趣，不厌其烦地试着不同选择，高考选什么专业，毕业找什么工作，结婚的时候又选择谁做伴侣。

无论怎么选择，都是普通的，风平浪静的，温暖又无趣。

就在他乐此不疲地尝试时，手机屏幕插进一串号码，游戏画面被切出。

陆永久违地打来一个电话。这个他曾经无比熟悉但最近却令人胆怯又畏惧的声音，温和儒雅地对他说："乘月，听说你准备离开刑侦队了？"

他已经很久没去过实验室了，回学校一般也就是上课教书，文章一篇没写，欠了一大堆东西要交。他都怀疑自己后续的职称能不能保得住，毕竟一直都有人虎视眈眈地盯着。

保不住也无所谓，他是真的不在意这些，没有所谓的事业心，也没成家立业的烦恼。

对，他是真没这种烦恼。没有父母的念叨，也没经济上的压力。听学校的老师说，养小孩很花钱，可他不用养小孩，毕竟他不是真正意义上的人类。

可如果自己有天想要个小孩呢？那不如去领养一个。他仔细地回忆了游戏里面生养小孩的部分，觉得也挺有趣的，值得尝试。

实验室的机房昼夜不停，设备有点老，但数量众多还是够用的。许乘月推开门，陆永坐在一台电脑前，手撑额头打着瞌睡。他的头发又白了好多根，发际线还好，没秃得太厉害。穿着一件学校的文化衫，外面套着风衣。听到推门的声响，他吓了一跳，赶紧清醒过来，看见是许乘月才松了口气。

"什么时候离开的？"

"前几天提的申请，队里还没批下来。"他把自己常用的位置收拾了一下，上面沾了一层不薄的灰，用纸巾擦了两三遍都还是黑的。抽屉里的书被他翻出来，整齐地摆在书架上，他不怎么看，基本就是做个摆设。

"你怎么没提前跟我说……"

"前几天经历了我承受不了的现场。"他随便编了个故事说，"我的领导受伤差点死掉了，从那天起我的心灵受到了创伤，感觉自己可能无法担此重任。"

"所以申请都没批下来你就不去了？"

他点点头："突然见不得尸体、血，还有骨头。一个人在我眼前被手枪轰开了头盖骨，他死不瞑目的双眼到现在还会每晚出现在我的想象中。"

他看着弓着腰坐在那儿的陆永，觉得陆教授好像变得苍老了许多。

他们认识多久了？从十年前到现在，整整十年。那时候陆永还是个三十多岁的年轻讲师，教他们专业课，上课的时候喜欢放各种名人传记，有一次放了图灵的电影，搞得他尴尬了好久。

但在一年前，他却能站在这栋楼的楼顶，将自己的学生硬生生推下。

然后剥夺他的生命，操纵他的记忆，还企图控制他的灵魂。

假如没和林想容达成约定，他是真的不想再见到陆永，能躲就躲，没有必要绝对不碰面。

许乘月拿了本书在手里，坐在窗边看着楼下篮球场上的学生们。他们都是一群大一大二的学生，穿着短袖T恤一脸稚气，在低沉的云层下打着球。

过了几分钟天下起雨来，这几个男生在雨中玩了几分钟后，还是冻得瑟瑟发抖地离开了球场。最近的天气一直不太好，要么阴天要么下雨，忽冷忽热，极易感冒。

淅淅沥沥的雨声混合着机器的嗡鸣，还有偶尔传来的咳嗽声，让许乘月恍惚又回到了第一次来到人工智能实验室的场景。

那是七年前的秋天，十月下旬，当时陆永的声音听起来也不太好，不时轻咳几声，大概是感冒了。许乘月拿着几本书走到窗边，对正在研读书籍的陆永问好，希望能成为他的学生。

许乘月记得那是个晴天，日落时分的阳光打到陆永脸上，让他这位老师看起来特别的温文儒雅，目光柔和。许乘月清高傲气地站在他面前，一看就是个不谙世事的无知少年。

许乘月转身把目光投回到室内，这里的布置和七年前并没有什么太大的区别，设备换了好几次，学生走了好几拨。无知少年变成了完全不同的另一人，曾经儒雅的老师也让人越来越陌生。

其实他现在也不敢确定这些记忆是不是真的，既然他的大脑由AI芯片替代，那他的记忆自然也是人为设定的。记忆中没有关于陆永的负面评价，大多数都是这种温馨美好的场景，所以陆教授究竟是不是迫害自己坠楼的元凶，许乘月也没法确认。

按照林想容的话，自己的"脑死亡"是陆永亲力亲为，是陆永把曾经最信任的学生变成一个洗掉记忆的机器人。

而在他好多次的梦境中，风越过山川、河流，自己站在实验室的楼顶，抱着台笔记本电脑，一步一步向后退。黑暗的阴影中陆永朝自己走来，脸上只剩冷漠和怜悯。

然后他握着匕首的双手不停颤抖，在身后的惊涛骇浪和身前的暗流涌动中，慌乱地选择了最糟糕的结果。

所以无论怎么看，陆永的嫌疑都很大，即便自己不是被人为推下去的，那也一定是被人逼迫着坠入楼底，根本不可能是什么意外或自杀。

"陆老师，其他学生呢？今天怎么没来实验室？"他放下手里的书，看着空荡荡的实验室对陆永说。

"他们有个户外拓展活动，本来也叫了我，可惜我最近感冒了，就没去。什么时候去我家吃个饭？你师母挺惦记你的，然然也是。"

"您什么时候方便？"

"就这周五吧。"

"好。"许乘月点头，然后看了眼墙上摇摆的钟，双腿交叠端正坐好，漫不经心地翻着书，抬头看着陆永头发上又多出的白色说，"陆老师，最近听说智因生物的事情了吗？"

"涉嫌非法人体试验？"陆永面不改色地问。

"是，CEO都换掉了。前任CEO方邢，现在已经上了通缉令，应该快抓住了吧。"说完他直勾勾地盯着陆永的脸，总希望从他的表情中看出点什么。

但事实上陆永只是轻微皱了眉，没出一滴汗，神色也没有任何惊慌。他拍了下袖子上的灰尘，拿几张纸巾擦着桌子，满脸遗憾地说如果不是这个事，自己还是很佩服方总的。

"那人体试验的事，您怎么看啊？"

"就看有没有证据了。"陆永笑了一下，"估计是死不承认吧。"

"爆料出来的两名受害者，一个是女孩，家里人明显只想要钱无所谓真相。另一个去世的男孩韦易，原来和哥哥相依为命，现在哥哥也去世了，已经基本没有家属。"许乘月说。

他们层层拨开的家属群体中只有为赔偿款疯狂的家人，还剩一些连有赔偿款这事都不知道的远房亲戚。

这两人的家属算是没指望了，唯一能指靠的只剩其他隐藏的受害者家属了，也许哪一天他们会重新站出来，站在所有人面前，控诉家人遭遇的痛苦。

想到这里，许乘月突然意识到，其实他就是隐藏的受害者啊。虽然自己没有什么家属，但本人还活着。只要活着，他们就永远能被控诉，永无宁日，提心吊胆。

"后续智因生物会怎么发展？"

"我估计，换一批高管，继续之前的老路。"陆永说。

说着他放出一个智因科技高管会的视频，视频中出现了林想容，她穿一条黑色长裙，画了个淡雅的妆容，代表智因生物参加了集团总公司的会议。

视频里智因科技的万总做了一番沉痛的自我检讨后，发着誓说自己一定要清理队伍，不让任何人或者团队成为业界毒瘤。许乘月看着觉得有点可笑，但想想还是没有笑出来。

于是他对着视频里的林想容笑了笑，几秒后走到陆永身边，弯腰对他说："教授，你认识这个人吗？"

第十六章

顾云风一出院就受到了夹道欢迎。

回刑侦队的那天他小心得不得了，不出所料地在享受夹道欢迎后就被赵局狠狠批了一通。那把下落不明的九二式手枪一直没有踪迹，他们调了当天大楼附近以及方邢逃跑线路中的监控，最终发现方邢中途下过一次车，但具体做什么监控没拍到。

按照他的经验，有些人会中途把枪扔掉，目的是避免枪上装有窃听器一类的东西。方邢在逃离途中冒着危险也要下车去某个地方，极大可能就是处理枪支了。

他们走访了现场，再根据这几个线索逐步缩小摸排范围，确定了几条街，再搜索街道上的垃圾桶，只可惜最后也没找到。

是被什么人拿走了吗？

顾云风拿着电脑坐在办公室里，从清洁工怀疑到方邢的儿子，再到智因生物的各路高管，以及林想容。

会不会是她呢？

一阵狂风从窗外吹来，他捂着腹部一阵刺痛。虽然出院了，但他断掉的肋骨还没好彻底，刚不小心吸了口冷风，风从气管直灌入胸腔，再到腹部，冲击着肋骨，让他感觉到一阵刺痛和阴冷。

新闻上推送了几条智因生物的讯息，基本都是关于传闻中的非法人体试验。许乘月的事他算是给压了下去，现在外界不知道，只要他自己不说出去，永远就不会有别人知道。

智因生物以及其入股的瑞和医院这些天倒是遭遇了不少口诛笔伐，门口总是有几个记者在跟拍。他看着这报道，忽然觉得心里非常舒畅。紧接着门被推开，舒潘裹紧自己的外套，冒冒失失地冲进来冲他喊着——

"顾队，找到方邢的行踪了。"

"位置？"

"东经102.27°，北纬27.9°，方邢带的司机五分钟前在山区的一个景区发生过信用卡交易。"

五分钟前……他接过解析得到的位置地图，算了下，发现大约要五个小时的飞机和大巴才能到达这个地方，五个小时的时间，犯罪嫌疑人会逃到哪里？

"通知当地警方，把拘留证和你的警察证复印一份。

"还有文昕，订机票，半个小时后我们就出发。"他把地图往桌子上一拍，换了件大衣套在T恤外面。这个季节山里比较冷，得多穿一点。

走到门口时，他看见有个大叔推着个车在卖糖葫芦，红色的山楂和水果包裹着糖。他都不记得多久没见到过这种东西了，于是赶紧拍了一张发给许乘月。

"你想吃吗？"

五分钟后，顾云风依然没有收到回复，他颇有怨言地又发了一句——

我要出差了，半个小时后。

神奇的是，这条消息许乘月秒回了，打了几个标点符号问："找到方邢的行踪了？他去哪里了？"

"S市。"

"我要去吗？"

"你不是离职了吗……"顾云风一头黑线地看着他的回复，接着对方又久久没了下文。

什么意思？

他百思不得其解，终于按捺不住地发了个具体地址。

到达青山机场时已经是下午四点。天很阴沉，密云漫天，让人透不过气。听说这边阴天是常态，有时候能连着一个月见不着太阳。既不下雨，也没阳光，空气压抑，且伴随着黏稠潮湿。

按照计划，顾云风准备在五个小时内到达发现方邢司机行踪的县城。但实际上，五个小时过去了，他们也才刚到目的地机场而已。

产生交易的信用卡来自方邢的司机，可发生地点宁洛县却是方邢的老家。从机场到县城开车大概要两个小时，联系当地公安给他们配辆车后，几个人就在机场大厅前的围栏旁站了一排，极其不耐烦地等着迟到了快半小时的专车。

顾云风拿着手机和许乘月发着消息。南浦市到这里每天就两趟飞机，一趟下午一点，一趟凌晨一点。许教授错过了下午那趟，他要是想来，就只能明天了。如果不怕太累，他也可以坐凌晨一点那趟，但那样大半夜地跑来，连个接应的人都没有，八成得自己打车。

"顾队，我们一会儿到了县城，方邢会不会已经跑了？"舒潘整个人趴在围栏上头晕目眩，刚刚的航行中经过了气流颠簸，而这里本身是高海拔地区，让他一时分不清自己究竟是高原反应还是间歇式晕机。

"可能性很大。"顾云风递给舒潘一瓶水和药，怜悯地拍了拍对方的后背，"来颗红景天，抢救一下。"

说着他浏览着周围的地形图："这边都是山区，进县城不容易。"

"什么意思？"舒潘敏锐地抬起头。

"天气好的情况下，我们坐车进去至少要四个小时，要是半路下雨，不被迫滞留睡山里就不错了。准备好天黑走夜路吧，而且路不好，很颠簸。"

他一说完，舒潘就拎着自己土味满满的橘红色背包开始翻各种口袋，费了一番工夫后，终于在背包第三层内侧的口袋里找到了一小板晕车药，热泪盈眶得像是看到了救星。

"你这身体素质不行啊……"

"哎哟，天生平衡感不行，没辙。"舒潘一口吞下晕车药，喝掉半瓶水，双眼余光瞟着顾云风的手机对话框。

他隔老远看那对话，总觉得有种说不出的怪异感，脑袋伸过去问："顾队你在和谁聊天啊？腻腻歪歪的，是女人吗？"

"男的。"

"咦？"

"许教授，他明天也过来。"

顾云风无语地瞥了他一眼。他这会儿正在给许乘月发进山的地图，被这么一说赶紧仔细阅读了半个小时内的所有聊天记录，发现所有对话都围绕着工作，相当正常。

哪有腻腻歪歪？

舒潘哪只眼睛看到自己腻腻歪歪了？！

"许教授不是办离职了吗？"舒潘好像突然找到了什么感兴趣的话题，头也不晕了，呼吸也通畅了，耳聪目明，思维清晰。他探出脑袋极力想要偷窥他人隐私，但顾云风直接把手机收起了，没给他任何机会。

"他想来，我有什么办法。"顾云风摊手说，"我也阻止不了他为人民群众奉献自我的精神。"

"咦？"

"咦个鬼啊咦。"顾云风扬起手，对着舒潘的后背又是一拳。

"那许教授还住你家吗顾队？"

"你干吗？"

"我就问问啊……"

看着顾云风一脸的关你屁事，舒潘恍然大悟地回答自己的问题："所以没否认就是还住你那儿对不对？"

"我的天，为什么离职了还住你那儿，门坏了不是早应该装好了吗？"

顾云风不想说话。他给当地公安打了一个又一个电话，催着他们赶紧过来，不然他们就自己打车过去。他努力做点事情想分散注意，但舒潘的声音还是在耳边狂轰滥炸。

"哎呀妈呀，你们的关系是不是太好了点？"

"我也不想啊，主要是现在一直担心许教授的安全，要不给你个任务，做他的贴身保镖？"

"什么？"

"这样我就可以毫无心理负担地赶走他了。"

舒潘翻了个白眼，赶紧岔开话题："我就奇怪了，坏个门而已，修好不是分分钟的事情吗，怎么就一拖再拖，最后拖了几个月？"

"那你们这跟同居有啥区别……哦，区别就是许教授是男的。"他突然联想到以前顾队是有女朋友的，于是自言自语地说着，"对啊，许教授是男的，这么想想好像也没啥，男人的友谊，历久弥新。"

"你嫉妒了？"

"还真是，可不可以把宠爱分我们一点？"舒潘点头，一脸真诚地看着他。

"滚滚滚。"顾云风挥了挥手，一脚踹在舒潘行李箱的轮子上，推着晕头转向的他走向姗姗来迟的警车。

"哎哟，真的是山路十八弯啊。"还在车上舒潘就忍不住拿了个袋子吐起来。他平时其实不怎么晕车，大概是高原反应加晕车的双重效应叠加，他整个人跟瘫痪了似的，半躺在车里嚷嚷着要拿笔写封遗书。

崎岖的山路上过一两百米才能看见盏路灯，路边的围栏不高，山林叠翠，涧溪幽深，盘山公路下面就是万丈深渊。要是不小心撞上去，粉身碎骨不说，没个十天半月的还拼不出全尸。

这时候已经是晚上八点，白天这里的天空是阴沉的，密云遍布见不到阳光，但到了晚上整座山像是置身云雾之中，夜空星光一片，月光清冷。

去方邢所在的县城要翻过一座海拔四千多米的山，位置刚好在下山道路的半山腰，根据最新的情报，方邢大概率就藏身在这片地区。

当地警方走访了信用卡消费的店家，老板描述说持卡人是一个脸色发黄气色不太好的中年男子，辨认警方提供的照片后，确认正是方邢本人。

身材矮胖肤色黝黑的老板说方邢在他店里买了一些生活用品，随后就沿着五十米外的国道开车离开。他开始是想用现金的，但掏了下口袋才发现自己忘带了，附近又没有ATM，没办法只能刷卡。

顾云风打着手电继续研究这附近的情况，沿着地图上的山脉向下看，方邢少年时期生活的地方距离消费处不到十公里，没准他还真是回了自己老家休息。

他在地图上画了个圈把目标地点标出来，递给前排的司机要求前往该处，然后转身靠在后座椅背上，问舒潘："你那学弟现在怎么样了？"

"你说方越加？"舒潘半闭着眼睛，脸贴在开一半的车窗上，努力呼吸着稀薄的空气，"他啊，自己在家里好吃好喝，我们的人在他附近苦苦监视。"

"他爹跟他联系了吗？"

"目前是没发现。"舒潘蜷在后座上，生无可恋地说着。他从中午到现在都没吃什么东西，吐出来的也就是酸水，搞得车里弥漫着一股难闻的酸味。

十五分钟后，他们终于到了目的地——方邢儿时生活的地方宁洛县。忍耐已久的舒潘在车停的瞬间就冲出去，抱着一棵树吐得稀里哗啦，不知道的人还以为这家伙喝多了打算耍酒疯。

吐完之后舒潘抬头，才发现这县城比他想象的要破败很多。

夜晚的宁洛县几乎没有什么灯光，这里的人没夜生活，也不喜欢夜生活，路边有个烤串摊，顾客也不多，老板嘴里叼着根烟，满头大汗地在缭绕的烟雾中忙碌着。旁边一堵围墙上挂了盏青灯，拖线板连到墙后，一看就存在安全隐患。

"烤串吗？"顾云风问其他人，手里还拿着飞机上带下来的干粮——一个干瘪的面包，走在月光下的阴影中。

"现在？"舒潘看了眼他手里的面包，再看看挥汗如雨卫生成谜的烧烤摊，混合着胡椒孜然的味道钻入鼻腔，和空气一起沉醉着进入身体里。

他兴奋地点头，正准备冲上去，却被顾云风拦下："这老板可能认识方邢，你们注意下。"

方邢读完书回国后就留在了南浦市，两年后卖掉老家房子把父母接到了南浦，然后再也没有回过这个地方。

他老家这边也没剩下几个亲人，老人大多数寿终正寝安静地离开，和他同年龄的人都拖家带口地在外面打拼，县里只剩留守儿童和为数不多的老人家。

因为没什么亲人，在大山之中调查方邢的藏身之处也有点困难，好在他们发现方邢在附近的天水村有个曾经关系密切的结拜大哥，这次回老家，他多半只能投奔这种失联多年的兄弟了。

"老板。"顾云风找了个桌子坐下，对高瘦的老板招了手。

"哎——"老板热情地拖着尾音，目光投向这几个看着就不像本地人的男人，"您几位要吃点什么？"

在几个人报了一大堆烤串后，老板乐呵呵地回到烟雾中翻滚着手中的串，周围的客人渐渐散了，只剩下顾云风他们这一桌，这老板就开始跟他们聊起天。

"你们来旅游的？"

"对，安排了半个月的行程。"顾云风点头说，"就是这边交通太不方便，想租个车，但又没什么了解。"

"租车？"烧烤摊老板叫吴衡，他摇了摇头说，"真不建议你们租车，这边都是山路，路不好走，自己开车挺危险的。"

"是，所以我们也纠结着呢，找个当地老司机是最好的，就是没个可以信任的……"

"你们准备去哪些地方？这方圆百里的景点我都熟。"他翻滚移动着手里的铁签，笑起来露出整齐的牙齿。

"那挺好的，经常给人做向导吗？"

"哈哈哈，这倒没有，就是朋友比较多，他们来我都带着去玩，一来二去，景点都门清了。"吴衡拿扇子扇着烟，香味弥漫在整个街道中，充斥着整个黑夜。

"那最近呢？有朋友来玩吗？"

"嘿嘿，不瞒你说，最近有个兄弟……"他心不在焉地烤着串，说到一半突然想到什么，闭上嘴沉默了几秒，才又恢复到刚刚的神情。

"最近还真没人烦我，这才发现白天一个人也挺无聊的。"

顾云风微微蹙眉，眼神凝重地看着他，从头顶的毛发到脚下的皮鞋，最后定格在对方的双眸间，仿佛想透过眼睛看清他遮掩的真实。

"是吗？"顾云风问。

"现在几点了？"舒潘躺在副驾驶座位上打着瞌睡。他揉了揉脸，睡眼惺忪，抬起头，一道阳光直刺向眼中。

"五点整。这老板终于收摊了。"顾云风趴在方向盘上，隔着玻璃望着前方十米处的烧烤摊。从晚上九点到凌晨五点，来的客人虽然不多，但也陆陆续续一直有。吃烧烤的时候他接了杯热水泡茶，放在车里撑了整整一晚上。

"我们跟着他。"

舒潘半睡半醒地熬了一整晚，精神萎靡不振，从口袋里拿出一包烟，正准备打火点上，咬着烟嘴看了顾云风一眼，突然想起来说："哎哟喂，困死我了……

"顾队我能抽根烟吗？"

"抽。随便你抽。"顾云风摆了下手，摇下车窗，集中精力盯着正收拾摊位的吴衡。这个时间天色还是很暗，深蓝色的天空中日月交替，星光犹在。他们借的是当地公安的车，停在附近一个公园里，一晚上都隐藏在树丛中。

吴衡收摊后，他们跟着吴衡的白色面包车走在荒凉的街道上，前后始终隔了十米以上的距离。和繁华的都市不一样，这种山区的小县城不仅人少，年轻人也少，孩子更少。周围的店铺都没开门，家家户户门窗紧闭，显得特别冷清。

这些年人群一直在往更大的城市集中，这里看起来就像个没人气的世外桃源，只剩老人倚在树下，守着被年轻人抛弃的故土，身在山中，犹见云雾。

这让他们的到来显得有些奇怪，毕竟现在不是节假日，来旅游的人少，这县城又不是什么著名旅游景点，一年到头游客少得可怜。

"有时候我在想，等以后老了，就找个这样的地方颐养天年，空气好，人少，物价又便宜。"舒潘抽着烟一脸深沉，看着烟圈飘向远方，然后被烟呛到连着咳了几声。

"得了吧，你能受得了这寂寞？"顾云风不紧不慢地开着车，跟着前面的白面包车。看起来吴衡是想往自己家的方向走，他沿着主干道一直向前，经过一个中心广场，然后停在了附近的停车场。

"让我老婆跟我一起啊。"

"那你得先有老婆。有老婆前要先有女朋友。"顾云风把车停下，意味深长地看着他，"你有吗？"

"总……总会有的。"

打开车门的时候，广场上的钟楼刚好指向整点，低沉的钟声穿透小小的街道，回荡在整个广场。顾云风低头看了眼时间，发现已经六点多了，但是钟楼的指针却指向了十二点。

"我怎么觉得这钟在倒着走？"盯着逆时针行走的秒针，顾云风又反复看了几遍时间，最后才极不乐意地相信了这个事实。

这座红色砖瓦外观的钟楼屹立在整个广场中央，像个倒计时一样在往回走。钟声呜咽又悲怆，一分钟后才渐渐消散。

"还真的是。"舒潘站在广场边上的一棵树旁仰头望，"估计是哪里停电了，电路出了问题。"

吴衡下车后就直接走进了广场附近的一个老小区。小区内部没有停车位，他们只好把车停在外面，然后在一旁继续监视着。

"我查过资料，智因科技创始人万编年也是从这个小县城出来的。"顾云风靠在车上，这个角度刚好正对着逆时针行走的指针，它看起来就像一个巨大的倒计时，镇住整个城市、整座山巅。有老人出现在附近，锻炼或者聊天，天空难得有了太阳，照向地面光芒万丈。

"他和方邢是同乡，大学校友，以及两年的同事关系。他们曾经在同一家国有企业任职，担任技术部门的总监和副手。"

"后来万编年选择创业，创立了智因科技，就把方邢也带了过去。"他感慨道，"一个看起来如此贫瘠的地方居然能走出这样的人物。"

"可现在他们也算是闹崩了。"舒潘点头说，"我们要在这儿等多久？"

"等他和方邢联系，说不定还能带出江家那件案子的另一名凶手邱露。"他推测方邢是有人一路护送的，毕竟他受了轻伤，总归需要个人在旁边。

"要是他们不联系呢……"

"那就想别的办法。"他敲了下舒潘的脑门，"你在这儿看着，我睡会儿。有情况先联系县里的人，再叫醒我。"

说完他就拿着毯子往车上一躺，然后就什么都不知道了。短暂的休息中他还做了个梦，梦见漫天飞舞的枫叶，落在地上的红色堆积成山，而后许乘月从如山的红色中走出来，手里拿了把锋利的手术刀。他将手术刀递到顾云风的手里，刀尖朝向自己，无影灯亮起，瞬间地动山摇，红叶炸裂，手起刀落，灯灭人无。

他惊出一身冷汗，伸手拼命扑向灰飞烟灭的落叶，再睁开眼发现舒潘正摇着他的肩膀，一脸焦虑地说着："吴衡出来了。"

"几点了？"

"中午十二点了。"

他拉下遮阳帘，刺目的阳光穿透玻璃照亮每个角落。

"吴衡先生约了人在这里吃饭。"服务员恭敬地说。

他们站在钟楼下面，走到门口才发现这里面居然藏了个餐厅。餐厅做川菜，口味偏辣，站在外面就闻到一股浓厚的混合着辣椒与麻椒的刺鼻气味，顾云风是不喜欢这种口味的，他捂着鼻子走了出去，继续问服务员："预约的几人？"

"三人。另外两位还没到。"

"那应该就没错了。"顾云风转身打量着舒潘，审视的目光让对方有点心惊胆战，"你跟他们联系没？问能不能叫几个武警过来。"

"喊了，但武警没有……"

顾云风有点失望地摇了摇头，但这结果也算是预料之中，这边警力匮乏，又只是抓一个跟当地没什么关系的嫌犯，自然心有余而力不足。而且刚刚做的噩梦一直围绕着他，让他现在的心情有种说不出的压抑。他总是忍不住去想，为什么会梦到这样的场景？为什么许教授要把手术刀交到自己手上？他最后……怎么消失了？

几个小时之后，许乘月可能就会出现在这里，这个想象似乎触碰到他心底最恐惧的东西，他太担心发生这样的事，于是频频做噩梦，事事亲为。

可就在转身的刹那，他已经顾不得想这些事情——

一男一女隔着一定距离朝这个方向走来，但在距离钟楼将近十米的时候，突然停下了脚步。

他们迟疑地向前走了几步，但眼前的景象有点说不出的怪异。周围没什么可疑的人，可疑的是周围几乎就没人。

男人看起来正是方邢，他戴了个遮住半张脸的口罩，衣服换了套新的，但走路姿势和之前一样，一眼就能认出来。邱露和他离得并不近，大概率是没有什么亲密关系，她倒是没戴口罩，全身上下都穿得很休闲，长裤长袖加外套，看起来像是个邻家女孩。

看到方邢，顾云风心里就有种说不出的滋味，之前的事情还历历在目，一想到自己差点被这么个人一枪丢掉性命，他就觉得脸都丢光了。

关键是那把枪到现在还没找到。所以他们多多少少有些顾虑，假如枪还在方邢手上，假如他不知从哪儿弄到了子弹，都会使他们的任务变得无比危险充满变数。

几秒后，走在前面的邱露突然转身，她冲方邢使了个眼色，然后一起后退，接着拔腿狂奔。

一声枪响后两个人沿着不同的方向跑去。

"谁开的枪？"顾云风抬高音量喝道，然后直接朝方邢的方向跑去，冲舒潘比画着让他去追邱露。

方邢钻进了一条小巷子里。虽然县城很小，但这种遗留已久的废弃居民区非常多，纵横交错，显然演变成了小城里生态系统的一部分。

繁盛时这里充斥着热闹与人气、灰暗与痞气。这是方邢成长的地方，是他最熟悉的街道，是根植于他心底的血液内脏。他不停地左转右转推门进入废弃的房屋，再跳窗钻进另一处私宅。

而在第二次跳窗的时候方邢不小心崴到了脚，他一瘸一拐地站起来，扶着墙用尽力气向前奔跑，但速度比之前有了大幅下降，直接被尾随其后从二楼跳下的顾云风凌空一脚踢倒在地。

就在顾云风拿着手里冰冷的手铐走上前时，一声突如其来的枪响后，子弹擦着地面而过，留下一条焦黑的痕迹。

紧接着邱露从旁边的私宅三楼一跃而下，手中的枪口直接瞄准顾云风的额头。

在对方扣下扳机前，顾云风迅速地翻身躲闪到一边，枪弹擦着外衣打到对面的墙壁上，女孩左手扒着二楼的栏杆，轻盈地跳落在地上。他清楚地记得这个貌不惊人的姑娘是个花剑高手，而他又没有直接接触过，所以完全不敢掉以轻心。

顾云风靠在一处遮蔽物旁，蹲下身，打开手机相机，调整焦距来观察外侧的情况。

方邢正一瘸一拐地向前跑着，而邱露举着枪站在巷口中央，一脸无畏。他需要在转身的一秒内打伤邱露的双脚脚踝，控制她的行动，然后再追上方邢。

但离开遮蔽物的瞬间，对方的枪口很可能也瞄准了他，他将会瞬间暴露在危险中。

他将手指轻轻放在扳机上，抬头望了眼天空，阳光晃眼，他都快睁不开眼了。低头的瞬间他发现旁边有个亮闪闪的东西，拿过来才发现是块镜子的碎片。

今天的阳光可真刺眼。

他迅速地规划了新的对应方法，把镜子直接丢到确定好的地方，然后转身卧倒扣下扳机，子弹沿着熟悉的轨迹直线穿过邱露的左脚脚踝，刺穿后高速飞进她的右脚脚踝中。

伴随着刺耳的尖叫声，邱露捂住被反射的阳光刺到的双眼，然后双膝跪下，鲜血从脚踝中喷涌而出。

在子弹的冲击下，邱露的踝骨瞬间碎裂变形，枪声伴随着骨头断裂的声音传向远方。顾云风抬腿一脚踢飞邱露手中的枪，腾空一跃紧握住枪柄，落地后迅速起身走到她身边，蹲下将对方单手和旁边的水管铐在一起。抬头刚好看到舒潘朝这边跑来，他微微皱眉，把缴获的枪支扔过去，点头示意这个留给他们，然后向方邢逃走的方向追去。

方邢的脚轻微扭伤，跑起来速度相对慢了许多。他穿过狭窄的墙壁间隙，跑出灰色破败早已无人居住的废弃居民区，向山上狂奔。

顾云风绕来绕去终于走出迷宫般的民宅区后，抬头看见方邢已经一瘸一拐地走在盘山公路边，紧靠着悬崖边的香樟，艰难地向上。

山路非常陡峭，仰头会有一种公路连接着天空的错觉。方邢的背影显得苍老又无力，蹒跚的步伐似乎在走向一条不归路。

大风骤起，一阵巨响，急促的急刹车声突然而至，几秒后一辆黑色的SUV冲出视线，转弯后停在了路中央。

看起来是车出了故障，而方邢正朝车的方向走去。

更令他意料之外的是，出故障的车停下后，车门打开，许乘月走了出来。

许乘月往前走了几步，直视前方，刚好和方邢泛红的双眼四目相对，许乘月下意识地后退几步，然后就看见方邢拿出一把军刀，疯了似的朝他冲来。

应激反应下，顾云风已经上膛的枪瞄准了方邢的小腿，犹豫不决究竟要不要扣下扳机。许乘月在看到他们的瞬间先是愣了几秒，然后面对挥向自己脸部的刀尖，他弯腰蹲地，毫不犹豫地一脚踢向方邢的胯部，强大的冲击力下对方手里的刀掉落，弯腰护住下身，接下来就听见三声枪响，回荡在山谷中。

三声枪响后，方邢被击中胸部，剧烈的疼痛中他后退几步顺势向后倒下，直接坠落进身后深不见底的悬崖。

粉身碎骨地死在青山绿林间，死在他出生成长的土地中。

也算是魂归故里。

而二十米外顾云风难以置信地盯着自己惊讶到快僵硬的手指，他十分确信，自己的枪虽然上了膛，但他根本没扣下扳机。

是谁开的枪？

他朝一脸迷茫的许乘月走去，走到他身边时，身后黑色SUV驾驶位的车门突然打开，林想容摘下脸上的墨镜，放在自己的领口处，以胜利者的姿态睥睨众生。

她靠在车门旁，手里拿着那把顾云风磨损严重的配枪。她睁一只眼闭一只眼地将枪口对着自己，然后再换了方向，重新对准顾云风。

"砰——"她嘴上模拟着声音，似笑非笑地看着他们，然后把剩下的子弹从枪膛中取出，摊开手掌，掌心向下，子弹全部掉落进悬崖深渊中。

"看，没有子弹了。"她拍了拍手，"顾队，这些子弹还是我费了好大工夫才弄到的，你那把啊，本来就是个空枪。"

她轻松无事的模样突然就惹怒了顾云风，他冲上去指着脚下的万丈深渊对她吼着："你知道你刚刚做了什么吗？！"

她刚刚做了什么？就在刚刚那一瞬间，她举起枪结束了自己前领导的生命，轻而易举，没有任何心理负担，就像是杀死了一只蝼蚁。

这不是陌生人，不是仇人，而是信任过她的熟人。毫不犹豫，果断干脆，她的举动让顾云风只想到一种可能——有人要方邢去死，她只是找个适当的机会执行而已。

作为破坏企业名声的罪魁祸首，对于曾经的下属，对于年少时创业的友人而言，方邢都只是一个碍眼的存在，一个被毁掉的弃子。他们只会落井下石，没有雪中送炭。

"我这不是眼看着路人将被袭击，出手相救嘛。"林想容靠在车门上，大概是担心有其他车开过来，她还是走到了路边的一棵树旁，把玩着手里顾云风丢失的配枪。

"这人可是个危险分子，先是袭警，现在又要牵涉到无辜路人，刚好我手上有把枪，拔枪相助，见义勇为。"

说着她挥了挥手里的九二式手枪，直接把枪抛向精神紧绷、双手和手腕青筋暴起的顾云风："接着吧顾队，这可是你的枪，我从垃圾桶里翻出来的。现在物归原主，你看看是算我见义勇为，还是正当防卫啊？"

见顾云风没有说话，她慢慢走过来，笑着说："顾队不会想给我安个故意杀人的罪名吧？"

"不是吗？"

"别啊，我救了你和许乘月，找回了你的枪，你居然让我背上故意杀人的罪名？"林想容笑着说，"喂喂，你可别太过分啊。"

面对这张轻松愉悦的脸，顾云风一时语塞，他深吸一口气，侧身面对许乘月，靠近他问："你怎么和她在一辆车上？"

"下飞机的时候碰到了，她说也要找方总，就……坐了同一辆车。"看起来许乘月还没有从刚才的震惊中恢复过来，他猛地咳嗽几声，颤抖着望向脚下的深渊，瞬间脑补出自己失重落下，血肉模糊粉身碎骨的场景。

悬崖边只留下那把锋利的刀，在阳光下反射出耀眼的光芒。除此之外，一切好像都不曾存在，什么也没发生，那么大一个活人，在他们眼前坠崖，消失，甚至没留下什么证明他来过的证据。

顾云风走过去，弯腰捡起那把军刀，放进物证袋里。他隔着透明袋子将刀在林想容眼前晃了晃："你来这里，就是为了杀他吧？"

"别这样，我真的是见义勇为。"

"谁让你来的？"

"当然是替我现在的老板来他老家看看啊。"林想容裹紧身上的大衣，一阵狂风吹过，吹落旁边一树的叶子，打在她身上声音轻盈。

"万编年？"

"替他看看他将死的兄弟，还有这魅力无边的青山绿水，云雾缭绕。"她的目光从眼前的悬崖延伸到远处的山峰、湖泊，最后定格在县城中央广场的钟楼上。

蓝天云雾下逆时针行走的钟楼指向了十一点，低沉的钟声四面散去，回荡在山谷中。倒着行走的它仿佛穿越时空，回到过去，回到几十年前方邢刚走出这座山的时刻。那时候他头也不回地离开家乡，独自去大城市打拼，没想到最后还是葬身在儿时钟爱的山峦间。

"你们看广场的钟楼，像不像个红色的倒计时？"林想容遥指远处，目光婉转，最终视线投射到他们身上，意味深长地说，"也不知道究竟是谁的倒计时。"

回机场的山路依然很颠簸。他们没和舒潘坐同一辆车，也就幸运地避免了他一路的晕车反应。顾云风点开手机屏幕，这边警方还没确认，娱乐性新闻已经开始推送方邢畏罪自杀，纵身跳崖的传闻。

万编年心痛地回忆自己和这位兄弟白手起家时的种种困难，各种大起大落，叹息着方邢一不小心走上了弯路，连带着整个集团公司都不得安宁。

他还立誓说，从此以后定当按时自查，自上而下无论高管还是员工，必须严格要求恪守规章制度。视频里万编年作为智因科技的创始人，说起话来铿锵有力，永远穿着几件经典款式的衬衫。

他和许乘月坐在后座，许乘月坐的凌晨一点的飞机，到的时候已经是三点多，连早饭都没顾得上吃。他虽然没有高原反应也不晕车，但毕竟坐的半夜的航班没怎么睡，高海拔也多多少少对身体有那么点影响，所以他整个人看起来都是困意满满。

他把背包直接放在脚下，自己不管不顾地休息着。颠簸中包变了形，拉链随意地散开，掉出来一小瓶药。

顾云风弯下腰捡起这瓶药，打开盖子才发现并没有开封。

他准备看看这瓶药的功效，却发现瓶子上一片空白，没太在意，便把药放了回去。可放回去的瞬间，许乘月无意识地念念有词，似乎在做什么梦。顾云风隐隐约约觉得还有什么未知的秘密他尚未得知。为什么他没吃这药呢？吃了会有什么作用？

他不知道也想不出来，只好闭上眼，和周围的人一样，在飞回南浦市的路上休息着。

早在几天前林想容就给了许乘月当初说到的药物，让真正的许乘月永远不会醒来，破坏他的大脑神经，抑制神经递质的传送。

但当他真的把药拿在了手里，又突然犹豫起来。

他要吃这种药吗？

他有剥夺别人生存的权利吗？

假如这药是真的，究竟会出现什么不可逆转的神经损伤？

带着这样左右摇摆的心情，许乘月俨然已经生活了好一段时间，他梦见越来越多的事情，回忆起更多的童年生活。

他恍惚觉得自己的轨迹正在和过去的许乘月一点点重合，时间穿越现在和过去，他们走得越来越接近，越来越重叠。

他甚至怀疑，如果一直不打开这瓶药，会不会有一天，他们渐渐变成同一个人，带着两种完全不同的生活方式和生活环境。

第四卷 启明之星

第十七章

半夜十二点整。没有光，没有灯，只有漫漫长夜。

风越过山川、河流，带着血腥的气味。而他站在实验室的楼顶，抱着台笔记本电脑，一步一步向后退。抬头没有繁星，只剩漫天的光污染，但盯久了依稀能看见一颗孤独又黯淡的星。

黑暗的阴影中有几个模糊的人影，一步步逼近。他握紧匕首，刀锋向前，映上星光。

良久，陆永从无灯的黑暗中走出来，脸上只剩冷漠和怜悯。

"乘月，我们可以坐下来好好沟通吗？"

"不行。"

"你没必要这样。"陆永叹了口气说，"只要你把AI侦探原本的版本修复回来，我们还是师生，甚至是父子，我可以把你当作自己的孩子。"

"父子？"他冷笑了一声，继续往后退，手中的电脑悬在空中，只要松手就会坠落碎裂。

"你把所有的版本都修改了，我也不知道你改的什么。"陆永接着说，

"你的时间有限，变的只是无伤大雅的小地方，修改后的版本也不是不能用。

"但终究我更喜欢完美无缺的。

"你也喜欢最完美的AI侦探吧，忍心就这样全改成有瑕疵的吗？"

陆永盯着他手里的电脑。

他确实更喜欢完美无缺的算法，所以留了最后一份完美的版本。

——就存储在他手里的这台笔记本电脑中。

可他不想，也不能交给陆永。他已经走投无路，他必须毁掉它，逼迫他们采用有瑕疵的AI侦探。这样他还能有翻盘的可能，还能给自己带来一线生机，将恶人送上法庭接受公正的审判。

那个小小的瑕疵是他能抓住的唯一机会，是他为他们埋下的定时炸弹。

他把电脑放在楼顶的边缘，温柔地伸出双手。

然后抬起脚，猛地将它踢下顶楼。

笔记本电脑被扔下去后摔在坚硬的水泥路面上，旋转着四分五裂地化为碎片。

砰——

那一刻，他心里好像有什么东西一同碎掉了。

风从远处而来，拂过山峦江河，迎来启明之星。

最后等待埋下的炸弹爆裂，揭示罪恶染红的鲜血。

下雪了。

这是今年冬天的第一场雪，雪很小，还没落地就在空中化成水汽，带来刺骨的潮湿寒冷。顾云风在收拾乱糟糟的衣柜，企图在里面翻出他失踪近一年的羽绒服。

虽然柜子很乱，但东西少，很快他就发现羽绒服已经被自己扔掉了，只剩下几件大衣挂在衣架上，凑合穿着冻不死。

他弯腰拉开抽屉，想找双厚一点的袜子，结果在一堆五颜六色的袜子中间，看到了一瓶包装被撕掉的药。这瓶药他有点印象，一个月前在S市追捕方邢的时候从许乘月的背包里掉出来的。当时药瓶上还写了功效，具体是什么他忘记了，只隐约记得跟许乘月脑内的人工神经有点关系。

一个月后这瓶药依然没有被打开，凑近后能闻到一股刺鼻的气味，标签全部被撕掉，药用说明书更是不见踪影。顾云风把瓶子拿在手里，打量了好久后起身走到客厅里。

许乘月正坐在沙发上，他现在不再迷恋手机游戏，而是爱上了网络小说。据他说之前那个模拟人生的游戏已经死了好几回了，觉得自己的命运太惨，逆天改命总是失败，要么家道中落，要么死不瞑目，于是他抛弃了游戏，改成看修真小说了。

这是顾云风万万没有想到的事，曾经他眼里高冷而不食人间烟火的许教授，现在居然沉迷于各种娱乐活动。电视里放一部古装神话剧，而许乘月盘腿坐着，聚精会神地看着小说，一目十行，中途还抬头看一眼电视。

他怎么变成这样了……

居然把自己非同寻常的智能脑袋拿来浪费时间消遣生活？肥宅生活全面具备，就差旁边放上薯片和可乐了。

顾云风叹了口气，总觉得自己把国家栋梁人类希望给带坏了。他绝望地拿出那瓶药放在桌上，在许乘月抬头望向他的瞬间，假装不经意地撕开药瓶封口铝膜，看见陌生的药丸后大惊失色："这是谁的药？我还以为是自己的感冒药差点就吃了。"

"我的。"许乘月放下手里的kindle，眼中闪过一丝慌乱后，一脸平静地起身走过去，拿起开封的药瓶，合上盖子，放进自己口袋里。

"这是什么药？"顾云风关切地问他，"好像没听你提起过。哪里不舒服？"

"没，就是最近睡得不太好，总喜欢做梦，安神而已。"

"失眠跟我说啊，不要吃药。"顾云风说，"我陪你聊天、打游戏都行。"

许乘月点点头，然后望向窗外渐渐变白的世界："下雪了。"

"是啊，今年的雪挺早。"温度越来越低，擦掉窗玻璃上的雾气，长街上是一片单薄的白色。

"早上赵局打来电话，说智因生物的事情已经立案了。"顾云风打开窗户通风，这其实是件好事，但他一点也开心不起来。和几个月前相比，现在的他，不希望再和智因集团扯上任何关系，他甚至希望许乘月的事情就随着这漫天的雪消逝掉，再也不要被人提起，再也不要闯入大家的生活中。

如果几个月前应西子知道现在会是这样的局面，她还会找到自己，要求合作调查吗？她还会把焦点放到自己父亲身上，想着通过至亲去寻找突破口吗？

究其根源，她是为了许乘月，可实际上，她早就和这个人没什么关系了，只是为了曾经的执着，为了一些遥不可及的回忆。

他站在还算柔和的冷风中，望着被清洗到清澈的城市。不知道为什么，这座他生活了二十七年的城市，头一次变得这么沉默。她在用雪洗掉所有的污浊喧嚣，然后一言不发，看着低头安静的人群，窥视他们内心的焦躁。

"你看看，这是什么药？"顾云风把自己偷偷顺出来的两粒红色药丸放在应西子面前。许乘月去上课了，他就偷偷跑到了校医院，刚好这个时间没有病人，他拉开椅子直接坐在应西子对面。

虽然在校医院里上着班，但应西子看起来情绪相当不好，眼睑青紫，面容憔悴。她无精打采地拿过两粒药，看了几眼又放在鼻尖嗅味道。

"没见过，没闻过。"她摇了摇头，揉了揉满是疲态的脸颊说，"才疏学浅。"

应邗已经被带走将近一个星期了。说是接受调查，但她再没见到自己父亲。一直以来她是个顺风顺水的姑娘，家境尚可又没经历过大灾大难，自己不算努力但也过得平淡自在。她见过的最严重的事情，也就是去年许乘月的事故，真不懂什么世间疾苦。

可现在不同了。她这些天一直在假定应邗入狱的后果，想象他站在法庭上，被控诉，被痛骂，被剥夺一切，被全盘否定。巨大的恐慌侵袭着她的神经，扰得她整日整夜不得安宁。

"这是许乘月的药。他一直没打开吃过，但又小心翼翼地带着。"顾云风迟疑了下，跟她详细说起药物的情况。

"不知道哪里来的，感觉不是普通药物，我很在意。"

"没有任何LOGO或包装？"

"之前有包装和具体功效。"他手指交叉，手臂靠在桌面上，努力回忆着一个月前看到的药物说明书，但什么都没想起来。

"可惜我忘记了。"

应西子叹了口气："我也没办法……药我留着问问几个同学吧，帮你分析一下药物成分。"

不时有穿着白大褂的同事从她身旁走过，看见陌生的面孔频频回头。

门诊室外风雪都已经停了，地上积了一层雪，不少学生聚集在操场上，回忆童年般打着雪仗。看着他们天真稚嫩的脸，她突然觉得无比艳羡。

"顾队，要不要出去堆个雪人？"

"现在？"

她点点头，眼神穿透窗户到达门外，仿佛看到几年前的自己、十几年前的自己，甚至二十年前的自己。

那时候应邘的工作还不算太忙，会陪着幼小的她堆雪人，她什么也不懂什么也不会，但跟亲人在一起玩就是特别开心。

这场雪不小，但温度不算太低，所以积雪并不是很多。她蹲在地上揉了好久的雪团，也没堆起来点什么。只能眼睁睁地看着手中的雪球越滚越小，最后化成水流淌在雪地中。

"我爸……最近还好吗？"她搓了搓冻得通红的手问。

"还不错，不会为难他。"

"我妈最近一直在联系她在公检法的熟人，我跟她说没有用，还是找靠谱的律师最好。"她抬头看着苍蓝的天空，看它和白色世界连成一片，不分界限。

"感觉突然间，我的世界就发生了天翻地覆的变化。

"可一开始我根本没有想到，会牵涉自己。这些天我老是在想，如果当初我不找你管这个事情，是不是就不会这样了。如果瑞和医院参与的事情没被发现，我是不是就能风平浪静地继续之前的生活？"

她站起来，跺了下脚，甩掉身上的雪。他们谁也没有滚起满意的雪球，只留下一地的脚印和尘土。

"怎么会，发生了就是发生了，早晚都会被发现。"

"是啊，早晚都会被发现。"她重复了一遍，脚上的靴子踢掉地上摆满的半成品雪球，一脸担忧地说，"那乘月与整件事的关系，是不是也会被所有人知道？"

顾云风的心脏突然间停跳了几秒，然后疯狂猛烈地跳动起来。

"我不会让别人知道的。"说出这句话的时候，顾云风自己都没太多把握，他被冷风吹得猛咳了一声，裹紧大衣。

"可这由不得你我。"应西子无奈地低下头，柔顺的长发低垂到肩上，仿佛从一个无忧无虑的天真公主变成了被命运捉弄的倒霉人。

她拿着手机播放一条新闻，转身把屏幕放大搁在顾云风眼前。

"十分钟前的新闻，智因生物召开了股东大会，更改了高管人员。"

"加了谁？"顾云风下意识地脱口而出。他没有细想都能猜到去掉方邘后又新增了高管，搞不好还是他们认识的人。

"一个叫林想容的女人。"她诧异地看了顾云风一眼，"你认识？"

"认识。"顾云风苦笑着点头，想说不仅认识还见过，不仅见过，她还像个苍蝇一样在每件事里不停地出现。他最近怀疑监视定位许乘月的人就是林想容，不然她怎么能随时随地出现在他们面前，就连在方邢无路可逃时，她都能从天而降一枪崩了他。

那可是千里之外的山区，她准确无误地和许乘月搭上同一趟航班，然后开车到达那个掩藏在山中的小县城，在警方面前优雅地让他闭上嘴，为智因生物保守最后的秘密。

听他这么说，应西子抬起头，欲言又止，最后还是没有继续问下去。她无意识地叹了口气，转身看见路边留下一连串杂乱的脚印，还有他们最终堆起来的一个不到半米的雪人。

迷你雪人的脑袋上插了个辣椒，几根树枝变成四肢，孤独地站在风雪中。

许乘月穿着件黑色羊毛大衣，灰色围巾拿在手里，走出校门时取下眼镜擦掉上面的雾气，突然就听见路边传来一声"嘀——"

许乘月揉了揉眼睛，看见顾云风摇下车窗，树上带雪的树叶落在他探出来的脑袋上，他轻轻拨下去，然后冲自己吹了个口哨。

顾云风最近没什么特别大的案子，请了年假调休几天，基本处于放飞自我状态。经常在他下课或者上课的时候低调出现，比如在校门口等他啦，冒充学生去上课啦，甚至有一次上课的时候睡着了，还要自己过去把他叫醒。

相比之下，还是这种在学校门口等他的行为比较温和，不会给他带来惊吓。

"去哪儿？"他拉开车门坐在副驾驶上，脱下外套，五秒之后结结实实地打了个喷嚏。

"顾队，你不开个空调吗……"

"忘了忘了。"顾云风赶紧关上车窗开空调，一把抓起椅子下面的毛毯扔他怀里，笑着对他说，"出去玩。"

许乘月穿着件单层毛衣裹着毛毯，沉静的脸上难得出现期待："去哪儿玩？"

"看守所吧。"

话音刚落，许乘月伸手抽了两张纸巾，打了进来之后的第二个喷嚏。

顾云风向前开着车，听到两个连续的喷嚏心虚地看了他一眼："你要不把外套穿上，毯子太薄，别感冒了……"

"看守所？"

许乘月刚刚还当真兴奋了一把。这是他亲身经历的第一场雪，上个冬天是个暖冬，整整三个月都没下雪，这好不容易再下场雪，怎么也应该去雪地里打个滚，满足下他对新鲜事物的好奇。

而现在听到这个消息，他脸上立刻现出了孩子气的失望："又去看守所约谁？"

"应邝。"顾云风说。

上南区公安局，关押应邝的地方。

顾云风接过上南区刑侦队长黄琛递来的存储盘，打开电脑播放着审讯应邝时的监控视频。

视频里应邝明显憔悴了很多，他还穿着工作时的白大褂，看起来是工作时间被带走的。仔细看，顾云风发现他多了不少白发，人也没什么精神，坐在椅子上，落寞地接受着提问。

"应邝是吗？"

"是的。"

"应该不难吧，他这个人，其实不复杂。"顾云风说。

"但什么都没撬啊。"黄琛很无奈。

"你总共在瑞和医院神经外科工作了六年，三年前开始任职科室主任，负责整个神外科的手术。"

"对。"他们一问一答着，刚开始警方没问什么攻击性的问题，应邝回答得也算是滴水不漏。

视频里黄琛漫不经心地问着他，眼角余光打量着他周身的每个微小动作——不自主地抖动的四肢、冒冷汗的额头、抚摸鼻尖的手指，随后他的眼神突然变得凌厉。

"你有没有数一数，有多少人因为这个手术死在了你的手术台上？"

应邝的脸色很不好，但还是回答说："哪个手术？我不明白您的意思。我做过很多手术，救过很多人，也遇到太多无能为力的事情。"

"你别装，就韦涵，那个绑架别人被反杀的，他向我们举报了瑞和医院非法人体试验。"黄琛接着说，"你是这种试验手术过程的负责人。

146

"光是韦涵给的名单就有五个人，这五人包括他弟弟是同一时期的志愿者，经过调查确认已全部死亡。实际有多少人，应医生您说说呗，让我开开眼。"

"没有什么试验。"应邝迟疑了几秒，一声轻叹，"这都是他的阴谋论。其实我怀疑，韦涵一直患有严重的躁郁症。从他之前医闹的事情开始，你们应该都知道的，他因为这事……应该进去过吧？"

"他之后也经常会产生各种各样的幻想，这是没有办法的事情。人生病了，就控制不了自己，控制不了自己的行为，控制不了自己的思想，走火入魔，对幻想的假象深信不疑。而我，只是做自己身为医生的本分，尽职尽责做好每一场手术。"

身为医生的本分？黄琛呵地笑了一声："你对得起死在你手中的人吗？"

说着他把一份名单重重地拍在应邝面前，上面一个个字迹清晰但在脑海中渐渐模糊的名字忽然就被重新唤醒，形象记忆跃然纸上。

在看到这些名单时，应邝脸上多了分悲恸，他低下头说："对不起。"

"但我们并没有进行非法人体试验。手术有风险，我的技术不够精湛，让他们白白冤死。"

也许是天气转凉，风雪突来，他穿着白大褂抵挡不住风寒，窗户被吹开，整个人猛地咳嗽起来。

应邝调整了很久的情绪，最后低下头，淡漠地说："他们的每一条生命，都是为医学发展、科技进步做出的伟大贡献。我只怨恨生命的脆弱和医术的落后，外科手术很多时候挽救不了更多的人。"

顾云风停下视频，倒放了几分钟，把进度条暂停在那张不知从何而来的名单上。他放大视频画面，确认了上面没有许乘月的名字，这才松一口气，继续放着视频。

"他就是这么个态度，很坚持，坚持称自己什么都不知道，我们也没办法。"黄琛叹了口气，一脸的无奈。

"你们这非法试验志愿者的名单哪儿来的？"顾云风指着视频画面问。

"蒙的啊。"

"蒙的？"

"把这几年应邝手术没救活的都写上去了，管他是不是的。"黄琛无所畏惧地摊手解释。符合试验条件的就那么些人，总共加起来十三四个，应该80%都是受害者了。

"云风啊，你怎么会和这位应医生认识？"昨天他接到自己这位师弟的电话，说要来看守所看个人时就很诧异。

毕竟他们看起来没什么交集，这医生之前也是良好市民，没案底，就是老被医闹骚扰。但顾云风他们也很少管医闹骚扰的事啊，没理由有接触。

"他是……"顾云风刚准备说这是自己朋友以前的主治医师救命恩人，突然想起许乘月这事不能暴露，一丁点信息都不要泄露，于是改口说，"我认识他女儿。"

女儿？听到这话黄琛瞬间两眼放光。

"哎哟？有情况？"

"我情况可多了。"

"什么？脱单了？"黄琛惊讶地将他从上到下打量一遍，炮语连珠，"什么时候？怎么脱的？长得好看吗？腰细不？腿长吗？胸大吗？"

在一连串的问题中，顾云风没好气地回了句："办案的时候认识的，好看，腰细，腿长，就是跟我没情况。"

"没情况制造情况啊！"黄琛冲他眨了眨眼，"有照片吗？我看看。"

"啊？哪儿需要照片啊。"他摁了摁眉心，"就在外面等我呢。"

他刚说完，黄琛整个人就冲了出去，推开门左顾右盼，目光定下来后暴躁地转身冲他吼着："顾云风你耍我呢？"

"啊？"顾云风刚还激动不安的情绪顿时消散，往前走了几步整个人像被泼了冷水，门外长廊里穿着灰色工作服手握扫帚的保洁阿姨一脸正气地看着他们，停顿了一下转身把满撮箕的垃圾倒进了回收箱里。

"这就是……"看着他茫然到冷漠的表情，黄琛仰天大笑，全然不顾保洁阿姨嫌弃的眼神。

"一边去。"顾云风恼怒地挥了挥手，一边往外走一边给许乘月打电话，但铃响了很久也没人接听。

他去哪里了？

雪已经停了，深深浅浅的脚印杂乱无章，他揉了揉自己发红的鼻尖，毫无征兆地打了个喷嚏，转身望向黄琛焦虑地问："黄队，看到和我一起来的朋友没？"

"那个帅哥？"

"对。"

"这真没注意。"黄琛摇了摇头，指着雪地里模糊不清的痕迹说，"要不你看看脚印？他穿什么鞋？鞋底花纹如何？"

"这……我哪记得这些。"

嘴上这么说着，实际上他还真的弯腰在融化结冰和泥土混合在一起的雪地里找起脚印来，最终凭借着自己淡化的记忆找到了许教授的踪迹。

——他往看守所的方向走了。

顾云风哭笑不得地跟着他模糊的足迹，刚刚他还在为去看守所而不满，转眼就毫无原则地自己跑去见应邝了。关键是他一个人过去既进不去也见不到人，他现在就一大学老师，跟刑侦队半点关系都没有，跟应邝也没亲缘关系，谁会无缘无故地放他进去。

顾云风往看守所的方向走去，地上的脚印越来越稀疏，最后就只剩下许乘月一人的。

许乘月好像迫不及待地想去见这位救过自己性命的医生，仿佛想在这个特殊时期知道些什么特殊事情。

早上出门的时候，他注意到许乘月的手腕上空空荡荡的，他已经有一段时间没戴那块内置GPS装置和体征记录器的手表了。明明戴着手表能让监视他的人放松警惕，从而保持相对安全，也可以避免打草惊蛇，可现在许乘月毅然决然地脱下表带，无视叮嘱，毫不畏惧藏在角落里偷窥的那个人。

他忽然发现即便他们共度生死，在同一屋檐下生活，他也无法了解到许乘月的所有秘密和想法。而即便许乘月从生物学意义上并不能算真正的人类，时至今日，他也有了堪比人类的复杂情感和自我认知。

这些复杂让他看不懂摸不透，因此彷徨不安。

顾云风拿着黄琛开给他的探视许可，沿着许教授的足迹，走到看守所前。远远就看见许乘月裹紧自己的黑色大衣站在一棵枯树下，树枝上沾满了雪，被压得摇摇欲坠。

他清澈的目光穿透镜片望着灰色的楼，视线向上直至与天空平行，然后伸出双手放在嘴边哈了口气，搓了搓手放进口袋里。

顾云风大步流星地走到他身边，深陷在雪地中。

"你想问他什么？"他开玩笑地问，"刚刚不是还不想来吗？"

整个世界的声音似乎都被雪淹没了，安静得只剩他们俩的呼吸。"这不是到这里了吗，来都来了，就想问点什么。问他我来自哪里，问他手术成功时的感受，问他我醒来时，想到的是我心慈悲，还是满手冤魂。"呼出的气体变成雾气，温暖着冰冷的空气。

许乘月诧异地看着追来的顾云风，低下头自嘲地笑了笑："我也知道是怎样的结果，可还是不甘心。你就别进去了，我一个人去也许他更愿意说真话。"

"应叔叔。"许乘月轻轻弯腰鞠躬。应邝很多天没刮过胡子，身上有股烟味，在许乘月的印象中，应邝很爱干净，几乎不抽烟不喝酒，最大的爱好就是泡茶养身，更没有什么不良嗜好。

"乘月？"

看到许乘月的瞬间，应邝眼中闪过一丝激动，但这激动很快就被胆怯掩盖。应邝是那种气质不错的中年男人，年过五十依然气质儒雅，就是过多的加班加剧了他秃顶的进程，加上现在的情形，整个人都透露着一股子颓然和不堪。

"没想到你会来看我。"应邝勉强地笑了笑。他现在属于审查阶段，除了律师基本和外界断绝联系。

"他们有为难你吗？"

"也算不上为难。"应邝叹了口气说，"上周律师来过一次，就是一直重复问我些问题，我答不上来，只好沉默。"

"提审了几次，我只能反反复复说自己什么都不知道，毕竟我只是希望能够通过手术挽救更多人的性命。"应邝加重语气重复了后面一句。

"你真的什么都不知道吗？"许乘月打断他问。

"我只是个医生，治病救人而已。"

"所以需要很多的试验者，来达成你治病救人的目的？"

"试验者？"应邝勉强笑了笑，"你和他们一样，一直在问些我不太明白的问题。

"哪儿来的试验者？我只是正常手术而已。"

"那我呢？我也是你正常手术中的一个？"

"你是。"应邝迟疑了一下，还是做出了肯定回答。

许乘月不仅是他正常手术中的一个，也是最成功的一个。事实上，假如某天得到了法律法规的允许和伦理常识的认同，他可以凭借着这个手术，获得一切他想要的东西。

但实际上，他并不期待这一天的到来。

许乘月双手指尖交叉，轻笑了一声："那我脑内的芯片是什么？"

从应邠走进看守所开始，从他变成嫌疑人的那一刻，就一直在顾左右而言他。他不想成为罪犯，不想被人指点，不想失去自由。

可他做了太多模糊又灰暗的事，一点点透支自己的自由和未来。

看着应邠逐渐变形扭曲的脸，许乘月身体向前倾，双眸直视对方。这样一个角度能体现出咄咄逼人的气势，让人无地自容。

"西子最近不太好。她很憔悴，人也不怎么开心。在她心中，你不是这样的。"许乘月坐在椅子上对对面的人说。

"而这里没有监控，没有窃听，应医生，你可以……"

"我只是一个医生。"

"好，那你作为一个医生，可以帮我解决我的身体问题吗？"许乘月对这个人带着很复杂的心情，他救了自己，赋予自己生而为人的机遇，但又编造谎言，轻贱生死。

"我只是需要你解开我的困惑而已，剩下的事，都是律师的事。"

看见应邠没有否认，沉默地低下头似乎默认了，许乘月这才松一口气，指了指自己的脑袋说："那现在问第一个问题。"

"一年前我坠楼后，究竟有没有脑死亡？"看见应邠突然放大的瞳孔和灰暗的眼神，他皱起眉头。

"我再说得直白点，许乘月死了吗？"

"没有。"

"是一开始就没有，还是脑死亡后你抢救及时救了他，还是装了什么东西让他行尸走肉地活着？"

"从来没有过脑死亡。"应邠迟疑了下，抬头看着他的眼睛，"四肢先着地，被楼下的树挡了一下，送来的时候还有点希望，但很可能会成为植物人。"

应邠干脆利落的回答顿时让许乘月青筋暴起，手握成拳愤怒几乎迸发而出："那你先是开具了脑死亡证明，后来又说抢救成功是……"

"有人希望你死，但又有人想让你继续活着。"应邠平静地说，"乘月，这就是一场博弈，想让你活着的人赢了，所以你能站在我面前。"

"我是个医生，你是我的病人。我希望你活着，我希望我的病人都能转危为安。但我也是个丈夫，是个父亲，是个懦弱的普通人。"

"谁想让我死？"应邠突然坦诚的说辞让他有些无所适从，暴怒的情绪平静下来，他十指交叉胳膊靠在桌上支撑着身体，"谁又想继续利用我？"

那一瞬间他想到的是陆永，想让他死的人，一定就是陆永。因为记忆被篡改，他已经完全不记得自己和陆教授之间的恩恩怨怨，但能在实验室楼顶让他跌落在水泥地上，又在半个小时后才被送往医院，怎么看陆永都不希望他活下来啊。

"这我不知道。"

应邗看起来并没有说谎，许乘月也就没继续追问下去。阴暗的房间里散发着难闻的霉味，角落里的虫子沿着水源爬行。光亮照不进来，只有缝隙中飘进的雪，融化落在地上变成水。

他不断回放着最近几个月里遇到的一切事情，数次突如其来的晕倒，尾随其后欲杀死他的自动驾驶车辆，车窗里朝他笑的洋娃娃和Hello Kitty。

所有的画面交织在一起，最终形成一个不断博弈着的巨大网络。

"我脑袋里的芯片，是你装进去的？"

过了好久，应邗终于开了口："我不知道那是什么。"

"我只是做了一个手术而已，把你的脑部神经通过人工集群神经连接到一个外部装置。你说的芯片，可能就是这个外部装置吧。但对于它的作用、伤害、内核，我通通一无所知。"

说到这儿他似乎终于意识到什么，揉了揉太阳穴问："乘月，你让我帮你解决身体问题，是你的身体因为这个外部装置出了什么问题？我印象中你有一次突然丧失意识被送来我这里，当时给你的诊断是植入的神经假体有排斥反应。"

"其实呢？"

"其实不是的。"应邗情绪复杂的双眼盯着他，"是原有的神经突触重新修复开始恢复信息传递功能，但与植入的外部装置造成了冲突。"

原有的神经突触重新修复？

也就是说，神经突触因为信息传递的冲突，造成了他意识上的模糊？身体里原先的那套神经系统，在慢慢恢复。

"乘月，你明白我的意思吗？"

"我明白。"他点了点头，如鲠在喉。侧身望着窗外又扬起的雪，风吹着它们四处飞扬，最后落在地上、水里、树梢上。白茫茫一片落在他清澈但挣扎的眼中。

真正的许乘月，就快要醒来了。

看着应邗重新被带离这里，他眨了眨眼睛神情恍惚。如果他继续不采取措施，总有一天真正的许乘月会醒来的。

那时候，他该何去何从呢。

开灯，换鞋，关窗，开空调。

顾云风把外套脱下挂在衣架上，关上门只穿着件黑色毛衣。窗外昏暗的路灯被雪覆盖，长街上空无一人，只有偶尔经过的车，压着雪地溅起水花。

"黄队说智因生物的这个案子还在调查阶段，如果没有实质性进展，撤案也说不准。"他下午跟黄琛聊了挺久，这案子归他们，细节肯定不能透露，但大体方向作为同行他还是听得出来，心里也有个数。

"我就奇了怪了。"顾云风愤愤不平地说着，"林想容就算是正当防卫，按她这情况也不该立即撤案。现在当地警方二话不说，直接放了她，肯定有鬼啊。"

何况她这根本不是正当防卫。

顾云风转身望着走在自己身后的许乘月，从看守所回来后他就一路没有说话，坐在车里假装睡觉，回到家后也沉着脸。

他的心事太多了。他本不该有心事的，所有的心事应该被转化成数字或程序，最终以一种机械的方式被说出或写出。而不是像现在这样，左右摇摆，上下挣扎。

就像被欲望蒙蔽双眼的人们，想得越多越会摇摆，心思越复杂越能挣扎。

"应医生跟你说什么了吗？"顾云风倒了杯温水放在茶几上，自己从冰箱里拿出瓶冰牛奶，他看着他的双眼，"关于你去年的事情？"

沉默一路的许乘月终于微微抬头，接过他递来的水，转身放回到桌子上。接着打了个喷嚏。他抽出旁边的纸巾，擦了擦鼻子，一脸冷漠地继续把纸扔进去。

"你感冒了吗？"顾云风问他。

"还好，打个喷嚏而已，你呢？"

"我也是。"

唉——

不由自主地，两人同时叹了口气。

他们一直没开灯，但房间不算太暗，也许是下雪的缘故，也许是城市本身就没有了真正的黑夜。许乘月看了眼夜色下断断续续但一直飘落的雪，目光又回到顾云风身上。

他带着笑意看向自己，眼眸中恍惚有了星辰和夜色，它们闪亮发光，就像是来自宇宙。

"今天我跟应医生说起西子，大概是为了自己的女儿，他说了些关于我的事情。"许乘月突然开口说起白天的事情。

"怎么说的？"

"他说有人希望我死，有人想让我活着。这是一场博弈，想让我活着的人赢了，所以我才能站在你面前。"他低下头，把应邢跟自己说的话复述了一遍。

"智因生物非法进行人体试验的事情他有提起吗？"

"没有，他坚持自己是在做普通手术，为神外科手术研究做出了一些创新。"

"还是这样的结果。"顾云风很无奈地摇了摇头，目前的情况就是这样，智因生物的前任CEO，涉嫌非法试验的头号嫌疑人，就这样不明不白地死在了千里之外的自己老家，落叶归根。没有什么人挺身而出为他要个说法，连他的亲生儿子也消失得无影无踪。

连带着很多秘密都被掩埋进了那座云雾缭绕的大山。

"现在最大的突破口其实还在林想容身上。"

她杀死了方邢，却以可笑的理由大摇大摆地离开那里，不仅没有立案，反而回去就升职加薪位居要职。问题是现在他们根本没有传唤她的理由，黄琛那边想调查她也遇到了数不清的阻力。

房间终于升到了适宜的温度，许乘月穿着居家服，盯着手机发呆好久。

他犹豫了一会儿，看着顾云风的脸突然说："你们绕了这么大的弯，其实……只要我站出来，就足够去指控他们了吧？"

"不行。"没有丝毫犹豫，顾云风斩钉截铁地拒绝了。

他甚至情绪激动地去找法律条文来做出各种解释："你站出来也没有用，你说自己是受害者就能证明他们在进行非法试验吗？反而还会因为你的奇迹获救给他们无限辩解的机会。"

恐怕到时候，他们还会将自己塑造成了人类发展为了社会进步的良心企业天才医师绝世科学研究者，把他们手上沾染的鲜血和冤魂撇得一干二净。

"可我这里有个芯片啊。"他指了指自己的脑袋，"这不就能说明所有了吗？"

"假如，我是说假如。"许乘月接着说，"假如最后把芯片取出来，我能说出最有力的呈堂证供成为决定性的物证吗？"

"不可以。"

"为什么？这样的证据还不充足吗？"

"我是说不可以这样做。"

"我是说假如……"

"那就不要有假如！"顾云风语气坚定地说。

"你可以忘记芯片的事情，你就是许乘月，是和我一样的正常人类，实现正义的方式有很多！"顾云风瞬间红了眼眶，态度非常强硬。

这是他早就想到过的事情。实现正义的方式太多，而把许乘月推出去将是付出的最大代价。

第十八章

——智因生物涉嫌非法人体试验，科学进步背后竟然是累累白骨？！

——智因生物股价暴跌至最高点的一半，母公司智因科技是否开展问责调查？！

——盈利模式连遭质疑，无数冤魂造就的智因生物是否能稳住千亿市值？

万编年坐在自己办公室的椅子上，望着电脑端网页的新闻头痛欲裂。

这种状态已经维持了好几个月，他还动不动就手贱地去点新闻下面的评论，看着自己的祖宗十八代被这帮键盘侠们问候了个千百遍，虽然心态暴躁，但他还是努力让自己面无表情波澜不惊。

他把手边的水杯重重地往桌上一放，安静空气中砸桌子的声音大到惊人，把推门而入的林想容吓了一跳。

万编年抬头看了眼她，指着电脑上的新闻标题说："你看看，你看看这新闻写的！"说着一声叹息，"都是些乱七八糟的东西。"

"这种新闻以前不也多得是嘛，树大招风，总有各种编排与抹黑。"林想容一边说着一边走到屏幕前，看到标题和内容后忍不住笑出声。

这新闻说得……好像也没错？

在看到万编年的白眼后她端庄地站好，收起笑意很正经地跟他讲："那您可以继续联系人删新闻。"

"算了。"这次万编年放弃了这个操作，拿起手边的水杯喝了口水，"删了几个月了，也没什么用，现在不是十年前，多少人盯着我们呢。"

"主要方总这次的事，后续闹得太大。"她小心翼翼地插了一句。

"我也知道老方不够踏实，这么多年一直让他在我手下历练。现在才给他出头的机会，就这么砸了。"万编年说着摇了摇头，整理了下自己的深色西装，表情平和但语气又激动起来，"你说说他哪有一个上市公司总裁的气度？当自己是叛逆小男孩还是江湖黑道？可以罔顾身份跟执法机构对抗？被绑票就闭嘴等警察救他啊，杀了劫持他的人不说，还袭警后持枪逃跑。"

"他是脾气暴躁，沉不住气。"

"简直是胡闹！"万编年啪的一声合上电脑。

"现在他彻底安息了，我这心也总算踏实了点。"他揉了揉额角，又是沉重的一声叹息，望着林想容神情复杂地说，"就是委屈你了。"

她愣了一下，听着这句话心里很不是滋味。她在那个小县城的公安局里待了不到两天就被放出来了，最后没有立案，还给她算了见义勇为。

这样的结果荒唐又可笑。想都不用想，她就知道以万编年的能力，在自己老家解决这种事情毫无问题。

"没什么，见义勇为，是每个人都该做的事。"林想容微微鞠躬。她说不上来自己是一种什么样的心态，但按下扳机的时候她确实没什么实感，心里有波澜但不觉得恐慌，也没愧疚，就好像不小心掐死了一只待宰的羔羊。

万编年点点头，走到窗前望着外面鳞次栉比的高楼，外面角落里的积雪都化了，天很阴沉，灰色的云密不透风，压抑得透不过气来。

"上次让你调查的事情怎么样了？谁走漏风声跟那个被老方反杀的小伙透露了我们内部的事情？"

"还能有谁，陆永啊。"她叹了口气接着说，"我和他的一个学生认识，就拜托人家把陆永——南浦大学未来校长的通话记录和邮件记录全都给我了，我一看，有几个邮件有点眼熟，寻根究底发现是那个叫韦涵的人的。"

"他要升了？这跳得有点快。"万编年首先抓住了这个重点，满脸疑惑。

"副的。"

"那也算快的，不符合一般的升迁规则。"

"他有特殊的门路吧。"

"所以说，是陆永把我们的事告诉了那个叫……叫韦涵的，然后指导他联系媒体爆料，并劫持了老方？"

"是，就是您想的这样。"

"陆永……他又犯了什么病？"万编年皱着眉拿过手边的一叠纸，"当初AI侦探的项目就是，说的好好合作，结果还没完成就来跟我们撕破脸皮。"

这事大概发生在半年前，在许乘月的整体情况稳定后，陆永突然单方面中断了和他们的合作，转而抱紧公安三所的大腿寻求合作，现在还把他们的事全抖给媒体曝光。这其实就是典型的过河拆桥，不仁又不义，自己目的达到了，利用完他们转身就把他们卖掉，将所有违法风险撇得一干二净。

他图什么？怕自己被打上违法犯罪的标签？

林想容看着万编年欲言又止，过了几分钟，在他的目光注视下，她还是开口说："他不希望他那个学生活着。"

"学生？哪个学生？"

"就是我们唯一成功的那个案例……"

"那不行。"万编年猛地转身，挥手把手中的材料往桌上啪地一丢，"他什么毛病，怎么一天到晚跟我们对着干？"

"他干吗要弄死人家？"万编年挑眉问。

"不知道……"

"你不是几年前就跟他们认识吗？"

"是认识，但那时候他可没这么疯，我真不知道他什么目的。"

提起这事林想容也挺无奈，她那时候来智因科技的时间不久，许乘月在那儿实习，她作为老师也就带了他几个月。那时候许乘月就经常跟她提起，说他们师徒二人关系不好，许乘月当时还是个学生，长年被压榨劳动力，自己发的论文也只能署导师的名字。无论付出多少努力，陆永才是主角，他沦为配角，互相看不爽也很正常。

直到后来他帮陆永做AI侦探这个项目时，才有了论文的第一署名权，连着在核心期刊上发了几篇。

但这种纠纷算是学术界的常态，不会置谁于死地。陆永下狠手的真正原因，就需要继续探究了。

至于林想容是怎么知道陆永想害死自己学生的……完全是因为她听说许乘月遭遇过自动驾驶汽车的袭击。许乘月的GPS定位除了她之外，陆永也有一份，所以这事只有他和他的团队能做出来。

一阵寒风窜进没关好窗的办公室里，吹得万编年几乎脑袋炸裂。他关紧窗回到办公桌前，突然想起来什么，问："你过来找我什么事？"

"汇报啊万总。"她看了眼时间，心想终于扯到正题上了，"我跟您约的下午三点，现在都快五点了。"

她过来可真是为了工作，不是唠家常，更不想聊阴谋和八卦。虽然事实上他们不知不觉中就讲了好一会儿无关工作的事情。

"那你赶紧汇报吧，我七点还有个会。"万编年盯着手腕上腕表移动的指针，冷静地坐回到他的座椅上，好像林想容才刚踏入他的办公室。

顾云风再次接到应西子的电话已经是一周以后。

这次没有约在学校或者医院里，而是去了他们第一次正式约见的那家茶馆。

应西子脱下灰色的羽绒服挂在旁边的衣架上，她的眼神很黯淡，几乎没有化妆，整个人的风格有了很大改变，穿着全部以舒适为首，高跟鞋变成了平底鞋，裙子也换成了阔腿裤。

"乘月服用的药物，我同学化验了具体成分。"她从包里拿出一份报告，对着白纸黑字说了一大堆绕口的化学式名称。

"什么？"她念完那堆化学式后，顾云风茫然地看着应西子，一脸的"这都是什么鬼"的表情。

"差不多就是劳拉西泮和盐酸哌替啶混合在一起。"

看他还是不明所以，应西子直接把鉴定报告塞他手里："前面几个成分主要是抗抑郁促睡眠的，后面是强效镇痛药，长时间使用会麻痹患者的中枢神经系统，最终造成不可逆的损伤。"

"现在市面上并没有听说这种药物的流通。"她停顿了一下说，"从剂量上看……说它是镇静剂吧，剂量早已超标。安眠药肯定也不是，现在用的安眠药效果比这好太多，副作用也比这少太多。"

她端着自己的茶杯喝了一口西湖龙井，接着说："我判断，这种药物的实际作用就是破坏神经系统。"

破坏神经系统？

顾云风心里一惊，脱口而出："那这算是毒药了？"

"当然，就是毒药，百害而无一利，只是药效缓慢，不易被发觉。"应西子很赞同他这个说法，又拿回鉴定报告，仔细地看了看了报告里提到的成分和占比。

"都是些镇定作用低但副作用强的成分，可能想伪装成镇静剂。"

不过实质终究是毒药。

"乘月有在吃吗？这药谁给他的？"应西子突然抬头望着他。

"不知道。"顾云风茫然地摇了摇头，他前几天看到这个瓶子时，发现药已经开封了，但好像没怎么有变化，一个月前什么模样，现在还是一个样，多半是没吃。

但不保证许乘月开了好几瓶药啊，万一他已经吃掉几瓶了呢？

"我一会儿回家找找，把疑似这种包装的药物都扔掉。"

说完他开始回忆许乘月那段时间经常接触的人，这是市面上未流通的药物，本质上是毒药，一定是非法研制的。提到非法研制，他忽然就回想起已经无人问津的荣华生物。

荣华生物最先出的问题，就是被举报非法研发药物。食药监局介入调查后一直没给个结果，再加上荣华生物的创始人遇害，其家人又被灭门，非法制药这个事就这么不了了之了，再也没被提起过。

在那一刹那，顾云风听着茶馆中婉转的音乐有些晃神，他突然意识到，有些被忽略的事情往往存在重大价值。比如这瓶从天而降伪装成镇静剂的毒药，比如江家那件灭门案中无缘无故消失的非法药物。

它们隐约又连在了一起，带着许乘月捉摸不定的未来与命运。

厨房灶具上炖着胡萝卜烧羊肉，顾云风放多了料酒，弥漫在空气中的酒味渐渐盖过羊膻味，成了更浓郁的香味。天冷就应该多吃羊肉，补身养胃，补心热血。

他把柜门全部打开，抽屉一个个翻出来，里面的东西七零八落地堆在地板上。他单膝跪地翻箱倒柜，回忆着之前见到的那个药瓶。

许乘月把那个小瓶子藏哪儿了？

他坐在床沿低头不语，望着空荡荡的地面神情游离。几分钟后急促的敲门声催命似的响起，他忽然抬头，扫视空白的墙壁，站起身去开门。

"老大，一个案子。"舒潘站在门口，还没等顾云风说话就径直走进来，东张西望地往卧室里探了探头，盯着一地的杂物摸着自己的脑袋。

"是个盗窃案。"

"我还在休假……"他总共凑了五天的假，现在才第三天就开始催着哄着回去卖命，这不是变相压榨劳动力嘛。更何况是个盗窃案，他听着就没多大兴趣。

"最后两天，算了，别休了，工作需要您。"舒潘满眼期望地看着他。

这几天天气终于变好，温度回升，也没连着下雨下雪。和煦的阳光充满整个空间，把乱七八糟的一地东西都染成金色。

他摆了摆手，瞪了一眼舒潘，踢了下脚边的抽屉，指着满地杂物对他说："先帮我找个东西。"

"什么啊？"

"一个白色的瓶子，里面是椭圆形的药丸，药丸是红色的。"

"所以，是药？"

"算是吧。"顾云风点头。

"老大你倒是说药名啊，讲这么抽象谁认得出来？"舒潘无力地抗议着，抬头观察了整个房屋布局，最后蹲下身和他一同埋头寻找着。

"没药名，包装被撕了，就一个瓶子。"顾云风认真地找东西，心不在焉地回答着。在抽屉里扒拉了一会儿，他突然想起了什么："不一定只有一个瓶子，所以仔细找找，全找出来。"

"你找多久了？"舒潘搓了搓手，站起来环顾四周。

"快一个小时了。"

"那就是寻找范围太局限了。"

"啊？"

顾云风坐在地上，有种不祥的预感。他抬头，看见舒潘右手拿了个扳手，左手一把螺丝刀，走到客厅电视机前，蹲下身，对着各种电器家具的螺丝一顿捣鼓。

他开始拆家具了。

电视柜被拆了。

沙发被拆了。

餐桌正在拆除中。

"你是打算把我家拆了吗？"顾云风看着他认真拆家具的动作哭笑不得，他从没想过舒潘的破坏力竟然如此巨大，拆起大件家具"风卷残云"般迅速，拆完还能给装起来。

"不是，看你这表情我还以为是什么特别重要的东西……"舒潘撇了撇嘴，"有时候东西会掉进犄角旮旯里，就需要拆开无法移动的大件物品。"

"是特别重要，但你找到了吗？"

"别急，会找到的……应该，应该会的。"舒潘抹了把头上的汗，又转换了战场，从客厅跑到次卧，拉开窗帘，黑暗的房间顿时阳光普照。

他把目光聚焦在卧室里刚投入使用没几个月的小木床上，走上前去拿着扳手一顿敲打，把龙骨外侧的螺丝钉拔出来，木床很快散了架。

手指敲了敲，发现框架内侧的一根木头中间居然是空的，顾云风弯腰取下这根龙骨，在里面找到了一个白色的药瓶。

接着他取出剩下的十几根龙骨，把它们通通拦腰砍断，最后找出了四个被撕去包装一模一样的药瓶。

打开瓶盖，三瓶没有拆封，唯一一瓶被打开的还是那天早上他刻意拆开的，里面红色的药丸看起来并没有减少，许乘月应该没吃。

他松了一口气，拿着瓶子细细观摩，然后放在旁边的桌子上，看着脱下外套满头大汗的舒潘问："这东西是怎么装进去的？"

舒潘一脸茫然地摇摇头，而后难以置信地望着他："这不是顾队你自己放进去的吗？"

"当然不是。"

"那谁？"

顾云风没有回答他的话，弯下腰收拾着一片狼藉的房间："藏这么深几乎没法拿出来，肯定是不打算吃的……"

按照应西子的说法，这种药物的实际作用就是破坏神经中枢，令使用者陷入长久的沉睡或昏迷，最终脑神经被完全破坏。

对于许乘月而言，长久吃下这种药物会有什么影响？

控制他神经中枢的是AI芯片，所以被破坏掉的是许乘月原有的大脑，而不是现在的他的，而是那个自己从未认识过的许乘月。

长期服用这种药物，过去的许乘月将会真正死亡，而现在的他，会彻彻底底地代替曾经的许乘月，高枕无忧地享受本不属于自己的人生。

顾云风失神地坐在拆得彻底的龙骨板中，阳光打在他脸上。他沉静地望着脚下的一片狼藉，伸出颤抖的手想穿过眼前的阴影。如果一切都像自己想的那样，他会希望许乘月怎么选择？

杀死过去的自己？还是杀死自己？

但现在许乘月好像已经做出了自己的选择。

他把这些药物藏在了几乎无法拿出的角落里，大概就是想放过去的自己一条生路。

　　"这药到底是谁吃的？队长你吗？你生病了？"舒潘打开瓶子拿出药丸放在鼻尖嗅了嗅，皱眉看着红色的药丸，打算咬一口。

　　"这是药吗？"

　　"毒药，我正在想要不要销毁。"

　　"呸——"舒潘吓了一跳，手里的瓶子啪地掉在地上，药丸落了一地，他赶紧蹲下身捡起来装回去。

　　"真的假的？"

　　"反正你别吃。"

　　"我不吃，当然不吃，我刚刚就做个动作，我又没病，又不知道这是治什么的……呸……是毒什么的？"舒潘明显受了点惊吓，他盖好瓶盖，放空大脑往椅子上一瘫，"这药到底是谁的……"

　　"许教授的。"

　　舒潘意味深长地"哦"了一声，几秒后突然跳起来，"等等，他还住你这儿啊？"

　　"有问题吗？我这儿离他学校近啊。"

　　"当然有，他自己有房子住，干吗住你这儿？而且他都和我们队里分手了，脸皮怎么那么厚。"舒潘不满地抗议着，环顾四周，又四处查看，突然注意到衣柜里确实多了很多明显不是顾云风风格的衣服。

　　顾云风又和舒潘一起在卧室里努力让床的龙骨框架复原，然后把那四个瓶子塞回原处。既然许乘月不打算吃这个药物，他也不应该干涉，怎么选择是许乘月自己的事情。

　　毕竟所有的功效后果，都只是顾云风自己的猜测。

　　顾云风看了眼厨房里炖着的羊肉汤，从中火关到小火，尝了口味道后加了点盐，合上锅盖准备再炖一会儿。

　　抬头看了眼时间，已经快十二点了。舒潘肯定要赖他这儿吃饭了，还好他做得多，许乘月中午也不回来。

　　他把汤端到餐桌上，一边盛饭一边问还没完全缓过劲来的舒潘："你刚进门说有盗窃案，具体情况呢？"

　　"具体情况啊……"他茫然无措地看着一锅汤，提到工作才终于回过神。

　　"旁边大学，实验室设备被盗。"

"南浦大学吗？什么实验室？"提到实验室，顾云风挑了挑眉，下意识地问下去。

"人工智能……实验室。"

啪——

舀汤的勺子掉进汤里，顾云风愣了几秒，赶紧找了双筷子夹出来。

"你怎么不早说。"他把盛好的米饭扣在舒潘碗里，"谁报的案？"

气氛突然凝重起来，静得能听见钟摆摇动。冷风从北边吹进来，吹散桌上弥漫着的香味。

"一个叫……陆永的？"突如其来的严肃下，舒潘战战兢兢地说，"哎哟队长，他是早上来报案的，我立刻就跑来找你了，结果一进门你就让我给你找东西。"

舒潘埋下头扒了几口饭，食不知味地夹了两筷子羊肉，不停地抬眼向顾云风投去目光。

"您还休假吗？"

他目不转睛地望着顾云风，顾云风正心不在焉地扒着米饭，没咀嚼就吞下去。见舒潘盯着自己，他皱了皱眉不耐烦地说："不休了，就两天，赶紧吃，吃完立刻过去。"

"金平分局刑侦队顾云风，陆教授，第一次见面，您好。"顾云风用力握住陆永的手。他真的是第一次见陆永，许乘月当初来刑侦队的事是赵局运作的，他可一无所知，只是带空降下来的刑侦小白工作而已。

陆永戴着一副金丝眼镜，温文尔雅地坐在他对面，身上披着件深色大衣，和顾云风想象的高知形象基本一致。但仔细观察会发现他黑眼圈很重，头发掉得有点厉害，脸色也不太好。最奇怪的是，他身上有明显的酒精味，混杂着烟草味道。

明显头一天晚上饮酒过量，还未完全清醒。

"你好。"陆永取下眼镜擦了下镜片，酒醒得不彻底，他眯起眼睛望着顾云风的方向说，"你就是之前带乘月的那位警官吧？"

"是我。"

"挺帅的小伙子。"陆永从上到下仔细打量着顾云风，但目光移到他脸上时，只看到冷漠甚至是厌恶的眼神。

"你们丢了什么？"虽是第一次见面，但顾云风并不想隐藏自己对陆永的厌恶。他对这个人的所有印象都来自许乘月，哦，还有一段应西子拿来的，许乘月的师弟关于陆永的评价。

他已经形成了思维定式，认定这个看起来衣冠楚楚气质儒雅的学者，实质上就是个自私自利为达目的不择手段的小人。空气清新剂遮不住他满身的酒味，墙壁上写满正义的红色口号也盖不住他内心的欲望和贪婪。

"你们来之前我清点了一下，东西没丢，但是实验室缓存的数据被盗走了一份。"

"只有数据吗？"

陆永揉了下眼睛犹豫了几秒，还是摇头晃脑地告知实情："还有我们一个项目的大部分资料，这些资料在本地目录下。"

"什么项目？"他本来觉得就算陆永回答了，自己也不懂，但话到嘴边还是问了出来。

"我们一个叫AI侦探的项目。"陆永揉了揉太阳穴说着，一嘴的酒味从胃里弥漫出来，顾云风只好捂着鼻子推开窗，在冷风里裹紧自己的外套瑟瑟发抖。

陆永是早上七点报的案，报案的时候他整个人都还没清醒，摇头晃脑还一直说胡话。有几个学生在旁边照顾他，但明显学生也喝了不少，没什么精神。

据陆永所说，昨天晚上他跟自己的学生们去聚餐，喝得有点多，中途有几个人先回去了，最后只剩下他和照顾他的几个学生。他们在酒店休息了一晚上后回到实验室，发现门锁明显有被破坏的痕迹，再去看数据库和电脑开机记录，确认有人在凌晨两点到四点的时候进入实验室，并且拷贝了大量数据和资料。

被盗走数据资料的那台电脑是陆永的，开机密码被破译，数据库权限也被黑客获取。

"前几天我们实验室所有人都收到了一封无地址无署名的邮件，但它实际上是一个带木马病毒的会议邀请函。大部分人都点开了这封邮件，包括我。"陆永喝了好几杯水，酒精散去，他的思维渐渐清楚。

他说着叹了口气："可能权限在那个时候就被获取了，我们是外连的远程数据库，中间要过一道堡垒机，就是为了信息安全，但还是防不胜防。"

最令人无解的是，这台电脑本身就被放在了一个单独的房间里，房间有三重锁，第一重是机械锁，第二重是只有三人以内知道的密码锁，第三重是陆永的右手掌纹加指纹。

实验室大门也就是普通防盗门，有钥匙的人不少。第一重的机械锁明显是被撬开的，现场还有留下的工具——细铁丝以及锡纸。

顾云风捡起掉地上的锡纸，总觉得这东西看着很眼熟，有点像他前几天才收的快递的包装袋。

"知道这个房间密码的人是哪几个？"顾云风抬头问他。

"我、生物学院的戴院长，还有吴校长。"

"那数据库权限呢？"

"被破获的权限属于超级管理员，只有我有。"

"他们知道数据资料被盗的事吗？"

"戴院长联系不上，吴校长知道了。"

"联系不上？"顾云风皱眉推开这个设置重重障碍却被破解的房间门，环顾四周发现一个摄像头都没有。整个实验室只在一楼走廊上装了两三个监控摄像头，这安全防控也真是闻所未闻。

他推开窗户，总觉得哪里不对劲。知道密码锁的三人都是学校里的，数据库权限却只有陆永一人拥有。可不久前他还听到传闻，说智因科技就是实验室的金主，实验室里这么重要的东西，金主就一点权限都没有？

"陆教授。"他转身望着站在门口的陆永，"智因科技不是赞助了你们大部分经费，你们没给他们权限吗？"

"取消合作了。"陆永没想到他会问这个问题，愣住几秒后脸色平静地回答着。

"就在几个月前。"

"按照陆永的说法，几个月前他们实验室和智因科技的长期合作取消了。"顾云风啃着一个苹果对舒潘说，"时间上看……刚好和许教授来我们这儿的日期重合。"

说完他抬头，看见桌子上摆了一盘切好的水果，舒潘坐在一旁的椅子上，笑得特别猥琐。

"哪儿来的？"顾云风指着果盘问。

"赵局赏赐你的，嘉奖你放弃休假投身工作，让我们向你学习。"

顾云风没说话，把刚啃完的苹果扔进垃圾桶，又拿起盘子里的叉子，刺向切成块的红心火龙果。这案子涉及的人员不多，范围有限，侦破起来不算太困难。而且这又是许乘月工作的地方，说不准自己还能得到更多有效消息。

"他们实验室为什么取消和智因科技的合作？"他瞬间把火龙果递到舒潘嘴边，还没等对方反应过来就塞进他嘴里。

"我……我怎么知道啊。"被喂了一口水果，舒潘差点被呛到。他抽了张纸，擦掉蹭到嘴角的果汁。

"这么个小小的实验室，还主动切断智因科技提供的投资，说不定是抱到了新的大腿。"

"很有可能。"顾云风点点头，毫无形象地盘腿坐在自己办公桌上。

"这次数据泄露的事情，说不定跟这有关系。"虽然他不了解这几个企业和学校之间的关系，但直觉告诉他，泄露的信息都关于AI侦探这个项目，都关于许乘月脑内芯片的信息，关于他那场惊心动魄到几乎改变所有的手术。

所有这一切都绕不开智因科技，绕不开实验室，也绕不开许乘月和他曾经的导师陆永。

知道AI侦探这个项目的人原本就不多，能准确地绕过重重障碍窃取如此重要的数据资料的，不可能是外部黑客的作为，一定有内部人员参与。

而内部人员总共也就那么多，他知道陆永当天在搞师门聚会，泄密者获取了陆永的权限和密码，还复制了陆永的掌纹和指纹，轻松进入实验室防备最严的房间窃取了最机密的数据和信息。

顾云风握着叉子咬了一口橙子，望着窗外蓝天上的飞机出神。那一瞬间他突然觉得心里空落落的，前方好像有个近在咫尺却又离他遥远的东西，他走来走去不敢掀开，纠结到难以前行。

他从没深入调查过人工智能实验室的事情。哪怕明确知道许乘月的坠楼事故与陆永有千丝万缕的联系，他也因为其他工作而迟迟没能行动。

一直自我洗脑说是太忙，但此刻顾云风内心非常清楚，他就是不敢，胆怯。他怕得到无法承受的后果，怕看见不能接受的真相，怕失去一个好朋友。

昨天晚上他睡得很沉，甚至不记得许乘月昨天是什么时候回来的，好像是有聚会，回来得晚，早上醒来的时候许乘月已经出了门。他说不清哪里不对劲，但这会儿眼皮一个劲地跳，可能是没休息好，又或许真要有财有灾。

"队长，我记得许教授，好像就是这个什么人工智能实验室的？"舒潘在一旁戳了戳他胳膊。

"对啊。"他心不在焉地回答。

"那怎么没见他人啊？"

"他今天有课。"

"哦……"舒潘有点失望地说着，"那他过一会儿应该也会过来吧？"

"不一定。"顾云风转了转眼眸，"你想他了？"

"可不是嘛！"

这是顾云风今年开的最痛苦的一次会。除去必要的现场勘察外，大部分时间他都在听实验室的几位老师学生讲解账号被盗的原理，他们讨论得很热烈，还和市局的信息技术中心展开了黑客完成这一系列动作的可行性分析。

顾云风是真的听不懂，只能向唇枪舌剑的双方投去钦佩的目光，想象着假如许乘月坐在他们当中，一定是最耀眼的一个吧。

可他人呢？

他问了实验室的几个学生，都说许教授一整天都没出现，可能是有课。发生了这么大的事，他们试图联系许乘月，但他的电话一直无人接听。

会议最后讨论出的结果是，有可能是黑客袭击了堡垒机，直接通过远程操控调取了数据库的权限，从而获取了数据和资料。

还有一种可能，就是绕过监控，打开三重门，破解电脑密码和数据库账号权限，带走失窃的东西。

这两种情况都比较难，堡垒机确实有被攻击的记录，存放电脑的门也确实存在撬锁的痕迹。至于到底是哪一种，他们实在是讨论不出来了。

现场没有留下什么东西，唯一的痕迹，除了一小块掉落的锡纸，还有一根红色绒带。顾云风觉得这两样东西都挺眼熟，不知道是不是太平常太大众的缘故。

会议结束后顾云风一个人待在偌大的会议室里，他开着电脑点开一封封未读邮件，智因生物的案子不归他们管，但他师兄黄琛还是时不时给他报个信，讲起目前的进展。

看情况这个案子最终被立案的可能性很小，应邝那边一直没有突破口，查不出他违法犯罪的事实。瑞和医院因为参与人体试验的手术，一直遭到病患家属投诉与抗议，名声和营收都相当糟糕，但也还在正常营业。

他读着邮件正郁闷着，突然听见门被推开，文昕焦躁地拿着几张纸，叫了声他的名字。

"顾队，你还记得江海吗？"

江海？他愣了一下，点头说："记得。江荣华的大儿子。"

顾云风合上笔记本电脑，擦掉白板上的字，转身看着文昕："他怎么了？"

"我刚得到一个消息，两天前，他被下了病危通知书。"

他几乎快要忘记把这个人加进许乘月的案子中了。

那件案子的细枝末节又重新涌进脑海，自从七年前遭遇车祸后，江海就在身体状况还算好的情况下一直昏迷着。

这本身就是件挺奇怪的事情，而后面林想容又一意孤行地将他转到瑞和医院，转送到瑞和医院神外科后，却又迟迟没做手术。

她的种种行为都预示着，如果江海真醒不来，她就会让江海像许乘月那样，接入AI芯片，改造大脑。他们有接入的技术，有成功完成这个手术的医生，有成熟的设备。

她代表的智因生物也一直在密切观察许乘月这一年多的行为和身体状况，清楚地知道预想中的排异反应并不可怕，他可以用这个新的大脑，习得新的性情和人格。

当然，他将会成为一个完全不同的人，仅仅拥有一样的身体一样的声音。

可却是完全不同的人。江海拥有手术的一切条件，却一直躺在瑞和医院的病房里靠药物存活。

顾云风突然意识到，智因生物，或者说智因科技，与陆永领导的人工智能实验室之间产生了不可调和的矛盾，并在几个月前停止合作。

智因生物拥有大部分进行手术的条件，唯一的障碍只能是替代人类大脑的AI芯片，这个由人工智能实验室自主研发拥有绝对知识产权的科技产品。

假如林想容拿不到芯片，手术自然就没有进行下去的必要。

"应邝的羁押期限还有多久？"

"还有一个多月吧，要是中间一直缺乏有效证据，最终他也只会被无罪释放。"文昕停顿了一下说，"无罪释放的概率极高。"

等应邝被无罪释放，等从实验室盗出的资料被研发出新的芯片……

假如江海这次能撑过去，这个手术就不能再拖了。

他几乎已经肯定，这么个时间点上，人工智能实验室的失窃案与林想容有很大关系，她在知道江海病危后，不得不提前计划，迅速窃取AI侦探这个项目的数据和资料。

可她真的会为江海做这种事情吗？

虽然打交道不多，但他眼里的林想容就是果断又心狠的女人，能当着他的面一枪送掉自己上司的性命，面对为自己杀死家暴她的丈夫的人，内心毫无波澜。

她会为了一个曾经的爱人做出冒险与牺牲吗？这真的不太像她的作风。

江海已经昏睡了七年，她对他的记忆还清晰吗？这七年发生了太多的事情，她的身份也迅速变化，从一个最初的科研工作者，变成了想要掌控一切的公司管理高层。

运气好手术成功了，重新醒来的江海，也不过是她想象中爱人的傀儡。

夜晚很冷，没有月亮，城市的夜空也是亮的。

"昨天我从酒会上提前走了，回家之后睡了一觉，还做了个梦。"

黑暗的走廊里亮起一团火，走到旁边他才发现是燃起的火柴。林想容沉静地捏着火柴点燃手中的烟，慢慢吐出一个烟圈，看着它在这一丁点的星火中旋转着上升，湮没在无声的寂静中。

"你还会做梦吗？"

"嗯，会。"虽然他知道那不是梦，只是曾经的记忆。最近的这个梦里陆教授跟他说，AI侦探是一个有缺陷的系统，他想要一个最完美的。当时他就站在实验室的顶层，什么也没说就把手里的电脑扔到楼下，听见它在水泥地上摔成碎片。

许乘月抬起手腕看了眼时间，早上五点，过不了多久天就亮了。这些天他换了一块非常普通的手表，假装没人在监视他，没人控制他。至于那块价值不菲的腕表，他放在了林想容那里，她做了些手脚，维持着他被人监视的假象。

"我又梦见坠楼的那个晚上，梦见了陆教授。"许乘月开了灯，揭下口罩，坐在长廊的休息椅上，双眼锐利。

"然后再醒来就已经一点多了。"

他从背包里拿出钥匙，取下上面连着的移动硬盘，直接扔在了林想容手里。他刚从学校实验室里出来，那里没有人，街道上也没什么人，就连到了瑞和医院，也是冷冷清清大门紧闭，只看见林想容独自坐在黑暗中。

"你怎么突然让我去偷这些东西，我伪造了一个远程操控账户的动作，希望可以瞒过他们。"

"这不是偷，你只是帮我取回我应有的东西。"她语气平缓地说着。她在突然明亮的医院里站起来，往前走了几步，靠在墙壁上撩开遮住眼睛的头发。

"江海已经没有多少时间了。"她叹息一声说，"我没想到他的情况会急转直下。"

"你还在意他吗？"

"在意啊，这是我很长一段时间的精神支柱。"她低下头笑了笑，脸色比平常憔悴，弯着眼睛凝视着许乘月，"有些事，你会觉得一定要做到。"

"可哪怕他运气好手术成功，也不是你当年认识的那个人了。"

"我明白，那不是更好吗？那样他就是一张白纸，我可以随心所欲地改造他，改造成我爱的样子。"

听到这番话，许乘月愣了一下，他放松地坐在椅子上，面色平静。那一瞬间他觉得自己很幸运，没有人想要真的改造他，即使被监控被追杀，也没有任何人想要控制他的大脑禁锢他的思想，他所有人格的形成，都顺其自然没掺杂任何目的性。

他沉默了好一会儿，望着皱眉冥想的林想容突然生出了同情。他也不知道自己在同情谁，同情江海，还是同情眼前这个强势到不可理喻的女人？

"几个小时后，陆永肯定会报警，我避开了监控，也不会留下线索。"许乘月抬头对她说，"这是我最后一次为你做事情。"

"什么？"林想容诧异地注视着他，脸上流露出难以置信的表情。

这段时间他想了很多事情，他把林想容给他的破坏神经中枢的药物放在了隐蔽的地方。如果自己真的想服用，再麻烦也会把它找出来，如果不那么想吃，就会慢慢忘记它们。

"不用再给我药了。我不需要。"许乘月淡淡地笑了下，挺直腰杆神情坚定地站在灯光下。

窗外太阳已经慢慢升起，最亮的那颗启明星悬挂在半空中，冷清又孤寂。

周围充斥着消毒水的味道，林想容的双手微微抖了一下，然后双手紧握，抬头看向他。

"你这是……怎么想的呢？"她有点发蒙，面无表情，但语气是难掩的惊讶。她一直以为自己掐住了许乘月的命脉，是可以操控一切的。

许乘月轻轻拍掉自己大衣上落下的尘埃，平静地说："我不需要通过抹去另一个人，来证明自己的存在。"

第一束阳光照进医院里，穿过玻璃窗，地面上有了光和影，光斑向上移动，最后照亮两个人身后的黑暗。

"我想了很多天，还是觉得，不应该强求不属于我的东西。

因为总有一天，它们还是会离我而去。"

空气几乎安静到凝固下来，甚至能听见时钟的指针和电流的沙沙声。

"你疯了吗许乘月？！"几秒后，林想容毫不犹豫地冲他吼道。她攥紧拳头，手背和额角青筋暴起，声音尖锐又刺耳，是脱下层层伪装后最真实的腔调。

她气急败坏地指着他的鼻子骂道："许乘月你是不是有病？你这样就是个随时被替代的机器人，你要做个随时滚蛋的机器人吗？好好做个人不好吗？"

"我所有的思维都是程序导向，不存在疯癫的可能。"他冷漠地说，顿了顿，"正如你所言，我是个机器人，不会疯。"

一直以来，许乘月都是那个被压制被威胁被恐吓的弱者。可这一刻他们之间的关系终于得到了对调。他目光坚定又锐利，无所畏惧地凝视着林想容无比慌张的脸。

"刚好，我也想问你，好好做个人不好吗？"

"许乘月！"她气到口不择言。

"你没办法控制所有人。你不可能控制一切……包括我。"

你不可能控制一切，包括我。

这句话他说得很有穿透力，中气十足。

东边的光照亮整个医院，许乘月透过窗户看见病房里昏迷不醒的江海，他躺在那里一动不动，只能依靠输液维持脆弱的生命。林想容曾经告诉他，她参与AI侦探项目的初衷就是希望有一天，江海能从昏迷中醒来，睁开双眼看看多年后的世界，看看她做出的努力。

可时间太漫长，人心变得太快，在日复一日的实验中，在摆脱不了的暴力中，她几乎忘记自己的初衷。如果不是下了病危通知，她真的快忘记曾经的爱人忘记曾经的许诺，只想牢牢抓住那朝她招手的权力与诱惑，跳入她也看不清的深渊。

林想容的面孔逐渐扭曲变得可憎，她吃惊地盯着许乘月的脸，仿佛看到什么不可思议的事情。

可这并没有什么不可思议的，许乘月错开与她对视的目光，低头笑了笑。他又不是物品，不是纯粹的机器，不会永远任人摆布。他有感情，有思想，也有反叛的心。

"假如有一天过去的许乘月醒来，你就会变成一块毫无意义的芯片，被陆永安装在冰冷的机器中。"林想容声音颤抖地说，她意识到许乘月的决定是认真的，仿佛受到了极大的打击，声音一点点低下去，脸色暗不见光。

"是吗？"他眨了眨眼睛，"那或许也是个不错的去处。"

谁知道那一天会在什么时候来临呢，也许原来的许乘月真的醒不来了，又也许明天早上他就回来了，自己是和他共存，还是永远沉默？

可无论如何，他都不该杀死曾经的自己。

阳光照到他身上，那一刻他觉得自己和过去的许乘月融为一体，毫无忌惮地站在原地，比任何时候都更像一个真正的勇士。

是不是很讽刺，这些一手创造出他的人，一定不曾想到，他们想要掌控和操纵的AI侦探，最后会拥有自己的人格，出于自己的意愿，和所有人对抗，选择想走的道路。

"你那几个朋友呢？"林想容把只抽了一半的烟摁灭，扔进旁边的垃圾桶，又拿出一支新的，优雅地夹在指尖，却怎么也点不燃。

"顾云风早就知道你这些事情了吧，我看他也没怎么为难智因生物这边。"她沉下脸，弯腰拾起脚边被她踢到的东西。

"他在公安局里假装不知道，还不是怕你想不开，怕你赶着去投胎。你要是消失了，他一定很伤心，那你也会很伤心吧。

"那种滋味，可真不好受。"

许乘月犹豫了一下，看着她颤抖的手，递给她一只打火机。

失去曾经得到的东西会是什么感受？当他失去身体只剩芯片维系的灵魂时，还能体会到绝望与痛苦吗？

可能什么都感觉不到了。也可能永远沉浸在他自己的回忆里，不知不觉地站在真空地带。

"总会有伤心的时候。"他注视着窗外说。

医院外聚集了大量人群，抗议瑞和医院为智因生物提供实验场所及设备人手。

玻璃窗上贴着大字报，医院门前拉起红色的标语。少数医护人员穿过人群低调地进入医院内，旁若无人地开始自己的工作。

这样的事情最近每天都在发生，仿佛整个城市、整个世界都在讨论，虽然他们并不知道智因生物具体做了什么，不知道受害者们的遭遇，不知道世界已经悄然发生了巨大变化。

小小的硬盘被林想容抛向半空，然后单手抓住。她的表情渐渐趋于平静，打了个电话跟那头的人说："AI侦探的原型资料已经到手了，让戴院长的家人回去吧。"

然后轻笑着挂断电话，用开玩笑的语气跟许乘月说："你好歹也做过警察，盗窃重要机密文件，知法犯法。"

"是，知法犯法。"他身形笔直，靠墙而立，爽快地承认，"你不也囚禁威胁他人，实验室的密码和权限不就是这么拿到的吗？"

"对，就这么简单。"林想容活动了下手腕关节，穿好披在身上的大衣，"我和你不一样，这种事，我做得比较多。看在我们不浅的交情上，给你个忠告，最近都别出来见人，很快你就会变成被追杀的目标。我是舍不得让你死，我们万老板也不舍得。"

"但我也没办法天天看着你，还是让你的警察朋友去保护你吧。"她把遮脸的头发顺到耳后，眨了下眼说，"陆永就怕你恢复原来的记忆，你坠楼以前，一定知道了他致命的秘密。我还真想知道，这个秘密到底是什么呢。"

许乘月摊开双手看着手心的掌纹，轻轻握拳想抓住点什么。他所有的记忆都被人为修改过，那些记忆模糊不清真假难辨，反而只有梦是真的。这几个月来，他试图通过那些断断续续的梦还原那天的经过，真相呼之欲出，却避而不见。

按照这个进程，过不了一个月，应邝就会被释放，智因生物只需要遭受公众的谴责和道德的批判，而陆永，甚至不会出现在法庭上，因为没有任何指控他的罪名。

他甚至可以想象到，有一天陆永们面对镜头面对公众，笑容满面地反驳着批评与指控。

他们会毫无羞耻心地挺直腰板，轻蔑地抬头，满口仁义道德科技进步，脑袋里都是私情权力，叫嚣着如何冲破伦理改变世界。

"他们的每一条生命，都是为医学发展、科技进步做出的伟大贡献。我只怨恨生命的脆弱和医术的落后。"

"我们只是研发具备人类大脑功能的AI芯片而已，这不违反法律，这是科技的突破，预示着社会进入新的智能时代。"

用最温和的面孔、最狰狞的内心，说着对未来的无限向往。

单独来看，他们好像谁都没有触碰到法律的高压，他们的狡辩合情合理毫无漏洞。

只有许乘月，只有他自己的存在、他的声音，能昭告天下——他们企图违法改造人类，违背伦理与道德，践踏人权和生命。

第十九章

嘟，嘟嘟，嘟嘟嘟……

您拨打的电话已关机，请稍后再拨。

"怎么今天一直关机？"顾云风每隔十分钟就去个电话，从早上接到陆永的报案，到现在已经过去了七八个小时，许乘月居然就没开过机？

再不开机，他真的要怀疑许乘月是不是昨天夜里偷偷跑出去偷东西了。早上醒来的时候许乘月就没人影了，他本以为对方是早起上班去了，可刚刚在学校里问了一圈，都说许教授今天没来。

他跑哪儿去了？

顾云风开着车行驶在一路通畅的高架桥上。今天路况出奇通畅，他都不怎么需要踩刹车，一路直行，开到瑞和医院门口。

"顾队……你确定在这儿能见到林想容？"舒潘指着冷冷清清的街道说。

"对啊，江海不是前几天刚被下过病危通知嘛，好不容易救回来了，总要有人照顾。"顾云风漫不经心地说着，打开车门径直朝住院部走去。

没走几步他就愣在原地，望着医院门口拉起的横幅沉默不语。

"我看外面那么冷清，还以为他们今天不上班。"舒潘摘掉自己头上的一片落叶，丢到路边的花坛里。

"这样还能上班吗？"他戳了戳顾云风问。

"当然，医院不和我们一样吗，一年365天，每天每时每刻都得有人。"

说着他找到保安，走侧门进了住院部。

江海现在还在重症监护室，主治医师说两天前他突然脑部血管破裂导致出血，紧急手术后算是保住了性命。家属的意思是过段时间再转回普通病房，先观察下情况。其实他本身就长期处于昏迷状况，新的后遗症完全未知，压根观察不出什么。

安静的病房门口弥漫着一股淡淡的烟味，顾云风捏着鼻子皱起眉头，他现在倒是不讨厌烟味了，但这明显是女烟的味道，只能推测林想容刚刚离开。

"您好，我们是江先生的朋友。"舒潘在重症病区的护士站跟小护士拉家常，从她多大年龄有没有男朋友，绕了几个户口本后终于问到了江海的家属。

"他那朋友，或者我称为家属吧，你们和她熟吗？"

"不熟，从来不跟我们打招呼。"短发的小护士被舒潘逗得直笑，非常耿直地回答他各种问题。

"那今天她来了吗？"

"来了来了，还不止她一个。"

舒潘拍了下桌子，一副兴奋的表情："那江先生的家属是什么时间离开的？"

"一个多小时前。"

舒潘正准备继续问下去，突然被坐在一旁的顾云风打断了。

他敏锐地捕捉到小护士话里有话，于是他身体前倾靠在她们的工作台上。

"你刚刚说，还不止她一个？"

"对，还有个男的。"

"有吗？我看她一个人走的。"另一个年纪稍长的护士走过去时说。

"哎呀，一前一后，那男的比她早走了两个小时。我看他们说了几句话，应该是认识的。"

"男的多大年龄？多高？什么体型？"

"不是很高，一米七几吧……年龄应该不大，走的时候戴了个口罩，比较瘦。"

"和这个人像吗？"说着顾云风从相册里找出许乘月的照片，一张全身照，是他某天走在后面时突发奇想拍的。

小护士对着照片看了好一会儿，犹疑地瞥了眼顾云风，然后缓缓点了点头："差不多。"

"戴眼镜吗？"

"戴。"

顾舒两人相视一望，瞬间精神高度集中，得到这样的答复非但没能松口气，悬着的心又被提到更高。

"哎，你们要干吗呀？"见两人要走，她连忙接着问。

"我们是他朋友，找他有急事。"他随口一说，冲舒潘指了指大门，起身准备离开。

刚往前走了几步，就听见女孩在他身后轻轻问："等等，等等，你们认识他，那有正面照吗？"

"啊？"

"我看他气质很好，正脸应该也挺帅吧。"小姑娘羞涩地笑了下，余光望向他，又不好意思地低下头，"有女朋友吗？"

顾云风摆了摆手，心里有点嫉妒，哭笑不得地连着说了几句没有，拉上舒潘大步流星地朝前走去。

现在他们坐在车里大脑空空。顾云风摇下车窗，想让冷风把他们吹清醒点，结果只是两人连着打了好几个喷嚏，只能裹好外套关上窗户。

"顾队，这么说来，许教授今天来医院找了林想容？"舒潘眯着眼苦思冥想，脑补出了一大堆狗血剧，"他们是什么错综复杂的关系？"

"说不清。"

"这不行，要说清。老大你看，许教授肯定跟江海是不认识的，也就是说林想容告诉他，江海病危了，所以他们俩私下有联系……"

"天哪，他们俩在谈恋爱？"舒潘大惊失色地嚷嚷着，全然不顾顾云风给他翻了好几个白眼。

"我算算，这林想容比许教授要大不少吧，四岁，还是五岁？他们俩什么时候看对眼的？她老公不是前段时间刚被害吗？"

舒潘睁大眼睛，越想越觉得匪夷所思。

"不是你想的这样……"顾云风都不知道该怎么吐槽他。

"说起来顾队啊，你也要有危机感，单身这么多年，你爸不催你吗？赵局不催你吗？"

"神经病。"顾云风骂了一句,把背后的抱枕直接丢到舒潘的脸上,堵上他喋喋不休的嘴。

但实际上,几个月前,在方邢被挟持的案件中,顾云风就知道许乘月和这个女人达成了某种合作。

许乘月口中的合作版本是,他离开刑侦队,回到陆永身边继续实验室的工作,方便和林想容交换双方的情报。需要交换情报的原因很简单,他是智因生物与实验室合作才得到的AI侦探,可双方现在生了间隙,陆永几乎单方面切断了和智因生物的合作,林想容便希望他作为隐藏的中间人,将陆永的动向透露给他们。

但他隐约觉得这件事很蹊跷,林想容这边究竟给了许乘月什么好处?智因生物的内幕信息?

明显没有。她现在可是智因生物的高级管理层,相关信息不可能透露。

除此之外,他怀疑许乘月和林想容私下联系颇深。上次从S市回来后他问了很多次,许乘月都一口咬定说他们不熟,二人的联系仅限于之前达成的所谓合作。

种种迹象中他能猜到这是个谎言,很多次许乘月行为上的巨大转变都发生在见过林想容之后,他情绪上的起起伏伏,总跟她有着说不清的关系。

可他不想说,自己也没办法逼他。只能小心翼翼地走在谎言边缘,不敢戳破。

"老大,现在怎么行动啊?继续去找林想容?"

"她不在医院,很可能是去智因生物了。"顾云风又拿了个灰色抱枕塞到自己背后,出神地望着车窗前摇晃的羽毛挂饰。

"你先跟她助理约个时间,不然她会故意躲着。"说罢,顾云风指了指没人影的街道,"下车,自己打车回队里。"

"那你呢?"舒潘委屈地开了车门,趴在车窗上一脸无辜。

"我回家里一趟。"

等舒潘两脚一着地,他就开着车离开医院,往许乘月家里开去。

今天一天他都没联系上许乘月,如果没出事,许乘月总归是要回家的。虽然许乘月现在住顾云风家里,但此时顾云风有强烈的预感,实验室发生的事跟许乘月撇不开关系,恐怕他现在战战兢兢,宁愿关机回自己家,也不想见到其他人吧。

顾云风第一次觉得这条路如此漫长。

浅蓝的天没有边际，逃过前几天大雪的落叶掉进土里，堆砌成一片金色。一直倒退的高楼，红色灰色不停交错，让他看不到尽头。

开车途中他接了个电话，是局里打来的——人工智能实验室数据被盗的初步结果已经出来了，市局的信息技术中心认定是撞库后导致的账号密码泄露，黑客获取权限远程入侵了实验室的数据库。

不过按照这个解释，实验室机械锁被撬的痕迹就显得很奇怪了，都已经远程入侵了，还跑来撬门做什么？障眼法吗？

顾云风把车停在许乘月他们小区里，攥紧口袋里的小塑料包。上次来这里的时候他录入了自己的指纹和虹膜，还配了一把钥匙。所以他站在许乘月家门口，几秒后顺利开门进入。

这个房子看起来真没什么人气，冷冷清清的。窗户开了一扇，窗帘全部拉上，每个房间都昏暗见不到光。

顾云风走进许乘月住的卧室，看见许乘月正躺在那儿，穿了套灰色的睡衣，蜷缩着身子裹紧被子，靠墙睡觉。他轻轻走过去，坐在床边，注视着许乘月的睡颜。这样昏暗的光线下，他的侧脸看着会比平常柔和许多，睡梦中他皱着眉头，也不知道又做了什么噩梦。

顾云风在床边坐了将近半个小时，许乘月的眼镜和手机就在旁边的柜子上，手机是关机状态，难怪找不到他人。他推了推许乘月，打开空调，拉起窗帘，让阳光直接照到许乘月脸上。

刺眼的光线瞬间充满房间，许乘月揉了揉眼睛，翻了个身，忽然意识到不对劲，他警惕地睁开眼，掀起被子坐起来。

这个天气已经是深冬，穿着单薄的睡衣在十几度的房间里依然很冷。许乘月在寒冷面前迅速清醒过来，他把大衣披在身上，一边发抖一边搓了搓手，满眼震惊地望着顾云风。

"你怎么会来这里？"

"找你有事啊，一天都联系不上你。"顾云风指了下柜子上的手机。

"你不是最近都休息吗？"

"今天被催着去干活，假期就这么直接被取消了。"他烧了壶水放桌上，坐在旁边的椅子里等许乘月慢腾腾换衣服。

"你要是没休息好，就继续休息吧。"

"睡好了，今天没课，睡了一下午。"许乘月笑了下，换上他平常穿的灰色衬衣，穿着拖鞋去卫生间洗了把脸。他看起来情绪有点低落，在卫生间的光照下，他眼眶四周有一圈淡淡的青黑色，似乎并没有睡多久。

顾云风心里有很多个问题想问许乘月，但到了嘴边只有一句轻轻的质疑："昨天晚上，你去哪儿了？"

尽管只有这么一句质问，许乘月还是毫无防备地原地愣住了。

他站在镜子前，用毛巾擦干脸，转身看着站在卫生间门口的顾云风，过了半分钟才反射性地摇头，艰难地否认这件事。

"我在家睡觉。"他抽出几张纸巾擦了擦鼻子，"最近有点感冒，嗜睡。"

"今天没去学校吗？"

"去了，陆教授说，AI侦探的数据资料被盗了。但这事我也没什么办法，就请了假，回家睡了一会儿。"根据许乘月对陆永的了解，陆永只要发现被盗的事情，就会立刻报案。这案子刚好在金平区，顾云风管理的辖区内。所以他这会儿突然出现在自己面前，肯定是为了这件事。

凌晨时分他一个人去了实验室，打开了设置重重密码的门，直接用陆永的电脑登录，拷贝了数据和资料。为了掩人耳目，他还伪造了攻击数据库和堡垒机的痕迹，假装是黑客入侵。

现在这个时间，取证后应该已经认定为黑客攻击，警方要着手搜查自己伪造的IP了吧？那顾云风怎么还来问自己晚上去哪儿了呢？

他发现自己渐渐和顾云风有了一种默契，发生什么事情如果对方不想说，那就不要追问。如果对方撒了谎，那就继续替他圆这个谎。

就像现在，他相信只要自己不说，顾云风就如同林想容说的那样，不会再追问，也不会再追究。

但事实证明他错了，在他收拾完一切后准备和顾云风一起回去时，对方却坐在客厅的沙发上，完全没有走的意思。

顾云风故作轻松地坐在那儿，从口袋里拿出一个很小的塑料包。许乘月注意到他手指在微微抖动，下定决心般直接拿出里面一个小得几乎看不清的东西——那是一小节锡纸。

灯光下顾云风的脸色并不好看，他把那节锡纸放在手里，摊开掌心抬头直视许乘月的双眼。

"这是我在实验室现场发现的东西。"顾云风放缓语气说，"两天前，我收了个快递，快递的包装纸随手扔进了垃圾桶。包装纸里面就有这种纹理的锡纸，我记得很清楚。"

他犹豫了下，把那节锡纸放回塑料包里，然后起身扔进了卫生间的马桶，按下冲水按钮，让它消失在下水道里。

"这种开锁的方式，还是跟我学的吧。"顾云风沉下脸，"我不是说了嘛，不要学这种事情。"

那一瞬间恐惧夹杂着心虚，许乘月的身体仿佛被抽空，没有任何力气。他无所适从地靠在墙上，一句话也说不出来。他当时真没注意到现场留下了这件东西，只顾着慌慌张张地离开，还以为做得天衣无缝。

"许乘月，你可以告诉我，为什么要偷走那些资料吗？你需要那些东西吗？还是你拿给谁了？"

顾云风一步一步向前，极有压迫感地靠近他，微微低下头看着他渐渐苍白的脸。

顾云风喊他的名字时的声音动听又温和，让他忍不住想把所有事都倾诉出来。

"AI侦探的资料你是拿给林想容了吗？你和她究竟是什么关系？"

许乘月低下头，垂下修长的睫毛，他没想到顾云风这么快就发现了自己做的事。这个时间距离他拿到资料，才过去了十五个小时。

他侧过脸，发现天已经完全黑了。

"我和她达成了一项合作，这件事你也知道。"

"对，我记得，你之前说过——林想容希望你作为隐藏的中间人，将陆永的动向透露给他们。"顾云风提高音量说，"我之前没有多问，这是你的事，你不说我就不干涉。"

"但你们所谓的合作不该包括盗窃这种刑事犯罪！我是警察，这事还发生在我的管辖区内，你是让我睁只眼闭只眼，还是把证据给冲进马桶里？"

许乘月愣了一下说："你不是都做了吗。"

顾云风没理他的回答，好像长久以来压抑的情绪终于被点爆，他拼命控制语气控制情绪说："你向我隐瞒了很多事情，这对我不公平。我们是同事，是朋友，是有着共同目标的战友，我有权利知道你的一切。"

以前他总是退让再退让，觉得每个人都是独立的，不该过分占据别人的空间，有秘密也很正常。

虽然他在许乘月面前是没有秘密的。

顾云风发现自己越来越想知道一切，包括所有秘密，所有黑暗中不为人知的阴谋与抗争。

许乘月从顾云风的目光中看到了很多情绪，有愤怒，有委屈，还有怜惜。这些复杂的神情混合在一起，他突然就生出许多愧疚。

"你不需要道歉，你只要告诉我所有事实。

"林想容给了你什么好处，你要向她提供陆永的动向？"

他应该把一切都说出来吗？

好像不应该。说出这些无法解决的事情，只会徒增烦恼。可保持沉默，这些横亘在他们中间的秘密，会把情绪同样内敛的他们推向离彼此越来越远的方向。

在一阵沉默后，许乘月犹豫了很久，还是开口说："林想容给我提供了一种药物。这种药物是荣华生物数年前合成的，作用是麻痹中枢神经系统，长期服用会损坏整个脑神经。

"荣华生物最初被举报非法研发的药物，正是它。"

"江海一直没能醒来，就是江洋给自己昏迷中的哥哥长期服用这种药物。"他接着说，"如果我也如此效仿，就能永远以这个身份活下去，毕竟……"他抬起头，眼眶突然湿润，"许乘月从来就没有脑死亡过。如果他醒来……

"那还是我吗？

"我会去哪里？

"我想了很久，就在不久前，终止了和她的合作。

"这是我为她做的最后一件事情，我想通了，我不能扼杀别人的生命，那我自己的事情，就听天由命吧。"

他停顿了下，加重语气说："对不起。"

外卖送来的时候已经很晚了。顾云风吃着冒热气的麻辣烫，听许乘月讲起他不知道的那些事情，恍惚觉得时间已经过去了很久很久。

可实际上时间并没过去太久，他们刚认识的时候是初夏，现在也不过是深冬。但这不到一年的时间，却要逼着他去寻找过去几年许乘月的生活细节。

"实验室数据泄漏的事情，你打算怎么办？"许乘月小心翼翼地问他。这件事他现在想想也觉得自己太冲动了，就为了一个象征性的割裂，让顾云风和自己都陷入了一个尴尬的境地。

"你伪造的IP地址在哪儿？不在国内吧？"

"在国外。"他解释说，"我有个专门做这些的同学在那儿，让他顺便点了个按钮……"

"那就这样吧。"顾云风揉了揉眼睛，在做了激烈的思想斗争后还是妥协了，"没经费也没条约去国外抓人，现在想指控你，也没证据。"

他状似不甘心地叹了口气："可如果有一天找到了新的证据，我也不会对你手下留情的。"

其实他也挺苦恼的，一个明明可以破的案子砸在了自己手里。但就算给他一万次机会，他也会毫不犹豫把那个可能沾着指纹的锡纸扔进马桶里。

顾云风出神地望着窗外街道上的花灯，不远处商场的玻璃外立面上贴着各种花花绿绿的挂饰，巨大的圣诞树立在CBD中央，上面挂满各种颜色的礼物，穿着红裙子的女孩围着它们跳舞。

"今天好像是个特殊日子。"

"平安夜？"许乘月拿出外卖盒里送来的两个苹果，上面贴着圣诞快乐的贴纸。他挺奇怪平安夜为什么要吃苹果，这两者明明没有任何因果关系，只是在中文里面沾了点美好的释义。

"是哦，明天就是圣诞节了。"

"再过几天就是元旦了，你放假吗？"

"不放。"顾云风无奈地摇头，有点心疼自己。

"那平安夜要不要来点什么仪式？"

"你想干吗？"

"吃个蛋糕？许个圣诞节愿望？说不定明天真在袜子里找到了礼物。"

"得了吧。"顾云风哭笑不得地说，"有礼物也是我放的。"

顾云风现在终于了解到了智因生物和陆永的实验室之间的纠葛，这场缘于陆永单方面毁约的风波几乎把智因生物推向无法回头的深渊。明明是双方共同需要承担的犯罪事实，陆永却意图把所有罪责都推到智因生物头上，落井下石倒打一耙后，自己抽身离开，寻找更大的平台和下家。

除去和智因生物的恩怨纠葛，这位学术界德高望重的教授还在一年前，眼睁睁地看着自己曾经最器重的学生从实验室顶层跌落到冰冷的水泥地上。

无论是直接造成这一结果，还是间接导致的，在那个时点之前，他和许乘月的关系无疑达到了冰点，没有任何缓和的余地。

"陆永到底和你什么仇什么怨？"他一脸茫然地问，和同样一脸茫然的许乘月四目相对。

"之前你遇到的那几次追杀，也是他操纵的？"

许乘月艰难地点点头，这些事他最开始也难以相信，但随着他对自己身体和思维的深入了解，他必须承认，机器是不会做梦的。假如那些画面不是虚无缥缈的梦，那就只能来自原来的许乘月的记忆。

他相信那就是真实发生过的事情。但那些跳脱的梦境只是一个个画面，是连不起的片段，他真的不记得自己和陆永发生过什么。

怎么反目成仇，怎么视死如归。

所有的恩怨都消失在那个坠落的午夜。

坠楼后的记忆才是属于他自己的，除非另一个许乘月意识清醒地醒来，他和陆永过去的纷争，将永远是个无人知晓的谜题。

顾云风用那两个苹果摆了个拼盘，摆好后放在桌上，咬一口突然停下，睁大眼睛望着许乘月。

"我想到一个人。"话音刚落，他迅速掏出手机，开始发消息给应西子。

——你上次相亲的那个娃娃脸，许乘月的师弟，有他联系方式吗？

很快他就收到了应西子发来的名片，谢屿安，智因科技前端工程师。

第一次接到顾云风电话时，谢屿安还以为自己遇到了骗子。

对方自称是警察，可警察找他干吗？他一遵纪守法的良好公民，也就自己工作的地方最近出了大新闻，被警方频频调查中。可他既不是公司高管，也不是技术骨干，找他也问不出什么来啊。

他双手捧着自己深蓝色的手机，盯着屏幕上刚被自己挂断的号码发了将近半个小时的呆。

他本打算拉黑屏蔽，让这家伙永远找不到自己，但对方说了一些外人很难知道的他的个人隐私，让他有点动摇。

万一警察找他是有什么好事呢。

这么想着他又回拨了电话，然后三言两语就被骗到了智因科技附近的一个小公园。

谢屿安还是第一次被约到小公园谈正事。他趁着这几天不忙，在上班时间晃悠到了公园的湖边，看着大爷大妈们在那儿遛狗钓鱼，跳舞唱歌。

这幅悠闲的景象和楼上每天奋斗到深夜的他们形成了鲜明对比。他坐在湖边的长椅上，心里充满艳羡之情。他粗略算了算，还有三十几年他也能享受这样的生活。和花白头发的老伴手牵手漫步在公园的石子路上，孙儿相伴两侧，一手牵一个。

想到这种画面他就充满干劲，脸上洋溢着幸福的笑容。当然，憧憬归憧憬，他深刻地明白，得到这种幸福的前提是——

他得有个女朋友。

顾云风赶来的时候他刚好结束自己的幻想，裹紧冲锋衣外套，在温暖的阳光下吹了十几分钟的风，把他的娃娃脸都吹得苍老了好几岁。

"要不要找个咖啡馆，这附近我熟……"谢屿安礼貌性地问着。他仔细打量着眼前的警官，估计这人不到三十岁，轮廓分明，眼睛很大一脸正气。他的五官也很立体，就是皮肤比较糙，大概是工作原因导致的。

"不了吧，我就随便问问，占用不了多少时间。"

听他这么说，谢屿安也不好推辞，点点头，双手抱胸靠在湖边的栏杆上，忐忑地隔了好几米远，完全不知道对方打算问他点什么。

顾云风见谢屿安没有异议也松了口气，他也觉得在室外有点尴尬，但最近这种财务支出队里都不给报销了，还不如就在这环境优美的公园里，人少不花钱，也不用担心被偷窥。

问完后谢屿安走几步就能回去继续上班，多好。

"顾队，智因科技最近是身陷舆论旋涡，但你们找我没用啊，我什么都不知道。"谢屿安见他一直没说话，语重心长地先开了口。

"找你不是为了你们公司的事。"顾云风笑了笑，"那案子不归我管。我主要是，想了解下你以前的老师。"

"谁？"

"陆永。"

"陆教授啊……"谢屿安挺露出个惊讶的表情，大概在奇怪陆永有那么多学生，怎么他偏偏跑来问不出众的自己。

"我听说，你有个留校的师兄，一直很受陆永器重，但去年意外坠楼，受重伤送到医院动了大手术。"

"你是说许乘月？"

"对，就是他。"顾云风问，"你了解那个意外吗？"

"不了解。"谢屿安犹豫了一下，语气略微胆怯地说，"当然不了解，只听说是个意外。"

意外？顾云风挑了挑眉，直视谢屿安的双眼，看他低下头慌乱地躲避自己的目光。

"你们工作环境不错啊。"他望着不远处智因科技的写字楼感叹着。

"啊？"

"不用风餐露宿，也不用东奔西走。楼下有公园，在办公室里还能看见江。"

"嗯……是这么回事。"

"结婚了吗？"

"没，我们工作环境就这点不好，员工性别失衡。"

顾云风满意地笑了下说："你的电话，是应西子给我的。"

"哦？"

"我跟她还挺熟的，西子这个姑娘，最近磨难太多，需要有人理解她，安慰她，陪她度过这段艰难的时候。可惜我平时工作太忙，所以也只能替她干着急，她现在的状态啊，正是需要你的时候。"

正是需要你的时候。

正是需要你的时候。

正是需要你的时候。

这句话在脑海里过了三遍，谢屿安的双眼瞬间有了光，他立刻领会到了顾云风的意思，追求不喜欢自己的姑娘的念头立即死灰复燃。

"我也这么想，你打算怎么帮我？"他那张娃娃脸立马凑过来，眼睛里充满期待。

"这个简单啊，你多配合下调查，然后不知不觉，就能给你创造条件了。"

顾云风就这么不知不觉地把应西子给出卖了。不过他并没有什么愧疚感，毕竟他也不是正义感爆棚的人，徇私的事好像也做了不少。相比之下，许乘月比他更追求程序正义，外表看着冷淡疏离，内心倒是满腔热血，眼里容不得沙子。

他接着回到之前的问题："许乘月坠楼的事，跟陆永有关系吗？"

"你们是怀疑……"谢屿安惊讶地看着他，很快就明白过来，若有所思地点点头，"我懂了，我懂了。

"许师兄在实验室坠楼那个事，跟陆永有没有关系我不清楚。但肯定不是单纯的意外。"谢屿安说着从口袋里拿出一包烟，抽出一根递给顾云风。被拒绝后他又放回原位，塞进自己口袋里。他其实也不抽烟，就是备着这么一包，需要的时候给别人递一根。

"许师兄大概五年前就和陆永闹得不太愉快了。"他继续说着以前的见闻。

"那时候他要发CCF会议论文，但写了很多篇，都被陆永冠了第一署名。"

"然后他就不干了，闹翻了？"

"对……那段时间他们的关系很紧张，许师兄也压抑得不得了。论文数量不够就不能毕业，但陆教授挺希望他延迟毕业的，就一直拖着不给他署名。"

"我还开导过他，现在大环境就是那样，明明导师一个字都没写，也没指导他什么，还成了作者，自己的名字只能放后面。"

谢屿安无奈地摇头："这种事放我身上，我也不爽。所以嘛，我硕士一毕业就工作了，才不要在陆永手底下受气。"

"那他大概是真的热爱自己的专业。"顾云风感叹道。他意识到许乘月过去就是个非常理想化的人，不能接受这种世俗下的潜规则。

这一点许乘月没有改变过，无论是哪个他，骨子里都是个秉持绝对正义的人，这在大半年前他逼着自己写什么保证书的时候就很明显了。说起来这保证书他还留着，找了个角落塞进去，千万不能让人发现。

"后面的事我就不太清楚了，没多久我就从南浦大学毕业了，也不关心他们的恩恩怨怨。"谢屿安诚恳地解释着。

顾云风示意他继续讲下去，他开了录音，准备回队里再整理下，看能不能找点证词出来。

"那次师门聚会我也去了，所以知道点情况。"谢屿安搓了搓手，放在嘴边哈一口气。

"当时参加的人很多，将近一半的学生都在。"

"去了那么多人？这聚会有什么特别的吗？"

"他们一个项目成功立项了，陆永就叫我们去给他庆祝下，顺便给这些学生们相互认识的机会，扩大下人脉。"

"什么项目？"顾云风问。

"这我还真不记得，就记得叫什么侦探？听许师兄提起过，那段时间他们一直想把自己的技术运用到刑事侦查上，跟公安三所沟通了很久才答应。"

"聚会上许师兄根本就没喝酒，他一直声称酒精过敏，从来不喝。所以嘛，他怎么可能会喝多了跑屋顶去看星星呢？"谢屿安耸了下肩膀，对当时的调查结果相当不满，"陆永喝多了去跳楼倒是有可能，他喜欢喝酒，还喜欢混着喝，最容易醉。"

谢屿安望着湖里游向自己的观赏鱼，一脸不屑："不过会喝酒也有那么点好处，陆教授看着文质彬彬，温文儒雅，其实玩权弄势很有一套，专门在酒桌上实现他的远大抱负。他那种伪装的与世无争的样子，倒是很吃香。"

成群的锦鲤游到顾云风脚边，红白相间，聚集到一团。他转身看见旁边有个小男孩，手里拿着个面包，一点点地撕成小片，沿着湖边向前跑，边跑边扔，往水里扔了一路的面包渣。

那些锦鲤们就跟着面包渣下沉的路线向前游，被无形的手牵着走。

顾云风淡然地看着它们，看见风吹起湖水的涟漪，看见观赏鱼吃掉面包渣后纷纷离去，又回到原来的位置。

许乘月跟他的导师之间，永远隔着无法消融的屏障，本来就不是一路人，捆绑在一起，从最开始的两败俱伤，演变成你死我活。

"嗯，那智因科技的事情，后续能不能也稍微透露一点点？"顾云风向他伸出手，一副合作愉快的表情，"如果涉及公司机密……"

"机密？不存在，只有个人薪资是公司机密，其他我知道的事，都是公开的秘密。"自从顾云风透露出为他穿针引线的意思，谢屿安就完全变了个态度，知无不言言无不尽。

"就欣赏你这种爽快人。"

"哪里，顾队才是爽快，简单直接，直击人心。"说完这话两人相视一笑，紧握双手，一切尽在不言中。

元旦期间许乘月放假，他白天除了睡觉，就只能自己出去逛逛。

他本来不太想出去的，脑子里总惦记着林想容之前给他的忠告——有人在盯着他，他很危险。

跨年的那天晚上，他是和顾云风一起过的，江边的烟花很好看，就是人太多太挤，有时候分不清究竟是看人还是看烟花。

从跨完年的第二天开始，他基本就是一个人待着了，顾云风三天都要忙着工作，说是给他之前顺东西的事擦屁股。

所以他也没办法抱怨，谁让自己一时脑抽做了错事呢。

许乘月一个人漫步在市区的步行街上，这几天天气都很好，不算冷，太阳底下他穿了件白毛衣，外面套件深色大衣，还挺温暖。

他没什么买东西的想法，就是一个人待着很无趣，想在热闹的地方走走，用嘈杂聒噪的市井气息给自己安个心。步行街上人确实很多，大部分都是游客，成群结队地拍照留念，摆出夸张的表情动作。

许乘月闲散的神色和周遭有点格格不入，但吸引了不少游客找他拍照。比如刚刚，一个听口音来自北方的三口之家感激地递给他手机，拜托他以步行街的象征雕塑为背景，给他们拍张合影。

他挑了个光线好的角度，弯腰下蹲，在三个人同时微笑的时候拍下照片。

在他按下按钮的时候，身后忽然一片哗然。

将手机还给对方的瞬间，他转身看见一辆疾驰而来的摩托车贴着马路而来，骑手戴着个遮住脸的头盔，骑上人行道，在一片尖叫声中朝许乘月撞去。

摩托车冲向他的那两秒钟内，他瞥见骑手腰间藏着的一把刀，他迅速地把手机塞回到三口之家的父亲手中，敏捷地推开他们，以街上几棵很有年代的粗壮梧桐为掩护，绕到树后面，拼命朝商场跑去。

那一刻阳光把他白皙的脸照得轮廓更深，身后是一大片阴影。逆光而行的他躲进商场更加拥挤的人群中，取下眼镜放入口袋，顺手买了顶帽子戴在头上。

"之后你会很危险，请小心。"

这是林想容给他的最后忠告。那之后他就删了对方的所有联系方式，再也不想有交集了。他选择性地不去想起关于她的事情，但还是谨记着这句话，随时警惕着周围的环境。

林想容把他拒绝服用药物杀死过去自己的事情告诉了谁？这些人将这件事一点点地传播出去，直到这个消息终于被决心置他于死地的人知道。他突然间不寒而栗，人类的世界比他想象的复杂得多，大部分人当面一套背后另一套，只看利益，不谈廉耻。

许乘月快步向前走去，低头看着手机，从一楼乘电梯到了三楼，再兜了几圈后走到地下一层。

在地下一层人员流动极大的小吃街走了几步，他回头看了眼身后，发现距离自己十米处有个戴口罩的年轻人回避了他的目光，看体型跟刚刚横冲直撞想撞上自己的摩托车骑手很相像。

他皱了皱眉，裹紧大衣，一瞬间手心后背生出冷汗。环顾四周，每个投来的眼神在他眼里都充满敌意。

许乘月犹豫了一下，侧身钻进旁边一家日式拉面店的后厨，在一排诧异的目光中越过地上的锅碗瓢盆一路狂奔，跑到后厨的员工休息室后踩着椅子爬到桌子上，扒开上方的窗户一跃而下。

跳出去刚好到了地铁口。

他没敢喘气，刷卡进站，看了看周围并没人注意自己，这才慌乱地挤在人群中，等待下一趟地铁。

神经过度紧张加上平常运动太少，跑了一路后他疯狂冒汗。好在节假日人多，脱下外套后他能很好地隐藏起来。

他买了包纸巾擦脸，刚要松口气，肩膀却突然被拍了一下。

那一下不轻不重，但足以让他恐惧到窒息！

许乘月能感觉到自己的肾上腺素急剧升高，心脏快从胸腔跳出。他的大脑一片空白，攥紧双手耳边轰鸣，几乎听得见血液奔涌的声音。这种状态持续了好几秒，他才毫无灵魂地机械转身。

眼前是一个并未见过的老人，手里拄着拐杖，头发花白面容和蔼地对他说："年轻人，你的东西掉了。"

说着指了指地上的棕色帽子。

"你不要了吗？"

"不好意思，刚才跑得太急了。"许乘月弯腰捡起落在地上的帽子，僵硬的四肢恢复知觉，他长吁一口气，活动了下手腕，耳边的轰鸣声也渐渐消失。

道谢之后他往前走了几步，把帽子丢进垃圾桶里，等地铁来了后头也没回地挤入人群中。

他在地铁上给顾云风发了消息，问他在哪儿。

在收到回复说在队里的时候他莫名地安了心，惊恐的情绪退去不少，连发了几个很萌很可爱的表情。

许乘月最近突然爱上了表情包，能不打字坚决只用表情代替。

在他一连串的表情包后，顾云风的回复是：你要来吗？

他盯着渐渐暗下去的手机屏幕看了好一会儿，突然想起自从上次单方面要求辞职后，他已经几个月没去过分局和顾云风所在的刑侦大队了，连离职手续都是顾云风给他办的。

这么想来，还是挺怀念的。

——我过来。

他抓着摇摇晃晃的地铁扶手，单手回复着。

一个星期前顾云风联系了他的师弟谢屿安，在智因科技大厦附近的小公园聊了聊。

回来后他才知道自己和陆永之间的矛盾源自当年毕业的事情。讽刺的是，在安插给他的记忆中，自己那年是自愿帮导师写论文，还在陆永的指导下，给好几个顶级学刊投了稿，最后顺顺利利地拿到了毕业证直接留校。

这些伪造的记忆和谢峙安说的完全相反。

这种恰到好处的伪造让他坚信——陆永逼许乘月从实验室楼顶跳下，还清洗篡改了他的记忆，为AI侦探植入一套精心准备好的记忆。

这些虚妄的记忆加上刚刚那惊险的处境，让许乘月身体的每个细胞每根神经都战战兢兢，死亡仿佛如影随形。

从他拒绝和解，拒绝杀掉以前的自己时，他就明白，只有将推他坠楼的无形之手定罪入狱，他才能安安心心地在马路上闲逛，在自己家里睡个安稳觉。

许乘月出了地铁，抬起头，今天的太阳很温柔，可他心底却升起彻骨的寒意。他和陆永之间具体发生了什么，除了过去的自己，谁也无法知道了。

他徒步走到了金平分局，茫然无措地在门口站了半个小时。望着风中飘扬的国旗，一个念头根深蒂固地从他脑海中生长出来。

顾云风一定会反对，但那个念头还是不顾一切地在他心里疯长，占据他整个大脑，占据他荒芜的内心。

下午顾云风他们在和上南区刑侦队的黄琛开会，智因生物非法人体试验的案子目前在上南区那边，下周就要庭审，但他们一直没找到能指证智因生物的证据。

现在陆永实验室失窃的案子总算是给上南区提供了个转机，他们就像抓住救命稻草一样，一听说实验室泄露的数据流入智因生物那里，就赶紧赶了过来，好好的元旦假期也不休息，直接冲去会议室开会。

"现在我们可以确定的是，陆教授实验室的项目数据被窃取后，转手到了智因生物那边。黑客远程攻击实验室后，在两天内将手里的资料给了林想容。"顾云风坐在椅子上，表情很严肃。

说这段话的时候许乘月刚巧走进来，他轻轻推开门，低调地坐在了靠后门的位置。因为之前激烈跑动的关系，他的脸色看起来非常不错，没有缺乏运动的那种苍白，整个人看着精神又健康。

推门的瞬间，顾云风两眼的焦点迅速变换，愣了好几秒后才继续说下去："我们现在不关心他们是以怎样的价格成交的，目前得到的线报是，林想容拿到资料后立刻开始了对AI侦探的研究，打算用在她多年前的未婚夫，江海身上。"

"万编年也知道这个事情，这在他的默许下。"

在他突然卡壳的讲话中，其他人下意识地回头看去，看见许乘月后，他们都很惊讶。

"目前我们会紧盯住林想容，一星期后应邝以及智因生物的部分管理人员会因为非法试验这个案子出庭，这案子目前关注度很高，但缺乏有力证据，大概率是当庭释放。应邝被释放后将继续作为主刀医师，投入到江海的手术中。到时候黄队这边注意监听他们，留存证据，时机成熟了再重新把他们抓回去。"

顾云风冲黄琛敲了敲桌子："这可是为你提供了绝好的机会，别再错过了。"

他心里正得意着自己想到的绝佳解决方法，许乘月冷淡的声音突然从角落响起。

"这样好吗？"

"有什么问题吗许教授？"

"你们是希望江海的手术发生，还是不发生？"

顾云风愣住了。他并没有过多地想这个问题，实际情况往往会很复杂，他们只能依情况行事。不发生最好，发生了，也就是多了点遗憾。

许乘月见没有人回应自己，继续解释说："我的意思是，你们是否要放任这件不该发生的事发生，就为了得到可以定罪的证据？"

"证据最重要。"顾云风下意识地说。他们办案过程中经常会遇到这样的事情，没证据，凶手近在眼前也没办法抓人，拘留一段时间还得放出去。

而且这资料是许乘月给林想容的，又不是他们给的，不算钓鱼执法。

"你怎么了？"他有种不好的预感，直愣愣地站在原地，有些慌张地望着许乘月。

接着在心里喊了一千一万次绝对不要。

他几乎已经预想到接下来发生的事，一直以来他害怕并竭力隐藏的东西。

"那让我出庭。"许乘月咬了下嘴唇，抬头对上他的目光，鼓起勇气对会议室里的所有人说，"我是被害人，我有物证。"

"许乘月你疯了吗？"顾云风感觉自己几乎是吼出这句话的。

但实际上他的声音很小，小到只有自己能听到。他很后悔给许乘月发那条消息把他叫过来，他甚至幻想过时光倒流，在许乘月走进会议室前找人把他赶出去，堵上他的嘴。

会议室里所有人无不惊讶地注视着许乘月，之前所有的遮遮掩掩在这一刻都成了无用功。

　　顾云风望着远处无尽的天边和密云说不出任何话来。这明明只是极其普通的一天，许乘月却以一种平淡又随意的语气，讲出了一件足以轰动全人类的事情。

　　"你们没必要把事情弄复杂。"许乘月停顿了下，重复一遍说，"我接受了智因生物的人体试验，我愿意出庭。"

　　一片哗然中，顾云风大步走向他，推开后门，直接拉着他的胳膊走了出去。

　　"许乘月，你明白你刚刚说了什么吗？！"顾云风愤怒地凝视着他，他明明是个脾气温和又稳重的人，但最近越来越控制不住内心的暴躁，眼神里没有了往日的温和，被一种透着无奈的暴戾取代。

　　"你现在还可以反悔，你只是一时冲动，过一会儿你就会后悔的，他们，刚刚会议室里的人，他们都会帮你保守秘密，你是受害人，这是你的隐私，你不用出庭，不用被任何人知道……"顾云风语无伦次地说着。

　　"我明白，我没有冲动。"许乘月面对着他，竟然露出个非常坦然的微笑。

　　"我是自愿的，我累了，我想坦坦荡荡地站在太阳底下。"他看着阳光下顾云风发红的双眼，伸手拿了张纸巾，替他擦掉额头上的汗，抱了抱他，轻声说，"新年快乐，顾队。"

　　"老大老大，现在这到底是个什么情况啊？"舒潘一路小跑着跟在顾云风身后，整个人还完全处于迷茫状态。他刚刚开会的时候去了趟卫生间，回来就听说出大事了。

　　"刚刚许教授不说了吗？他是受害人，他要出庭。"

　　"啥啥啥啥啥？"舒潘一个箭步冲到顾云风面前，堵住他的路，一脸震惊地看着他，"许教授是受害人？他接受了那个什么换脑一样的手术？"

　　话一说出口，他连忙捂上自己的嘴巴，然后小心翼翼地问："他真把脑子换了？不是说接受手术的都死了吗？"

　　"怎么说话呢。"顾云风拍了一下舒潘的脑门。

　　"他是唯一一个成功的。"顾云风推开挡住路的舒潘，看了眼时间，赶紧往赵局办公室走去。现在他要赶紧跟领导汇报这个事，关于智因生物的案件恐怕要全部推翻，重新整理案卷，整个证据链的方向都要完全改变重新提取。

他全身都在颤抖，这抖动很小，旁人很难注意到，但因为过度紧张与焦虑，他身体上的每一点反应都被放大几十倍，让他觉得自己的心脏就要跳出来，血管快爆裂。

"那我们这算是，见证历史了？"舒潘继续跟着他喋喋不休，"那现在的许教授和之前的许教授还算同一个人吗？换来的大脑是谁的？我的天，这问题好高深啊！这已经不算单纯的违法犯罪了，这是在挑战人类伦理道德啊！"

"你感叹够了吗？"

"没。"他摇摇头，"我觉得好刺激。"

"刺激个屁。"顾云风骂了他一句。他当然是一点也感觉不到刺激，满脑子都盘旋着一个问题，现在怎么办怎么办怎么办。

他都不敢想象未来会发生什么。

无论出不出庭，都会有人想要许乘月的性命，想研究他，想控制他。世界这么大，可他没法把许乘月藏起来。

对现在的许乘月而言，他有手有脚，有眼有嘴，他想要自由，想站在太阳底下，说出这个令顾云风纠结万分的真相。

"这几天我常常在想，以前的许乘月是怎样的人呢？"许乘月这么说。他的每句话都令顾云风难受。

"他的记忆总是出现在我梦里，我们两个灵魂，用了一个身体。总有一天，他会从沉睡中醒来，让我离开这副身体，让我离开你们。

"我真的是，既害怕，又期待那一天。等那一天来到，假如你们还没忘记我，那他就是我，我们都是许乘月，好吗？"

等到那个时候，许乘月就不用再提心吊胆地度过每一天，他脸上的快乐、忧伤、愤怒，都来自一个真实的人类大脑，而不是AL芯片下的程序算法。

最重要的是，当他醒来，那个夜晚发生的事——自己为什么从实验室的屋顶坠落，陆永究竟跟他有什么不可调和的矛盾——所有的秘密，都会从无人知晓的阴影中走出，暴露在阳光下。

第二十章

陆永回到家的时候已经是深夜了。他平时在实验室待的时间就很久，深夜回家是常态。最近实验室数据失窃的事情搞得他很焦虑。偷这东西的人是谁？对方没来勒索他，看来已经找好了买家。

买家是谁？智因生物吗？他这几天一直在留意暗网上的交易信息，并没有发现失窃数据资料的行踪。如果没被挂到暗网上交易，那买主是智因生物的可能性非常大。

墙上的钟表指针已经指到凌晨两点，陆永一个人坐在客厅里，老婆孩子都已经睡熟了。他轻轻打开一盏昏黄的台灯，从抽屉里翻出一个U盘，这是十年前自己经常用的东西，里面有很多照片、视频，还有学术资料。

他打开电脑，想看看U盘里自己存过的资料，却突然发现里面有个视频，封面是十年前女儿陆亦然的照片，记录的是她幼儿园时的生活。

和现在无法无天乖张暴躁的问题少女不同，那时候的陆亦然一看就是个乖巧的女孩，笑容灿烂又单纯，一双眼睛里都是天真无邪。

他在温暖的客厅里披上外套，躺在藤椅里点开视频，看着女儿可爱的举动，渐渐安心地有了睡意。

"爸爸，老师今天布置了家庭作业，要我们写自己的梦想。"

"很好啊，跟爸爸讲讲，然然的梦想是什么？"

"不告诉你。"小女孩歪着脑袋嘟起嘴。她伸出小手张牙舞爪地拍了拍陆永的腿，仰起头一脸憧憬与期待，"爸爸你的梦想是什么啊？"

"很多啊。"他笑了下，虽然不习惯谈论这种有点俗气的话题，但面对女儿的作业，他还是努力思考了下，"想让你们生活得更好一些，赚更多的钱，要成功，要改写历史，还要名垂青史。"

"你又要钱又要名，还想名垂青史，好处都让你占尽了哦。"她不满地嘲笑他。

"大家都一样，什么都想要，所以说欲望驱使社会发展。"他蹲下身，抚摸小女孩的头发。

"那你成功了吗？"

"快了吧，就差一点，差一点点。"

"那一点点很难吗？"

"很难。成人的世界其实都很难，要付出很大的代价，要做自己以前不敢做的事。"

小女孩仰头看他的目光渐渐黯淡下去，最后她低下头，极为不满地摇头。

"不对，这不是你的愿望。十年前你不是这么说的。"

他诧异地问："十年前？你那会儿还那么小，怎么会记得十年前我说什么？"

陆亦然并没有理会他的疑问，自顾自地继续说："十年前，你跟我说，你最大的梦想就是看着然然长大成人，幸福快乐地生活！"

"没有钱，没有名，不用做你不敢做的事。"

陆亦然的脸在他眼前渐渐放大，从五六岁的儿童渐渐变化，变成十五岁的少女模样。她染了一头红发，颐指气使地站在他面前，几乎比他都要高。

"现在没有我不敢做的事了。"他愣了一下说，紧接着看见女儿一边流着眼泪，一边拿起一把椅子，朝自己砸过来。

在身体感到疼痛前，他猛地睁开眼，这才发现自己身上披了毯子，天已经完全亮了。

早上八点，家里只有他一个人，他轻轻叹了口气，打开电脑，刚好收到几封来自境外的邀请函，他思考了半个小时，最后还是全部回绝掉。

其实AI侦探这个项目，已经基本成功了。这一年多的观察下，芯片用在许乘月身上，他不仅能像个正常人类一样生活，还拥有自己的思维与情感，快速学习，获得专业技能。这真的是成功得不能再成功了。

这样的成功可以带给他他想要的一切，他改变了人类历史，改变了科技界，甚至可能在未来改变社会对人类的定义，带来革命性的颠覆。

但他心里还是底气不足，这个项目没有一点瑕疵吗？会不会有什么隐藏的巨大漏洞，随着时间的推移，在未来产生巨大能量，引起无法控制的风暴？

他望着窗外升起的太阳，起身从书柜里拿出一个破碎到完全用不了的笔记本电脑。

两年前，许乘月从实验室顶层坠楼前，用力将这台电脑从楼顶踢下去，摔在坚硬的水泥地上，几乎变成碎片。

"我修改了每一个版本的算法，你所拿到的AI侦探，都是有瑕疵的。它被我埋下了隐患，像个巨大的炸弹，随时可能引爆你的一切。"

这是许乘月最后说过的话。

陆永拿走那台碎掉的电脑后，头也不回地离开，没报警也没叫救护车。之后的几个月里，他努力恢复了所有数据，依然没有找到所谓的——最原始最完美的AI侦探版本。

仿佛它从来都没存在过。

可许乘月那视死如归的表情如影随形地出现在他的梦中，招之即来却挥之不去。他流下的血在那个晚上沾到了陆永的鞋子上，他回去擦了很久，每天都会擦，可总觉得没有擦掉。

大概是擦不掉了吧。

他抱着这台电脑坐回到椅子上，闭上眼，听着开水沸腾的声音。

等水沸腾了一分钟后，陆永才放下手里的东西，起身走到桌子前，给自己泡了一杯咖啡。他在厨房里看到夫人给自己留的三明治，端着咖啡开始吃早饭。

电视里正播放着早间新闻，他专心地看着新闻，手边的手机突然振动起来。这是一部老式手机，他不常用，基本只用来发短信，每隔一段时间就换个SIM卡，从来不实名。

屏幕上出现一条短信——他跑了。

陆永把剩下那三分之一的三明治塞进嘴里，不自觉地皱起眉头。

——继续在我说的几个地方跟着他。钱会给你的。

——我再确定一下，目标是这个人吗？

紧接着发来一张许乘月的照片。

——是。

他没多想就直接发了过去。

短信这么发着，实际上他对着电话咬牙骂了一句"一群废物"。

可骂完之后他松了一口气。这种轻松感从看到那条"他跑了"的短信时就出现了，这让陆永自己都感到诧异，他怎么会在那一瞬间希望许乘月跑掉呢？

可能是刚刚那个梦吧，让他在那一秒动了恻隐之心。他苦笑了一下，喝掉剩下的咖啡，对着空荡荡的家一声叹息。

——那这几天继续保持联系。

陆永看着最后这条消息，把小手机放进口袋里。

两天前他从戴院长那里得到一个消息，许乘月拒绝了林想容提供给他的药物，拒绝杀掉过去的自己。他不太清楚林想容会提怎样的条件跟乘月交换药物，但既然许乘月拒绝了……他只能猜想是过分到无法实现的事情了。

不然以AI侦探的思维方式，一切选择都按最优解，服用破坏中枢神经的药物，杀死过去的自己，享受赢家的人生——这才是人工智能应该判断得到的最优解。

所以说，这个女人真是太过分了。他有些愤怒地想着，还要逼得自己再次动手。

吃完早饭陆永换好大衣和鞋子，走到楼下时一只淡黄毛色的中华田园犬凑到他脚边，摇着尾巴撒娇似的望着他。

"饿了吗？给你带了三明治。"他弯下腰，从口袋里拿出一个夹着火腿和鸡蛋的三明治，放在这只看着只有一两岁大的狗面前。然后伸手摸了下它身上的毛，得到了一个热情的带着感激与讨好的蹭脸。

如果有些人也能像这狗一样忠诚就好了。他出神地想着，给点甜头就全心待你，拼尽全力去做事，没有任何自私自利的想法。

再看看自己养的那群人，真是连狗都不如。害人害不动，看人也看不住。

喂完这只散养的狗，他心满意足地拍了拍手，步行朝学校实验室走去。这天空气质量不是太好，有雾有霾，能见度很低。

走到校门口时，他忽然看见路边有几辆从没见过的车，他就那么站在路边，瞬间有种不好的预感。

他猛地发现，自从几天前实验室出事后，他就再也没见到过许乘月！

联想到林想容拿到了AI侦探的数据和资料，他似乎明白了什么。假如那些数据不是黑客远程窃取的，那就是有人刻意伪造了痕迹。

也就是说，实际上还是有人撬开了实验室的门，破解了他保管数据的那台电脑的密码，用他的权限登入数据库和本地文件。

如果他没记错，那天晚上的师门聚会，许乘月可是提前回去了！

所有事情千丝万缕地关联在一起，他很快意识到，最有可能窃取实验室项目数据并提供给智因生物的人，就是许乘月。他一直希望许乘月消失，但大多数时候，念在许乘月尚在他的掌控之中，他还是放了对方一马，给他足够的时间，也给自己足够的时间去观察AI侦探的效果。

这是他仅存的仁慈和善意。

但现在，他居然被自己主导研究出来的机器人摆了一道？

想到这件事，耻辱感从心底升起，陆永愤怒地加快脚步，朝实验室走去，双手握拳，青筋暴起。假如许乘月出现在他面前，他一定毫不犹豫地对着许乘月的脸来上一拳。

但当他拿出钥匙准备打开实验室大门时，只是轻轻碰了一下，虚掩的门就自己开了。

陆永脸上的愤怒被茫然代替，他满心疑虑地走进实验室，发现顾云风正坐在椅子上，手里拿着他们书架上的教材昏昏欲睡。

见陆永进来，顾云风赶紧放下手里自己看不懂的专业书，站起来走到他面前，微微低头，笑了下说："陆教授，好久不见，别来无恙啊。"

"怎么了？案子有进展了？"

"新的案子。"

陆永看着他，满头问号。

"哦，你大概不知道发生了什么。"说着顾云风从口袋里掏出一部手机，在陆永眼前晃了晃。

上面有三个字——他跑了。

"早上给你发的短信。"顾云风勉为其难地对他笑了，这笑容落在陆永眼里，怎么看怎么像个小人得志的浑蛋。

收起笑容后，顾云风拿出拘留证摆在陆永眼前，冰冷的手铐铐住他双手，然后从容地翻了翻他的口袋，在外套侧兜里发现了那个用来发消息的小手机。

"陆永，你涉嫌故意杀人未遂，跟我们走一趟。"

在许乘月被袭击的第二天，他们就调取了步行街和地铁的监控，在市中心一个类似城中村的地方找到了那个戴着头盔骑摩托车的青年。

这年头摩托车本来就少见，更何况那个青年还大摇大摆地拎着个刀，他们排查了几条街就把人给抓住了。

小伙子被抓的时候正蹲在自己房间里吃外卖，边吃边看全英文的金融投资讲座视频。这场景把他们一行人全给雷到了，有这份上进心，好好干啥不行啊，何必给人当杀手。

而经过几个小时的审讯，他也总算是招了，把自己和陆永联系的手机原封不动地奉上，声称他经常去听陆教授的课程和讲座，一直很崇拜对方，连替他做事也是分毫不取纯属义务劳动。

"图啥呢这是？"舒潘看着审讯记录问。

"呵呵，这就是精神导师的力量，一言一行，自带洗脑功能。"顾云风嘲笑着说。

"这位陆教授也真是，谨慎一生，怎么栽在这种人身上？"舒潘纳闷地说，"他是很着急吗？急着找人去追杀自己的学生？"

而现在，陆永正在拘留证上签字盖章，他将暂时被刑事拘留，等待案件的进一步侦查。

许乘月站在旁边凝视着陆永，昏暗的灯光下，陆永看着憔悴了很多。

天气很阴沉，没有出太阳，也没雨雪。风透过窗户和门涌进来，吹得陆永肌肉战栗。

"乘月。"陆永拿张纸巾擦了擦沾上印泥的手指，沉静地望着他，"是你偷走了我的资料吗？"

许乘月皱了下眉，但他很快又恢复平静，眼神温和地对他说："陆老师，我想纠正一件事。AI侦探是我们共同研发的项目，如果我没猜错，那些资料大部分都是我写的。"

陆永点了点头，和自己的学生面对面站着。他眯着眼看了下自己手上的手铐，嘲讽地笑了下，抬头望着不远处的国旗和标语。

既然能确定是许乘月带走了这些资料，那么中间的过程就好猜多了。许乘月去找了林想容，把AI侦探的资料和数据给了对方。那他一定知道自己的故事了，知道他做完开颅手术后，智因生物如何把AI侦探的芯片移植到了他脑内，替代他原本的神经中枢。

他会做何感想呢？在他知道自己根本不是个人类，而是不该有感情的机器后？

陆永露出个极其苦涩的笑容，怀着某种非常特殊的感情看着许乘月，就像在看一件自己完成的作品。

"我一直以你为骄傲，从刚认识你，一直到两年前。"

"可惜……现在的你是个瑕疵品。"陆永着重说了最后三个字，那审视的眼神让顾云风心里一惊。

为什么是瑕疵品？

他赶紧把目光移到许乘月身上，看起来他并没有受到什么影响，很冷淡地坐到旁边的椅子上，仰头望着最后还在言语上苦苦挣扎着的，他相处多年的老师。

"那我能问您个问题吗？为什么要害我？"

陆永没回答他的问题，温文尔雅地挥了挥手，脚步轻松地走了出去。对于他而言，这只是个谋杀未遂的指控，能不能成立还说不准，就算成立了，也判不了多久。

从所里出来后许乘月感受到从未有过的轻松。外面天已经完全黑了，月亮像一把镰刀，等着做最后的审判。

这时候已经是一月中旬，再过一段时间，就到春节了。路上的店面都开始张灯结彩，和刚过去不久的圣诞元旦一样，推出五花八门的打折活动，挂在门口吸引顾客。

"我突然觉得，自己现在能活着是个奇迹。"许乘月看着路灯下的影子，声音里有种说不清的失落。

"那是因为，他们都是有头有脸的人物，顾虑多，手段上也不会过于残忍。"顾云风勾着他的肩膀说，"看起来不残忍，耍流氓倒是真的。"

走到路边一个角落时，顾云风突然停下脚步，把他的肩膀扳过来，让他的脸面对自己。

"许乘月，我认真地问你，也请你深思熟虑。"

"你真的决定要以受害人的身份出庭吗？"

"真的。"许乘月点头说，"我联系了应西子，她会把我之前在瑞和医院的所有病例报告取出来，无论真伪，作为呈堂证供。我还想办法找到了应医生，虽然他现在在看守所，按理说是不能见人的。"

"应邗？"

许乘月点头："我问他芯片能不能和我原有的神经中枢共同工作。很遗憾，他告诉我不能，因为它们产生的信号会相互作用，产生冲突，只能二选一。"

"你想做什么？"顾云风心底升起莫名的恐惧与失落，之前很多次许乘月就透露过这种想法，他故意视而不见当作没听到，就是希望他能趁早打消。

"我想……"许乘月停顿了下。

他是什么时候下定决心牺牲自己的？

发现自己被追杀终日不得安宁时？还是拒绝杀死过去的自己时？

或者说，他觉得这短暂的两年时间里，自己已经没有任何遗憾？

毕竟他只是一枚芯片带来的仿真灵魂。没有崇高的生命，不存在所谓的生死，能体会到一点点的温情和爱慕，就已经足够圆满。

"取出芯片之后，运气好的话，'我'会在陆永被释放前醒来。"

他说话的时候平静又自然，仿佛在讲一件平常得不能再平常的事。这种平静让顾云风都快产生幻觉，以为这真的只是一件不痛不痒的小事，他不会消失，不会停止说话，不会死亡。

"进行司法鉴定后，作为受害者的许乘月，直接面对谋杀他的陆永，或许能重新起诉，提供证据，指控陆永的故意伤害罪。"

"那可和谋杀未遂不一样。"许乘月笑了笑，"我想让那个'我'，看见伤害自己的人得到应有的惩罚。"

"那一定是'我'坠楼前，最希望看到的。"

智因生物非法人体试验的案件确定在春节后移交法院进行审理。审理结束后，许乘月就要着手准备手术，取出脑内的芯片。

所以这是顾云风第一次和他一起过春节，大概也是最后一次。

除夕那天晚上，顾云风解释了很久才从他爸那儿赶回来。他住在郊区，开车回去的路上眼看着车和人变得越来越少，最后只剩整整齐齐的路灯立在马路两边。

原先拥挤的城市完全变了个模样，变成了众人逃离的空城。

大家都回家团聚了。

他拿着钥匙打开自己家的门，一走进去就看见许乘月坐在沙发上，开着电视没有看，捧着手机在打游戏。听见推门而入的声音，许乘月抬起头，冷淡的目光瞬间有了光芒。

这种光芒完全不会让人联想到他其实在等待一场特别的死亡，反而带有一股新生的活力。

脱下羽绒服和围巾，他穿着深色毛衣坐在许乘月旁边。

时间已经过了八点，电视里放着春节晚会，相声演员在抖包袱。

"我上学的时候特别嫌弃春晚，觉得俗气，无趣，每年都千篇一律。"他笑着回忆说。那时候抨击这些有点年代感的传统节目仿佛成了政治正确，好像这样才能显示出自己的不落俗套。

"后来工作了，每年被逼着陪我爸看，认真看看觉得也有它独特的乐趣。"

"是吗？我是第一次看，觉得挺好看。"许乘月看了眼节目，又认真地看着他。

顾云风去厨房切了一盘水果端出来，回来之前他还去了趟超市，买了三天的食材和速冻食品。外面天很冷，带着湿气的寒冷浸入骨髓，遇热后在窗户上凝结成一片雾气。

少年时的顾云风很不喜欢过年，因为和别人家相比，他家太冷清，有个一天到晚除了工作就是自我颓废的爹，他还得肩负起做饭炒菜准备红包和大扫除的责任。

想起这些他就觉得自己长这么大真是太不容易了，又当儿子又当保姆，现在工作了还能给他爹当个保镖。如果姐姐和妈妈还在的话，应该会热闹很多吧。他对她们的印象已经很模糊了，只记得在所有变故发生之前，每年的春节都是他非常快乐的时刻，有很多好吃的，有家人的笑容，有温柔的姐姐。

还有手里的烟花棒，和天空一角的灯光。它们共同构成了他美好又充满力量的童年。

那种快乐的感觉和现在有点像，唯一不同的是，小的时候他不知道快乐有限，现在知道此刻的快乐已经计入倒计时。

他有些悲伤地看着许乘月，对方倒是心情很好，专注地盯着电视节目，过了几分钟还拉着他说："你看刚刚那个歌曲串烧里，袁满有出镜啊。"

"她们那个女团吗？"

"其他人没看清，袁满就出现了五秒。"许乘月转身凝视着他，"最近还有跟她联系吗？"

"没有。"顾云风摇了摇头，袁满那个案子刚结束的时候他们还联系过几次，后来就再也没说过话了。大家都很忙，那唯一的一点爱慕一点仇恨，也早就烟消云散了。

一阵热闹嘈杂中，顾云风的手机铃声响了起来。他接了电话后沉静地看着许乘月，发出一声他自己都没注意到的叹息。

"赵局祝你新年快乐，还让我替他向你致以最崇高的敬意。"

顾云风说话的时候眼里都是欣赏，可他的脸色还是不太好看，这糟糕的神色让许乘月忍不住笑起来："你看赵局都很敬佩我，你怎么就总哭丧着个脸？"

"我敬佩不起来啊。所有的案子都快被解决了，可我高兴不起来。不出庭好吗？"

在他看来，许乘月完全没有出庭做证的必要，庭审只需要笔录就好，他可以继续过一段安静的日子。

晚会里正在唱一首抒情歌，温柔的声音和词汇充满整个房间。

许乘月拍了下他的后背以示回应，两个人都不再说话。他知道这只是奢望，既然许乘月做了这个决定，就不会再更改了。

砰——

几声巨响后，昏暗的房间突然被照亮，心脏仿佛遇到了温柔一枪。

"你看窗外。"顾云风指着有月亮的夜空，起身走到阳台上。

他们抬头望着月亮旁边最亮的那颗星，城市上空被缤纷的烟花占满，红色的爱心、紫色的花瓣，纷纷扬扬地从高空坠落，落在平静的江面上沉入江底。

这些烟花转瞬即逝，遮不住星辰的光芒，只照亮了天空一隅。

假期很快就过去了。紧接着到来的就是对非法人体试验案的审判。

开庭的时候已经是二月底，明明是春天，可气温还是很低，中午时居然还下起了雪。

这天顾云风恰好要出外勤，大概只能在网络上看这场庭审了。这段时间在他们的共同努力下，收集了林想容在整个事件中参与的痕迹，终于推动了对整个智因集团的追责。检察机关最终决定对包括林想容和万编年在内的智因集团多名高管提起诉讼。

听说林想容是在机场被逮捕的。黄琛带人把她从即将起飞的航班上请了下来，那一刻她很从容，有点遗憾但又在预料之中。差那么一点点，她就离开国内永远逃离这场特殊的犯罪了。

顾云风坐在车里看着网络直播，副驾驶上的舒潘在旁边全神贯注地注视前方，跟踪居住在这一片的某个盗窃团伙的主要犯罪嫌疑人。

这场春天里的雪越下越大，车窗被雾气笼罩得很严实，漫天雪花飘在空中，落在路边已经提前开花的桃花树上。一个小女孩走到路边，蹦蹦跳跳地跑到路边的绿化带前，折下一根桃树枝，望了望四周，把落雪的桃花夹在了汽车的后视镜上。

一阵风吹散白茫茫的雪，满树桃花和花瓣上的雪一同飞舞。

"下桃花雪啦！"小女孩幸福地跳起来。

听到这样的声音这样的话语，顾云风心里莫名抽搐了一下。他伸出手抹去车窗上的雾气，和路上的行人一同看着静静落下的雪。

看着它们坠地前在空中融化，顾云风又扭头继续关注着庭审现场。

他开了好几个不同角度的视频直播，威严的氛围下，许乘月坐在旁听席位上，穿一件黑色羊绒衫，显得非常清瘦，坐姿挺拔，目光锐利地看向前方。

他戴眼镜的时候很有书卷气，可那有棱有角的表情和尖锐的目光又仿佛一个视死如归的战士。

"我不觉得自己有错。"林想容站在被告席上为自己辩护，"我所做的一切，都是为了人类社会的进步，为了科技的发展，为了看到未来更多的可能性。"

她发言时声音洪亮，目光如炬，低下头轻轻一笑，非常有信念感地说："我是违反了目前普遍的价值体系，违法了科技伦理，挑战了权威与道德。"她先是注视着审判人员，然后转身望向旁听席，指着许乘月对所有人说，"可你们看着他，他不是和在座的每一位一样吗？无论从外表、语言，还是感情上，都和我们别无二样！"

"在你们眼中，他究竟是人类，还是人工智能呢？"

没等任何人回答，她就自顾自地继续说下去："如果把这种技术运用在所有脑死亡或者植物人患者身上，可以给他们的亲人带来多少希望？可以挽救多少破碎的家庭？"

林想容激动得几乎要流下眼泪："我和我的团队，冒着这么大的风险，就是为了帮助更多的人，让死亡来得慢一点，让世界少一点生离死别。

"我想问问所有人，我做错了什么？让试验者的生命受到巨大威胁，还是人权被忽略有辱生而为人的尊严？总有人要牺牲，我的团队愿意和他们一同牺牲。

"你们要因噎废食，为了所谓的人权舍弃科技本该有的发展吗？"

她慷慨激昂地演讲着，仿佛在不停地质问着所有人。

"我做错了什么？"

——我做错了什么？

这是今日推送的头条新闻。林想容那番慷慨激昂的陈词引起了极大关注，评论下迅速分成了两派，有人呼吁着遵守科技伦理，有人高喊着科技进步。

顾云风一开始积极地刷了很久的新闻评论，看久了看多了，越看越觉得不是滋味。在所有人眼里，许乘月仿佛成了一个符号，一个在未来可能掀起惊涛骇浪的象征。

大众不会考虑到他作为人本该有的权利和尊严，只关心他的存在给科技带来的巨大变革。

或许在他们眼中，他真的不能称为人吧。

那场庭审的最后，法官宣布择日宣判。他知道这注定又是一场漫长的等待，艰难的审判。许乘月还会看到最后的审判结果吗？

长久以来，他一直处于一种内心极度摇摆的状态，极力去掩盖许乘月这个特殊的秘密，甚至出于同情罔顾自己的职责，隐藏案件中的部分内情和证据。

所以当许乘月站出来，毫不犹豫地宣布自己是试验受害者时，震惊惶恐之余，他的内心反而感到了一丝轻松。

他为什么会站出来呢？

大概是不忍心看见生命因自己而消亡吧。

顾云风打开热度最高的一条新闻，犹豫了很久后，在后台留下一条评论——我们讨论伦理，我们制定法律，都是为了提醒自己对生命保持敬畏。

悲凉的风从北向南，他收起手机，站在大学门前十字路口的天桥上，趴在栏杆上看着川流不息车来车往的马路。站在高处，俯瞰盘根错节的路面，那一瞬间他竟然有了拥有整个城市的错觉。

大约又过了十分钟，许乘月从校门口走出来，一眼就望见了站在天桥上的顾云风，他挥了挥手，走上天桥。

"你的事情现在在网上热度很高。你真的成名人了。"顾云风打趣他说。

"那走路上怎么没人找我要签名？"

"当然是因为你戴了个大口罩，把整张脸都遮住了，除了我，谁能认出来啊。"

他低下头笑了笑，凝视着远处的天边。上次庭审结束后，他继续像往常一样去学校上课，对他而言生活好像并没有发生太大的变化。

习惯了千篇一律的日常，也习惯了不久的将来，将等来自己的消亡。

但实际上新闻发酵没几天后，许乘月的课就被旁听的学生和附近的路人以及从四面八方赶来的记者围观了个遍，最后他只好全副武装地错开时间假装自己没上课而是在休假。

他倒是没什么兴趣看别人对自己这事的评价，别人怎么看是别人的事，影响不到他的判断。他现在唯一的兴致就是游山玩水，去看大好河山，去见天涯海角，摘星揽月，迎风追日。

可惜时间不够，他还打算在学校里多上几堂课。

"有时候我会想，假如这张代表我的芯片永远不会损坏，等这副身体衰老后，我就可以再换一副身体，千秋万代，长生不老。"

"噗——那你不成妖精了。"顾云风眨了眨眼睛，让自己的语气听起来开心。

许乘月的手术将在两个月后进行，这期间他需要进行几次全面的体检，确保身体状况适合取出颅脑内的芯片。

现在他拿着体检报告坐在医院附近的咖啡厅里，自己各方面的指标都很稳定，完全符合手术条件。他闭上眼，两年来的回忆跑马灯地过了一遍，然后预测出无数种未来的可能。

假如手术后许乘月没有醒来，依然陷入植物人状态，他的选择是不是就毫无意义？

假如他醒来了，醒来后却告诉顾云风，告诉所有人，他并没有被陆永胁迫或者威逼，也不是被谋杀推下高楼，那他所有的努力，岂不是全都付之东流？

"乘月，你想清楚了吗？"有个声音响起。抬头对上顾云风的眼睛，他才发现这句话不是自己说的。

他艰难地摇了摇头，喝掉手里捧着的牛奶，又在周围人群发出的叹气声中点头微笑了下。医院附近的地方，叹息声总是格外的多。

"如果没有想清楚，我们可以继续像现在这样的，不要把芯片取出来。"顾云风认真地看着他的双眼。无数种可能汇集成一个黑洞，吞噬意志和未来，有那么一瞬间他想蜷缩在黑暗里，但在睁开眼看见这个世界的时候，又莫名觉得见到了一束光。

　　"坠楼的那天夜里，我，或者说许乘月，在坠下实验楼前扔掉了一台笔记本电脑。"他迟疑了一下说，"我担心手术后醒不过来，或者过很久才醒，所以一定要提前告诉你这件事。"

　　顾云风惊讶地坐在他身旁，一脸忐忑地望着他。

　　"那台电脑里大概有陆永很在意的东西，我被送进医院时，西子说周围并没有任何东西。"

　　"也就是说，在她来之前，陆永已经来过了，还拿走了被摔下楼的电脑？"顾云风问，"电脑里有什么？"

　　"好像是AI侦探的最终版本，听陆永的意思，现在使用的版本都被我人为修改过，他想要最完美的一版。"

　　说完许乘月站起来，把体检报告放好，低头向顾云风伸出手，把他一同拉起来："如果我没有猜错，那台电脑应该还在陆永那儿。找到它吧，里面不一定有想要的东西，但能作为一部分证据来给陆永定罪，也算物尽其所。"

　　两个月后。

　　和窗外的嘈杂不同，这里大部分时间都是安静的。风是和煦的，月光也温柔。

　　顾云风坐在手术室外，其实他已经很坦荡地接受这个最终结果了，但心里总隐隐约约期盼着什么。

　　他问自己，在期盼什么呢？

　　转身凝视着亮起灯的手术室，仿佛有什么东西捏住了他的心脏，让他的每一次心跳每一次呼吸都负重万千，轻轻告诉他，那盏灯是多么遥远，心脏跳得有多么沉重。

　　而手术室的门内，许乘月躺在无影灯下，冰冷的酒精涂抹在他身上脸上，寒意让他的每个毛孔都战栗起来，每个细胞都感受到彻骨的寒冷。

　　本来顾云风和他商量的是让应邘来主刀，但现在应邘已经涉嫌职务犯罪被刑事拘留，这个建议就直接被其他人驳回了。

　　好在和接入芯片的手术不同，拆除芯片相对要简单许多，不需要考虑复杂的人工神经与脑神经的接触，也不用将外部装置精确地连接到毫厘不差的正确位置。

　　只需要摘除这些东西，从此他就会摆脱不良排异反应带来的困扰，变回原来的许乘月。

麻醉过后，在一片低沉的讨论声中，他望着面前不认识的主刀医生，眼皮变得沉重，渐渐合上双眼。他看到的最后一个画面是窗外的月色，和明月旁的启明星。它们安静、简单，明亮又美好，却不得不伴随着他内心的恐惧和不安。

然后他彻底失去意识，一切变得平静……

这份平静中许乘月似乎置身在黑暗的洞穴里，混沌无光，寂静空洞。

对他而言，这大约就是死亡的感受了吧。

可几秒后，在这最孤独的地方，他隐约听到一个弱小的声音，声音一点点变大，变强，打破寂静变得愈演愈烈，最终占据整个大脑。

"能把我留下吗？"

"能让他留下吗？"

他分不清这句话到底是谁说的，他分不清自己到底是谁。

你想留下谁呢？

窸窸窣窣的金属撞击声中，手术刀掉落在地上，有人弯腰捡起，然后随手换了一把。

那短暂的几秒内，大量从未有过的记忆瞬间被唤醒，涌入他平静的大脑中。

一切黑的白的红的黄的，五颜六色的碎片被拼凑起来，烧灼他皮肤上冰冷的刀片，融化成沸腾的血液。

他看见多年前被他当众退回的情书，女孩告白失败后窘迫的哭泣。看见林想容替他打开病房的门，带他认识昏迷中的江海。

看见他走过的许多路，见过的无数人，每一个晴天阴天，暴风雨下雪天。

最后所有人的脸重叠在一起，突然闪过顾云风的脸。

那一瞬间他的身体不自主地战栗了一下。

为了AI侦探的项目，他在去年夏天进入金平区刑侦队并且在那里待了近半年的时间。

初次见面时顾云风径直走到他面前，伸出左手自我介绍，那时候他就发现，顾云风右手的掌心有一道不深不浅的疤痕，拦腰折断了他的掌纹。

可刚刚闪过的顾云风的脸，似乎并不是他二十七岁时的样子，而是稍早一些的，那时候的顾云风有一张初出茅庐、孩子气的脸，稚气又成熟。

这意味着一年前他们相遇的那次讲座……

根本不是他和顾云风的第一次见面！

三年前。

许乘月在一个下着雨的夜晚接到了一个陌生电话。看到那串号码时，他的第一反应是直接挂掉，事实上他也真的挂掉了。当时他正专心写一个上千行的算法，调试了好几次都没通过，正心烦意乱根本不想被打扰。

但无论他怎么听而不闻，手机和座机都不依不饶地交替狂响，他只好放下手中的事，接了那通电话。

"救救我。"电话里传来一个女人急促的呼吸和惶恐的声音。

他愣了一下。

这个声音他很熟悉，但号码真没见过，一时间完全想不起是谁。

"不好意思，您是哪位？"许乘月觉得挺奇怪，遇到危险给他打电话有什么用，还不如打110或120，怎么都更有效快捷，还能节省时间。

"我是林想容。"

自报姓名后他终于想起来了，两年前自己在智因科技实习过一段时间，林想容，当时是带他的一个主管。

问题是，都过去这么久了，自己和她后来就没任何交集了，她打电话跟他说救命是什么意思？

还没等他想明白，电话那端林想容就报了一个地名，祈求他在半个小时内赶过去。

按他的性格，这个时间点应该会帮她打个报警电话而自己是绝不出马的。但那天也不知道怎么回事，也许是雨太大让他真的有些担心，也许是林想容的声音无助到激起了他少有的保护欲。

结果就是——他鬼使神差地撑伞出了门，开车去了那个地方。

很久以后许乘月想起那个晚上，都觉得那个电话才是一切的源头。正是那个夜晚发生的事情，打开了潘多拉的盒子，放出各路人马妖魔鬼怪，让他一步步深陷泥潭几乎断送性命。

当他赶到林想容所说的地址时，发现门没有锁，周围静悄悄的，没有任何异样。那是江家在市区的一间高级公寓，那时候荣华生物的资金链还没断裂，这处公寓属于江洋个人所有，林想容平常都住这儿。

但他推门进去后还是吓了一跳，地上有血渍，颜色暗红甚至发黑，看起来不是新鲜的了。林想容坐在沙发上，红着眼咬紧牙关，拿酒精给自己的伤口消毒。消毒后她用纱布包扎好，静静地坐着，满脸疲惫。

在看到许乘月的瞬间，她还是调整好坐姿，挺直腰背，脸上恢复了温柔的神情。

"怎么回事？"他问。

"被江洋打了。"她用极其平淡的口吻说着，和之前电话里的慌乱完全不一样。

"给你打电话的时候我很害怕……不过这会儿他走了，也就没什么了。"

许乘月弯腰查看了下她手臂和小腿上的伤，大面积淤青，手腕脱臼，表皮有明显的外伤，腿部伤口最深处隐约能看见小腿胫骨。

在他的印象中，林想容确实和自己丈夫感情不和，她在智因科技的工作看起来也不那么光明正大，来的时间很不规律，总像在隐瞒什么。不过那时候他去实习只是为了写论文，没关注这些事情，也想不到亲密关系中暗藏的暴力行为。

他皱着眉，面色担忧地问："要我帮你报警吗？"

出乎意料地，林想容摇了摇头，处理好自己的伤口，还勉强站起来一瘸一拐地走到茶水间，给许乘月倒了杯水。

"我这种轻微伤，达不到量刑标准，报警了也就是给个保护令，他们随时可以找到我。"说完她苦笑一下，"我今年已经报过两次警了。"

这个时间温度不高不低，但一阵风吹过，还是能感受到凉意。许乘月扣好风衣外套，还是觉得有点冷。他也说不清这冷是来自北边的风，还是来自林想容冷淡又绝望的眼神和语调。

"那也还是要报警的……至少给他多留个案底。"他支支吾吾地端着水，不知该如何是好。他其实不太擅长与别人交流，不会安慰他人，也不知道怎么去照顾女性。

好在林想容自己可以搞定大部分事，也不需要不痛不痒无法解决任何事情的安慰。她从包里找出一张小卡片，上面印着许乘月的姓名电话和住址。

"先不说这个，我叫你来，是有别的事情——早上有人给了我你的名片。"

许乘月接过她递来的卡片，这东西一看就不是他自己印的，他本人非常注重隐私，做事也很低调，不喜欢用名片这种过时又无趣的交友方式，更不可能把自己的住址印在上面。

排除了一下，他只能猜测是自己导师陆永干的。

"我听说你们现在有个AI侦探的项目。"林想容忍住肢体上的疼痛，温柔地笑了笑，"我代表智因科技，希望跟你们合作。"

"合作什么？"他一头雾水，不知道一个求救电话怎么就变成了项目合作，自己好像完全被这个女人牵着鼻子走了。

"我们想试试看，AI侦探能不能代替人类大脑。"

"什么意思？"

"智因科技的生物医学部门这几年在人工神经上取得了巨大突破，我们在类人类动物上进行了实验，将人工神经连上一只黑猩猩的脑神经，另一端再接上外部装置，然后切断原有的部分神经，最后发现外部装置成功代替了大脑的部分功能。"

看着许乘月一脸茫然的样子，她解释说："我有个朋友处于植物人状态很久很久了，他的家人已经不抱希望，但我想试试你们的AI芯片，看能不能给他一个全新的大脑。"

"就当是救人，对吗？"

"不对。"

"这不符合当前的科技伦理。"许乘月很快明白了她的意思，斩钉截铁地拒绝掉。

"我知道。"她似乎早已预料到这样的回答，看了一眼还在渗血的伤口，表情平静不带一丝波澜，"我已经跟你们实验室的负责人陆永教授说过了，责任我们这边担，他很乐意跟我们合作。

"我让你来就是为了劝说你，一同加入我们的合作。"

"那找他就行了，我没兴趣。"

听到他的再次拒绝，林想容也没露出任何慌乱，只是淡漠地看着他，又转身望向墙壁上摇晃的钟，仿佛胜利在握，一切都在掌控之中。

"陆教授大概会给你一个让你无法拒绝的条件。"她取下衣架上的深色外套和帽子，遮住裸露的淤青和伤痕，然后换上一双舒适的鞋子。

"什么条件？"

"只要你愿意合作，以后你发表的文章，他不会再署名。"

林想容还是去附近的派出所报了警。她戴了个很大的黑色帽子，帽檐遮住大半张脸，脸上多处淤青，她只好又戴了个巨大的白色口罩。

她用缠了几圈绷带的手臂独自推开值班室的门，许乘月站在门外等着。

那天的天气真的不太好，一直下着小雨，夜色中弥漫着雾气，灯光都亮得模糊不清。

就在她做笔录的时候，一个穿着蓝色警服的年轻人从一旁走过。他双眼大且有神，刻意看了眼林想容的脸，然后小声跟旁边的人说了几句什么，就匆匆离开了。

那一刻的雨突然停了，连风都吹得温柔了些。

许乘月很想知道这个年轻的警察跟别人说了些什么，但没敢上前。他甚至很想叫住那个人，问他叫什么名字。

可那样太冒失了，他其实没有任何理由去认识这么一个陌生人。

但他看见这个男人穿着一身警服，沉静温和地从自己身边走过，突然觉得命运完成了某种交错。

那时间太过遥远。当时这个男人还是个小男孩，他记得他姓顾，有个结局悲惨的姐姐。

那时候许乘月才上初中，偷偷跑到父母的工作所在地，却看到了令他无比压抑的一幕。

——失去女儿的中年夫妇跪在地上痛哭，而他们剩下的儿子站在旁边冷静地跟办案刑警交流，脸上表情缺失，眼睛里却像燃着一团火，有恐惧也有憎恨。

那个眼神深深地印在了许乘月的脑海里。那张稚气未脱却一夜成熟的脸也永远被他记在了某个不知名的地方。

之后的很长一段时间，许乘月都在无数个黑夜里翻来覆去想不明白。生命被创造出来究竟有什么意义，它们脆弱又渺小，还总被额外赠送的感情搅动得惊天动地。任何一个意外、一场噩运，在感情的加持下就能摧毁个体，甚至整个集体。

不过刚刚再次见到这个长大后的小男孩时，他穿着警服的样子好像终于解决了自己一直以来的困惑。他的眼神已经没有了当年的不安，没有恐惧，没有憎恨。

只有正气凛然的坚毅和从未被摧毁过的热血。

时间能改变什么？许乘月伸出手接过屋檐上落下的积水，让它沿着手指流到脚边的草丛里。

"许乘月，你在想什么呢？"做完笔录后的林想容长舒一口气，她拒绝了派出所民警送医的要求，坚决要自己回家休养。

"我在想如何拒绝你和陆教授，将芯片应用在人身上，恕我不能接受。"

"哦……"她饶有兴味地应声一句，眼神望向远处。

"你已经拒绝了，不是吗？"

林想容摇了摇头笑笑："这只是一个提议，我和陆教授都不会勉强你。"

"不好意思。"他抱歉地说了句。

两年前。

许乘月在手里拿着本书，穿一件灰色衬衣，照着PPT念屏幕上的文字。

"这几年随着智能识别准确性的大幅提高，人工智能已经大范围运用在案件侦破中。十一年前，人工智能在复杂图像的识别中有了一次突如其来但巨大的质的飞跃，而现在，这一领域理论上已经达到了99.9%的准确率，在自然语言处理领域中对情感倾向的识别也达到了这一准确率。我们未来可以通过分析人类的微表情、言语措辞，精准判断出他的情绪和喜好，为刑侦时的走访及后期审讯提供最精准的判断。"

陆永坐在下面的椅子上，认真地听着他的讲解，在提到刑侦时，陆永喊了一句："停！"

"有哪里不对吗？"许乘月问。

"把未来改成现在。"

"这离实现还很有一段距离。"

"展示出来的，要写得好听一点。"陆永摸着下巴说，"现在我们的芯片已经完成了，就等智因科技那边的试验结果。

"上周我和三所的领导开了会，他们对我们的AI芯片很有兴趣，我就想，不妨推出一个AI侦探的概念。"

"这个概念不错。"许乘月点头。

"那可以先选个刑侦大队，不如派你去吧，学习下他们的办案方式，给AI侦探加个功能。"陆永皱着眉，扶了下眼镜若有所思。他从书架上拿出一台电脑，找出南浦市市局和区县刑侦大队的联系方式，递给许乘月。

也不知怎的，那一瞬间许乘月就想到了自己陪林想容报警那次，那个街道派出所在金平区，一个比较繁华的地方。如果没有猜错，他见到的那个姓顾的年轻警察应该也在金平区刑侦大队。

他迅速找到了金平区刑侦队的介绍，不出意料地看了顾云风的照片。

原来他叫顾云风啊。

许乘月心想这位顾警官虽然年纪不大，但眉眼间总露出一种温和稳重的气质，给人很大的安全感。这大约与他的个人经历有关，他没在悲惨的遭遇中自暴自弃，反倒是练就了能沉住气的气场。

许乘月停顿了一下，仔细看了看他的照片，最后指着电脑屏幕上的页面说："就这儿吧。"

"如果需要我去，我就去这里。"

说完他望向陆永，但陆教授并没太在意他所指的地方，正对着电脑若有所思，大概在思考什么极为重要的事情。窗外的云很高，太阳被遮住，只有几束光穿破云层照到玻璃上，在地上印出一个光斑，随着清风摇摇晃晃。

几分钟后陆永突然拍了下手，啪的一声，吓了人一跳。

"你说，如果我们把AI芯片应用在人类身上，再让这个人自己去刑侦队磨炼一下怎么样？这更符合我们的想法啊。"

说出这话的时候，陆永的双眼中都溢满光芒，他的脸在光影中变幻莫测，抬头望着许乘月，他站起身拍了拍对方肩膀，意在鼓励。他觉得自己的想法真是绝妙，成功把所有能取得的资源聚集在一起，最高效率地创造一个非常有市场意义的芯片。

如果能够成功，这张AI芯片很大程度上不仅代表了人工智能的突飞猛进，更重新更改了人类的道德伦理智力极限。它可以被批量生产，批量嵌入大脑，取代那些混吃等死智商不足的庸人和废物。

听起来简直像新世界的到来。

不过令他没想到的是，这个带着亲昵意味的鼓励没有起到任何正向效果，反而击中了对方的反感。平常还算顺从尊敬他的许乘月突然变了脸色，他把手里的水杯往桌上用力一撂，面带嫌恶地看着他："你把这些当你的私人物品吗？"

见许乘月面色不悦，陆永也就没再说下去。他也觉得自己的想法有些胆大，但胆大有什么不好呢，他一生都在追求最极致的科学，追求社会资源的高效利用，追求更高更远远离平庸之人的世界。

想得偿所愿，就得胆大妄为。

最后他还是当作什么都没发生地笑了下，对许乘月说："智因科技对类人类的试验结果会在下周出来，那时候AI芯片的研发，就算彻底完成了。下周末刚好可以开个庆功会，把大家都请来，乘月你是主角，可一定要去啊。"

许乘月没有推辞，虽然他不喜欢参加这种活动，最近几年和陆教授的关系也算不上太好，但事情做了总得负责到底，庆功会这种活动不算太虚伪造作，他倒是能勉强应付。

一周后他接到了林想容的通知，说是类人类试验的结果出来了，跟他约定在郊区的一处科技园区见面。

园区里面是两幢二十年前的现代建筑，墙上爬满绿色藤蔓，六楼的某个窗台上有一盆绿萝，枝叶繁茂，被呵护得很好，沿着墙壁一直长到了五楼。

这两幢楼都是荣华生物的，他大概知道林想容和这家公司的关系，但没细究，别人的私事他没兴趣打听，别人说出来他会保守秘密，别人想烂在肚里，他也从不勉强。

毕竟工作结束，又会变成陌生人。

许乘月穿过聚集在休息区吸烟的人群，走进最前面的那栋楼，脚一踏进去就浑身战栗起来。

这地方给他一种说不出的诡异感，阴暗的大厅，潮湿的楼梯，地上是马赛克花纹的地砖，电梯旁对称地摆了两个胡桃夹子。

许乘月抬手看了眼手表，现在刚好是三点整。

走到三楼时，他推开一扇半掩着的门，墙上挂着一幅字，地上铺上了红地毯，桌子中间放着几本翻开的书。

林想容似乎已经等了很久，坐在一旁望着窗边的太阳，看它冲出阴天的云层，光芒四射。她当时的神情和几年后庭审时的神情非常相似，有点迷惘有点难过，呼吸声中带着一点哀叹，洒向她的阳光看起来非常崇高，但怎么也遮不住她满身的不甘。

许乘月走上前去，发现桌子上放着一个红丝绒礼盒，包装精美，还系了个完美的蝴蝶结。

"这是什么？"他问。这么花里胡哨的盒子，他是不喜欢的，华而不实，惺惺作态。反正都是盒子，能装东西就行，能安全地装下重要东西，才是他们应该追求的。

"这就是你的研究成果啊，我包装了一下，是不是挺好看？"

他没怎么理会林想容的话，按捺住吐槽她审美的冲动，拿过那个盒子，打开，里面却什么都没有。

"什么意思？"他甩了甩空空的盒子。

"那张芯片废掉了。"

心里咯噔一下，许乘月抬起头，眼中是藏不住的慌张："试验出什么问

216

题了？"

试验最初是将AI芯片植入黑猩猩的大脑，人工神经的一端连上黑猩猩的神经中枢，另一端接上芯片。

这项工程进行了大约六个月，终于在三个月前成功了一起。那些失败的试验体被处理掉后，芯片回收时多多少少有了点问题，但并不至于直接废掉整张芯片。

"两天前，那只被植入芯片的黑猩猩从笼子里逃了出去，直接撞向了高速上飞驰的汽车。"林想容说，"它自杀了。"

"被虐待了？"

"没有。"她双手合十，直视许乘月的双眼，"我猜，可能是对自己的身份无法认同。

"好在一周前我们就结束了观察期，这事暂时不会有别人知道。但方总已经做了批示，接下来会招募人类试验者。"

"不是，你们是怎么想的？"许乘月有点搞不明白，"这用在动物身上都没成功，怎么可能批准人体试验？"

他质问道："这和谋杀有什么区别？假如接受试验的人最终也选择了自杀呢？"

现在智因科技这边并没有给出黑猩猩自杀的原因，但只要有这一个反例，申请人体试验就不可能通过。而其中涉及的各种伦理道德，更会一步步把这个项目推向死局，前期投入的大量资金费用基本上等于打了水漂。

"如果是对自己的身份无法认同，当它发现自己是个人类时，认同感不会驱使他结束自己的生命。"林想容辩解说。

许乘月沉默了很久。他避开对方的目光，又重复一句："这和谋杀没有区别。我不同意。"

"那真是可惜了。"林想容遗憾地说，"并不需要你同意。"

这句话之后他直接摔门离开了那间办公室。

那句"我不同意"他说得很坚定，摔门声惊动了很多人，以至于他都忘记了自己这么久以来的卑微。

其实他不该有太大的情绪波动，这些事跟他有很大关系吗？

并没有。他在整个项目里的角色，实际上只是个算法工程师。没有决定权，人微言轻。

那些即将被当作试验品的人他认识吗？

应该都不认识。

那他何必这么愤怒呢？

他在心里安慰着自己，身体却不停地颤抖。

是的，他做不到助纣为虐，他不想做谋杀者的帮凶。骨子里迸发出来的正义感驱使着他去愤怒，让他恨不得立刻找到陆永，逼迫他拒绝和智因科技的合作。

但那天的庆功会给了许乘月一个巨大的打击。

酒杯相撞中他才知道了一个事实，陆教授已经和智因科技签订了合同继续合作，丝毫没有受到试验体自杀这一结果的影响。当然那个时候他也不会想到，仅仅半年后双方的合作就因为利益分配而分崩离析，闹得不可开交相互揭短。

他端着酒杯穿过人群，走到正把酒言欢的陆永面前。其实他的酒杯里是水，他不喜欢喝酒，不喜欢那个味，再加上本身性子就清高，别人怎么劝也劝不动，永远我行我素，所以一直是以水代酒。

为这事，陆教授以前没少跟他闹过矛盾。

这个季节早樱刚刚开放，聚会的餐厅外有一棵樱花树，花瓣就顺着风的方向飘进包间，落在了许乘月的酒杯里。

就像一只粉色的扁舟落入透明的湖水。

"陆教授。"他恭敬地叫了声被围住的陆永，也算是为他解了个围。虽说这聚会名义上是替许乘月庆祝，实际上并没他什么事，大部分时间他都是自己一个人待着。来聚会的人几乎都是陆永以前的学生，外加一些实验室的合作伙伴。

"乘月，又用水来代酒啊？"陆永不满地说着，"这不行，不行，我得批评你，必须来真的。男子汉大丈夫，不喝酒算怎么回事。"

其他人在一旁起哄，许乘月还是无动于衷，只是端起杯子，做了个手势，示意借一步说话。

头顶的水晶灯晃得他眼睛难受，雪白的瓷具相互碰撞敲击，声音很清脆。

走到旁边一个没什么人的角落里，许乘月平视着自己这位相处多年的老师，语言诚恳地说："我请求您，拒绝和智因科技的合作。"

没想到许乘月会提出这样的请求，陆永很有些诧异地问："为什么呢？"

"不想为谋杀案做帮凶。"他提高音量，情绪激动地说，"在动物身上出现的试验结果已经清晰地表明存在巨大风险，为什么还要非法进行人体试验？

这样激进地做事会出问题的！

　　"那些被你们招募的试验者，本来有机会活下来，可你们掩饰真实效果，让他们变得不是他们，最后甚至自我毁灭。

　　"这是赤裸裸的谋杀，陆老师，继续合作你不会心存不安吗？！"

　　听到他的说法，陆永忍不住冷笑了一声，端起酒杯一饮而尽。几杯酒下去后陆永的脸开始泛红，脑袋似乎也不那么清醒，说起话来倒是大胆了许多。

　　"明知道是谋杀，发生在眼前却不去做帮凶，你知道后果是什么吗？"陆永变成了慢悠悠的语调。

　　没有太多犹豫，许乘月几乎脱口而出："被谋杀。"

　　陆永满意地点点头："所以，不要拒绝，不要觉得这是什么同流合污的事情。你不逐利，还损害别人的利益，那结局一定不好。

　　"就比如现在，只要我一声令下，就能让你从这个世界上消失。"

　　消失。

　　陆永说话的时候死死地盯住他，眼神里充满惋惜和不舍。

　　"你觉得呢？"

　　这句试探忽然戳痛了他。许乘月挽起衬衣衣袖，挺直腰背不顾一切地说："那不好意思，我已经下定决心了。我会把自己能搜集到的所有证据直接提交给警方，给科技伦理委员会，给每一个可以约束你们的机构。"

　　"那真是太可惜了。"

　　这些话的意思很明显，许乘月愣了一下，随即平和地问："您打算怎么让我消失？"

　　陆永明显喝高了，他摇了摇脑袋，在许乘月面前挥着手说："你那么聪明，难道想不到吗？"他轻咳了几声，扶墙找了把椅子坐下，接着说，"你上次说想去那个刑侦队，我可以满足一下你的愿望。

　　"乘月你这孩子吧，什么都很好，可惜太自我，太难控制。

　　"如果能够成功，想想看，你可是为人类社会做出了巨大贡献啊。重新更改了人类的道德伦理，增加了智力极限。以后芯片批量生产，批量嵌入大脑，还能取代那些混吃等死智商不足的废物。"

　　陆永慢慢吞吞地笑着说："整个世界都宁静了，我可以安静地喝一杯下午茶。"

　　他们两个人此时看起来都很冷静，没有歇斯底里，没有针锋相对，四目相对后许乘月却感受到一阵彻骨的寒意。

他好像今天才真正认识了这个人，虽然是喝高了，但这酒后吐出的真言，每一句话都冷血无情，彰显出他骨子里的恃强凌弱三六九等。他表面的儒雅气息不过是不择手段的遮羞布，他内心还是信奉强者生存弱者淘汰的丛林法则。

我一定要阻止他。许乘月这么想，他没有多说一句话，带着满腔信念。

一定要阻止他。

趁着所有人不注意，他带着自己的背包，逆着人群冲动地跑了出去。这会儿已经是晚上十点多，路上没什么人，车也少。他跑过黑夜里的漫长街道，跑过街角的犬马声色、灯红酒绿，然后喘着气回到空无一人的实验室。

没打开任何一盏灯，他立即启动所有的电脑和服务器，调出AI芯片的相关资料。带着把匕首坐在黑暗中，心里有个声音在一直叫——

毁掉它！

毁掉它们！

毁掉被控制的傀儡！

终章

半夜十二点的空气静得可怕，听得见呼吸声、键盘敲击音，还有来自门外狭长走廊里急促的脚步声。

看来他的消失很快被发现了。

许乘月躲在角落当中，手里抱着电脑，手机没了信号，电脑更联不上内网。

黑暗中只剩下屏幕前微弱的光，他的眼在阴影中忽明忽暗。

真的要毁掉自己多年来的心血吗？

这可是他创造出来的机械生命啊。

他深呼吸，望着窗外。一轮满月孤独地停在空中，没有星辰陪伴，只有城市随处可见的灯光照亮夜空。

也许在他走出这间实验室之前，死亡就会降临。这将是他最后的科研成果，一个完美复刻自己的人工智能。

双手颤抖地敲击着键盘，它必须被人发现，他不能枉死，不能被一段程序所替代。

他现在的时间非常紧迫，没办法重新编码添加AI的记忆，只能找准关键词删掉些东西。

他忽然想起那个给自己递过情书却被当众拒绝的女孩，他找到记忆程序中关于她的所有记忆，打算按下删除键。

她一定会第一个发现整个事情的蹊跷，然后她会求助谁？

假如自己真的被改造成了机器人，会遭遇什么事情？会如陆永所说，把被改造后的自己放到金平区刑侦大队吗？

闭上眼，未来的无数种可能在脑海中疯狂演练。

冥冥之中他好像看到了一种可能，自己真的去了金平区刑侦队，而那个给自己递过情书却被当众拒绝的女孩，拜托了顾云风，祈求他和自己一同还原许乘月出事的真相。

他能把所有希望寄托在一个完全不认识自己的人身上吗？

也许能吧。

门外的脚步声越来越近，和他拼命跳动的心脏频率接近。伴随着实验室的门被砸开，他闭了闭眼睛，咬牙在最后的几秒钟毫不犹豫地输入删除的指令。

然后握紧手中的匕首，没有犹豫，疯狂地奔向楼顶。

许乘月站在实验室的楼顶，抱着电脑，一步一步向后退。黑暗的阴影中有几个模糊的人影，一步步逼近。

良久，陆永从无灯的黑暗中走出来，脸上只剩冷漠和怜悯。

许乘月把电脑放在楼顶的边缘，温柔地伸出双手。然后抬起脚，猛地将它踢下顶楼。

砰——

电脑盘旋着撞击地面，瞬间四分五裂。紧接着许乘月也纵身跳了下去。半空中他抓了把树梢上的枝叶，落在坚硬的水泥地上。

他最终还是选择用生命来拒绝这项他不认可的实验。他不要做傀儡，也不希望其他生命变成陆永同党们的傀儡。

——许乘月醒了，准备出院。

发信者是应西子。

他两眼一亮，一个激灵把电脑塞进文昕怀里，头也不回地出了门。

半年前许乘月接受了取出芯片的手术，然后就一直没醒过来，在医院里靠营养液维持生命。他和应西子会轮流去照顾，这半年来他总在想，如果许乘月几年醒不来，十几年，甚至一生都处于植物人状态，那他会一直照顾下去吧。

除了自己，许乘月好像也没有什么可以依靠的人了。他不会在意这个人究竟是不是自己认识的那个许乘月，这些都不重要。

顾云风开着车朝医院方向驶去，走到半路又突然改变了想法，转而向公安三所开去。

半年前手术结束后，被取出的芯片送到了第三研究所的实验室，连接到三所的数据库，回到了它本该去的地方。他总觉得，自己应该去一次研究所，然后试着和嵌入芯片的AI界面交流下，说不定，只剩灵魂的那个许教授还记得他，还能跟他说话，和他回忆那一年的时间。

9月份的天依然是温暖的，虽然前几天秋分下了一场雨，让整个城市瞬间逃离了夏天。可顾云风还是只穿了件黑T恤，鬼鬼祟祟地避开大门监控，翻墙进了研究所。

这里属于涉密机构，他自然是没资格进来的，只不过认识许乘月后，他好像做了不少不守规矩的事。

穿过机房后他直接翻窗进了研究所漆黑一片的实验室。芯片被植入一台特殊的终端内，通过机器语言可以直接对话。为了这一天，顾云风甚至准备了各种不同的编程语言，准备一个个去试。

这里窗帘的遮光效果很好，外面是晴天，室内却像没开灯的夜晚。顾云风摸索了好久，总算是启动了终端显示屏，打开手电筒开始输入那些他完全不理解的机器语言。

"我是顾云风，你还记得我吗？"

这短短的一句话被他用各种方式笨拙地输入了几十遍。而终于在第五十八次时，沉默的显示屏突然亮起，蹦出来了一行字。

"不认识，能讲讲你的故事吗？"

不认识我了？

那一刻顾云风心里非常慌张。按照他所得到的消息，许乘月被取出的芯片就是放入了这里，在他此刻面对的显示屏背后。它应该保留了那两年许乘月的所有记忆和个性，只是灵魂从一个温暖的人体中移动到了冰冷的机器里。

"你是许乘月吗？"他不死心地又输入了一句话。

可得到的依然是令人绝望的"不认识"。

他站在黑暗中，凝视着微微发光的屏幕，整个人被巨大的失落感笼罩。

即使许乘月醒来了，也不是他认识的那个许教授了。

他认识的那个人，他的伙伴，他的战友，已经永永远远彻底消失了。而他连对方是怎么消失的、为什么会消失，都搞不清楚。

大约过了五分钟，顾云风静静地站在原地，弯腰抱住持续发热的显示屏。刚刚得知许乘月醒来时的兴奋，瞬间变成了复杂的感觉，不只是简简单单的失落，还有一些说不清道不明的情绪，就好像失去了一个曾经共同战斗的同伴、战友。

无能为力的他只好叹了口气，没有流泪，也没说话。他自顾自地擦干净整个设备，准备离开。

就在他转身要走的瞬间，啪的一声，灯全亮了。身后一个脚步声离他越来越近，最后停在距离他不到五十公分的身后。

"顾队，下午好啊。"熟悉的声音响起，"这可不是你该来的地方。"

遮光窗帘被清风吹开，光线穿透玻璃，照亮顾云风的脸。

他猛地转身，看见许乘月站在自己面前，清冷的脸在阳光下显得很柔和。因为有半年都处于昏睡状态，他的脸色看起来很苍白，眉眼间有些憔悴，嘴角是若有若无的笑意。

他还是喜欢灰色系的衣服，衬衣领口两颗扣子没扣上，锁骨突出。

"好久不见。"

"你……认识我吗？"顾云风指了指自己，完全没有察觉到手臂的细微颤抖。

"当然啊。"许乘月眨了眨眼睛，平静而淡然地说着，"我还记得你第一次说这话，是在一家酒吧里。"停顿几秒后许乘月笑了笑，"为我打架。"

没等他说完，顾云风就向前一步，毫不犹豫地搂住他的肩膀，紧紧抱住他。和半年前相比，许乘月似乎又瘦了一点，相拥的时候顾云风的手臂甚至有被对方的肩胛骨硌到，但他的眼睛是明亮的。

"我就知道，我还能活着看到这个世界。"许乘月轻声说。

离开研究所后，顾云风第一次觉得天出奇的蓝，马路很开阔，路边的树也格外有生命力。这半年来他一直怀抱着对未来的未知与纠结，过得很压抑。此刻他终于长吁口气，所有压抑随风而逝。

"半年前手术的时候并没有取出芯片？"他一边开车一边问。他们也没想好怎么庆祝这个事情，而且许乘月才刚出院，人还比较虚弱，先回去休息更合适。

"是啊，一想到取出后就不记得你们了，我就特别不甘心。"许乘月歪着头看了眼他，然后侧过脸笑着望向窗外。

许乘月摇下车窗，路边开花的树落了叶也落了花，飘进车内落在肩上。他把这些掉落的花叶摘下来，然后轻轻扔出车窗。

"那送到研究所里的芯片又是什么？"

"哦这个啊，这其实要感谢林想容。我把AI侦探的资料偷给她后，她的团队居然在短短两个月内就完成了芯片的复制。"

他其实不太想用偷这个字，但仔细想想似乎自己就是做了这种不怎么光彩的事。

"那枚芯片本来是准备给江海用的，但刚一完成她就被警方带走了，后来这东西又阴差阳错地给了我。"许乘月接着说，"手术前一个星期我就一直带着它，麻醉起效果前我临时起意，和主刀医生重新沟通了一下。"

"让医生不要取出芯片？"

许乘月点头，解释说："让它永久地留在了我的大脑中。手术撤掉了连接的神经中枢和芯片的人造神经元，让芯片的内容变成我记忆的一部分。它不会再承担大脑的功能，但保留了那两年所有的记忆和情绪。"

"手术结束后医生对外宣称取出芯片，然后把复制的芯片交了出去。"那个瞬间他终于找到了两全的方法，既可以拥有这两年的记忆，又能重新做一个普通人。

"对我来说，只要那两年的记忆在，芯片在，我就是他，他就是我，我们是同一个人，拥有同一个身体，同一个灵魂。"

"我记得跟我做出的每一个抉择，就像做了一个很长很长的梦。"许乘月指了指自己的脑袋。梦里他化身为警察，秉持正义，还有一个志同道合的伙伴。梦醒来，才发现一切都是真的，他因为昏迷而缺失的两年，被这种奇特的方式补全。

但与两年前不同，以前的许乘月对普通这个词怀有深深的不屑。他一直在追寻更高更深的理论和科学，看不见路边的行人、高耸的铁塔，遮阳蔽日的密云，也听不见心脏的跳动和远方的风声。

现在他终于可以静下心来，在遭遇过一切后，坐在车里闭上眼睛，听着没什么特色的歌声。

时间都变得缓慢。

到了许乘月家的小区后，顾云风在停车场停好车，替他开了车门。

顾云风每隔半个月会来一次，替许乘月收拾下房间，有时候甚至会住一两个晚上。房子这种东西就不能空着，没有人气会显得特别冷清。他想伪造出一个一直有人居住的状态，这样有一天许乘月醒来，回家的时候就不会看到一个冷冰冰毫无人气的空壳。

在之前的半年内，他去搜查了陆永的住所，最终在一个隐蔽的角落发现了一个保险箱，在里面找到了许乘月所说的，被他从实验室顶楼丢下的笔记本电脑。

那台电脑明显遭受过巨大撞击，四分五裂后用工业胶水重新黏合过，但打开根本用不了。他带回局里后，鉴定中心从电脑里取出了修复过的硬盘，令人安心的是，虽然电脑外壳严重毁坏，但硬盘能打开，还能查看到里面的内容。

根据硬盘里的内容，警方提审了陆永，在许乘月的证言下，他将面临故意伤害罪的指控。

想到这儿，顾云风凝视着许乘月，欲言又止间环顾四周，望着半年没住人也没灰尘的房间。

"陆永曾经说，AI侦探是个有瑕疵的算法，最完美的那一版被你毁掉了。"听着烧开的水沸腾的声音，顾云风假装漫不经心地问，"你没留下原始版本吗？"

他本以为许乘月会不愿回答这个问题，毕竟这件事对于现在的他们而言，已经不再重要。但实际上许乘月放下手里的东西，认真地看着他，微微蹙眉仔细思考了许久，郑重地告诉他："我确实留下了，但原始版本，也不能说就是绝对完美。"

在顾云风巨大的疑惑中，许乘月继续说："哪有什么最完美的呢？这个概念天生就有瑕疵。一直以来，陆教授想要的都是机器，是宠物，是奴仆。任由他控制，他才是权威。可这怎么可能？当他拥有人类的情感时，也就获得了人类的力量。只要有一点小小的机会，他就会想着反叛抗争，去追求自由的可能。"

"这不就是我们最大的特点吗？"他微笑着望着顾云风，平静地说。

就好像他刚醒来的那天早上，天刚亮，他同时看到了太阳、月亮，和天边的星辰。

那一刻他觉得自己很渺小，但也很自由。

图书在版编目（CIP）数据

启明 / 竹宴小生著.

— 武汉：长江出版社，2021.12

ISBN 978-7-5492-8066-7

Ⅰ.①启… Ⅱ.①竹… Ⅲ.①幻想小说—中国—当代 Ⅳ.①I247.5

中国版本图书馆CIP数据核字(2021)第245352号

启明 / 竹宴小生 著

出　　版	长江出版社	
	（武汉市解放大道1863号）	
选题策划	张才曰	
市场发行	长江出版社发行部	
网　　址	http://www.cjpress.com.cn	
责任编辑	陈　辉	
特约编辑	张才曰	
印　　刷	环球东方(北京)印务有限公司	
版　　次	2021年12月第1版	
印　　次	2022年1月第1次印刷	
开　　本	670mm×970mm　1/16	
印　　张	30	
字　　数	560千字	
书　　号	ISBN 978-7-5492-8066-7	
定　　价	78.00元（全两册）	

MEMORY
HOUSE

影视版权代理，请联系版权经纪人：
王女士010-57194853 wangjun@membook.com QQ：59216179